東日本大震災後文学論

限界研［編］
飯田一史／杉田俊介／藤井義允／藤田直哉［編著］
海老原豊／蔓葉信博／冨塚亮平／西貝怜／宮本道人／渡邉大輔［著］

南雲堂

東日本大震災後文学論／目次

第三章 イメージの核分裂

東日本大震災後文学

序論　はじめに

限界研・飯田一史

地震と津波による死者・行方不明者二万人以上、メルトダウンを引き起こした福島第一原発の事故による避難民は一六万人以上。未曾有の大災害となった東日本大震災から、六年が経つ。復興は、いまだ途上である。ばかりでなく、二〇一六年四月には熊本県を二度の大地震が襲った。

3・11以降、おびただしい数の「震災後文学」が書かれた。故郷と肉親・友人・知人の喪失、原発問題、放射線による生物の変容、被災地と非・被災地の温度差、東北と東京の温度差、政権への批判、真偽不明の情報と感情の洪水としてのSNS、記憶や時間感覚の混乱、死者との対話、「書けない自分」「無力な自分」へのフォーカス、復旧・復興、言論統制や自主規制、ディストピア化した日本、テロやデモや群衆蜂起、戦争文学との接続……さまざまな作品、さまざまなテーマがうまれた。

本論集では3・11以降にうみだされた「震災後文学」を扱う。今さら、と思われるだろうか。しかし、そうではないのだ。ここで言う「震災後文学」とは、狭い意味で津波や原発を扱った小説を指すのではない。その後の政治や言論の状況、社会心理を描いたものを含む。「震災後」は終わっていない。いまだつづいている。

批評家の集まりであるわれわれ限界研は、過去には映像、ＳＦ、ミステリなどの論集を刊行し、ジャンル横断的な批評活動を行ってきた（純文学専業の批評家の集団ではない）。

「震災後文学」というテーマで論集を編むこと自体に対して、本研究会内外から反発、議論があった。「あれだけ騒がれたわりに、震災は結局、ほとんど文化を変えていない。やる意味がない」「自分は震災以前と以後で『変わっていない』と公言する作家も少なくない」「すでに発表されている震災後文学のほとんどが評価に値しない」といった意見も噴出した。むろん、「明らかに震災後、日本文学は変わった」と言う者もいた。

ひとつ重要な点は、肯定を口にするにせよ否定を吐き捨てるにせよ、みな、強い口調、強い反応を示していたことだった。そこに「何かがある」と思った。３・11とその後の状況は、人々に大きな抑圧や傷、あるいはある種の期待とその後の失望を作り出した。だから「震災後文学論」と言われたときに、否定や揶揄、不満であるにしても、何かが口をついて出てしまう。東日本大震災とそのあとの日本社会、文化状況に対して、何も思うところのない人間はいない。

政治に目を向ければ、この間、大きな変化があった。二〇一一年三月一一日以降の国難に際してリーダーシップを発揮するのではなく、ただただ怒鳴り散らして醜く総理の座に居すわり続けた管直人政権、そしてその後の野田佳彦総理と続いた民主党政権は、二〇一二年末の衆院選挙で大敗を喫する。そして自民党総裁にまさかの返り咲きを果たした安倍晋三が、長く政権を運営することになる。震災後の反原発デモ以降、日本では一九六〇年代以来久々に、街頭での直接行動がさかんとなった。「民主主義ってなんだ？　これだ！」とコールする学生団体SEALDsが多くの中高年とともに国会前を取り囲むようになり、しかし、二〇一五年夏に安倍内閣によって安保関連法案は可決。二〇一六年の参院選では野党が惨敗し、与党が衆参両院で憲法改正に必要な勢力である三分の二を占めるに至ると、SEALDsの中核メンバーＵＣＤは「僕は民主主義よりも大切なことは、先ず立憲主義や基本的人権を守ることであり、それは何が悪であるかを見極め、徹底的にその悪と戦うことだと思います。民主主義？　そんなもの手続きにすぎない。手続き的に善を目指して、根本的な悪を通してどうする。甘いんだよ。もっとギリギリの戦いをしてんの。」と二〇一六年七月二九日にＴｗｉｔｔｅｒ上でつぶやき、早くも民主主義を否定しはじめ、同じくSEALDsの顔である奥田愛基と身内で論争を繰り広げることとなった（SEALDsは一六年夏をもって解散）。SEALDsをどうこう言いたいのではない。時代がめまぐるしく変わり、渦中にいる人間たちがその影響を受けながら行動してきたことの一例として挙げたまでだ。文学だけが震災からこのかたの状況を無視し、扱わないこと、何も変わらなかったということがありえようか。作家が時代の動きに対して、何も感じなかったなどと言えるはずがない。

3・11から一〇年前、二〇〇一年九月一一日にアメリカで起こった同時多発テロは、かの国の作家たちに多くの影響を及ぼした（3・11は9・11のわずか十年後、未曾有の経済危機とされたリーマン・ショックのわずか三年後の出来事である）。池田純一をはじめ幾人もが指摘していることだが、9・11直後はbased on the true storyが好まれ、どこかで現実の拠り所を確保しなければ、フィクションをフィクションとして享受することすら難しいような雰囲気があった。3・11以後の日本でも、古川日出男『馬たちよ、それでも光は無垢で』をはじめ、ルポとも（メタ）フィクションともつかない、「書けない自分」に自己言及するような作品が書かれた。米国で、衝撃と混乱を吐き出すような直接的な作品ではなく、もう少し事件を昇華した作品と呼べるドン・デリーロ『墜ちてゆく男』などが出てくるのは、二〇〇〇年代も後半になってからだった。おそらく3・11もまた、二〇一〇年代後半になって、ようやく総括し、少し距離をもって捉えることのできるものになりつつある。

純文学の保守本流といえる文芸誌「新潮」では、二〇一六、七年に連載されていた朝吹真理子「TIMELESS」、奥野修司「死者と生きる　被災地の霊体験」、黒川創「岩場の上から」、重松清「荒れ野にて」、島田雅彦「黎明期の母」、髙村薫「土の記」、辻原登「籠の鸚鵡」といったいずれもが東日本大震災に少なからず触れ、あるいは震災後に起こった政治の混乱や原発事故などを想起させる出来事を描いている。ほかにも、少なくない純文学の作家たちが、いまだ東日本大震災およびその後の日本の状況について書くことをやめていない。そしてその内実は、本論集の藤田直哉論考でも指摘されているとおり、二〇〇〇年代の純文学で扱われてきた題材、あるいは用いられてきた手法からは変化している。しばしば言われるように、二〇一〇年代とは、二〇一一年三月一一日に起こった東日本大震災と、二〇二〇年に開催される東京オリンピックに挟まれた時代である。震災後の文化状況を総括せずして二〇一〇年代とは何だったのかを理解することはできず、まして次の時代へ向かうことはできない。

ただし、震災を直接・間接に扱った作品が膨大な数に及ぶ小説ジャンルは、純文学に限られている。こうした傾向は、ほかではほとんど見られない。日本では制度的に文芸誌／純文学と、それ以外のエンターテインメント小説誌／中間小説（大衆文学）が分けられているが、小説誌／娯楽小説においては震災（後）をテーマ、モチーフにした作品は震災直後の時期においても純文学に比べると圧倒的に少なかった。その後はますます減り、仙台で被災した熊谷達也などをのぞけば、継続的に書きつづけている作家は、いまやほとんどいない。二〇一〇年代の小説市場で強い存在感を放っていたのはライトノベルとウェブ小説だが、これらのなかでも震災を扱った有力作品は少ない。

どういうわけか純文学作家は書きすぎ、エンタメ作家は書かなすぎた。それが震災後の文学状況であった。しかし純文学作家は書きすぎたが、内実は、質は伴っていたのか。「二〇一〇年代文学」の代表作を選ぶとき、狭い意味での「震災後文学」（直接的に震災および震災後の状況を思わせるタイプの小説）は、どれほど選ばれるだろうか。あるいは、エンタメ作家は書かなすぎたが、はたして眼を背け、逃避を、ひとときを忘れさせる娯楽を提供するだけでよかったのか。たしかに二〇一二年には早くも「震災を扱った小説は売れず、映画は客が入らず、テレビは視聴率が取れない」と言われるようになり、その傾向は以降、覆っていない（したがって商業性の高いジャンルやメディアほど、震災ものは少なくなった）。作り手が「それではもはやつくる意味がない」と判断したり、あるいはつくろうと思ったが企画が通らなかったこともあるだろう。ほとんどの日本人はもはや3・11自体を忌避し、忘却したいのだろうか。それとも、作り手が切り口や描き方を誤っていたがために、届かせることができなかったのか。それは二〇一六年夏公開の映画『シン・ゴジラ』『君の名は。』があからさまに3・11を想起させる〝エンターテインメント〟として多くの人を熱狂させたこととの対比作業が必要になるだろう。

問われるべきことはほかにいくつもある。日本では大規模な自然災害など過去に何度も起きてきたことであり、3・11を特権化する理由などないのではないか。あるいは逆に特異で固有な事件だったのか。東日本大震災は果たして文学を変えたのか、変えなかったのか。作家は震災を、その後の世界をどう捉えたのか。いやそもそも、あの出来事はなんだったのか。津波と原発では感じることも考えるべき点もまるで異なり、被災地とそれ以外、東北と東京の温度差は激しく、と同時に、誰が／どこまでが「被災者（当事者）」「被災地」なのかも曖昧で、どこにフォーカスするか、誰に肩入れするかでまるで見え方が変わってしまう。坂口恭平のようにメルトダウンの恐怖から熊本に引っ越し、東京から逃げろと叫んだ者もいたし、一家で逃亡した先の伊豆でまた地震に遭った東浩紀のような人間もいた。逃げられる人間もいれば、逃げられない者もいた。逃げるべきか、とどまるべきかの意見自体が違った。震災の捉え方、受け止め方、その後の振る舞い方は、ひとによってまったくバラバラだ。そのことが、作り手が創作することを、そして批評家がその創作物を論じることを、難しくさせる。だからこそ、その困難に多少なりとも挑み、掘ってみようというのが本論集の意図である。もっとも、この本だけですべての問いを扱うことはできない。本書を読むことをひとつの足がかりに、読者諸氏にもそれぞれの関心や問題意識に沿って、ぜひ一考いただきたいと思う。

・本論集の特徴と先行研究との違い

「震災後文学」と呼べる作品の多寡および重要度から必然的に、本論集ではおもには純文学を対象とし、補完的にミステリ小説やSF小説、映画、アニメ、ゲームなどを題材としている。

アニメやゲームを「文学」に含めることに違和感を抱く方もおられよう。しかし「文学」の中心は歴史的に見れば長きにわたって詩と演劇だったのであり、小説が台頭してきたのは近代以降のことでしかない。今現在および今後、小説以外のメディアを文学から排除する必然性は存在しない。また、「震災後文学」の問題を考えるにあたり、純文学に「ふさわしい」作品が見当たらないがゆえに、ほかのジャンルに目を向けて探さざるをえなかった、というケースもある。断っておけば、震災後文学の論集としてわれわれに先行する佐々木敦『シチュエーションズ』（文藝春秋、二〇一三年）や木村朗子『震災後文学論』（青土社、二〇一三年）でも、小説のみならず映画や演劇、美術などが扱われていた。

いまほど名前を挙げた佐々木や木村との違いも少し書いておこう。

佐々木の本は文芸誌「文學界」に二〇一二年五月号から二〇一三年八月号まで連載された「時評」、リアルタイムで3・11以降の状況と並走した記録である。本論集は現在連載中の作品も取り扱っているが、「時評」ではない。震災の衝撃から時間の経った二〇一〇年代後半という時代に振り返り、考えたものである。

木村の本は、いとうせいこう『想像ラジオ』、川上弘美『神様2011』、高橋源一郎『恋する原発』、古川日出男『馬たちよ、それでも光は無垢で』、和合亮一『詩の礫』など、こんにち震災後文学の代表作とみなされている諸作を紹介し、一冊の書物にまとめたという大きな功績がある。しかしながら、本書目次をご覧いただければお察しのとおり、われわれが大きく取り上げる作家、作品は必ずしも木村と一致しない。「原発・放射線問題」と「表現や発言の自主規制・相互監視状況」が震災後文学の本質であるとする評価軸も、同じくしていない――詳しくは各論者による木村への評価を参照されたい。

目次の並びだけ見れば「どこが震災後文学論集なのか」「偏りすぎてはいまいか」と思われることだろう。これはそれぞれの論者が「自分が論じる対象こそ震災後の状況を見渡したときにもっとも重要な作家・作品である」と信じたがゆえのものであり、すでに定まっている世評、佐々木や木村といった先行論者の評価軸におもねることをしなかった結果である（とはいえ一応のバランス、客観性については、震災後に刊行された重要作品をコメント付きでリスト化した、巻末の「震災後作品出版・

公開年度一覧」で補足した)。もちろん、文芸メディア上で「代表作」とされている諸作について無視しているわけではない。各論者がそれぞれの論考のなかで位置づけをし、評価を下している。

佐々木や木村に対する評価だけではなく、本書の執筆陣はみな、それぞれ独自の評価軸をもって対象を論じている。「書かれた震災後文学とはどんなものだったのか」を考察するのみならず、既存の震災後文学および二〇一〇年代の文学状況に納得がいかない論者は「書かれるべき震災後文学とは何だったのか」にまで踏みこんで提言している場合もある。本書は共著ではあるが、「ひとつの共通見解」を示そうとしたものではない(時にはひとつの作品に対し、論者間で大きく評価が食い違い、正反対の意見を打ち出しているケースもある)。あるていどは状況を整理し、作品群を位置付けようとはしているが、それは各論者が扱う対象の特異性、重要さをそれぞれに明らかにするためであり、網羅的に震災後文学をマッピングしようとしたものではない。むしろ本論集の幾人かが共通して抱いている考えは、「あの大きな出来事に対して、客観的に、他人事のような態度で語ることはできない」ということである。各論者が「自分の問題」として「これこそが震災後文学の核である」と主体的に信ずるものを掘り下げ、引き受けていったものを集めたのが、この論集である。いびつで、偏っている。だが文芸評論とは、本来そういうものだろう。

・各部の構成と各論考の紹介

簡単に本論集の構成と各論考を紹介しておく。

本論集はテーマによって「震災後文学の超臨界」「科学と文学の(dis)コミュニケーション」「イメージの核分裂」「震災後を生きる君たちへ　more than human」の四つの部に分かれる。ただしこの分け方は便宜的なものであり、論者同士で相互に（明に暗に）参照し、時に批判しあうなど、それぞれの論考が有機的に絡み合っている。

第一部「震災後文学の超臨界」は主に純文学作家による震災後文学を扱う。

藤田直哉「同時代としての震災後」は、彼の師である文芸批評家・井口時男氏による、性急に震災後文学などと語るべきではないとする見解に対する反論から始まる。大江健三郎が自らの過去作を自己批判しながら3・11以後の世界と紐付けて書いた小説『晩年様式集』と大江の震災後のデモへの参加を見据えながら、震災後の文学をあるていど総ざらいに検討していく。そして反戦・反核というきわめて大江的な（そして戦後文学的であり『ゴジラ』的でもある）モチーフで貫かれた小島秀夫監督によるポリティカルフィクション、ゲーム『MGSV』を震災後文学の到達点として評価する。

飯田一史「希望　重松清と『シン・ゴジラ』」は、直木賞作家、つまり純文学ではなく人衆文学作家であるがゆえに文芸評論の俎上に載らない重松清が、実はさまざまな種類の震災後文学を何作も書いていることを指摘し、重松を震災後文学のデッドロックである、とする。重松は震災後の人々に「希望」を示そうとしていた。そしてそれは兼ねてよりの村上龍らとの問題意識とも通じており、しかし、そのことをもっとも首尾良く実践したのは庵野秀明監督の映画『シン・ゴジラ』だったと論ずる。

冨塚亮平「喪失なき成熟　坂口恭平・村田沙耶香・D.W.ウィニコット」は、二〇〇〇年代後半には「建てない建築家」として「0円ハウス」プロジェクトなどを提唱し、ロスジェネ／貧困的な問題系から注目されていた坂口恭平が、震災後すぐ放射線のおそれに東京から故郷の熊本に拠点を移して

「面倒を見るから来い」と声をあげ、一般人から作家までさまざまなひとを巻き込み「独立国家」（独自のコミュニティ）を立ち上げ、しかし徐々にリアル空間での活動から小説家としての活動に比重を移していった様子をたどり、その「空間」問題を村田沙耶香と重ね合わせて論じていく。

藤井義允「揺れる世界と存在　震災後としての中村文則文学」は、中村文則という、一見すると作品が震災後文学とはみなされていない作家にこそ、震災後の日本において考えるべき点があるとする。津波や原発の被災者、ディストピア的状況を描いた狭義の震災後文学から一歩引けば、村上春樹『1Q84』やドフトエフスキーブームなど、独特の死生観や哲学をもったカルト集団、混乱に見通しの悪い状況だからこそ超越性／救済を希求するタイプの作品もいくつも生まれている。中村作品の問題はまた、星野智幸『夜は終わらない』や樺山三英『ドン・キホーテの消息』のように、震災後の国会デモやSEALDs、しばき隊をはじめとする直接行動、群衆蜂起を扱った作品とも交錯するし、先進国の若者の不満や社会的不正義への怒りまでをも吸収して成長したイスラーム国のような急進的な武装組織の台頭とも無関係ではない。広い意味での震災後文学＝二〇一〇年代の世界文学を考える上では無視できない一面を掘り下げた論考だと言える。

第二部「科学と文学の（dis）コミュニケーション」は震災後に問われた科学への信頼、科学的コミュニケーションのありよう、科学を援用したフィクションとみなされているSFについてなど、科学と文学（物語／小説）の関係についての論考をまとめた。

海老原豊「情報の津波をサーフィンする　3・11以後のサイエンスなフィクション」は、震災後すぐにSFの作家や批評家が集まって編んだ『3・11の未来』を再考し、また、純文学作家がこぞってディストピア小説に手を出したこととは対照的に、SF作品にはほとんど3・11を直接的に扱った作品がないことを指摘する。SFジャンルでは核の恐怖も大自然災害も人類が滅ぶことも被曝の影響を被ることも腐るほど描かれてきた既知のことでしかなく、なんら新しいものではないからだ。ジャンルによる3・11への距離感と価値観の違いを浮き彫りにする。

西貝怜「震災後文学としての『PSYCHO-PASS　サイコパス』シリーズ　科学技術コミュニケーションにおけるリスク・個人・希望をめぐって」は、アニメ『PSYCHO-PASS』に登場する社会管理装置・シビュラシステムをめぐるコミュニケーションのありようが、原発をめぐる科学コミュニケーション、今後、科学者や技術者とそれ以外の人たちとの対話、あるいは科学者や技術者同士の関係を考える手がかりになる、と説く。

宮本道人「対震災実用文学論　東日本大震災において文学はどう使われたか」は、フィクションや詩（俳句、川柳、短歌なども含む）は震災に対していかなる「実用性」を持ちうるかについて考察したものである。科学技術だけではカバーすることが難しい領域に対しての（広い意味での）文学の効用を検討する。

第三部「イメージの核分裂」は、震災後に人々の知識や立場によって、ものの見え方や不安の度合いがまったく異なり、分断され、偏見にまみれた状況下を多視点から切り取ることであぶりだしたミステリ小説と映画を論ずる。原発事故後、分裂したイメージが、いくつもの観点から相互に照射されることで折り重なり、作品を鑑賞する人々の誤解や偏見を突き崩し、ハシゴを外す。そういった表現手法と作家の態度について考察していく。

蔓葉信博「島田荘司と社会派エンターテインメント」は、島田荘司が「本格ミステリ」の雄であるのみならず、きわめて「社会派」でもあることを再確認し、なぜ島田が、被曝した原発作業員と思しき男がさまよう『ゴーグル男の怪』という奇妙な作品を書くに至ったのかを考察していく。ミステリもＳＦ同様、震災後小説は決して多くはなかったジャンルだが、その困難が『ゴーグル男』にあらわれているとも言えるだろう。

渡邉大輔「映像メディアと「ポスト震災的」世界　キャメラアイの「多視点的転回」を中心に」は、無数につくられた被災地ドキュメンタリーよりも、鈴木卓爾監督のインディペンデント映画『ジョギング渡り鳥』こそ「震災後映画」と呼べる手法が駆使されており、二〇一〇年代とそれ以前を分ける諸相が刻印されていると論ずる。

第四部「震災後を生きる君たちへ　more than human」は、いくつかの震災後文学に見られるポストヒューマン志向を取り上げ、生態のラディカルな変容や「絶滅（後）」の世界を見通す。津波による文明の更地化と原発事故による放射性物質の半減期が数万年というタイムスケールを前にして作家たちが生み出した、「今ここ」と「銀河の彼方」という場所の両極が、あるいは「今この瞬間」と「数万年」「何十光年」という時間軸の両極が同居するような作品の可能性を照射する。

藤田直哉「〈生〉よりも悪い運命」は、二〇一〇年代の純文学に現れた生殖をめぐる作品群をとりあげていく。そこでは低線量被曝、生死をめぐる確率の問題、〈未生の生〉などが俎上にあげられるが、これらはまぎれもなく震災後に醸成された不安を反映したものである。

杉田俊介「高橋源一郎論　銀河系文学の彼方に」は、震災後文学の代表作とされる『恋する原発』を書いた高橋源一郎が、いつも社会的に大きな事件が起きるたびに「僕は書けなくなった」と失語のそぶりを見せつつ、実際には時代と寝るようなトピックを取り上げて作品をつくってきたことに着目する。それは単なる「時代に目くばせしました」というポーズを取る「文学趣味」ではないのか、彼が取り組むべき決定的な問題とはなんだったのか、3・11の衝撃は高橋をそこに向かわせたのではないかということに、内在的に迫っていく。と同時に、杉田が「銀河系文学」と呼ぶいくつかの作品群と並べることで、高橋が書くべきだった震災後文学の姿を描きだす。

本書末尾には、震災後文学の主な作品を発表順に時系列で並べた年表を付けた。論集で拾いきれなかった作品も極力そちらで触れるようにしたつもりである（とはいえ、震災後に発表された著作の数はあまりに多く、網羅することは到底できなかった点はお詫びしたい）。

われわれ論者にとって、3・11および震災後文学を考えることは苦しく、感情が波立つことを抑えきれない時間だった。震災関連の文献や映像を辿ることは辛いものであったし、議論を図式的に整理するとこぼれ落ちてしまうものが多く、クリアに運ぶことは困難であった。

本書の内容には、おそらく多くの読者が異論を持つことだと思う。コンセンサスを得ることよりも議論を喚起することを選んだ。題材がそういう道を選ばせた。くりかえすが、論者同士でも意見が異なる点は多岐にわたっており、相互に批判しあっている部分も少なくない。

3・11直後の時期よりは冷静ではあるが、客観的になりきれるほど生々しい記憶は薄れていない。

まだ混乱が残る時期に考えたからこその独特の熱量を持った「震災後文学論」、受け止めていただければ幸いである。

震災後文学の超臨界

同時代としての震災後

藤田直哉

Ⅰ　震災後文学に、傑作はない。だが、代表作はある

これは簡単には文学の問題にはならない

井口時男は、『文芸思潮』二〇一一年夏号の座談会「大震災と文学」で、このように発言した。「花見の後に呑んでるときに、富岡さんから『大震災は文学にも影響絶対あるんだから』という話で企画が最初に出たわけだけど、酔った勢いだったかもしれないけどね（笑）。僕はそのときに反対してね、これは簡単には文学の問題にはならないんだなってことを言ったわけです」（七九頁）「体験手記みたいなものはね、いっぱい出てくるだろうと思うんですよ。しかしそれは、文学の本質の問題とは何の関わりもないですね」（八三頁）

では井口の考える「文学の本質」とは何か。

マスメディアや、社会学者、心理学者の使う早分かりさせてくれる言葉と対比し、井口はこのように説明している。「文学の言葉というのはそれとは違うんですね。現象に対して常にそれを実存者としての自分自身の心の内側を通すような、そういう肉声ってものを文学は使うから。しかも文学者っ

ていうのは基本的に素人ですから。大事なんですね、素人ってことは。素人が自分自身の肉体を通して何かものを考えるってレベルをきちんと踏まえているのが文学の言葉だと思うんですよね」（八八頁）「だから、うかつにすぐに何かそこに意味付与をして言葉として語ろうと、言葉の中に震災という『破局』を取り込んで納得してしまおうとするような、そういう姿勢こそが、僕は反文学だと言いたいわけですよ」（九三頁）

つまり、人間が、個人として、素人として、心の内側を通して、世界や事態について考え、出てきた言葉が「文学」である。事態の、簡単に「意味」や「理解」に回収できない側面を尊重するものが「文学」である。

震災後文学論などという、ジャーナリスティックな意味であざとさをもった、「ケーハク」な試みをしようと思っているぼく、そして、震災後の文学の状況や、それを通じた震災後の日本についての「理解」を求めているだろう、読者のあなた。おそらく、読者が本書に求めていること、そして、ぼくが書かなければならないと期待されていることは、震災後の文学のわかりやすいマッピングであろう。だが、この井口の言葉は、そんなぼくらの浅はかな試みに「重し」を与えてくれている(1)。この「重し」を意識しながら、軽薄を承知で、震災後文学論を試みよう。

その根拠となるのは、読者としてのぼくが、震災後に文学は変化したように感じているということだ。正確に言えば、「文学」という名前で日本語で発表される文章の内容が変化したということである。現実としてそこに存在するテクストの質の変化は確かに存在しているとしか思えないし、そのことが、同時代に生きる自分にとって、何かのっぴきならないように感じるという事実がある。これが、この軽薄なる試みを行う、心理的な根拠であり、動機となる。

ぼくが試みるのは、上記のような「震災後文学論」に対する警鐘を踏まえた上で、ぼくが、ぼくの身体を通じて、ぼくなりの震災理解と、ぼくなりの文学理解を試みる、ということでしかないであろう。「意味」や「理解」に回収できない細部を提出する「論」が、スッキリしない読後感を読者に与えるであろうことを覚悟し、震災後文学の見取図を書きながらも（それをどうしてもぼくは書いてしまうだろう）、回収不能な何かをも傍点のように転がし続けるという書き方をするしかないだろう。そしてそのような読みにくい文章を、読者が共有してくれるだろうと、信じ、期待するしかない。

さて、震災後文学を読むにあたってのぼくの態度であるが、大江健三郎が一九七〇年に刊行した『核時代の想像力』において語っている同時代文学についての言及は、いまなお無効になっていないと信じる。

ドストエフスキーの傑作があるのに、何故小説を書くのか、無意味な労役ではないかと問われて、大江はこのように答えている。

「それはやはり同時代の人間にたいして、わたしはこのように生きていますと語りかけたいからなのだろうと、また読者のがわからいえば、なぜドストエフスキーだけを読むのではなく、同時代の人間の書いたものを読むかといえば、われわれと同時代に生きている人間がいまどのようにものを見て、感じているか、ものを考えているかということについて、具体的な情報を得たいと感じるからこそではないか。」

（1）隠すつもりもないが、井口時男は、東京工業大学大学院において、ぼくの指導教官であった。「文学」至上主義のその評論や生き方は、ぼくの価値観とは衝突しながらも、強い感化をぼくに与えてきた。

ぼくは、震災後の状況が（もっといえば、震災などがなくても、この世界のあらゆることが）うまく理解できない。だから、他の人間が、この状況をどう理解し、どう感じ、どう考え、どう行動したのか、それを知るために、「文学」というものを貪り読むしかない。それは、他者がこの世界をどう理解し、感じ、考えたのかを、文字という「間接的」なものを通じて知ることである。直接的に他者の内面を知ることのできないぼくは、それら「間接的」な表現を通じ、この世界をどう理解するべきなのかを知ろうとしてきた（実際には、世界が分かることよりはより分からなくなることが多いし、「分からない」と慌てふためく姿そのものに、同時代人としての慰めを感じることの方が多いのだが）。

大江健三郎はこのようにも書いている。

「ひとつの事件がよびおこしたもの、われわれの生活と同時に進行したある事件がわれわれにたいしてかきたてつづけたもの、それを、いったん現実的な具体的な意味での、同時性が失われた後にしても、なおそれ以後、想像力の世界において同時性の血をかよわせつつ考えつづける力、それをぼくは人間の現実生活におけるもっとも重要な能力のひとつなのではないかと考えているのです。われわれは現実世界において、様ざまな事物、人間についての同時性の統一をおこないつつ総合的に考える能力を、できるだけ広げてゆかなければならない。（…）それらはともに、あるひとつの未来にむかっておこなわれる、想像力の方向づけということになるはずであろうと思うのです。そのとき、文学は絵空事ではありません」（(2) 七六〜七七頁）

そんな彼の書いた震災後文学である『晩年様式集』にはどのようなことが書かれているのか。まず「三・一一の深夜からテレビの前に昼夜座り続けて」（十三頁）いた。「福島原発から洩れた放射性セシウムの報道が飲料水パニックを引き起したので、私も家族のためにスーパーへ自転車で駆けつけて、行列していた」（一七頁）。そして、階段半ばの踊り場に蹲り、「ウーウー声をあげて泣く」（一四頁）。凡人である。TVを見て情報を得て、慌てふためいて水を買い、崩れた本棚を直し、階段で泣く。およそノーベル文学賞を受賞した、存命の唯一の日本人作家とは思えない情けなさを、意図的に描いている。ぼくは、その「情けなさ」にこそ胸を打たれる。

さらに、『晩年様式集』の末尾には、こんな詩が載っている。大江健三郎が脱原発デモで頻繁に演説していると知っているぼくは、またしてもここでショックを受けることになる。「気がついてみると、／私はまさに老年の窮境にあり、／気難しく孤立している。／否定の感情こそが親しい。／自分の世紀が積みあげた、／世界破壊の装置についてなら、／否定して不思議はないが、／その解体への大方の試みにも、／疑いを抱いている。」デモをしながらも、解体への試みを、心から信じてはいない！「自分の想像力の仕事など、／なにほどのものだったか、と／グラグラする地面にうずくまっている。」(3)

この言葉は胸を打つ。率直な絶望と失望の表明によって。

ぼくたちはかつて、大江健三郎が、ノーベル文学賞の受賞講演「あいまいな日本の私」でこう言ったことを知っている。

「(引用者註、知的障害を持った息子の作った曲について）しかもその泣き叫ぶ暗い魂の声は美しく、音楽としてそれを表現する行為が、それ自体で、かれの暗い悲しみのかたまりを癒し、恢復させてい

(2)『核時代の想像力』新潮社、二〇〇七年。
(3) 引用は二〇一三年に刊行された単行本版による。

ることもあきらかなのです。（……）芸術の不思議な治癒力について、それを信じる根拠を、私はそこに見いだします」（一七頁）「そして私は、なおよく検証できてはいないものであれ、この信条にのっとって、二十世紀がテクノロジーと交通の怪物的な発展のうちに積み重ねた被害を、できるものなら、ひ弱い私みずからの身を以て、鈍痛で受けとめ、とくの世界の周縁にある者として、そこから展望しうる、人類の全体の癒しと和解に、どのようなディーセントかつユマニスト的な貢献がなしうるものかを、探りたいとねがっているのです」（一七頁）

『晩年様式集』の哀しみと美しさの複雑さは、ここにある。二十世紀のテクノロジーの産物である、核兵器と原子力。それをテーマにしてきた文学的な活動の全てが無意味だったかもしれないという、「泣き叫ぶ暗い魂」の美しさが確かにここにある。そして少なくともぼくにとって、これは「芸術の不思議な治癒力」とも言うべき効果を発揮した。

とはいえ、ぼくは、大江健三郎ではないし、同じようなことをして、読者を感動させるような文学的才能もない。しかし、客観的に、ドライに文学を対象化するのではなく、「震災で慌てふためいた、か細く弱弱しい身体と精神しかないただの人間」が、その「事態」の中において「事態」を知るために、そして何らかの理解や救済を求めるために、どのようにして文学を読んだのか、という軌跡を残しておくことには、何がしかの意義があると信じてもよい根拠はあるのではないか。

少なくとも、ぼくは、震災後文学を論じるときに、そのような手法を採ることを選択した。

東日本大震災後の文学のテーマの変化

東日本大震災後に、日本語で書かれる、「文学」の作品の内容は変化した。それはどのようなものなのか。それを浮き彫りにするには、比較の手法が一番分かりやすい。

関東大震災や第二次世界大戦、阪神・淡路大震災などが文学に影響を与えたことと比較する方法もあるし、東日本大震災前後で比較するという方法もある(4)。

ここでは、ゼロ年代に熱心に「純文学」を読んでいた読者として、また、東日本大震災後に文学が大きく変わったという実感を持っている一人の人間として、時間と体力の許す限り網羅的に読んでみた(『文学界』の「新人小説月評」を二〇一五年に担当もした)範囲と、限界研における、飯田一史、杉田俊介、藤井義允、藤田直哉の四人を中心とした共同研究者たちの意見交換をベースに、まとめることにする。

東日本大震災後に顕著に文学に現れたテーマを、大きく分類すると。

・「死、死者、弔い、喪」。
・「宗教／神のテーマ」
・「原発」「科学」

(4) 残念ながら、戦後、関東大震災後、阪神・淡路震災後についての網羅的な知識は持ち合わせていないので、総合的な比較は専門の皆様にお任せしたいが、共同研究の中で出てきた興味深い意見は断片的にここで紹介しておきたい。
世界大戦のあとには詩を中心に「モダニズム」が流行ったが、今回はその傾向は見られない(飯田)。むしろ、液状化している(藤田)。阪神・淡路大震災の影響を、斎藤環は『文学の断層』で「解離」のモデルで語ったが、今回は「認知症」モデルなのではないか(杉田)。第二次世界大戦のあとは「肉体文学」として性愛が描かれていたが、今回は「科学的」に生殖の問題が描かれている(藤田)。

・「社会運動」
・「記憶／混濁」
・「ネットワークそれ自体の視点化」
・「ナショナリズム／ナショナリズム批判」
・「語ることの困難、躊躇」
・「戦争の予感」（「災後＝戦前」感）
・「ディストピアSFの構造の利用」
・「二重思考」（ダブルシンク）、「言論統制」
・「生殖と遺伝子」
・「都市」と「地方」
・「動物／植物／キノコ」（人間以外の生物？）

などが挙げられる。

代表的な作品を挙げると、

・「死、死者、弔い、喪」。
いとうせいこう『想像ラジオ』、滝口悠生『死んでいない者』、伊藤計劃×円城塔『屍者の帝国』、神林長平『いま集合的無意識を、』
・「宗教／神のテーマ」

筒井康隆『モナドの領域』、筒井康隆『聖痕』、大澤信亮『新世紀神曲』、中村文則『教団X』
・「原発」「科学」
川上弘美『神様2011』、高橋源一郎『恋する原発』、玄侑宗久『光の山』、津島佑子『ヤマネコ・ドーム』、池澤夏樹『アトミック・ボックス』、小林エリカ『マダム・キュリーと朝食を』
・「社会運動」
星野智幸『呪文』、三輪太郎『憂国者たち』、樺山三英『ドン・キホーテの消息』
・「記憶／混濁」
滝口悠生『ジミ・ヘンドリクス・エクスペリエンス』、大江健三郎『晩年様式集』、古井由吉『鐘の渡り』、中村文則『私の消滅』
・「ネットワークそれ自体の視点化」
上田岳弘『太陽・惑星』、滝口悠生『死んでいない者』、長嶋有『問いのない答え』
・「ナショナリズム／ナショナリズム批判」
辺見庸『瓦礫の中から言葉を』、田中慎弥『宰相A』、和合亮一『詩の礫』
・「語ることの困難、躊躇」
辺見庸『瓦礫の中から言葉を』、いとうせいこう『想像ラジオ』
・「戦争の予感」（「災後＝戦前」感）
高橋弘希『指の骨』『朝顔の日』、辺見庸『瓦礫の中から言葉を』
・「ディストピアSFの構造の利用」
吉村萬壱『ボラード病』、田中慎弥『宰相A』、島田雅彦『虚人の星』

・「二重思考」（ダブルシンク）、「言論統制」
吉村萬壱『ボラード病』、辺見庸『瓦礫の中から言葉を』
・「生殖と遺伝子」
松波太郎『ＬＩＦＥ』、村田沙耶香『消滅世界』、窪美澄『アカガミ』
・「都市」と「地方」
開沼博『「フクシマ」論』
・「動物／植物／キノコ」（人間以外の生物？）
木村友祐『聖地Cs』、古川日出男『馬たちよ、それでも光は無垢で』

このようなテーマは、ゼロ年代の文学ではこれほどの規模では描かれていなかった。ゼロ年代には、純文学は「身辺雑記」ばかりであると揶揄されてきた。特に主題として多く描かれてきたのは、ニート、フリーターなどの問題であった。芥川賞受賞作家に限っても、町田康（初期）、長嶋有、大道珠貴、モブ・ノリオ、阿部和重（初期）、中村文則（初期）、絲山秋子、伊藤たかみらの作品にはその傾向があった。ゼロ年代においては、非正規雇用やニート・フリーター・失業などの問題が「同時代」の問題であったのだと、今になって振り返れば分かる。

三島賞に目を向ければ、こちらはオタク・カルチャーや情報社会の感覚を反映した作家たちが目だっていた。舞城王太郎、古川日出男、佐藤友哉、東浩紀らが話題になった。オタクカルチャーが主流化したのは、秋葉原ブームの起こった二〇〇三年ごろからであるから、こちらもこちらで日本の文化的・情報的な環境の変化に対応した「同時代」の文学であったことが分かる。

しかし、良くも悪くも、このような主題は、現代の純文学で見かけることが減った。その代わりに、前述のような主題が顕著に現れ出したのである。

震災後文学に、傑作はない。だが、代表作はある

共同研究をしているぼくたちを悩ませたのは、震災後文学に傑作がないということである。これぞ、突出した傑作であると賞賛しうる作品に出遭えなかったのだ(5)。これはあくまで主観でしかないのだが、複数人が似たような実感を得たということには意味があるのだと思う。

ぼくの考えでは、この「傑作がない」ということ自体が、震災後文学の特徴（ひいては、東日本大震災後に生まれた芸術全般の特徴）であると考えるべきなのである。東日本大震災とそれに続く原発事故の全体性を書き尽くすような「作品」が生まれることができない、それこそが、「震災後文学」の特徴であり、震災の性質を示していると考えてみたらどうだろうか。

このことを考えてみるために、「戦後」文学を参照してみてもいいかもしれない。果たして、「傑作」とは何か。

大岡昇平の『野火』は傑作と呼ばれている。一兵士の視点で書かれた戦争モノではあるが、兵士が次々と追い詰められていく過酷な状況の中で、資源（食べ物）を巡って殺しあったり、煙草の交換な

（5）『晩年様式集』は素晴らしい作品であると個人的には感じているが、「戦後」と「核時代」という大江健三郎のテーマと文学的深さゆえの素晴らしさであるので、後述するように東日本大震災が固有に生み出した作品、という意味での傑作としては除外して考えた。

どを行う兵士を描くことで、「大状況」における戦争の構図を兵士たち個人のやりとりに象徴させて表現している。そこに、殺人、性、食に関する形而上的・宗教的な考察が入り込む（キリスト教と仏教の両方が出てくる）。小さな状況を描きつつも、様々な位相を取り込んだ、技術的にも高度な作品である。

この作品は、敗戦から六年後の一九五一年に発表された。満州事変が起こった一九三一年を日本の第二次世界大戦の基点と考えれば、二〇年後である。ある人類史的に新しい事態が起こって、それを作品化するには、そのぐらいの時間が必要だと考えてもいいのかもしれない(6)。

大岡の軌跡を考えるのは、震災後文学の「欠点」を考える上でも重要である。『俘虜記』（一九五〇）『野火』で、戦争体験を一人称的に書いた大岡は、一九七一年に『レイテ戦記』を発表し、レイテ島での戦いを、個人ではなく複数の視点から書いている。これは敗戦から実に二六年が経っている。自分が参加した戦争の「全体性」を描くには、それだけの時間が必要だったということなのだろう。しかし『レイテ戦記』にしても、書きえているのは「レイテ島」だけであって（隠喩的・象徴的に戦争全体のことが含まれていると読める箇所もあるが）、「戦争」の全体を描けているとは言いがたい。複数の視点からある事象を描こうとする試みは『俘虜記』の次の年に発表された『武蔵野夫人』（一九五一年）で行われている。さらに、『レイテ戦記』を書いたあとに、たったひとつの事件を巡るたくさんの視点からの描写を重ね、「事実」に迫ることがいかに困難なのかを描いた『事件』（一九七七年）という作品がある。自身が体験した「戦争」すら、その全体性や「真実」を描くのが如何に困難であったのかが、この優れた戦後文学者の軌跡を読むと、痛切に感じとれる。

このことを強調するのは、「震災後文学」に対してぼく、あるいは共同研究者たちの一部が抱いた不満が、震災の「全体性」を描けていないという点にあるからだ。日本文学は、私小説を中心に、私の実感を描くことを得意としてきた。そのことの強みは冒頭に引用したような「私を通して世界を感じ、描くこと」にあるのだとしたら、弱点は、組織や社会を描くのが不得意だということにある。これは日本文学に対してこれまで何度もなされてきた批判であるが、同じ問題は、東日本大震災後にも繰り返されている。それを「弱点」と見るか、むしろ私的な個人に留まることこそが文学が他のジャンルやメディアには出来ない「強み」であると見るべきか。個人の内面の思考や感情の軌跡に触れるための最良の手段が、今のところは文学であるというのは確かである。組織や集団を描くのは他のジャンルに任せればよい、というのも、一つの「文学」の戦略ではあろう。

むしろ、「全体性」を描こうとした試みは、エンターテイメントの領域にある。何故、文学は、震災の総合性、全体性を「描こうと試みる」ことすら行わないのか。無残な挫折や失敗作に終わるとしても、それを描こうとする試みすらろくに見当たらないというのはどういうことなのだろうか。冒頭で引用した大江健三郎の場合は、ユマニスト由来の、個人－世界－宇宙の照応という文学観が存在しているのをぼくらは知っているから、彼が私的なことを書きながら全体（同時代）の問題を意識し、それから敢えて私的な世界を描くという「手法」に賭けたことを知っているが、他の者はどうなのだろうか。

（6）震災の経験・記憶を参照し、エンターテイメントとして昇華した庵野秀明総監督『シン・ゴジラ』、新海誠監督『君の名は。』が、（ぼく個人の評価はともかく）大ヒットしているのが、震災から五年目の二〇一六年であるということは、興味深い事実である。

そこで、ぼくは、震災という出来事の「全体性」を「総合的」に描く作品を探すのは、いくらか断念した。むしろ野間宏の「暗い絵」のような、完成度は高くないにしろ、戦争の衝撃や暗い内面を表現した作品に相当するような、震災後の状況を描こうと試みた作品を探すことにした。そのような作品をこそ、現時点での「震災後文学」の代表作として選ぶべきなのではないかと。

「暗い絵」はこのように書き出されている。

「草もなく木もなく実りもなく吹きすさぶ雪風が荒涼として吹き過ぎる。はるか高い丘の辺りは雲にかくれた黒い日に焦げ、暗く輝く地平線をつけた大地のところどころに黒い漏斗形の穴がぽつりぽつりと開いている。その穴の口の辺りは生命の過度に充ちた唇のような光沢を放ち堆い土饅頭の真中に開いているその穴が、繰り返される、鈍重で淫らな触覚を待ち受けて、まるで軟体動物に属する生きもののように幾つも大地に口を開けている」。

一行目から、「吹きすさぶ雪風」が「吹き過ぎる」という、「頭痛が痛い」式の間違いではないかという表現を敢えて使い意表をつく。多分、「暗い絵」は、「よくできた小説」ではない。だが、戦後を代表する作品である。それは、このような「歪み」や「完成度の低さ」も含めて、敗戦という経験を消化しつつ、新しい何かを表現しようとした痕跡であるからである（そして、それが多くの人間に共有・共感されたからこそ、文学史的な評価を受けているのだろう）。

ぼくたちが探し出し、論じるべきは、「傑作」ではないが、「代表作」といいうるべき、東日本大震災を受けた衝撃により固有に生まれた作品ではないだろうか。ある固有の感情や思考を表現するために方法の冒険をしているような作品。そのような作品を、震災後文学の「代表作」とするべきなのではないだろうか。

「代表作」を選ぶべき根拠としては、後世においてこの時代の文学（あるいは文学を通して時代を知ろうとする者（あるいは同時代においてでも構わないが）に対して、「全てを読めば分かる」と言うことは、現実的ではないということがある。ある限られた数の作品を選び、「代表するものである」と、個人の責任と価値判断において選び、提案することには、充分な意義があると考える。無論、異論はあるだろう。その場合は、異なった案を提示していただければと思う。

二〇一六年七月現在、ぼくの考える「震災後文学」の代表作は、

川上弘美「神様２０１１」
高橋源一郎『恋する原発』
いとうせいこう『想像ラジオ』
大江健三郎『晩年様式集』
辺見庸『瓦礫の中から言葉を』
上田岳弘『太陽・惑星』
滝口悠生『死んでいない者』
吉村萬壱『ボラード病』
松波太郎『LIFE』
小島秀夫『メタルギアソリッドV　ファントム・ペイン』

ということになる。もちろん、これには説明が必要だろう。

「震災後文学」の代表作の基準

このラインナップのうち、いくつかは、先行研究である木村朗子『震災後文学論　あたらしい日本文学のために』その他の既存の評価を踏襲した。

『震災後文学論』は、それ自体がひとつの文学作品のようである。書籍として刊行されたのが二〇一三年であるから、おそらく、客観的で俯瞰的な語りができない状況の中に、分析者それ自体も巻き込まれていた当時の生々しさがこの論述自体にも宿っている（当時出た新書や思想書、人文書などにも、その生々しさは多く残されており、その混乱を含めて「震災後文学」的なものとして論じることが可能だろう）。

この書籍の中で、大きな比重を占め、重要な作品として扱われているものに、川上弘美「神様２０１１」、高橋源一郎『恋する原発』、いとうせいこう『想像ラジオ』、津島佑子『ヤマネコ・ドーム』、多和田葉子「不死の島」がある(7)。

震災直後に書かれた作品のうち、川上弘美「神様２０１１」、高橋源一郎『恋する原発』、いとうせいこう『想像ラジオ』を選んだのは、木村の評価を踏襲している。「神様２０１１」においては、放射性物質がある日常と、神話的な世界観との関係を描いたという点において。『恋する原発』においては、不謹慎などの言葉が吹き荒れる中で、原発の周りでチャリティＡＶを撮るという、文学の自由で悪辣な力をいち早く示した点において。『想像ラジオ』においては、「死者」をどう受け止めるか、代弁するかという問題について「表象不可能性」を超えた対峙の仕方を示した点において。必ずしも作品として全面的に評価するわけではないが、代表作には値する。

震災直後の文学としては、他にも、連載の途中に東日本大震災が起こって内容が変わってしまった多くの作家の作品や、被災地に行って書かれた古川日出男『馬たちよ、それでも光は無垢で』などの作品がある。

二〇一二年から二〇一三年にかけて書かれた既出の『晩年様式集』も、震災の瞬間とその後を直接的な主題にしており、震災直後的な側面の強い小説である。

辺見庸『瓦礫の中から言葉を』は、彼の詩集『眼の海』や小説『青い花』と共通するテーマを持った「新書」である。だが、この混乱した心理と主題と文章の中には、震災後文学で展開される数多くのテーマが驚くほどの密度で詰まっている。「新書」であるとは言え、この作品を震災後文学の代表作にぼくは推したい。内容についてては後述する。

上田岳弘『太陽・惑星』、滝口悠生『死んでいない者』(8)、吉村萬壱『ボラード病』、松波太郎『LIFE』は、震災から比較的時期を置いてからの作品であり、どちらかと言えば若い作家が多い。震災以降にデビューした作家も含まれている。こちらは、ある程度時間と距離をおいて震災を咀嚼し、震災と震災後の世界や人間のありかたを、冒険的な形式や文体などによって表現している作品群である。

(7) 木村の見解の中で、東日本大震災後の文学は「語ることの倫理」が問題になるという特徴があるという件は特に傾聴に値する。さらに、原発を扱った作品が少ないという点を問題視することにも賛同する(木村が論じた時点よりは、いくらか現状は増えている印象は受けるが)。ただし、「熊」を震災後文学の重要なモチーフとする見解には賛同しがたいので、ここではその論点は引き継がなかった。

(8) この二作についての詳細な分析は、『すばる』「関係性の時代［文学篇］」で詳述するので、参照していただければ幸いである。

小島秀夫『メタルギアソリッドV　ファントム・ペイン』は、ゲームソフトである(9)。これを「文学」と分類する人間は少ないと思うが、その内容と形式から鑑みて、これは震災後文学の代表作であるどころか傑作であると断言することに躊躇いはない。

Ⅱ　2011≠1984

さて、ここまで、まるでヘリコプターから地面を撮影するかのように、震災後の文学の状況を鳥瞰してきた。

ここからは、地面を這い蹲りながら、上空から見通す目や図式や地図などもないまま、認識と言語に起こった壊滅的な被害による瓦礫の中から、手探りで何かを探っていく、あるいは押し寄せるかもしれない脅威的な何かと立ち向かう準備をする作業を行うことになる。

自然科学をモデルとするような客観性を理想とする「研究」の規範を知りながらも、このような立場をここでは選択することにしたのは、文学を読むという行為は、読む〈私〉が読まれるテクストの間に作品を「生成」するものであり、その相互作用の中に立ち現れるものこそが文学の最も核心的な「本体」であると信じるからだ。機械的でドライな分類作業など、AIに任せておけば良い。人間が文学を読むということの本質は、そんなところにはない。〈私〉が読書行為において、テクストという物質と対決し、意味や内容を生成していく営みの瞬間を排除するならば、芸術の感動も意味も存在価値も、なくなってしまうだろう。

だから、ぼくは、ここで〈私〉のアイデンティティを提示しようと思うのだ。普段なら敢えてそうする必要はないのだが、震災後文学論を展開するにあたって、〈私〉の動機を提示しておかなければ、なぜそこに注目し、何を問題視しているのかが分からなくなるからだ（震災とは、ぼくらにアイデンティティの開示を迫る語りをある程度強要させる側面があるのだということに、一定の憤りを感じつつも）。

ぼくは一九八三年に札幌で生まれた。現在事故を起こした原発を作ったメーカーである東芝において送電を担当している父を持つ。早稲田大学第一文学部を卒業した後、東京工業大学の大学院に入り、博士号（学術）を取得した。東京工業大学は、日本の原子力政策に協力してきた大学である。卒業論文はカート・ヴォネガット。博士論文では筒井康隆を扱った。どちらも、ＳＦに分類される作家であり、科学技術に警鐘を鳴らすタイプの作家である(10)。技術者の息子として育った中で感じていた不満や鬱憤、疑問が、それらの楽観的で進歩主義的な科学技術観に警鐘を鳴らす作品群にぼくを接近させたことは否定できない（特に、ヴォネガットは、現在福島で事故を起こしている原子炉メーカーであるＧＥの社員、しかも広報を担当していた時期があり、原子力に関連する物事の隠蔽について幾度も警鐘を鳴らしていた）。

活動のベース部分は、戦後日本が「科学技術」をどのように咀嚼しようとしたのかの痕跡として、

(9) 野島一人によるノベライズ版もあるが、ここではゲーム版を中心に扱う。ノベライズ版は、ゲーム版にはない補足的な情報がある（たとえば一九八四年は核が拡散を始めた年であるとか）が、傑作と言い得るのはゲームのほうだ。

(10) このような「科学」と「文学」を主題化することが、前述のような方法論を要請している部分もある。「科学」や「科学を経由した世界観・人間観」「科学技術を取り巻く状況」に対して批判的な態度を取る文学作品を扱う以上、この論考が『自然科学』的なモデルを採用するということは、内容が形式を裏切ってしまうことになるのだ。

文学作品やSF作品、サブカルチャーなどを分析していく、ということである。核兵器に象徴される敗戦と、その後の科学技術立国化していく日本における、心理的なリアクションとして、諸々の作品を解釈していくというのが、ぼくの基本姿勢であった。

科学技術の楽観性、あるいは科学技術を取り巻く状況に対して批判的な作品を好む傾向があったのは、オイディプス・コンプレックスが関係していたことは、否定できない。身近で見ている「技術者」の仕事や姿、人間性に、尊敬する部分と疑問に思う部分や反撥する部分の入り混じった複合心理が影響していたことも否定できない。この〈私〉自身の葛藤の問題は現在も解決されておらず、この論の記述にも大きな影響を与えてしまっていることを、正直に告白する。――ぼくがそこそこに豊かな生活を享受し、高等教育を受けられたのは、間接的にせよ原発マネーによってであるし、原子力政策に加担した大学において、学費の免除その他の優遇を受けた上で、このような文章を書くようになれるような教育を受けたのだ。ぼくには罪悪感が、象徴的に言えば「父の罪」に対する罪障意識が存在している。と同時に、不謹慎を承知で告白すれば、ぼくは原発事故に「ざまあみろ」とさえ思ったのだ。科学技術の問題性を常々不満に思っていたぼくは、その事故そのものに、自分の科学技術に対する反発の気持ちの正しさを証明されたかのような解放感すら覚えてしまったのだ。これは、原発事故で被害に遭った多くの人のことを考えれば「発してはいけない言葉」であり「感じてはいけない感情」であるのだろうが、ぼくは、思ったのだ。それを「思った」ということ自体が、自分にとって強烈なショックとしてあり、今でも咀嚼できない。そのような私的な葛藤と混乱の中に巻き込まれた、弱弱しく不謹慎で無知なただの人間として、ぼくは震災後の文学を切実に必要としてきた。

だから、震災後の状況を、人間的意味を通じて理解しようとする場合、どうしても、原発と、原発事故、放射性物質、そして科学という主題にぼくの関心が集中することになる。集団的に死者をどう受け止めるのかという主題は、たとえば第二次世界大戦の死者をどう受け止めるかが三島由紀夫の『英霊の聲』などの作品や、その後の自決、そしてそれが新右翼などに与えた影響などを鑑みても、靖国神社が未だに政治的に重要なトピックになっていることから鑑みても重要であることは否めないのだが、「大量の死者が自然災害などで生じた」ときに受け止めるモデルそのものは存在している。斎藤環も『原発依存の精神構造』の中で「地震や津波に対しては」、既存の「経験構造のもとで向き合うことが可能になる」と述べているが、福島第一原発の事故については、「そこでは経験の意味がわからないこと以前に、どう経験して良いかわからないことが問題となる」（二四頁）と述べている。これは、ぼくの実感とも合致する。よって、この「どう経験して良いかわからない」ことを、経験可能なものにするための認知的な努力を試み、ぼくたちの生における意味を解釈することこそが、本論の目的であり、ぼく自身が切実に必要としているものである。

繰り返しになるが、この論点選択や、問題関心の持ち方は、ぼく自身のこれまでの成育歴からくる、客観的に見れば恣意的な（しかし、主観の立場からすれば逃れがたい）動機に基づいている。

しかし、そのぼく自身の探求は、私的で個別的ではあるが、その探求のプロセスや結果そのものをシェアすることで、同じように「わからない」でいる他の人々に、何らかの意義・意味のあるものとして読みうるものになってくれることを期待しうるのではないか。そのことに確信はないし、正直に言って、自信もない。だが、そのように読まれうることを乞い願い、微かにでも、誰かにでも通じることに対する〈信〉なくして、ぼくは書くことができないだろう。どうか、そのように読んでいただきたい。私的かつ個別的なことが、普遍的かつ一般的なものに通じるかもしれないという、自然科学的な論理を超えた、「文学」特有の論理が、ひょっとしたらまだ成立するかもしれないという、時代錯誤な〈信〉が――〈真〉になるのか、どうか。

世界は、二重化する――吉村萬壱『ボラード病』

東日本大震災後の、特に「理解が困難」である原発事故後の日常を表現した作品としては、川上弘美「神様2011」の、熊とののんびりとした散歩、日常の描写の中に、放射性物質のような科学的な単語が「ごろっと紛れ込む」手法はリアリティがある(11)。

「シャワーを浴びて丁寧に体と髪をすすぎ、眠る前に少し日記を書き、最期に、いつものように総被曝線量を計算した。今日の推定外部被曝量・19μSv。年頭から今日までの推定累積外部被曝線量・2900μSv、推定累積内部被曝線量・1980μSv。熊の神とはどのようなものか、想像してみたが、見当がつかなかった。悪くない一日だった」(『それでも三月は、また』七三頁)

原発事故が起こっても、SF映画のようなカタストロフは起こらなかったし、事故後の世界も、『マッドマックス』のような核戦争後の世界のようにはなっていない。日常の中に科学の用語や認識などが混ざるだけであるという、震災後にぼくが驚いた光景が、かなり早い時点で描かれていることに驚くばかりである。

川上弘美(12)が一九九四年に発表した「神様」が、原発事故と放射性物質を作中に織り込んだ「神様2011」との二作に分裂したように、作中において現実が二重化(場合によっては多重化)する作品が増えてきた(13)。

顕著なのは、吉村萬壱の『ボラード病』である。何かに汚染されている「海塚市」に住む少女の視点から郷土が語られる。そこは、極端なパトリオティズムに起因する「空気」が支配している。小学校ではこのような教育が行われている。


「B県海塚市の人々は、どんな人たちですか?」

「心と心が強く結び合った人たちです。」

「そうだね。では結び合いって何ですか?」

「決して断ち切られてはならない、人と人との結び付きのことです。」

「そうだね。では湯川さん自身は、ふるさとの人たちと強く結び付いていますか?」

「はい。とても強く結び付いていると思います。」

「どんな風にかな?」

「えっと……。」

「湯川さん、設問3に入ったよ」

「あ。私はふるさとの人たちと共に助け合い、協力し、心を一つにして頑張っていきたいと思いま

(11) ここからの論述で、「リアリティがある」などの断言をする場合、普遍的かつ客観的な意見というよりは、執筆者であるぼくの主観的判断である。
(12) 川上は御茶の水女子大学理学部生物学科卒で、生物の先生をやっていたことがある。
(13) アーティストの小森はるかと瀬尾夏美が、震災直後から陸前高田に移住し、震災の傷跡と復興の様子を作品化した展示「波のした、土のうえ」で、「二重のまち」という詩が展示されており、朗読イベントも行われた。

す。」

「そうだね。それは何故ですか？」

「えっと……もう二度と、ふるさとを手放したくないからです。」（単行本、四一－四二頁）

　何を答えるべきかが定められている。明確な思想統制である。そして、彼らは「自発的」に合唱を行う。「海塚！　海塚！　海塚！　海塚！　海塚！　海塚！　海塚！　海塚！　海塚！」と。

　この世界では、子供たちが若くして次々と亡くなっている。生き物や人間に奇形が生じているようだが、危険、不安、汚染、被害などが「ないことにされている」世界で、「見えない」ように振舞わなければならないように隣人同士で監視・抑圧が行われている。

「随分待たされた挙句に運ばれてきた海鮮丼を見た時、私は眉を顰めずにはいられませんでした。母は咄嗟に（絶対に残しては駄目よ）と、きつく目配せしてきました。私はお刺身の名前など全く知らなかったので、目の前の丼飯の上に載った赤や白の生魚の切り身が、食べ物というよりブヨブヨとしたゴム製品に見えていました。（……）しかし刺身はどうしても食べられそうにありませんでした。母は野間夫妻の視線を気にしながら、目で促してきました」（一一六頁）。この野間夫人が、彼女達を監視しているのである。

　語り手は、おかしいものがある、おかしいことが起こっているのが「見えている」。それを「言ってはいけない」と母親と教師に教育されている。おかしいものが見えている自分が「病気」だと思っている。

「庭の花をじっと見詰めたり、チヒロちゃんをジロジロ見たり、友達の似顔絵を描いたりすることを母が厳しく禁じる理由を、私はずっと本当には分かっていませんでした、寧ろ世界は見たままのもので、それでいいと思っていたのです」（一一七頁）

言葉をコントロールすることで、「見えている」現実すらコントロールする社会であったことが、最後に、叙述トリックのように明かされる。

これは言うまでもなく、震災後の「空気」や、放射性物質に関係する言説の状況の隠喩である。最終的には、自分ひとりだけしか見えていないので「幻覚」かと思っていたら、周囲の（ほぼ）全員が、それを見なかったこと、発言してはいけないことにしていた、という逆転が仕掛けられている。

このような、東日本大震災後において、「言論統制」と「二重思考」を強いるディストピア小説が増えている。この作品の中でも、世界は二つに分裂している。問題がない世界と、問題がある世界と。語り手が信頼できないのかどうかが読者は分からないので、この不確定の二つの世界を読者は読みながら、揺れ動き、まだらに体験することになる。

「二重思考」とは目の前の現実と、言葉とが乖離し、精神や自己が二重化している状態のことで、ジョージ・オーウェルの小説『１９８４』で描かれた。管理社会を描くディストピアものである『１９８４』では、思想を統制するために、「ニュースピーク」と呼ばれる新しい言語が使われる。その結果、矛盾を矛盾と感じなくなる。たとえば、「戦争は平和である」「自由は屈従である」という言葉が有名である。本来、戦争と平和は論理的には逆のものなのに、その言葉を刷り込むことで、正反対のものをイコールにすることができるのだ。

「しかし人間の意識というのは、実に不思議なものです。周りの人間の言動次第で、見えるものも見えなくなってしまうのです。自分の目で見て三角のものでも、周りの人間が一人残らずそれを丸だと主張すればそれは丸なのです。頭でそう理解するのではありません。実際に、丸に見えてくるのです。目の前にとんでもない物が存在していても、全員が無いと主張すればそれは消えてしまいます。それが人間というものです」（二六二頁）

このように、震災後の日本を、空気による民間の相互監視社会として描く、いわば「和風1984」とでも言うべき作風が大きく目立って感じられた。

確かに、インターネット上では、相互に人々が「不謹慎」狩りをしたし、自分と思想が異なる相手に対して過度に攻撃的になる人々も増えた。原発に対する言説の周りには、実際に「ニュースピーク」のようなものが多くある。たとえば「事象」。要するに「事故」のことである。「炉心溶融」はメルトダウンのことだが、多くの人には聞き覚えがないだろう。実質的に同じ意味なのだが、メルトダウンと言う言葉を、何故か東電、政府、マスメディアは使用するのを避けた。その根拠として「メルトダウン」には定義がないと、科学的であることを装った言説が発せられたが、事故から五年後に、東電の内部にメルトダウンの定義が存在していたことが判明している[14][15]。原発とは直接は関係ないが、同時代の言説としては、「積極的平和主義」「解釈改憲」などの言葉もニュースピーク的な論理的危うさを漂わせている。

「言論統制」「二重思考」「世界の分裂」「空気のファシズム」「戦争の予感」などが、この『ボラード病』には濃厚に描かれている。それはこの作品だけではなく、田中慎弥『宰相A』などとも共有されている（田中は、『新潮』二〇一五年五月号掲載の「AとXの対話」で「異世界を描くというのは、スウィフトの『ガリヴァー旅行記』やオーウェルの『1984年』、それからアンソニー・バージェスの『時計じかけのオレンジ』などを意識しました」（一三八頁）と述べている）。

これらのテーマが、震災後文学の中でどのように内的に結びついているのか。それを理解するためのヒントになる作品がある。辺見庸の『瓦礫の中から言葉を』である。

戦争の予感と〝おのずからのファシズム〟——辺見庸『瓦礫の中から言葉を』

辺見庸は、一九四四年に、宮城県石巻市に生まれ、七〇年から九六年まで、共同通信で働いていた。『瓦礫の中から言葉を』は、二〇一一年四月に放送された「こころの時代」で話した内容をベースにした私記で、エッセイに近い。震災直後に、自分の故郷が壊滅してしまった六七歳の作家の「混乱」も「葛藤」も割とそのまま出てきているのが特徴だが、ここには本論が探求しようとしている種類の震災後文学を理解するための手がかりがある。

たとえば、このような記述を見てみよう。

(14) 朝日新聞デジタル二〇一六年四月一二日の記事「東電広報担当、メルトダウンの判断基準「認識していた」」によると、「岡村祐一・原子力・立地本部長代理。個人の認識を問われ、「(判断基準を) 知っていたのは事実。社内で20年以上、原子力の業務をするなかで把握した」などと述べた。東電は判断基準がマニュアルに書かれていることに5年間気づかなかったと今年2月に発表。それまでは公表遅れの理由を「判断する根拠がなかった」と説明してきた」(http://www.asahi.com/articles/ASJ4C6Q82J4CULBJ00Y.html)

(15)「メルトダウンはない」「メルトダウンの定義がない」と「科学的な言説」の装いで発言していた菊池誠のような科学者たちが、後に事実が判明した結果、自身がデマゴギーになってしまったことについて、反省は行われているのだろうか。ぼくの目にする範囲では、彼らが様々な放射能デマや疑似科学などを嬉々として叩くことで優越感と自己の正しさを錯覚し自身の間違いやデマを直視するのを避けているのを見るに、科学者への不信が増してきている。

「地震と津波の結果というより、それはまるで戦場のようでした。あぜんとするのは、いまだに茫然自失しているのは、自分が子どものころにからだにすりこんできた、故郷の自然と景色が、真っ黒になって脱色されて、しいていえば現代アートのように、途方もない形で、たとえば車がなかに人がいるまま黒焦げになって、小学校の校舎が全体として焼けただれている。その異様で絶大な風景を表す言葉がない。ただ慟哭するしかない。ただ泣き叫ぶしかない」(五二頁)「地震と津波の現場が、空襲や核爆発の現場に似る、そんなことも起きうるのだ、ということをわたしははじめて知りました」(五二―五三頁)

と、被災地の光景から、戦場が連想されている。「戦争」という人災を、自然災害のメタファーで捉えるのは、小林秀雄はじめ、比較的日本ではよく見られるパターンである。しかし、ここでは、「自然災害」を「戦争」という人災で喩えているのだ。さらに、自然災害である地震と津波の「あと」の光景が戦場に類似しているという「過去」の問題と、戦争が「未来」に起きるかもしれないという予感が重なっている。どういうことだろうか。

被災地が「戦場」の廃墟を連想させ、それがさらに連想を引き寄せるように、辺見は、震災後の「自主規制」などのメディアのあり方に、第二次世界大戦の頃の検閲やファシズムの「空気」を連想している。ファシズムの定義を厳密に行うのは難しいのだが「束ねる」という意味で、国民が集団として均質な思考などになっていく/されていくことであるとここでは単純化して説明する。

「3・11以降、しがない個々人の生活より国家や国防、地域共同体の利益を優先するのが当然という流れが自然にできている。/「個人」は「国民」へ、「私」は「われわれ」へと、いつの間にか統合されつつあります。そして、この国は、われわれは、変わらなければならないと言われ、それが見えない強制力、統制力になって、個はますます影が薄くなっている。３・11以前よりさらに窮屈に、不自由になっています」（三〇頁）「大震災は人やモノだけでなく、内心の表現は３・11以言葉、文法をも壊したと言いましたが、思えば、そのこと自体、表現者が取り組まなくてはならないテーマであるはずです」（一五頁）

「個を不自由にしているのは、かならずしも国家やその権力ではなく、「われわれ」が無意識に「私」を統制しているという注目すべき側面があります。上からの強制ではなく、下からの統制と服従」（三二頁）

「戦前、戦中の日本の天皇制ファシズムは（……）かならずしも上からの絶えざる強圧的統制、全面的かつ暴力的弾圧を必要とするものではなかったともいわれます。下（民衆レベル、マスメディア、教育・文化界）からの協調主義的全体主義化や日々、自然に醸成されていく〝おのずからのファシズム〟といった側面もありました」（八五頁）

実際、戦前に、現在のＳＮＳで起きているような〝おのずからファシズム〟的なことがあったのか。平野謙『昭和文学史』を参照してみると、そのような側面があったことを窺わせる記述が見つかる。直接的な逮捕や虐殺による弾圧や、「ペン部隊」のような国策への動員だけではなく、出版物を事後的に検閲し回収させることで経済的ダメージを与える嫌がらせのようなものを繰り返し、自主規制を内面化させたのだ。自主規制の内面化や、民間人同士の密告が起きた事例として「俳句事件」が挙げられている。「この事件のかげに、小野蕪子がみずからスパイの役割を買って、特高警察と連絡をとっていたという事実だろう」（二五二頁）「秋になって赤い柿が枝に一つ残っていたという歌をみつけると、これを追求して行って、これはいかに弾圧されても最後に残るのは共産党だということをうたったものだろうという。『菊が枯れてくる』ということはたいへんで、しまいには枯菊などは詠えなくなった」という栗林一石路の言葉を引いている。弾圧や検閲が内面化し、民間で相互に起きるようになるのは、確かにSNS以降だけのことではないようだ。

このような「状況」が、未来に戦争が待っているという「予感」のひとつの根拠となる。日本の状況を、ジョージ・オーウェルの『1984』を引き合いに出して辺見は語っている。

『一九八四年』における「新語法」の目的は、オーウェルによれば、言語の単純化により人びとに深く複雑な思考をさせなくし、異端や反抗の思想をもたせないようにすることにありました。人びとが本来もっていた豊かな語彙や思考法を制限し、体制や権力側のイオオロギーに反する思想が育たないようにして、支配を磐石なものにするためというのです。

つまり、「ニュースピーク」は、上からの強圧的言語統制なのですが、対比するに、3・11以降に日本で生じた言語表現上の怪現象の多くは、言うまでもなく、上からの強権的言語統制ではなく、メディアの自主的表現統制（自己規制）なのでした。日本という国では、「だれが責任をもってそう命じたわけでもなく、なんとなくそうなっていく」という、主体のない鵺のような現象がしばしば生じるのですが、3・11後の言語状況もそうです。（八三頁）(16)

辺見は、共同通信で働いていたから、マスメディアの中でどのような「規制」「検閲」が行われていたか、ある程度実感を持って知っていただろう。元・博報堂の本間龍の著書『原発プロパガンダ』や、山本昭宏『核と日本人』などを読んでも、主に原発に限定したとしても、巧みな情報統制やソフトな弾圧のようなものが行われていたということはほぼ事実であると考えていいのではないか。

本間龍は『原発プロパガンダ』で以下のように書いている。

「反原発報道を望まない東電や関電、電事連などの「意向」は両社によってメディア各社に伝えられ、隠然たる威力を発揮していった。東電や関電は表向きカネ払いの良いパトロン風の「超優良スポンサー」として振る舞うが、反原発報道などをしていったんご機嫌を損なうと、提供が決まっていた広告費を一方的に引き上げる（削減する）など強権を発動する「裏の顔」をもっていた。そうした「広告費を形にした」恫喝を行うのが、広告代理店の仕事であった。（……）電事連がメディアの報道記事を常に監視しており、彼らの意図に反する記事を掲載すると専門家を動員して執拗に反駁し、記事の修正・訂正を求められたので、時間の経過と共にメディア側の自粛を招いたのだった。／こうして3・11直前まで、巨大な広告費による呪縛と原子力ムラによる情報監視によって、原発推進勢力は完全にメディアを制圧していた」（iv頁）

このような、原発に関する、政治、メディアにある「空気」と「自己検閲」の機運こそ、戦争を作家達が想起した一つの重要な根拠となる。

辺見が所属していた共同通信と、時事通信は、日本にある二大通信社であり、両社とも電通の大株

（16）東京都現代美術館で二〇一六年にアーティスト・ギルドの人々が開催した展覧会「キセイノセイキ」展および、その関連書籍『あなたは自主規制の名のもとに検閲を内面化しますか？』は、この問題に対して美術というジャンルを用いて非常に意欲的なアクションを行っていた。震災を直接の題材にした美術作品が、文学と同じように「震災後」の次のフェイズに移行したことを強く感じさせられ、ぼくは非常に高く評価している。

主である。前身は「同盟通信社」（電通の一部もここに所属）で、そのさらに前身は一九三二年に大日本帝国が作った「情報委員会」である。この組織は、国民の世論や、外国への情報発信を国家がコントロールしようとした。第二次世界大戦後は、GHQによる事前検閲に協力している。その後、GHQに解体され、共同通信、時事通信に分割された。そのような経緯のある会社で記者をやっていたということが、この問題意識に関係している可能性はある。

「空気」と「言論統制」のようなものが現在でも作動していると考えるべき根拠は、原発に関する言説において確認できる。

二〇一六年三月二三日に東京電力が行った発表「炉心溶融の公表に関する経緯とこれまでの課題別ディスカッションにおける議論について」の資料(17)には、「言論統制」と「空気」に関する実に示唆深い記述がある。「メルトダウン」や「炉心溶融」という言葉を使っていない理由、あるいは、公表しなかった理由について、「空気」という言葉を根拠に用いているのだ。「当時は一種の「空気」のようなものが支配していた」「メルトダウンという言葉の定義がなく、使いにくい空気があった」と(18)。

第一回、平成二五年一一月一四日の資料から具体的に引用すれば、「『炉心溶融』や『メルトダウン』といった用語の定義が定まってなく、正確な表現に努めようとした結果、かえって事象を小さく見せようとしているとの指摘に繋がった」「炉心損傷が発生していたとしても、小さくあって欲しいという潜在的な願望と相まって公表にあたって矮小化したいという集団心理があり、その後の当社発表に繋がった可能性もある」。

平成二六年二月四日の第二回では「メルトダウンの公表について、当社調査では誰から誰に指示を受けたかについては確認がとれず、証拠が見つかっていないこと、当時は一種の「空気」のようなものが支配していたことを説明」、平成二六年十二月二五日の第五回には「メルトダウンという言葉の定義がなく、使いにくい空気があった」。

平成二七年一一月二五日の第六回では「炉心損傷とメルトダウンの可能性を認識した日時・根拠について聞き取り（対象：清水社長、小森常務、発電所対策本部要員、運転員）、結果を説明」「メルトダウン公表に関する社外からの指示、社内への指示について聞き取り（対象：清水社長、小森常務）、社外からの指示も社内への指示もなかったという結果を説明」、平成二八年二月一〇日の第七回では、「指摘された問題点（事実と異なる発表、表現や発表内容の矮小化、事故の状況説明不足）に対する当社見解として、以下を説明：／①断片的な情報しか確認できなかった／②都合の悪いデータを隠す、事故を矮小化するという意図はなかった／③リスクへの言及ができず、事態の重篤度を伝えられなかった」としている。

この「空気」という言葉が、戦争を連想させることには明確な根拠がある。山本七平『「空気」の研究』は、その例を多く第二次世界大戦の日本における意思決定と責任の問題に採っている。「至る所で人びとは、何かの最終的決定者は『人でなく空気』である、と言っている」（一五頁）「空気の責任はだれも追及できないし、空気はどのような論理的過程をへてその結論に達したかは、探究の方法

（17）東京電力ホームページより。http://www.tepco.co.jp/press/news/2016/pdf/160323b.pdf　２０１６年9月30日取得）

（18）メルトダウンの公表をしなかったことについて、第四回の説明では「国から（福島第一3号機格納容器圧力上昇について）公表を待てという指示があった」と書いてあるが、第六回では「社外からの指示も社内への指示もなかったという結果を説明」しているという、矛盾が、わずか九行のみを間に挟んで同居できているということにも驚くべきであろうか。

がない」(一七頁)。「空気」のせいにするということで、責任を回避する言い逃れをしているのだ。おそらく「空気」は、丸山眞男の言う「無責任の体系」が駆動し続けるために必要な概念なのだろう。しかし、「空気」のせいだといわれて何故納得するのか、何故納得すると発話者は思うのかは大いなる謎である(その謎の探求を『「空気」の研究』は行っているので、是非手にとってほしい)。謎はであるが、現にこのように今でも「空気」なる言葉が使われている。第二次世界大戦で悲惨な決定を行った原因となったとされる「空気」や「無責任の体系」が今でも原発やその周辺の政治的・科学的・経済的な分野に存在している。その「空気」を、山本は「宗教的絶対性をも」つとすら表現している。それは意識されていない宗教なのだ(19)。

この「空気」による意思決定や、「無責任の体系」が温存されているということが、かつてその意思決定システムによって第二次世界大戦の悲劇に日本が突入してしまったことから、再び悲惨な未来を導いてしまいかねないと恐れるのは当然であろう。誰かの意志というよりは、構造やシステムの自走によって、全体が引きずられていきかねない。

関東大震災と東日本大震災——今は戦争の前なのだろうか?

災害の痕跡が戦場を想起させるのは、図像的な類似性として理解できる。では、そのような「過去」の戦争が同時に「未来」の戦争をも想起させるのは何故か。

第二次世界大戦時のウルトラ・ナショナリズムに繋がった「空気」が生まれたのは一九二三年の関東大震災であると分析されることが多い。巨大な災害は、国家的な一体感を醸成しやすい傾向を持っている。関東大震災と東日本大震災を、それぞれ比較してみた。

一九二三年　関東大震災　　　　　　　　　二〇一一年　東日本大震災
一九二五年　治安維持法　　　　　　　　　二〇一三年　秘密保護法案
一九四〇年　東京オリンピック（中止）　　二〇二〇年　東京オリンピック
一九四一年　太平洋戦争　　　　　　　　　　　　　　　戦争？

以上のことから、戦争が起こる「かもしれない」という危惧には、一定の根拠があると言える。世界的にも、不況が続き、クーデター、革命、蜂起、テロなどが連続しており、戦争に繋がりかねない条件にあるようには見える。とはいえ、第二次世界大戦のような総力戦になるとは断言できない。おそらくは、起きるとしても二一世紀的な新しい「戦争」であり、それはこれまでの「戦争」概念では戦争として認識されないようなものかもしれない。

未来のことは、わからない。「炭鉱のカナリヤ」としての作家達が、現在の「空気」を吸い、そこに危険なものがあればバタバタと言説や行動で暴れだすのを見て、ぼくらは現在がどういう時代なのかもしれない。

(19) 中村文則の『教団X』以後の発言は、この文脈の上で考えるべきであろう。詳細は藤井論文に譲るが、ぼくの考えでは、ゼロ年代の情報社会の中で、「私」が、分裂したり複数化するということが、実際の生の感覚としても、理論面でも語られてきた。平野啓一郎が『私とは何か』でいう「分人主義」などもその現われだろう。ぼくの考えでは、中村は、断片化した〈私〉が、震災で一気に揺さぶられ、ナショナリズムや宗教などの形で再編成される状況を問題にしているのではないか。しかし、そこで、丸山が言うような責任主体としての強い個人が成立させるという答えに落着することもできない。〈私〉が解体されつつも、ナショナリズムや、宗教的な全体主義に再編成されるのを如何に阻止するヴィジョンを提示できるのかというのか、彼の戦っている場であろう。

か、震災後の世界がどういう世界なのかを知るために参考にするのみである。

震災が戦争を想起させたもう一つは、原発に関係する。原子力と核兵器とが、これまでは「平和利用」と「軍事利用」という風に二つに分けて説明されていたが、それが虚偽であったということが判明した——少なからぬ作家はそう考えた——ことが大きい。原発は、それ自体で、軍事的なものであり、原発の存在自体が、潜在的に戦争の産物なのである。この感覚が、複数の作品に共有されている。たとえば塚本晋也『野火』、池澤夏樹『アトミック・ボックス』、小島秀夫『メタルギアソリッドⅤ』である。


平和は戦争であった——「核兵器製造の経済的・技術的ポテンシャルは常に保持する」

塚本晋也は、一九六〇年生まれの映画監督である。代表作『鉄男』は、八〇年代の「破局衝動」を体現し、世界を全部ぶっ壊してやろうとする衝動が強く現れている作品だった。和風サイバーパンクなどと呼ばれ、サブカルチャーの影響も強い作家であった。

二〇一二年『ＫＯＴＯＫＯ』ヴェネチア国際映画祭オリゾンティ賞の受賞をしている。この作品は震災前に脚本を書いており、震災後に撮影開始をしている。この作品も震災直後の恐怖感が乗り移った怪作であり、広義の震災後文学の傑作のひとつである。

そして、二〇一五年に、大岡昇平の小説『野火』を映画化し、公開した。何故、このような戦争映画を、塚本は今撮ったのか。塚本の中では、明確に戦争と震災のつながりが意識されている。

『すばる』二〇一五年九月号で、ぼくが行ったインタビュー「戦争の〝痛み〟を伝える——映画『野火』を撮って」で、塚本はこのように答えている。

「戦争が、少しずつ近づいてきている感じがします。自民党の憲法改定案の趣旨を読むと、全体的に国というものが動くためには、多少は個人が犠牲になってもらいますよと言っているように見受けられる。そういう最初の旗があって、その旗に沿って秘密保護法などができた。その次の集団的自衛権で、どう考えても戦争に向かっていると思えます」（二一五―二一六頁）

「今では、お金のあるなしにかかわらず、内容面で企画が通りにくくなったんですよ。戦争映画では大きなもののために自分の命を捨てて、そこで熱狂するという姿を描くほうが見ている人に喜ばれるであろう」（二一六頁）

（戦争体験者の話を聞いて）「印象に残ったのは〝痛み〟でした。実際そのとき、どんな悲惨なことが起こったのか、痛いことがあったのかということばかりが頭に残っていまして（……）何とか少しでも自分なりに咀嚼して映画化して、新しい世代の人に見せなければと思いました。そこには使命感みたいなものもあります」（二一六頁）

「飢餓状態を写真で見せてもらいました。（……）完全に骨と皮になっているので、映画で表現するのはとても無理な状態でしたね。あとは、手榴弾で自爆した兵士の写真も印象に残っています。（……）テレビなどの演出では、自爆してもどこか天国でも行ってしまうような感じで表現されています。でも実際はただ人間が壊れてしまう。人間が物になって壊れてしまうんです」（二一八頁）

（戦争体験者に聞いた話で）「もうひとつ印象に残っているのが、飢餓状態になった人が、自分の体からウジが湧いてくるという話です。でも、お腹が空いているから、朦朧としながら、そのウジを食べるんだ、と淡々と話されるのです。衝撃を受けました」（二一九頁）

戦争が近づいているように感じられる、戦争を批判するような映画が作りにくくなっているという実感がある、憲法改正の案を見ると戦争ができる国にしようとしているようにしか思えない、戦争経験者の実感も失われていく、だから、戦争の「痛み」を映画を通して伝えようとした。非常に立派な反戦映画であると同時に、端的に屍体がごろごろ転がっている災害の現場そのものを映像化したようにも見える作品である。森達也らが監督したドキュメンタリー映画『３１１』でも、屍体を映すかどうかが問題となっているが、ぼくらはマスメディアのレベルでは、被災地の遺体が具体的にどのようになっていたのかを観ていない。「死」のリアルが（真の〈リアル〉には到達できないにしろ）あからさまに隠蔽されているのだ。それが、何の意志なのか、何の目的なのかは、わからないにしろ。塚本は、被災地に行ったことも語っている。その光景それ自体を、映画を通じて突きつけようとする衝動すら本作からは感じられる。

そして塚本は、原発と戦争の関係について、以下のように言う。

「その津波の後に福島第一原発の事故が起こって、放射性物質が放出された。今までいかに自分が、電気がどこから来ているのかなどを全く知らないで安穏に暮らしていたんだなということが痛切によくわかった。（……）高速増殖炉のもんじゅとか、あんなに予算が掛かってうまく行っていないものをなぜ日本が持っているのかを考えると、核兵器を日本も持てるという軍事面での抑止的な意味合いがあると考えざるをえないですよね。僕が子供のときの佐藤総理大臣のときから言われていた、曖昧な抑止力みたいなものが今までずっと続いているのが見えたりした。不幸にも福島の原発事故があったことを教訓にしないといけないと思うんですが、それをまた今、なかったことにするかのように曖昧にしようとするのは、ちょっと想像を絶するなという気はします。あったことも忘れようとしているのではないか。それどころか、ないものとして済ませようとするのは神をも恐れぬ行為。恐ろしい気がしています。あのタイミングで「抑止力」という言葉が浮かんできたときに、同時にさらに戦争のリアリティみたいなものが浮上してきちゃったので、隠そうとしてうまくやろうとしてきた方々にすれば、大変な難しい出来事が起こっちゃったんだなと感じました」（二二〇－二二一頁）

ここで塚本が述べているのは、「潜在的核抑止」と呼ばれるものである。

それぞれの原発から出た使用済み核燃料を、再処理工場で加工し（日本では六ヶ所村で行う予定）、ウラン・プルトニウム混合酸化物を取り出し、高速増殖炉で燃料として使う。これが核燃料サイクルと呼ばれるものである。なにか理想的なエネルギー利用のようだが、高速増殖炉で燃料として使われた放射性物質は、プルトニウム239になる。この高濃度のプルトニウム239は核兵器の材料となる。この材料を確保しておくために、効率が悪くリスクのある原子力政策を無理して行っているのではないか。それが「潜在的核抑止」論の要旨である。

その根拠となるのは、一九六九年に「外交政策企画委員会」が作成した「わが国の外交政策大綱」である。「極秘　無期限」と判子の押されている秘密文書だったが、今では秘密指定解除がなされて、外務省のホームページで読むことができる。(20)

一ページ目にはこのように書かれている。「世界の「不安定な安定」は、東西両陣営の力関係、特に米ソ二超大国の核戦力の関係に基づいて生れた相互抑止作用によつて、維持されている」。ここから、冷戦時代の、核兵器による相互抑止の状況が前提とされていることがわかる。

そして六七ページ。「核兵器については、ＮＰＴに参加すると否とにかかわらず、当面核兵器は保有しない政策をとるが、**核兵器製造の経済的・技術的ポテンシャルは常に保持する**とともにこれに対する掣肘をうけないよう配慮する」（強調、引用者）。

秘密指定解除
政策企画室

極　秘
無期限
50部の内
2号

政策企画報告（第1号）

わが国の外交政策大綱

(1969)
昭和44年9月25日
外交政策企画委員会

おいて武器輸出、軍事援助（当面関係国の国内治安用）を実施する。

(8) 重要物資の輸送路の安全を独力で確保することは到底不可能であるので、マラッカ海峡の自力防衛のごとき構想はとらず、次の手段をとる。

イ 輸送路周辺諸国に紛争が起ることのなきようわが国の政治力・経済力を行使するとともに、これら地域との友好・協力関係を深め、有事の際においてもわが国商船の航行が円滑であることを期する。

ロ 重要物資の輸入先の可及的分散をはかる。

(9) 核兵器については、NPTに参加すると否とにかかわらず、当面核兵器は保有しない政策をとるが、核兵器製造の経済的・技術的ポテンシャルは常に保持するとともにこれに対する掣肘をうけないよう配慮する。又核兵器一般についての政策は国際政治・経済的な利害得失の計算に基づくものであるとの趣旨を国民に啓発することとし、将来万一の場合における戦術核持ち込みに際し無用の国内的混乱を避けるように配慮する。

つまり、NPT＝核拡散防止条約を批准するに当たって、日本は「当面核兵器は保有しない」が、いつでも作れるような技術を維持しておくことは決めていたということになる。

事実がどうだったのかはわからない。政治は、常にオープンになされるわけではない。ぼくはここでは、事実を求めているわけではない。問題は、潜在的核抑止という想像力に作家達が導かれたことである。実際、原子炉メーカーは、東芝、日立、三菱重工などの国内の企業である（一時期は、東芝がWHを買収し、世界でシェアリンバーワンになっていた(21)）。この三社は日本の大手重電三社であり、それぞれ、元々は三井財閥、久原財閥、三菱財閥である。これら財閥はGHQによって「侵略戦争遂行の経済的基盤」であったとされ、解体されたはずであった。だが、不思議と、今でも国家と非常に近い位置にいるようである。原発事故が起きると何故か国が補償し、海外に売り込むときには政府も動いていた。これでは、国家資本主義の状態が戦前から連綿と続いていたと想像してしまうのにも無理はない。

文学に与えた影響として重要なのは、国家と原子力が二重の顔をしていたことが顕になったことである。その「顕れ」を見てしまったものは、もう戻れない。

その露出したものに触れたものにとって、過去と未来、そして現在は、二重化してしまう。時には、多重化してしまう。

日本は「非核三原則」を国是として打ち出してきたはずだった。佐藤栄作は「核兵器をもたず、つくらず、もちこませず」と非核三原則を打ち出し、ノーベル平和賞まで受賞している。しかし、「もちこませず」については、米軍の空母に核兵器が搭載されており、持ち込ませることを密約していたと、二〇一〇年に外務省調査チームが結論付けている(22)。二〇一六年には、元米国防総省職員のダニエル・エルズバーグ博士による岩国基地に核兵器が配備されていたという告発が報道されている[23]。

さらに、前出の文章によれば、作る気はあるのだ。正確に言えば、作れる手前にしておく、ということだろう。このことにより、過去の日本の国家イメージが裏切られ、二重化してしまうのだ。「潜在的核抑止」によって保たれていた平和は、実に『1984』の「戦争は平和である」を思い起こさせる。正確に言えば、「平和は戦争であった」という感覚。

平和国家としてのイメージが裏切られると同時に、「原子力の平和利用」という理念もまた二重化される。クリーンでコストの安いエネルギーであるというプロパガンダは、現実の汚染とコストによって虚偽であることが現実として突きつけられる。世界で唯一の核兵器による被曝国であるからこそ、原子力を平和利用するのだという、心情的にわかるようで論理的にはよくわからない理屈を多少なりとも国民が信じてきた原発が、「平和」でも「クリーン」でもないもう一つの顔をむき出しにする。核と原子力は、川村湊が『原発と原爆』で指摘するとおり、本質的に同じものなのだ。「核」も「原子力」も英語で言えばnuclearであり、この日本語の使い分けにそれほどの根拠はない[24]。しかし、言葉により、二つがまるで別のものであるかのようなイメージを醸成されている。「言葉」「言論統制」のテーマと、原発と、戦争のテーマが結びつく心理的な必然はここにもある。

池澤夏樹『アトミック・ボックス』は、「核兵器製造の経済的・技術的ポテンシャルは常に保持するとともにこれに対する掣肘をうけないよう配慮する」という前述の文章を根拠に、日本でかつて核兵器開発が行われており、それに父が関わっていたという内容のフィクションである。

父はそのことを後悔し、科学者としてのキャリアを捨て、瀬戸内海の島に移り住んで漁師をやっている。

「父」（が象徴する世代と時代）の罪を、父は自覚している。原発事故後、自身の癌が発見され、彼はこう考える。「自分はもう長くは生きられないのだと思い込み、それは罰だと考えるようになった。原爆の開発に手を貸したりしたからその応報がやってきた。こんなに遅くまで待ってくれたのは天が優しかったからだが、猶予ももう尽きた。ならばいっそ残る寿命を自分で縮めようか。そういう形で自己処罰をしようか」（単行本版、三五三頁）

彼の託した原爆開発に関わる資料を、娘は公表するかどうか迷い、その計画を進めた政治家と直接対話することになる。

「国が国民に対して秘密を持つんですか？」

「国民と、マスコミと、諸外国に対して、一定量の秘密がなければ国は運営できない。それも認め

（20）外交政策企画委員会「わが国の外交政策大綱」外務省ホームページ（http://www.mofa.go.jp/mofaj/gaiko/kaku_hokoku/pdfs/kaku_hokoku02.pdf）より。二〇一六年九月三〇日取得。

（21）豊田有恒『日本の原発技術が世界を変える』参照。豊田は、『宇宙戦艦ヤマト』の設定に関わった作家であるが、震災後の彼の悔恨については、『3・11の未来　日本・SF・創造力』に掲載されている「原発災害と宇宙戦艦ヤマト」を参照して欲しい。

（22）「いわゆる「密約」問題に関する調査報告書」外務省ホームページ（http://www.mofa.go.jp/mofaj/gaiko/mitsuyaku/pdfs/hoku_naibu.pdf）より。二〇一六年九月三〇日取得。

（23）朝日新聞デジタル「「岩国に核兵器あった」　元米国防総省職員、告発の理由」http://www.asahi.com/articles/ASJ2J5364J2JTIPE01R.html

ないのはナイーブすぎるよ」（……）「国民が核兵器絶対反対と言うのはわかる。理解できる。この場合、反対と言うのは自分たちが持たないということ。そして他国にも持ってほしくないと強く訴えることだ。しかし核兵器は実在する。国際政治の場で力を持っている」（四一八頁）

主人公は、「核兵器って、根本的に間違っています」と言う。原爆開発を行った政治家も、それに賛同する。「そうだと私も思う。しかし核は現実なんだよ」（四一九頁）。

「現実」「政治」「核兵器」の論理に主人公は負けそうになる。だが、このように思う。「でもそれは国家の論理だ。／パパにあったのは一人の人間の論理。（……）国家の論理に対抗する人間の論理。被爆を体内に抱えて、自分の癌はそのせいではないかと疑って、遠い福島の恐怖を自分のこととして受け止めて、それで「あさぼらけ」という仕事を深く深く悔いた論理」（四二〇頁）

人を数字で扱う政治や科学ではなく、「個」の倫理を重視する立場。豊かな自然のある環境で人と暖かいつながりを描いていることから、科学的な世界観や、人を数字として扱う世界に対する対抗的なビジョンがそこに込められていると言ってもよいだろう。

しかしながら、これは「文学で表された祈り」として共感できても、やはり対抗する論理としては弱いし、甘いだろう。科学を捨て、自然や人々と調和するというユートピア的なビジョンにも賛同できない。それは、放っておいたら科学を生み出しどんどん発展させてしまうし、政治を行ってしまう、「人間という自然」そのものの業をあまりにも無視しているように思われる。原発も核兵器もあるし、科学は後戻りが効かず、政治も実在する。その中でどう生きていくかの具体的なビジョンをぼくが得られたとは言いがたい。

とはいえ、「秘密」と「原発」「核兵器」をテーマにし、そして父が罪を後悔する様を描いた点には感銘を受けたのも、率直に表明する。（現実の人間が、彼のように、自身の行ったことを「後悔」「反省」し自責の念を抱く人間であったらよいなと思うが、おそらくはそうではないので、この自責の念

（24）笠井潔は、『3・11の未来　日本・SF・創造力』所収の論考・座談会で、核の二つの顔を、戦後日本を象徴するキャラクターである「鉄腕アトム」と「ゴジラ」が象徴していると述べている。サブカルチャーの領域において、既に二面性は意識されていたのだ。ゴジラが一作目以降飼いならされていくことが戦後日本社会を反映しているという説は、加藤典洋『さようなら、ゴジラたち』、高橋敏夫『ゴジラが来る夜に』などでよく知られたパースペクティヴである。ゴジラが日本の味方になり、シェーをしたりしてファニーな存在になっていく延長にポケモンを位置づけたのは、『菊とポケモン』のアン・アリスンだが、ぼくはここに、ゴジラの子孫である怪獣の「ポケモン」こそが核の脅威としてのゴジラに対して、原子力の平和利用を象徴していると考えてみたい。ポケモンの中で最も人気のあるキャラクターであるピカチュウは、発電する。そして、管理可能な可愛い存在である。ポケモンの生みの親であるゲームクリエイターの田尻智は、宮昌太朗との共著『田尻智　ポケモンを創った男』の中で、こう語っている。「科学力が身近になって、自分の手のように動かせるようになれば、世の中はもっと便利になる。そういう思いが育ってたんだよね」「『ポケモン』の背景になってる世界が、科学力を非常にいい形でコントロールしている」「科学力は夢を与えるもんだとか、生活を便利にするものだ」（二〇〇一二〇一頁）。カプセルの中におとなしく入って電気を作る「ピカチュウ」は、原子力の平和利用の時代における、ゴジラの脅威が飼いならされた状態を象徴していると言っても良いだろう。その観点から、二〇〇六年に刊行された四方田犬彦『「かわいい」論』を読むと、非常に示唆的な記述がある。「（引用者註、『グレムリン2』は）「かわいい」に満ちた現代社会がわずかに方向を転換するだけで取り返しのつかない惨事を招いてしまうというヴィジョンをまことしやかに語っている。（……）心理的にも歴史的にも「かわいい」映像が抑圧し隠蔽してきたものごとが、近い将来にいっせいに地上に回帰し、その現前を誇らしげに提示するとしたら、そのときこそわれわれの社会が本質的な破局に襲われるときだろう」（一九九頁）

に駆られる父の存在自体が、慰撫的な効果を持ってしまっているように思われることもまた、正直に述べておくが)。

総合的な震災後文学――『メタルギアソリッドV』

様々に考慮して、ゲームではあるが、小島秀夫の『メタルギアソリッドV　ファントム・ペイン』は、震災後の様々なテーマを総合的に扱い、内容と表現技法の両面から野心的な挑戦を行い、成功した一作であると判断することになった。無論、多くの売り上げを必要とするゲームというエンターテイメントであるという制約はあるが、前出の「文学」に出てきたテーマを同じように共有している。ぼくの主観的判断としては、ゲームが、ひょっとすると、宮崎駿の作品が「国民文学」であるのと同じ意味で、「国民文学」であり「芸術」であると言いうるかもしれないと、本気で思ったほどである。

本作が、これまで論じてきたテーマと共有している部分は多い。『アトミック・ボックス』と同じように、「父の罪」の話であり、「倫理」を無視する「科学者」「技術者」たちの無邪気さという問題を扱っており、「個人」のスケールを超えた「政治」や「科学」とどう向き合うかというテーマを持っている。さらに、舞台が一九八四年に設定されており、途中で「ビッグブラザーが見ているぞ！」をパロディにした「ビッグボスが見ているぞ！」というポスターまで現れる。そして「ダブルシンク」「言論統制」「監視社会」「デマの蔓延」「世界の二重化」が、ゲームというメディアの特性を生かして非常に見事に表現されている。『瓦礫の中から言葉を』が、混乱したエッセイの中に震災後文学の重要なテーマをほとんど含みこんでいた総合的な一作だとしたら、こちらはゲームというエンターテイメントの中に震災後文学の重要なテーマを多く含みこんだ総合的な作品である。その「総合性」

において、この二作は代表作たる資格を確実に持つ。

ここで、『メタルギア』シリーズについて、簡単に説明する。一九八七年から続くステルス・アクションゲームだが、「反戦・反核」をテーマにしており、現実の政治を背景にした硬派な物語が展開されることを特徴としている。シリーズは全世界で何千万本も売れており、日本のコンテンツを代表する一作でもある。

段ボールを被って隠れながら潜入するというアイデアは安部公房の『箱男』から着想されたと公言されている。また『メタルギアソリッド3』の主人公、ネイキッド・スネークが被曝者であること、それについて『ゴジラ』との関連を作中での会話でなされていることなどから判断して、戦後日本の文学とサブカルチャーの両方に横断しながら「核」の問題を引き受けたゲームであると考えてよいだろう。

相互抑止による均衡を破壊するような核兵器を発射できる二足歩行ロボット（戦車）である「メタルギア」を使って、クーデターを起こしたテロリスト集団のところに潜入して破壊するのが、『メタルギアソリッド』の基本パターンである。1から4までは、そのパターンが基本的には踏襲されていた。しかし、Vはその構図が逆転しているのである。Vと前作である『ピースウォーカー』は、主人公たちが、核を持った集団として自らを組織していく物語なのだ（1、2、4は息子であるソリッド・スネークの物語。3、ピースウォーカー、Vは、息子に倒された父の物語である）

『メタルギアソリッドV　グラウンド・ゼロズ』は二〇一四年に発表され、『メタルギアソリッドV　ファントム・ペイン』は二〇一五年に発表された。この、これまでの明らかに物語のパターンが異なっている新作の背景に、震災と原発事故の影響を見て取るのは容易い。「グラウンド・ゼロズ」というサブタイトルそのものが、そのことを指し示している。「グラウンド・ゼロ」とは、本来は、広島・長崎などの核兵器が投下された爆心地のことを指す。この名称が、何故か911のテロの現場の名前としてばかり使われているという現状に対する異議申し立ての意図が読み取れる。

広島・長崎を想起させる『グラウンド・ゼロズ』で、核査察を装った敵集団に、主人公達の基地は壊滅させられる。『ファントム・ペイン』は、その復讐と復興の物語であり、潜在的に、核投下によって敗戦した日本が、テクノロジーと一体化した（比喩的な意味での）サイボーグと化して高度成長しようとしたことと重ねあわされていると解釈しうる(25)。

復讐のために「復興」し、基地を大きくしていくことをプレイヤーはゲームとして楽しむわけだが、本作は「核兵器」だけではなく、「放射性物質」の問題を扱っている。そして、言論統制やデマの跋扈、内輪モメなどの問題が扱われる。作中では、ゲームにおいてカタルシスを与える重要な契機である「敵」と思われた相手と戦う機会は実に少なく、内部の裏切り者や、犯人だと思われた人間に拷問を行うシーンが多い。敵に見えた者が仲間だったり、仲間だった人間が敵だったりする。「デマ」「真偽がわからなくなる」のテーマ、陰謀論的な疑心暗鬼が蔓延し、敵が「外」ではなく「内側」にある状況が描かれる。復讐する敵を見失った主人公達は、疑心暗鬼になり内部で争いを始めるのだ。この状況は、実に震災後のリアリティを表現しているようにぼくには感じられた。

E3で公開された、小島秀夫監督・編集による二〇一四年版のトレイラーは、マーク・トゥエインの言葉、「怒りとは酸である。注ぐ相手より、蓄える器をより侵す」が引用され、マイク・オールドフィールドの楽曲「nuclear」が使われている（「わたしは核」というサビが印象的だ）。冒頭は、津波のあとの被災地を思わせる壊滅した場所に数々の死体が転がっており、そこに主人公のスネークが足を踏み入れる（しかしながら、ＰＶにあったこの三つの要素がどういう理由か本編から削除されているのは、大いなる謎である）。『報復』、つまり、核による相互確証破壊をテーマにしてきた本作は、核＝原子力が、使われる相手よりも、持っている自分にこそダメージを与えるものであるというテーマが描かれていると、マーク・トゥエインの引用から解釈するべきであろう。実際、作品においても、自らの基地にある放射性物質が洩れて寄生虫が突然変異し、甚大な被害を及ぼす。敵ではなく、自らの部下を射殺しなければいけない状況が、一般的なゲームとは異なり、本作のクライマックスには用意されている。それは、潜在的核抑止の武器であった原発が、自身の国土や国民に重大な害を与えてしまった現実を如実に反映している。

さらに、重要な仕掛けは、本作でも世界が二重化していることと、主人公が自身を洗脳していることだろう。主人公たちの組織は『ＤＤ』（Diamond dogs）と名づけられているが、それが「解離性人格障害」（Dissociative Identity Disorder）でもあったことが明らかになる。伝説の英雄であるビッグ・ボスをプレイしていると思っていたプレイヤーは、最後に、影武者が自分自身を洗脳し、「ビッグボスである」と思い込んでいただけであったことを知り、衝撃を受けることになる。「ビッグボス」がいるという「でっちあげの伝説」を作ることが抑止力として重要だったのだ。核の「拡散」と、ＳＮＳなどでの「拡散」が、ここで重ねあわされている。影武者と、本物ビッグボスのいる「二つの世界」への分裂が起こっており、主人公自身の意識も、組織の部下達の意識も分裂している。自分で自

（25）サイボーグ国家として戦後日本の復興を捉える見方は、スーザン・ネイピア『現代日本のアニメ』、アン・アリスン『菊とポケモン』など、多数ある。

分を騙すような、「二重思考」状態になっているのだ。『１９８４』を参照しているので、これは当然であろう。

さらに、ギミックとして「声帯虫」というアイデアが出てくる。これは、ある言語の話者を選択的に殺害する兵器である。言葉を消滅させれば、ある思想も消える。そういう思想統制のための道具として開発されたものである。これに感染しているクワイエットという登場人物は、真実を知っていても、最後の最後まで話すことができない。言論統制や、デマなどの「言葉が人を殺す」状況を見事に表している。この「声帯虫」が放射性物質によって変異し、自身の基地に感染症を蔓延させる。さらに、「声帯虫」の感染を防ぐワクチンの効果によって「生殖」の能力を喪うことになる。放射性物質、そしてそれに結びついた言葉が、「生殖」の問題とも結びつき、「殺す」ものであることが明確に示されている（だから、言葉や意志などの「ミーム」を伝達することで、擬似的な子供たちを作り出すことになっていくのだが、遺伝子と言葉の両方の伝達が阻害されており、次世代に繋がる可能性を次々と抹殺されかけている状況なのだ）。

これらの結びつきは、隠喩的であり、象徴的である。論理的に明瞭に繋がりが示されているとは言いがたい。しかし、実に、震災後の状況、気分を良く表していると感嘆した。

「二つの世界」とは、放射性物質が「安全」か「危険」かなど、極端に意見が割れる「二つの世界」が同時に成立している現在のぼくらの状況の隠喩である。「どちらかが本当」というよりは、どちらも本当かもしれないという二重の意識で物事を見るようになっている。低線量被曝の健康被害に関する情報などで、それらは顕著になる。様々な「諜報戦」「情報戦」が起こり、真実がわからなくなって分裂していくぼくらの状況をリアリティを持って再現していたように思う。

そして何より、科学技術立国としての日本における原発事故の衝撃を心理的に表現していたのが、エンディングテーマである「Sins of the father」である。『2』のサブタイトルは「Sons of the liberty」であり『4』のサブタイトル「Guns of the patriot」と韻を踏んでいることから、本作の重要なテーマであると思われる。

メタルギアシリーズは、それぞれ、韻を踏んだテーマを提示してきた。シリーズ全体は「反戦・反核」がテーマであるが、1は「GENE」、2は「MEME」、3は「SCENE」、4は「SENSE」、PWは「PEACE」である。しかし、Vには、それに相当する、韻を踏んだテーマは提示されていない。「復讐」がテーマとしてパッケージに書かれているが、これらと韻を踏むとしたら、個人的には「SINS」こそが適切なテーマであると考える。「GUNS」「SUNS」「SONS」「SINS」の掛詞を章タイトルに使った『4』の延長で考えても、「Sins of the father」こそが、『V』全体のサブタイトルとして相応しい(26)。

父たちが、報復心や、やむにやまれぬ事情や、希望を込めて良かれと思ったものが、反転し、罪と化してしまう。1、2、4における「子供たち」の物語の意味が、『V』によって、壮大な「尻拭い」の物語であったことが判明する。しかし、『V』をプレイしたプレイヤーは、それが歴史の中で翻弄されながら必死に良かれと思って様々な人間が動いた結果、予期せぬ結果になってしまっただけ

(26)「科学」を主題の一つとして扱い、「反戦・反核」をテーマにしながらも、このような「掛詞」的な、言葉遊びを大量に仕込むことで、言語と科学の問題に対して特異なアプローチを行うということの、「心理的リアリティ」の秘密がおそらくはあるのだが(一歩間違えればトンデモになるかもしれないが)、その秘密の解明は今後の課題である。

であり、報復するべき相手など存在してないということを思い知り、その両義性の深く重い苦しみのジレンマに沈むことになる。

このやるせない、父の罪と、子供の尻拭いの物語。科学技術立国になろうとした日本の、一つの破局的な結末である原発事故。これは、東日本大震災と原発事故の持つ意味を、ゲームという装置を通して体験させ、暗い魂に触れさせ、ゲームであるのに解決不能性を突きつけるという点で、恐るべき野心的な作品であった。

「テクノロジー」の泣き叫ぶ暗い魂の声

『メタルギアソリッドV』も親子と生殖の物語であったが、「父と子」の問題を考える上で、「子供」として考えられるべきは、ぼくたち「人間」だけではない。

トレイラーに使われたマイク・オールドフィールドの歌詞は示唆深い。「わたしは核　わたしは猛り狂う」「心の底では　捨て去られた子供なんだ」。

つまりここでは、核兵器や原発が、人類の生み出した「子供」であることが示唆されている。これは、メアリ・シェリーが『フランケンシュタイン』で、科学技術で生み出した怪物＝子供が、孤独ゆえに暴走するのと同じ、SFが描いてきた普遍的なテーマである。

二〇一四年版に作られた、原発事故をテーマにしたギャレス・エドワーズ監督の『ゴジラ』、二〇一六年に作られた庵野秀明総監督『シン・ゴジラ』における怪獣・ゴジラもまたそのような子供であろう。核兵器投下と原発事故そのものであり、その被害そのものであり、同時に人間が生み出した子供でもあるゴジラの叫び声は、テクノロジーそのもの、破壊する力そのものの、泣き叫ぶ暗い魂の声のように聞こえる。

『メタルギアソリッドV』は、一九八四年が舞台であり、その「未来」がシリーズや現実でどうなったのかぼくたちは知っているので、安易な希望を持つことすらも許されない。前の世代における希望が、次世代での悲惨に反転するのをシリーズで何度も繰り返し描いてきたが故に、ぼくたちは希望と絶望の区別もつかないまま、立ち尽くすしかない。ただ耐えるしかない辛さを、主人公ヴェノム・スネークを演じたキーファー・サザーランドの実に悲しげで救いの無い表情で表している。

彼は「核」であり、同時に、人間が作り出した人工的なテクノロジーの産物である（ゲーム内のエンジンによって出力された、CGのキャラクターでしかない）。その哀しみこそが、胸を打つのだ。人間であるぼくが、人間ではない存在の哀しみに、人工的なテクノロジーの産物の哀しみに何故か響き合ってしまう。まるで、原子力が、自身の兄弟であるかのように。

おそらく、ここにある「泣き叫ぶ暗い魂の声」こそが、これらの作品を、文学としてぼくに感じさせている重要な要素なのだろう。簡単に復興や希望に移行できないぼく自身の心情とも、とても重なるのだ。

国家に巨大な傷跡を残すような災禍を経た後に、ぼくたちはすぐに「復興」をしようとしてしまいがちだ。しかし、第二次世界大戦に投下された原子爆弾、その後の科学技術立国化による復興と高度成長の中で「夢」と「希望」が託された原子力こそが、未来まで続く「災厄」の源泉となってしまった記憶は、そのような安易な復興や希望の危険性というジレンマをどうしても想起させてしまう。

原発は、潜在的に戦争と繋がっていることも露呈した。ひょっとすると「絆」などの美しいナショナリズムやパトリオティズムを煽る善意の声は、繰り返される「戦争」への入り口なのかもしれない。

希望や夢が、より巨大な災禍を巻き起こす可能性を経験したのだから、希望や善意すらも、もはや単純には信じることができない。そんな苦しい状況にいて、どうしていいか、どう感じていいのか、わからない。

ひどい失意と失望、絶望の憂鬱に身を浸しながら、戦後日本のあり方を――それだけでなく、人類と科学技術の関係を、政治と科学と人間の関係の「業」のようなものに、思いを馳せ、その解決不可能性と共に生きることを強いられる。希望も絆も、未来も過去も、二重化し、引き裂かれている。その痛みそのものに触れえる作品が、たまたま、ゲームという形と、小説という形で現れた。表面的な形式は問題ではない。核兵器と科学に対して、文学とサブカルチャーが共に重要なテーマとしてそれを扱ってきたという戦後日本の特殊性が生んだ、必然の一つであろう。

結論／内省

さて、東日本大震災によって起きた原発事故のような、未曾有の科学技術による人災が起きたあとの世界を、どのように理解するべきか、「人間的意味」として理解するための手がかりとして文学作品を読んでいくという本論の試みは、この辺りで暫定的な結論を出さなければいけない。

そこで何が問題にされ、どのように表現されてきたのか。客観的（鳥瞰的）に、震災後文学のテーマを端的にまとめれば、「言論統制」「二重化」「戦争の予感」「空気のファシズム」「戦争と平和」「核兵器と原発」が主題となるように変化した。これらのテーマが、複数の作家の中で、無意識のレベルで様々に結び付いており、それぞれ個別の作家が、響き合う表現をしてきたこともわかった。ここには、震災後文学の固有の特徴とでも呼ぶべきものが確かにある。

震災後文学が表現しているのは、今のぼくたちが生きているのが、日本版の『１９８４』とも言うべき、「空気」による言論統制や思想統制の行われる「二重化した世界」であるというリアリティである。そして、原子力と核兵器には潜在的な繋がりがあり、平和は戦争であったのだということへの失望が語られ、未来に待つ戦争の予感への危惧の不穏な手触りを伝えてくれる。

これが客観的なまとめだとすると、ここからは、それらの作品に触れた、ぼくの主観の話をすることになる。〈私〉は震災後の世界、あるいは生を知るために、彼らの表現に触れ、血肉とし、思考し、行動するという影響を確かに受けた。その作品と〈私〉との間に切り結んだ「何か」がなければ、単なる紙の上に乗っているインクの模様などは、意味も価値もない。

ぼくはこれらの作品の影響を受け、危機感を共有し、表現の自由を守り、情報操作や隠蔽などを問題視し、怒りの声を上げてきた。実際に、これらの作品がぼくの血肉となり、動かしたのである。

その上で、若干の内省――それと切り離せないような形での、疑問が生まれている。

それは、ここで扱った震災後文学が、ＳＦの物語類型を用いたこととも関係している。現在の政治的状況の問題点を浮き彫りにし、ある内容を伝達することを優先したがゆえに、文学が「わかりやすさ」に近づいたことの功罪があるのではないかと思われるのだ。具体的に言えば、人間の生の、それ自体の、内側の、細かい襞に寄り添うことを、犠牲にしてしまったのではないかと疑っているのである（滝口作品は、むしろそれに徹底して寄り添うことを選択したという意味で、やはり代表作なのだ）。

もちろん、起こったことや、言葉を、なかったことにしていこうとする人々を決して許してはいけない。そのとき「なくなる」のは、過去や、言葉だけではない。未来や、現在や、ぼくたちそのものの一部も、消えてなくなる。何かが、死ぬ。既に死んだ者たちは二度死に、未来に実際の死者が出て、未生の存在が生まれる可能性がなくなり、ぼくたちの感性や思考の一部が削ぎとられて死んでいく。

これは、絶対に許してはならない。それを阻止するための戦いは、絶対に必要である。

しかし、怒りや正義心、使命感などによって、ある感情に蓋をしていたかもしれないと、今になって内省が起こっている。

わかりやすい構図に回収できない、不可解なもの。それへの感情。哀しみ、絶望、失望。言葉にできない思考と感情の綾、渦。それに沈潜し、そこから認識、感情、言葉を生み出すこと。この一番基本の場所に、立ち戻らなければいけないのではないか。

おそらくぼくは、「空気」を問題にする「空気」に、巻き込まれてしまっていた。それは決して間違いだったとは思っていない。単に、十分ではなかったのだ。「空気」に抗うような、個の生の手触りの孤立したその有様そのものをまずは屹立させなければいけなかった。そしてそこから、全体に向けて、異質でありながら細かく入り混じっていくべきだったのだ。

簡単には克服できない憂鬱や絶望、苦しみや哀しみの個別性。安易で空疎な「希望」や「絆」や「復興」の合唱から取り残される個人、あるいは部分は必ずある。政治やマスメディアなどが救済できる「九十九匹」から零れ落ちてしまう「一匹」[27]を救おうとするのが――救えなくてもせめて鎮痛剤か暇つぶしか話し相手ぐらいにはなるのが――文学にしかできない、固有の使命だったのではないだろうか[28]。

そして、そこには、「苦しみ」や「哀しみ」以外の、ぼくたちが通念で、善意や同情ゆえに勝手に持ってしまうステレオタイプ的なイメージを超えた「現実」や「思い」や「考え」や「言葉」もあるはずだ。文学が、ときに善意や正しさすら振り捨てなければいけない理由はここにある。先入観を超えた、人間の、現実の、そこにある実相——それは笑ってしまったり、唖然としたり、怒りすら覚えるようなものだったりするかもしれない——に迫ることを現代文学は充分には行い得ていない。むしろ、小森はるか『息の跡』や瀬尾夏美との共作『波のした、土のうえ』のように、被災地に移住し、長い時間をかけてそこにいる人たちの姿や声を丹念に映像で捉えた作品の持っている「リアル」の細部のようなものに匹敵する言語を、もっともっと露呈させなければならなかったのだ。

容易には言葉にならない感情や思考——それは、時間とともに消えていく個別の人間の「生」そのものだが——を、なんとか表現しようとし、文字として残した痕跡を、なんとか解読しようとし、そ

(27) 福田恒存の「一匹と九十九匹と」で提示された考えを参照している。「政治は政治のことばで文学を理解しようとして文学を殺し、文学は文学の言葉で政治を理解しようとして政治を殺してしまう」「悪しき政治は文学を動員しておのれにつかえしめ、文学者にもまた一匹の無視を強要する。しかもこの犠牲は大多数と進歩との名分のもとにおこなわれるのである」。福田は文学の「優位」を言うのではない。政治や科学、その他娯楽などの力を充分に認めた上で、「持ち場の相違」があると述べているのだ。「文学は——すくなくともその理想は、ぼくたちのうちの個人に対して、百匹のうちの失われたる一匹に対して、一服の阿片たる役割をはたすことにある」(引用者註。福田の持論に反することは承知で、ここでは旧字、旧仮名遣いを改めて引用した)

(28) 東日本大震災後に、ぼくが編著『地域アート　美学/制度/日本』(堀之内出版)で論じたような、実際にコミュニケーションやコミュニティに関わっていく美術の新しい有様に惹かれたのも、このような問題意識ゆえであった。実際に物理的に「一人」に寄り添う美術の新しいスタイルに対し、「文学」の、間接性と抽象性、遠さを一体どう考えていいのかを、比較しながら考えていたのだ。文学は、複製技術であり、文字であり、長く保存できるという性質が、おそらく固有の特徴となる。個別性を普遍性へと変換させるという文学における決まり文句は、おそらくそのメディアの条件から発生する。

の内面のドラマに接近しようとする試みを行うということ、すなわち、「読む」ということは、その作品やテクストに対してしか物理的な限界ゆえに行うことはできないが、潜在的には、「あらゆる人間の、簡単には言葉や認識にはならない複雑な何か」を重要視する、それに寄り添うのだというメタメッセージを発しているはずだ。およそ難解で面白みに欠ける作品、複雑な解釈を必要とするような作品に真剣に向き合うということは、その作品のみならず、あらゆる人間の「生」の消えていく微細な内奥を尊重するというメッセージを伝えてくれるはずだ。

容易に理解できぬ生や世界を手探りし、新しい言葉と認識を捉えて、人類にもたらすことで、人類の領域そのものを拡張していく文学なる営みは、現在でもその使命を失っていない。その言葉が、世界や未来を変えるかもしれないと、大袈裟に、大真面目に信じながら、じっと待っている。

希望――重松清と『シン・ゴジラ』

飯田一史

■はじめに　自分にとっての東日本大震災(後)

私にとって東日本大震災とはどんなものだったか。

このことは、自分の震災後文学観と結びついている。

私は青森県出身である。年が五つ離れた弟は、当時、八戸で働いていた。もし震源地がもう少し北で、たまたま沿岸部にいたら、弟は津波で死んだ。あるいは、二〇一一年時点で大間原発が完成していて地震や津波が直撃していたら、故郷のむつ市に帰れなくなっていたかもしれない。青森に生まれ育った人間にとっては、原子力船むつや六ヶ所村の各種施設、そして大間原発など、原子力問題は身近である。私は小中学生のころ、学校の遠足や家族旅行の帰り道などに、六ヶ所原燃PRセンターに立ち寄り、中性子をウラン235にぶつけて核分裂を起こさせるシューティングゲーム「核分裂ウォール」などで遊んだ記憶がある。原子力関連施設や事業が補助金と引き替えに増えていく（六ヶ所村では人口と不釣り合いなくらい道路が整備され、でかい体育館が建った）青森県の政治と経済を見て「何かあったら実家に帰郷することもできなくなる。両親や親戚は、故郷を失う」と思いながら生きてきた。だから岩手県や宮城県を襲った津波のことも、福島の原発事故も、他人事とは思えなかった。青森がああなってもおかしくはなかった。日本のどこかで、起こるべくして起こったことだ。そう思う。TVで仙台空港にまで津波が押し寄せる様子を見ながら「想像の埒外の出来事だ」と感じる一方で、すべてが「予想外」だったとは言い切れない不作為や過信にも、思いあたるものがあった。津波や原発事故への備えの不首尾、事故後の対応の混乱を招いたのは「安全神話」などというものではない。「そうなるかもしれないことは薄々わかってはいたが、まさかそんな大事故は起こるまい」という甘え、悪い意味での楽観だ。青森でもそういう姿は何度も見た。私自身にもそれはあった。そしてそれは、そうやって納得させて受けいれなければ経済的にやっていけない状況に陥った、産業をつくれず、事故防止のための予算や人員を確保できなかった、地方の政治と経済の担い手ひとりひとりの問題であり、地方への便益提供と引き替えにめんどうなものを押しつけてきた都市部の人間の問題である。

私は田舎の閉塞感、退屈さ、仕事のなさ、「あそこの家の息子はどうのこうの」といった噂を娯楽にしている醜悪さと人間関係の狭さ、同調圧力……等々がイヤで東京に出て来た、地元を捨てた人間である。だから、地方のまずさ、都市部の人間のまずさの両方を担っていたという心地の悪さもある。ただもし青森が壊滅的な事態になっていたとして、自分はそれを悼む気持ちがどれほど起こっただろうか、という疑問も同時にある。私は故郷に人間が住めなくなって人々が離散する事態になっても、どこか冷めていた気がする。そこまで愛着があるなら、地元を出なくてよかったのだから。そうして青森を捨てた人間が、とくに縁もゆかりもない岩手や宮城、福島のために何かするということのちぐはぐさに、折り合いがつけられなかった。青森と岩手、宮城、福島との、微妙な近さもあったのかもしれない。震災後に、いくらでもボランティアなどで被災地に出向く機会はあったにもかかわらず、「そこに行くとして、自分はなぜそこにだけコミットし、ほかには行かないのか。あるいは、ほかの行動はしないのか」を自分に納得のいくかたちで考えられなかった。募金はした。被災地産のものを買った。会津に旅行もした。しかしそれ以外は、何をすればいいのか、何がしたいのか、何ができるのか、わからなかったし、動かなかった。東京から疎開もしなかった。結局、大きく被災した地域に直接出向いたのは、故郷である宮城県山元町を被災した大学院の友人・岩佐大輝（ブランドいちごを生産・販売する株式会社GRAを立ち上げ、地元に雇用を作り、経済をまわすことで復興に尽力している）が主宰していたツアーで、山元町に出向いたきりである。それも、年をまたいだ二〇一二年に、だ。二〇一一年のうちは、行けなかった。同様に、二〇一一年には「3・11について何か思うところがあれば書いたほうがいい」という出版物への寄稿の誘いも受けたが、もやもやとしたものの、何かを書ける状態にはなかった。追悼の意も、原子力政策や原発運用についての意見も、言語化できなかった。ではなぜ今になってこうして書いているか。3・11から五年経って、ようやく整理できるようになってきた、語れるようになってきたという感覚がある。

もうひとつ大きかったのは、二〇一一年三月一四日のことだ。三月一一日の金曜日に大地震があった、翌月曜である。当時、勤めていた会社に出社した。原発が予断を許さない状況で、会社に行く必要があるのかと思いつつ、確認しなければいけないこともあるので出向いた。毎週月曜は部の定例会議があり、その日も変わらず開かれた。当時の上司は、交通機関の混乱により定例会議に遅刻してきた人間を厳しく叱責し（しかし特に緊急で重要な話があったわけでもない）、そのくせ会議が終わってPCを開くと「本日は出社する必要なし。しばらく自宅待機で構わない」と全社に通達があり、するとそそくさと帰宅したのである。さっきネチネチくさしたのはなんだったんだ、この国難の時に、何をやっているのか……と理不尽さに怒りを覚え、心底呆れた。そんな上司の姿を見て、「こんな人間に、こういう人間が仕切っている組織に命を預けられない」「いつ死ぬかわからないし、好きに生きよう」と考えたことが、退職して独立する一因となったのだった。多数の死者や避難民が出て社会が混乱している状況で、個人の意志を殺し、なすべきことよりもどうでもよい組織の力学を優先し、あるいはポジションパワーをふりかざしたり、その道具になったりしているだけの人間への生理的な嫌悪。それは、のちに明るみになった原発事故後の東京電力の鈍重な意思決定、被害者意識から抜け出ることなく責任逃れを画策し、息を吸うように情報を隠蔽し「配慮」をする姿への、巨大な不信とつながっている。そしてそのことはやはり二〇一一年に発覚したオリンパスの巨額不正会計事件と同根のものであり、間違いなく、私が地元を捨てる理由になった「田舎の嫌いなところ、最悪なところ」と同じものだった。

個人としての逡巡と、日本的な集団の力学へ呑まれることへの拒絶感。そのふたつの体験に共通しているのは、もっと何かできたのではないか、という思いである。それは自責であり、他責でもある。ただ、ここで自分や他人を責め立てて気分をすっきりさせても、何にもならない。しなかったこと、できなかったことの反省だけしても、しかたがない。人間ひとりひとりは微力だが、何もできないわけではない。「これから」のためにできること、備えておくこと、やってみて有効だったこと、そうでもなかったこと、日々の意識……こういうことを考え、記しておきたい。

そのために、この五年の震災後文学を検証したい（本稿執筆時点は二〇一六年である）。

本論考は二部構成を取る。逡巡については第一部の重松清論、日本の集団の問題については第二部の『シン・ゴジラ』論でおおよそ扱う。ただこのふたつは折り重なり、根がつながっている部分がある。不恰好な構成だが、その断層具合も含めての、今の考えである。

■第一部　絶えぬ逡巡と試行──重松清

重松清は震災後文学の典型的な特徴をもった、異なるタイプの作品をいくつも書いている。東日本大震災にショックを受け、しかしどう作品に昇華していいのか、何をどう書けば「書いた」ことになるのか、納得がいくのかを探し、見つけあぐね、何作も書きつづけてきた。彼を見ることで、震災後に作家は何を考え、どういう題材を選び、どういった手法を用いたか。震災後文学にはどんな成果と限界と失敗があったか。これらの多くを見通せる。重松清は震災後文学のデッドロックである、と言ってもいい。

ここで重松を論じる理由は、それだけではない。

筆者は都内の中高大学生四二六人（男：一九八人、女：二二八人。中1：八〇人、高1：四四人、高2：一一四人、高3：一人、大1：一三六人、大2：七人、大3：三七人、大4：七人）に、好きなコンテンツについてアンケートを実施した。好きな小説／作家の上位は東野圭吾（20票）、湊かなえ（15票）、有川浩（13票）、重松清（12票）、朝井リョウ、星新一（8票）、桜庭一樹、村上春樹、森絵都、山田悠介（7票）、西尾維新（6票）など（作品名のみ書いてあるものも作家名にカウントして集計）。

個人的に（失礼ながら）意外に感じたほど、重松清の得票数は多い。

重松はなぜ一〇代に人気なのか。

プロフィールを確認しておく。重松清は一九六三年、岡山県生まれ。親の仕事の関係で転校の多い少年期をすごし、学生時代は「早稲田文学」のスタッフとして活動。角川書店「野性時代」勤務を経て執筆活動に入る。フリーライターとしての仕事は単行本一〇〇冊、記事数三〇〇〇を超える。一九九一年『ビフォア・ラン』で小説家デビュー。一九九九年『ナイフ』で坪田譲治文学賞、同年『エイジ』で山本周五郎賞を受賞。二〇〇一年『ビタミンF』で直木賞、二〇一〇年『十字架』で吉川英治文学賞、二〇一四年『ゼツメツ少年』で毎日出版文化賞を受賞。現代の家族を描くことを大きなテーマとする。

重松の人気の理由は、東野圭吾、湊かなえ、有川浩同様によくドラマ化、映画化されていることが大きい。しかしそれにしても宮部みゆきや伊坂幸太郎、誉田哲也すら上位に入ってこないなかで、なぜか。重松清は教科書や入試、模試でもっとも取り上げられやすい作家のひとりだからだ。たしかに重松清は試験問題に使いやすい、手頃な長さの短篇をたくさん書いている。親子関係や学校生活について考えさせる作品も少なくない。メッセージ性があり、叙情的で、教育的に問題のある描写はあまりない（官能小説も書いているが、わざわざ中高生がそれを選んで読みはしない）。「キレる一七歳」が問題になっていた九〇年代には猟奇的な暴力事件を起こした人間を同級生に持つ少年を描いた『ナイフ』を描くなど、その時代ごとに時事風俗を意識した作品を書いていることも、手に取りやすくさせている。作家本人の自負もある。彼は、たとえば二〇一一年四月に刊行された『せんせい。』新潮文庫版あとがきでは、教師という職業が大好きで、敬意と共感を示したいと思っていると同時に、教師とうまくやっていけない生徒のことも好きで、先生なんてほっときゃいいんだよと思っている、と書く。「教師、親、子どもの話をたくさん書いた男」と墓碑に入れられたい、と。

重松清はたくさんの子ども、親、教師が読むことを前提にものを書いている——前提にせざるをえない作家である。彼はその役割を引き受けて、東日本大震災のあと何を書いてきたのか。

私事ながら、二〇一五年暮れに子どもが生まれたことで、自分は子どもに対して、これからを生きる下の世代に対して何を伝えうるのか、何を伝えたいのか、そもそも伝えたいことはあるのか、親として、大人として、何を語りうるのか……といったことを、考えるようになった。私の息子は東日本大震災のときには影も形もなかった。二〇一六年に起こった熊本の地震は、生後四カ月の出来事である。このふたつの大きな震災のことを、震災を経験したひとの気持ちをどう伝えていけばいいのか。またあのような大きな事象に襲われたとき、自分は何が言えるだろうか。それは直接語り伝えるということのみならず、文筆業という仕事を通じて、何ができるか、という問いを含む。

重松清の仕事を見ながら、それらに迫りたい。

・『希望の地図』の問題点と、震災関連仕事の多さと長さ

そう考えて二〇一二年三月に刊行された『希望の地図』をまず読んだが——「これはだめだ」と思った。『希望の地図』は不登校児童と被災地ルポをするライター田村章（重松の別名義）の交流を描いたドキュメントノベルで、3・11以降、重松が震災のことに絞って刊行した初の単著だ。重松は今も昔も東北に住んだことはない。外からの取材者として石巻や福島を訪れ、筆を執っている。

テレビには映し出されない被災地の姿、声を丁寧に描いている点はすばらしい。どこが問題か。子どもが大人から、被災地の状況を教え諭されるだけの存在になっていることだ。重松の分身であるラ

イター田村の側には、子どもの側から何か教えられる、気づきを得る、ハンマーでぶん殴られるような経験をする、そういった立場の逆転が起こらない。被災地の人間が知っている「真実」をライターが現地取材によって獲得し、それを不能者である子どもに伝えることで、子どもが踏み出せるようになる。図式的である。悪い意味で教育的、教科書的な作品だ。ライター田村は被災者や不登校児童のきもちを理解できるということを疑わない。かつて『ナイフ』や『エイジ』では、大人には理解できず、どころか同年代の子どもにも、あるいは本人にすらわからない衝動を抱えた少年を描いていた。『とんび』でも、息子は父の想像を超える存在へと成長していった。震災後の重松が子どもを懐柔可能な存在として描いてしまっては、後退だ。無数のディスコミュニケーションが起こった震災後の状況に発表された作品としては、単純すぎる。

そうした疑問を抱きながら重松の二〇一一年以降の仕事を見ていくと、いくつかのことに気付く。まず、震災関連の仕事の多さだ。なぜ量が問題になるか。重松が幾年にもわたって複数冊、手を変え品を変え問うてきた題材は「いじめ」「親子関係」「団地／ニュータウン」「一九七〇年代／昭和四〇年代」「野球」など、彼の原風景、幼少期から思春期までの体験に起因するものばかりだ。それ以外の主題では、たいがい一冊ないし一シリーズしか書いていない。「オヤジ」という題材についても（『オヤジの細道』）、北京五輪についても（『加油（ジャアヨウ）……！　五輪の街から』）。つまり彼にとって東日本大震災は、例外的に大きなものだった。彼は阪神大震災については、他人事のような語りぶりをしていた。たとえば「新刊展望」二〇〇七年七月号掲載の、勝谷誠彦との対談では、阪神大震災について書くか書かないかを、好みや気質の問題として扱っている。一九九九年刊行の『見張り塔からずっと』新潮文庫版あとがきでも、阪神大震災は地下鉄サリン事件など、ほかの社会的事件と並列にできるくらいのものでしかなかった。小説内でも、たとえば『ブルーベリー』（二〇〇八年四月二五日刊）では阪神大震災には被災者に知り合いがいたから急にリアルに感じられた、という描写があるが、阪神大震災についてはわずか二ページ触れられるにとどまる。二〇〇〇年に単行本が刊行され、二〇〇八年に新潮文庫に収録された『星に願いを　さつき断章』でも、二、三年で忘れられるものの象徴として登場するのみだ。二〇〇八年五月一二日に中国で起こった四川大地震の被災地も重松は訪れているが（『加油（ジャアヨウ）……！　五輪の街から』朝日新書、二〇〇八年一〇月三一日刊行）、東日本大震災についてほどこだわってはいない。『永遠を旅する者　ロストオデッセイ　千年の夢』という永遠の命を持った青年カイムの旅路を描いたファンタジー小説のなかで、激しい地震によって廃墟になり、そして復活した町のこと、カイムが天変地異により妻子を失った悲しみを描いている。だが、いちエピソードにすぎない。

起こってから五、六年経っても書きつづけている題材は、東日本大震災だけだ。そのこだわりは、どこから生まれているのか。彼が自分で地震を体験したこと、被災地にすぐ入り、自分の見知った景色が一変していることを目の当たりにしたショックにある。そのあまりにも強烈な体験性にしか、重松にとっての3・11の固有性は存在しない。客観的に語れるような「時代性」だとか、地震・津波という天災と原発事故という人災、ＳＮＳでのデマ拡散などの情報災害が組み合わさった云々といった分析的な切り口は、おそらく彼の中にはない。

重松は、「すばる」二〇一〇年三月号に掲載された「ロングインタビュー吉田拓郎　家族・時代・仕事をめぐる対話」のなかで、連載小説は書いているうちに半分くらいで飽きてしまう、次に何か新しいものが見えるから、いまやっていることに飽きるという気がする、と言っている。彼は被災地をめぐること、震災に小説で触れることには、飽きていない。飽くことなく書けば、量も増える。「やりきった」「書ききった」と思っていないから、彼は震災を描きつづけた。

震災に対する重松の、関わっている時間の長さ、書いた量の多さだけではなく、動きの早さについても記しておく。重松はすぐに被災地に入り、新聞などにルポを寄稿し、テレビのドキュメンタリーの語り手をつとめた。ＴＢＳのＴＶ番組「情熱大陸」についての公式感想コラム「読む情熱大陸」(http://www.mbs.jp/jounetsu/column/backnumber.shtml)でも、「震災後」にこだわっていた。チャリティ企画もいち早く実行している。震災からわずか一カ月後、重松は二〇一一年四月一六日に『おじいちゃんの大切な一日』(絵：はまのゆか)を刊行し、印税はあしなが育英会に寄付。やはり印税を全額あしなが育英会に寄付するチャリティ本として、『卒業ホームラン　自選短編集・男子編』『まゆみのマーチ　自選短編集・女子編』(新潮文庫)を二〇一一年八月と九月に刊行している。同様に「震災後」という文脈から旧作に手を入れ刊行したり、出し直したりしたものも少なくない。たとえば中央公論新社から二〇一二年九月に刊行された『空より高く』は、二〇一五年の中公文庫版あとがきで「『希望の地図』の取材を続けるうち、残酷な「終わり」を突きつけられながら、それでも「始まり」のために立ち上がろうとしているひとたちの姿を目の当たりにして、思い出した」と刊行理由を語っている。

震災に呼応した新作のフィクションを発表するのも早かった。「毎日新聞」日曜刷りに二〇一一年五月一日から、「戸塚ヨットスクール」をイメージさせる「千尋塾」が、東日本大震災の被災地支援、ボランティア活動や、特養老人ホームで活動する模様を描いた『獅子王』を連載(二〇一二年七月二九日号まで。未単行本化)。

また、のちに単行本『峠うどん』としてまとめられる「小説現代」に断続的に書かれたシリーズの二〇一一年六月号掲載作「柿八年」では、舞台となるうどん屋がある街には悲しい歴史があり、太平洋戦争中の空襲で一千人以上が亡くなり、瓦礫の山ができたこと、しかしその十数年後に人型台風が来て大水害をもたらしたことが描かれる。あきらかに震災の比喩である（ここまでこのシリーズに、こうした設定は登場していない）。そしてこの短篇と翌月号に発表された「立春大吉」には、千恵さんという女性が、五〇年前の復興期にこの地で食べた「柿の葉うどん」が「希望の味」だったと新聞に投書し、店を訪れるのだが――この女性は幽霊なのである。被災と復興を経験した死者からのメッセージを、生者が受けとる。三・一一後、若松英輔『魂にふれる』やいとうせいこう『想像ラジオ』、柄谷行人『柳田國男論』をはじめ、「死者は実在し、生者にはたらきかける」とする論者／作家は少なくなかったが、その路線の作品だと言える。なぜかみな死者を生者に対してやさしい存在として描き、呪詛のことばを吐き、人々を祟るようなものとはしないのが不可思議であり個人的には不満だが、それはさておく。

「震災後文学」の嚆矢は二〇一一年六月号に発表された川上弘美『神様２０１１』とされることが多い（木村朗子『震災後文学論』など）。重松はもっとも早いタイミングから、直接的にも間接的にも、震災後を意識した作品を発表していた。

このころ、重松は、以下のようなことをくりかえし述べている。たとえば「週刊金曜日」二〇一一年七月八日号掲載の重松清×中島岳志「ゆっくり染みこむような言葉を」（四月二〇日収録）では

僕は、原発に固執する人に対しても、たたくだけではなくて、なだめながらほぐそうよ、と思う

んです。（中略）落としどころ、上手く折り合いをつけていくということが「白黒つける」わかりやすさに押し流されてしまった。（中略）震災からの復興にしても、原発問題にしても、これから長くかかりそうだと覚悟を決めて、いろんなことを和らげながら行っていく。そのなだめるものが、大事だと思うんです。

僕は、いま、子どもたちのことを考えようと思っています。まず、おとなを一番冷静にさせる言葉って「子どもが見てる」だと思うんです。子どもが見てるんだからみっともないことするな、と。そこにもう一度戻る。と同時に、僕達も子どもを見なくてはいけない。それはつまり、子どものこれからの長い人生を考えるということで、必然的に長期戦になるということです。

また、「文藝春秋」二〇一一年八月号に寄せた椎名誠『水惑星の旅』書評でも

震災をめぐって、原発をめぐって、政局をめぐって、声高な鋭角の言葉があふれているいまだからこそ、刺さるのではなく染みわたっていく言葉の持つ力を、僕たちはもっと信じていいのではないか?

としている。震災後、彼は大量に文章をものした。だが「声高な鋭角の言葉」を避け、原発は、福島は危険だと煽ることも書かなければ、政府や東電の批判も直接的には書いていない。木村朗子『震災後文学論』は、原発・放射能問題と、言いたいことも言えないような空気の読み合いや、何か言え

ばすぐ叩かれるような言論状況の閉塞こそが3・11以後の文学の本質だとした。重松はそうした路線には基本的には与しない。「基本的には」というのは、朝日出版社から二〇一三年五月三〇日に刊行された、小説を通じて子どもに哲学的に問いかける『きみの町で』に収録した「あの町で」（初出は「小説新潮」二〇一三年四月号）では、発電所が爆発して毒が舞い上がり、川の水には毒が溶けている――そんな川に鮭たちが帰ってきて、そして死ぬという情景が描写されているからだ。ただし、そうはいっても、原発事故が起こったあとの町や自然の景色から感じてもらうこと、問いかけることを主眼とする。それは作中での「瓦礫ってのは、大きく見れば、あれ、ぜんぶ遺品なんだよな……」というせりふや、あとがきでの「きみの町と、きみに思いを寄せてほしい遠くの町のお話とを組み合わせました」という言葉に象徴されている。言論の封殺や自主規制を問題にするのではなく、言葉を失い、泣くほかない人間の心情に目を向ける。なぜ重松は原発ヒステリーに与しなかったか。足繁く被災地に通い、現地のひとたちの声を聞き続けていたからだ。メルトダウンは大問題だ。しかし、福島の事故が起こるまでは日本の原子力政策にさほど関心を払わず、補助金やいささかの雇用と引き替えに原子力関連施設をうけいれた地方の経済状況も知らずに、突然「反原発」を掲げて騒ぐ非・在住民の側に立つような、軽薄でヒステリックな人間では、重松はない。津波で二万人以上が死者・行方不明者となったにもかかわらず「3・11は原発こそが問題だ」などと煽る無神経さも、重松は持っていない。

重松の震災後文学観は、二〇一一年一一月から「エンタクシー」で連載されたロングインタビュー「このひとについての一万六千字」をまとめ、扶桑社から二〇一四年二月に刊行された『この人たちについての14万字ちょっと』の人選からもうかがえる。すべての人間に震災について訊いているわけではない。震災について主軸に訊いているのは、故郷・仙台で被災した伊集院静、重松同様に何度も被災地に足を運んでいる池澤夏樹、二〇一一年三月一四日から「DJせいこう」名義でTwitterを始め、「文字DJ」「想像ラジオ」と称し——のちに小説『想像ラジオ』を書くいとうせいこうである。つまり『神様2011』の川上弘美でもなければ『恋する原発』の高橋源一郎でもなく、『ヤマネコ・ドーム』の津島佑子でも『ボラード病』の吉村萬壱でも『献灯使』の多和田葉子でもなかった。この連載以外で重松が震災後の表現をめぐってインタビューや対談をした相手には、『馬たちよ、それでも光は無垢で』の古川日出男（「早稲田文学記録増刊　震災とフィクションの距離」）、浜田省吾（「小説すばる」二〇一五年二月号）などがいる。重松は浜田のインタビューでこう言っている。「『3・11』のあとは、僕たち小説を書く人間の中にもこの時代に書くものがあるのか、小説に何の力があるんだとシリアスに問い直した人がたくさんいました。（中略）でも、浜田さんは「『3・11』を忘れるんじゃなくて、厳しい現実に明日からまた向き合うための英気を養ってもらえるようなステージにしたい」とMCでおっしゃって、コンサートを行いました」と。重松が浜田に「そうであってほしい、震災後の表現者」の姿をみいだした言葉だと言える。ほかにも「取材や対話を申し込んだが都合がつかなかった」ひとがいた可能性もある。だがいずれにせよ彼は、震災後に原発や被曝者のことを主題的に描いている作家、原発事故やそれに類するハザードによって日本がディストピア化する、人間が奇形化することを描いた作家、警鐘を鳴らすことに心血を注いだクリエイターや言論人には、ほとんど話を訊いていない。また、そういう作家を直接批判したり、くさすこともしていない。彼は政治に関して積極的に発言する作家ではない。ただ、「政治」からやや遠ざかって、生活や学校での問題として原発を小説で扱うこともできたはずである。重松の過去作の傾向からすれば、原発事故がきっかけで東北や関東から疎開した一家の子どもが見知らぬ土地でいじめに遭うような短篇を書いてもおかしくなさそうだが、書いていない。重松は、原発ヒステリーから距離を置いている。では何を書いているのか。

・長編小説連載から見る震災後の重松

「長期戦になる」との言葉どおり、彼は二〇一六年になっても震災をめぐる小説を書きつづけていた。重松は茂木健一郎との対談『涙の理由　人はなぜ涙を流すのか』（宝島社、二〇〇九年二月二一日刊行）で、自分の作品には「解答」「結論」はなく「問いかけ」しかなく、また、短篇は「いい話」で終わらせることができるが、長編は自分でコントロールできない、としている。震災後に彼が筆を制御できないまま、どこに着地するかもわからず書きつづけた「問い」とはどんなものだったか。重松が震災後に（震災後まで）連載した／している長編小説や連作には、以下がある。


『峠うどん物語』

「小説現代」二〇〇六年一月号～二〇一一年七月号まで断続的に掲載。講談社より二〇一一年八月、単行本刊行。

『ハレルヤ！』

「新刊展望」二〇〇九年七月号～二〇一一年六月号。二〇一六年現在、未単行本化。

『一人っ子同盟』　新潮社
「yomyom」二〇一〇年～二〇一四年。新潮社より二〇一四年九月、単行本刊行。

『獅子王』

「毎日新聞」日曜刷り二〇一一年五月一日〜二〇一二年七月二九日（未単行本化）

『赤へル1975』

「小説現代」二〇一一年八月号〜一三年七月号。講談社より二〇一三年一一月刊行。

『ファミレス』

「日経新聞」二〇一二年二月二日〜二〇一三年三月三〇日。日本経済新聞社より二〇一三年七月刊行、角川文庫にて二〇一六年五月刊行。

『アゲイン』

「小説すばる」二〇一二年五月号〜二〇一六年六月現在連載中。

『たんぽぽ団地』

「しんぶん赤旗」日曜版二〇一四年九月七日号〜二〇一五年一〇月一八日号。新潮社より二〇一五年一二月、単行本刊行。

『荒れ野にて』

「新潮」二〇一五年一月号〜二〇一六年八月現在連載中。


『ハレルヤ！』は人生後半戦まっただなかの中年主婦が、忌野清志郎の死に啓示を受け、かつて腕を鳴らしたブラスバンドの仲間を訪ね歩く物語——だが、二〇一一年五月号には、突然作者が顔を出す。このように連載途中に震災を受けて構想を破棄したり、作者が顔をのぞかせることになった小説は少なくない。佐伯一麦『還れぬ家』、古川日出男『ドッグマザー』などである。『新潮』二〇一一年七月号掲載の佐伯一麦「還れぬ家」連載第二十五回についての作者による附記を引いておく。「連載の今の時点では、作中の「私」は、二〇〇八年八月を生きているところ。そして、父は、連載を始めた翌月の二〇〇九年三月十日に死んだ。あと数回を費やして、その父の死までの半年余りを、現在進行中の出来事として再現させるつもりだった。だが、三月十一日の大震災によって、小説の中の時間も押し流されてしまったのを痛切に感じる」(三二九頁)。重松も同様のことを語っている。もともとの作品の構想は、現実に連載開始直前に起こったキヨシローの死によって木っ端微塵に吹き飛んだこと、二〇一一年三月に起こった震災によって、作中時間では二〇〇九年五月に終わるはずだった物語をそのまま終わらせることはできなくなった、と。そして次の号に掲載された最終回では、なんと登場人物たちを震災直後の時間に置いて終わらせるのである。今まで単行本化されていない理由も、このことから推察される。震災前の時間の流れで書かれていた作品を、震災後に出すことの違和感からである。

ただ、すべての作品が『ハレルヤ!』のようになったわけではない。震災そのものを扱っていたり、震災を思わせる描写をしているわけでもない。『峠うどん物語』は先に述べたとおりだ。『一人っ子同盟』『たんぽぽ団地』は、震災を扱っていないし、震災を思わせる描写もない。昭和の団地の話だ。『ファミレス』も、五〇歳前後の料理好きオヤジ三人が家庭の問題に直面するという、一見、震災と無縁そうな話である。だが終盤、登場人物たちが被災地(石巻)に行く。ある人物の妻が仮設住宅のお年寄りを訪ね歩くボランティアを始める。そこで彼女は見る。大津波から一年二カ月たって瓦礫の撤去は進んだが、仮設住宅には孤独がたちこめ、自分の家があった場所に行きたがらないひとが増えている──記憶がよみがえらないから、と語る被災者を。広大な更地になり、街の歴史やわが家の記憶が奪い去られ、街がここにあったという記憶が揺らいでしまったことを目の当たりにするのがつらい、という被災者が描かれるのだ。「過去を失うことは未来を失うこと」と重松は記す。かつてパレスチナの作家ガッサーン・カナファーニーが書いた「故郷とは未来のことだ」という言葉を思い起こさせる（日本の震災後に起こったディアスポラに対して、カナファーニーらの文字どおりの「故郷を失った文学」はもっと参照されてよい）。

「過去を失うことは未来を失うこと」という視点からすれば、『一人っ子同盟』や『たんぽぽ団地』が「団地」という、役割を終えつつある昭和由来の文化・生活空間の歴史をたどり、鎮魂するような内容であることの意味も見える。団地／ニュータウンは、ほとんど何もなかった山や田畑の土地のうえにつくった人工的な町である。しかし団地も建って数十年経つと、老朽化する。ほかの地域が開発され、もっと便利で住みやすそうな場所ができる。そうした理由で団地に住むひとは徐々に減り、誕生から半世紀前後で、役割を終えていく。ゴーストタウン化する団地、取り壊される場所もできてくる。かつて住んだひと、今も住むひとからすれば、長い時間をかけた故郷喪失だ。そこには、被災者が故郷を破壊され、帰ることができなくなり――記憶も薄れていくことと通じるつらさ、痛みがある。

重松は「僕は死ぬまで被災地と付き合っていく」とぶちあげたタイトルが冠された「日刊ゲンダイ」二〇一一年一二月二〇日朝刊のインタビューで、二〇一一年四月半ばにかつて訪れたことのあった宮城県亘理町に足を運んだとき、津波で根こそぎ流された街の風景を見て「記憶が奪われてしまう。それはダメだ。初めて、語り継ぎたい衝動にかられた」と言っている（「日刊ゲンダイ」は『希望の地図』の連載媒体でもある）。そこには、父親の都合で幼少期に何度も転校をくりかえし、そのせいか大人になってからも引っ越し魔である――唯一無二の「ふるさと」をもたずに育った重松の羨望も見え隠れする。故郷を持たないさびしさをずっと抱えているからこそ、故郷を失ったひとたちのきもちに添いたくなる。そしてこのように、失われた場所の記憶を紡ぐような震災後文学を書いている作家ももちろんいる。仙台をモデルにした小説を書く熊谷達也などである。

ただ、重松のようにニュータウンと被災地を結び付けるだけでは、いかにも弱い。それだけでは震災後を語ることにはなりえない。

・原爆投下の三〇年後を描くことで、震災の三〇年後を見据える『赤ヘル1975』

とはいえこの文脈をおさえておけば、『赤ヘル1975』がどんな小説なのかも、よりよくわかる。震災直後の二〇一一年夏から「原爆投下から三〇年後の広島を舞台にした小説」を世に問いはじめた意味合いは、震災から三〇年後の未来を読者に想像してほしかったからだろう。広島は「過去を失わなかったから、未来を失わなかった」土地として描かれる。終戦から三〇年も経てば、原爆を体験していない世代も現れる。この作品でも、原爆よりカープに関心がある下の世代がメインを張る。どんなに大きな事件でも、記憶は、衝撃は薄れていく。ただ、そのショックを直撃した世代もまだ生きているし、語り続けている。同じ土地に住むひとのあいだに、グラデーションがある。けれど誰しもが原爆を投下された土地であるという過去を気にかけ、と同時に、今を、未来を見ながら生きる。東日本大震災の被災地もそうなってほしいと、重松は願っていたはずだ。ひとびとが眼前の瓦礫や喪失を前に、「今この瞬間」や在りし日のことしか考えられない時期に、数十年スパンの時間軸を取ってものごとを見せた。放射性物質の半減期が万年単位であることにはリアルな想像が及ばないが、数十年先ならイメージできる。また、原爆に対する多様な距離感を描くことで、震災に対する多様な距離感を包みこむスタンスが「染みこむような言葉」ならば、『希望の地図』には乗れなかった人間にもしっくりくる。『赤ヘル1975』は、そういう作品だった。『バラカ』を書いた桐野夏生や、小説を書いていたときに地震が起こり、揺れるのをじっと感じ測るのが、防空壕の中で上から落ちてくるのを感じ測る感覚とよく似ていたと語る古井由吉（「新潮」二〇一一年一〇月号）のように、東日本大震災後の混乱と廃墟を戦争体験・空襲体験と重ね合わせた作家は少なくない。長崎の原爆投下にこだわって書きつづけている青来有一のような作家もいる。重松は死と苦しみに満ちた「戦争」「戦中」体験にではなく、そこから復興した、前向きな「戦後」を描いた点が稀有だった。

・忘却に抗うのか、受けいれるのか

しかし、重松は『赤ヘル1975』以降も、震災について書く。それも、二〇一三年には「過去を失うことは未来を失うこと」と書いていた重松は、二〇一六年にはこう書く。二〇〇六年に刊行された『娘に語るお父さんの歴史』は、二〇一六年に新潮文庫に収録されたさいのあとがきを引く。

二〇〇六年の自分に、二〇一六年の自分が教えてやるなら、いまの時点での答えは、こうだ。「生きる」とは、年を取っていくことで、それにつれていろんなものを失っていくことなんだよ――。

でも、失ってしまうのと引き替えに、とても大切なことも手に入れているはずなんだ――。

その大切なことは、何なのか。いまはまだ、うまく説明できない。

と。失うことと引き替えに、何かを手に入れている？　とすれば「過去を失ったひと」も、「過去を失い、したがって未来を失ったひと」も、代わりに何かを手に入れたことになる。それは必然、『赤ヘル1975』とはまた別の人間模様になる。さまざまなものを失った被災者も、何かを手に入れた——ということになる。それは、震災のことでさえ、単純に「忘れるな」（記憶を失うな）と言う立場には立たない、ということでもある。

一方で「記憶が失われてしまう。紡いでいかねば」と言い、他方では失われてゆくこと、忘却を肯定する。どういうことなのか？

もともとこの作家は、東日本大震災の前年（重松清、天童荒太「命をめぐる話」、「オール讀物」二〇一〇年一月号）には、誰かの死の衝撃については「忘れる」のが大前提であり、忘却していくことでやわらげ、折り合いをつけて生きていくことを、肯定する発言をしていた。メディア上では3・11についても「忘れるな」とばかり言われるが、実際には被災地では「まだそんなこと言ってるの？」「思い出したくない」「忘れたい」という声も少なくない。忘れることの肯定は、被災当事者にとって、ときに救いになる。では重松は、震災が起こる前まで思っていた「忘却は肯定されるべきだ」という価値観を震災によっていちど変化させて「忘れてはいけない」と考え、けれど時間が経つにつれてまた元の考えに戻った——時の流れが、震災から受けたショックを癒した——ということか。

しかし、だとすれば、二〇一六年になっても東日本大震災のことがちらつく『アゲイン』や『荒野にて』を書きつづける理由がない。ゆるやかに時間をかけて、忘れていけばいいのだから。結局、重松は何を考えているのか。

・『アゲイン』の混乱

「小説すばる」連載の『アゲイン』は二〇一二年五月号からはじまり、二〇一六年になってもつづいている。そういう点で、重松の変化・変節に対する仮説を検証するのに格好の作品だ。この作品は、重松が二〇〇七年三月七日に刊行したノンフィクション『夢・続投！ マスターズ甲子園』をもとにした映画『アゲイン 28年目の甲子園』の企画が立ち上がったことから、映画とは別ルートの小説版として構想されたものである。なお、大森寿美男監督による映画は二〇一五年一月一七日に公開され、監督自身によるノベライズ『アゲイン 28年目の甲子園』も二〇一四年一二月一六日に刊行されている。映画のノベライズを別立てしたくらいに、重松版『アゲイン』と大森版『アゲイン』は違う。かつて高校球児だった社会人が集まり、母校代表として甲子園で野球をする「マスターズ甲子園」という実在のイベントに、父を亡くした大学生の女の子が記者見習いとして参加し、さまざまなひとに話を訊く、ということは共通している。

しかし、重松版は大森版と異なり、東日本大震災をもうひとつの軸とする。主人公の女の子の父親は、3・11で津波に呑まれて亡くなっている。そして亡くなった父の幽霊が甲子園で娘を見守りながら、「きみは」と（聞こえないし、感じられることもないが）語りかける。――というのが、当初の設定だった。

重松版『アゲイン』は、奇妙なことに、連載途中で設定が大きく変更されている。この作品は、「小説すばる」二〇一二年五月号から八月号まで毎月連載された第一期連載と、二〇一四年三月号に連載が再開して第五回が掲載されてから（以降はほぼ毎月連載）の第二期連載とも言うべきふたつの設定がある。連載開始時点では新聞記者志望の主人公の名前は「美枝」だったが（映画版と同じ）、連載再開後は「夏希」に変わっている。また、父親の死因は東北で被災したためだったものが、通勤中に心臓発作で急死（そもそも被災していない）に変わり、死者である父が生者である娘に「きみは」と語りかける二人称視点をやめ、三人称で「晴彦さんは」と記述していくように変わっている（ある意味、渡部直己言うところの「移人称小説」となった、とも言える）。なお、第二期になってはじめから書き直したわけではなく、物語の流れは第一期から続いている。さらに、これらの重要な設定変更に対して、誌面ではなんら説明がなされない。もっとも、作家が連載中に設定を変更することはめずらしくない。重松自身、連載時点と単行本でほとんど書き直した作品も過去にあった。ただ私は、ここでの設定変更は、作家のよくある習性として起こったものだとは考えない。震災をいかに小説で扱うか、ということに対するスタンスを自覚的に変えたから、この作品の連載は一年半も休載し、再開後には別物になったのだ（あるいは、休載していた一年半のあいだに、スタンスが変わってしまったのだ）。

二〇一二年夏から二〇一四年春までのあいだに、重松に何があったのか。もう一度、彼がこの間にしていた連載を見てみよう。

『獅子王』
「毎日新聞」日曜刷り二〇一一年五月一日〜二〇一二年七月二九日（同年一一月に単行本化予定と最終回で予告されたまま、二〇一八年九月現在まで未単行本化）
『赤ヘル１９７５』
「小説現代」二〇一一年八月号〜一三年七月号。講談社より二〇一三年一一月刊行。

『ファミレス』

「日経新聞」二〇一二年二月二日〜二〇一三年三月三〇日。日本経済新聞社より二〇一三年七月刊行、角川文庫にて二〇一六年五月刊行。

『アゲイン』

「小説すばる」二〇一二年五月号〜二〇一六年六月現在連載中。

『たんぽぽ団地』

「しんぶん赤旗」日曜版二〇一四年九月七日号〜二〇一五年一〇月一八日号。新潮社より二〇一五年一二月、単行本刊行。


気になるのは、震災後を直接扱った『獅子王』が、ちょうど重松が『アゲイン』を休載してしまう二〇一二年夏に終わり、単行本が未刊である点だ。重松は『獅子王』的な震災へのアプローチに、作品の出来に納得いかなかったのだろう。

・震災後に父性を立ち上げようとした『獅子王』の失敗
『獅子王』は二〇一一年五月一日から連載が始まる。「震災後文学」としてはもっとも早い（「群像」二〇一一年六月号掲載の川上弘美『神様２０１１』より早い）スタートを切った新作長編小説である。ただし重松が毎日新聞日曜版で連載すること自体は、震災が起こるよりはるか前に決まっていた。東京新聞二〇一一年一二月一日夕刊によれば、構想は二〇一〇年のうちにできていたが、震災を取り込んで書かれたという。同紙を引く。

「震災によって、いろいろな問いがまたリアルになってきた。例えば『絆』という言葉は震災以前は死語に近かったが、今また問われるようになった。『獅子王』では父親の力、強さとは何かについて書こうと考えていた。震災によって力とは、強さとは何かが、より大事な問いとなって浮上している。書きたいテーマを深めるために、震災を取り込んだということ」

連載開始前には、こうも言っていた（「毎日新聞」二〇一一年四月一八日夕刊）。

僕が書く小説は、ニュータウンの不安に代表されるような不安、不穏さが基調低音になっていた。とりあえず今はうまくいっているけれど、やばいんじゃないの、という小説。しかし、不穏どころか決定的な災厄が起きてしまった。今回は、そこから始める。（中略）いまやマチスモなるものをさらに深めて書く必要がある。僕自身の小説が目指すところも変えざるを得ない。警告や警世の言葉ではなく前に向かうための言葉を、連載期間の1年をかけて見つけなければならない。

あらすじはこうだ。被災地の支援活動を行うゲンコツ連合と呼ばれる組織のなかにたたずむ、ライオンのたてがみのような髪をした六〇代半ばの男——それが獅子王こと石井良夫である。獅子王は七〇年代半ばから戸塚ヨットスクールを思わせる私塾〝千尋塾〟をひらき、不登校やひきこもりの子どもを集めてサバイバル訓練を受けさせる活動を行っていた。だが八〇年代半ばに死亡事故や行方不明が発覚、懲役六年の実刑を受け、表舞台から姿を消していた獅子王は、三一一のあと被災地に右腕的な存在であった力也を引き連れ、ボランティアを組織していた。ゲンコツ連合は、震災後の政府の対応を批判し、「強さを取り戻そう」と訴える〝新党ちから〟の党首・大橋（橋下徹を思わせるポピュリスト）を支援するが、大橋は何者かに刺されて入院。だがこちらは本筋ではない。主人公はかつて父親から千尋塾に送り込まれ、事故が起こったために一年ほどで戻って来た過去を持つ。主人公の息子（妻の連れ子）・健也とその担任である小田がゲンコツ連合に興味を抱いたため、担任、息子の健也を連れて主人公も被災地ボランティアへ参加する。そこでは「人を助けに来たのに不注意でケガをして貴重な水や薬を使って誰かに助けられる」ような自律ができない人間は力也たちの「気づきの会」によってさらし者にされ、自省を迫られる（自己啓発セミナーと同じ手法）。主人公は強い拒否反応を覚える。だが担任の小田も息子の健也も「強くなれ」というゲンコツ連合の価値観に共鳴し、惹かれていってしまう。認知症になった主人公の老父が入っている介護施設は実はゲンコツ連合の息がかかった場所であり、主人公はかつて千尋塾にいっしょにいたミツル（今はゲンコツのスタッフ）や力也から、父を「弱い人間には優しくしなければならない」ということを学ぶ〝教材〟として使わせることを要請される――が、むろん断る。主人公はかつて千尋塾に送り込んだ父のことをよく思っていないことを指摘されるが、最後は獅子王の前で車椅子の父が転げ落ちそうになり、助けたところで「強くなりたいか」と獅子王から問われて終わる。

獅子王が何者なのかは、最後までわからない。ゲンコツ連合を率いて政界にまで手を伸ばそうとする力也と、一歩引いている獅子王の思惑の違いもわからない。戸塚ヨットスクール的なスパルタ教育、マチズモを肯定したいのか、否定したいのかもわからない。新党ちからは党首が刺されたあとは特に動きがなく、政治の話は宙ぶらりんだ。主人公と、ゲンコツの価値観に染まっていく義理の息子・健也との関係も曖昧なままである。また、被災地のボランティアに入り、原発事故後の混乱に乗じて政界に新しいヒーローが登場するわりには、顔の見える被災者はひとりも出てこない。主人公や息子は被災地に足を運んでいるのに、描かれるのはボランティア同士のやりとりばかりだ。弱肉強食的な（新自由主義的な？）価値観をもつゲンコツ連合の考えからすれば「被災者も弱いからボランティアに入って優しくしてやった」ことになるはずだ。だがそうは描かず、「認知症の老人は弱いから優しくしてあげなきゃいけない」と中学生の健也に言わせるに留め、被災者への言及はなされない。「人間の強さ、弱さ」を作品で問おうとする一方で、現実にいる被災地／被災者を前にしてどう表象したらいいのか、空転してしまった。被災地不在、被災者不在の震災小説だ。震災前から書こうと思っていた題材に、震災後の状況をぶつけて玉砕したのだろう。震災要素を抜きにしても、「父子関係」や「強さとは何か？　なぜひとは強さを求めるのか？」といったテーマが十全に展開されているとは言えない。まとまりを欠く。森達也ら四人の監督が、なんの計画も立てずに被災地に乗り込んで撮ったドキュメンタリー『３１１』を思わせる、失敗作と言うほかない。徒手空拳で挑めるほど、東日本大震災は、たやすい題材ではなかった。獅子王の、あるいは獅子王とは別のかたちで父性を、強さを示すことで、震災後に生きる人々に「希望」を示すことが――できなかった。

このあと重松は、『アゲイン』の連載を一年以上にわたって中断する。震災を扱った短篇小説や、それらをまとめた作品集『また次の春へ』を二〇一三年三月九日に刊行はしても、直球で扱う長編はしばらくなくなる。『ファミレス』では、先述したとおり終盤で被災地に行くものの、大半は震災と関係のない展開に終始。短編集である『また次の春へ』は単行本化しているのに長編『獅子王』は未刊行であるところに、重松の選択を見ないわけにはいかない。長編小説でいかに震災を扱えるのか、何を扱うべきなのか、彼は思案していたはずである。

・「このひとについての一万六千字」と『ゼツメツ少年』で「震災後文学」の技術を習得

それを考えるには、二〇一一年一一月号から季刊の小説誌「エンタクシー」でしていたインタビュー連載「このひとについての一万六千字」（および『この人たちについての14万字ちょっと』として扶桑社から二〇一四年一一月二九日に刊行した単行本）が補助線になる。先にも述べたように、この本では伊集院静、池澤夏樹、いとうせいこうに対し、震災と震災後文学について重松が切り込む。その態度は、必死である。池澤夏樹に対し、自分も池澤が持っているのと同様の復興支援地図を持っていることをアピールし、「夕刊紙や週刊誌で震災とかかわってきた自負もある」と記す。池澤、広範な読者、被災者、文学業界のひとたちのいずれに認めてもらいたいのか、それはわからない。重松は震災直後からフィクション、ノンフィクションを問わず、直接的、間接的を問わず、書きつづけてきた。それに対する手ごたえが足らなかったのか。声が少なかったのか。満たされなかった不満が、池澤をインタビューした原稿から洩れてくるようだ。あるいは、いとうせいこうについて重松は、『想像ラジオ』が「文藝」二〇一三年春号掲載の初出では、ＤＪアークが語りはじめる時刻が深夜二時三六分であり、作品の舞台も日本海に面した町としていることを指摘する。二〇一三年三月二日に刊行された単行本では、二時四六分に始まり、太平洋に面した町になっている。直接的に東日本大震災を思わせる設定に書き換えられている。いとうは、ぼやかして書くととんちんかんやリプライが飛んでくる、何も伝わらないと思って直したことを明かしているが——ここで気になるのは、重松がわざわざ雑誌版と単行本版を読み比べて突っ込んでいることのほうだ。鋭い指摘、というよりは、震災をどう書いていいのかを知りたいがあまり、必死になっているように感じる。連載をまとめた単行本発売と前後して出た「エンタクシー」vol.44（二〇一五年春号）、つまり単行本未収録回では、震災について短いルポを多数発表していたノンフィクション作家の吉岡忍が、しかし長篇のノンフィクションを書いていないことについて、その方法論が見つからないからではないかと問い、言質を取っている。重松は、これらのインタビューを通じて、池澤やいとうらのアプローチを自らと対比する壁打ちの相手とすることで、自分の震災後小説のありようを模索していたのだと思う。グラグラ来ていた時期だから、だ。

それが定まってくるのが、二〇一四年春——震災から三年目の春だった。

この間、重松は『ゼツメツ少年』という単行本も出している（新潮社、二〇一三年九月二〇日刊）。「小説新潮」二〇〇七年一〇月号〜二〇〇九年四月号を大幅に加筆修正したもので、震災前に構想されているものだが、単行本は震災後の文脈を意識した作品になっている。タイトルからして「ゼツメツ」である。震災前につけられたタイトルであったにせよ、3・11を想起させる。この作品は、（実は死者である）いじめられっ子の少年から小説家であるセンセイに「僕たちを助けてください」という手紙が届いたことから、彼らを助ける物語を想像／創造する、メタフィクショナルな構成をとる。『ゼツメツ少年』もまた、震災後文学の典型的な特徴をいくつか備えている。「死後の人物から手紙をもらって物語を書く」という設定は、それこそ『想像ラジオ』に代表される「死者との協働」「死者が生者に働きかける」パターンだ。どこまでがセンセイの書いたフィクションで、どこからが物語世界内の現実なのか、あるいはセンセイはどのくらい重松本人を反映したものなのか、この現実に実際あったことをどれくらいベースにしているのかが、わかりにくい書き方をあえてしている。メタフィクション化して「物語の力とは?」「想像力とは?」「作家とは?」を自問する。また、どこまでが記憶で、どこからが想像なのかが混濁する。これらは、震災後文学ではしばしば試みられてきたものである(古川日出男『馬たちよ、それでも光は無垢で』、滝口悠生『ジミ・ヘンドリクス・エクスペリエンス』など)。こうしたしかけは、かつて子役だった現・映画監督が子役時代に出演した作品の続編をつくる『たんぽぽ団地』でもなされている。『ゼツメツ少年』の「理屈で説明のつくことだけが真実なら、人はなぜ、あんなに夢中になってさまざまな物語に読みふける?」「生きるっていうのは、なにかを信じていられるっていうことなんだよ」といった言葉は、重松が自身に言いきかせているように思える。陳腐だが、震災後という文脈においては、切実でもある。震災後にSF作家の神林長平が『いま集合的無意識を、』をはじめ、くりかえし説いていることも、似たようなものだった。虚構の力を信じること、人間は虚構なしでは生きていけないということ。

『ゼツメツ少年』をマニフェストとし、『赤ヘル1975』を完結させて「三〇年後」という時間軸で捉えることに成功したあと、『アゲイン』は再開する。

・連載再開後の『アゲイン』――引くことで物語を御する

精神科医の斎藤環は、被災者や震災後文学の書き手に見られる時間感覚の混乱、長かったはずなのに一瞬のうちに過ぎ去っていたような被災体験、記憶がまだら状になってしまう感覚のことを「被災した時間」と呼んだ(『原発依存の精神構造』)。『アゲイン』も「被災した時間」を生きた。連載は約一年半休載されたが、何事もなかったように続きが書かれ、しかし重要な設定変更がいつの間にかなされていたのだから。

そして再開後（第二期）は、震災のことが後景に退く。連載当初（第一期）の設定では、主人公は被災して亡くなった父を持つ娘が主人公だったが、第二期ではそうではない。マスターズ甲子園に陸前高校が参加し、主人公・夏希の友人・光洋がそこの出身であり、だが、二〇一一年三月一一日には渋谷にいて、故郷が津波に襲われる現場にはいなかった——遠くで見ているしかなかった、という設定は出てくるものの。それにしても、直接の被災者ではない（登場する陸前高校OBは、被災者だが）。第二期『アゲイン』では、マスターズ甲子園に参加するさまざまな過去をもつ参加者の一部として、3・11の被災者もいるにすぎない。企画者が阪神大震災を受けて大会を立ち上げたことが語られ、ふたつの震災を結ぶ要素がくわわってはいるが、それも3・11の相対化につながっている。逆に言えば、第一期の「被災者の娘」「娘を見守る、被災者の霊」という視点からでは、複雑な事情をもった多様な参加者を御しきれなかったのだ。設定によって、視点によって、描けることの力点は変わる。震災について、第一期より第二期は、だいぶ引いた視点から語る。なぜか。いったん引き、それから寄らなければ伝えにくい、伝わらない時期になったと判断したからだろう。

重松は『涙の理由』のなかで、二三歳で「女性自身」の感動ルポをはじめたときのことを振り返っている。当時の副編集長に、この記事では「文学」ではなくて知床半島のラーメン屋のバイトが読んでも泣くようなものを書いてほしいと言われた、と。大学の教室に五〇人いたら四〇人が「わかる」と言ってくれるものを探さなくてはいけない、それが自分のベースにある、と彼は言う。もはや東日本大震災は、真正面から扱うと五〇人中四〇人が「ああ、わかる」と言うものではなくなっていた。二〇一二年には早くもTVの世界では「震災を扱っても視聴率が取れない」と言われはじめ、震災後文学も、ほとんどは売れなかった。であれば、震災を「作品の大きな主題」ではなく「さまざまな物語のひとつ」——生きていれば誰しもが出会うかもしれない、どこかにある物語のひとつとして扱うことでこそ、五〇人中四〇人に届く物語になりうる。それがかつて阪神大震災をほかの出来事と並列でワン・オブ・ゼムのものとして処理することとどれほど違うかは、難しい問題である。ただ、時流を見ながら筆を執ってきたエンタメ作家の嗅覚が「引かなければ伝わらない」という選択をさせたのだろう。

もうひとつ、『アゲイン』について。二〇一二年に出した『希望の地図』と実質的には二〇一四年以降に書いている『アゲイン』では、取材者／記者の役割が違う。『希望の地図』の田村は、被災地取材のエピソードを語ることによって不登校の少年を変えようとしているし、現に変わる。対して『アゲイン』の記者見習い・夏希は、ただ話を聞くだけだ。取材された側が胸の内にあったものを外に吐き出すことによって、気持ちに変化が生まれることはある。しかし夏希は、誰かの振る舞いを変えようと思って行動していない。夏希は記者ですらない。そのまねごとだ。彼女のしたインタビューはどこかに掲載されるわけではない。『希望の地図』とは逆で、取材者／記者のほうが不能なのだとも言える。夏希や友人・光洋、夏希に寄り添う亡き父・晴彦の幽霊、そしてインタビュイー（聞かれた相手）に話が共有されるのみだ。ライターというより、カウンセラー的である。共通している点は、『希望の地図』も『アゲイン』も、〝見張り塔〟からの「被害者でも加害者でもなく目撃者」であることを選んだはずの重松の作家的スタンスからは逸脱し、対象の内面に踏みこみ、変えている、変えようとしている。これは、震災前の重松が言っていた「忘却を肯定する」態度ではない。むしろ、忘却のかさぶたを剝がす役割である。ただ、抑え込んでいたものを外に押し出すことで、救われる者もいる。ここでは、傷を忘れることで日々を送ることができるようになった人間が、しかし、聞き手の存在によってもう一度、傷に目を向けさせられる。痛みを思いだし、向き合い、しかし乗り越えていく姿が描かれる。重松のなかにともにあった「忘れることで生きていける」という立場と、「忘れるな」という立場の矛盾と混乱は、こうして解消される。ひとが生きていくための処方箋として、その両方を、彼は肯定する。3・11を忘れて生きようとしていた私たちに対して、時間を経たあとで、見つめ直そうよ、と言っているようだ。

ただし、「忘却」の問題と、『獅子王』で迫ろうとしていた父性の問題は、また別の話である。子どもに何を、いかに示すのかについての問題は、クリアされていない。それに再度挑んだのが、『荒れ野にて』である。

・『荒れ野にて』と重松清にとっての「希望」

「新潮」二〇一五年一月号から連載が始まった「荒れ野にて」は、現代日本を舞台にした小説を書きつづけてきた重松が初めてディストピアSF的な設定を導入し、架空の国や土地、物質を登場させた作品である。そしてまた、初の文芸誌、つまり純文学の媒体での連載小説でもある。なお、「荒れ野にて」と並んで同時期の「新潮」では黒川創「岩場の上から」、島田雅彦「黎明期の母」、髙村薫「土の記」、辻原登「籠の鸚鵡」など震災後にはじまった多くの連載小説が作中で震災に言及したり、あるいは原発問題を扱ったディストピアものであった。

設定は、こうだ。七〇年前、戦争に敗れたこの国には、「荒れ野」と呼ばれる「僕たちの国の土地なのに自由に立ち入ることができない」場所があり、そこはアメリカを思わせる「遠くの大国」が主導する国際研究機関の管理下にある。主人公は一九歳で、戦争を体験していない。戦争前は四万人が暮らすのんびりした地域だった荒れ野は、戦後に遠くの大国によって石油化学コンビナートがつくられ、二〇年前、プラントが爆発する。その結果、制御不能な毒が舞い上がった。さらに爆発事故の一〇年後、荒れ野の沿岸部は地震と津波に襲われ、壊滅的な被害にあってもいる。荒れ野は致死率一〇〇パーセントの、目に見えず、においもなく、かたちも定まっていない毒(「雪」と呼ばれる物質)で冒されている。雪は大気中に漂っているうちは融けることはない。人体に取り込まれると致死のタイマーが作動する。一〇〇年たっても融けない雪もあれば、すぐに融ける雪もあり、融けると瞬時にひとは死ぬ。人間にできるのは、荒れ野に足を踏み入れないことだけである。主人公の両親は荒れ野から避難し、故郷を失った。父は二五で雪のせいで死に、母は妊娠中に雪を吸ってしまっている。荒れ野は原発事故が起こった福島を、雪は放射性物質を思わせる。

福島の比喩だけではない。荒れ野の地下にはレアメタルが眠り、中国を思わせる「近くの大国」が、彼の地も漂流していた祖国を持たない「三日月の民」(イスラエルができるまえのユダヤ人や、イスラエルができたあと土地をユダヤ人に奪われたパレスチナ人、あるいは中国政府に追いやられている少数民族のイメージが重ねあわされている)が荒れ野に密入国して入植しようとしていることにかこつけ、戦争を始めようとしている。

また、故郷である荒れ野に帰りたいと願う人たちを、「ノアの方舟」から名前を取った土木建築会社ノアが資金面でバックアップすることで街頭運動が起こり、「希望の子」としてまつりあげられる人物が現れる――これは震災後に各地で発生するようになったデモの象徴ともいえるSEALDsの奥田愛基らからインスパイアされたのだろう(SEALDsメンバーは被災地に入ったことから「何かしなければ」という想いに駆られ、政治にめざめた者が少なくない。震災と国会前デモはつながっている)。

さらにそれとは別に、いかがわしい予言をし、雪が融けるタイミングを知っているしコントロールできるというデクノボーなる人物も、高齢者を導こうとする。デクノボーという名前は宮沢賢治由来だが、存在としては浦沢直樹のマンガ『20世紀少年』に登場するカルト的な「ともだち」のようなものだ(重松が『この人たちについての14万字ちょっと』で浦沢にインタビューしていたことの理由も、これでわかる)。こちらはイスラーム国のような過激派組織台頭へのめくばせにも思える。星野智幸『夜は終わらない』で描かれていたような、デモのある社会の風景、そうした組織のありようへの批評的なスタンス、あるいはドストエフスキー再評価とシンクロした中村文則『教団X』のような超越性を希求するカルトを描いた諸作を思わせる要素である。

カシラという人物は、国民の声など関係ない、偉い連中の判断だけで戦争は始められる。それができるように国家の根幹をなす法律が改正されたのは二年前だ、と語る。これはあからさまに安倍晋三政権の安保法制や改憲の動きを受けてのものだ。重松が作中でここまで直接的にポリティカルなことを扱い、政府批判を書いたのは初だろう。政治の話にまで踏みこもうとして投げ出した『獅子王』の失敗に対し、再挑戦している。これまで描いてきたような、被災者個人に寄り添うような話だけでなく、大状況を描かなければ、震災後に子どもに示すべきものの核を捉えられないと考えたのだろう。

・「希望」が壊れた荒れ野にて

重松が『荒れ野にて』で描きたいと思っているもののひとつは「希望」である。

「希望」とはなんとも薄ら寒い、と思う人間もいるだろうが(私にとっては希望がない社会のほうがよほど寒々しい）、重松が描こうとしてきた「希望」にはそのていどのツッコミは織り込まれている。むしろそうしたお定まりのくさしをわかったうえで、それでも切実に必要としている人間が希望をつかみとれるようにするにはどうしたらいいのかを考えてきたのが重松だった。

鈴木賢志『日本の若者はなぜ希望を持てないのか』（草思社）によれば、「希望」には具体的な「目標としての希望」（個別的希望）と、未来に対するもっと漠然とした「総合的希望」のふたつがある。そして具体的な目標も、なんとなくの明るい見通しである総合的希望も、「個人の心の問題」であるにとどまらず、「個人を取り巻く社会」と密接に関係したものである。重松が取り組んできた「希望」は、「総合的希望」のほうであり、『獅子王』『荒れ野にて』で挑み、苦闘したのは「個人を取り巻く社会」を描き切ることである。

『荒れ野にて』で主人公と母親は、荒れ野の東に隣接する「希望ヶ丘市」にある居住区に入居する。この「希望ヶ丘」という地名は、重松の『希望ヶ丘の人びと』にも登場する。この作品は「週刊ポスト」にて二〇〇六年一二月から二〇〇八年五月まで連載したものに加筆修正し、二〇〇九年一月に単行本化（二〇一一年五月に小学館文庫から、二〇一五年一一月に講談社文庫から刊行）された。物語前半はニュータウンの息苦しさが描かれ、そこから徐々に前向きな着地をしていく。いつもの重松節である。

地名でなくとも、重松は「希望」についてたびたび語ってきた。たとえば震災が起こる二〇一一年の「朝日新聞」一月七日夕刊掲載の「１９９１年に生まれた君へ」では

そうではない。希望はいまの自分の中にある。君の胸の奥には、希望をたくわえる器が生まれた

ときから備わってるんだ、と僕は思う。

僕の考える希望の最も根源的な定義は「生き延びるための底力」——それ以外にないのだから。

と書いていた。

『この人たちについての14万字ちょっと』では、少し変わる。重松は池澤へのインタビューのなかで、岩手県陸前高田市気仙町にある、津波を受けても立ちつづけていた「奇跡の一本松」を「希望」と呼ぶことに、ためらいが生まれた、自己本位で不遜な気がした、と語る。復興の象徴ではなく、慰霊碑、墓標、鎮魂を託すものであってもいい、と書いた。これは「小説すばる」二〇一五年一〇月号掲載の『アゲイン』第二二回で「夜明けとか朝日って、いつもいつも希望の象徴ってわけじゃないよな。みんなを悲しませる夜明けだって、ほんとは、やっぱり、あるよな」としたこととも通じる。ステレオタイプ化した「希望の象徴」に異を唱える。重松は、震災直後に自分が書いたものに対する反省を漏らすようになっていく。長くなるが、「日刊ゲンダイ」の二〇一一年九月一三日付けから、二〇一二年二月一〇日付けまで連載されたのち単行本化された二〇一二年三月に刊行された『希望の地図』の、二〇一五年三月に出た文庫版あとがきを引く（Kindle版から引用）。

本書は——決して卑下や自嘲をしているわけではないのだが、いま振り返ってみると『希望（の目処）の地図』だったのだろう。震災発生から半年を経た被災地を歩きまわって探してきた「光」は、じつは「希望」そのものではなく、「希望を持つための目処」だったのではないか。それをせっかちに「希望」と呼んでしまったのは、取材を受けてくださったひとたちに失礼なことだったのではないか……。

読んでくださったひと（いや、本を開く以前、題名を目にした時点で）の感じ方はいかがだろう。単行本刊行時には抱かなかった不安や恐怖が、いまの僕にはある。「希望」の響きや字面が、甘くはないか。軽くはないか。浅くはないか。とても怖い。単行本刊行からの三年間で、「希望」という言葉は、こんなにも磨り減らされ、疑われ、色褪せて、時として欺瞞や偽善や選挙活動の小道具にまで貶められてしまったのだから。

もしも題名に冠した「希望」に違和感を覚える方がいらっしゃったら、そして、その違和感が辛い記憶を呼び起こしてしまったり、悲しい思いを生んでしまったりしたなら、書き手として心からお詫びしたい。

そのうえで、しかしあえて、改題はおこなわずに文庫化させていただく。「希望」とは、未来に向けての思いである。キツい現在を踏ん張るための底力である。二〇一一年秋に「希望」があったように、二〇一四年秋にも、二〇一五年春にも、二〇一六年夏にも……「希望」はある。絶対にある。

だとすれば、過去の「希望」を記録しておくことにも意味はあるだろう。本書で描いた二〇一一年秋の「希望」は、震災後の早い時期——直後と言ってもいい時期に生まれた「希望」である。いわば、リレーの第一走者。その姿が、ほんの片鱗でも本書から浮かび上がってくれれば、と願い、祈っている。

であれば、私が「こりゃだめだ」と二〇一六年に読んで思ったとしても、不自然ではない。リアルタイムの読者に向けて、彼は書いていたのだから。そしてそれがのちの目から見ればウソくさく、年月に耐えられなかった「過去の『希望』」であることを、作家自身が自覚している。何が「希望」なのかは変わっていくし、希望は「希望でないもの」に容易に変化する。

では二〇一五年、一六年に、重松は被災地における「希望」をどう描いていたか。『荒れ野にて』では、建設会社の社長タケトラが、俺たちはみんな未来がない、雪を吸って故郷である荒れ野を、未来を奪われた、と主人公に語る。「だから、俺たちには希望が要る」と。そしてタケトラは息子のテツヤを「奇跡と希望の子ども」にすべく、資金を投じてドキュメンタリー番組を作らせる。津波を受けても倒れなかった「奇跡の一本松」がマスメディアを通じて全国区の物語となっていったのと同程度には、「希望」の捏造である。作り出された虚構の「希望」を、『荒れ野にて』は否定しない。そのような擬制でしか希望はありえない。重松清は、『ゼツメツ少年』でフィクションの力を肯定した作家だった。希望とは、いまだ実現していない願望である。希望している時点では、空想にすぎない。希望は、つねにウソでありフィクションでありイメージでしかない。「希望ヶ丘」のように、できた時点では希望を託したものだったが、人々を裏切ったものもある。人間は希望と失望のイタチごっこをする。「「希望」という言葉は、こんなにも磨り減らされ、疑われ、色褪せて、時として欺瞞や偽善や選挙活動の小道具にまで貶められてしまった」が、その瓦礫を引き受ける、かつて「希望の象徴」のひとつだった原発政策の挫折と失敗を引き受け、別の希望を自分たちで立ち上げ直すのが『荒れ野にて』なのだ。

ただ「希望を語る」のではなく、でっち上げられた希望はその時点では空想や願望にすぎず、どちらにどう転ぶかはわからない両義的なものであることを示す。そして希望が失望や絶望に転じたあとのゴミから目を背けず、向き合うべきだと、二〇一六年の重松は描く。『荒れ野にて』というタイトルは、T・S・エリオットの『荒地（Waste Land）』から来ているはずである。エリオットは第一次大戦後の荒廃を詩にした。近代産業社会が生み出したものがガラクタになり、転がり落ちている様子を描写した。重松が描くのは、戦後日本が生み出した希望――原発や団地――が壊れて荒れ野と化した状況である。これはかつて前向きなる希望を語り続けてきた重松清の、自己批判なのだ。希望を語るだけではこぼれ落ちるものをすくい、届かないものを拾って届けようとする。ずっと絶望を語ってきた純文学の作家たちが、震災後に無数のディストピア小説を書いたこととは意味合いが違う。希望にこだわってきたエンターテインメント作家が（失敗に終わった『獅子王』も、エンターテインメントたろうとしていた）、原発事故という「絶望に転じた希望」の責任を引き受け、自らが語ってきたような希望に疑いを向け、死んでしまった希望たちを葬送する喪の作品が『荒れ野にて』なのだ。だから彼にとっては、娯楽ではなく文学として、文芸誌「新潮」での初の連載作品として書かれなければならなかった。

・試みつづけることで、人間の可謬性を示す

など と断言しつつも、『荒れ野にて』がどう着地するかは、見えていない（単行本化どころか連載完結を見届けることなく、この原稿は書かれている）。『アゲイン』も『荒れ野にて』も連載は際限なく長引き、迷走しているようにも見える。『獅子王』に続き、再び失敗するかもしれない。

震災後の重松作品のいくつかは失敗し、年月に耐えなかった。重松以外の作家も、震災を受けて大

傑作を書いた人間は多くない。作家本来がもっているポテンシャルからすれば、この大きな出来事は、マイナスのはたらきを及ぼしたようにしか見えない。東日本大震災は作家から何かを奪い、失わせた。ただ、多くの作家は、一作か二作、震災ものを書いただけだ。重松は何度も切り口を変え、書いてきた。それは誠実なものだった。

想定外の津波にしろ原発事故にしろ、「過去何十年大地震が起こっていない」という地元民の自負を裏切り発生した熊本地震にしろ、示しているのは人間の想像力の限界である。人間は、いくらがんばっても誤る。間違い、失敗するからこそ、何度も挑まねばならない。災害に備えるにしろ、傑作を書こうとするにしろ、一度や二度でどうにかなるはずがない。人間は可謬（間違うことがありうる／できる）である。完璧をめざして失敗し、傑作をめざして挫折する。それをくりかえす姿勢を、晒しつづける。それこそ重松が震災後文学の書き手として特異な点であり、おそらくは教育的に意味のあることでもある。

私は震災後の重松の試行錯誤、悩みながらの歩みに、胸を打たれるものがある。作品単体というより、作家としてのありように。それはほとんど何もしなかった自分とはまるで対照的で、恥ずかしくなる。

■第二部　震災後文学の最高傑作としての『シン・ゴジラ』

ただ——それだけでは足らなかったのではないか。

震災後に押し寄せてきた、何をしたらよいのかという逡巡に対しては、重松は、行動しつづけるという姿自体が希望になりうる、と示していた。しかし「そうは言っても、作家は決定打をつくってこそ作家だろう」という思いもある。

そして冒頭で書いたもうひとつの喉骨に突き刺さった問題、危機に際しても変化することなく惰性が働く日本的な組織の力学の件についてのフラストレーションは、解消されていなかった。

そんな折、庵野秀明監督の映画『シン・ゴジラ』が公開された。

・「社会を変えられる」と信じることが「希望」になる

重松は『ゴジラvsデストロイア』以降のゴジラシリーズの休止期に、定年退職したニュータウン住まいの男性たちの悲哀を描いた『定年ゴジラ』を書いたことがある（一九九八年刊）。しかしいちど役割を、長い歴史を終えたかのように見えたゴジラは、二〇一四年にハリウッドで撮られ、二〇一六年には日本でも復活した。

『シン・ゴジラ』には、私が見たかった震災後文学の姿があり、重松が『獅子王』『荒れ野にて』で示しそこねていた「希望」があった。

ここで「希望」についての定量的な研究を引いておこう。先にも言及した鈴木賢志『日本の若者はなぜ希望を持てないのか』は、日本を含めた七カ国（日本、アメリカ、イギリス、フランス、ドイツ、スウェーデン、韓国）の満一三〜二〇歳の若者を対象とした意識調査「我が国と諸外国の若者の意識に関する調査　平成二五年度」を詳細に分析している。これによれば、日本の中学・高校生における「自分の将来に希望があるか」についての「希望あり」の度合いは他の国々に比べてもともと低い（七四％。他国は最低八六％、最高九六％）。そして高校を卒業したあとさらにぐっと下がる（五八％。

他国は最低八一％、最高九〇％）。日本では一八歳を超えると「希望なし」の若者が四割を超える。若者が希望を持てない理由はいくつかあるが、本論の文脈で重要な点は以下である。

「私の参加により、変えてほしい社会現象が少し変えられるかもしれない」という意見についてどう考えるかという質問に対し、日本は「そう思う」「どちらかといえばそう思う」という回答が七カ国中で最も少なかった。「どちらかといえばそう思わない」「そう思わない」を合わせた割合は六三％にのぼる。そしてこの回答の結果と総合的希望が持てるか持てないかの間に、他国をはるかに上回る強い相関関係が認められた。日本では「自分の参加によって社会が少しでも変えられると思っている」若者と、「そうは思っていない」若者との間で、希望の持ち方に大きなギャップがあったのだ（「変えられる」と思っている若者の希望度がずっと高かった）。将来について希望を持っている若者はくじけにくく、チャレンジ精神が旺盛である。将来に希望を持てない若者は、やる気が出ないと感じることが多く、うまくいくかわからないことにチャレンジしない。そうした傾向があった。つまりこれが示唆していることは、「自分の参加が社会を変えていける」と思えるようにし、無力感を解消することが、若者の将来についての希望を高めることになるだろう、と鈴木は結ぶ。

はたして震災後文学は、重松は、こうした意味での「希望」を与えるものになりえていただろうか。主体的に、意志をもって「社会を変える」存在を描いてきただろうか。原発事故およびそれを生み出した社会や「空気」を批判するか、傷ついた人のケアとしての役割を果たすか。ほとんどはどちらかだった。それにはそれで意味があったと思う。しかし、おそらくは若者の無力感の遠因のひとつであろう、東電的な空気の力学に敗北し、意志が失われていくという問題への処方箋にはなっていなかった。そちらに対して必要だったのは非難でも寄り添いでもなく、飛び込んで執行する姿を見せることだったのだ。

『シン・ゴジラ』はどうだったか。庵野秀明監督は二〇一五年四月一日の制作発表時のコメントでこう言っていた。「ゴジラが存在する空想科学の世界は、夢や願望だけでなく現実のカリカチュア、風刺や鏡像でもあります」と。そして3・11以後の官邸周辺や自衛隊等の記録資料を徹底してリサーチして制作していった。同作は3・11によって起こった津波、原発事故（放射能汚染の恐怖）、政局の混乱、米国の介入、デモの台頭といったもろもろの事象を、巨大不明生物ゴジラの東京上陸という設定を用いて辿り直し、現実にもありえたかもしれないがそうはならなかった日本のありようを描いていく。

主役となるのは若き政治家・矢口蘭堂内閣官房副長官であり、矢口が指揮するあぶれものの専門家集団・巨災対（巨大不明生物特設災害対策本部）であり、自衛隊である。福島第一原発の事故収束に際しても災害救助活動にしても、あれほど身を挺し、一〇万人単位という前代未聞のオペレーションをやり抜いた自衛隊という存在を、震災後文学はほとんどまともに描いてこなかった。

・政治を、「太陽に蓋をする」側を避けてきた震災後文学

のみならず、ほとんどすべての震災後文学と決定的に異なる点は、状況のキャスティングをする側、戦う側を描き切った点だ。

田中慎弥『宰相A』や3・11以降の島田雅彦の諸作などにも政治家たちは登場していたが、個人の内面やプライベートな出来事や心理を描くにとどまり、政治の本丸に斬り込むことはまったくなかった。身辺雑記やセックスを描く、あるいは作家の自意識を扱うのであれば、登場させるのが政治家で

ある理由はない。また、安倍晋三政権を皮相に批判する作品もあったが、それで何になるというのか。

震災後文学で政治家たちを真正面から「政治家」として、組織を動かし物事を変革していく力として描こうとした作品は石原慎太郎『天才』くらいだろう。関東大震災直後に後藤新平が復興のヴィジョンをただちに示し、プランを策定したように、3・11以後にも「これから」を見せる人間が必要だった。文学においても、である。石原が取り上げた田中角栄は、「日本列島改造論」をぶちあげ国民に夢を見せ、また石原史観ではアメリカの石油利権および防衛力への依存から離れ、日本がエネルギー政策において自立すべく原子力発電およびその先の核武装を見越して画策したがためにロッキード事件で刺されて失脚した、志高き人物である。石原のイデオロギーやその陰謀論的な見立てはさておけば、震災後の状況に参照するには悪くない選択だったかもしれない。しかし石原はなぜか政治家・角栄の物語を、妾の子との和解という卑小な結末に落とし込んでしまった。

3・11以後の官邸の動きなどを忠実に再現したとされているフィクション、佐藤太監督の映画『太陽の蓋』は良作だが、不十分である。『太陽の蓋』もまた、震災後文学の悪弊に陥ってしまった。この作品は東京電力（作中では「関東電力」）や原子力保安委員会などと折衝しつつ原発事故への対処にあたった内閣官房副長官・福山哲郎を軸とした官邸、官邸に張り付いている政治部の新聞記者、テレビやネットに出回る情報やアメリカ人の夫を持つ友人からもたらされる情報で不安が募っていく記者の妻子、福一周辺の退避命令が下った住民、福一の現場に駆けつけた若手作業員の視点で描かれる。重要なのは、視点の切り取り方だ。『太陽の蓋』では、官邸は原発に関しては東電本店に乗り込んで対策本部をつくるまでは蚊帳の外であり、官邸に張り付いていた記者たち、マスコミがもたらす情報と真偽不明のネット情報しか手に入らない一般市民はなおさらそうであったことを残酷に示す。この高度情報化社会において、政権中枢にすら原発事故の渦中の現場の状況がわからない、情報が入ってこない、不確かな伝言ゲームでやりあうしかないという恐怖。唯一、福一の現場とリアルタイムでつながっているのに、外へは情報を流さない東電本店の信じられない体質。「原子力の専門家」のはずが文系出身で原子炉の構造や状況について科学的な説明のできない原子力保安院の人間、逆に科学的な説明はできるが危機感の欠ける態度で臨み「水素爆発はない」と断言していたにもかかわらず福一・一号機の建屋が吹き飛ぶと「アチャー!」と言って頭を抱えることしかできない原子力安全委員長・斑目春樹(をモデルにした人物)などを、『太陽の蓋』は描く。

しかし、福一の現場だけは、その核心部だけは描かない。吉田所長率いる決死隊がいかにしてベントを行ったのか、投入された自衛隊がどのようにして放水して温度を下げたのか、事態収束に貢献したコンクリートポンプ車をいかに手配し、どのように原子炉を静めたのか……それらは描かれない。自衛隊やコンクリートポンプ車は姿が映らないだけでなく、言及自体がほとんどない。自衛隊は「福一に向かわせるべき電源車が重すぎてヘリでも運べない」ときに語られるにとどまり、存在しないような扱いである。奇妙な空白がある。官邸を描いたにもかかわらず、東電本店に乗り込んで対策本部をつくって以降の変化、事態収束に向かわせた人間たちが何をなしたのかは一切省いてしまう。事故現場の外側しか描かず、身体を張ってもっとも危険な場所で事故収束に尽力した人たちは描かない。

9・11の状況を「再現」した映画をアメリカ人がつくるときに、決死の覚悟で救助に突っ込んだ消防士や米兵を、事態を収束させるべく動いた大統領や米軍幹部を描かないことがあるだろうか。

どういうわけか震災文学や震災映画をつくる日本人は、直球を避ける。もちろん、現実には「どうにもできない」こと、対処できないことだってある。しかし「どうにもできなかった」人たちばかりを積極的に描く不可思議さを問題にしたい。それは、責任を引き受ける、覚悟を決めて自分たちで対処するという当事者意識の欠如に見える。主体性を削ぎ、無力感を助長するだけに見える。大事な本質を見ない、それに取り組まないで周辺をぐるぐるまわることで済ませる悪癖にも。私が二〇一一年三月一四日に感じた不快さに、それは通じている。

「文学は大きなものやシステムの側ではなく小さき個人の側に立ち、弱き者を描く」「文学は九九人の側ではなく一人の側に立つ」という主張は「逃げ」であり、言い訳である（もちろん、逃げる自由はあるべきだし、逃げた人間を否定する気はない。生物は普通、怖かったら逃げるのだ）。九九人の作家は政治を描くことを忌避し、事態の収束者たちを描くことを忌避した。この偏りは異様である。

そこに、庵野秀明は徹底してフォーカスした。

『太陽の蓋』では、新聞記者が福島での原発事故について「日本が初めて対峙した怪物でしょう」と奇しくも言う。しかし『太陽の蓋』は怪物を退けるところは描かず、『シン・ゴジラ』は描いた。

震災後文学は、受け身の精神や個人の内面を描くのみならず、状況全体を担う覚悟を、いざというときには責任を、意志をもって立ち向かう大人をも示すべきだった――少なくともひとりは、そうした作家がいるべきだった。死者実在小説もディストピアSFも、「自分たちが置かれているのはひどい状況だ」「つらい、悲しい」という以上のことを描いていない。人が死に、故郷が失われ、帰還困難になり、放射線の恐怖にさらされ、真偽不明の情報に呑まれて人間関係がギスギスし、言いたいことも言えなくなる。そうしたもろもろを、すべての作家が無視していいとは言わない。しかし科学技術に対して、政治に対して、決定的に受け身な、被るだけの存在ばかりを書いてきたことには、構造的に問題がある。

戦争文学と接続したタイプの震災後文学も同様だ。そこでの戦争のイメージは空襲であり、逃げ惑わざるをえないものであり、愚鈍な軍部がもたらした事態の被害者としての「私」なのだ。戦争や復興の主体にはならず、事態を掌握し打開する側には立たない。これは戦後七〇年になり、戦中に将校、政治家だった人たち、作戦を指揮し、大局を見て判断せねばならなかった世代はすでに亡く、いま存命しているのは当時、子どもだった世代しかいないこともあるだろう。ただし『シン・ゴジラ』では、米国からやってきて矢口と最終的には共同戦線を張ることになる〝将来の大統領候補〟カヨコ・アン・パタースンの祖母が、広島で被曝した過去を持つ。そうであるがゆえに、カヨコはゴジラへの核攻撃を急ぐ米国中枢および国連安保理の動きを阻止すべく、自らのキャリアを棒に振る覚悟で画策する。「原爆投下を止める」側を描く。原爆は自然災害ではなく、人為であり、ゆえに、広島・長崎への投下も止められる可能性があったことを戦後七〇年経ったわれわれに、今一度思い起こさせた。

震災後文学は、「被」の文学だった。被災者・被害者・被曝者ばかりを描いてきた。直接的な設定としての被災者・被害者・被曝者だけではなく、精神的な意味でのそれらを、である。しかし本当は、その先を示さなければならなかった。道を自らきりひらき、対話のなかで歩む姿を描くことも、必要だったのだ。

震災後に多くの日本人が実感したのは、危機のときに軸がブレるようなリーダーには危なっかしくて任せられない、信じられない、ということだ。重松が『獅子王』『荒れ野にて』でマチズモの再検討をしようとしていたことは、さすがに時代の嗅覚を捉えていた。しかし、にもかかわらず、及び腰なまま中途半端な展開しかできていない。なぜなら現実には国民が震災後に選んだのは安倍晋三であり橋下徹であり小池百合子であったからだ。おそらくそうした傾向に危うさを感じ、心理的な抵抗があった重松は、ひとびとが求める力強さを描く方向には、踏みこめなかった。安倍や小池、あるいは稲田朋美といったタカ派の政治家に信託してもかまわないと考えている国民が数としてけ多いのは、二〇一〇年代の日本には、右派にしか肝の据わっている政治家がいないからだ。しかしたとえばアメリカの左派にはバーニー・サンダースがいた。重松をはじめとする震災後文学の書き手は、骨太なリーダーシップを発揮する左派、被災者の受苦を感じ取りながらも責任を背負って立つリベラル勢力を描けばよかったのだ。

・新垣隆の『連禱』

そういう意味で、庵野秀明以外に作家としてのスタンスを評価したい人間に、佐村河内守のゴーストライター騒動で一躍「時の人」となった作曲家・新垣隆がいる。彼が二〇一六年八月二三日に広島・福島をモチーフに新たに書き下ろした交響曲『連禱 -Litany-』の東京初演（東京室内管弦楽団演奏、於：東京芸術劇場）はすばらしいものだった。

『連禱』は、現代音楽（芸術音楽）の、六〇分を超える長大な交響曲である。これは、現代音楽界では芸術作品として到底認められないロマン派全開の調性音楽として新垣がゴーストライティングした『HIROSHIMA』とは対になるようなものとして、新垣本来の語法で書かれている。

佐村河内守名義で発表された交響曲第一番『HIROSHIMA』は、新垣への発注段階では広島・原爆・被曝二世という「設定」は皆無の「現代典礼」というタイトルのものだった。「『鬼武者』『バイオハザード』のゲーム音楽を手がける佐村河内守がついに（劇伴ではなくオリジナルの）交響曲を書いた」という文脈で書かれたものでしかなかったのだ。新垣があずかり知らないところで、いつの間にか広島・原爆・被曝二世という文脈を背負わされていたのである。

したがって、もともと「原爆をモチーフに曲を書いてくれ」と言われてゴーストをしていたならいざ知らず、騒動後の新垣が広島の原爆について何か音楽活動を通じて応答する必要は、ないといえばない。にもかかわらず「この交響曲は広島のことを想って作られたのか」と思って『HIROSHIMA』を聴いてしまった人たち、そしてもちろん広島の被曝者の方々への責任を感じ、東広島交響楽団からの依頼に応じ、彼は『連禱』を書いた。

『HIROSHIMA』が東日本大震災のあと被災地の一部で「希望の音楽」として聴かれていることが報じられ、「NHKスペシャル」で放映された、「佐村河内守が被災地の女の子のために作曲した」という設定の曲のゴーストをやってしまったことへの購いも込めてだと思うが、『連禱』は福島のこともモチーフとなっている。もっとも、佐村河内が関わった女の子は津波で親を亡くしたのであり、その点では、原発は関係ない。これは新垣が映画『日本と原発』の曲を手がけたことのほうが文脈としては大きいかもしれない。

『HIROSHIMA』騒動は、原発事故に近い問題だった。福島の原発事故は「津波なんか来ないだろう」「来ても電源がいかれるなんてことはないだろう」「そうなってもメルトダウンはしないだろう」という甘い見積もりがもたらした人災だった。『HIROSHIMA』も、新垣はゴーストでの作曲を引き受けておきながら自分では「クラシック界では無名の作曲家・佐村河内守が書いた七〇分以上の大作交響曲なんて演奏されるはずがない」と思っており、納品後も「演奏されることのない楽曲」というコンセプチュアルアートのようなもののつもりでいたのである。それが佐村河内の並々ならぬ営業力と「全ろう」「被曝二世」「身体障害もあれば精神疾患もある」などといったてんこもりの「設定」がメディアうけしたことが追い風になって数年後になんと演奏され、ＣＤが一八万枚も売れる事態になってしまった。

新垣の見積もりは東電と同じくらい甘く、問題を隠蔽していたことにも同型の問題があった。広島・福島を扱った『連禱』第三楽章で『HIROSHIMA』が引用されることの意味は、そういう反省を込めたものとして私は聴いた。

東電も新垣も、不作為やずるさ、逃げがあり、空気に流されていた加害者、加担者であったと同時に、震災／事件の被害者といえば被害者でもあった。しかし、「被害者でもある」「そんなつもりはなかった」「こんなはずじゃなかった」「あいつのせいだ」というところをいいわけにしているかぎり、加担者でもあったことに向き合うことはできない。そこから先に進むこともできない。次に同じような問題が起こったときに、同じような過ちをくりかえしてしまう。広島や、福島を。

新垣隆は『連禱』で広島・福島をテーマに約六〇分、約一〇〇人規模のオーケストラ用の交響曲を作り、東京では「人類の平和を祈念するコンサート」の一環として自ら指揮をしてその重みを一身に引き受け、ひとつの大きなけじめをつけた。彼は「被」の立場を行使することをやめ、責任を引き取ったのだ。

・時間軸とともに、目線の高さを変える

庵野秀明は、二〇一二年一一月公開のアニメ映画『ヱヴァンゲリヲン新劇場版　Q』のころは、津波の被災地を思わせる破滅したあとの何もない世界を描き、主人公のシンジが混乱した状態でメルトダウンにも似たフォース・インパクト、四度目の大規模な災厄を引きおこす様子を描いていた。無力

感と人間の愚かさに対するあきらめが充満した作品になっていた。

ところがそれから時間を経て制作された『シン・ゴジラ』の主役たちには、被害者根性がない。ほとんどすべての震災後文学が「現実に対する後退戦」でしかなかったのとは対照的だ。

重松清がそうであったように、庵野秀明も、震災後に何を語るべきかについての目線の高さを、時間の経過とともに変えた。

『シン・ゴジラ』には手近にいる人間を攻撃し、政治家や役所、だれかがなんでもやってくれるという前提で文句を垂れるだけの醜さがない。

こういったもろもろを描くには、作り手自身がいきあたりばったりではない高い構築性を志し、ヴィジョンを示し、またその理想を実現する手管を持たねばならない。そうした志向と資質は、日本においては往々にして純文学作家よりもエンターテインメント作家にある。では重松をはじめとする中間小説、大衆文学作家たちはそれをめざし、担ったか。ほとんどは「否」である。

そこへもっとも高く到達しえたのは、小島秀夫監督の『METAL GEAR SOLID V』と『シン・ゴジラ』だった。『MGSV』はアメリカ文学の本丸たるメルヴィル『白鯨』と「反戦・反核」という大江健三郎的／『ゴジラ』的問題系を引き継ぎ――「反戦・反核」は生活保守である「反原発」よりずっとラディカルな姿勢である――、真偽不明の情報と陰謀論が錯綜する現代の混迷する政治状況のなかでリーダーがいかにあるべきか、ありうるのかという困難な題材に取り組んでいた。シリアスな政治的、社会的文脈を幾重にも織り込みながら、軍人たちを主軸に据えることで、世界秩序の一端を再編していく「社会を変える」存在を描いていた。

小説にかぎらず「震災後文学」の書物としては、総じてノンフィクションのほうに傑作は多かった。

決定的なものをひとつ挙げるならば、船橋洋一が官邸や東電周辺に取材したノンフィクション『カウントダウン・メルトダウン』だ。私はあらゆる震災関連の書籍のなかで、この本を超える衝撃と興奮を体感したものはない。船橋の本を読めば、この国の政治家や官僚、電力会社の経営者に原発を任せることがあまりに危険であることを、いやでも実感する。責任を逃れ、情報を隠蔽しようとするし、そもそも意思決定の所在も情報伝達の経路も不明瞭な東電本店、マイクロマネジメントに堕して大局観をもって行動できず、母校である東工大の専門家だけを信頼し、人の話に聞く耳をもたない総理大臣・菅直人、前例がない事態に鈍重になる官僚組織、死の恐怖と問題が起こった際の責任問題へのそれ、装備とルールの問題から原発突入に限界が生じる消防や警察など……。それだけではない。印象に残るのは、東電中枢からの圧力をはねのけながら、最悪の事態を想定し、しかしそれを阻止すべく福一の現場を指揮した吉田昌郎所長と、「指示があればわれわれはどこへでも行く」と決然とした態度を貫き、ヘリによる放水などあらゆる手段を講じて事故を収拾すべく命をかける自衛隊の姿である。彼らの尽力がなければ原発事故は現状のような程度では済まず、おそらく東日本は大規模に壊滅していた。

『シン・ゴジラ』の主役である矢口蘭堂は、役柄では官房副長官だが、有事に対して果たした役割で言えば、3・11における吉田所長に相当する。より正確にいえば、政治家として立ち回る前半部分のモデルはポジション的に同じ福山哲郎内閣官房副長官および細野豪志首相補佐官、巨災対を率いて現場を指揮する後半部のモデルが吉田所長だろう。細野や福山は菅直人首相が東電本店に作らせた原発事故の対策統合本部や、アメリカと交渉・協力する日米連携チームで活躍している。くわえて、強いていえば「このままだとこの国はなくなる」「命をかけてやるしかない」と腹をくくり、怒りを、檄を飛ばしまくるところは、管直人も入っているかもしれない。上司にもずけずけものを言い、最悪のシナリオを想定して現場で陣頭指揮をとるところは吉田所長、政治家や専門家をまとめ、アメリカとネゴするところは福山・細野、政治家として未熟で短気だが、そのおかげで他の人間に火を付けるところは管直人、といったところだ。

巨災対は福一の現場がモデルだろう。福一＝巨災対と自衛隊を軸に描くのも、ギリギリのところでゴジラの進化＝首都圏を壊滅させる規模のメルトダウンを、大量のコンクリートポンプ車を用いた冷却によって食い止められるのも、それは運が良かったにすぎないと示唆することも、現実の3・11以後の状況を踏襲しているからだ（コンクリートポンプ車を北京からも調達している点も現実を踏襲している）。失敗は必然であり、成功は偶然である。『シン・ゴジラ』は怪獣映画ではあるが、そのくらいの冷静さはある。

自衛隊が巨大不明生物に攻撃しようとしたところ「避難民が残っている」との報告を受け、撃たずに断念するシーンは、福島第一原発では至急ベントを開始しなければならなかったにもかかわらず現場と東電本店との齟齬や、開始直前で「まだ退避してない住民が確認された」との報告を受けて始められなかった（ベントすると放射性物質が大気中に放出されるため、住民がいるうちはできないと判断した）ことを踏まえての演出だろう。現実ではそのようにして手間取っているあいだにメルトダウンが起こり、『シン・ゴジラ』では巨大不明生物が第三形態まで進化してしまう。初動が遅く、決められない、そのあいだに事態は深刻化していく……そうした日本の組織の欠点、非常時にさえ火のつかない大人がいるという無惨さを描くことも、この映画は忘れていない。非常時にこそ、その人間の本質、組織の本質があらわれる。『シン・ゴジラ』では首相をはじめとする閣僚一一名がゴジラの熱線により死滅し、主人公・矢口たち若手は責任が重くなる一方で、動きやすい環境ができる。そこに見え隠れする「老害を一掃して世代交代すれば日本はもっとマシになる」という思想は危ういものだが、冒頭に書いた三月一四日の定例会議とその後の出来事を体験した私（そして田舎の集団の力学が嫌いであった私）もまったく同じことを感じたし、おそらくはあのころ東日本に住む多くの人間が感じたであろう点は否定できない。

『シン・ゴジラ』は、「本来、震災後に描かれるべき日本文学」だった。庵野秀明はアニメ『新世紀エヴァンゲリオン』の登場人物の名（トウジとケンスケ）を村上龍の『愛と幻想のファシズム』から拝借し、『ラブ&ポップ』を実写映画化したことがある。村上龍こそ、先に述べた「いきあたりばったりではない高い構築性を志し、ヴィジョンを示し、またその理想を実現する手管」を持ちえた、その可能性を示しえた数少ない純文学の作家であり、重松同様に「希望」にこだわってきた作家だった。『希望の国のエクソダス』をあげれば十分だろう。日本にはなんでもあるが「希望」だけがない、と彼はかつて書いていた。

実際の村上龍は、そのすばらしさの片鱗をかいま見せつつも、『愛と幻想のファシズム』には、世界を奪取するべく結成された組織がなぜか日本国内での政戦にあけくれてしまう奇妙さがあり、本人にも「世界へ出ろ」「世界を見ろ」と言い、合理性より「空気を読む」ことが重視される鈍重な日本を嫌いながらも日本に留まり続けている残念さがあった（南雲堂刊『サブカルチャー戦争』所収の拙稿「村上龍はなぜ『カンブリア宮殿』に至ったのか」および「村上龍最良の後継者であり震災後文学の最高傑作としての『シン・ゴジラ』」http://bylines.news.yahoo.co.jp/iidaichishi/20160803-00060706/を参照のこと）。しかし庵野は、村上龍本人よりも大きなスケールで、明確に、正しく村上龍的なモチーフを、本人以上にやり抜いた。

村上は震災後に、かつて自分は「日本には希望だけがない」と言ったが、震災後の日本には「希望がある」などとエッセイで書いた（「ユーカリの小さな葉」『それでも三月は、また』講談社）。だが小説では希望を示したとは到底言えない。老人がテロを起こす『オールド・テロリスト』という、『愛と幻想のファシズム』や『半島を出よ』の自己模倣のような作品を書いた。老練な者たちを主人公にしたのが問題なのではない。テロリストではなく、彼がテレビ番組「カンブリア宮殿」で接しているような、変革の推進力である組織のリーダーたちを描くことこそが、震災後の二〇一〇年代日本という状況では必要だったのだ。それこそが「自分の参加が社会を変えられると思う」若者を増やし、無力感をぬぐい去って希望を示すものだったのだから。庵野秀明は本来、村上龍がやるべきでありつつまた描くことができたかもしれないことをやり、3・11の本丸に切り込んだ。

村上龍も重松も、「希望」にこだわり、「個」の強さにこだわってきた。村上龍は、その個がつくりだすプロフェッショナルな集団に、組織があらたな価値をうみだし、世界を動かしていくことに焦がれた作家だった。重松が『獅子王』『荒れ野にて』で描くべきは、意志を持って立ち向かうひとびとだったのだ。そういうタイプの救助や復興の物語でもよかった。しかしそれらを描く震災後文学も決して多くはない。

庵野秀明『シン・ゴジラ』は村上龍最良の部分を引き継ぎ昇華させ、震災後文学の欠落を、大きな空白のピースのひとつを埋めた。

■ルネサンスへ向けて

おそらくさらに、まだ見ぬものもある。

一四世紀に猛威をふるったペストは、ヨーロッパの人口の三割以上を死に至らしめた。「メメント・モリ」という言葉が流行る一方で、人間賛歌的な『デカメロン』や『カンツォニエーレ』が生まれた。多くの芸術家のパトロンとなったメディチ家の当主ロレンツォは「明日死ぬやもしれぬなら、今日は酒を呑もう。恋をしよう。愛し合おう」と言ったという。蔓延する死の恐怖こそが、華やかなるルネサンス文化の一助となった、と言われている。家族が臥せり、友人が苦しみ、町の子どもが息絶えていく。人が大量に死んだことで、経済はガタガタになる。そのなかで人間愛にめざめ、積極的な人生を望む。

3・11以後の私には、ほとんど信じがたいことに聞こえる。「不謹慎」以外のなにものでもないように思う者もいるだろう。しかし「希望」などないようなときでさえ、みいだすことができた人間はいたのだ。

私は、そういう震災後文学をいまだ知らない。

喪失なき成熟――坂口恭平・村田沙耶香・D. W. ウィニコット

富塚　亮平

しかし、空間は到る処にある。新しい世界は、到る処にあるのだ。たとえ、それをみいだすために、コロンブスと同様の「脱出」の過程が必要であるにしても。

――花田清輝『復興期の精神』

序

正直なところ、はじめにこの論集のテーマである「震災後文学」が提案されたとき、わたしはそれに違和感と反発を覚えた（そして、いまだにその違和感は消えてはいない）。事実、二〇一一年の東日本大震災以降、それまでわたしが熱心に作品を追ってきた作家や映画監督の何人かも、地震・津波の被害や原発問題といった震災に関連するテーマを明示的に取り入れた作品を発表するようになった。しかし、それらの作品に触れるのをある時期までわたしは意図的に避けてきた。震災後の現実を生きることと、震災の被害や震災をめぐる状況をフィクションに落とし込むことの間には、わずかながら決定的な距離があるように思えてならなかったからである。たとえば、序論で飯田も述べているように、９・11文学の代表作と称されることの多い、ドン・デリーロ『墜ちてゆく男』の原書が刊行されたのは、テロ事件から六年後の二〇〇七年である。あくまでもわたしの個人的な感覚でいえば、多くの被害者を出した「震災」を、原発問題やデマの拡散といった問題を含めた総合的な観点からフィクションの材料とするためには、少なくとも同等の「喪」の時間が必要であるように思われたのだ。(1)

もちろん、震災を扱ったフィクションの作り手たちにそうした逡巡がなかったはずはない。いとうせいこうの小説『想像ラジオ』（二〇一三年）、篠崎誠監督の映画『SHARING』（二〇一四年）といった作品には、震災を早い段階でフィクションの素材とすることへのためらいが、作品内人物の煩悶として、ある種メタ的に織り込まれていた。こうした要素は、時が経ってから作品に触れた人々に対して、作品発表時の空気感を伝える上で貴重なものであろうし、なんの躊躇もなく震災を「ネタ」として消費するような立場に比べて明らかに誠実な態度であるのも確かだろう。しかし、それでもわたしは、これら震災そのものを描いたフィクション作品群に対する、小骨が喉に刺さったような違和感を拭うことが出来なかった。(2)

一方で、わたしが震災以降の数年間、特に高い関心を持って追い続けてきたのは、被災地での滞在製作の要素を伴った、ドキュメンタリー的な志向の強い作品群であった。それらはいずれも純粋なドキュメンタリー作品ではなくある種の虚構性を含んでおり、また作り手と作品に登場する現地に住む人々が、一定以上の時間、同じ空間を共にして生活を営んでいることが作品制作の前提として活かされている、という共通点を持っていた。

たとえば、震災を機に岩手県の陸前高田市に移住した小森はるか＋瀬尾夏美のユニットが発表した一連の作品群は、被災者の声を聴き、記録することにまずは定位した上で、そこに虚構的な想像力を少しずつ加えていくという制作方法をとったものだ。(3)現地で職を見つけ、日々の暮らしを共にする中で、少しずつ信頼関係を築いた上でインタビューや撮影へと移る。この対象への寄り添い方は、映像作品における、小森や瀬尾をこう言ってよければ「いじる」ような、現地の人々と彼女たちの打ち解けたコミュニケーションのあり様に反映されているように見える。

「波のした、土のうえ」は、「おもに震災以後被災した土地を歩き続けて紡ぎ出された文章、スケッチ、絵画、ドローイング、写真、冊子などの平面作品と、地元住民と協働してつくられた映像作品とで構成」(4)された展示であり、二〇一四年の発表以後、翌年より制作拠点の陸前高田を皮切りに全国へ巡回中である。(5)また、小森による単独名義のドキュメンタリー映画『息の跡』も、本展の映像作品の姉妹編とでもいうべき一本だ。両者の映像作品はいずれもまず、陸前高田市に住む被写体の

(1) 本稿執筆中の二〇一六年後半に公開されいずれも大ヒットした二本の映画、『シン・ゴジラ』と『君の名は。』は、震災から六年近くが経過した段階ではじめて現れた、震災の要素を取り入れた総合的エンタテインメント作品であり、個人的に違和感と反発なしに受け入れることができた、はじめての震災を扱ったフィクション作品でもあった。

(2) 当然ながらこれはあくまでも私見であり、狭義の「震災後文学」の作り手や、受け手が作品から受けた印象を否定しようとするものではないことを念のため付言しておく。

(3) 彼女たちの制作スタイルは、実際に現地で交流もあったという濱口竜介・酒井耕による『東北記録映画三部作』などとも響きあうものを持っている。東北三部作を含む濱口監督の作品群については、「世界は情報ではない　濱口竜介試論」『ビジュアル・コミュニケーション』南雲堂、二〇一五年、五三〜八九頁で詳細に論じた。

(4) Komori Haruka + Seo Natsumi http //komori-seo.main.jp/blog/activity/ における展示解説より。

インタビューを元に構成されている。聴き取り調査の中で話題にのぼった場所に被写体自身と赴く中で、場所・空間と結びついた記憶に耳をすませ、目を凝らしてゆくところから、徐々に作品を立ち上げていく姿勢は、一貫したものである。展示での映像作品は、いずれも二〇〜三〇分程度の三本構成をとっている。それらは、小森が編集した、それぞれ被写体の記憶と結びついた場所・空間を捉えた風景ショットと、実際に被写体の住人と過ごし、記憶に残る空間を訪ねたドキュメンタリー映像に、フィクション要素を含むテクストが、被写体自身の朗読によって重ねられるという構造をとっている。また、このテクストは、被写体との対話を経た上で瀬尾が再構成して書き下ろし、さらにそれを再度被写体に差し戻した上で、本人と相談の上で適宜修正を加えるという、複雑な過程を経て生み出されたものである。(6)なかでも、三本目の「花を手渡し明日も集う」で、埋め立て予定地にそれでも花を植え、花壇を作ろうとする住人たちの姿には、『息の跡』の主人公である種屋の佐藤さんとともに、わたしの胸を打つものがあった。(7)なぜ埋め立てられるとわかっていても花壇を作るのか、という問いに「やりたいからやっている」と答えた女性住人の姿は、鮮烈な印象として今も記憶に残っている。

さらに、現時点での最新作「遠い火一山の終戦」もまた、あくまで過去作の延長線上で捉える必要のある作品である。二人は「波のした、土のうえ」で培った手法を再び用いつつ、今度は第二次大戦の記憶について聞き取りを行った。そもそもの着想源として、インタビュー活動を続けているうちに、終戦前後のことについて話したい、と自ら語るおじいさんに出会ったことを挙げている点がまた、実に彼女たちらしい。(8)

また、震災前の二〇〇八年冬にすでに作品制作のため宮城県の北釜地区に移住していた写真家の志賀理江子が、震災の衝撃を全身で受け止めたのちに作り上げた『螺旋海岸』の展示をはじめて目にしたときの驚きも、いまだに忘れ難い。(9)彼女の写真は、一方で明らかに何らかのコンセプトや独自の感性が反映されたものであった。しかし他方で、解説や説明を読めば、作品そのものに触れずともそれがどんなものであるかわかってしまうような作品や、作り手のセンスのみで成り立つような類いの作品とは全く異なる圧力で受け手に迫ってくるものでもあったのだ。その後、写真集『螺旋海岸』

(5)二〇一六年七月にGallery 蔵（東京）で行われた巡回展を鑑賞。その展示をみる限り、巡回を繰り返す中で展示内容は常にアップデートされ続けているように思われる。

(6)濱口・酒井『東北記録映画三部作』もまた、彼女たちの手法と一部共通するような特異なスタイルで撮影されたインタビュー場面から成る作品である。その制作過程と、新作『ハッピーアワー』に与えた影響については濱口竜介・野原位・高橋知由『カメラの前で演じること　映画「ハッピーアワー」テキスト集成』左右社、二〇一五年に詳しい。また同書については以下の拙評も参照。「「自分が自分のまま、別の何かになる」ことをいかに励ますか」図書新聞、二〇一六年、第三二四八号。

(7)「3・11映画祭」で聞いた監督たち自身のコメントによれば、時間のなさも原因の一つであったそうだが、「花を手渡し明日も集う」の終盤で、それまでと異なりテクストを執筆した瀬尾自身によって朗読が行われることも興味深い。ここでは、記録者としての接し方以上に、花壇のイメージや種を植えるという営為に託された彼女たちの想い、虚構的な想像力がより率直に表現されているように思われたからである。

(8)ARTZONE（京都）で二〇一六年五月から六月にかけて行われたグループ展、「記述の技術 Art of Description」出典時に配布されたテクスト、『「遠い火―山の終戦」によせて』を参照。

(9)本作品に関する最初の展示「志賀理江子　螺旋海岸」は二〇一二年一一月より翌年一月にかけて、せんだいメディアテーク（宮城）にて行われた。わたしが鑑賞したのは、三月一一日をまたいで二〇一三年の一月から四月にかけて国立新美術館（東京）にて行われたグループ展、「アーティスト・ファイル２０１３―現代の作家たち」に巡回した際のバージョンである。

と制作の過程を詳述した『螺旋海岸 note book』を読むに至って、初見で作品から受け取った印象が、あくまでも被写体との関係から立ち上がる関係を核とするがゆえの、イメージの厚みとでも呼ぶべきものから受けた衝撃であったことが納得できた。どうやって、どこまで偶然を取り入れながら表現を突き詰めていくか。日々の暮らしの中でたまたま受けた刺激をどう作品化するか。そういった問いを追求する上でこそ、おそらく、彼女にとっては被写体と一定以上の時間を同じ空間で過ごす準備期間が、しばしば重要な意義を持つことになった。

志賀の過去作『CANARY カナリア』、その制作過程を綴った『カナリア門』や、彼女のレクチャーの記録などを引きつつ鷲田清一が見事に跡付けているように、こうした彼女の問題意識は、写真家として活動をはじめた当初より一貫したものである。(10)「偶然に遭遇し、目撃した光景を、その場で、あるいは後日、再構成して撮る」彼女の手法は、印象的な光景をそのまま撮影していない点で、明らかにフィクション性を含んでいる。しかし、あらかじめ脳内にある作品像を表現するような構成のあり方ともそれは決定的に異なる。「物語の停止」という志賀が用いる用語に注目しながら鷲田は、（「CANARY」以降の）志賀にとって「撮るという行為はもはや《表現》なのではない。内的なものを外へ押しだす（ex-press）試み、内的な衝動の表出といったものではなくて、なにかたぐり寄せるべきもの、手を突っ込んで摑みとるべきものだということになる。」（八〇頁）と述べる。その上で彼は、志賀の写真行為に、「距離をとることとそれを抹消することの危うい拮抗のなかでなされるもの」（同）である《愛撫》という観念を重ね合わせようとする。この一種の「距離の詩学」こそ、被写体と互いに触れられるような距離で、ある程度時間と空間を共有することでしか摑むことができないものであろう。鷲田によれば、「おそらく震災の前と後で、志賀は根本のところでは何も変わっていない。それよりも、じぶんではない別の何かがじぶんの存在を蹂躙し、通り抜けてゆく、そういう経験が起こる場所が、もはやプライヴェート・スペースとしての私室やアトリエや工房ではありえなくなったところにこそ、むしろ大きな変化はあった」（一一八頁）。この変化を経た空間・場所に、鷲田は「社会」につながり得る道筋を見出している。わたしにとっても、この変化はきわめて強いリアリティを伴って感じられるものであった。同じくせんだいメディアテークと関わりながら作品制作を行った、小森・瀬尾、濱口・酒井の試みもまた、形はそれぞれ違えども、被写体と時間・空間を共有する準備期間の重要性を明らかに共有するものであったことは間違いないだろう。

これらの作品群に共通して見出せるようなリアリティは、作り手が実際に長時間現地に滞在することと、その身体を被写体の前に晒し続けることなしには決して実現しえなかったものである。しかし、いずれの作り手も、そもそも現地で生まれてそこで生き続ける地元の人間ではないし、今後東北に滞在を続けるとは限らない（小森と瀬尾は、二〇一五年より仙台へと拠点を移している）。わたしには、彼女たちの逗留のあり方は、たとえば震災後にいずれも大きな訴求力を持った、地元志向（宮藤官九郎監督によるドラマ「あまちゃん」など）、観光志向（ダーク・ツーリズム、「福島第一原発観光地化計画」など）のいずれとも異なり、あくまで「距離をとることとそれを抹消することの危うい均衡」にとどまり続けようとする営みとして、きわめて重要なものであるように思われる。

（10）鷲田清一「強度　志賀理江子の〈業〉」、『素手のふるまい　アートがさぐる〈未知の社会性〉』朝日新聞出版、二〇一六年、六七～一二〇頁。

距離をとることと、それを抹消すること。わたしには、震災の被害を直接的に描いた文学のほとんどは、どうしてもその両極のいずれかに偏ったものに思えてならなかった。しかし、地震や津波、原発をめぐる諸問題に限定されない、より広義の「震災後」についてならばどうか。たとえばわたしにとって、震災後を考えることはつねに、「空間」という問題と向き合うことであった。ある日突然住む家、街が消滅したり、放射能に汚染されてしまったとして、その後自分は、どこでどのように生き延びていくことができるのか。知人を含む決して少なくない人間が震災後に移住を実行する中で、こうした問いもまた近年かつてない重要性を帯びるようになってきた。わたしが震災後に滞在制作型のアート作品に他にはない魅力を感じた理由も、この変化とおそらく無縁ではない。このような震災後の「空間」イメージの変化が震災以前からの作家の関心と結びつくことで、距離をめぐる「危うい均衡」にとどまる文学作品が生まれ得るのではないか。

そこで本稿では、狭義の震災後文学を離れ、これ以降特異な空間イメージを持つ二人の現代作家を取り上げ、その「生存の技法」に迫ってみたい。まず、坂口恭平においては、ギリギリの地点で危うい均衡を目指す「距離をとることと、それを抹消すること」の不断の往復運動が、そのつねに「空間」の問題をめぐる、多彩な活動に見出される。続いて村田沙耶香においては、そもそも他人や出来事に対して適切な距離感を保つことが困難な人間たちが、ある種の均衡を保つために創り出した人工的空間で育む淡い関係性に焦点が当てられる。震災の被害への直接的な言及の有無にかかわらず、彼等の作品もまた、いわゆる「震災後」の状況について考える上で、間違いなく有益な示唆をわれわれに与えてくれるはずである。

A　坂口恭平、あるいは感覚の論理

0　4・14あるいは4・16

4・14、あるいは4・16という数字を見て、あなたはまず何を思い出すだろうか。タイトルに『東日本大震災後文学論』と冠したこの本を現在手に取っているような、震災に対して現在もなお強い関心を持っている読者の中にも、すぐにはこの数字が何を指したものか思い出せない方が、決して少なくはないのではないか。おそらく、現在の日本で「震災後文学」という言葉からイメージされる「震災」とは、ほぼ間違いなく、発生からはや六年が経過した東日本大震災のことであろう。それから五年以上後に発生し、今なおより鮮明に呼び起こせるはずのもう一つの大規模な地震についての記憶は、東日本大震災と比較してもさらに急速に薄れつつあるように思われる。そう、4・14、4・16とは二〇一六年に熊本地震の本震が発生した日付である。

坂口恭平は、東日本大震災で被災したことを機に故郷である熊本へと移住し、そこから創作・活動の幅を飛躍的に広げていった。坂口にとって東日本大震災の経験が大きな重要性を持っていたことには、疑いの余地がない。その坂口が、移住先の熊本で再び大地震を経験した際、即座に被災地であり地元である熊本を離れ、妻の実家がある神奈川へとふたたび一時的に移住したことには、すぐに賛否両論を含んだ大きな反応が寄せられた。余震の危険が続く中、小さな子どもを不安な状態のまま過ごさせるよりは、仕事や環境が許す人間はすぐに現地を離れたほうがいい。いや、苦境のときこそ地元、故郷にとどまることで責任を持って復興に協力すべきではないか。どちらの立場にもそれなりの説得力があるように思われるが、わたしはここで、坂口の行動の是非を問いたいわけでは全くない。注目したいのは、熊本地震後間をおかず発表された手記に記された、ある違和感である。

僕は避難所にいくことにあんまり興味がなかった。なぜならそこでは僕は使い物にならないからである。（中略）僕たちの場所は体育館の入り口前の廊下だった。知らない人が通りすぎて行く。僕はさっきまでの勇敢さはどこへいったのか、ただシートの上に倒れた。恥ずかしすぎて、毛布を顔からかぶった。かぶったふりして隙間からのぞいていた。

するると、大人や子供たちが僕のもってきたギターを見ながら、変な目で見ている。何こんなものを持ってきているのかという視線を感じた。

確かに狭いスペースに身を寄せ合いながら避難しているのに、ギターはかなり場所を食う。僕は邪魔者だった。(15)

前日の一四日、駐車場での一泊を余儀なくされた地震発生当日の夜には周囲の恐怖を和らげるために活躍したギターが、避難所では無用の長物と化してしまう。それまでの躁状態から一転、避難所で鬱状態を発症してしまった坂口は、その後まもなく熊本脱出を決意する。「掃除したり、食事を作ったりなど、他者と協力しながらやる日常的な作業」を強いるように感じられる避難所は、彼にとっては窮屈で居心地の悪い空間なのである。この「空間」に対する感覚にこそ、きわめて坂口的な発想が凝縮されているようにわたしには思われる。あくまでも「空間」の性質という観点から彼の熊本脱出を考えれば、それは変節や転向をいささかも意味しない、必然的な行為であったと言い得るのではないか。坂口が生きる上で重要な意味を持つ空間は、たとえば「家」であり「路上」である。では、彼にとって「家」や「路上」とは具体的にどのような意味を持つ空間なのだろうか。そして、避難所はなぜ彼にとって心地よく過ごせる空間にはなり得なかったのだろうか。

篠原雅武と杉田俊介はともに、坂口が自らとその家族の生活を私小説風に綴った小説『家族の哲学』（二〇一五年）を論じる際に、江藤淳『成熟と喪失』を引き合いに出している。[16] しかし、両者のアプローチは対照的である。「父」に権威を与えるもの」がすでに存在しない状況でもなお、「あたかも「父」であるかのように耐えつづけ」、あくまでも家と家族を守る「父」の役割を演じ続けること。[17] その江藤の視点と必ずしも断絶しない地点から坂口家の家族像を考えようとする杉田に対し、篠原は詳述を避けつつも、そこに大きな断絶を見てとっている。本稿ではまず、この篠原の視点をさらに掘り下げることを試みたい。坂口が描き出す家族像、空間としての家庭は、江藤が論じた戦後文学にみられるような家族・家庭のイメージとはもはや決定的に異なるものとなりつつあるのではないか。この仮説を検証するために、まずはかつての日本的な「家」がどういった「空間」として捉えられてきたかを、振り返ってみよう。

（15）坂口恭平の熊本脱出記(2)　真夜中の激震～なぜ僕は「避難所」で鬱になったか　現代ビジネス　http://gendai.ismedia.jp/articles/-/48481

（16）篠原雅武「親密な開かれた空間　坂口恭平の『家族の哲学』をめぐって」『ユリイカ　総特集坂口恭平』、二〇一六年一月臨時増刊号、九二頁。杉田俊介「坂口恭平の二律背反　『家族の哲学』に応答するための助走ノート」、同書、一二八頁。

（17）江藤淳『成熟と喪失』講談社学術文庫、一九九三年（初版一九七八年）、二五〇頁を参照。

1 「近代家族」の崩壊

そもそも、「近代家族」の概念はどのように日本に導入され、そしていかなる形で変容を遂げつつあるのだろうか。千田有紀は、「明治期の近代社会の形成とともに姿を現し始め、都市部に妻子を養うだけの家族賃金を得る賃労働者（サラリーマン）が出現した大正期に規範化されていき、農業人口が急激に減少した高度経済成長期に大衆化した」近代家族を以下のように定義している。

① ロマンティックラブ、母性、家庭（の親密性）規範の存在
② 夫が稼ぎ手であり、妻が家事育児に責任をもつという性別役割分業が成立している
③ 経済や政治の基礎単位である私的な領域である

振り返れば、江藤が七八年初版の『成熟と喪失』で扱った文学作品は、いずれも一九五〇年代後半から六〇年代半ば、つまり、この近代家族像が大衆化した高度経済成長期にかけて書かれたものであった。そして、千田はこれら三種類に大別される家族像の規範が、とりわけ一九九〇年代以降に揺らぎはじめていることを豊富な統計資料とともに解き明かしている。(18) この傾向は、同論集『身体と親密圏の変容』の冒頭で大澤真幸が取り上げているNHK放送文化研究所による「日本人の意識」調査の結果にも明らかな形で表れている。一九七三年に最初に行われた調査と、現時点で最新の二〇一三年の調査でもっとも回答内容に変化の大きかった項目は、「性、ジェンダー、身体に関連した意識と、家族システム、親密圏についての意識」であった。(19) このような、家族・家庭のイメージ、そしてそこに生きる個人の感覚の変容は、社会学以外の学問領域においてももちろん取り上げられてい

る。たとえば、精神分析の発想に立ったとき、前述のような規範を内面化し、「父」の役割を演じ続けることとは、換言すれば神経症的な生を営むことを意味する。詳しくは後述するが、近年の精神分析に関連する議論では、この近代的な主体の神経症モデルもまたもはや失効しつつあるとの認識が強まりつつある。個人、家族、そして社会の理想像あるいは規範を示すモデルがことごとく不可逆的な変化を被りつつある近年の状況下においては、もはや「近代家族」のモデルのみに頼ることはできない。いまやわれわれは、たとえそれが世間で「普通」、「正常」とされるようなあり方と明らかに異なるものであったとしても、一人一人が自ら考え、工夫して自分だけの生き方のモデルを創り出すことを強いられているのだ。

そう考えたとき、坂口恭平が一貫して関心を払い続けてきた「家」や「空間」のあり方は、わたしたちに一つの大きなヒントを提供してくれるものとして立ち現れてくる。たとえば、躁鬱病を患っている坂口は、小説や日記でしばしば述べているように、鬱期には多くの時間を寝床に伏せって過ごすことがままあり、その際にはもちろん、子どもと遊んでやったり、学校への送り迎えを手伝ったりすることで父の役割を果たすことは出来ない。しかし、規範的なモデルに縛られることをやめ、「家」や「家族」のイメージを拡大し、別の方向から捉えなおしてみれば、坂口のようなあり方を父親失格

(18) 詳しくは、千田有紀「揺らぐ日本の近代家族」『岩波講座　現代　7身体と親密圏の変容』岩波書店、二〇一五年、一六三～一八八頁。
(19) 大澤真幸「総説　変容の最も鋭敏な部分」同書、一～二頁を参照。七三年時の調査結果は、ほぼ江藤が『成熟と喪失』を書いた際の同時代の空気を反映していると考えて差し支えないだろう。

と即断する必要は全くないと考えられるかもしれない。出来ないことを気に病むよりも、出来ることから発想して新たなモデルを創り出すこと。では、具体的に坂口による特異な空間の捉え方とは、どのようなものであろうか。

2　坂口恭平のこれまで

二〇〇四年のデビュー作『0円ハウス』を皮切りに、『ゼロから始める都市型狩猟採集生活』(二〇一〇年)に至る、震災前に発表された坂口の初期の著作群は、いずれも路上生活者をはじめとする、都市に暮らす人々のフィールドワークを題材としたものであった。そこでは、坂口自身が頻繁に引き合いに出す「経済 economics」の語源であるギリシャ語の「オイコス oikos　家(家計、住む場所、関係する場所など)」と「ノモス nomos　在り方(習慣、法律、社会的道徳、古代ギリシアの行政区画のこと)」[20]の諸相が、資本主義経済に依存せず、「都市の幸」を巧みに採集する人々の生活を通して探求された。路上生活者たちはどんな家に住み、どういった生活を営んでいるのか。彼らは決して、完全に社会の外に位置しているわけでも、あらゆる法やルールに従わないわけでもない。さまざまな権力や貨幣経済の網の目から完全に解き放たれることなど、現代を生きるわれわれにとっては単なる夢物語に過ぎない。しかし、彼らは日常、現実をしぶとく生き抜きつつ、過剰な同調圧力や貨幣経済の制限を一定程度なだめすかし、ある種の自由を獲得してもいる。容易に組み立て、取り壊しが可能であり、街路とある意味で地続きになってもいる、移動可能な路上生活者たちの仮住まいに可能性を見出した坂口は、自ら0円ハウス、あるいはモバイルハウスと名付けた彼らの生活圏に果敢に飛び込んでいくことで、オルタナティブな生の哲学を生き生きとした形で取り出してくる。また、同時にそれらの取材をかつての自らの試みと関連づける過程で、幼少期から彼が行ってきた生活上のさまざまな創意工夫を、一つの一貫性を持って再構成していくこととなる。そして、これらの実践で得た知見をベースに、震災以後の著作群は大きく分けて二つの方向に展開していく。

まず第一に、探求の対象を自らとその家族へと向けていく方向性がある。幼少期に福岡のニュータウンで過ごした日々について書かれた『幻年時代』（二〇一三年）、認知症の祖母との交流を描いた『徘徊タクシー』（二〇一四年）、妻フー、子どもアオ、ゲンとの生活を綴った『家族の哲学』。三つの私小説的なフィクションはまた、坂口がフィールドワークで培ってきた生活の知恵を、いかに自らの生活実践と切り結んでいくか、その試行錯誤のドキュメントでもある。坂口の混沌とした現実認識のあり方がより直接的にあらわれている、現時点での最新長編『現実宿り』（二〇一六年）も、あくまで過去三作で成されてきた試行錯誤の延長線上に位置付けることができる。

第二の方向性として、自身の周囲に必ずしも限定されない、より広いコミュニティや人間一般の在り方に対する思索が反映された著作群があげられる。なかでも震災後に発表した初の書籍として大きな話題を呼び、昨年英訳も発売された『独立国家のつくりかた』（二〇一二年）は、被災と移住という経験を抜きにしては決して生まれ得なかった一冊であろう。3・11直後の移住、その後の政府の対応に対する不満などが契機となり、坂口は二〇一一年五月に新政府設立を突如として宣言、自ら初代総理大臣を名乗るに至る。現政府を打倒し体制の転覆、革命を目指すのではなく、すでに存在する国のモデルに自らのそれを新たなレイヤーとして重ね合わせていくような発想は、いかにも坂口的な新

（20）『独立国家のつくりかた』講談社現代新書、二〇一二年、一〇二頁。

鮮さを持つものであった。一つの家のあり方から規模を拡大した、コミュニティ、国のあり方への思索は、その後翻って『現実脱出論』(二〇一四年)における個人の生き方の探究へと発展、継承されていく。また、並行して従来通り取材をベースとした著作の刊行も続いているが、こちらも口コミをベースとした『ズームイン!服』(二〇一五年)のかなりの割合が熊本近辺での人脈に集中するなど、地域性が濃厚に感じられる仕事となっている。

この両者をつなぐ実践として、断続的に書き継がれる日記の存在がある。『坂口恭平躁鬱日記』(二〇一三年)、『幸福な絶望』(二〇一五年)の二冊としてその一部が刊行されている彼の日記は、極私的なトピックと、躁的な誇大妄想すれすれのスケールの大きなアイディアが混在する、雑然とした坂口の「思考都市」の見取り図をわれわれに提供してくれる。また、本論集刊行前には、より断片的なTwitter上の書き込みをまとめた大著『発光』の発売も予告されている。これらネット上で公開され、周囲の親しい人間が目を通すことを前提として書かれた彼の日記は、たとえば一九世紀のアメリカにおけるラルフ・ウォルド・エマソンやヘンリー・デイヴィット・ソローの日記がそうであったように、ある種のフィクション性を含んだ、単に私的であるとは言い切れない私/公の境界線を揺るがす性質を持つ。この性質は彼の小説群にも地続きに感じられるものである。そして何より、既に多くの論者が指摘しているプライベートとパブリックの二分法を撹乱する彼の特異な空間モデルと、その文体や書かれ方のレベルで共振していることが重要である。これ以降本稿では、二つの震災を経ることでしか今のような形をとりえなかったであろう、私/公の境界をたゆたう坂口の空間観をより詳細に検討していく。最初に取り上げたいのは、『独立国家のつくりかた』である。

3　「生理」と「論理」『独立国家のつくりかた』

東日本大震災の八日前、二〇一一年三月三日に坂口は、インターネット上の放送局であるDOMMUNEに出演し、原発に関する映像番組を配信していた。直前の二月下旬、友人の誘いで中国電力による上関原発（山口県）の強行工事開始への抗議デモを見学したことを機に、坂口は当時にわかに原発問題への関心を高めていたのだ。専門家や映画作家を招いた番組の中では、現在稼働している原発の中でも特に福島県双葉町のそれが危険であることが語られ、同時に坂口は震災直前の段階で、ヨウ素とセシウムの内部被曝の危険を知ることとなった。(21) この偶然が、おそらく震災発生直後の坂口の過剰とも言える行動の原因の一つであることは間違いないだろう。まるで自らの不安がそのまま現実のものとなったかのような展開が、もともと循環気質である坂口にとって、非常に大きな衝撃と意識の昂りを誘発することとなったのは、致し方ないことだったように思われる。つづく三月一五日に東京でも大気中からセシウムとヨウ素が発見されたと報道されたことを機に、彼は家族を連れて西日本への移住を決め、実家のある熊本に転居する。前後して政府やメディアに直訴してきた、西日本への移住勧告拡散の依頼が受け入れられないことがわかると、彼はそれまでの自らの試みの延長線上に、独立国家建設を位置づけ動き始めることになる。

震災直後からのこれら坂口の動きは、今になって冷静に振り返ってみるとやはり、デマを含む情報の洪水にさらされ、判断力を鈍らせていた側面もあったことを完全には否定しきれないだろう。本人や家族の行動はともかく、一定の影響力を持つ立場からTwitterや日記などのメディアを通じて継続

(21)『独立国家のつくりかた』、五八～五九頁。

的に放射能の恐怖を煽り、移住を勧め続けたことには、軽率な部分があったかもしれない。だが、もちろん現在の視点から当時の行動を断罪することにはさほど意味がないし、少なくとも本稿の関心はそこにはない。強調したいのは、当時の移住が「論理」よりも「生理」を優先した結果であり、そこにこそ坂口的な空間認識の核があるということである。どういうことだろうか。

坂口は、大工の修行をしていた大学時代のエピソードとして、「植物が根こそぎ掘り出された大きな穴にコンクリートを流し込んでいく過程が、どうも生理的に受け付けられなかった」ことを紹介している。この例のような、「論理的に捉えられても生理的に受け付けないもの」こそが坂口にとっての考えるきっかけであるのだという。[22] 彼は「「生理的に」というのは、学校や企業などの常識を重んじている社会とは別のレイヤーにある気がする」とも述べている。ここで「生理的」というキーワードを用いて考えられているのは、おそらく皮膚感覚や身体のレベルにおける違和感である。坂口のこれまでの活動の多くは、この前言語的なレベルでの生理的違和感から発して、そこから見出された問いをさまざまな工夫によって捉え直していく過程として要約できるように思われる。[23]

では、坂口にとっての「論理的に捉えられても生理的に受け付けないもの」とは要するに何なのか。彼の言葉で言えば、それは「匿名化した社会システム」が遵守を強いる規範である。国家、企業、学校、家庭など規模の大小を問わず、ある社会システムは、その内部で人びとが暮らしやすいように、いちいち原理的な思考を行わなくても対応できるような匿名性を必然的に帯びる。その過程で、「思考」や「疑問」を呼び起こすようなノイズは排除される傾向にあり、結果として平均化、匿名化したルールが規範として強い拘束力を持つようになる。先述の通り、近年たとえば家族というシステムの正当性は揺るがされつつあるが、そうした状況下で、かえって規範を押し付けるシステム側からの同調圧力は強まっている。また、複雑化したそれぞれのシステムが異なるルールで動いていく傾向も強まっている。そうした状況を踏まえて、もはや一つの統一された人格として、全てのシステムに対峙して生きることはきわめて困難になっていると言っていいだろう。システムへの違和感を抑圧し、それでもある「役割」（たとえば父）を一貫して演じ続けようとすれば、人は簡単に壊れてしまう。「喪失」を受け入れて「成熟」することは、単に不可能になりつつあるのだ。

では、どうすれば良いか。たとえば、ある空間や場での立ち振る舞い方と、別の場でのそれを器用に使い分け、その都度異なる人格を演じるような、キャラクター化、分人化といった戦略が広くみられるようになってきている。しかし、これらの戦略はあくまでシステムへの柔軟な適応を目指したものである。坂口の方向性は、これらとは異なる。しかし、では彼が現実を、強固なシステムを根底から転覆するような革命を志向しているのかといえば、それも違う。(24) 震災後、新政府を立ち上げた自らの動きを彼はこう振り返っている。

（22）スタンリー・カヴェルは、エマソンの思考がしばしば「反感 aversion」に駆動されるものであったことを指摘しているが、この傾向は坂口と共通するものだろう。詳細は、Cavell, Stanley. "Aversive Thinking: Emersonian Representations in Heidegger and Nietzsche," *Emerson's Transcendental Etudes*. Stanford UP, 2003, pp.141-171. を参照。

（23）『独立国家のつくりかた』、六五～六七頁。

（24）有名な人頭税の支払い拒否とそれによる投獄のエピソードなど、法を破るという形で自らの違和感を具体的に表明したソローの「不同意 dissent」や「不服従 disobedience」と、あえて法を守りながら違和感を表そうとする坂口の姿勢の差異は、非常に興味深いものである。ソローのいわゆる「市民的不服従」の詳細については、エッセイ "Civil Disobedience," 1849. を参照。

脱原発はもちろんけっこうだが、それは実は脱政府であり、脱会社ということになると思う。会社をつぶさないと銀行がつぶれない、政府もつぶれない。そうしないと原発はなくならない（そこまでやっても原発がなくなるかわからないけれど）。そんなことできますか？

僕はすぐに断定した。

できっこない。

だから、違うレイヤーに新しい政府をつくった。だから、熊本に行った。現政府はつぶれない。民主党政権が自民党になろうが共産党になろうが変わらない。アメリカが変えてくれるわけでもない。だから、僕は蜂起することにした。無視という蜂起。逃げるという蜂起。独立するという蜂起。今は若い人が動かなければどうしようもないのだと思う。誰かやってくれないかなではなく、自分が動く。（同書、一六〇－一六一頁。）

現実そのものを根底からひっくり返すという理想を放棄しているという意味では、この認識は保守的に映るかもしれない。しかしながら、わたしには、現実の揺るぎなさを一旦受け入れた上で、そこに各々が自らの手と頭を動かして考えたレイヤーを重ね合わせることに、闘争の掛け金を見出す坂口の戦略にこそ優れた現代性が宿っているように感じられる。(25)

皮膚感覚や身体のレベルでの違和感をもとに、解像度を上げて現実を見直すことで、匿名化した社会システムレイヤーの裂け目、空間のほつれを認識し、そこに独自のレイヤーを発見し、実践すること。つまるところ、坂口の方法論は少年時代からこの一点において一貫している。二度の震災後の移住もまた、それぞれ放射能と、避難所の運営に透けて見えた「透明化したシステム」への、「生理的」な違和感ゆえのものであり、坂口にとっては、そのような違和感を放置せず思考を続けることこそが、具体的な行為の内実以前に何よりもまず優先されるのである。そして、自ら考え動く、試行錯誤の果てに見出されるものが、現実とは異なる独自のレイヤーである。取材で出会ってきた路上の住宅や庭、自らが少年時代から工夫して楽しみを見つけてきた遊びの記録、その後のアーティストとしての実践はいずれも、現実に立脚しつつもそこから遊離していく、別のレイヤーを形成する新しい「空間」を巡るものであった。(26)こうした空間こそ、生理的なレベルで坂口が心地よさを感じることのできる、風通しの良い空間である。

続く『現実脱出論』では、こうした空間をめぐる生理的感覚のありさまが、より精緻に言語化されていく。その「感覚の論理」にこそ、われわれは坂口の空間論の核心を見出すことが出来るだろう。

---

(25) 新政府のエネルギーや経済をめぐる政策として坂口が提唱していたアイディア群には、個人的には賛成できない部分が多々あるが、それらも制度化した政党で真剣に議論すべきものというよりは、現実に一つの新しい層を付加する、ある種のアート作品の一部のように読まれるべきであろう。坂口の姿勢は、たとえば現実にヒッピー的政策の実現を目指した三宅洋平のそれとは明白に異なるものである。

(26) カヴェルは、ソローが底なしと噂されたウォールデン湖滞在時に、実際に湖の水深を計測し、最終的に底に到達した逸話を好んで引用する。彼は、ソロー『森の生活』の「私は、この池が象徴として深く純粋に作られていることに感謝する。人々が無限を信ずる間は、底なしと考えられる池もあるだろう。」との記述を引きつつ、「人間の想像力が（筆者注：湖に底があったという）事実によって解放される」と指摘している。この指摘は、ソロー同様に生理と論理を往還する坂口の志向と、その空間への眼差しにも当てはまるものだろう。詳細は、カヴェル『センス・オブ・ウォールデン』法政大学出版局、二〇〇五年（原著一九七二年）、八六～九三頁を参照。

4　空間で対話する『現実脱出論』

近年のフランスでは、精神分析学者のシャルル・メルマンとジャン゠ピエール・ルブランによる、父性の失墜とともに現代に生きるわれわれが、実年齢を問わず「若者化」し「幼児化」しているとの指摘が話題を呼んでいると言われる。(27) 言い換えればこの指摘も、「喪失」を経由した「成熟」の困難さへの指摘であると捉えることが可能だろう。彼等は、分析家を訪れる患者たちの症状が大きく様変わりしている状況を踏まえつつ、フロイトが定式化した神経症モデルに変わる、各主体がそれぞれ自らの症状と共に生きるような新たなモデルを追求しはじめているのだという。その前提に立ったとき、わたしには主に幼児の分析をフィールドとした、D.W.ウィニコットの議論が、広く現代的主体全般に応用可能なものとして、改めて新たな意義とともに立ち上がってくるように思われる(28)。どういうことだろうか。

ウィニコットは、子どもの心を生物学的基盤に加えて、環境的なものとの相互作用から成り立つものとみなしていたことが広く知られている。師匠であり後に決別したメラニー・クラインは、フロイトによる分析の対象を子どもにまで拡大する形で、治療を組み立てた。彼女は、子どもがまず関係を持つ母親を、はじめは乳房など部分対象として、後に一人の個人として、いずれにせよ乳児にとって対象として現れる存在として位置づけた。そのため、乳児の心が病的になる原因は、子ども自身の本能にあるとされた。一方でウィニコットは、その原因を環境的なものにも見出そうとした。彼のモデルでは、乳児にとっての母親は環境としても機能する。欲望にまで至らないニード（ミルクがほしい、など）を適切に供給する母親は、対象ではなく環境であり、最初期の乳児の心は、母親と完全に分離した個人としてではなく、母親－乳児ユニットを基準として考えられる必要があるとされた。ニードを満たされている限り、乳児は「孤立」して静かに存在している。子どもが病的になるのは、自身の本能のせいではなく、あくまで母親がニードの供給に失敗するからである。

この最初期の乳児に対するスタンスの差は、その後の子どもの発達を巡る理論にも反映されることとなった。クラインは、子どもの発達を「万能感を廃棄して、現実に直面して自分の万能感を断念するということ」という、「去勢」概念にも通じる神経症的なモデルに見出した。そのため、彼女は子どもの空想に対しても徹底した解釈を与え、分析を通じて「妄想－分裂的ポジション」から「抑うつポジション」へ、「羨望」から「感謝」への移行を引き起こすことを目標とした。

それに対して、ウィニコットは「万能感を維持して、空想と現実の交錯をずっと維持し続けること」こそが人間的な発達の本質であり、人は成人に至るまでその交錯を維持すると主張した。(29) 彼は、子どもがいきなり生の現実に出会い、そのショックから発達へと向かうのではなく、万能感を保持したまま、ある中間的なエリアで現実と出会うと考えた。母親によるニードの供給が途絶え、フラ

(27) 立木康介『露出せよ、と現代文明は言う 「心の闇」の喪失と精神分析』河出書房新社、二〇一三年、第三章におけるシャルル・メルマンとジャン＝ピエール・ルブランに関する議論を参照。
(28) ウィニコットの議論を現代のフィクション作品に応用する可能性については、古谷利裕のブログ「偽日記」より示唆を得た。
(29) 藤山直樹『集中講義・精神分析　下　フロイト以後』岩崎学術出版社、二〇一〇年、一九〇～一九一頁を参照。また、本稿の視点からは、江藤が『成熟と喪失』で主に依拠したエリク・エリクソンの発達論が、より単純化されたアイデンティティの獲得を目指すモデルを採用していたことも指摘しておく必要があるだろう。エリクソンが属したアメリカの自我心理学の一派と、クラインやウィニコットらイギリスの分析家の発想には大きな差異があったことが知られている。

ストレーションや不安を感じたとき、それに耐えるためにはじめて子どもは、ある前‐言語的な場所で「私‐ではない」対象を創造し、使用するようになる。子どもは、毛布やテディベアなど、「移行対象 transitional object」と呼ばれるそれらの対象と関わる中でこそ、ある種の錯覚を保持したまま現実検討の能力を高めていくことができるとされた。そして、その前‐言語的な場所、あるいは心的領域のことを彼は「可能性空間 potential space」と、そこで起きる出会い、出来事を「移行現象 transitional phenomenon」とそれぞれ呼んだ(30)。また、きわめて重要なことに、ウィニコットはこの場所を「遊びの場所」とも呼び、そこで「一人になることができるということは、二人でいても一人でいることも述べている(31)。ここで「一人になることができるということは」というのは、「人間は一人になっていける」、ができるということ」であり、彼の言う「孤立」は、いわゆる「ひきこもり」の対立概念として考えることができる。(32)

この「孤立」を坂口の文脈で言い換えるならば、それは新しい「遊び」を考え出すことで、「透明化したシステム」による同調圧力から自由になることである。「独自のレイヤー」を形成することとは、「可能性空間」の内で、「一人になっていく」こと、ある種の万能感を保持しながら現実に向き合うための一つの方法論でもあると考えられるのである。

『現実脱出論』には、生の現実とそのまま向かい合うことの困難さを前提として、その現実から一旦脱出し、新たな空間を生み出す具体例がいくつも記されている。原点となるのは、彼が幾度となく著作で繰り返し言及している、小学生時代のエピソードである。坂口は、「当時使っていた学習机と椅子を組み合わせ、それに画板の屋根をかけ、毛布で覆って、机の下に布団を敷き詰めた巣のような空間」を作り出した。ふだん何気なく使っていたはずの学習机に、もう一つ別の「空間の種」が潜んでいることを発見し、新たな「巣」のような空間として再構成すること。自らの周囲に「移行対象」を創造するこうした発想こそがあらゆる新しい空間、レイヤーの発明に共通する特色である。また、感情や匂い、色彩、音といった五感に訴える要素と空間を結びつけることで、空間の主観的イメージを伸び縮みさせることも、既存の空間を読み替える方法の一つである。誰もいない居酒屋よりも、多くの客で混雑した店の方が、より空間が膨張して感じられる、という序盤の指摘はそのわかりやすい好例だろう。同種の記述は本書の他の箇所にも数多く見出せる。『独立国家のつくりかた』の問題系を引き継ぎつつまとめてみよう。「匿名化」、「透明化」した社会システムは、五感に訴えるようなノイズを空間から排除することを規範として人々に押し付ける。排除されたノイズを、日常に潜む「別の空間の種」として拾い直していくことが、ここでの坂口の抵抗の戦略の要となる。

（30）「可能性空間」と「移行現象」について、それぞれ詳しくは以下を参照のこと。ウィニコット「私たちの生きている場所」『遊ぶことと現実』岩崎学術出版社、二〇一五年、一四三～一五一頁、「移行対象と移行現象」、同書、一～三一頁。"The Place Where We Live" *Playing and Reality.* Tavistock Publication Ltd, 1971. pp 104-110. "Transitional object and Transitional Phenomena" Ibid. pp 1-25.

（31）たとえば以下の記述を参照。「一人でいられる能力の基盤は逆説である。それは誰か他の人が一緒にいるときにもった〝一人でいる〟To Be Aloneという体験なのである。」ウィニコット「一人でいられる能力」『情緒発達の精神分析理論』岩崎学術出版社、一九七七年、二三頁。"The Capacity to Be Alone" *The Maturational Processes and the Facilitating Environment.* The Hogarth Press, 1965. p29.

（32）藤山前掲書、一七二～一七三頁。また、ウィニコットの発達論全体のまとめとしては同書、一六九～一八二頁、北山修『錯覚と脱錯覚　ウィニコットの臨床感覚』岩崎学術出版社、二〇〇四年を参照。

本書で紹介される友人・知人のエピソード群もまた、小さな自分だけの空間を作り出す行為のひとつである。トヨちゃんの「ぬいぐるみ王国」や佐々木さんにとっての死んだ漁師の祖父、多摩川のコンさんが集めている「神様」はいずれも「別の空間の芽」、種に目を向けた結果見出されたある種の「移行対象」である。こうした対象とともに生きる中で、彼等はある意味で、現実とは異なる空間を生きることとなったのである。

まずは自分だけの王国、巣を作りその中で現実と再び対峙すること。この神経症モデルでは一見受け入れがたい構えにこそ、坂口は可能性を見出している。以下の記述は、ウィニコットの議論との関連からもきわめて示唆に富むものである。

しかし、僕はこう思う。言語が生まれる前に、まずは集団が言葉なしでも意思疎通できるような空間が存在していたはずだ、と。目には見えないその空間が共有されていないと、言葉は生まれてこないはずだ。

人間は言葉よりも先に、空間で対話をしている。
それぞれの方言のような空間知覚によって。
見えないものによって。
音にも色にも絵にも表せないような感覚によって。（同書、一二五頁。）

それぞれ異なる思考の空間、巣を持った者たちが、空間で対話する。そういった出来事が起こる場の中でも、もっとも坂口にとって重要なのが、「家」である。続いて、「巣」のような空間、なかでも自らの「家」を坂口がどう描いてきたか、小説作品を通じて読み解いてみたい。

5　共にあることで、一人になる　坂口恭平の小説と空間

坂口にとっての小説と空間の関係を考えるにあたって、まず参考になるのが、『思考都市』（二〇一三年）所収の連載、「立体読書」だろう。この連載は、現実に根差したものから、SFやファンタジーの要素を含んだものまで、小説内に描き出されるさまざまな空間を素材に、坂口が毎回一枚のドローイングを描き出すものだった。二〇一六年に抄訳が再販された、レーモン・ルーセル『アフリカの印象』に付された挿画の一部もまた、この系譜に位置している。これらの試みを通じて坂口は、対象となる小説の「思考の空間」をつかみ出し、それとの対話を図ってきたと考えられる。その意味で、建築について学ぶこと、路上生活者たちの取材を行うこと、自らモバイルハウスを制作しそこに住まうことと、これらのドローイングの制作はすべて、「空間の対話」という点で地続きにある。

だとすれば、自ら文章を、とりわけ小説という形式を用いて虚構の物語を書くこともまた、積み重ねてきた「空間の対話」への応答として、新たな「空間」を創造する行為と捉えられるだろう。[33] それは、さながら『思考都市』の表紙にもなったドローイング作品シリーズ「Dig-ital」のように、自らの頭、脳内に新たな架空の都市空間を作り上げることである、と言えるかもしれない。インタビ

（33）主にアコースティックギターのみを用いて、周囲の環境音を含めた録音を好んで行う坂口の音楽作品にもまた、音が鳴る空間そのものの性質への関心が見てとれる。

ューでも語っているように、もともと坂口はフィクション作品とノンフィクション作品を明確に分けて考えているわけではない。(34)便宜上それぞれ小説、新書エッセイとして同時期に発売された『徘徊タクシー』と『現実脱出論』は上下巻のつもりで書いた、と述べているし、『幻年時代』は、「ノンフィクションと呼ばれている世界と、小説と呼ばれている世界の境目にあるドアのような本」であるとしている。では、現実と虚構の境目で書かれた小説群において、実際の家庭という空間はどのように描かれてきたのか。

『幻年時代』は、福岡のニュータウンにある団地で暮らしていた幼稚園時代の記憶が題材となっている。団地やニュータウンといった空間がはらむ「匿名性」、「透明性」への生理的違和感から、主人公である「僕」は触覚や嗅覚に訴えかけるような冒険へと駆り立てられていく。マーク・トウェインのようにドブ川を渡って海にたどり着いたかと思えば、団地を囲む鉄条網を破って、その外にある松林にアリ地獄を発見する。これら窮屈な空間の意味を読み替えていくような行為は、坂口作品にはおなじみのものである。しかし、一方で本作における家庭は、すでに指摘されているように、明らかに母に支配された閉鎖的空間として表現されている。(35)僕の行く先を常に決定する母親の「手」や、父親や「僕」の趣味を厳しく監視する「目」によって、家や家族との関係は、表面上は円満な状態を保ちつつも、どこか「僕」にとって息苦しい、窮屈なものにもなっている。居間のビューローと本棚の一部に限定された父親の「文化的空間」にかんする記述は、中でも象徴的である。父親が母親に内緒で演歌や相撲甚句のテープをかける時、そこには「独自の小さな建築」、持つことを許されなかった「親父の書斎」が現れる。その様子は、「音楽によって書斎をつくり出すことのできる幻術師のように見えた」(一二八頁)。しかし、演歌がかかっていることに気づいた母親の小言を受けて、父親がテープを止めると、その書斎は姿を消してしまう。母親に「操作」、「管理」されることによって、ここでは姿を消してしまった架空の書斎こそまさに、坂口が追求し続けている「巣」のような空間の原点にあるものだろう。ここには、家長の役割を全うするという形ではない、別の、だがしかし決して軽んじられるべきでない父親像があらわれている。同時に、巣作りの行為は、子として母親の呪縛から逃れる手段でもある。母による管理から脱するために要請される、自分だけの空間。ウィニコットが「可能性空間」の概念を発見したのもまた、児童とその母の分析を通じてであった。

『徘徊タクシー』における曾祖母トキヲに見える世界もまた、周囲の家族からは、ボケ老人の妄想として『幻年時代』の父親の演歌趣味と同様に、軽んじられている。病気から時間的、空間的な錯誤を繰り返す彼女に連れ沿う中で、「僕」は、自分の「目の前にある空間は、実のところ保存している記憶だけで作られた仮の世界」（一七頁）にすぎないことを発見する。そして、トキヲを通じて、家族それぞれが「身近な空間」である家に対して、異なる「視線と時間の堆積」（六一頁）を生きていることに気付く。個々人の「堆積」が反映された「幻想」が「現実」に重ね合わされることで、「空間」は新たなニュアンスを孕む。路上生活者を対象とした取材やフィクションと同様、本作における痴呆の描き方もまたいささか理想主義的に過ぎることは確かである。だが、坂口の主張は一貫している。匿名化、透明化した「家族システム」による一元的管理の対象から、異なる「空間の巣」を持っ

(34) 新刊.jp『bestseller's interview 第62回　坂口恭平さん』http://www.sinkan.jp/special/interview/bestsellers62.html

(35) 都甲幸治「閉じた家、開いた家　坂口恭平の小説」『ユリイカ　総特集坂口恭平』、七七～八四頁、松家理恵「坂口恭平という空間　『幻年時代』を読む」同書、一一一～一一九頁。

たそれぞれの家族の成員が集う場へ。続く小説で坂口は、そうした江藤的な「喪失」モデルとは異なる、理想の「家」のあり方を、自ら父として追求していくことになる。

『家族の哲学』は、主人公の「恭平」が妻のフー、子どものアオ、ゲンと暮らす現在の家についての物語であるが、そこにはもちろん、かつて自らが暮らした実家の記憶が随所に反響している。実家は、ある種の親密な空間となってはいた。そのことを認めつつも坂口は、しかしその親密な空気が安定して存在し続けられるかは、「母の調子と連動」していたと述べる。母の機嫌さえよければ、実家は居心地の良い空間であった。けれどもそれは、裏を返せば家が母の「操作」、「管理」下にあることを意味する。蒸発した叔父をはじめ、家族にとっての異物を恐れるわが家には、「異物を侵入させないためのバリアが張ってある」（一〇三頁）かのようである。「友達を家の中に入れても、私は母の顔色を窺ってしまい、緊張してしまう」（一〇四頁）し、そもそも「わが家に両親の友人が遊びにきたことは一度もなかった」のだ（一〇五頁）。若干図式的なきらいもあるが、こうした実家のイメージと明確に対立させられているのが、現在の坂口家であり、特にその「台所」である。鉄条網で外部と隔てられた団地、バリアとしての扉が異物を締め出す実家といった閉鎖的な空間とは異なり、「台所は独立した部屋ではあるが、扉はなく、居間と書斎へ廊下を挟んで緩やかに繋がっている」（九頁）。次に引く記述は、多様な「レイヤー」が重ねられた空間としての「台所」の特徴を端的に要約しているように思われる。

フーにとって台所とは、家族の熱源を生みだす調理場であり、一人になれる避難所であり、遊戯に熱中しているアオとゲンの気配を感じることのできる控え室だった。しかし、私にとっては、背中を向けたまま調理しているフーに、ただの絶望している人間として唯一、「死にたい」と心情を吐ける懺悔室なのであった。（九頁）

調理場、避難所、控え室、懺悔室の四つの機能を併せ持つこのハイブリッドな空間で、フーが坂口の話を聞く様子は、夫の悩みに懸命に耳を傾ける夫想いの妻、といったイメージとはかなり異なるものだ。「私」の不安にひたすら親身になって耳を傾けつづけるような姿勢ともやや異なり、母の「私」への態度とはまるで違う、フーのある種の「関心のなさ、人に接近しすぎない態度には、不思議なことに疎外感はなく、むしろほっとさせてくれるものがあった」（五六頁）。

成員が強く結びつき一つの固定されたシステムを作り上げていくような家族像ではなく、相互に微妙な、だがしかし決定的に重要な「距離」を保った上で同じ空間を共有するような家族のあり方。台所での対話を念頭に坂口は、「私」の発話に「関心の無さ」を示しつつも、その場にとどまり、話の続きを引き出していくようなフーのスタンスを、「聞き流す」という表現で要約している。すでに多くの論者が、この態度をオープンダイアローグの実践などともリンクするような治癒の技法の性質を持つものであると指摘している。(36) 匿名化した役割を生きるのではない、オーダーメイドの家族像、本書で示されるのはその一つの現代的な好例であろう。ここで、その対話ならざる対話がなされる主な場が「台所」であることは改めて注目して良いだろう。プライベートな空間である家の中にあって、

(36) 柳澤田実「家族：原因でもなく処方箋でもなく創造の場としての」『ユリイカ　総特集坂口恭平』、一〇三～一一〇頁。斉藤環「ポリフォニーを〝聞き流す〟」同書、一二〇～一二六頁。

外部、「路上」の空気を最も色濃く感じさせる場所である「台所」。そこでこそ、「私」は家族と「共にありながら、一人になること」ができるのだ(37)。

6　坂口恭平を「読み流す」『現実宿り』へ

坂口の著作は、どれも多くの箴言的な記述や目新しい造語に溢れている。それらに触れることが、坂口の本に触れる楽しみの一部を成していることは間違いないが、そこには問題がないわけではない。たとえば、『家族の哲学』における「聞き流す」という表現は本稿でも触れたとおり、同書の中でもひときわ興味深い箇所であるが、この本の論者の多くが同じ箇所を取り上げ、似たような形で論じる傾向にあったことも確かだ。この事実は、彼の表現がもつ魅力の証左であるとともに、目にとまりやすい言い回しに関心を持ちすぎないこと、坂口にならってある種の造語を用いるならば、「読み流す」ことの重要性と難しさを暗示しているようにも思える。どういうことだろうか。

アート活動や「路上」での数々のフィールドワークに代表されるように、坂口はまず行動の人である。彼のエッセイの多くは、後から事後的に自らの行動を振り返る中で、遡及的に意味づけが行われる点にその特徴と面白さがある。躁鬱病の症状ともリンクするような形で、かつての自らの行為を奇妙な距離を置いて再解釈、再構成することで生み出される言葉は、確かな手触りに裏打ちされたわかりやすさを帯びている。五所純子は、たとえば『独立国家のつくりかた』にみられるそうしたわかりやすさが、コンスタティブな側面の強いものである点に、正当にも注意を促している。(38)あくまでも坂口のキャッチーな表現や比喩は、きわめて具体的な「生理」、「違和感」に発する試行錯誤の産物であるはずなのだが、その見かけ上のわかりやすさゆえに、表層だけをさらうような形で消費されてしまう危険性をもはらむ。流し読みをするだけで、坂口の波乱万丈な経験を追体験できたかのように感じることは、読者であるわれわれが最も避けなければならないはずであるが、たとえば広く共感を誘った『独立国家〜』の文体は、そうした自己啓発書に対するような読みに対して無防備な側面をも、ある程度併せ持っていたと言えるのかもしれない。（そして、おそらくはそれゆえに売れた。わたしとしては、五所同様、混沌とした、それ自体パフォーマティブな書かれ方をしているように感じられる『現実脱出論』の文体により魅力を感じる。）

では、表現のポップさに引っ張られ過ぎることなく、テクストが語りかける声を「聞き流し」、坂口のテクストと対話ならざる対話を行っていくために、われわれはどのような読みを施していくべきか。わたしは、これも坂口の用語をもじって言うなら、つねにある表現の表層と、その裏にある徹底して個人的な経験の質との関係を、たとえば日記・エッセイ・小説といった他ジャンルの記述を合わせて読んでいく中で、異なる「レイヤー」として重ね合わせていくような読み方こそが重要であると考える。おそらく、「聞き流す」という表現を特権的に取り上げるだけでは、真にテクストの主張を「読み流す」ことはできない。魅力的な表現に「関心を持ちすぎない」ためには、つねにテクスト全

(37) 坂口の発話を「聞き流す」フーの態度は、ウィニコットの言う「ほどよい母親」を思わせる。彼の逆説的表現によれば、「ほどよい母親」は子どものニードに応えることに適切に失敗することで、子ども自身が「一人になっていく」発達の過程を助けるのだという。また、この点に関連して、村上靖彦がウィニコットの概念とオープンダイアローグの関係性について言及していることは興味深い。斎藤環＋村上靖彦「オープンダイアローグがひらく新しい生のプラットホーム」『現代思想　特集精神医療の新時代』、二〇一六年、第四四巻第一七号、三九頁。

(38) 五所純子「0908l064666」『ユリイカ　総特集坂口恭平』、二一三頁。

体をポリフォニーとして読む、個々の表現に接近しすぎない、「距離の詩学」の実践こそが、わたしたち読者に求められるのである。

現時点での最新長編『現実宿り』は、異形の問題作にして、これまでの坂口の小説群の中でも圧倒的な強度を誇る傑作である。まず、ほとんど改行なしで短文が乱打されるその密度の濃い文体は、『現実脱出論』のパフォーマティブな要素をさらに前面に押し出したような趣で、特にエピローグ「ダンダールと林檎」のそれを想起させるものである。過去作を相互に重ね合わせて読み解くことでその奥にわずかに垣間見えた、坂口が経験する混沌とした感覚が、ここでは生のままで差し出されているかのようだ。断章ごとの関連性はところどころ不明瞭で、さながら意味よりもリズムを足掛かりに紡がれたような文章は、かつてないほどに彼自身の音楽作品における言葉のあり方に近づいているように思われる。(39)じっさい、私小説的なフォーマットに落とし込まれていた過去の小説群とは全く異なり、散文詩に近い本作の物語はほとんど要約不可能である。一応坂口がモデルと思しき人物が、モンゴルからやって来た男モルンと出会い、自らのルーツを探る旅に出る、という筋があるにはある。しかし、その物語と同時並行で描かれるのは、言葉を操る砂、そして蜘蛛、鳥の目、水、穴など、動物からその器官、果ては無機物にまで至る、多種多様な視点から綴られるポリフォニックな断章群である。(40)

『現実宿り』で坂口は、本稿で問題含みの要素としてこれまで指摘してきた、自らの経験を多くの人間に伝わりやすいキャッチーな造語に翻訳する過程を明らかに放棄している。しかし、単純な表層／深層構造が破棄されたからこそ、かえって、本作に対してもさらに多層的な「読み流し」を施す必要があるだろう。たとえば、時折登場する女性の一人称は、いずれも妻フーの影響が明らかである。また、モンゴル人モルンや謎めいた「遊びの名手」の造型には、どこか「路上」で坂口が出会ってきた人物たちの残響が見て取れる。そして、なにより本論集全体の視点から見て最も強調すべきは、この作品が明らかに二つの震災、東日本大震災と熊本地震にはじめて坂口が正面から向き合って書き上げた小説作品である、という事実である。わたしには、両震災へのあからさまな言及を一切抜きにして、ここまで明確に震災から受けた影響を昇華しえた文学作品は、現在のところ他に存在しないように思われる。具体的な記述をみてみよう。

まず、本作を貫く砂や水のイメージはおそらく、これまでの坂口の関心の範囲を超えて、もはや家のみにとどまらず、あらゆるものが「モバイル」となっていく様子を表現したものであろう。だが同時に、一切の定型を持たないこうしたイメージの奔流は、現実にそれを生きることは不可能な強度を持つ。坂口は、鬱に臥せった寝床の中で、妻や友人たちを思わせる人物を登場させるフィクションを作り上げることで、かろうじて「現実」の襲来から逃れることができた。したがって、当然『現実宿り』もまた、決して坂口の体験した感覚そのものを表現した作品ではありえない。本作はあくまでタ

(39) 都甲幸治はこの文体をバロウズ『裸のランチ』になぞらえている（「崩れ去る「近代小説」の枠組み」『週刊新潮』、新潮社、二〇一六年、一一月一七日号）が、わたしがその文体の音楽性と砂への注目からまず想起したのは、坂口同様、音楽家・作家を含むさまざまな肩書きを同時に持って活躍したボリス・ヴィアンの『北京の秋』である。

(40) こうした観点は、「器官なき身体」（アルトー、ドゥルーズ＝ガタリ）や近年の人類学における「パースペクティヴィズム」（ヴィヴェイロス・デ・カストロ）の概念と明らかに共振するものだが、本稿ではその点については詳述できない。一点、特に第四三章などにみられる「鳥の目」視点の記述が、エマソンによる有名な「透明な眼球」の比喩を思わせるものとなっている点にのみ注意を促しておきたい。"Nature," *The Annotated Emerson*, Harvard UP, 2012, p33.

イトルの通り、鬱期の恐ろしい「現実」をやり過ごす「移行現象」であり、「遊び」なのだ。しかし、本作においてはもはや、遊びの対象は具体的なモノや人物ではなくなっている。代わって、本作では書かれる対象ではなく、書くことそのもの、言語それ自体で「遊ぶ」ことが追求されはじめているように思われる(41)。そして、その「遊び」の中で、驚くべきことに坂口は「洪水」へと生成変化を遂げる。「おれは見る。おれは聞かない。おれは声がない。声を失っているのではない。言葉は見ることだ。だから止まらない。止まらない洪水だ。おれは洪水だ。おれは水ですらない。おれは見る。洪水に沈められるこの町を。この樹木を。この森を。」(二六二頁)

さらに、より前の第三〇章では、なんと坂口は「揺れ」に変貌を遂げていたのだった。

つまり、町はもう一度、必ず戻ってくる。もう一度だけ必ず戻ってくる。風はいつもそれを教えてくれた。町は修復することができない。わたしたちもまた修復することはできない。しかし、誰かが戻ってくる。そのとき、町が戻ってくるのだ。町が戻ってきたとき、あなたたちは一度だけ変化する。溶けていく。揺れる。(二二五頁)

津波や地震にも変化し得る終わりなきプロセスの中では、もはや自己同一性は揺らがざるをえない。そして、同一性が失われれば、当然記憶の連続性も揺るがざるをえない。

わたしたちはきっと忘れるだろう。これはわたしたちが作った町だと勘違いするだろう。そうやって町は変わっていく。変わったことを覚えているものは、風に飛ばされてしまう。しかし、わた

しはまた戻ってきた。わたしは変わり続けたが、今はまたここにいる。（一二七頁）

東日本大震災が起きれば西へ、熊本地震が起きれば東へ、と地震から逃げ続けた坂口は、それらを忘れたかのように「今はまた」熊本を中心に生活しているという。常に「生理」に従い変化を続ける坂口にとって、震災後を生きることとは、忘れながら変わっていき、変わりながら忘れていく、死ぬまで終わることのないプロセスなのかもしれない。そして、いまやそのプロセスの中心には直接的な行為ではなく、間違いなく「書くこと」がある。現実の都市から「思考都市」へと主戦場を移し、驚異的な速度で作品を量産する坂口の動向から、今後も目が離せそうにない。

7　これは水です　This is Water.

坂口は『幸福な絶望』に収録された日記の中で、ある日熊本の路上で出会ったアメリカ人に話しかけたところ、意気投合した彼からアメリカの作家デイヴィッド・フォスター・ウォレスの作品『インフィニット・ジェスト』を紹介されたというエピソードを紹介している。(42) 以後自ら翻訳に挑戦するなど、どうやらその後も、彼に対する高い関心は持続しているようである。そのウォレスが死去前

（41）バーバラ・ジョンソンは、ウィニコットによる「対象の使用」に関する論文の文体を分析する中で、彼が言語を対象としてフロイトの fort-da（糸巻き遊び）を行い、また同時に言語によって自らを遊ばせている、というそれ自体逆説的な指摘を行っている。Johnson, Barbara. *Persons and Things*. Harvard UP, 2008, p 105.

（42）『幸福な絶望』講談社、二〇一五年、二〇五頁。

の二〇〇五年にケニオン大学で行った卒業生に向けたスピーチ〝This is Water〟「これは水です」は、水のイメージが『現実宿り』を想起させるとともに、ほとんど坂口の空間論の要約であると言われても納得してしまうような内容となっている。(43)

スピーチは、二匹の若い魚が並んで泳いでいる場面からはじまる。逆方向から泳いできた年上の魚が、「やあ、今日の水はどう?」と語りかける。それを聞いた二匹はしばらく経ってから、顔を見合わせて言う。「つーか、水って何だ?」。ウォレスは、「来る日も来る日も訪れる孤独」の奴隷になることなく、多忙で退屈な社会での生活を、心地よく豊かなものとするためには、自分が自動的に正しいと思ってきたことのデフォルト設定をどう見直すことができるかが問題だ、と語る。例にあげられるのは、卒業生の多くがその後経験するであろう、残業後に渋滞に巻き込まれながら、なんとか到着したラッシュ時のスーパーで、壊れかけのカートやレジの行列に苛立ちを覚える場面である。思わず、「あるある」と膝を打ちたくなるようなイライラの細部をユーモラスに描写しつつ彼は、それらが、自分の欲求が物事の順序を定めているという自己中心的な思い込み、デフォルト設定によるものであり、「何を考えるか」選択することで、その光景がまるで違うもののようにも見えることを説く。レジに並んでいる目の死んだ厚化粧の母親は、実は瀕死の夫の看病を続けているのかもしれない、などなど……。現実の社会は、人がデフォルト設定を疑わずに生きることをよしとする。(坂口もまた、社会システムのそのような「透明化」、「匿名化」を批判していたことを想起しよう。)しかし、あくまでも「どう物事をみるかは自分で選択できる」。二匹の魚、そしてわれわれは、たとえその結果安心してラクに暮らすことができなくなったとしても、自らが泳いでいる環境を見渡し、何度でも自分に言い聞かせなければならない。「これは水です」、「これは水です」。こうした姿勢こそ、社会や国に貢献できるよう頑張ろう、とか責任ある大人になろう、といった説教臭い演説とは何の関係もない、ウォレスがこれから社会に出て行く卒業生たちに向けて提案した、ある一つのオルタナティブな「成熟」の形であった。

震災の悲劇は、強固なものと思われてきた現実社会の一部を機能不全に陥らせることで、皮肉なことに、われわれの多くに「デフォルト設定」、「匿名化したシステム」を疑う契機を与えもした。その意味で、「これは水です」と確認した上で、そこに新たな「空間の芽」を見出し、風通しの良い空間を自分の手でいかに創り出すか、という坂口の試みの切実さが、震災直後から多くの支持を集めたことは必然的だったといえよう。それから六年が経ち、再び現実ではデフォルト設定や匿名化、透明化したシステムが堅固なものとなりつつあるようにも思える。震災を忘れないということは、死者を弔い、核の脅威に思いを致すことであると同時に、常に自らの生理的違和感に対する感度を高め続けることでもある。坂口の一連の著作は、われわれにいつもそのことを思い出させてくれる。

B　「無色の空間」のために　村田沙耶香論

坂口は、単に現実空間を一枚岩のものとして捉えるのではなく、そこに自らの手で創造した別の空間を重ね合わせていくことを通じて、新しい「成熟」の形をわれわれに示し続けている。しかし、こ

(43) ウォレスの講演 This is Water は、現在当日の肉声音源を YouTube で聴くことができるほか、スピーチ原稿の全文、並びにその日本語訳もネット上で容易に閲覧することが可能である。

うした重ね合わせ、創造の行為には、現実に対して自ら主体的に働きかけること、言い換えれば、プライヴェートな感覚を、どこかでパブリックなものへと接続していくような能動性が必須である。しかしながら、そう言った能動性を誰もが保持できるわけではないこともまた事実であろう。目立たずひっそりと現実と付き合っていくしかない人間が、それでも現実に押しつぶされないための、他の戦い方、坂口のそれとは異なる回路を見出すことは可能なのだろうか。

坂口同様、「母の崩壊」以後の空間で生きることの内実を徹底して思考し続けている現代の作家として、本稿ではもう一人、村田沙耶香を取り上げてみたい。一九七九年生まれの村田は、二〇〇三年に「授乳」で群像新人文学賞を受賞しデビューすると、『ギンイロノウタ』で二〇〇九年に野間文芸新人賞、『しろいろの街の、その骨の体温の』で二〇一三年に三島由紀夫賞、「コンビニ人間」で二〇一六年に芥川賞を受賞し、史上四人目となる新人小説賞三冠を達成した。村田の作品は、これまで主に、女性のセクシュアリティやジェンダーをめぐる時に過激なまでの思考実験の側面に注目される形で読み解かれてきた。しかし、本稿ではより広範な視座から彼女の作品群を捉える中で、多くの作品に繰り返し現れる、ある性質を持った「空間」のモチーフに焦点を当てる。その中で、作中での地震や原発への明白な言及こそ全くみられないものの、村田作品の空間モデルに東日本大震災を経てある変化がもたらされた可能性についても考えてみたい。

1　ふたつの閉鎖空間

デビュー作「授乳」より一貫して、村田作品は常にある一つの問い――「人は、いかにして自らの欲望を譲歩せず生きることができるか」、をめぐって書き継がれているように思われる。各作品の物語は、この問いを引き受ける、多くの場合、現実を構成する「システム」の内部では「正常」とされない欲望を抱えた登場人物たちによって、大きく分けて三種類の空間を舞台として繰り広げられる。

まず、第一の例として指摘できるのが、学校や家庭に代表される小社会を成す空間である。それらの空間では、外部から独立して各々の場で形作られた規範的なモデルが、強い強制力を持つある種のシステム／制度として機能している。たとえば、特に小学校や中学校が舞台となる際には、しばしばスクールカーストを規定する微細な差異が、執拗なまでに描かれる。また、村田作品における家庭は基本的に全く機能していないことがほとんどで、たとえ表面上はスムーズなコミュニケーションが保たれていたとしても、実際にはその裏に子どもたちの暗い情念が常に渦巻いている。もはやかつて江藤が描いた父親像は見る影もなく、村田作品における父親たちの存在感のなさは異様なほどである。家庭は常に母の支配下にあり、娘である登場人物たちにとって、比喩的に子宮と重ね合わされる空間となる。一方で同時に、女性である村田作品の主人公たちは、作品の舞台を問わず、女性はこうあるべし、という社会通念、強い規範意識につねにさらされ続けており、彼女たちが感じる漠然とした閉塞感や同調圧力は、「現実」・「社会」を比喩的な閉鎖空間、システムと捉えるような、その空間認識のあり方に明らかに反響している。いずれにせよ、あらゆる作品の例に共通するのは、このような空間がいずれも外部から閉じていることである。そして、村田作品の主要な登場人物の多くは、それぞれ異なる性格や性癖を与えられつつも、これら「システム」への違和感のみを、ゆるやかに共有している。この社会や現実の捉え方と、そこへの生理的な嫌悪感は、すでに確認した通り、坂口にもみられた特徴であった。

そうした第一の空間と対を成すような形で、村田作品で常に重要な意味を付与されているのが、外界と隔絶したもう一つの、よりちいさな閉鎖空間＝「密室」である。特に初期の作品においては、物語はこの二種類の空間のみを往復する中で進んでいく。第一の空間における規範的なモデルに適応することができない主人公たちは、いずれも小説内の世界で「正常」とされるものとは異なる欲望を抱えている。しかし、それらの欲望を周囲への配慮なしにあけすけに表明することは決してない。それは、自らの欲望と、周囲そして社会が「正常」であると認めているものの差異に、彼女たちがきわめて自覚的だからである。(44)むしろ彼女たちは、一方で、普段は「正常」とされる価値観や欲望のあり方に過剰なまでに意識的であり、いじめや攻撃の対象とならないよう、目立たずシステムの中に居場所を見つけるために必死で微調整を繰り返す。他方で、彼女たちは「密室」の中でのみ、自分だけでルールを作った、別のゲームに没入することができる。そこで自らの欲望を解放することでのみ、なんとか日常を生き抜くためのバランスを保つことができるのだ。

先述した坂口の戦略が、現実に対する幻想の重ね合わせであったとすれば、ここで村田が採用するのは、現実と幻想の完全な棲み分けという方法である。しかし、外部から完全に隔離された密室で私的なゲームに耽溺することは、常に現実感覚を完全に失ってしまう危険と隣り合わせでもある。

デビュー作「授乳」では、中学生の「私」が自室で家庭教師の「先生」(45)をいつの間にかある「ゲーム」に引きずりこんでいく。「この部屋に特別の空気を閉じこめていた筈だった」、私と、常にその言うことを聞く先生とのゲームは、潔癖で健全な、夫に寄生しているがゆえに少女のような側面を捨てていない母が、不意に部屋に闖入してくることで終わりを迎える。

「コイビト」（初出二〇〇三年）の主人公「あたし」（真紀）は、「あたしにとってのすべての他者の役割」を果たす、ポケットの中のぬいぐるみ「ホシオ」との交流のみに没入しており、家族や友人といった「実物の他者」を必要としていない。そんなあたしが、同じくぬいぐるみのムータに没入しきった、自らの分身のような少女美佐子と交流することで物語は展開する。最終的に彼女の様子が「異常に思え、恐くなった」あたしは、ホシオに殺されることを予感し美佐子の前でホシオを捨てる。しかし、彼女に「ソレがなくちゃお姉ちゃんは生きられない」、「ソレは形を変えて、必ず、お姉ちゃんの中からもう一匹生まれてくる」と不気味に宣言され猛烈な不安に襲われるという結末を迎える。

この構造は、ほぼそのまま中編「ギンイロノウタ」（二〇〇八年）に再び引き継がれている。学校や家庭では臆病な主人公の有里は、ある日購入した銀色の指示棒を、大好きなアニメの主人公の魔法使いが持つステッキに見立てて大切にするようになる。彼女は自室の押入れという密室で、思春期を迎えれば自分が手に入れられるであろう、男性たちの視線を密かにシミュレーションしつつ、ステッキを使ったある種の自慰行為にのめり込んでいく。ところが、ある日ステッキを教室で落としてしまった彼女は、精神の平衡を失い、学校というシステムを象徴する前時代的な担任赤津への憎悪を募らせ、気がつくとノートに毎日赤津への殺意を書き込むようになっていく。書き込みはその後次第に過激化していき、卒業間際には赤津殺害の具体的シミュレーションを繰り返すに至る。なんとか赤津を殺さずに済んだ彼女はしかし、のちに赤津が事故で死亡したとの報せを受けると再び危機を迎える。かつてのステッキ同様の銀色のナイフで他人を殺害しようと試みた彼女は、その最中でかつて落とし

(44) 登場人物たちは、そもそも「正常さ」の範囲を逸脱する欲望を抱えているか、地味な容姿や社交性の不足ゆえ、「正常」な形での欲望の充足をあらかじめ断念していることがほとんどである。

(45)「おそらくは最初から、先生そのものには興味なんて持ってなかった」ゆえ、先生には固有名すら与えられることがない。

たステッキを再び発見する。ステッキに自らが操られるかもしれないという恐怖とともに小説は結末を迎える。

また、「ひかりのあしおと」(二〇〇七年)の主人公誉は、小学校二年の夏に謎の化物に公衆トイレに閉じこめられた際の恐怖体験がある種のトラウマとなり、不気味な呪文を唱えて近づいてくる人影の幻影にとらわれるようになる。のちに当時のトイレへの閉じこめが学校の先輩による悪戯であったことが発覚してもなお、誉の幻影は消えることがない。さまざまな男と交際しつつも、呪文が聞こえ、幻影が見えた段階で別れを告げるサイクルを繰り返してきた誉は、大学で出会った男、蛍に惹かれる中で、次第に幻影から解き放たれていく。彼女はしかし、自宅の倉庫という密室に蛍を閉じ込め、その中で彼を刺すことへの衝動を抑えることができない。この、妄想で作り出した対象に逆に自らが操られてしまうことへの恐怖、というモチーフは、特に初期の作品のみに集中して見出されるものである。

ぬいぐるみ、ステッキ、化物とさまざまな形をとって現れる、自らが作り上げたはずの欲望の対象に逆に操られてしまうことへの恐怖は、村田のエッセイ「四度目の出会い」(46)で描かれるゴキブリとの関係を想起させる。初見ではなんら悪印象がなかったはずのゴキブリに対して家族が恐怖し、必死で殺そうとする様子を見た村田は、気がつくと自分もゴキブリに怯えており、今では自宅に出たゴキブリを一生懸命殺してしまうのだという。一見ユーモラスな挿話でありながらも、ここには「自らが作ったルールにいつの間にか縛られてしまうこと」という、村田作品固有の問題が、暴力と関連する形で見事に凝縮されている。

ここまで見てきた作品群はいずれも、他者の不在に特徴付けられている。主人公たちが作り上げた密室である自室、ポケット、押入れ、倉庫、といった閉鎖空間へと入ることができるのは、主人公たちの欲望を満たす道具としての男と、モノ(47)のみである。それらの対象にしても、彼女たちの欲望を一方的に投影されたものであるに過ぎず、結局のところ、そこに相互性はない。そして、対象に向けられたいびつな欲望は、やがて暴力と分かち難いものへと変貌していくのであった。

こうした主人公たちと対象の関係性は、メラニー・クラインの「妄想－分裂的ポジション paranoid- schizoid position」とほぼ完全にその特徴を共有するものである。(48)一方で村田は、「御伽の部屋」にはじまり、『マウス』、「星が吸う水」、「ガマズミ航海」を経て、『ハコブネ』、震災後第一作、第二作である『タダイマトビラ』、『しろいろの街の、その骨の体温の』へと至る一連の作品群で

(46)『文学界』二〇〇九年七月号、二三八－二三九頁。

(47)男性以上に主人公たちの没入対象として重要な存在として登場する、ぬいぐるみ（「コイビト」）や指示棒（『ギンイロノウタ』）、カーテン（『タダイマトビラ』）、キーホルダー（『消滅世界』）といったモノたちが放つ強烈な存在感は、村田作品について考える上で明らかに重要なものだが、本稿ではテーマの関係上詳述することができない。性器への偏重から性愛を解放しようとする、いくつかの作品で試みられる実験（「星が吸う水」、「ガマズミ航海」、『消滅世界』）をも含めて、江南亜美子も示唆しているように、ペルニオーラが『無機的なもののセックスアピール』で展開したような、性器に収斂するオルガスムを特権視する、垂直的なセクシュアリティとは別の性愛のあり方との共振がみられるという点のみを指摘しておきたい。

(48)母乳＝満足を与えてくれる「良い対象」である母の乳房は、母乳が出なくなった途端、「悪い対象」へと反転し、乳児の破壊衝動がそこへ投影される。初期の村田作品にあらわれる対象は、その範囲が時折モノにまで広がっているとはいえ、いずれもここで言う「母の乳房」と似た役割を果たす「部分対象」として解釈できるだろう。「妄想－分裂的ポジション」の詳細については、クライン「分裂的機制についての覚書」『メラニー・クライン著作集4　妄想的・分裂的世界1946－1955』誠信書房、三～三二頁を参照。

は、密室でのいびつな関係を描くのみならず、それぞれ異なる形で「正常」からのズレを抱えた登場人物たちが結ぶ、ある意味で親密な、と言って良いかもしれないような関係性を描き出してもいる。これらの作品で鍵を握る空間のモデルは、前述の第一、第二の空間とは微妙に趣の異なるものとなっている。どういうことか。続いて、もう一方の系譜を具体的に辿ってみよう。

2 「可能性空間」としての「無色の空間」

「御伽の部屋」（二〇〇五年）の主人公である大学生のあたし（佐々木ゆき）は、貧血で倒れて部屋に運び込まれたことをきっかけに出会った関口要二と、密室として機能する彼の部屋でいわゆる「セックス」を介することのない関係性を築いてゆく。互いにあからさまに役割を演じあう関係性を育む中で彼女は、小学二年生のころに友人の兄である正男さんと幾度か行った、奇妙なままごと遊びの記憶を呼び起こす。そして、あたしの前でのみ女装癖を披露していた正男さんとの記憶が、現在の要二と自らの関係の描写に挟みこまれてゆく。自宅にかかってくる電話を合図にあたしは正男さんの部屋へと向かう。「いつもブラインドで締め切られている部屋」の中で、女装した正男お姉ちゃんは、自らが描いた「まるで精密な設計図のよう」な草原の絵にずっとさわっていた。あたしはそれを見て、彼女が「実際に自分の世界を紙の上に設計しているのかも」しれないと考える。「こういう所に行ってね、好きな人と寝そべって、いつまでも、眠っていたいの」正男お姉ちゃんは、そう自らの願望を語る。あたしが、絵が「学校の図書館で見た、天国の入り口にそっくり」であると述べると、悲しげになって俯いた彼＝彼女は、鋏を画用紙の上に滑らせ、そこに四つの四角い穴をあける。画用紙で作った「窓枠」を絵の上に貼りつけ、「こうすると、ただ紙に書いてあるよりずっと本物みたい、本当に行けそうな気がする」と嬉しそうに言うが、「そのことで草原が近くなったのか、遠くなったのか、あたしには分かりかねた」。あたしが最後に正男お姉ちゃんと会ったのは、ある日の深夜の公園である。ここであたしとの最後のままごとを終えた「正男お姉ちゃんは何かをあきらめたんだということがあたしにもわかった」。正男さんは、扉を開けて向こう側へと踏み出すことはなかったのである。一方、要二との関係も終焉を迎える。ある日あたしが要二の通う大学へとこっそりと向かうと、そこには普段自分に見せているのとは全く別の彼がいた。衝撃を受けたあたしは彼の部屋へ直行し、彼のシャツに着替え、彼の所作をまねていく。自らをぼくと呼ぶようになった彼女は最終的に「探し続けていた理想の他者は、僕の中にいた」ことを発見する。正男さんとは対照的に、ゆきは自らの作り上げた世界に徹底して自閉する道を選ぶのである。

たしかに「御伽の部屋」においても、ゆきと正男さんはそれぞれ閉鎖された空間に引きこもって自分の世界を築きあげていく。しかし、正男さんにとってのゆきの存在は、そして、彼がゆきと「ままごと」をした自室や公園の空間は、これまで取り上げてきた作品群における、あくまでも自らの妄想を補完するための道具でしかない男・モノや、その内部でのみ秘めたる欲望を開放できる密室とは異なる位置にある。正男さんは、ゆきとのセクシュアリティを介さない交流を通じてはじめて、自らの理想の世界である草原へと通じる「扉」を発見することができたのである。実際には開かれることのなかったこの「扉」はしかし、村田作品を貫くきわめて重要なモチーフとして、この後も反復的に登場することとなる。そして、ゆきと共にいるとき、正男さんにとっての自室や公園は、いずれも純粋なプライバシーを保証する密室空間ではなくなる。彼が、現実世界や家庭、学校のルールにとらわれず、自己の欲望を追求するためには、同じ空間をゆきが共有していることが必要だったのだ。先に紹介したウィニコットの「可能性空間」と明確な相似形を描くこういった空間は、この後も少しずつ形を変えながら、小説内に反復的に登場する。

『マウス』(二〇〇八年)では、クラス替えを機に出会った、過剰に空気を読んでしまう主人公の律と、逆に空気の全く読めない瀬里菜の二人が、次第に互いに影響を与え合っていく。些細な出来事ですぐに教室内で泣き出してしまうものの、そのことが周囲に与える印象に一切頓着しない瀬里菜は、彼女にとっての聖域である密室、女子トイレ奥の掃除用具入れで「灰色の部屋」を空想することでのみ、なんとか平静を保って日々をやり過ごすことができる。それに対して律は、多くの村田作品の主人公と同様に、一貫して周りの様子を伺いながら、悪い意味で目立たないことを意識して生活している。瀬里菜と同様に「学校」というシステムの規則を違和感なく受け入れることはできない彼女は、しかし瀬里菜とは逆に、自らの容姿・性格、流行のファッションなどをなるべく客観的に判断した上で、まるで「ワークブックを埋めるように」注意深く周囲からの印象を操作することで、なんとかシステム内部に自分の居場所を見つけ出そうとする。

ある日、ふとしたきっかけで瀬里菜の聖域である掃除用具入れに侵入してしまった律は、「灰色の部屋」とは対照的な世界観を持った「くるみ割り人形」の物語について教えることで、彼女を変えようとする。その試みは成功し、「くるみ割り人形」を自己流に解釈することで、別人のような変貌を遂げた瀬里菜は、次第に教室で受け入れられるようになっていく。教室での立ち位置の変化を機に二人は一旦疎遠になるが、「灰色の部屋」から「くるみ割り人形」へと、倒錯的にこだわる対象が移行したに過ぎず、瀬里菜の本質が変わることはなかった。

大学入学後、彼女に久々に再会した律は、高校を卒業してもなお「くるみ割り人形」に囚われ続ける彼女を変えようと、再び動き出す。瀬里菜は律が働く「ファミレス」に頻繁に通うようになり、そこで二人は言葉を交わすことこそ少ないものの、多くの時間をともに過ごすことで、徐々に再び関係性を深めていく。やがて、律はなかなか変わらない瀬里菜と衝突する。しかし瀬里菜もまた、常に周囲を窺うせいで、本当に好きな服を買ったり、厳しい門限を破って遠出したりすることができない律を厳しく批判する。村田作品では例外的な、ストレートな感情のぶつけ合いを経て二人は少しずつ変わっていく。

二人が互いを変えていくそもそもの契機は、密室である「灰色の部屋」に律が侵入したことだった。「空間、でいうなら、学校って私にとって最悪の空間。うるさいし、いろんなこと強制的にやらされるし、家にいるときみたいに自由でいられない」（一八六頁）。瀬里菜にとって、「くるみ割り人形」を読んでその主人公マリーになりきることは、たとえば「コイビト」でホシオを持ち歩く真紀のように、窮屈な空間である現実に自らの想像の世界を上書きする行為だ。「でも、なんだか、だんだんと、疲れるときがあるんだ。マリーでいるのが。律だけはマリーじゃない私を知ってるから、律のいる空間にいると、息つぎ、してるみたいな感じがするの」（同）。ここには、中に存在する人によって空間が伸び縮みするという、坂口『現実脱出論』にも通じる視点がある。彼女にとって、「ファミレス」という空間は、律がいるからこそ、安心してありのままの自分でいられる場となる。

「星が吸う水」（二〇〇九年）では、それぞれ異なる葛藤を抱え、セクシュアリティをめぐる問題に苦しむＯＬ三人が、「温泉」で裸を晒しあって語りあう中で、事態がかすかに好転する。三人それぞれは、他の二人が抱える問題に共感することはなくとも、個々の闘いを互いに認めあうことには、一歩近づく。主人公がいわゆる「立ちション」に挑戦する結末は、ユーモラスでどこか爽やかな読後感を残す。

「ガマズミ航海」（同年）では、主人公結真が後輩女性と性器を用いない性行為ガマズミに挑戦する。独善的な彼氏との関係に苦しむ後輩は、少し前まで彼氏がいた自室に結真がやって来た際に、こう話す。「私、さっきまで、あの部屋の中ですごく息苦しかったのに、結真さんが来てくれたら突然楽になりました。急に、四方の壁が全部窓になって、外の風が流れ込んできたみたい」。ここでも誰と共有するかで空間の性質が変わることが示唆されている。序で紹介した「愛撫」にまつわる「距離の詩学」を想起させる二人の挑戦は、結真が性的快楽を得てしまったことで最終的には失敗に終わるが、「正常」の狭い基準に捉われず、多様な欲望のあり方を探求する彼女たちの姿勢は頼もしいものだ。

『ハコブネ』（二〇一〇年）でもまた、ある種の避難所のように機能する「可能性空間」が大きな役割を果たす。バイト先では男まさりというキャラクターを受け入れつつも、どこか自らの性に違和感を持つ里帆は、さまざまな性のあり方について調べ始める。ある日「男装」について検索した彼女は、ウィッグと胸の膨らみを抑えるタンクトップを購入し、それらを身につけることで「第二次性徴をやりなおそうとする」。彼女は、「そこでだけ、第二次性徴前のこの姿の自分で入られ、会話がなくて服装についてあまり聞かれたりせず、それぞれが独立していて交流があまりない」場所、「他者との関わりがなくて、それでいて他者がたくさんいる場所」として「自習室」を見出す。物語は、それぞれの事情を抱えながらこの「自習室」に集った三人の女性が関わりあう中で進んでいく。里帆は、「人間である前に星の欠片」である存在として自己を捉える知佳子、その幼馴染で、規範的な価値観に合わせて女性としての価値を必死で追い求めて生きる椿と、時に衝突するが、それぞれの考え方そのものを批判しあうことはない。

物語の末尾で知佳子は、椿との喧嘩で落ち込んだ里帆を、ノアの方舟たる自習室へと連れ出す。一方で里帆は、深夜の自習室でクッションを相手にようやく、違和感のない形で自らの欲望を昇華することに成功する。他方、知佳子もまたこの夜を境に、一切の妥協なしに自らの幻想に殉じる決意を固めていく。ここで二人は互いに「独立した」まま、しかし決定的に相手に影響を与えあっている。一方が他方の理想的な人格のモデルとしては一切機能していないにもかかわらず、「システム」が押し付ける正しさにいかにとらわれずに生きるか、という点に限れば、二人は互いの存在を確実に必要としていた。この奇妙で淡い、セクシュアリティを介在させない友情関係にこそ、村田作品のきわめて今日的な感覚が刻印されているように思われる。本作はその意味で、ある種の成長物語の変奏として読み解ける性質をも含みもっているのだ。

多くの論者が指摘しているように、村田作品における女性たちの多くは、常に戦い続けている。しかし、彼女たちはマイノリティの権利向上を目指してそうするのではない。自分たちの価値観を「正常」と認めさせることには一切関心を払っていないようにすら見える。あくまでも、揺るぎない現実とは別の位相で自分たち固有の幻想をいかに生きるか、という問いこそが追求されている。このことが、彼女の作品にいわゆる多文化主義や狭義のフェミニズムの観点から評価されるような要素とは異なる、ある異様さを付加しているように思われる。『マウス』のファミレスや名前のない街、「星が吸う水」の温泉、「ガマズミ航海」における部屋、『ハコブネ』の自習室、続く『タダイマトビラ』のフリースペースといった、反復的に現れる「空間」はいずれも、異質な他者同士が差異を認めつつ対話を通じて相互理解を深める場、といった単に公共性の高い空間とは、微妙に、しかし明らかに異なる質を持つものであるように思えるのだ。

一方で、これら「無色の空間」に集う人々は、主体的に「関わり合う」ような形で、互いに高い関心を寄せ合っているわけではない。熱心な対話が行われるどころか、そもそも自習室やフリースペースでは、私語が禁止されている。ファミレスや後にみるコンビニでも、店員の立場から見れば、仕事上の役割と関係ない言葉は必要とされない。また、これらの空間は、完全に私的な空間ではないため、基本的にセクシュアリティを持ち込むこともできない。言語や性、暴力と無縁であるからこそ、これらの空間は無色と称されるのだ。(49) しかし他方で、彼女たちはひたすら「自分の王国」に閉じこもっているわけでもない。互いの欲望のあり方に無関心なばかりか、ときには直接言葉を交わすことすらない人間たちが、それでもある程度の期間、同じ空間を共有すること。そのことが村田的人物たちにとってはもっとも重要であるように思われる。ここに現れているのは、坂口にとっての「台所」や「路上」で展開されたそれと比べてもより希薄な、淡い関係性である。それでも、おそらく村田的人物たちは、この関係性ならざる関係性に励まされることでのみ、坂口とは異なるやり方で、「共にありながら一人になる」ことができるのだ。

ここまでの議論をまとめよう。『ハコブネ』までの作品は、大きく分けて二つの流れに大別できる。最初期の作品群では、登場人物たちが、完全に私的な閉鎖空間でのみ許容される倒錯的な自己の欲望を、その内部で煮詰まらせていくか、あるタイミングで彼女たちの世界観とは全く相容れない公的な「システム」、社会のルールと衝突することで欲望を断念、妥協するまでが描かれた。いずれのケースにおいても、視点人物の最終的な選択にはある種の葛藤が伴っていた。自らをシステムの側に合わせる形で調整を試みれば、いずれ自らが捨てた対象そのものが暴力的に回帰してくる不安や恐怖から逃れることができない。開き直ってシステムを無視して自らの妄想を純化させようとすれば、現実世界と完全に乖離し、ついには自らの「移行対象」（『ギンイロノウタ』のステッキ、『ひかりのあしおと』の化物の声、「御伽の部屋」の要二のシャツ）がクラインの言う「悪い対象」と化し、自らを操りはじめることとなってしまう。この行き詰まりは、プライベートとパブリック、私／公が完全に分離され、両者をつなぐ道が存在しないことに起因するものであった。

次に、「御伽の部屋」の正男さんを嚆矢として、その後『マウス』、「星が吸う水」、「ガマズミ航海」、『ハコブネ』で探求されたのは、そのいずれにも陥らず、現実／社会の基準でいかに正常ではないものとされようとも、自己の倒錯的な欲望を貫きつつ、なんとかして現実とのつながりをも保持し続けようとする第三の道であった。この探求を推し進めるにあたっては、「正常」さを押し付けようとする現実のプレッシャー、同調圧力から一時的に逃れられる場所が必要とされた。村田作品において家庭がそのような役割を果たすことはもはやない。代わりに現れてきたのが、ある種のアジール（避難所）として機能する無色の空間群であった。これら、それ自体としては何の特色も持たず、特定の主義主張や政治性との関わりも持たない空間は、それでも人がその内部で「何者でもない者として、無名のままでいられる」という一点においてのみ、かけがえのない場所なのだった。互いに深くかかわることはなくとも、淡い友情で結ばれた別の人間と同じ空間を共有することで、登場人物たちは、現実と何らかの折り合いをつけながらも、自らの欲望を徹底して追及する道を探ることができた。誰もが自由に、他者に干渉されないという条件のもとでのみ出入りできる無色の空間は、単に私的な密室

(49) 逆に、母親の支配下にある家庭や密室空間など、セクシュアリティや暴力が介在する空間には、しばしば「赤」のイメージが重ねられる。

空間とも、公的で社会的な空間とも異なるものだった。(50)

この対照性は、文体のレベルにも見出すことが可能だろう。ふたつの閉鎖空間を行き来する最初期の作品群や場面では、登場人物の内省に焦点が当てられる割合が高いためか、いかにも「文学」的で、装飾的な比喩がそこかしこに確認できる。しかし、無色の空間が中心的役割を果たす箇所では、文体もまた無色に近い、簡素なものへとその重心を移している。

このように、村田は一貫した主題を扱いつつも、徐々にその手法を変化させてきた。しかしながら、『ハコブネ』までの作品では、未だ一切問いに付されていない前提がただ一つ残されていた。それは、過度の同調を強いる現実、「システム」は不動のものである、という認識である。(51)それでも、村田の作品ではまた、息苦しい現実の外へと抜け出す道が、ある空間を暗示する表現を用いてたびたび仄めかされてきた。それが「扉」である。

村田作品における特徴的な「扉」には二種類ある。一つは、現実世界と閉鎖空間や無色の空間を結びつける扉である。他方、より重要なものとして「現実」の外側に何らかの別の世界が広がっている可能性を暗示するような扉が存在する。しかし、それらは実際に開かれることがないか(「御伽の部屋」で正男さんが絵の上に貼り付けた扉、『ギンイロノウタ』で赤津の身体に現れる扉)、開かれたとしてもその先には何もないもの(『マウス』末尾に登場する非常ドア)であった。現実からの出口など実際には存在しないのだから、たとえば『マウス』末尾において瀬里菜が扉を開き、「やっぱりただの非常口だ」と確認する場面は、自らの想像の世界の存在を信じつつも、その「喪失」、すなわちそれとは相容れない現実の強固さをもある意味で受け入れる、現代的な「成熟」のあり方を示しているようにも思われた。

ところが、こうした構図は東日本大震災を経て発表された最初の長編であり、タイトルに扉を冠した『タダイマトビラ』（初出『新潮』二〇一一年八月号）において、わずかだが決定的な変容を被ることとなる。東日本全域に「想定外」の衝撃をもたらした震災を経て村田は、ついに「現実」の向こう側へと通じる扉を開いてしまうのだ。

3　ひらかれた「扉」　震災以降の村田作品

自らが持つ家族のイメージと実際の家族のギャップに違和感を抱いている『タダイマトビラ』の主人公恵奈は、自分が抱える「本当の家族」を求める「家族欲」を、ニナオと名付けた自室のカーテンを相手にした特殊な自慰行為、「カゾクヨナニー」で「脳を騙す」ことで満たしている。彼女にとっては、オナニーとは「いろんな欲を自分で処理すること」であり、性欲を満たすための「セイヨナニー」に限定されるべきものではないのだった。あるきっかけから、恵奈は小学校の友人である瑞希とともに、謎めいた年上の女性、渚と親しく付き合うようになる。自宅の瓶の中で蟻のアリス（『不思議の国のアリス』が念頭に置かれている。寿命が来るたびに他の蟻と交換される）を飼っている渚は、現実から遊離して生きる、『マウス』の瀬里菜や『ハコブネ』の知香子の系譜に連なる人物である。

（50）この第一の流れから、第二の流れへの移行は、ウィニコットが師クラインの影響下から離れ、独自の空間論をつくりあげていく過程と重なり合うように思われる。

（51）現実を根底から覆す革命を夢想するのではなく、現実の強固さを前提として受け入れた上で、いかに自由に生きるかを想像する姿勢は、たとえば坂口にも同様にみられるものであった。

家族を作らず、「ずっと一人で」生きることを決めているという彼女はやがて、「何の匂いもしない」、「真っ白」な自宅内に『ハコブネ』の自習室に酷似した空間、フリースペースを立ち上げ、そこに集う人々と奇妙な共同生活を送ることになる。出入りや飲み食いは自由だが、私語は厳禁とされるスペースの中では、互いに素性を知らない人々が、社会的な肩書きを脱ぎ捨ててただ同じ時間を過ごすのであった。

やがて高校生になった恵奈は、ともにやがて「本当の家族」を築き上げる相手との「本当の恋」を追い求めるようになり、一人暮らしの大学生である浩平と付き合うようになる。ある日彼にプロポーズされた恵奈は、ついに自らの「帰る場所」、「本当の家」へと続く、「出てきたドアではなく、帰るためのドア」を見つけたと思い、夏休みの間彼の家で同棲をはじめる。しかし、共同生活を送る中で想像上の「本当の家族」を果たして実際に実現できるのか、徐々に彼女は不安に苛まれるようになる。そして、ある朝予想外の事態が起きる。彼女にうっとりと寄りかかる浩平の姿が、「カゾクヨナニーをしている私、そのもの」であり、彼女が彼にとってのニナオになっていることに気づいたのだ。悲鳴をあげ彼女は家を飛び出す。浩平の家のドアもまた、彼女にとっての「本物のドア」ではなかった。渚の家＝フリースペースにたどり着いた彼女は、「家族というシステムの中で私が失敗者だとして、私はそこであきらめることなどできない。そのシステムがだめなら、他のシステムを試したっていい。」と考えるようになる。ガラス瓶の中にいるアリスと、フリースペースの中にいる自分を重ね合わせつつ、彼女は瓶の中のアリスを殺す。浩平とは異なる形で渚に髪を撫でられつつ恵奈はついに、決定的一歩を踏み出す。

その時、私は確かに、何かのトビラを開いていた。私は自分でも気付かないうちに、あの四文字の言葉を呟いていたようだった。

『おかえり、恵奈』

渚さんでも浩平でもない、懐かしい声がドアの奥で響く。私はその声に導かれるように、微笑みながら、そのトビラの中へと踏み出した。（一六一頁）

再びオープンスペースへと潜り込んだ彼女は、私語＝言語を禁じた空間の中で、まるで死ねば取り替えられる瓶の中のアリスのように、家族や人間という言葉／システムが生まれる前の生命体と化す。「ここは小さな洞窟のような場所で、自分はその穴の中に入り込んで暮らしているだけの動物なのだということを、この空間は思い出させてくれる」。瓶が倒れて砂だけの「白い」世界から這い出すアリスを見つめながら、彼女はオープンスペースのトビラを改めて見やる。


灰色のトビラは光を反射して銀色に輝いて見える。アリスの入っている瓶の蓋と同じ色だ。あ、私たちも瓶の中にいたんだ、と私は思った。

アリスはまっすぐに、私たちを塞いでいる銀色の蓋へと向かっていった。

私は急いで先回りし、銀色の蓋の鍵をあけ、そこを開け放った。瓶の中に閉じ込められていた真実の空間が、そのとき、アリスとともに世界へと流れ出た。（一七二頁）

部屋を出た彼女はいったんホモ・サピエンス・サピエンスの世界である自宅へと戻る。しかし、チャイムの音＝迎えの声を聞くと、再びドアを開けて、外に広がる言語以前、人間以前の世界へと、決して戻ることのできない一歩を踏み出す。

この荒唐無稽な結末が、他の村田作品と比べて優れたものであるかは措く。しかし、ここでより重要なのは、「毎回結末を決めずに書きはじめる」と公言している彼女が本作で始めて、それまでも反復的に描きながらも決して開けることがなかった扉をついに開いたことである。

扉の先に広がる風景はどういったものだろうか。「正常」なあり方への適応を迫る、不動の現実の外への道が開かれたことで、これ以降の村田の作品には、従来描かれてこなかった、時間の経過と、「正常」さの基準そのものの変化という要素が現れるようになる。

『しろいろの街の、その骨の体温の』（二〇一二年）は、震災以前の作品に頻出した設定をふたたび用いつつも、そこに時間の経過と「正常さ」の変化という新たなテーマを加えることで、その後の作品にもつながる要素を含み持つ作品となった。舞台である架空のニュータウンは、つねに白や透明のイメージで描かれることで、その無機質さを強調される。篠原雅武も示唆しているように、こうしたニュータウンという空間の性質は、本作とともに、坂口が少年時代の実体験をベースに書いた『幻年時代』でも活写されていた。(52) 同世代の二人がほぼ同時期に書いた二つのニュータウン小説は、空間の特徴そのものへの認識を共有しながらも、それに異なる評価を与えている。先述の通り、坂口は一見無機質な空間の只中に、冒険の舞台となるような、秘密基地や地下の下水道といった異なる「空間の種」、「レイヤー」を見出し、それらを重ね合わせていくことに活路を見出した。それに対して村田は、これまで「無色の空間」そのものにこそ、可能性や希望を見出してきたのだった。結論をやや先取りして言えば、本作で村田は時間の経過を通して、ニュータウンの空間が第一の閉鎖空間から第三の「可能性空間」へと変貌する可能性を表現したと考えられる。具体的な物語を見てみよう。

主人公の谷沢結佳はいかにも村田的な人物像の類型をなぞっており、スクールカーストを決定づけるようなさまざまな要素に対してきわめて敏感な、目立たない生徒だ。小学生時代の彼女は、多くの初期作品の主人公たちと同様に、普段は自己を取り繕いつつも、密室内で、活発で人気者の同級生伊吹[53]を「おもちゃ」にすることで、溜め込んだ苛立ちをなんとか発散して暮らしている。だが同時に、自らの初潮や、身体の成長といった変化を実感し、伊吹とのいびつな関係が永遠に続くものではないことを悟りつつも、それを受け入れられない。七夕の短冊に「私だけのおもちゃが絶対にどこにもなくなりませんように」と書いた彼女が、伊吹の「早く大人になれますように」と書かれた短冊を発見するやそれを破く場面は、中でも象徴的だろう。ここではまた、成長痛に悩む結佳の骨の軋みが、舞台となるニュータウンで続く工事の音とあからさまに対比されていることも重要である。彼女の身体と同様、街もまた急速な変化を遂げる。ほとんど地元・学校・家庭のみが世界の構成要素である小・中学生にとって、日々自分たちが暮らすニュータウンが変貌を続けることは、「現実」そのものの変化をも意味する。序盤の展開は初期作品のそれをなぞっているようでありつつ、『タダイマトビラ』以降の断絶を明確に反映しているのだ。

(52) 篠原雅武前掲論文、九三頁。
(53) 学校内での権力関係（スクールカースト）に無頓着で、目立たない結佳とも気兼ねなく付き合う伊吹を、彼女は多少の羨望も込めて「幸せさん」と呼んでいるが、こうした伊吹の特徴は、『幻年時代』における「僕」（坂口）と一定程度重なり合うもののように感じられる。「システム」への違和感を共有していたとしても、結佳（村田）は伊吹のような方法でそこから抜け出すことはできないのだ。

『マウス』では描かれることがなかった中学校での生活は、言うまでもなく、身体や性への意識に最も大きな変化が起こる時期である。性差が明確となるにつれて、異性の目への意識は高まり、学校の「システム」は複雑化し、鈍感なクラスの人気者達はその攻撃性をむき出しにする。環境の変化とともに、小学生時代に結佳と親しかった二人、若葉と信子はそれぞれ教室内で立場を上昇・下降させ、伊吹もますます人気者になっていくが、予想ほどに成長しない身体や、予定された工事が中止されていく街の姿とリンクするかのように、結佳の立場や伊吹との関係性は停滞し続ける。「私たちはこの清潔な街に閉じこめられている」（一一五頁）という彼女の印象は、息苦しさを感じさせる街がもはや、先述した第一の閉鎖空間としてしか感じられないことの証である。そんな中、成長し力も強くなった伊吹が「おもちゃ」にされることを次第に拒絶するようになると、ついに彼女は爆発し、密室たる伊吹の家に押しかけ、自分勝手に欲望をぶつけようとする。その一件がクラスに露呈することで、彼女はそれまで必死で守ってきたクラスでの居場所を完全に失うことになる。ここでは、あたかも二種類の密室に閉じ込められた環境下で、初期作品の失敗が再び繰り返されたかのようだ。

しかし、この閉塞状態はやがて破られることになる。きっかけとなったのは、ある日から意を決したように、お気に入りのバラの香水をまとって学校にやって来るようになった旧友である信子の存在である。自分同様に常に周囲をうかがっていたはずの彼女は、自らの嗜好をまっすぐに表明したことで男子生徒のからかいの対象となってしまうが、それでも彼等に摑みかかり、「汗と涙と鼻水を流しながら、自分の誇りのために必死で戦う」（二七四頁）のだった。その信子の姿を見た結佳の口からは不意に、はじめて「教室を支配するそれではない、私自身の価値観で」（二七五頁）綺麗だなあ、という言葉が発せられる。この一件を機に吹っ切れた結佳は、自慰行為を通じて「いつも振り回されていた欲望に、はじめて自分で触れ」（二八五頁）ると、さらに後日、結佳は結果的に「死ね」という言葉を何度も浴びせられることになりつつも、面と向かって本人に、「教室の中で信子が一番綺麗だと思ってる」（二八八頁）と伝えることに成功する。そして、風が桜の花びらを降らせる、光に溢れた街で彼女はついに、伊吹との、欲望を一方的にぶつけるのではなく、共に奏でるような理想のセックスへと至るのだった。同時に、彼女に起きた変化に呼応するかのように、ニュータウンも再び工事を再開し、その姿を少しずつ変貌させていく。「自由に膨らみ始めて、どんな形になるのか、まだ誰にもわからない」（三二一頁）街は、変化を恐怖せず受け入れることができた結佳にとっての未来を暗示する。風や光と共に成長する街と彼女の身体はいずれも、ここで息苦しい「密室」から「可能性空間」へと姿を変える。

振り返れば、伊吹は、「おもちゃ」扱いをやめるよう結佳を説得する場面で、彼女のどこが好きかと問われ、人は世界であり、『その人がいる』という空間である、というおばあちゃんの言葉を引きつつ、「おれ、『谷沢がいる』っていう空間が好きなんだ」と述べていたのだった。ニュータウンという「しろいろの街」は、そして結佳の身体は、無色のままで風通しの良い、心地よい空間になり得る。そして、その空間に共にいる中でこそ、二人は欲望を共に奏でながら、一人になることができる。

(54)本作での村田の挑戦は、無色の空間に色を重ねていくような坂口のそれとはまた異なる形で、閉塞性を打ち破ろうとする試みだろう。ウィニコットが、大人における「共にありながら、一人であ

(54)　過去作では、「正常」な基準に収まらない欲望を抱えていた主人公がパートナーと共に欲望を奏でる試みは、「ガマズミ航海」のやや特殊な例を含め失敗に終わっていた。

る」状態の一つの例として挙げていたのもまた、セックスを終えたパートナーのそれであった。こうして本作でついに村田は、主人公の欲望と現実の幸福な一致を描き出したのだ。

だが、果たしてこれは純粋なハッピーエンドと言えるものなのだろうか。じっさい村田自身、あるインタビューで本作の結末を「光に満ちた毒」という言葉で表現していたのだった。(55) 人の欲望の形も、どんな欲望が「正常」なものかを定める規範、時代の空気も、時間と共に変わっていく。だとすれば、本作ではたまたま重なった二つの基準は、いつ再び齟齬をきたしても不思議ではない。両者の一致は単に、「正常」という狂気を意味するにすぎないのかもしれない。

この観点は、これまで一貫して現代を舞台としたリアリズム小説として展開してきた村田作品を、近未来やSF的設定へと開く契機となった。そしてこれ以降の作品では、「正常」さが今後どう変化し得るか、をめぐる思考実験の中で、震災後に現れたもう一つの新たな傾向である、あらゆる生物が直面する生老病死をめぐるテーマ、とりわけ生殖の問題に焦点が当てられることとなる。

4　移ろう正しさ

まず大きな転機となった作品は、「生命式」(『新潮』二〇一三年一月号)である。舞台は、葬式の代わりに「生命式」が行われるようになった近未来。「生命式」の参列者は、全員で死者の肉を食べる形で追悼を行い、かつそこで意中の異性と出会えれば、式を抜け出して生殖のための「受精」を行う。妊娠した子どもは、従来通り家族として育てることが多いが、産むだけ産んでセンターに届ける人の割合も増加している。本作では明らかに、登場人物の葛藤よりも、世界そのものの変貌へと村田の関心が移動しているように思われる。何を正常とするかもまた、時代や場所によって変容する。

「本能なんてこの世にはないんだ。倫理だってない。どちらも変容し続けている世界から与えられた、偽りの感覚なんだ。」この認識を反映させることで、現実世界が強制する規範に対抗する主人公、という従来の構図もまた変化する。もはや「正常は発狂の一種」となった世界においては、現実世界への批判、批評的要素は、変容する小説内の世界の側に担わされる。一方で、主人公真保が対峙する問題は、移り変りつつある正常の基準を受け入れるか否か、となる。そのため、真保は自らに固有の欲望のあり方を追求するのではなく、抵抗しつつも変化する正常さを受け入れることとなる。

短編集『殺人出産』（二〇一四年）は、「蜃気楼のように移ろう正しさ」の諸相について描かれている点で、この問題意識を明らかに引き継ぐものであるが、世界の変化の過程よりも、すでに起きてしまった決定的変化にスポットを当てる形をとっている。「殺人出産」は、人工授精で十人の子を出産した「産み手」のみが一人を殺す権利を得る「殺人出産」が正しさを獲得した世界を描いた一作で、その価値観を内面化した姉と、セックスと結びついた旧来の出産のあり方を支持する母、職場の同僚早紀子に挟まれて懊悩する主人公を描き出している。同様に、「トリプル」では三人一組での交際スタイル「トリプル」が流行、従来の二人組カップルを正常な交際のあり方と考える親世代と主人公たちとの齟齬にスポットが当たる。性愛とカップリング（家族）が完全に分離した世界を描いた「清潔な結婚」、自然死が消滅した世界での死について考える「余命」も含め、いずれも現在実際に予感されているようなセクシュアリティにまつわる感覚の変化が誇張されて取り入れられることで、挑発的

(55)「光に満ちた毒をたずさえて　しろいろの街で生きのびるための方法」『ユリイカ　特集＝女子とエロ・小説篇』、二〇一三年七月号、一五六頁。

な内容となっている。しかしながら、設定の異様さを強調することに注意が集中していることに加え、中短編の形式をとったことから、登場人物たちの葛藤や、さまざまな空間の描き分けといったこれまで重要なものとして本稿で指摘してきた要素についてはさほど描かれることがなかった。

続く長編『消滅世界』(二〇一五年)こそ、現時点での村田の集大成として位置付けられる作品だろう。本作では、一貫して保持されてきた問題意識と、震災以後に新たに浮上したテーマ系の融合が図られているからだ。物語は、大きく分けて三つの現実システムがグラデーションしていく世界を描く。

第一に、読者であるわれわれにとっては最も馴染み深い、主人公雨音の母が執拗にこだわる、性愛と生殖をきっちりと結びつけた世界観がある。この世界観は、雨音の実家という空間と結びついている。過去の恋愛映画のビデオなどに彩られる古色蒼然とした空間、「母の作った部屋」は、血の色である赤のイメージとともに、「赤い部屋」とも呼ばれる。隅々まで母親の価値観に浸された「人工子宮」のごとき実家に対する違和感を隠さない雨音は、異なる現実システムの元に生きている。雨音らの世代の間では、性愛と家族・生殖を切り離す傾向が強まっているのだ。

雨音らの世代が信じる第二の世界観は、まず性愛の対象と配偶者を完全に分けることを前提とする。そして、性愛の対象については異性、同性、さらには虚構上のキャラクターにまで至る多様な選択肢の中から、各人が自らの志向に基づいたパートナーを選択する。また、(キャラクターとの比喩的なそれを含め)パートナーと性行為を行うかどうかについても、カップルごとの自主的な選択に委ねられている。家族システムとの混同が禁じられている他には、ここではパートナーの選定基準、どういった形で関係性を育むべきかについて「正常」さを押し付ける規範は存在しない。たとえば雨音は人間とも虚構の人物とも交際する上、それぞれと性行為を行う志向を持っている。完璧な避妊技術が確立し、生殖は人工授精によって行われるのが当然となっている世界ではその志向はすでに珍しいものとなっているが、だからといって迫害や差別の対象となることはない。しかし、ある意味で多文化主義的な平等が成立しているかに見える本作の世界でも、雨音らはたとえば恋人との志向の違いに基づいて傷つき、悩む。雨音が恋人の水人から性行為への違和感を告白される場面は、たとえば『タダイマトビラ』において、主人公が自分でカゾクヨナニーをしている恋人を見出した時のような恐怖と不安が現れている。そうした現実の負荷から逃がれられる空間として描かれているのが、配偶者と暮らす家庭である。性愛や血縁との結びつきを完全に絶った形ではあるが、彼女たちはそれぞれ単独の父－母が、血を分けた子を育てる、血縁関係に基づく「家族システム」を捨て去ってはいない。母の「赤い部屋」と明確な対照をなす「清潔な」、「無色の」空間である家庭は、セクシュアリティを排除しつつある種の親密性を追求することができるという点で、過去作における「可能性空間」に近い性質を担わされていると思われる。(56) 雨音らは家庭内でなんとか自分たちだけの正常さを貫こうとする。しかし、やがてその試みにも限界が訪れる。

ある日、恋人との関係の破綻によって疲弊しきった雨音の配偶者朔は、今ある「現実」の外、「家族システム」に代わる「楽園システム」を採用する実験都市となっている千葉への駆け落ちを提案し、雨音と共に移住を決意する。ある種のゲーテッドコミュニティである千葉は、ほとんど巨大な密室としての都市であり、その中ではこれまでの村田作品で繰り返し描かれてきたように、コミュニティ内

(56) しかし、たとえば自習室やフリースペースでは自らの社会的な立場やアイデンティティが一切問われなかったことと比較すると、限定的とはいえその中で家族という役割を担い続ける必要があるという点では、一定の制限を持つ場でもある。

の「楽園システム」を成立させるルールが、きわめて強力な規範として機能している。この「楽園システム」こそが、第三の世界観である。ここで、第二の世界観から千葉への移住を経た第三の世界観への移行はまさに、震災後に「生命式」以降の作品で現れてきた問題系への移行と並行関係にある。この移行の最も恐ろしい含意はどこにあるだろうか。

千葉では、家族システムの要であった血縁関係に基づく父-母-子のユニットは廃棄され、ランダムに人工授精で誕生させられた子どもは、全員まとめて「子供ちゃん」としてコミュニティ全体に育てられることになる。仕事を終えた大人たちは全員がお母さん、お父さんとして、誰の子かわからない「子供ちゃん」の世話を行う。また、人工子宮の研究により、男性が子どもを生む可能性が探られている。引越しを決めた当初は、あくまでも自分たちがそれまで親しんできた価値観、「正常さ」の基準を貫くことを意図していた雨音たちは、秘密裏に自分たちの遺伝子を用いた人工授精を行い、あくまで家族として子を育てようと目論むが、日々新しい現実に慣らされていくうちに、次第に新たな現実へと「適応」していく。あらゆる人間同士の関係から固有性が失われていくにつれて、特定の対象に向けられた欲望もまた「消滅」、揮発していかざるをえない。街には効率的に身体の欲求を解消する密室である「クリーンルーム」が出現し、引越し当初は二部屋をつなげて使用していた雨音と朔は次第に互いの密室に引きこもり交流を絶っていく。雨音たちの側から見た場合、大きな密室としての街と、小さな密室としての住宅やクリーンルーム、公園などが並存する千葉の光景には、もはや抵抗の拠点となる「可能性空間」を見出すことはできない。ここに至って、本作の設定は初期作のそれへと回帰したかのようである。母の呪縛と、「楽園システム」へのささやかな反抗とも取れる結末部には、とりわけ最初期の作品に顕著にみられた閉塞感、絶望感が色濃く現れている。だが、『しろいろの〜』のケースとは逆に、この結末もまた、単なるバッドエンドとは捉えきれない側面をはらんでいる。事態を「子供ちゃん」たちの側から見た場合、公園でつねに不特定多数のお母さんやお父さんから十分な愛情をうけられる環境は、かつての村田作品で描かれることが決してなかった、幸福な家庭の姿であるように見えなくもない。未だセクシュアリティとは無縁の「子供ちゃん」たちにとっては、千葉こそが「毒に満ちた光」の差しこむ「可能性空間」であるかもしれないのだ。

5　特性のない人間　『コンビニ人間』と「バートルビー」

自身が長年働いてきた、村田自身にとっての「聖域」であるコンビニを舞台とした『コンビニ人間』（二〇一六年）は、舞台を現代へと戻しつつも、ある意味で成長した「子供ちゃん」の姿を描いたかのようにも読める、不気味でありつつも痛快でユーモアに溢れた作品である。

村田は、これまでもコンビニをいくつかの作品に登場させてきたが、コンビニでの労働それ自体を小説で中心的に扱ったのは、初期の短編「水槽」（『群像』二〇〇五年五月号）以来のことだ。「水槽」では、ある日主人公の働くコンビニに奇妙な客が置いていった金魚を、同僚が簡易な水槽で育て始める。ここには、すでに『タダイマトビラ』における「外界／フリースペース／アリスを入れたビン」と同様の空間構造、「外界／コンビニ／水槽」がみられる。コンビニもまた、『マウス』のファミレスなどと同様に、その中ではシンプルなルールさえ守っていれば、ある年齢の女性がどう生きるべきか、といった「正しさ」のプレッシャーから逃れられる「無色の空間」の一つである。自分たちが水槽の金魚を眺める視点を通して、外部からガラス張りのコンビニの内部を眺める視点へと想像力を向ける展開は、後の村田作品ではおなじみのものだ。『コンビニ人間』は、明らかにこの短編の問題意識の延長線上にある作品であろう。じじつ、作中ではコンビニを「清潔な水槽」に喩える比喩表現がみられるし、コンビニのガラス窓が本作の末尾では、「生まれたばかりの甥っ子と出会った病院のガラス」と重ね合わされもする。

十八年にわたってコンビニでバイトを続け、就職の意思も結婚の意思もない三十七歳の主人公恵子は、自らの現状には何ら不満を抱いていないが、「正常さ」の基準を押しつけてくる周囲の声が年齢とともに大きくなっていくことには、ある種の鬱陶しさを感じている。ある日、コンビニの声が聞きたくなり勤務時間外に職場を訪れた彼女は、偶然女性客を待ち伏せする元同僚白羽の存在に気づく。コンビニの規則に従って彼を注意すると、なぜか支離滅裂な言い訳を繰り返したのち白羽は突如泣き出してしまう。その様子を客にみられないよう、恵子は彼を強引にファミレスへ連れ出す。なかなか帰ろうとしない彼の愚痴を聞くうちに、彼女はコンビニでマニュアル通り振る舞うのと同様に、家族や友人がイメージする「普通の人間」を演じるため、白羽と結婚することを思いつく。彼を自宅に招きいれた彼女は、事情を説明した上で早速彼と奇妙な同居生活をはじめることになる。

この設定は、特に初期作品を思わせるものだが、しかし、ここでの恵子の部屋はもはや、白羽を対象として一方的に彼女の秘めたる欲望を解放するような密室ではない。風呂に閉じこもる彼と干渉せず暮らす恵子という構図は、むしろ雨音夫婦がそれぞれの密室に単独で引きこもる、『消滅世界』第三部の実験都市千葉での生活と類似したものだろう。コンビニを一旦やめた後、徐々に社会生活そのものを営む能力が低下していき、身だしなみを整えることすらできなくなっていく恵子の姿は、現実システムへの違和感に押しつぶされそうになりながらも、それとは相容れない自らの欲望に殉じて、それでも現実の中で生き続けようとする、過去作の主人公たちとは程遠いものである。

むしろ、本作での恵子は、『マウス』の瀬里菜、『ハコブネ』の知香子、『タダイマトビラ』の渚ら、各作品で主人公とある種の親密な関係を築く人物たちの系譜に位置する。おそらく、栗原裕一郎も述べたように、(57)セクシュアリティの問題から解放されているように見えるこれらの人物たちは、村田にとってのある種の理想を体現する存在として、自らの欲望を追求してもがき苦しむ現実的な主人公たちに対置されてきた。この系譜にある人物のみに焦点を当てたことで、本作からは、他作品にあった葛藤や闘争の要素が完全に抜け落ちてしまったかのように見える。そのことが、表面的な受け入れやすさと売上面での例外的な成功をもたらすとともに、作品の切迫性を弱めたと捉える向きもあるだろう。

しかしながら、ことはそう単純ではない。いい歳なんだから、早く結婚して子どもを産んで親を安心させろ、といった「システム」からの要求に対して違和感を抱いている点においては、じっさいのところ恵子も白羽も、過去作の主人公たちも変わるところはない。異なるのは、その違和感の内実である。そもそも通常の仕方で「空気を読む」ことを知らない彼女や渚たちにとって、違和感は、「システム」の圧力に同調できないことに由来する反感ではなく、単に理解不能なものに対する疑問の感覚として存在するのだ。たとえば白羽にとってその圧力は、「世界から強姦される」というイメージに端的に表れている通り、つねに苦痛として感覚されるが、「いろんなことがどうでもいい」、「自分の意思がない」恵子にとっては、わざわざ積極的に従おうとする理由もないが、「従うのも平気」な

(57)　栗原裕一郎「村田沙耶香と村田沙耶香以後　果たして「性」は更新されたか」『ユリイカ　特集＝女子とエロ・小説篇』、二〇一三年七月号、一六〇頁。

一つのルールに過ぎない。精神医学の用語を用いれば、過去作の主人公たちが倒錯的主体としてのある種の適応に向かったのに対し、恵子たちは精神病的な主体として現実を生き抜く術を探っていると言い換えることができるように思われる。(58)また、これまで数多の村田的人物が立ち向かってきた「正しい」セクシュアリティに関する規範もまた、アセクシュアルな存在(59)である恵子にとっては「鬱陶しく」、「どうでもいい」ものでしかない。すでに欲望をめぐるゲームの外に出てしまっている彼女にとって、ルールに反した自らに固有の欲望など存在しない。その反社会的というよりは非社会的な言動や行動から、現在の鑑別診断の基準ではおそらくはスキゾイドないしはサイコパスと診断されるであろう恵子もまた、彼女なりのやり方で、より自由に、心地良く生きようとしてはいる。けれども、彼女の試みが徹底して受動的なものである以上、それはもはや自らの欲望に妥協しない人間の主体的な闘いと言うよりは、快適な環境を求める動物の本能と呼ぶ方がふさわしいものであろう。

コンビニから聴こえる「声」に同化し、「無色の空間」たるコンビニに閉じこもることで彼女は、最終的に「コンビニ店員という動物」として再生する。この結末は、『タダイマトビラ』における「動物としての再生」というモチーフの反復であると同時に、『消滅世界』における「子供ちゃん」のイメージの変奏とも読める。「コンビニ人間」＝動物として再生することとは、柴田英里も指摘するように、(60)人工子宮から生まれ直すことでもあるからだ。ここに至って、あくまでも一時的な避難所や、現実の一部を構成する空間として描かれてきた「可能性空間」は、『しろいろの～』とは逆の方向から、現実とぴったり重なるものして描き出されてしまう。「子供ちゃん」にとっての千葉同様、恵子にとってのコンビニもまた、一種のユートピア的な空間となる(61)。果たして、単純なルールのみで動くコンビニに引きこもることを、ある「成熟」のあり方として肯定しても良いものか、正直言ってためらわれることは事実である。しかし、『しろいろの〜』の末尾を「正常」という狂気としても読むというのであれば、この結末になにがしかの「正常さ」が読み取られる未来を想像することもあながち不可能ではないだろう。それどころか、本書の驚異的な売り上げは、もしかすると、その未来がすでに現実のものとなりつつあることを示しているのかもしれない。だが、その予測が正しいものかどうかなど、現時点では誰にもわかることではないし、本稿の真の関心はそこにはない。最後に強調しておきたいのは、コンビニにおいてのみ恵子がじっさいに、来店するさまざまな客や他の店員たちと同じ空間を共有し続けることができた、という事実の重要性である。それについて考えるため、

(58) 立木康介や樫村愛子は、近年のフランスにおいて、かつての激烈な症状を誇った病者とは異なり、症状の相対的な軽症化とともに、神経症者とは異なるもののある仕方で現実に適応しているように見える主体を名指す概念として注目されつつある、「ふつうの倒錯」(ルブラン)、「ふつうの精神病」(ジャック・アラン・ミレール)について紹介している。私見では、村田的人物たちはいずれもこの両者のいずれかに該当するように思われる。詳しくは立木前掲書第七章、『身体と親密圏の変容』第九章を参照。

(59) この用語の定義にはある程度のばらつきがあるが、村田が時折この用語を用いる際には、大まかに「男女を問わず他人を性的な対象として見ない傾向」を指していると思われる。

(60) 柴田英里「コンビニという〝人工子宮〟に孕まれることで、母の〝子宮〟から逃走する村田沙耶香『コンビニ人間』」http://news.biglobe.ne.jp/trend/0808/mes_160808_8612873938.html

(61) 恵子にとってのコンビニ、「子供ちゃん」にとっての千葉の位置づけは、ウィニコットの言う、最初期乳児にとっての理想的母親像(つねにニーズを的確に供給する環境としての母)を想起させる。そうであれば、ここにスキゾイド状態からの、依存への退行を見出すこともできるかもしれない。

ここで恵子と似たある人物が登場する小説作品を補助線として取りあげよう。

ハーマン・メルヴィルによる一九世紀中葉の小説「バートルビー」(62)は、必要最低限の仕事のみをこなし、わずかでもそれ以上の行為を事務所の上司である代訴人に求められるたびに、あまりにも有名な決まり文句「せずにすめばありがたいのですがI would prefer not to」を返し、依頼の遂行を拒否も受け入れもせず、ただそれが不可能であることを示す、代書人バートルビーを主人公とする作品である。わたしには、『コンビニ人間』の恵子にはどこか、バートルビーを想起させるものがあるように思われてならない。指示にてきぱきと従い、コンビニで積極的に働く彼女の姿は、一見バートルビーとは似ても似つかないように思われるかもしれない。しかし、コンビニと出会う前の恵子の回想場面はさながらバートルビーの生き写しのようですらあるし、決まり文句の存在にばかり意識が行くせいで見逃されがちだが、ジル・ドゥルーズが論考「バートルビー、または決まり文句」(63)の中で述べるように、上司から見えない位置に配置されたデスク(64)でバートルビーは、「機械的作業についてはめざましい働きをする」のだ。さらに言えば、バートルビーが決まり文句を発する十の場面のうち前半五回は、いずれも業務外の仕事の依頼を上司に受けたケースである。そう考えると、もしバートルビーが現代に生まれ、コンビニの求人に応募していたなら、もしかすると、あの決まり文句をつぶやくこともない、優秀な「コンビニ人間」としてひっそりと暮らすことになったのではないか、といった妄想が頭をもたげてくる。

ドゥルーズは、「狂人・痴呆者・精神病者なのかもしれない」バートルビーと奇妙に振る舞う代訴人とのペアが、メルヴィルの作品群に登場する偉大な人物、独創人のペアの一例であると指摘した上で、加えてメルヴィル作品には第三のタイプの人物、「副次的人間」もまた存在することに注意を促している。小泉義之は、『ドゥルーズと狂気』において、この指摘を精神・心理の観点から読み直す中で、ドゥルーズと、おそらく小泉自身をこの第三のタイプ「通常の生活を送る通常の人間」（三五一頁）に数え入れた上で、次の決定的に重要な記述を引用する。

それならば、メルヴィルの作品にまとわりつく最も高次の問題とはなんだろうか？　予感された同一性を見出すことか？　おそらくは、二人の独創人を和解させることなのだろうが、そのためには、独創人と副次的人間も和解させねばならない、つまり非人間を人間と同居させるのだ。

（『批評と臨床』、一七五頁）

この「非人間と人間の同居」という視点はおそらく、同書で日本国内の例を中心に丁寧に跡付けられ

(62) 現在容易に入手可能な比較的新しい翻訳に、『書記バートルビー／漂流船』牧野有通訳、光文社古典新訳文庫、二〇一五年、「書写人バートルビー」柴田元幸訳、『アメリカン・マスターピース 古典篇』収録、ヴィレッジブックス、二〇一三年 などがある。

(63) ジル・ドゥルーズ「バートルビー、または決まり文句」『批評と臨床』河出文庫、二〇〇二年、一四六－一八九頁。

(64) 事務所内のバートルビーと上司の位置関係について、図表を用いて詳細に論じた論文として以下がある。福本圭介「バートルビィに公正であること」、『立教アメリカン・スタディーズ』第二一号、立教大学アメリカ研究所、一九九九年、一一～一三五頁。衝立の存在は、たとえば同僚のニッパーやターキーと比較すればバートルビーのプライバシーを保証しているものと読める。しかし、村田的な自習室やコンビニのケースと異なり、上司はバートルビーに対して人間的な関心を向けたり、業務外の雑用を頼んでしまう。

てきた、スキゾイドやサイコパスと診断されるタイプのここで言う「非人間」たちの、精神病院への入院、収容の歴史と対照を成している。小泉は、「バートルビーが課せられているはずの高次の問題が何であるかは、われわれにはわからない」が、ドゥルーズは、「わからなくとも、それら独創人と通常人が和解し同居すれば、それでよい、それしかない」と書いているのであり、その同居をこそ、「共同体」と呼んでいるとする。(65)

おそらくドゥルーズは、事務所で労働するバートルビーに、「人間を父親的機能から解放し、新しい人間ないし特性なき人間を生まれさせ、独創人と人間を結びつけて、新たなる普遍としての兄弟社会を構成する」、「独身者たちの共同体」(66)、あるいは後に「孤独な労働者」たちの群れなどと語り直されることにもなる、この「同居」の可能性を見出した。ここでの「同居」とはまさに、本稿の文脈における、バラバラの個人による「無色の空間」＝「可能性空間」の共有と同じことを指しているのではないか。独創人たる「コンビニ人間」恵子もまた、社会から排除されてしまうことなく、われわれ通常人たちと「他者との関わりがなくて、それでいて他者がたくさんいる場所」(『ハコブネ』)である、「可能性空間」たるコンビニで「共にあること」によって、はじめて「一人になる」ことができたのだ。

結

「喪失」を受け入れた上での「成熟」という神経症的なモデルが規範としてさほど機能しなくなった今、われわれは皆年齢を問わず、多かれ少なかれ、「現実」・「システム」に対するある種の違和感を抱えながら生きていかざるを得なくなった。しかし、家庭・仕事・金銭・時間など、さまざまな制約とともに生活しているわれわれにとって、つねに自らの違和感と向き合い続けることは難しい。そのため、たとえばいくつかの村田作品の主人公たちがそうであったように、違和感をなんとか打ち消し、否定しようとして、周囲の空気、システムのルールにかえって過剰に同調しようとするような傾向が強まることは、ある意味では仕方ないのかもしれない。とはいえ、無理をすれば必ずどこかにひずみが生じる。「ふつうの倒錯」や「ふつうの精神病」と呼ばれるような形で、自己の症状がある種の適応とも呼びうる小康状態に至るのなら良いが、バランスを決定的に失ってしまえば、誰もが初期の村田的人物のようなデッドロックに陥る可能性とも無縁ではない。

本稿ではここまで、人が自らの違和感を吟味し、それと向き合いながら自由に過ごすことが出来る「空間」とはいかなるものかについて考えてきた。

坂口恭平は、それぞれの人間が持ちよった空間を、既存の空間に重ね合わせていくような戦略を提示した。その際の空間は、『現実脱出論』における「空間の対話」の発想や、その展開としての小説群といった比喩的なものから、「路上」におけるモバイルハウスというきわめて具体的な住空間にまで至る、さまざまなグラデーションを含むものであった。さまざまな空間を重ね合わせ、対話させることで、匿名化したシステムの閉塞感は和らぎ、そこに風が吹き込む。中でも彼にとって「路上」と「家」は、パブリックかつプライベートな両義的空間として、そこで過ごす人々が互いに相手の言葉

(65) 小泉義之『ドゥルーズと狂気』河出書房新社、二〇一四年、三五三頁。
(66)『批評と臨床』、一七六頁。

を聞き流しつつも存在を受け入れるような、心地よい空気を生み出すことができる大切な場であった。

一方、村田沙耶香にとっての「無色の空間」は、まずは既存の空間を、自らにとって快適なものに変えていく積極性を持つことができない人物たちにとっての避難所としてあった。そこでは、それぞれの空間は重なり合ったり、対話へと至ることはない。それでも、そこに集う人々は互いに隣り合って一定の時間を過ごすことで、淡い影響を与え合うのだ。その内部で私語が禁じられた、セクシュアリティとは無縁の「自習室」や「フリースペース」、「ファミレス」、「コンビニ」などに代表される空間群の中でこそ、村田的人物たちは、言語や性と関わらない、ただ共にあることによってもたらされる微かなつながりを育むことができたのだ。

そして、坂口と村田、両者にとって重要なこれらの空間はいずれも、D.W.ウィニコットが、その中でこそ「共にありながら、一人になる」、すなわち、ある種の「成熟」へと至ることができる空間として重要視してきた、「可能性空間」とその特徴を共有するものであった。それぞれが、「自分だけの王国＝空間」を保持したまま「同居」することで、それらを互いに対話させたり、ただ傍にあることと。決して一つの「システム」の成立には帰結しないこうした関係性を通じて、こう言ってよければ人は「喪失」なき「成熟」へと至る。神経症的な「喪失」への違和感をごまかすことができない、このような単独者の集まった空間、場においてこそ、いつの日か「来るべき」、「何も共有していない者たち」の共同体が実現するのかもしれない。(67)

東北にも熊本にも住んでいない、わたしを含めた多くの日本人にとって、ふたつの震災は、どこまで自らが当事者、「被災者」たり得るのか、という問題を不可避的に喚起してきた。そしてまた、「被災者」という存在は、その当事者性を尊重されるあまり、かえって坂口が活写した「路上」での生活者や、村田が描き出したスキゾイド、アスペルガー的な登場人物たちと同様に、社会の「システム」によって、時折異質なものとしてスティグマ化される側面があったように思われる。もちろん、一方でその限界を常に意識しつつ、可能な限り当事者に近づこうと努力する想像力は常に必要である。しかし、他方でより素朴に、同じ空間で自らの身体を晒し、「被災者」たちと多くの時間を共有することの重要性もまた見逃されてはならない。どんなに空間や時間を共有したところで、震災で家や家族を失ってしまった人々の喪失感を、わたしやあなたが完全に理解することは端的に不可能である。それでも、たとえば震災の記憶と何の関係もない、それ以前に展開されてきた日常に連なる他愛もないわたしやあなたとの会話を通じて、彼らはまた徐々に、「被災者」という集合を離れて、再び個としての自分を見出すことができるのかもしれない。わたしたちもまた、「被災者」と共に過ごす空間と時間の只中でこそ、当事者に同化するのでも、彼等を異質化するのでもないある種の「はどよい共感」に到達できるのではないか。本稿で見出された「同居」の意義に照らすならば、「復興」とは、「被災者」たち、そしてわたしたちが、他の人々と時間と空間を共有することで、極端な共感やスティグマ化といった感情的反応を脱して、再び「一人になっていく」過程のことである。(68)

(67)「さまざまな形式の社会で有効に働いている、こうした親族性の承認の彼方に、それとは別のものが存在している。すなわち、何も共有していない者たちの、あるいは何も作りださない者たちの、死すべき運命において見放された人びとの友愛である。」アルフォンソ・リンギス『何も共有していない者たちの共同体』洛北出版、二〇〇六年、一九七頁。

(68) 序で紹介した小森はるか＋瀬尾夏美、志賀理江子、酒井耕・濱口竜介ら、「せんだいメディアテーク」周辺で活動した作家たちの作品は、いずれも被写体たちの、『被災者』のレッテルを離れた個としての魅力を引き出すものであった。

揺れる世界と存在〜震災後としての中村文則文学〜

藤井義允

○中村文則にとっての震災

中村文則作品を震災後文学として読んでみようと思う。

今回この論集を編むにあたって、震災後に描かれた様々な作品を読んでいった。例えば、古川日出男や川上弘美、高橋源一郎、いとうせいこうなどは震災以後、どのようなことを書いていいかわからず、失語症的になっていたがそれでも懸命に震災に対する言葉を紡ぎ、形にしていった。

三月一一日、僕は東京にいた。同様に一〇〇〇万人以上は震源地から三〇〇キロ以上離れたその場所にいたはずだ。被災地から「遠い」場所。実際の距離も遠いが、心的な距離はより遠かった。震災後、そこではネットやテレビで流れる情報も日々変化し、何が本当で嘘かわからず、放射線の影響もあるのかないのかすらよくわからずうやむやになっていったのを記憶している。そのため、僕の意識は震災後、被災地に対してだけでなく直接影響のある放射線に対しても実感レベルで考えることができていなかったと思う。考えようとしてもどこか空虚であって、日々見ていたネットは地震を（も）ネタとして面白がっている言説が多く見られ、一時のイベントぐらいにしか感じなかった。「3・

11」で日常はさして変わらない。それは、僕自身が学生の時だったからかもしれない。だから被災地のことや地震、津波はもちろん、原発や放射線に対してもリアリティがあまりなく、少なくとも僕自身トラウマは（おそらく）ほとんどない。(1)だが、周囲の環境は「3・11」以前と以後で変化した気がする。それは緩やかな変化だから、意識して震災以前と以後の時間を断絶して考えてみないとわからない。おそらく、日常の中にひっそりと侵入して、特に僕たちが意識しているわけでもない変化なのだろう。

そのように急に劇的に変わるわけではないが、確実に何かが変わっているといった兆候が中村文則作品に見られた。震災後の「文学」の全体像も変化してきている。それらは今回の本書の他の論文でも示されることだろう。

中村文則作品は原発・放射線・地震・津波といった震災のモチーフが中心的に現れることはない。コンスタントに作品を出し続け、一定のテーマを持ちながら変化をしていないようにみえる。だが実は震災後の状況を敏感に感じ取り作品に落とし込んでいたのが中村文則だった。『迷宮』（二〇一一年）の文庫版の「文庫解説にかえて」という「あとがき」では次のように書いている。

僕の小説は大抵暗いのだけど、この小説にはそれだけでなく、どことなく危うさが漂っている。いや、あなたの小説は大抵そうだと従来の読者さんから声が聞こえてきそうだけど、大きな理由の一つに、この小説が、二〇一一年の東日本大震災の後に書き始められたものというのがある。あの震災で（僕なりに）受けたダメージがこの小説にある。

（『迷宮』二〇四頁）

またこれ以外にも、短編集である『惑いの森　〜50ストーリーズ〜』（二〇一二年）に収録されている「祈り」と「鐘」に関しては、震災が起きた後すぐに書かれた作品になっていると本人は述べている。

中村は東日本大震災で何かのダメージを負った。おそらくそれは彼の作品の表面上だけを追っても見えにくい部分だ。しかし、彼の言葉を見る限り、彼の中であの震災は決定的なものであり、震災を直接にモチーフにはしていないが、彼なりに「震災後」を意識して小説を書いているのは間違いない。

では、震災以後、中村文則は一体何を描いていているのか。

○遠い場所と近い場所

「震災」または「3・11」と聞いた時、地震や原発、津波、被災地などを想起するのが一般的と言えるだろう。例えば、震災直後に書かれた小説を見てみると、『馬たちよ、それでも光は無垢で』（二〇一一年）、『神様２０１１』（二〇一一年）、『恋する原発』（二〇一一年）はいずれもその要素が入っている。やはり震災の記憶はどうしても津波や被災地、原発といったイメージが強くつき、それは現

（1）そういう意味では川上弘美『神様２０１１』は震災後文学として面白い試みだと思われる。一九九八年に書かれた『神様』をベースすることによって、震災後ほとんど変わらないと思われた日常の微妙な「ズレ」をうまく表現していた。

在でも思い返してみるとそうなるだろう。その後、年月を得て出版されたいとうせいこう『想像ラジオ』（二〇一三年）や玄有宗久『光の山』（二〇一三年）も被災地について描かれており、それぞれ芥川賞候補や芸術選奨文部科学大臣賞をとって一定の評価を得ている。東日本大震災を被災地から直接的に描くような言葉は僕たちに3・11の記憶を否応がなく呼び起こす。その一定の評価ももちろん納得のいくものである。

しかしそれはあくまでも被災地にとっての現実感であって、同様の揺れを感じた人間はおそらくほとんど被災地から遠い場所にいたはずである。その遠い場所にとってのリアリティは、被災地を描いた作品とはかけ離れている。東京だけをあげても、津波の被害もなく、放射線の影響も具体的には感じられない。あったのは、ちょっとした物の落下、停電、電車での帰宅難民が多数出たということぐらいである。となると、被災地に関することを描いた震災後文学はどれも「遠い」ものということになる。

そんな中で、中村文則は、震災後も直接的な「震災」や「被災地」を描くこともなく作品を出し続けている。では、彼自身東日本大震災が遠くの場所のことだという認識があるのかというと、そうではない。そもそも中村は福島大学出身であるため、彼にとって震災は他人事でもなければ「遠い」場所の話ではない。それでも彼は3・11の震災自体を描くことをしていない。

震災後に書かれた『迷宮』で主人公が次のように語るシーンがある。

……あの震災は、僕の中に、あの頃の無力な自分がいることを再認識させた。

（中略）

……震災後にこの国は元気になろうと動き出したけど、とてもじゃないけど前向きになれないよ。自分に残ったのはダメージだよ。自分が受けたダメージと、大勢の人間の命を亡くした揺れと同じ揺れで、自分の存在を揺らされたことのダメージ。世界には、耐えることしかできない現象がやっぱりあることを、改めて思い知らされるダメージ。

（『迷宮』一二四頁）

彼が震災で負ったのは心のダメージだった。大きな震災に対して、「無力な自分」がいることに気づいている。

彼の３・11後の言葉を見ていくと『震災とフィクションの〝距離〟』（二〇一二年）に掲載されたエッセイ「震災の時」で当時のことを書いている。震災の際、東京で仕事をしていた時の体験で街の風景を「他者的な、暴走していく風景」と言い「このまま揺れが激しくなるかどうかという、この現象の成り行きから、自分の意志や思いが完全に疎外されている。」と述べている。

彼にとっての震災の経験は、自己の疎外感を覚えるものであった。地震や原発や津波の被害に対して、肉体的な損傷を受けているわけではない。ただ、その揺れに対して自分の意志や思いは疎外されているというのだ。

中村は震災によって「私」が「世界」から取り残されるような意識が芽生えた。圧倒的な自然＝世界の他者性を前にして「自己」の無力さ、疎外感を覚えている。

そもそも中村の過去の作品を見ていくと、この自己の疎外を書き出す作風のものが多い。デビュー作の「銃」（二〇〇二年）は主人公の西川が死体とその横に落ちていた銃を発見する。彼はその銃を持ち帰り、いつまでも大事に持っているが、自分がいつかその拳銃を撃つという確信を持つようになる。大学生の彼は普段通りの日常生活を過ごすが、頭の中には拾った銃のことが頭にちらついている状態だ。本作品の主人公の男は幼い時に両親に捨てられた過去を持つ。彼はそのような「トラウマ」を持ちながら、異物であり暴力性の象徴であるような銃を持ち、その中で様々に揺れ動く内面を描いている。

他の作品を見ていっても、芥川賞受賞作の『土の中の子供』（二〇〇五年）は幼少期に親に捨てられ、引き取られた養家で虐待を受けていた男が主人公であり、彼は様々な暴力にさらされる。『遮光』（二〇〇四年）も事故で両親を亡くした男が主人公だ。彼は恋人の美紀が事故で死んでしまったことを周囲に隠しながら、彼女の指を瓶に入れ持ち歩いている。そして虚言を吐き、美紀がまだ生きているように振舞う。これだけを見ても中村作品はデビュー当時から「周りからは乖離した自己」というテーマが通奏低音として存在している。

中村のこの主題に対する兆候は他にもある。例えば、彼の過去から現在まで執拗に描く「性」の描写は、この不安に関係しているといえる。自分が周りから疎外されているが故に何かと繫がりたいという欲求の身体的な現れが性的な描写に繫がっているのだ。だが、どの作品でも性行為が不安を持った登場人物たちにとって何か決定的な出来事となっているかというとそうではない。やはり、どこか取り残された感覚を拭うことができないのである。

そして、今回、震災時、またその乖離の感覚が起きている。彼の描く文学は確かに震災の影響を受けており、なおかつ彼自身の問題にひきつけて描いているのだ。そういう意味では彼がエッセイや作品内で書き付けた震災経験は我々が感じた３・11に「近い」言葉だと言えるであろう。３・11を考える時、私たちはこの「近い場所」から考えるべきである。唐突に「遠く」を考えることはできない。つまり中村が3・11以降を描いたものとして、地震や津波や原発を直接的に描くより「現実的」である。

そんな「近い場所」で中村が感じたことはより一層の自己の無力感であった。以来、「自分自身」について本質的に考えるようになる。

あの震災は、自分の無力さを思い起こさせた。お金を使って食糧を買って、自分自身で生きてるというのは僕の錯覚で、世界の本当は、残酷で無造作で無関心なんだって。自然や風景は、決して愛するものなんかじゃなくて、僕達の命なんていともたやすく破壊するものなんだって。僕達の風景は、僕達の心の準備など問題にしないタイミングで、いつでも一瞬で全く別のものに変容するんだ。

（『迷宮』一二二頁）

逸脱して、疎外された内面だけではなく、震災によって簡単に命が尽きてしまう「私」とは一体なんなのか。自己への問いかけがより深くなっていく。

そして、震災以降の彼の作品を見ていくと、彼はミステリーという手法を取り入れ始めた。例えば、二〇一一年、震災で受けたダメージがあると書かれた『迷宮』は主人公の男が迷宮入りした事件である一家惨殺事件を主人公が追っていくものになっている。また、その後に書かれた長編『去年の冬、きみと別れ』（二〇一三年）はミステリーのランキングである、「このミステリーがすごい！」でも一五位になった。

ミステリー的な手法は読者をひきつけるためのものとして機能する。謎によって次の展開へと読者をひきこむ。中村は物語か文体かという議論、物語が面白いと文学ではないという意見について、そのような風潮を壊したいと述べており、読ませる純文学があってもいいという立場を取る。そういった意味では中村がミステリーを書くのは、面白い物語、読ませる物語を書くという意味では理にかなっているだろう。しかし、彼がミステリーを描いているのは「私」とは一体何かという彼が文学上で描こうとしている主題を探るためでもある。

一人称で進められる『迷宮』の主人公はかつて内面に架空の存在である「R」という別人格を宿していた男だ。その「R」は中学生までの空想で、それ以降は主人公の内面に現れることもなかった。そんな彼は震災があった翌日、女性にバーで誘われ一夜を過ごすことになる。しかし、その女性は実は「日置事件」、通称「折鶴事件」と言われる一家殺人事件の唯一の生き残りだということを主人公は知る。その「日置事件」に徐々に惹かれていき、その事件の真相を追い始める。

彼は当初、日置事件を自分の別人格である「R」がやったのではないかといぶかしむ。なぜならそれは小さい頃に自分自身が望んでいたものだったからだ。

また主人公自身も自分の内面に作り出した「R」という存在を「犯罪を犯す少年の内面に似ていた。」といい、日置事件を「僕にとって象徴的な事件だった」と述べ、「小さい頃、僕がやりたかったことだった。自分の家族に対して。家族と呼ばれるものに対して。世界に対して」と続けている。

彼は自分自身の別人格である「R」についてまるで自分ではなく他人事のように述べる。「R」は自分自身のことなのにもかかわらず、彼自身把握をできていない。「私」の分裂がここでは描かれる。

読者は彼がこの事件を起こしたのではないかとミスリードをさせられる。

二〇一三年に幻冬舎から書き下ろしで出された『去年の冬、きみと別れ』も同様のミステリー的手法を使い、「私」の問いかけを行う。登場人物の木原坂は最初、自分が死刑を受けることに対して「僕自身にも分かっていない」という。その後、淡々と自分の内面を語っていき、自分がどのような人間なのかを描き出していく。そして、手紙に逮捕されたことによって、自分の内面の混乱に付き合わないで済むと書く。

だが、後に彼は「……死刑になりたくない」と急に死刑に対しての反感を手紙に書く。「僕はなにもしていないのに、無実の罪で死刑になるんだよ。マスコミにこのことを暴露してくれ！　お願いだよ。僕を死刑から救ってくれ！」と。

木原坂という男は自分自身が一体どのような人間なのか自分で規定できていない。その了解不可能による混乱は逮捕前からあるが、その後の死刑宣告が近づき再発する。

二つの作品に共通するのは、中心的な登場人物たちが自己規定出来ていないことだ。「私」とは一体何者なのか。中村が震災後にミステリという手法を使いつつ、自分自身の行動を模索するような「自己行為のホワイダニット」を題材として執筆しているのは、おそらく偶然ではない。

さらに他にもその後の作品である『教団X』（二〇一四年）、『あなたが消えた夜に』（二〇一五年）、『私の消滅』（二〇一六年）でも同様のミステリー的手法が使用されている。それらの作品では脳科学の知見も用いて「私」とは一体何者かという自己存在への問いかけがなされており、中村作品は執筆回数を重ねることによってそのような主題への筆致が深まっているのだ。

○協調主義的全体主義

「私」とは一体何者なのか。3・11以降、中村が描いてきたのは自己疎外による「私」への問いかけである。自己疎外の意識は震災以前もそもそもはあったのだろうが、本質的に「私」とは一体何かといった問いかけは、以前にもまして強く描かれるようになった。

ここで参考になるのは、震災後に、「ネットワーク的視点」を描いた作品が多く描かれるようになったことである。例えば、上田岳弘『太陽・惑星』、滝口悠生『死んでいない者』、長嶋有『問いのない答え』、星野智幸『呪文』などの作品だ。これらの作品は中心的な主体を一つに定めたものではなく、多視点的に描かれており、確固たる「自己」がない揺れ動いた視点から描かれた作品群だ。また二〇一六年、メガヒットをした新海誠監督の映画『君の名は。』も震災後をモチーフに作られているが、そこでも入れ替わりという主体分裂が起きていることは看過できないことだと言えるだろう。

震災後はこのような自己の揺れ動きをより感じるようになっている。そして中村が震災後に描いている「自己行為のホワイダニット」もこの自己の揺れ動きに対応したものであると考えられる。それは「遠い」被災地を描く震災後文学ではなく、震災によって変わった我々に「近い」場所を描く震災後文学であるだろう。

ところで、自分自身の行動はどのように決定するのだろうか。自分自身の頭で考えて次に行うことを決めているのか。もちろん、神経科学では、自由意志は幻想であるという研究が近年では進められているが、そのような科学的な知見を用いなくとも単純に本当に自分の意志で何かを決定することが極めて難しいと感じることは多い。ベンジャミン・リベットやヴィラヤヌル・ラマチャンドラン、日本では下條信輔の研究がそれにあたるだろう。そしてこの人間の自由意志の問題系は、『教団X』でも描かれる。

『教団X』は著者最長の小説である。[2]そこでは二つの宗教対立が描かれている。一つが松尾と呼ばれる老人が主宰する名前もないサロンのようなもの。対してもう一つは沢渡と呼ばれる松尾の旧知の人間が取りまとめる「教団X」と呼ばれる宗教団体だ。主人公の楢崎は、一人の女性を追って、松尾の教団に近づくが、やがて「教団X」からの使いのものによって沢渡と接触するようになる。

『教団X』で第一部の途中で描かれる「教祖の奇妙な話」では松尾が自分の人生を話す場面がある。そこでは、彼がなぜ今の団体を作るに至ったのかという経緯と、同じように沢渡が「教団X」を発足させるまでの流れが話される。

松尾は二〇代のころ、戦争に全く興味がなかったが、第二次世界大戦で徴兵されてしまう。そもそも松尾は土地を多く有する父親の隠し子で、父親の正妻に子供が生まれることになり家を出なくてはならなくなった。父親は筋金入の愛国者で、松尾はそんな父親を連想するために日本の名を語る軍人たちが大嫌いであった。

> この戦争を支えてきたのは、気持ちよさ、だった。お国のために死地へ向かう。軍人の敬礼。死して敵を討つ。犠牲の美。これらのナショナリズムには、気持ちよさがある。なぜ気持ちよくなる

(2) 二〇一六年現在。

のか。社会的動物としての性質、群れて盛り上がることで熱くなる生物的性質だけではないでしょう。軽薄な自己が、大義に飲み込まれることで、役割を与えられる。自身の不満の矛先を「敵」を与えられることでそちらに向けることができる。自分達は相手より民族として優れていると錯覚できる。人間は、自らの優位性を信じたくなる生物です。さらに人間は善意を前提とする時、もっとも凶暴になれる。善意・正義を隠れ蓑に、自らの凶暴性を解放するのです。

そして当時の軍国主義者達は、ああだこうだと考えることから解放されていた。正しかろうが間違っていようが関係なかった。思想に飲み込まれ心地良くなっていたかった。思想に飲み込まれることには、快楽があります。自身の卑小な思考回路を、尊大なものにしてくれるように思えるからです。

（『教団X』一八〇頁）

このナショナリズムは自己の行動を決定する自分以外のものの一つであろう。ナショナリズムは自己に役割を与えてくれる。無力な自己はそうなることによって、自分自身の存在理由を決定させられる。だが、松尾はそれに対して懐疑的だ。なぜならその役割を与えられる気持ちよさとは、善意や正義の名の下に凶暴性を露出させ、それが果たして間違っているのか正しいのかが関係なくなっているものだからだ。

日本人の軍人達が抱くナショナリズムに対して懐疑的であった松尾はその後、戦争が進むにつれて、戦地のフィリピンでマラリアにかかったり、味方を見殺しにしたりと追い詰められていく。そこで彼はアメリカが信じるキリスト教的神に対して殺してくれと念じるが結局叶わず、それからも見捨てられてしまう。そしてすべてから見放されて、瀕死の状態にあった松尾はある大木に身体を支えられることになる。その大木に支えられた後、彼は「何かは、何かに、ふれることができる」と思いながら涙を流す。その後、松尾は米軍の捕虜となり、敗戦後日本へ帰国することとなる。帰国後はとある宗教に入信し鈴木という様々なことに詳しい人物に師事をする。彼が入信している当時は六〇年代、学生運動が盛んに行われ、反米運動が強かった時代だった。松尾はそんな大きな歴史に抵抗する存在は貴重だと感じているが、思想に傾倒するがゆえに女性や子供を捨てて運動に走る人たちには疑問を持っている。そんな彼らに正義はあるのか、と。

松尾の一生はまるで現実の歴史的な流れをなぞっているような感覚になる。戦中の日本のナショナリズム、戦後の学生運動、反米運動の気運など。いずれも描かれるのはやはり「自己」の行動を決定するものである。「私」の存在を揺るがす巨大なシステムを、中村は小説という物語を通して描こうとする。私たちの存在は何によって規定されているのだろうか。おそらく大きな規範が存在し、それを元に行動をしている。日本の場合、それが戦時のナショナリズムであり、戦後の反米運動時の気運なのであろう。『教団X』の松尾は九〇歳を超える年齢として設定され、それらを全て体験している人物として描かれる。ちっぽけな自己に対しての巨大なものとしての空気感。

『教団X』は戦時下と戦後のナショナリズムや反米運動と今回の震災を繋げようとしている。中村文則が震災後行った対談を見ていくと、全体的なシステムについての語りが多い。長くなるが、諸雑誌で掲載されたいくつか中村の発言を引用していく。「すばる」で掲載された白井聡との対談では次のように述べる。

だから、戦争をしたいとおもっていなくても、結果的にそうなる、と僕は見ているんです。空気をつくれば、その空気に全てが引っ張られる。彼（＝安倍晋三）がいくら平和のための軍隊を持ちますと言っても、どこか戦前の気持ちよさと隣り合わせの空気がある限り、平和にはなり得ないと。現在の保守の人達も想定していなかった事態になりかねない。空気というのは本当に恐ろしいから。（括弧内引用者注）

（「『戦後』を動かぬ日本に問う」『すばる』二〇一五年二月号　三二一頁）

また二〇一五年の五月号「新潮」上にて行われた「AとXの対話」という小説家の田中慎弥との対談で、中村は次のように言う。

僕は最近、現実の世の中が少しずつ全体主義の方向に傾きつつあると認識していて、そういう世界の中でどんな政治的な言葉を言えばよいのかって考えると、もしかしたら従来の方法では伝わりにくくなってるんじゃないかとも思ったんです。もっと剝き出しの言葉がいるんじゃないか？　と。（中略）

僕は今の日本の流れに対して危機感を持っていて。全体主義的傾向がもっとはっきり出てきた時にはもう遅い。そうなったら、誰も聞く耳を持たなくなる。

（「AとXの対話」『新潮』二〇一五年五月号　一三九頁）

「週刊金曜日」で映画監督の森達也との対談では次のように述べる。

3・11の時に気になったのが、被災地泥棒の話。そんなやつらなんか撃ち殺してしまえ、っていう発言をごく普通の人たちが、平然とした口調で言うのを聞いたとき、これはちょっと怖いぞって思ったんです。あのときの日本って、「善」に包まれていたんですよ。助け合い、それこそ「絆」ですよね。そういうときこそ、異物に対する攻撃はより強くなるのかもしれない。排除の意識が働きやすいというか。全体主義の気持ちよさって「異物を排除する」っていうところにもありますしね。

（「対談　世界の反面教師になれる日本」『週刊金曜日』二〇一五年三月号　二〇頁）

中村が震災後に感じている日本の気運は「助け合い」、「絆」といった言葉をキーワードとした全体主義的雰囲気だ。震災後に起きたこの問題意識は、対談相手の田中慎弥しかり、他の人たちも感じ取っている。ジャーナリストの辺見庸は『瓦礫の中から言葉を』（二〇一二年）の中で3・11以後の日本のこのような民衆から生成される同調圧力の空気感を「協調主義的全体主義」と名付けている。どうやら、日本人はこの協調主義的な雰囲気を戦前から今までずっと行動規範にしている。ある意味ではこの空気を「信望」して行動をしているといってもいいだろう。『教団X』の松尾はこのような信じるべき行動規範を否定する。

日本人は無宗教だと言うことが多い。だが、果たしてそれは本当なのだろうか。宗教は行動の規範であり、信じるというのはある意味でそのルールに従うことだろう。行動規範が宗教であるならば、ナショナリズムや反米運動の空気感も宗教と同様の力を持つと言えるのではないか。『教団X』の松尾の語りはそのような規範としての雰囲気を体験した一個人として描き出されている。だが、それを信望しないとしたら、私たちの行動規範は一体どこに依拠すべきなのだろう。日本的空気感を忌避する一方で神に見捨てられた際、松尾は自分を受け止めてくれた大木に対して涙を流したり、鈴木の宗教に入信したりしている。つまり、自分自身を支えるための「何か」、「私」を規定する「何か」は必要だと考えているわけだ。ではその何かは今、現在、一体何があるのか。その問いかけを考えるがゆえに、中村は戦時、戦後に続く今を描く際、彼は宗教を題材としたのである。

心的な距離が遠い。あの時の感覚は今も忘れていない。震災に対しての当事者性がなかった。震災による死者や放射能の問題、その後の政治運動もだ。しかし、それと同時に様々な感情を伴った言葉が渦巻く中で、自分の感覚が「いけないこと」だという意識をぬぐいきれなかったのを覚えている。もっと真剣にならなければならないのではないか。被災地の人の気持ちを考えなければいけない。だが、やはりその感覚はどこかで、自分の感覚とはかけ離れていると感じていた。

今思うと、この自分の感覚を「いけないこと」と思わなければいけない感覚こそが、中村が感じ取っていた協調主義的全体主義の抑圧だったのかもしれない。はじかれることの恐怖。「いけないこと」と思わなければ、「誰か」から何かを言われ、何かをされるのではないかという強迫観念が僕にそのような意識を生み出させていた。心的な距離の遠さや無関心さを僕がこのように語ることは一般的に憚られる。しかし、やはり、この「誰か」からの抑圧を恐れずに言うのであれば、震災は僕たちの実存を揺り動かすものではありえなかった。むしろ、この抑圧こそが自分自身の実存を、「私」を激しく揺さぶっていた。震災後は「私」にとって震災を語ることが息苦しい。この「遠い場所」は震災を語ることの困難さがある。「近く」を描くことが、逆説的にこの「遠さ」の問題を浮き彫りにしているというわけだ。

○行動規範に抗って

『教団X』は宗教を題材としており、一見すると震災以後とは関係のないように見える。どちらかというと、オウム真理教といった新興宗教の問題が連想され、一昔前の問題を扱っているように感じられる。もちろん、それも無関係ではない。沢渡が主宰する「教団X」はカルト的な集団として描かれており、まさにオウム的なものを連想させる。しかし、３・11以後、日本人は協調主義的全体主義の空気を行動規範としていることを中村は感じ取っていた。だからこそ震災以後に書かれた『教団X』において戦時中や戦争直後のことを登場人物に語らせなくてはいけなかった。そして小説家である中村はただそれを指摘するのではなく、この行動規範に対置する何かを描くこと、またそれ以外の別のオルタナティブな何かを文学者の立場から提示することの必要性があり、それが宗教的なものであったということだ。そして中村が作中で中心的に描く二つの宗教は全く違うものだが、還元すればともに「私」という存在に対して働きかける点では同じである。

では、最終的に中村は『教団X』で何を描いているのか。

まず見ていきたいのは、沢渡が取り仕切る宗教である「教団X」だ。そこでは、社会的な優劣など存在せず、入信してしまえば、彼の存在は肯定される。また、非日常的な性的な生活を行い、快楽に溺れることができる。沢渡は言う。

「このアスファルトと排気ガスの国で、……他人の目を気にしながら窒息する日々を選ぶか。それとも、我々の側にいるか。……どちらを選ぶかはお前の自由、……ではない」

「なぜなら、お前は私の弟子だからだ。お前が必要だからだ」

（『教団X』一一三－一一四頁）


その人の意志とは関係なく、沢渡が必要だから彼らは入信する。その理由は非常にシンプルで、「なぜ」という問いかけはすべて沢渡という男に還元されている。だがその後物語が進むにつれて、「教団X」は最終的に何か本質的な主義主張があるわけではなく、沢渡の我儘で成り立っていた集団だということが彼の口から明らかになる。物語の後半、それを聞いた主人公の楢崎の様子が次のように描かれる。


楢崎は気がつくと扉から外へ出ていた。様々なことが崩れていく。崩れないのは、このような男を信じようとした事実と、自分でも驚くほどに傷ついている事実と、このような男が用意した女に溺れ、立花を失った事実だった。楢崎は階段を駆け降りようとし、不意に止まる。何をすればいい？　何を？　自分のような惨めな存在が今するべきことは何だというのだろう？　楢崎はその場で動けなくなる。

（『教団X』五一四－五一五頁）

村上春樹のオウム真理教についての言及がある。[3]彼はオウムの物語の稚拙さについて言及しているが、同時にこの「稚拙なものの力」というものを感じないわけにはいかないとも述べる。現代の「物語」（小説的物語にせよ、個人的物語にせよ、社会的物語にせよ）があまりにも専門化し、複雑化しすぎてしまったのかもしれず、そのせいで「青春」や「純愛」、「正義」といったものごとと同じレベルで、オウムの稚拙な物語が人々に機能したのではあるまいかという。

沢渡が用意したのは非常にシンプルで分かりやすく、自己規定をさせてくれる宗教である。これは村上春樹が言うオウムの稚拙な物語と相似形であろう。だがこの宗教は稚拙で単純であるがゆえに沢渡が主義主張のないことを自白することでそれを規範にしていた自己は脆くも崩れ去る。このシンプルな宗教は信ずべき「何か」として一時は入信者の心を満たす機能を果たすが、非常に脆い。

対して松尾の宗教はゆるい。バブルが崩壊して、社会が不安定だった時期に松尾の話を聞く会が月に一度開かれるようになったのが発足の経緯だ。誰が来ても追い返さず、自由な集まりとして機能している。そしてその会自体も「この神を信じろ」という類の宗教行為をしているのではなく、「神はいるのだろうか」といった問いかけを行う。話の中で「教祖の奇妙な話」として松尾の講話の記録が描かれるが、そこで松尾が話すのも神の教義ではなく、仏教についてだったり、宇宙論だったり量子力学を魂や意識につなげたものだったりである。

つまり、意識「私」というものは、決して主体ではなく、脳の活動を反映する「鏡」のような存

（3）河合隼雄、村上春樹『村上春樹、河合隼雄に会いにいく』（一九九六年）

在である可能性があるのです。「私」達が「閃いた！」と感じた時、その〇・何秒か前に、実は脳が「閃いて」いるのです。今、あーだこーだと思っているこの意識「私」は、自分がやることも、何かを思うことも実は決定していない。決定していると思い込んでるだけで、実は私達が認識できない領域、つまり脳の決定を遅れてなぞってるだけなんです。これが意識「私」の正体です。まるで、「私」達が、「自分」という座席に座ったこの人生の観客であるかのように。

（『教団X』四九－五〇頁）

これは松尾の意識＝「私」についての講義である。仏教の知見と、最新の脳科学の理論を混ぜて考察をしている。宇宙や世界といった全体的なものに対して、「私」は一体どのような存在なのか。その問いかけに対して様々な知見を織り交ぜた独自の考察を松尾はしている。

上記の引用で松尾は人間の意識は脳にはたらきかけることはできないと述べる。そうなってくると、人間の自由意志などないということになってしまう。だが、彼はそれに対して「違うかもしれない」と述べ、量子論を使いまた検討をしていく。

松尾が主催する会合は非常にゆるいが、彼の話で語られる「私」の問いかけの考察は非常に複雑であり、曖昧だ。「私」＝意識とは一体何かと問われ、自由意志はないかもしれないと答え、それをまたひっくり返すほどである。主人公の楢崎もはじめこの集会の歴史などを聞いて、「期待していたのはこれじゃなかった。もっと無造作に、徹底的に自分を変えてくれるものだった。倫理も道徳も人間的な迷いも何も、どうでもなくなるほどに。自分も、自分のこれまでの人生も、消滅させてくれるほどに。」という感想を抱いている。「教団X」と比べるとそのコントラストがよくわかるだろう。

彼の根本にあるのは、戦時中や戦後の全体主義的な流れへの嫌悪であった。松尾は死ぬ間際の話で、今現在も日本の中に気持ち良くなろうとしている勢力があると述べる。個人より全体的な「大義」を得ることで自分の人生を自分で考えなければならない「自由」という「苦労」から解放された熱狂を再現しようしているという。

松尾の教義は長く複雑で曖昧であり、一見すると非常に煩わしい。だが、それは安易な思想、行動規範に堕すのではなく、「私」について様々に考えているがゆえのことである。もちろん、彼の教えはこれだけ聞くとただ答えを宙に浮かせて、何も生み出さずいるようにも感じるだろう。だが、そうではない。

私達の生は、この圧倒的なシステムによって支えられている。だからこう言い換えることもできる。これらの凄まじいシステムは全て、生まれてきた我々に与えられたものであると。つまりは全て、あなたに与えられたものであると。

（『教団X』四五六頁）

これらの圧倒的な宇宙と素粒子のシステムの中で誇り高く生きましょう。散々泣いたり笑ったりしながら、全力で生きてください。あなたの保有する命を活性化させてください。あなた達はせっかく無から有を手に入れたのだから。最後に……、みんなに言いたいことが（中略）これまで、本当にありがとう。誰に何と言われようとも、私は全ての多様性を愛する。

（『教団X』四六八頁）

「私」とは一体なにかという問いかけは、よくわからない曖昧なものである。ただ、「私」というちっぽけな個人は何かを信じ、規範としなければ生きていけない脆い存在だ。日本の全体的主義的な流れはそれを代替するものであった。だが、それは軽薄な気持ち良さである。そこで人間は間違えてしまう可能性がある。

だから、松尾はそれを否定しながらも、最終的に人間存在を、「私」／「あなた」を肯定している。それだけは揺るぎのない最終的な「答え」として。脆くて、よくわからなくて、ちっぽけで、曖昧で、何かを信じなければいけない「私」はこの世界で肯定されるべき存在だという主張を強く訴える。

中村が震災以降、毎回あとがきなどで使う言葉がある。それは「共に生きましょう。」だ。震災後蔓延した「頑張ろう、ニッポン」や「絆」などといったものとこの言葉は根本的に異なっている。それは、個人はちっぽけな存在として生きていかなければならないけれど、それでもあなたを肯定する人はここにいるといった脆くて弱い個人に寄りそった言葉であろう。

○希望を超えて

震災は遠い。そんなことを感じてしまうようなこの場所では、原発、放射線、津波、地震の問題よりも、何かを行うことに対してある種の行動規範がかかってしまうことの方が目についてしまう。中村は震災から「遠い場所」の現実を描く。それは震災を直接的に描いていなくとも、間違いなく「東日本大震災後文学」だと言える。

最後に『私の消滅』を震災後文学として読んでみようと思う。ここにもやはり『教団X』から通底するもの、また震災後文学として読解できる要素がある。

震災の心的な距離の遠さを感じる理由の一つとして、震災後の情報の度重なる更新があげられる。状況が時間を経る度に際限なく変化していくのが震災後に感じたことである。震災を人の記憶にとどめようと様々な運動がなされているが、確かに現状だとそうしなければならないことは間違いない。いつしか記憶の混乱が起き、何が真実で何が偽りなのかわからない状況で、何を語ればいいかわからなくなっていった。

私たちの震災後の記憶はさまざまな情報の上塗りによって、時系列すらよくわからず、ごちゃごちゃとしている。斎藤環が「震災後は時制の変化が起きる」(『原発依存の精神構造』)と述べているように、記憶の変化や時系列の変化は、私の意識に明確な変化を起こさせる。そして、虚実すらもないまぜになってしまう。荻上チキ『東日本大震災の流言・デマ』では、震災後、人が悪意によってではなく、善意でデマを流してしまうという構図があったと述べていたが、私たちは自然と偽りの情報をそれとは知らずに漫然と信じ込んでしまうことがある。そして、震災以後は、個人レベルでも様々なデマが飛び交い、国家レベルでも情報の度重なる更新があった。

また、震災後に書かれた文学作品も記憶の混乱が描かれる作品が散見される。純文学を見てみると古川日出男『馬たちよ、それでも光は無垢で』や滝口悠生『ジミ・ヘンドリクス・エクスペリエンス』など。そして中村文則『私の消滅』もその中の一つである。

『私の消滅』はタイトル通り「私」＝意識について描いたものだ。つまり『教団X』と同様の問題系を扱う。ただし『私の消滅』は記憶の改変を行うことによって、意識を改変していく。つまり、中村は遂に小説内で実際に「私」を解体し始める。
僕達は危険な場所にいるのではないか。記憶の混乱を起こしてしまうような場所。そして意識の改変を無意識にさせられてしまっているような場所。震災後に起きたのは、情報がいくらでも改変され、自分自身の内面が変化してしまうような現状ではないのだろうか。だからこそ、僕たちは、全体主義的なものに巻き込まれてしまう可能性も高い。これだけ、多くの真偽入り混じった情報の渦の中で、何を信じて良いのかわからずに、とりあえず気持ちのよい方へと向かってしまうことは十分ありうることだ。
中村はこのような人の人生や物語、記憶を『私の消滅』では「線」という言葉にしている。

この世界を別の視点から見れば、線の網と見ることができる。それぞれの悪が伝播し続ける。たとえばこの新聞の評論家。熱く戦争の必要性と日本人の優位性を説いてるが、一時期私の患者だったのだよ。自信がなく臆病だったこの男は、強い国家と同化することに活路を見出した。精神分析での典型的な事例だな。ヘイトスピーチをやる連中は、翌日体調が良くなるそうだ。人の多くが、自分の正体を知らず生きている。臆病な人間ほど自分の正体を考えようとしない。

(中村文則『私の消滅』一一二頁)

人間はふとしたことで、一生が変化していく。自分の意志とは関係のないところで、自分自身の思考や行動が決定される。否応なくその人の人生を犯してくる「悪」もそのうちの一つである。単線的ではなく、複数の原因が絡み合ってなにかしらの結果を生み出している。また「私」を作りだすものも、同様に。

人間の内面は一本の線で出来ているわけではない。複雑に様々な原因や結果が絡み合い、複数的なものである。中村文則文学の描く人間の内面は複雑だ。時にそれを分かりにくいと拒絶するものも出てくるだろう。だが、それは単純ではない人間の内面をまとめている。つまり複雑さを含んだ一本の線である言葉をいかに発するかを考えて書いている。

3・11以降、多くの単線が目の前にある現在、僕たちに必要なのはこの複雑さを踏まえた言葉である。震災後の日本は色濃い多くの線が各人の線をのみ込んでしまうような「危うい」場所だ。協調主義的全体主義も、絶え間ない情報更新も各個人の線＝「私」を飲み込む一つの単線である。中村文則はそんな場所で、小説という「複雑な単線」である言葉を生み出している。小説や批評は複雑なものを表現することが可能である。筋道立てて進めていき、単線的に書くことが得意なはずのこれらの表現は、そうであるにもかかわらず様々な線を織り交ぜ、取捨選択し、自己を構築しつつも解体し、最終的に一つにまとめあげることもできる。現在、僕たちに必要なのはおそらく、道を示すものでも、安易な情報でもなく、複雑な単線を描くものであろう。

複雑なものを複雑なまま考えること。そのような考え方を「多思考性」と呼びたい。現在は複雑なものを包含するような役割は google や twitter などといったネット空間が担ってしまっている。しかし人間はリソースとしてそれについていけない。政治学者・認知心理学者であるハーバード・アレクサンダー・サイモンが言うように、人間には情報処理能力の認知限界がある。だからこそ、様々な情報を集めるようなコストを払うのではなく、自分自身の欲しい情報、情動にひっかかるものだけを集めるようになってしまうのだろう。そのため人々の思考は単線的になってしまう。

多思考性を志向するのは、単線的思考に抗うことだろう。もちろんこれは現在ではアナクロで、コストがかかる行為だ。言ってしまえば、「無駄なこと」として捉えられるのかもしれない。しかし、その無駄なことこそが、我々の世界を作っているのではないのだろうか。SF作家のシオドア・スタージョンが提唱した、「SFの90%はカスである。そして、どんなものも90%はカスである」というスタージョンの法則があるが、この言葉は逆説的にこの世界をつくっているのはそんな90%のカス＝無駄なものであるとも捉えられる。つまり「無駄なこと」こそがこの世界を作る重要なものだと言えるだろう。

中村文則は『教団X』で描いた結論に留まってはいない。その結末すらも最終的な結論ではなく、その先へ、「希望」と思えたものをもさらに超えて文学を描いていく。この製作レベルの姿勢こそが多思考的といってもいい。作品内だけで完結するのではなく、自己を否定しつつ切り詰めていく執筆という行為。作品の内外でそのような矛盾すらも飲み込むような多思考的なものこそ、東日本大震災後の文学として切実である。

科学と文学の（dis）コミュニケーション

情報の津波をサーフィンする――3・11以後のサイエンスなフィクション

海老原豊

『3・11の未来』の五年後の未来

個人的な話から始めたい。

私は五年前、『3・11の未来　日本・SF・創造力』（二〇一一年）という本の編集に携わった。普段は科学や未来を饒舌に語るSFというジャンルも、東日本大震災で大きく揺れた。多くのSF作家・評論家が、あの地震の後に様々な言葉を発していた。実にいろいろな意見があった。いろいろな意見をそのままに一冊の本にまとめよう、この瞬間を切り取ることは意味があるはずだ、と私たち編者は考え、動き始めた。正直、この手の本は何冊も出ていた（出ることになった）。だとしてもSF作家だからこそ言えることはあるはずで、この本の価値はそこにあると思う。瞬発力が勝負であり四月には座談会が収録された。奥付は九月一一日となっているが、実際は八月にはできていた。だから原稿が集まったのは六月ぐらいだ。

震災後三カ月。SF作家たちは何を考えたのだろうか？　実に二二人の作家・評論家が文章を寄せてくれた。故小松左京の最後の筆は冒頭に置いた。中には予言めいたものもある。その予想（予言?）のアタリ／ハズレも、今だと指摘できる。でも予言の書を作りたかったわけではない。とにかくその時のＳＦ作家たちの集合的意識、あるいはＳＦというジャンルの集合的無意識を切り取れれば良いと思った。

震災後五年が経過した今、改めてこの本を手にとってみた。

当然だが、震災後三カ月と五年とでは見えている世界が異なる。全然違っている、というわけではない。時の経過とともに焦点が変化したというのが正確なところだ。物理的な復興は、時間と金があれば（ある程度）することができる。数人の作家・評論家は、今回の地震・津波被害の様子を「戦後の焼け野原」と比べていたのが印象的だった。テレビ画面を通じて目に飛び込んでくる様子はそれほど衝撃的だった。しかし、私はその衝撃を「思い出している」。この震災の焦点は五年の歳月によって「戦後の焼け野原」から別のものへとずれている。

何へと?

ここで『３・11の未来』から、何人かの発言を拾ってみよう。

小松左京「巨大な自然災害に対して、人間の科学技術が太刀打ちできなかったという絶望感ではなくて、そのような自然災害の大きさを想像できなかった、ということに対する虚脱感の方が大きいようである。したがって、「原子力の平和利用」という人類にとって大きな挑戦であり、かつ、ある程度まで獲得してきた科学技術の勝利が、これから先は信用できない、という思いを生じさせ、さらには「文明」そのものに対する不信感まで生じかねない様相を呈している。／しかし私は、唯一の被爆国の国民であり、核兵器反対から左翼青年になり、ＳＦ作家になった人間として言いたい。／二発の核爆弾は二九万人の命を一瞬にして奪った。今回の原発事故は、数千万人の人々を不安にさせているが、二〇一一年七月現在、まだ一人も死に至らしめていない。この事実を冷静に見つめたい。」（二頁）

巽孝之「SF的なイマジネーションは未来を幻視するわけですが、「未来」と言う時、「世界が終わった後」のサバイバルすら想像していくのがSFなわけです。SFは「終末以後を想像する」という純文学ではできないことをやってしまう。（…）現在は純文学でありながらSFのような作品がたくさん出てきたので、「いったい何がSFのコアだったのか？」ということが見えなくなってきていた。（…）そんなときに3・11が起こって再びSF的想像力の意義が露呈した」（五〇頁）

瀬名秀明「今回の東日本大震災には三つの論点がある。地震と津波による直接の物理的災害、それに伴う福島原発問題、そしてもうひとつは情報災害である。」（一一一頁）「振り返れば、福島の原発問題が逼迫してくるにつれ、急速に東京の編集者のなかで「被災地文学」の需要は失われ、精彩を欠くようになっていったように思う。なぜなら原発問題と、先に指摘した情報災害によって、もはや誰もが被災者となりつつあったからである。」（一二〇頁）

長谷敏司「吹きさらしで科学技術の前に立たされた人々は、数値を見続ける必要に迫られている。／ただ、それは我々が数値を扱うリテラシーを広く獲得したということではない。」（二一一頁）「生活の言語の中にごろりと数値が出るとき、まずそれが「はい／いいえを分ける閾値である」のでもない限り、大多数には読まれないのだ。」（二一二頁）「個々人が、科学とことばの距離を管理する緩衝材に利用できるものとして、SFは独自の立ち位置にあるのではないか。そして、ただ自由に、科学とことばの間でSFはあっていいのではないか。」（二一四－二一五頁）

新井素子「世の中の危険を、普通の人は、すべて認識することが、できないんです。無理なんです。

そんな時代になっちゃったんです。今の世の中には、とても沢山の〝危険〟があって、今の世の中の人は、そのすべての危険を認識できる程、暇じゃないんです。」（二五四頁）「そこで、エンターテインメント。そこで、ＳＦ。楽しみながら、ついでに学習もできてしまうという。」（二五五頁）

瀬名秀明の分類が分かりやすい。曰く、東日本大震災には三つの側面がある。①地震・津波による物理的災害、②福島原発メルトダウンによる放射能汚染（災害？　人災？）、③ＳＮＳを中心に情報が溢れ、人々が混乱する情報災害。この五年の間に、東日本大震災は物理的災害から、放射能汚染、情報災害へと様相を変えた。復興半ばの被災地があることは分かっているが、この論考では東日本大震災の固有性を②と③の二つに求めたい。

福島第一原発が爆発し、放射性物質が大気中に拡散されてから、私たちは誰もが３・11の被災者になった。当初、①によるライフラインの遮断はあったが、時間と共に復旧した。しかし今度は②と③により、ライフラインへの不安がじわりじわりと私たちの心に生じてきた。最初は水、次に食べ物、その後はガレキや除染によってできた廃棄物から、放射線は測定された。被災地から遠く離れたところへも核物質は実際に飛んだし、もっと遠隔地であっても「震災ガレキ」によって運ばれたと「信じる」人たちもいた。①だけであれば３・11は、阪神淡路大震災、新潟中越沖地震、そして今年になって起こった熊本地震と同列に東日本大震災として語られたかもしれない。しかし②と③がある。３・11が引き起こした災害は複合的なのだ。

ＳＦ作家が緊急招集されたのも、ひとえに②があったからだ。原子力・核技術はＳＦでは当たり前のガジェットで、世界を何度も滅ぼしてきたし、それと同じくらいの回数で世界を救ってきた。あるいは人類を進化させてきた。少なくとも小説世界の中であれば、作家は核技術を使いこなせていた。またそうして生み出されたSF作品が、人々の核イメージ形成に重要な働きをしてきたことは、何人もの論者がすでに指摘しているのでここでは繰り返さない（キーワードはアトムとゴジラだ）。

私たちは、3・11について何かしらの態度を決めるように迫られることがある。それはもっぱら①ではなく②についてだ。あるいは②に関連した③で、どの情報を信じるか、どのコミュニティから情報を仕入れるかといった態度も決めなければならないことがある。長谷敏司が言う「はい／いいえを分ける閾値」となる数字に直面したとき、または数字ではなくともその数字を背負う固有名（例えば福島という県名、東北という地域名）を目にしたとき、それを現実に表明する／しないはさておき、私たちは心の中で何かしらの態度表明をせざるを得ない。だから今でも、①の被害を被った被災地に加えて、②と③の影響下にあるところは、全て3・11の被災地なのだ。どんなに安全を示すデータがあろうとも、安心という内的な平静を得られないのであれば、その人は被災者であり、その人が生きる場所は被災地となる。それが②と③の持つ影響力／破壊力である。

本論はこれから震災後に書かれたSFを取り上げる。①ではなく②と③に焦点をあて、3・11がSFの想像力にどのような影響を与えたのかを検証していく。またSFがどのような想像力を私たち読者に与えたのかも考える。その際に、いわゆる純文学における「震災後文学」や非SF系エンタメ小説にも言及し、これらが書けているもの／書けていないものも見ていく。

3・11が①物理的災害、②放射能汚染、③情報災害からなる複合災害だとし、特に②と③に注目して震災後小説を読み直していくとき、「科学とことばの距離」（長谷敏司）が重要になる。SFは科学と物語（長谷の言う「ことば」だ）をつなぐことに専心してきた。いや、それこそがジャンルの核であったとさえ言える。

それでは見ていこう。

■文学は放射能に弱く、SFはアポカリプスに強い

SFはアポカリプスに強い。

SFでは何度も世界は消滅している。日本は壊滅している。日本は沈没している。沈没した日本を再興すらしている。日本や世界のみならず、地球、太陽系、銀河、宇宙そのものでさえどうかなってしまう。それがSFの想像力の射程だ。

SFはポストアポカリプスの小説だ。しかし、巽孝之も指摘している通り、アポカリプスとは「世界の終わり」であり、ポストアポカリプスはだから「世界の終わりのその後」となる。つまり実際には世界は終わっていない。変容しただけである。ただし連続性が感じられないほどの規模で。

3・11の①地震・津波の被害規模から「世界の終末」を着想したSFはほとんどない。では②放射能汚染が作品のコアとなっているSFはあるのか。原発の爆発によって放射性物質が大量に飛散した結果、核戦争後の世界というポストアポカリプスを夢想する。そういったSFはあるのか。原発の爆発がテーマ化されたSFは、管見によれば、ない。理由は簡単で、核戦争後の世界もSFで描かれ続けてきたからだ。世界で初めて原子爆弾が落とされて以来、えんえんと。ロバート・A・ハインラインの『夏への扉』も、フィリップ・K・ディックの『アンドロイドは電気羊の夢を見るか』も、核戦争後の世界が舞台であり、世界にはまだ核爆弾の後遺症、撒き散らされた死の灰（fallout）が残って

いる。3・11の②を世界の終末と結びつけるのは、決しておかしなことではない。ただSFでは、何も新しいことではないだけだ。

一方、文学では①ではなく②を3・11の本質とみなし、放射性物質の飛散によって世界は劇的に、もっといえば不可逆的に変化してしまったと考える作品がいくつも発表されている。

木村朗子は『震災後文学論』で、「原発人災の文学というまったく新しいジャンル」「天災の文学史とは異なる地平にひらかねばならなかった」（二〇－二一頁）と①よりも②を3・11の「震災」の本質とし、原発について語ることがタブーとなっているために、「書くことの困難のなかで書かれた作品こそが、震災後文学なのである。今までどおりの表現では太刀打ちできない局面を切り開こうとする文学、それを（…）震災後文学と呼ぶことにしよう」（五九－六〇頁）とする。

この木村の定義について、まず確認しておきたいことがある。原発について語ることはタブーではない。それは震災以前の反原発運動の歴史を消す物言いだ。反原発運動が脱原発という結果を生んだかどうかは別であるし、確かに語りにくい雰囲気は地域によってはあった。しかしそれはタブーであることを意味しない。書くことの困難さは一部の作家が感じていただけではないか（あるいはそもそも興味がなかったか）。そしてそれはおそらく、放射能という「見えない力」を記述する語彙が、圧倒的に文学には不足していただけのことではないか。

また木村（前掲書）や辺見庸『瓦礫の中から言葉を』のように、原爆文学（被爆文学）の歴史と、3・11を接続しようという試みもある。原爆によって生じた「死の灰」「黒い雨」は原子炉建屋が爆発によって吹っ飛んだときに飛散した放射性物質と、同じ性質のもの。ここに原爆－原発文学史の可能性はある。他方、原爆と原子力発電所は似ているようで異なる。福島第一原発（3号機）は核爆発したと思っている人がたまにいるが、3号機は水素爆発したのであって、核爆発ではない。人を殺傷するために作った新型爆弾と、本音はどうであれ平和利用を謳い発電に供する原子力発電所の水素爆発を一緒にするのは、雑な議論だ。

雑な議論はいけないのだろうか？　細かい科学的な検証をすっ飛ばしても、世界に起こった「不可逆的変化」を描写しようと文学が執着したのは、悪いことなのだろうか？　例えば、放射線量が高い地域でくまと川原を散歩する（川上弘美『神様2011』）。例えば、年長世代はなぜか長寿になり子供世代は不健康になる（多和田葉子『献灯使』）。木村は「がんばろう！　東北」を「情動的スローガン」とし、人々が正しい判断をするのを妨げると言う。しかし、原発を原爆へと接続し、放射能＝核のイメージを不安とともに読者に刷り込む、これらの「震災後文学」が「情動的」ではないと言えるのか。

これは文学とは何かという議論と関係している。近代になって成立した制度としての文学は、個人的な経験を普遍化する言語的／文化的ツールだった。「ここには人間が描けている（だから文学だ）」は「これは文学だ（だから人間が描けている）」とあわさって文学と人間とトートロジカルに結ぶ永久運動装置を形成した。物語の中で主人公は成長・変化し、読者もまた階級にふさわしい人間へと成長する。ビルドゥングスロマン（教養小説）の文化的な役割にして意義である。しかし二〇世紀に入り、この人間像に疑問が付された。特定の階級・イデオロギーの産物である「人間」は、現実に生きる私たちと果たして有機的な関係を築いているのか。二〇世紀に勃興したジャンルフィクション（大きくはミステリとＳＦ）は、文学が担いきれなくなった人間表象を試みることで台頭してきた（ミステリは笠井潔の、ＳＦは巽孝之のジャンル史を参照のこと）。

ミステリが論理を、SFが科学を、二〇世紀の人間像を留めるピンとして選択した一方で、文学はどこまでも「人間」を軸としてきた。描かれる人間の姿は拡散・多様化し、先の巽の言葉ではないが「純文学でありながらSFのような作品」も数多くある。とはいえ、文学は人間を描くことを目的とし、人間が描かれていることを評価軸と考える人も、一定数いる。だから「純文学でありながらSFのような作品」が純文学の枠内では評価されない現状もある。村田沙耶香は『消滅世界』でも『殺人出産』でもなく『コンビニ人間』で芥川賞を受賞し、上田岳弘は「惑星」『異郷の友人』がノミネートされるも受賞できていない。円城塔の受賞が賛否を生むエポックだったのは、文学＝人間の方程式が根強く信仰されていることの証明でもある。

ひとまずカッコつきであれ「人間」を、時代、国、言語、民族、性別を超えて読むことができるのが文学であるといえそうだ。そして読者（である人間）は何かしらの教訓（道徳、思弁、思索でも、名前は何でも良い）を読書体験を通じて得られる。こう文学を捉えたとき、3・11との相性は決して良いものではない。②放射能汚染という科学的事象を、ナイーブなまでに個人の内面の表象と重ね合わせることは、これ自体が③情報災害の拡大に加担する。もはや個人の内面だけの問題ではない。後述するが、内面は個人の外に表れ、情報的客体として津波のように他者に影響を与えるからだ。

翻ってSF。先に指摘したがSFはポストアポカリプスの小説であり、世界を滅ぼしてきた。手段は様々だが核も好まれる選択肢の一つである。だから3・11をSF作家は特権化しなかった。正確に言うならば、3・11の①と②を、である。小松左京は地震を連発させて日本を沈没させた。沈没に先立ち大津波も発生させている。地震の規模の大きさだけではもうSFにならない。②放射能汚染も、ポストアポカリプスの世界では日常の一コマでさえある。

震災後に書かれた江波光則『我もまたアルカディアにあり』は、はっきりと3・11の痕跡が見られるSFだ。しかし3・11がテーマか、というとそうではない。

物語は本章（数字1から5の節からなる）と「クロージング・タイム」「ペインキラー」「ラヴィン・ユー」「ディス・ランド・イズ・ユア・ランド」の四つの章からなる。タイトルのある章を挟むように配置されている本章では、二人の兄妹が人類の終末に備えて建設された巨大シェルター、アルカディアマンションに住む様子が描かれる。その他の章は、アルカディアマンションを建設する労働者、そこに住まう住人、マンションの外でバイクを走らせることを夢みる男女、汚染された大地を巡回する男が登場。いずれの章にも同じ苗字を持つ人物が複数登場し、何らかの（血縁）関係が示唆される。

アルカディアマンションは巨大な完結した世界で、住人は部屋から出る必要は一切ない。出なくても良いように身体は最適化されている。むしろ出ること、出るために身体を再調整することが寿命を縮める（「クロージング・タイム」）。作中の人物たちは、人間だが、人間ギリギリのラインを歩いている。「ペインキラー」の労働者は建設中に事故にあいサイボーグになる。

アルカディアマンションを始めたのは熊沢という男だ。これが個人のプロジェクトなのか、それとも国家レベルのものなのか、判然としない。住人に生活保護を受給させ、国家が滅びるまで国家に養わせる。マンション建設現場には、毎日のようにデモ隊が押し寄せ、「先の大災害の教訓を忘れるな、終末は近いうちにやってくるのだから、それに備えよ、国は巨額を投じた無意味な公共事業を止めろ」（一〇〇頁）とシュプレヒコールを叫ぶ。ちなみにこのデモ隊も生活保護を支給されている。

「先の大災害」がどんなものであるのか、これ以上、詳しくは語られない。代わりに次の会話がやり取りされる。

「……何せドカーン来たからなー、ドカーン」

「あれ見て動揺しない人間なんかいませんよ」

正直なところ、俺はあのニュースを見て、何とも思わなかった。

すっげえ事になったなとは思った。国内外で大騒ぎになったけれど、別に俺の住んでいる場所でドカーンってなった訳じゃないし、滅多に見られないものをネット越しに見られた程度の感想しか抱かなかった。（二〇九－二一〇頁）

この「ドカーン」が何かも、いまいち判然としない。

後に、アルカディアマンションの建設主、熊沢が「原発事故に見せかけて小型核爆弾を炸裂させた」ことが明らかになる。しかし、ここでも原発事故／小型核爆弾は特別なものではない。なぜかというと「大地震が来て原発事故が起きて核爆弾が炸裂した。そのタイミング、まさにこの何万年に一度のタイミングで、ほぼ原発事故を直撃するように小型の隕石が落下し、核爆弾に依るものとは別のクレーターを、まるで重なるように大地を抉って描いた」から（二六八頁）。地震も原発事故も、原発事故を装った小型核爆弾の爆発も、その後に隕石の衝突によって上書きされてしまう。原発事故は起こったらしい（小型核爆弾による核爆発が本当に起こったことだが）、しかし何一つ決定的にはならない。福島第一原発が水素爆発だろうが核爆発だろうが、文学とは一八〇度異なる意味で、ＳＦにはどうでも良いし、どちらでも良いのだ。

『我もまたアルカディアにあり』は人間をアップデートする試みである。ポストヒューマンはポストアポカリプスとパラレルだ。先に確認した、文学が人間を作り人間が文学を作るというビルドゥングスロマン（教養小説）的文学観はここにはない。ＳＦはポストヒューマンを作り、ポストヒューマンがＳＦを作る。このサイクルにおいて３・11の②放射能は特権化されえない。放射能＝核は人間の物理的身体に有害で、遺伝子レベルの変化をおこし、人間を人間から逸脱させる。文学が放射能に怯えるのは、だからある意味で自然な反応だ。文学と人間の等号を完成させるために、放射能は排除しなければならない。

ここまで文学と比較させつつ、『我もまたアルカディアにあり』をテクストにＳＦがいかにアポカリプスに強いかを示した。しかし３・11の三つの要素の中に、ＳＦ的想像力の射程外にあったものがある。

情報の津波である。

■　情報の津波に飲み込まれないために

「今回の３１１震災について作家は語る責任と義務がある、とくにＳＦ作家は——そういう執筆依頼があったが」とぼくは言う。「きみはどう思う」

「あなたはそれを受けたのか？」

「いいや。今回の震災に限らず、ＳＦ作家はどのような社会的自然現象についても応答する責務など負っていない。語る能力のあるものは語ればいいのだし、応答するか否かは、各人の自由だろう。

SF作家の責務は一つだけだ。新しいSFを創ること、新作を書くこと、ただそれだけだ。そのように言って、断った。（…）ぼくはこの千年に一度という大災厄を前にして、語る言葉を持っていない、というのが本当のところだ。ぼくにはそれだけの力がない。だから沈黙するほかない。しかし、圧倒的なリアルの力に対抗するには優れたフィクションしかない、ということは知っている。」（二〇七頁）

神林長平「いま集合的無意識を、」からの引用だ。神林長平には『3・11の未来』の編者である藤田直哉から執筆依頼をしている。『3・11の未来』への寄稿はなかったが、代わりに「いま集合的無意識を、」が発表された。

「ぼく」はベテランのSF小説家。「ぼく」がモニタ上の文字に向かって話しかける「きみ」は伊藤計劃（の意識）。この（私）小説は、3・11以後に書かれた神林長平のSF観と伊藤計劃論である。伊藤計劃の『虐殺器官』『ハーモニー』を、意識、〈わたし〉、フィクションの三層から読み解く。生物としての人間は意識野をもち、そこに〈わたし〉が生まれる。フィクションは意識野においてリアル世界をシミュレートしている。だからフィクションは圧倒的なリアルが迫ってくるときに、防波堤になりえる。伊藤計劃は『ハーモニー』で意識を消し去った。〈わたし〉は残るかもしれないが、意識なき〈わたし〉はもうフィクションを経験できない。リアルに対抗できない。暴走する知性（科学）は、意識によって制御することができた。しかし、暴走する意識＝フィクションを制御するすべは、いまだ持っていない、と「ぼく」は言う。

意識が暴走するとはどのような状態か。これは単に個人がもつ意識がその個人の身体内部で不調をきたすということを意味していない。意識はテクノロジーにより身体の外へと拡張し、環境に侵入している。ウェブ上／状に構築されるネットワークは、外在化した意識なのだと「ぼく」は言う。
なるほど私たちの意識は、「ぼく」が言うように身体外のものに常時接続されている。では、その意識－環境は、3・11の被害を被ったのか。答えはイエスだ。3・11の三番目の要素、③情報災害は心的だけではなく身体的にも膨大な被害を人々に与えた。外在化した意識が、情報の津波の直撃を受けたのだ。冒頭、『3・11の未来』から小松左京の言葉を引いた。「今回の原発事故は、数千万人の人々を不安にさせているが、二〇一一年七月現在、まだ一人も死に至らしめていない。」しかし、これは嘘である。嘘というのが言いすぎであれば、事実誤認がある。同じく『3・11の未来』で、自称・放射線オタクであるSF作家・野尻抱介はガイガーカウンターを持ち、福島の線量を計測して回った様子を報告している。

ともり始めた街の灯を見ながら、全員の避難は無理だな、と思った。双葉町の病院で、避難の結果四五人が死んでいる。福島市の人口は三〇万人以上だ。安全策を採るなら避難させたいだろうが、統計にも現れないわずかなリスクのために避難を決行したら、確実に大勢が死ぬだろう。無理して避難して生活水準を落とすほうが、健康リスクは大きいかもしれない。（二七三頁）

これは執筆時点の数字だ、二〇一六年三月末時点の復興庁による集計では三四七二人の震災関連死が認められている。福島県の死者は二〇〇〇人を超え、原発による避難がその主な原因となっている。原発事故で人が死ぬ。原発から漏れ出た放射線にあたって死ぬとしたら、相当な量を浴びていることになる。幸いそのような事態には陥らなかった。しかし、震災関連死という形で、多くの人が亡くなっていることは忘れてはならない。福島では①地震・津波で亡くなった人よりも、②放射能からの避難による関連死のほうが多い。

原発事故は多くの人を死に至らしめた。放射能が間接的に影響を与えた。もっというと、②放射能汚染と、それについての③情報が複合的に影響を与えた。避難するべきか／そこに留まるべきか。放射能は様々な情報（科学的なものもあれば非科学的なものもある、事実もあればデマもある）と混ざり合い、巨大な波となって被災地を再度、いや何度も何度も襲った。

神林がいみじくも看破したように、私たちの意識は身体の外に露出している。ネットワーク上に拡散している。その結果、巨大な情報の津波の衝撃をもろに受けてしまった。流され、死んでしまった人もいれば、福島の地を後にし、どこか「安全地帯」まで流された人もいた。避難勧告が出て半ば強制的に退去させられた人がいる一方、科学的な安全ではなく心理的な安心を求め自主避難をした人もいた（そしてまだ続けている人もいる）。

「いま集合的無意識を、」で神林は「ぼくはいま、そうして自滅していった人類世界の終焉の姿を、新作のSFにしようとしているところだ」と言った。この新作SFが『ぼくらは都市を愛していた』（二〇一二年）にほかならない。

『ぼくらは都市を愛していた』は綾田ミウ情報軍中尉の戦闘日誌と、その弟・綾田カイム公安刑事の犯罪捜査が交互に進んでいく。カイムのパートは、今からそう遠くない未来だ。新型内視鏡カプセルを飲むことで、体間通信（＝しゃべらずともテレパシーのように意思疎通すること）ができるようになった。カイムは他人の思考が読めてしまうこと、自分の考えも漏れてしまうことに抵抗を感じながら、殺人事件の調査を進める。姉の綾田ミウは、謎の情報震を調べている。情報震とはデータを破壊する情報的な波で、人が多いところに集中的に生じる。都市部をがらんどうにし大事なデジタルデータを保管している。情報震の原因は分かっていない。異星人からの攻撃／メッセージと考えるものもいる。昔から生じていたが、人間のデジタルネットワークが閾値を超えたから被害が見えたのだ、というものもいる。いずれにせよ情報震によって、戦争が起こり、人類文明は崩壊しかかった。ミウとカイムがいつ・どのように交わるのか（あるいは交わらないのか）が物語の方向性を定めている。

カイムの同僚はこう言い放つ。「言語情報そのものが人間の世界を形作っている」と。3・11以前から神林は言語＝世界という発想を持っていた（詳しくは『ポストヒューマニティーズ』収録の拙稿「カオスの縁を漂う言語SF」を参照）。3・11以後、この見立てがより真に迫るものであることが確認された。私たちと私たちの周りの世界は、私たちの言語によって作られている。私たちは様々なデジタルデバイスを使って、私たちの言語を世界へと浸潤させることに成功している。しかし、ひとたび世界に言語の津波（情報震）が襲い掛かれば、私たちの生存が根本から脅かされる。

綾田ミウもカイムも、自分は自分である、自分の身体に自分という意識が収まっているというアイデンティティが激しく揺さぶられることを経験する。『我もまたアルカディアにあり』はハードウェアの改造だったが、『ぼくらは都市を愛していた』はソフトウェア（OS）のアップデートだ。

神林長平は情報震を使って、3・11の本質が③情報災害（情報の津波）にあるのだと指摘した。昔から言語を主題としたSFを書いてきた神林だからこそ、③に機敏に反応できたのだと思える。神林とは対照的に、情報の津波に見事なまでに流されてしまった作品を次に見てみよう。

桐野夏生『バラカ』（二〇一六年）である。大震災によって福島の原発がすべて核爆発を起こす、

「もし」を前提にした近未来小説。前半は震災以前、後半は震災後八年。だから震災後五年の今よりも、若干、先のことだ。近い未来を舞台としているからこの作品はSFではなく問題だといいたいのではなく、SFであろうがなかろうか、3・11の本質（の一つ）である情報災害がどのようなものであるかを深く掘り下げなかったから問題だと考えられる。

主人公バラカは数奇な運命をたどる。そもそもは日系ブラジル人の家庭に生まれるが、離婚した母親が住み込みの家政婦をするためにドバイに連れて行かれる。そこで母親は殺され、バラカはベビースークという赤ちゃんの養子縁組を斡旋する「市場」に売られる。バラカを買ったのは日本人の木下沙羅。自分の娘が欲しかったはずのキャリアウーマンは、全然なつかないバラカをすぐに手放す。親友の田島優子がバラカを引き取るが、地震の混乱のさなか、沙羅の夫・川島にバラカはさらわれる。その川島もバラカを見失う。バラカは汚染地域を調査する「爺さん決死隊」の豊田によって発見され、孫娘のように育てられる。ここまでが震災前だ。

震災後、バラカは「生ける奇跡」として日本を転々としながら生活をしている。長く汚染地域をさ迷っていたため、甲状腺がんを発症、手術をしていた。全国にいる支援者を頼りに移動している。バラカの存在を聞きつけた震災孤児が滞在先にやってくる。その中にはバラカを「奇跡の少女」として崇め、その姿をネットに拡散したいと思う者も。川島から依頼を受けたサクラは、「父親に会える」といってバラカを連れ出す。こうして八年ぶりに川島と再会したバラカだが、川島は川島でバラカを「安全」の象徴としてプロパガンダに利用することしか考えていない。バラカは軟禁生活を送ることになる。

バラカを支援するものと、彼らに敵対するものがいる。

「俺たちみたいに不満を溜めているものの多くが、いろんな目に遭ってるんだ。突然、仕事がなくなったり、職場で苛められて辞めることになったり。そうかと思えば、罠に嵌められたり、騙されたり、脅されたり。行方不明になった人間も大勢いるし、交通事故にあって半身不随になったヤツだっている。その始まりは小さなことなんだ。ブログが閉鎖されたり、アカウントが使えなくなったり、知らないうちにネットに顔が晒されたりする。だから、身を隠して気をつけるに越したことはないんだ。あいつらと国は、俺らに金をこれ以上払いたくないから、不満分子と呼んで殲滅しようとしているのだ。放射能と一緒さ。敵は見えないんだよ。気が付いたら、仲間はどんどんいなくなっている」（二三九頁）

これはバラカを訪ねてきて、共に生活するようになった健太の言葉だ。敵は「あいつらと国」、自分たちは不満分子と呼ばれ、殲滅されかかっている。そして「あいつら」は見えない。確かに健太のいうように、バラカとその支援者は、見えない敵に攻撃をされる。突然、逮捕されたり、家や農園を焼かれたり、バラカを育てた豊田が不自然な死体で見つかったり。「あいつら」が攻撃を仕掛けてきた、というのは間違っていないのだろう。しかし、それにしてもバラカたちは不用意なのだ。「知らないうちにネットに顔を晒されたりする」と健太はいうが、サクラはバラカを担ぎ上げるために盗撮した動画をアップする。バラカについての情報は嘘も入り混じりながらネットに散らばっている。

「あいつら」とは誰なのだろう？　「あいつら」はバラカや豊田や健太やそのほかの支援者を殲滅して、何かメリットがあるのだろうか？　健太は「金をこれ以上払いたくない」ことを殲滅の動機だと推測しているが、払いたくなければ払わなければ良いので、なにも殲滅という非合法・触法的な行為をする合理性が見えてこない。健太のいう金とは賠償金や補償金等だろう。法や約束で支払うことが決まったものだ。だから「払わない」なんて選択肢はないのかもしれない。いや、そんなことはない。「あいつらと国」と健太は並べている。国家権力が本気を出せば、この手の金などどうにでもなる。払わなくても良いようにする方法など、様々に考えられる。そしてそれは彼らを殲滅するよりも、ずっと安全だ。

健太はじめ支援者が「あいつら」に向ける視線が、どうにも合理的・理性的なものに見えない。物語が進んでも、「あいつら」は登場しない。川島とその手下がバラカの前に立ちふさがるが、川島は「あいつら」の一味なのだろうか？　物語の水準で「あいつら」が誰でどのような対決が待っているのか、明かされることもない。もっといえば、バラカを探し続ける実の父親パウロと、川島の直接対決もない。あるのは「あいつらと国」が「不満分子」の俺たちを「殲滅」しようとする、という確信だけだ。

しかし果たしてこれは確信と呼べるのか。被害妄想ではないのか？

3・11の③情報災害は、②放射能汚染と切り分けることができない。③が伝える情報が膨大になったのも、②放射能汚染があるからだ。見えないゆえに放射能は恐怖をかきたてる。だからもっと情報を収集しようと躍起になる。放射能の恐怖を緩和・解消するには科学的な知識が不可欠だが、闇雲に情報を収集しても素人にはそもそも何が科学的に正しいのか、あるいはどれがデマなのか、判断できない。③が扱いにくいのは、被害が均一ではないことだ。情報を摂取しようと思えば思うほど、ダメージが大きくなる。それも正しい情報にたどり着ければまだ良いが、誤った情報、デマを取り入れ、積極的に拡散でもしようものなら、被害は甚大である（被害を被害と思っていないからタチが悪い）。ネットから自分の知りたい情報だけを集め、知りたい情報が集まるためにそれが真実だと思い、また知りたい情報を収集する。フィルターバブル（イーライ・パリサーの著書参照）の典型である。

このフィルターバブルに健太たちバラカの支援者も包まれていないだろうか？『バラカ』の小説としての意義は、③情報災害の影響をもろに受け、敵＝「あいつらと国」を具体的に表象できなかったところにある。表象の失敗に3・11の本質が見える。

■放射能に汚染された情報の津波を解毒する

ここで宮内悠介『彼女がエスパーだったころ』（二〇一六年）を取り上げてみたい。SFだからできることがある。放射線に汚染された②情報の津波③を解毒するヒントが埋め込まれている。

本書も宮内悠介が得意とする連作短編集だ。語り手の「わたし」は「最低限の科学的リテラシー」（一三四頁）は持っている記者。「水神計画」で詳細に語られる、とある事件に関与し、職を失っている。（語りの時点は特に指定されていないが、おそらく物語として語られている出来事がすべて終わった後だろう。）

「百匹目の火神」は「百匹目の猿現象」、「彼女がエスパーだったころ」は「メタルベンディング（平たく言えば、スプーン曲げ）」、「ムイシュキンの脳髄」では宮内の創作用語の「オーギトミー」（ロボトミーが下敷きになっている）、「水神計画」は「水からの伝言」、「薄ければ薄いほど」は「ホメオパシー」、「佛点」は「転換点（ティッピングポイント）」。いずれも超常現象や代替医療といった本来は非科学的なものだが人によってはこの上なく科学的に思えるもの、科学／非科学の境界線上にあるものを主題にしている。「わたし」が関係者に取材をしたり、事件を調べたりすることで、現実には何が起こったのかが徐々に明らかにされていく。ジャンルもSFとミステリの境界線上にあり「脳の一部を外科的に切除されたものが殺人を犯せるのか？」「スプーンを曲げられる女は男の転落死に関係しているのか？」といった謎が用意されている。

ここで取り上げたいのは「水神計画」だ。〈浮島〉と呼ばれる水上に設置された東海沖洋上原発。海の上を移動することもできる。当初の期待とは異なり近くの県がオーバーホールを拒否、さ迷える原発となった。そこに巨大台風が直撃。全電源喪失によりメルトダウンしてしまう。

「わたし」は品川水質研究所の黒木と接触をする。黒木は、元々は原子力工学の准教授であった。研究所所長として、彼は「水に『ありがとう』と語りかければ、水は浄化されて綺麗になる」ことを非科学的であると知りながらも信じ、『水の心への経路』なる書籍を刊行。二百万部の売り上げを記録し、支持者は十万百万という単位で広がっていった。黒木は原発の汚染水を水の力で浄化しようと考えている。水は人の言葉を理解する力があり、文化的遺伝子＝ミームも水から水へと伝達できると考える黒木は、放射能除去のミームをもったコップ一杯の水＝〈種子〉を〈浮島〉の汚染水に混ぜる〈ヴァルナ・プロジェクト〉を計画する。「わたし」は記者という立場を使い、なんとか〈浮島〉に潜入するが、〈種子〉の水をしみこませ持ち込んだマフラーが突然に爆発。同じ研究所に勤める時坂が、秘かにエコテロリストグループに所属し、黒木の〈ヴァルナ・プロジェクト〉を隠れ蓑にし、原発の破壊を企てたのだった。

黒木の実験に付き合って上陸した〈浮島〉でエコテロリズムに巻き込まれた「わたし」。防護服のまま手足を拘束され、どうすることもできない。ただ助けをまつ「わたし」は喉の渇きを覚えた。

わたしは、水たまりを浄化しようと考えた。そして必死の思いで、〝ありがとう〟と水に語りかけた。声にならない声で、百回、二百回とわたしは〝ありがとう〟を繰り返した。線量計は鳴り止まなかった。どれだけ繰り返せば水は綺麗になるだろうかと考えた。何度やっても足りないように思われた。ほかの道など思いつきもしなかった。（一四七頁）

水に「ありがとう」と言葉をかけ放射能を除去しようとした「わたし」の祈りは、奇妙な形でかなえられる。雪が降り始めたのだ。「わたし」は雪を口にし、喉の渇きを癒す。目に入った結晶は「透明な紅葉の葉が六つ集まったような、可愛らしい結晶だった」（一四七頁）。

「水からの伝言」は、教育界に巣食う三大トンデモの一つだ。他は「江戸しぐさ」と「EM菌」である。一時期、教員による研修団体が、道徳の教材として「水からの伝言」を使うことを推奨することがあった。これに対し科学クラスタが反発をした。当然といえば当然だ。理科ではなく道徳とはいえ、科学的根拠のない嘘を教育教材として使うことは、筋が通っていない。この「水神計画」はしかし、これらの科学クラスタの批判とは異なる道筋をたどる。

一つは「わたし」が、疑いながらも実際に水にむかって「ありがとう」という言葉をかけていることだ。自分の命が脅かされると四の五の言っている余裕がなくなるためである。科学的リテラシーをもった批判的な人間が、（少なくとも外面的には）信じているかのような振る舞いをする。そうした過程まで描いている。二つ目は、研究所の所長・黒木が、なぜ「水からの伝言」に目覚めたかまで書いている。子供が産まれる前に二度流産していた黒木の妻から「わたし」はこう聞かされる。黒木は、研究室の時坂に「これで、あなたの奥さんの羊水も綺麗になる」といわれてから水の研究に没頭するようになった、と。「綺麗な／濁った羊水」という表現も、「水からの伝言」以降、話題になったものの一つだ。ある有名人が、「年を取ると羊水が腐る」といった発言をし、社会問題になったことも思い出される。科学的には男も女も加齢とともに妊娠しにくく（させにくく）なることがわかっている。子供を作りたいと切望していた黒木にとって、「羊水も綺麗になる」という言葉は、原子力工学者としての自分の知識・経験を棚上げしてしまうほどの力があったのだ。

「水神計画」は、科学と、人間の情動によってその科学自体が揺らぐ瞬間を同時に描いている。「水神計画」は水上原発が舞台であり3・11の影響下にあることは明らかだが、その他の連作短編も、非（疑似）科学の話題を取り扱うことで、基本的にこのラインをなぞる。

これが3・11の③情報災害に対抗するヒントとなる。

3・11以降、繰り返された「安心・安全」。この二つの言葉は並列に使われることが多いが、質は全く異なる。安全は科学的なエビデンスとともに示される。安心は人間の感情、情動的なもので、これを保するのは信頼できる語り（物語）だ。東北の震災ガレキを大阪で焼却処分したら、「髪の毛が抜けたのはそのせいだ」という人が現れた。科学的エビデンスが、説得力を失い情動的物語に負けたのだ。なぜフィクションにサイエンスは破壊されたのだろう？　理由は二つ、震災で一気に露出した科学への不信感と、物語がもつ人々を動員する力である（人間は進化生物学的に安全よりも危険に対して反応するようにできている）。科学が保障する安全の対義語は危険、物語が供給する安心の対義語は不安。震災後に②が震源となり③となって伝播した不安の源泉は、そもそも科学＝原発が機能不全に陥り、核の危険性をむき出しにしたからだ。

3・11の情報の津波の中、②に対して私たちが迫られる態度表明は私たちを分断してきた。この亀裂は深く決定的で、容易に超えることはできないように見える。時としてお互いに相手陣営を「カルト」とまで揶揄するほどに。不安を解消するには原因たる危険を除去する必要がある。それは科学の領域で行われるべきものだ。科学の世界で危険を取り除いたあとには、物語として共有される必要がある。②を巡る私たちの分裂は、サイエンスとフィクションの間に開いた断絶の反映なのだ。

宮内悠介「水神計画」が優れたSFであるのは、このサイエンスとフィクションの断絶に「科学とことばの距離を管理する緩衝材」（長谷敏司）としてはまっているからだ。科学と、人が「安心の物語」つまりフィクションにいかに依存しているか、いかに流されるか、いかに非科学的なものにすがりつきたいのかまで同時に示している。「サイエンスなフィクション」とは科学的に説得力のあるフィクションのことではない。科学の語彙を扱いながら、人間の非科学的な振る舞いも視野にいれることだ。時に衝突するサイエンスの原理とフィクションの性質を調停・緩衝する。

庵野秀明監督の『シン・ゴジラ』もまた「サイエンスなフィクション」といえる。『シン・ゴジラ』が震災後SFにカテゴライズされるのは明らかである。

ゴジラは生物であり、ゴジラが撒き散らす放射線は私たちの社会にある放射線と地続きのものだ（劇中の設定では半減期が極端に短く、復興の可能性が示唆されているが）。ゴジラがいかにして誕生したかについては、作中で結論は示されていない。海中に投棄された放射性廃棄物がエサとなったのでは、と推測されている。だとすれば半ば人災である。それも科学的な。天災というより公害に近い。

いずれにせよゴジラの恐怖は、直接的な破壊に加えて、科学技術のもたらした危険が暗喩として織り込まれている。

この科学の危険を、物語はサイエンスを使い無害化していく。作中で提示されるサイエンスは科学的に正しいものではない。科学的な正しさを追及したら、そもそもゴジラは存在しえない。作中にあるのは科学的リアリティ（もっともらしさ）だ。世界観に合致した、科学的な言葉遣いといっていい。

科学的リアリティは、細部まで作りこまれた画面から生まれてくる。例えば、ゴジラが通った後には放射性物質が散らばるが、それを市民が自前のガイガーカウンターで計測しネットで情報を共有するシーン。例えば、物語のクライマックスにも関わらず、高濃度の放射線が飛ぶ屋外で指揮をとるために、全身防護服に身を包む矢口。例えば、ゴジラの口に血液凝固剤を注入するために走るポンプ車。これらのディティールは、3・11後の私たちの日常と確実につながっていて、この接続こそが科学的リアリティを生んでいる。

『シン・ゴジラ』は科学的な危険を、まさに科学の力（と日本人の底力）によって無害化し安全を提示した。しかし気になることが一つある。科学的危険に満ちたこの作品に、物語的不安はあるのだろうか？　結論から言えば木村朗子が定義するような意味での「震災後文学」が寄り添ってきた人間の様子はここにはない。あのテンポの速さから尺の問題で描く余裕がなかったのかもしれないが、そもそも「不安に怯える大衆」に興味があったようには感じられない（描写はあったが、必要最低限だ）。あるいは、少しであれば主人公たち主要登場人物のパーソナルな姿（家族や友人）をはさみこめたかもしれない。だがそうしなかったのは、不安を安心させることではなく、危険を安全へと無害化することが主題であり、これこそが3・11後に必要なフィクション、それもサイエンスなフィクションだと庵野は考えたのではないか。

■ サイエンスなフィクションの構築に向けて

ＳＦは荒唐無稽な科学物語を書いてきた。だからＳＦがつねに「楽しみながら、ついでに学習」（新井素子）できるものだとはいえない。もちろん、一部のハードＳＦなど、かなり科学啓蒙的な作品もあるにはあるが、基本的にＳＦはフィクションである。しかしフィクションの土台となっている言葉に科学の語彙と法則が混ざりこんでいることが重要なのだ。科学と科学についての人間の態度をあわせて描けるのはＳＦ以外にはなく、３・11以降もっとも必要とするフィクションの機能の一つがこれである。

震災後ＳＦとして最後に取り上げたいのは瀬名秀明である。

ここまで３・11を、瀬名の分類①物理的災害②放射能汚染③情報災害にそって分析してきた。③情報災害は膨大な情報（情報の津波）によって人々が混乱することとしてきた。例えば、原発問題が長期化するにつれ情報インフラとしての Twitter の「負の側面」が見えてきた、と瀬名は指摘している。ただし瀬名は情報災害の本質をＳＮＳといったメディア環境よりも、人間のもつ共感能力とそれによる感情疲労にあると考えている。

情報が私たちの肉体を超えてあまりにもすばやく、広範囲に伝播してしまうこと、また私たちが生き物であるがゆえにそうした情報に刺激され、被災者に〝共感〟したり、あるいは被災地と過度

に気持ちがつながり合ったりすることで、混乱や心的疲労が生じてしまう（…）。（『3・11の未来』一一一－一一二頁）

瀬名秀明の小説で二〇一一年以降に書かれたものの中には、東日本大震災以降の世界を舞台にしたものが少なくない。ただし3・11は「あの震災」といったような表現で、あくまで風景の一部に退いている。3・11に重要な役割を与えるというよりも、3・11以降の世界をどう描くのかに焦点がある。では、瀬名は何に焦点を当てているのか？

コミュニケーションである。

コミュニケーションといっても言葉の意味はかなり広いので、次の三つの要素を取り出してみたい。まずは「Wonderful World」と「ミシェル」（ともに『新生』に収録）に登場する「メタファー」という装置（技術）である。この両短編は小松左京『虚無回廊』のスピンオフで、登場人物と舞台設定は共有されている。

情報学者マルセル・ジェランは、共同研究者とともに「人間社会の〝倫理観〟の動向を予測するシミュレーションシステム」を開発する。人間個々の動き（ミクロ）が、集団としてどのように動くのか（マクロ）。ミクロとマクロを繋げるものが「倫理」である。「脳が自分を認識する自意識のシステムを産み出したように、私たちのシミュレーションは倫理の自意識を生み出すだろう」（六二頁）。「メタファー」と呼ばれるこのシステムが発表されるのが「Wonderful Life」で、開発者の子供であるミシェルが主人公なのが短編『ミシェル』だ。

ミシェルは父のシミュレーションをこう要約する。「〝メタファー〟は未来を矢印のかたちで描き出してみせる装置――それは人々の関心や想いがどこに向かい、どんな刺激でどう変化していくのか、そうした社会の見えないうねりを、モニタの奥へ、奥へと伸びてゆく無数の矢印で表現するプログラムなのだ」（九五－九六頁）と。マルセルのプログラムは画期的なものであり、世界を変えた。多くのものに希望を与え、同時に絶望も与えた。マルセルはテロリストに殺されるし、マルセルの妻も殺されてしまう。二人とも、息子ミシェル・ジェランの前で。

「Wonderful Life」の最後、語り手の「私」は、「震災後の未来」をシミュレートする。「現地の人たち、原発から逃げた人たち、都心で停電に遭った人、関西から向こう、それにたくさんの海外の人たちも――被災地への思いやりの変遷――これが、この二年間の私たちと、これからの私たちの〝倫理〟です」（七七－七八頁）。

「メタファー」がどのようなシミュレーションを提示するかは、「矢印」という言葉以外で示されていない。イメージをつかみにくいのだが、単純に言ってしまえば、「倫理」「思いやりの変遷」を可視化するプログラムなのだろう。可視化されることにより、過去・現在だけでなく未来も見えるようになる。

「メタファー」に加え、もう一つ重要なことがこの短編にある。マルセルはコミュニケーションのことを「コン－ミュニケーション」と発音し、以来、多くの人々がそう発音するようになったことだ。〝communication〟の語源はラテン語の〝communis〟（共通の）であり、「共同体」を意味する〝commune〟とは親類関係にある。英語には接頭辞〝com〟があり、意味は「ともに、一緒に（with, together）」だ。「コン」を強調することで、コミュニケーションの意味内容の変化に読者の注意を向けている。実は「コンミュニケーション」と表記するのは、瀬名ではなく小松のアイディアだ。『虚無回廊』では当然のようにコンミュニケーションと記されていて、小松自身のこだわりは感じられるが、その必然性までは読者に伝わらない。それをブリッジしたのが瀬名だ。瀬名はコミュニケーションがコン・ミュニケーションを経て、コンミュニケーションへといたる過程を、マルセルの生涯を描くことで明らかにしている。人々が「ともに、一緒に」にあらんとし、コミュニケーションが共同体の構築へ向かう様子を、コミュニケーションという言葉から「コン」を前景化することで表現したのだ。

二つ目は「瞬きよりも速く」(『月と太陽』所収)から「こころとこころづかい」。これには人工知能のサイコパスが出てくる。サイコパスは他者への共感力が弱いとされる。しかしその共感力の弱さから、情に流されずに冷静・客観的な判断ができるため、反社会性を持たなければ例えば企業家など社会にとって有用な人格だという考え方もある。舞台は情報特区となった街で、人々の行動は無数に配置されたドローンによって全て監視・データ化される。「脱走」したサイコパス人工知能が、「獲物」にされやすいと分析された女性を罠にかけられるかどうかが、サスペンスフルに描かれる。

「こころ」はだれにも見えないけれど
「こころづかい」は見える
「思い」は見えないけれど
「思いやり」はだれにでも見える

当時、ACジャパンによってラジオなどで何度も流れていたことばだ。いまならぼくのような計算機科学の人間は、むしろ本当に「こころ」や「思い」をコンピューター内につくりたいと夢想す

るだろう。（二九三―二九四頁）

語り手の情報科学の研究者である「僕」は、「こころ」を作りたいと思う。人間は動くものを感じ、その向こうに相手の「こころ」を（勝手に）読み込む。自分の行動履歴から最適解を常に提示してくれる社会システムは「こころづかい」に溢れているといえるかもしれない。が、それは監視社会とどう違うのか。「こころづかい」の向こうにあるはずの「こころ」を本当に見ることはできるのか。でも、そもそも「こころは誰にも見えない」ものであり、自分を思いやってくれているシステムに「こころ」はない。

サイコパスにも「こころ」はない。サイコパスは相手に共感を示さず、だから「情報災害」（三〇二頁）にも遭わない。「サイコパスはそうした同調に搦め捕られることなく、相手の感情を記号的に理解して、相手の立場を冷静に捉え、行動に移すことができる」（三〇二―三〇三頁）。蓄積された行動履歴の膨大なデータから相手のことを思いやるのか、追い詰めるのか。それが違いであり、それだけが違いだ。その違いは可視化されることで分かるし、可視化されないと分からない。「メタファー」が可視化する「思いの変遷」と地続きである。

情報特区に対する「僕」の態度は肯定的なものだ。ディストピアに見る向きがいることを知った上で、この情報特区をディストピアとは捉えようとはしない。「ドローンたちを使った次世代津波警報システムは次年度から実証実験の段階に入」（三〇五頁）り、「震災を間近で体験し、あるいは直接の被害を受けた生徒たちの胸に、こうした研究ヴィジョンは必ず響いてくれるはずだ」（三〇五頁）と「僕」は信じている。「僕」にとって、ドローンとツールと呼ばれる情報端末による相互／監視システムは、「公共」のものだという社会的合意があってのものだし、震災後の新しい社会、津波被害を最小にできる共同体を作る可能性なのだ。地震と津波という物理的災害に押しつぶされ、その後にやってきた情報の津波にも巻き込まれた被災地。そこに立ち上がる社会に、瀬名は「もっと情報を」と言っている。ただ震災を語るのではない。確かに共感疲労は物語によって解消されるのかもしれない。しかし、物質的現実を精神的な言葉で癒すだけでは足りない。物質的現実を、これもまた物質的現実をもった言葉＝データによって再構築する。情報の津波だけではなく、物理的災害（地震、津波）にも、立ち向かえるように。「瞬きよりも速く」には瀬名の覚悟が見える。

三つ目は「絆」だ。この言葉は震災後に繰り返されたものの一つだ。「絆」（『月と太陽』所収）で描かれる絆は、しかし精神的なものではなく、物理的・身体的な結びつきである。「絆」は結合双生児の物語なのだ。日本人の女優・皆口遙香と再生医療の研究者であるフランツ・カルタンの間に生まれた結合双生児、エクセリーモスとサロス。フランツは医療技術によって二人を強化し、最終的には分離することを目指す。遙香は夫の考えに対して懐疑的で、そのままであることを望む。エクセリーモスとサロスは、やがて〈夢〉というプログラムを開発・リリースする。これは誰もが結合双生児であることを体験できるプログラムだ。身体を含む環境はコミュニケーションにどう影響を与えるのか。一卵性双生児の心をシミュレートするプログラムを発展させて作られた〈夢〉は、自分の身体という環境を再設定する働きをもつ。

共感は、自分と離れている他者を結ぶ心理的な行動である。では、自分とその他者が物理的に結ばれているとき、二人の間に共感は流れるのであろうか。何らかの感情が生まれたとして、それを共感と呼んでよいのだろうか。物語にはオハラ姉妹という結合双生児も登場する。彼女たちは分離手術に成功するが、一人旅をしていた姉は「妹との絆《ボンド》は切れてしまった。それがとっても不自由に思うの、障碍者のように」（二一七頁）と言う。結合していた二人の間には「何が」がやり取りされていて、物理的切断によってそれは永久に失われてしまう。結局、オハラ姉妹は再結合手術を希望する。果たして、この二人の間の「何か」を共感と呼べるのか。同じく〈夢〉で感じられる結合双生児の肉体と、〈夢〉から醒めたときの「喪失感」は、共感とはまた別のものだろう。震災後、精神的結び付きを絆とよび、そこに共感は流れた。しかし瀬名の小説では、絆と共感は両立できない。絆が物理的・身体的なものとして描かれているからだ。瀬名は問いかける、私たちの共感のベースにある絆とは果たして何なのか、と。

震災後の瀬名秀明が考えたコミュニケーションのかたち。つまるところそれは「「こころ」はだれにも見えないけれど／「こころづかい」は見える」に集約される。情報の津波は圧倒的な物理量をもって私たちに襲い掛かった。膨大な「こころづかい」が日本中に溢れた（善意も、そして悪意も）。「こころづかい」とは、「こころ」の外部に広がる外部環境であり、情報であり、両者の物質性である。情報の津波を乗り切るには、コミュニケーションを可視化し、物理的存在として扱っていくことが前提となる。そうした先に、情報災害ひいては物理的災害への対応策が見えてくる。

さらなる情報化は諸刃の剣である。それでも新しい社会を構築していくにはその道しかないのではないか？　「瞬きよりも速く」の情報特区は防災特区でもある。瀬名秀明が震災後を舞台にしたＳＦで示したヴィジョンは、情報の津波によって生じた瓦礫（玉石混交した膨大なデータ）から、いかに建設的に、社会を再構築していくための情報＝言葉を紡ぐのかがテーマとなる。瀬名ならではの「瓦礫の中から言葉を」がここにある。

まとめよう。3・11の三つの要素のうち①地震・津波の物理的災害と②放射能汚染はSFにとって目新しいものではなかった。『我もまたアルカディアにあり』で確認したように、原発が爆発することなどSFにとっては「屁」みたいなものだ。もっとドデカイものが一発といわず何発も起こっている。当たり前に。しかし③情報災害はSFにとって新しいものだった。言語＝世界をテーマに作品を書いてきた神林長平は『ぼくらは都市を愛していた』でいち早く反応した。桐野夏生は『パラカ』を書いたものの、②に重きを置いた結果、③情報の津波に流され、陰謀論めいた「あいつらと国に殲滅される」というセリフを登場人物に言わせている。宮内悠介は「水神計画」で、放射能に汚染された情報の津波を解毒する方法を示唆した。『シン・ゴジラ』も同様に、科学のもたらした危険（危機）を、科学の力によって無害化し、物語的な安心を提示することに成功した。震災直後から情報災害、共感疲労の問題を提起してきた瀬名秀明は、いくつもの震災後SFを通じて「コミュニケーションのかたち」を示した。情報災害もコミュニケーションも物理的なものであり、だからこそ人間とテクノロジーによって対処可能だとも示された。その先に物理的災害への対策も構想した。

インターネットはサーフィンするものだった。今でもサーフィンできるだろうか？　情報の津波は物質的な力をもって人々を押し流す。共同体を分断する。堆積した情報は、それがたとえデマでも、圧倒的な質量をもつ。神林長平は「いま集合的無意識を、」で「圧倒的なリアル」と「優れたフィクション」を対置させた。しかしおそらく事態はもう少し複雑だ。物語＝フィクションが情報災害の津波のように「圧倒的なリアル」になるとき、SFは何ができるのかと問うべきなのだ。

サイエンスなフィクションは、圧倒的なリアルとなったフィクションに含まれるサイエンスを検証し、相対化することができる。科学的な正しさを提示する、というのではない。科学的な正確さを欠いたSFなど無数にある（そして中には傑作も）。SFができるのは科学と科学についての人々の態度を同時に示すことだ。長谷敏司の「科学とことばの距離を管理する緩衝材」とは、そういうことではないのか。「人々の態度」、つまり人間にのみ寄り添うだけでは、情報の津波に飲まれてしまう。情報の津波をサーフィンするために、私たちは科学の言葉を必要とし、サイエンスなフィクションを紡いでいくべきなのだ。『3・11の未来』を編集していた時には言語化できなかったSFへの「私の信仰」とは、結局のところ、こういうことだったのだと五年たって気がついた。

SFは科学と物語を同じ地平で描く。だからこそ見える未来がある。震災後の社会を見通すヴィジョンも、SFから生まれうる。本論はそのスタートラインを薄くなぞっただけだ。震災後SFは震災後文学のように明確なサブジャンルとして成立しない。その理由は既に述べた。しかし今後、いくつものSFで、情報／コミュニケーション／「こころ」の扱いが変わっていくだろう。既に変化は見られている。それが加速していくのか、そして拡散していくのか。SFも3・11で影響を受けた。そう言っていい。だが、その影響ははっきりと見えにくい。これから先にあるだろう大きな変化と連動しているのかもしれない。五年後の現在では断言できない。この変化がどのようなものと連動するにせよ3・11以後の世界に生きる私たちにとって、SFとは重要なツールなのだ。私たちの未来のヴィジョンを照らすための、重要なツールなのだ。

■ 補遺

本論では3・11の放射能災害について科学的な検証をしてこなかった。本論は文芸批評であり、科学の著作を引用することで、科学対科学の論争につながってしまうことを避けた。実はこの点は、本論で批判している木村朗子『震災後文学論』の戦略と似ている。木村の著書も、本論も、あくまで文芸批評なのだ。とはいえ本論が前提にしている科学的な事実はある。最後に、補遺として本論の「情報の津波のサーフィンの仕方」を列挙したい。

① 低放射線被曝について

様々な幸運が重なり、最悪の事態は免れたというのが現状であろう。かなり厳しいチェック体制を食品や人間に対して行っていて、現状では良くない結果は出ていない。ただし今後も注視していく必要はある。低放射線被曝については早野龍五・糸井重里『知ろうとすること。』（二〇一四年）が参考になる。これが本論のベースにある。被曝については、震災後五年のデータの蓄積から言えることがたくさんあり、震災直後の『震災後文学論』ほど悲観する必要はなかったのではないか、というのが「後出しじゃんけん」的になるが私の判断だ。

② 専門家の選び方

私たちは大半の人間が科学の素人である。高校（あるいは大学）まで理科を学びながらも、よく分からないことはたくさんある。放射能問題について何かを決めるとき、専門家の意見を参考にする必要がある。素人は専門家にリスク計算のコストをアウトソースする。また専門家もそのために存在している。問題は、どの専門家を信じればよいのかだ。

（1）現場（福島）の近くにいること
（2）現役の研究者・医者であること
（3）所属・肩書きがしっかりあること
を私は判断基準にしている。

ジャーナリストは科学の専門家ではないので、その人間の独自調査を一次データとして信用することは避けるべきだ。ウェブ発の記事も同様に注意が必要である。もちろん、ウェブでもジャーナリストでも、一次ソースが上記（1）〜（3）を満たした専門家のものであれば、信頼できる。

福島では現在進行形で放射線の問題があり、専門家もそして住民もつねに知識をアップデートしている。それに対して県外の人間はともすればイメージや先入観で語ってしまいかねない。現場の人間は現場の人間の安全や幸福を第一に考えるが、外部の人間は目の前に当事者がいないので、自分の文脈で放射能の問題を語ってしまう。
（4）語り方が落ち着いていること
印象論かもしれない。しかしもっとも重要なことだ。命令口調、脅迫的な文言、扇情的な言葉遣いをしている人間との情報交換は避けるべきだ。日常生活においても、このような語り方をしている人間と付き合うのはめんどくさい。人間は安全よりも危険に、将来のことよりも目の前のものに反応するようにできているようで、扇情的なデマとそれに飛びつくものは決してなくならない。なくならないが、なくしていく努力はしていくべきだ。

震災後五年が経過し、（1）〜（3）の専門家による科学的なデータは出てきている。

「先天異常新生児　全国と同等」（二〇一五年一月九日　読売新聞）

「福島の甲状腺がん、外部被曝との関連みられず　県立医大」（二〇一六年九月九日　朝日新聞デジタル）

最近の記事で良いものは、林智裕「あなたの思う福島はどんな福島ですか？——ニセ科学とデマの検証に向けて」（synodos.jp/fukkou/17814）。専門家から出されたデータと、非専門家が扇情的に撒き散らすデマを並置している。

扇情的ではないにしろ、これだけのデータが出いているにも関わらず、「わからない」を繰り返す人にも注意したほうがよい。もちろん今後もデータを慎重に検証していく姿勢は崩す必要がないが、「専門家も間違える」「データは恣意的だ」「国からお金が出ている研究だから結果は偏向しているはずだ」とだけ指摘し、それ以上の判断を保留にするのは建設的ではない。それを聞いたものは不安に流れ「やっぱり専門家のデータは信用できない」となり、デマやトンデモに結びつきやすくなる。偏向や恣意が「ある」というのならば、一例でもよいのでそれを示すべきだ。もちろんジャーナリズムの土俵ではなく、科学の土俵で。がんは増えたのか、変化がないのが。「変化がない」という主張が誤りだというのであれば、「変化がない」派が根拠としているデータ等を批判するべきだ。その土俵に立たないと、自分は客観・中立を保っているつもりかもしれないが、周囲の人間を不安へと押しやり、デマの拡散に加担しかねない。

③　甲状腺がんについて

私は、福島の被曝の現状を語る時に甲状腺がんを例に出す人間とは、極力、話をしないようにしている。話がかみ合わないからだ。福島の甲状腺がんについて話す人間は、ほとんどが扇情的な語り口で「被曝の影響でがんが増えている」という。甲状腺がんはその性質から、過去に大規模な調査をしたことはないので、実際にがんが増えているかどうかは「わからない」というのが科学的な事実だ。震災後に大規模な調査をやり、その結果、見つかった甲状腺がんの数が、過去の数よりも多いからといって「がんが増えた」とは言えない。なぜ大規模な調査をやらないかは甲状腺がんを早期に見つけることが患者にとってプラスになるとは限らないからだ。詳細は調査主体の福島県立医科大学放射線医学県民健康管理センターのウェブサイト（fukushima-mimamori.jp）に調査結果および関連論文一覧、一般向け解説がまとめられているので参照のこと。

また先に紹介した新聞記事では福島県内で放射線量が違う場所を比べることで「外部被曝との関連みられず」と結論している。記事内でも甲状腺がんの患者が一定数いることは明らかにされているが、その甲状腺がんが被曝由来ではない可能性が高いとされる。繰り返すが、甲状腺がんと診断される患者の数は震災後増えている。それは放射能が原因というよりも、大規模な調査をした結果である。少し込み入った話なのだが、このややこしさをザックリ切り落として「甲状腺がんは増えている」という人たちは、科学よりも自分のイデオロギーを優先しているように思え、建設的な話し合いができない。だから私は関わらないようにしているのだが、関わらざるを得ない状況も生じるので、その場合は、その人の主張からイデオロギーを差し引いて聞くようにしている。「あまり真に受けない」ということだ。

以上の①〜③が私が震災後五年で身につけた「情報の津波のサーフィンの仕方」である。

■参考文献

江波光則『我もまたアルカディアにあり』ハヤカワ文庫
笠井潔・巽孝之監修『3・11の未来　日本・SF・想像力』作品社
神林長平『いま集合的無意識を、』ハヤカワ文庫
――『ぼくらは都市を愛していた』朝日文庫
木村朗子『震災後文学論』青土社
桐野夏生『バラカ』集英社
瀬名秀明『新生』河出書房新社
――『月と太陽』講談社
宮内悠介『彼女がエスパーだったころ』講談社

震災後文学としての『PSYCHO-PASS　サイコパス』シリーズ
――科学技術コミュニケーションにおけるリスク・個人・希望をめぐって

西貝　怜

人間が林檎を見て、蝙蝠が林檎を見て、
ロバが犬が猫が鶏が仲良く林檎を観察していて、そうして林檎は輝き始める。

――円城塔「内在天文学」

1．はじめに

科学技術のリスクと利益の問題は、トレードオフの状態であることが多い。例えば原子力発電はその発電効率で見ると他の発電方法よりも多くの場合で優れているが、核廃棄物処理の問題題や放射能汚染のリスクを孕んでいる。3・11によって引き起こされた福島第一原子力発電所事故（以下、フクシマ）以降原発は、これを悪とする反対派と善とする推進派の二項対立で多くの場合語られてきた。しかし、科学技術の問題は、リスクがあるから良い悪いというだけの話ではなく、利益とリスクを同時にしっかり見据えたうえで様々な立場や視点から議論しなくてはならない。この科学技術のリスクと利益の問題を考えるのに、『PSYCHO-PASS　サイコパス』（以下、サイコパス）シリーズにおけるシビュラシステム（以下、シビュラ）をめぐる話題が有用だと思われる。そこで本稿では、『サイコパス』の分析を通して、フクシマ以降に我々がいかに科学技術と関わるべきなのかについて考えてみたい。

アニメ第一期『PSYCHO-PASS　サイコパス』（以下、サイコパス）は二〇一二年に放送が開始され、全二二話である。その後、新しいカットも挿入され、二話を一つに繋げたアニメ第二期『サイコパス』新編集版全一一話が二〇一四年に放送された。この新編集版放送終了直後の同年一〇月からアニメ第二期である『PSYCHO-PASS　サイコパス2』が全一一話放送された。そしてこの放送が終わった翌月の二〇一五年一月から、今度はテレビではなく映画として『劇場版　PSYCHO-PASS　サイコパス』が上映された。『サイコパス』シリーズの展開は凄まじく、これらテレビアニメや劇場版アニメ映画のみならず、コミカライズや小説化も展開されているばかりか、小説にいたってはアニメの内容だけでなく、オリジナルストーリーや他の作品にない視点などから書かれたものもある。そこで本稿ではいわゆる原作とも呼ばれるアニメ作品と映画を公開された順に、一期、二期、劇場版と表記して、これらを主に扱い考察を進めていく。

『サイコパス』シリーズを既に鑑賞された読者は、「『サイコパス』が震災の問題を描いているように思えない」「シビュラの何が、現代の科学技術の問題と通じるの?」と思っているかもしれない。そこで『サイコパス』の詳しい物語や登場人物の紹介は次節にて行うが、まずはシビュラについて触れておかねばならないだろう。シビュラは、人の心理的な状態や性格傾向を数値化し、大衆を管理するシステムである。例えば、性格傾向によって男女カップルの適正を計算したり、犯罪に関する心理的数値を「犯罪係数」として測定したりする。この「犯罪係数」が一定以上ならば、犯罪を犯していない者でも「潜在犯」として逮捕されてしまう。また、このような心理的数値を「色相」ともいい、

「犯罪係数」が高い者を「色相」が濁っている、などとも作中では評される。

第一期の脚本を虚淵玄（以下、虚淵）と深見真とともに担当した高羽彩は、『アニメージュNEXT』２０１３ winter 号のインタビュー記事「シビュラの世界は、本当にディストピアなのか？」で「今この現在から作中のリアルタイムまで、どんな経緯でああした社会になっているか、決めてあるわけですか」と聞き手に尋ねられた。そして、「一応、決めてあります。本編中で語られるかどうかは、微妙ですが（笑）。シビュラシステムの成り立ちに関しては突拍子もないＳＦでなく、どういう発想でそんなシステムが生まれたのか理詰めで作って、決めてあります」と応えた。『サイコパス』のシビュラは現実世界と地続きで考えられ作られたそうだ。

また『PSYCHO-PASS サイコパス OFFICIAL PROFILING 2』（二〇一五）所収「ストーリー原案・第1期、劇場版脚本虚淵玄×第2期シリーズ構成冲方丁」において虚淵は、ＳＦ関連の新しい切り口を考えられる人が第二期では欲しいとプロデューサーに頼むと、冲方丁（以下、冲方）が連れてこられたと述べている。さらに虚淵は、霜月美佳（以下、霜月）という登上人物に関しては名前を考えた程度と述べ、冲方が「僕としては、とにかく霜月がきちんと劇場版に着地するかどうかにハラハラしていたんですよ」と応答した上で、「霜月は僕的に結構気に入っていて」とも話している。どうやら霜月は冲方が中心的に作り上げ、特に思い入れの深い登場人物のようだ。

冲方はさらに自身が福島に元々住んでいて被災したこととＳＦを関連づける「10万年後のＳＦ」（二〇一二）で以下のように述べている。

「ＳＦは、僕にとって何より、第四人称の物語のことだ。私、あなた、彼・彼女から、「人類という人称」へ至る物語である。それは今や、科学技術によってもたらされた様々な現実の投影であり、未来へ前進する上で不可欠の理解をもたらす光明でもある。…中略…複数の現実を内包し、ときに一つへと導く物語は、SFにおいて最も力強く生まれるであろうことを僕は今、確信している」（四一頁）

冲方の「SFは現実の問題を内包しつつ、科学技術の問題を未来へ前進させてくれる」と考えている点は、『サイコパス』に反映されていると読めるだろう。実際に高羽彩は現実と地続きでこの作品を考えたとも述べているし、本稿で主な問題とする常守と霜月の関係も（詳細は後述）、劇場版が先に考えられていたとはいえ、冲方が参加した二期以降に生まれた。アニメ評論家の藤津亮太も『PSYCHO-PASS　サイコパス　OFFICIAL PROFILING』（二〇一三）所収「〝外部〟に立つ強さ」という論考の中で、以下のように述べている。

「さまざまなインタビューで語られている通り、企画当初からメインスタッフの間では、シビュラの管理する日本は決してディストピアではない、という合意があった。シビュラはいくつかの問題を内包しつつも、基本的には人間の人生を楽にする（解放する）、ニュートラルなシステムとして存在している。これはシビュラに限った話ではない。自動車のシステムは交通事故のリスクを内包しているし、環境汚染・環境破壊のリスクを持たない発電所はない。それでも、そのリスクを超えて利益があるからこそ、その社会インフラとしてそのシステムに頼り続ける。シビュラに服従する人はそのまま現代に生きる我々の姿でもある」

シビュラは人々を管理するシステムであり、それを原発のメタファーと読むのは難しいかもしれない。しかし、藤津が述べるように、シビュラのある社会をリスクや危険とともに利益のある科学技術の産物が運用されている社会と考えることは出来よう。そして、シビュラをそのように捉えることで、『サイコパス』を科学技術の産物に対する登場人物間の態度の違いという点から理解を深めることが出来るほか、その考察と科学技術に関する現実問題とを接続して考えることも出来よう。

そこで次節では、上述したようにまず『サイコパス』の物語や登場人物紹介をする。その後に次々節では、シビュラの何がリスクと利益だと書かれているのかを論じる。

2.『サイコパス』シリーズの物語紹介

主人公はシリーズを通して、厚生省公安局刑事課一係に所属する監視官、常守朱（以下、常守）である。この刑事課は執行官とそれを指示する監視官という二つの役職で構成されている。執行官は皆、「犯罪係数」がほかの潜在犯と同じ程度の数値で、本来は保護施設に隔離されているはずなのだが、犯罪捜査に役立つ能力を買われ、行動は制限されるが公安局での仕事を任された者たちのことである。

第一期での一係の監視官は常守のほかに宜野座伸元（以下、宜野座）の二人である。執行官は元監視官の狡噛慎也（以下、狡噛）と宜野座の父親の征陸智己、縢秀星、六合塚弥生の四人である。第二期での一係の監視官は常守と霜月の二人となる。また一期で、征陸智己と縢秀星が死亡、および狡噛が海外に逃亡した。これと、一期の狡噛と同じく宜野座の犯罪係数が上昇してしまい執行官に降格したことにより、二期における執行官は宜野座、六合塚弥生、新しく入ってきた東金朔夜（以下、東金）と雛河翔の四人である。劇場版での監視官は二期と同じで、執行官は死亡した東金の代わりに須郷徹平が入った四人である。

シビュラに管理された環境下でのSF捕物帳というのが、一言で『サイコパス』シリーズを表す言葉だろうか。監視官や執行官の持つドミネーターという銃でさえも、シビュラに管理されている。この銃は携帯型心理診断鎮圧執行システムとも呼ばれ、シビュラとオンライン回線で繋がっており、監視官と執行官しか使用することが出来ない。また、この銃を向けられた者は即座に「犯罪係数」を測定され、シビュラがその数値を下に「執行対象」として認識しなければ、犯罪者であれ「潜在犯」であれ、相手に銃弾を射出することが出来ない。この犯罪係数によって「執行対象」のレベルが分けられており、捕縛するか射殺するかもその場でシビュラによって判断される。

第一期ではいくつかの事件が起こるが、主に槙島聖護（以下、槙島）が狡嚙に殺されるまでが描かれている。『サイコパス』では先述した通り犯罪実行を考えたり、実際に人を殺したりすると「犯罪係数」が上がり「執行対象」として逮捕される。しかし槙島は、「免罪体質」という何があっても犯罪係数が上がらない体質である。そのため、ドミネーターも槙島には使用できない。常守は、槙島に友人が殺される場面にいつつも、ドミネーターが使えず、みすみす友人を殺されてしまう。そのような体質を生かし犯罪を繰り返してきた槙島。監視官の時に同僚を槙島に殺された狡嚙は、その恨みを晴らすかのように執念で槙島を追い詰め殺害し、その後海外に逃亡する。

第二期では、「免罪体質」とは異なる、シビュラが「犯罪係数」を測定できない鹿矛囲桐斗（以下、鹿矛囲）の逮捕劇が主に描かれている。鹿矛囲はとある航空機事故で亡くなった人々をつなぎ合わせた多体移植技術で産まれた人間であり、そのためシビュラにとっては死体の複合体でしかなく「犯罪係数」を測定できなかった。しかし、シビュラは元々個人の「犯罪係数」しか測定していなかったが、この事件をきっかけに集団的な計測を行うようになった。そのため、鹿矛囲の「犯罪係数」も明らかになり、東金と鹿矛囲は「ドミネーター」によって相打ちで死亡する。

劇場版では、シビュラを日本から輸入した国SEAUnが舞台となる。常守がSEAUnでのシビュラの不正使用を暴くことと狡噛との邂逅が主に描かれている。SEAUnのニコラス・ウォン大佐は、常守に世界的に内戦が続いている中で日本が例外的に平和なのは、シビュラが機能しているためだと告げる。SEAUnの首都シャンバラフロートでもシビュラを導入したことで、一見シャンバラフロートは平和になったように見えた。しかし、それに対抗する勢力がSEAUnにはあった。常守はシャンバラフロートに赴き、その対抗勢力に組する狡噛と再会する。そして、ともにシャンバラフロートでのシビュラの不正使用を暴こうとする。というのも、主に軍の高官は自身らの「犯罪係数」を誤魔化し、時に人殺しも行うが、国民にのみシビュラによる統治を行っていた。日本からの援軍も駆けつけ、常守らは軍の人間らと戦闘になりこれを駆逐する。そして、シャンバラフロートのハン議長は、実はシビュラそのものであり、常守の説得もあり辞任する形で国民にシビュラの是非を問う。その後、常守や駆けつけた霜月らが帰国して物語は締めくくられる。

3. シビュラの利益とリスク

シビュラの利益とは何であろうか。劇場版では常守とその友人、水無瀬佳織（以下、水無瀬）が以下のように会話している。
常守「結婚？」
水無瀬「うん。向こうも忙しいから、式を挙げるのはちょっと先になりそうだけど。朱には、ちゃんと紹介したいんだ」
常守「とうとう佳織が結婚か。おめでとう」
水無瀬「うふ。ありがとう」

水無瀬「あらためてシビュラシステムの恋人適性って、凄いんだって実感したな。彼と知り合うきっかけもシステムのおかげで。じゃあって、お互いの両親に報告して。だけど最初は、不満がないわけじゃなかったけどさ。でも結局、私にぴったり合う彼だったんだ。ま、色々あったけどね」
常守「そっか」
水無瀬「今のこの平和って、朱が働いている公安局のおかげなんだよね？」
常守「うん」
水無瀬「人が幸せになるための道筋を、その人自身よりも正しく教えてくれるシビュラなら、いつか本当に、世界中の人間を救ってくれるのかもしれない」
常守「そう、なのかな」
先に挙げた藤津の論考や「シビュラシステムの世界は、本当にディストピアなのか」というインタビュー記事のように、『サイコパス』の世界はユートピアでもディストピアでもないと言われている。ニコラス・ウォン大佐も言うように、内戦などがない社会を日本が実現しているのはシビュラのおかげなのである。こういった社会秩序の維持のほかにも、上述の会話がなされているように、仕事や交際相手が決定される者たちにとっても、それが幸福のように描かれている。シビュラは安全と安心の両方、および幸福を大衆に与えている。

では、シビュラの問題点はなんであろうか。個人でなく集団など複合的な心理的数値を計測しないというのは、たしかに一つの問題点ではあったが、それは作中で克服した。ただ、「免罪体質」の者を取り締まれないという問題はまだ残っている。そのような状態であっても、このシビュラの不完全性は大衆に隠されている。さらにシビュラは、その「免罪体質」者の脳を取り込んで運営される、脳が有機的に接続された進歩していくシステムである。実はシビュラの与えてくれる安全も安心も砂上の楼閣で成り立っているのである。ただ、これらの点からシビュラは、科学技術の産物でありながら、今なお発展し続ける科学技術そのものと、広く捉えることが出来よう。

常守はアニメ第一期二〇話で以上のシビュラの真実を知り「悪人の脳をかき集めた怪物が、この世界を仕切っていたっていうの？」と述べ、以降シビュラに対して否定的な態度をとる。しかし、二期では霜月がシビュラについて、この真実を知ってもなお肯定的な態度をとる。この二人の態度の違いを考えることで、科学技術への態度の差異を虚実綯い交ぜに考えることが出来よう。

以上から、次節では常守と霜月がどのようにシビュラを捉えているのかを考察する。

4．常守と霜月のシビュラへのまなざし

常守はシビュラの真実を知った後のアニメ第一期二二話で、シビュラと以下のような会話を交わす。

シビュラ「機密保守を脅かす兆候がない限り、あなたの生命と行動の自由は保障されるでしょう。協力的態度を期待します。自己保存の欲求に従えば、あなたに選択の余地はないはずです」

常守「そうね、犬死にはごめんだし。今の世の中がシビュラ抜きで成り立たないのも事実だし」

シビュラ「あなたの遵法精神にもとづく判断は、信頼に値します」

常守「尊くあるべきはずの法を、何よりも貶めることは何だか分かっている？　それはね、守るに値しない法律を作り運用することよ。人間を甘く見ないことね。私たちはいつだって、よりよい社会を目指している。いつか誰かが、この部屋の電源を落としにやってくるわ。きっと、新しい道を見つけてみせる。シビュラシステム、あなた達に未来なんてないのよ」

シビュラ「常守朱。抗いなさい。苦悩しなさい。我々に進化をもたらす糧として」

以上の会話でわかる通り、常守はシビュラを消えるべきものとして批判的に考えている。しかし、今すぐ消えるべきものではない、とも述べている。そういった態度をとるのは、一つは常守自身の命が人質に捉えられているから、もう一つはシビュラなしに今の社会が成り立たないから、と考えているからである。さらに、同じく二二話で狡噛と常守は以下のような会話を交わしている。

常守「法が人を守るんじゃない。人が法を守るんです。これまで悪を憎んで、正しい生き方を探し求めてきた人の思いが、その積み重ねが法なんです。それは条文でもシステムでもない。誰もが心の中に抱えている、脆くてかけがえのない想いです。怒りや憎しみの力に比べたらどうしようもなく簡単に崩れてしまうものなんです。だから、よりよい世界を作ろうとした過去、すべての人たちの祈りを、無意味にしてしまわないために、それは最後まで頑張って、守り通さなきゃいけないんです。あきらめちゃいけないんです」

狡噛「いつか、誰もがそう思う時代が来れば、その時は、シビュラシステムなんて消えちまうだろう。潜在犯も、執行官も、いなくなるだろう。だが」

シビュラは「免罪体質」者の危険をそのままに、しかしそれを隠し「免罪体質」者の脳をシステムに組み込むことで進歩する。常守はこれについて先述したように批判的に考えているばかりか、人の想いを重視することで、システムが人を守ろうとするような、人の上にシステムがあること自体についても否定的なのだ。

反面、霜月は常守と同じくシビュラの真実を知っても、シビュラを肯定的に捉える。第一期九話で霜月は、自身の所属機関の長である禾生局長にシビュラの真実を告げられ以下のように会話を交わす。

禾生「以上がこの社会の秩序たるシビュラシステムの真実よ」

霜月「素晴らしい、素晴らしいです。まさに英知の結晶。免罪体質者による裁きだなんて、そんな素晴らしいシステムでこの社会は守られていたんですね」
禾生「社会が是とするものを無条件で受け入れるその姿勢。確かに理想的な市民のモデルケースではあるわね」

霜月は東金や常守について独自にリサーチし、禾生局長にそれを報告したところ、知りすぎた人間として殺されそうになる。しかし、東金の提言でシビュラの真実を伝えられることになり、シビュラを全面的に受け入れ、事なきを得た。シビュラの「免罪体質」者を取り入れる点や人よりもシステムが上位にある世界という点を霜月は見つつも、シビュラが素晴らしいものだと考えているのだ。
常守と霜月は同じ監視官という社会的立場、および自身の命が人質であることやシビュラの真実を知っている点は共通する。しかし、シビュラの構造や運用のされ方について、肯定的か否定的かという点が異なる。

5. シビュラと3・11

3・11以前の二〇〇八年から二〇一六年までの間、掲載媒体を変えながら連載された『コッペリオン』というマンガ作品がある。この作品は、遺伝子操作で作り出された放射線を浴びても問題がない人間が、地震によってメルトダウンを起こした原発によって死の大地になった東京に残された人々を救出する作品である。一巻二話で、このメルトダウンについて成瀬荊は、電力会社が原発はマグニチュード8でもびくともしないと言いつつ事故を引き起こしたことを指摘して非難する。極めて予言的な場面である。実際にフクシマはある種の科学信奉が引き起こしたと度々言われる。常守がシビュラの「免罪体質」の犯罪者で構成されたシステムを批判的に捉えているのに反して、霜月はシビュラを全面的に信奉している点で、この態度と同じである。

ならば常守の態度がよいと言えるのだろうか。劇場版で宜野座は常守に「あなたはあまりに大きすぎるものを抱え込んでいるように見える」と述べる。たしかに常守と霜月がシビュラについて意見を戦わせることは、あまりない。ただ、常守はシビュラの真実を秘匿しながらも既に述べた通り狡噛にシビュラのありようを問うたり、ハン議長へ市民にシビュラの是非を問うべきだと説得したりするばかりか、第二期一話でシビュラを恨む犯罪者に以下のように述べたりする。

「社会が必ず正しい訳じゃない。だからこそ私達は、正しく生きなければならない。間違いを正したいというあなたの心も、あなたの能力も、この社会には必要なものよ。社会は一人一人が集まって作られるもの。一人一人が正しくあることが、社会を正しくすることでもある。あなたの正義は尊いものだから」

霜月は常守が、常守は霜月がシビュラの真実を知っているかどうか分かっていない。しかし、常守はこのようにシビュラの真実を知らない者と、相手の価値観を尊重した上で、シビュラの作る世界についてコミュニケーションをとることも出来る。しかし、霜月にそれはやらないのだ。『サイコパス』において霜月の盲目的にシビュラを信じるという姿勢と、常守のディスコミュニケーション、両者双方の理由によってシビュラの是非は各登場人物個人の心中に留まっている。ただ、これは先に挙げたインタビュー記事などでも書かれている通り、『サイコパス』をディストピアとして描かないために必要であったことだろう。シビュラのある世界が是か非か、ユートピアかディストピアかは視聴者の判断に委ねられている。自分の存在をシビュラに問うた鹿矛囲、「犯罪係数」の変化によって降格された宜野座など、『サイコパス』にはシビュラについての様々な価値観を持つ者が登場し、それによってシビュラ自体が変わったり、登場人物の価値観が変わったりもしている。しかし、常守と霜月の価値観を戦わせて勝利者を描いてしまっていたら、シビュラの是非を作中で描くことになり、これを視聴者に委ねることは出来なかっただろう。

チェルノブイリ原発事故はテレビの向こうの話だったが、フクシマは電気を使っている人、すなわち殆どの日本人に降り掛かった問題である。そのため否応なしに我々の原発への、科学技術への態度の問題が浮き彫りになったのではなかろうか。フクシマは、科学技術を信奉するという態度が一因だったとしても、そういったある一つの立場だけに原発事故を引き起こした責任があるのだろうか。原発というリスクの孕んだ科学技術の産物を、否定的にとらえた立場も多かったはずだ。3・11以前に、この科学技術への異なる考えを持つ者同士の間に十分なコミュニケーションが行われていなかったことが、重大な問題として我々にのしかかる。まさに『サイコパス』は、科学技術そのものの是非や善悪でなく、科学技術の産物の運用方法について意見を異にした者同士のディスコミュニケーション的問題を描くことで、これまで我々がとってきた科学技術への態度の問題を浮き彫りにさせているではなかろうか。

我々は当然ながら、常守が言うようによりよき未来を目指して生きている。科学技術を巡るディスコミュニケーションが大きな問題を引き起こしてしまったのであれば、今後はどのようにしてその問題が起こらないようにするか考えなければならない。すなわち以降では、常守と霜月というディスコミュニケーションに陥ってしまっている二人がどのようにしたらシビュラについて対話可能かを考えることで、科学技術のリスクと利益について如何により良い対話ができうるのか、これを考える必要があるだろう。そして、そのためには常守と霜月の態度の違いが何に起因しているのか、より詳細な読み解きも必要となろう。

そこで次節ではまず、3・11以降の二〇一三年に映画化もされた東野圭吾『真夏の方程式』で描かれる科学技術コミュニケーションの描かれ方と『サイコパス』を繋げる（理由は後述）。その上で、リスクを孕んだ科学技術についてどのようにコミュニケーションがとられるべきかを『サイコパス』における常守と霜月の態度の違いが生まれている要因から考えていく。

6.『真夏の方程式』から『サイコパス』へ

東野圭吾『真夏の方程式』では、高度な科学コミュニケーションが描かれている。この作品は、玻璃ヶ浦と周辺市町村が主な物語の舞台である。この海岸沖で海洋資源開発のための海底掘削が行われようとしている。それを行おうとする企業のデスメックと周辺地域の住民が、この海底掘削の是非について争っている。そこで、デスメック側の応援者として物理学者の湯川学（以下、湯川）が呼ばれる。しかし湯川は、自身がデスメックの完全な味方ではないことを主張した上で、デスメック擁護に廻ると儲かるのではと投げかけられ、以下のように述べる。

「儲かる儲からないだけで、科学者は自分の立場を変えたりしない。科学者がまず一番最初に考えるべきなのは、どの道が人類にとってより有益かどうかということだ。有益だと判明すれば、たとえ自分に利益がなくても、その道を選ばなくてはならない。無論、有益であり尚かつ自分も儲かるというのが理想であるが」（六七頁）

湯川は、悪しき御用学者のように金銭の問題で科学的な立場を変えようとはしない。実際に、デスメック側が地域住民に深海生物への影響を聞かれ、それを何とか全て把握しようと努力すると述べたことについて、湯川は「専門家でさえ、深海生物のことを完全に理解しているとはいいがたい。できないことはできないと正直にいうべきだ」（三二頁）と指摘する。このように湯川は科学的に真なるものを重視しつつ、さらに、科学コミュニケーターのような役割も演じる。

湯川は作中、玻璃ヶ浦にたたずむ緑岩荘に宿泊している。その間に、玻璃ヶ浦で殺人事件が起きる。緑岩荘を経営している夫婦の娘、成実は海洋資源開発反対運動をしており、この成美と湯川が海洋資源開発の是非を巡って対話していく。そのうちに、殺人事件の真相に緑岩荘が深く関わっていることに湯川が気付いて推理が深まっていく、というのが『真夏の方程式』のあらましである。そして湯川は、海洋資源開発を主軸にして科学技術についてどのような態度をとるべきか、デスメック側にも地域住民側にも重要な示唆を与えていく。この点で湯川はただの科学者でなく、科学技術を巡って市民と専門家をつなげ、円滑な対話のために奔走する科学コミュニケーターともいえるのである。

例えば、成実が湯川にデスメックの船へ海底掘削機を見に行くと述べたときに、二人の間で以下のようなやり取りが行われる。

「見るまでもない、それらは間違いなく海底を荒らす。そんなものを見たって、ただ腹を立てるだけだ。科学の発展や人間の未来といったものと環境保護を天秤にかける視点があるのなら話は別だが」

「そういう視点がないわけじゃありません。でも天秤にかけるんじゃなくて、何とか両立させたいと考えているんです」

「両立ね」湯川は、ふっと笑った。

「何がおかしいんですか。そんなのは理想論だというんでしょうけど——」

「理想を追うのはいいことだ」湯川は真顔で成実を見つめてきた。「しかし君の台詞には全く説得力がない。学問に対する謙虚さが感じられない」

成実は物理学者を睨みつけた。「どうしてですか」

「君は環境保護の専門家かもしれないが、科学に関しては素人だろう？　海底資源開発について、どれほどのことを知っているというんだ。両立させたいというのなら、双方について同等の知識と経験を有している必要がある。一方を重視するだけで十分だというのは傲慢な態度だ。相手の仕事や考え方をリスペクトしてこそ、両立の道も拓けてくる」（一九九-二〇〇頁）

湯川は、成実がただ海底掘削をする機器を見に行くというだけでは、自身が反対する立場を再認識するだけで意味がないと述べる。さらに湯川は、科学技術の発展と環境保全を天秤にかけるような視点の必要性を述べると、成実は異なった価値観の市民と企業が両立する方策を考えたいと主張する。

するると湯川は、反対する立場の者らと共生できるような考えに思いを巡らせるならば、相手の考え方も尊重しなければならない、と述べるまでが上述のやりとりである。その後、成美はこの湯川の意見に納得し、デメステックの機器を観察して自身も反対する立場の者たちの知識を得る必要を感じる。湯川との対話によって、成実の中に科学技術について異なる価値観の者との対話ができる下地が形成されたのだ。

『サイコパス』もシビュラという、利益もリスクもある科学技術による産物が描かれている。そしてシビュラもまた、登場人物によって肯定する者と否定する者がいた。監視システムと海洋資源開発という全く違うものではあるが、利益もリスクもある科学技術として抽象化して繋げれば、それの是非が登場人物ごとに異なるという点は『サイコパス』も『真夏の方程式』も同じ土俵で考えることが出来る。

読者の方々には、もっと科学技術の是非を巡る多様で有益そうなコミュニケーションが描かれているほかの作品があるだろうと思われているかもしれない。しかし『真夏の方程式』では、湯川という科学者兼科学コミュニケーターとの交流を経て、登場人物の一人が自分と真逆の価値観を持つ者に寄り添い上手くコミュニケーションしていく過程が描かれている。この過程をこれまでの科学技術論の分野からさらに考えつつ『サイコパス』と比較して考察を深めることで、科学技術について対話し得なかった者たちがどのように対話していくことが可能なのか、検討することができよう。

7．リスクを共有すること

科学技術社会論（通称ＳＴＳ＝Science, Technology and Society）という分野がある。一九七〇年代から主に欧米の大学でプログラムが作られ広まった分野だ。科学技術が巨大化する昨今、すでに科学技術内部の価値観だけで科学技術が関わる問題を考えることは出来ず、様々な分野から科学と社会との関係を考えるというものである。科学技術社会論を「こういう分野だ」と一言で言うのは難しいのだが、最も大きな特徴は、科学と社会の関係を人文学、社会科学の広い分野のそれぞれの立場から、または横断的に考える学際性にあるだろう。また、こういった「科学技術は必要不可欠であるが、科学技術だけでは解けない問題」のことを、細かく言うと異なる点もあるのだが、科学人類学者のラベットはポストノーマルサイエンスと、核物理学者のワインバーグはトランスサイエンスと名付けた。まさに電力供給における原発の是非は、こういった分野の問題である。

科学技術社会論に関わる分野の一つに、科学技術コミュニケーション論という分野もある。科学技術コミュニケーションという言葉自体が広い意味で使われているが、まず注意しておきたいのは科学者のアウトリーチ活動とは重なる点もあるが、異なるということだ。科学者や技術者によるアウトリーチ活動とは、自身の成果を広く専門家以外に伝えるというものである。科学技術コミュニケーション論は、簡単に言ってしまうと専門家とその分野の素人とのコミュニケーションの方策を考える分野である。近年、特に専門家と非専門家の双方向のコミュニケーションが重視されている。

この分野の成果に、欠如モデルという考え方がある。これは、市民などの科学技術に関しての非専門家は、科学者などの専門家から知識を与えられることで「科学の公衆理解（ＰＵＳ＝Public Understanding Science）」が上がり、科学技術を肯定しやすくなるという考え方である。しかし、Bucchi and Neresini(2002) の報告において、科学技術に関するメディアに触れる度合いの多さと科学技術への肯定度の高さに相関関係は見られず、欠如モデルは裏付けられなかった。こういった背景もあり現在では、イギリスで発表された報告書「Science and Technology – Third Report」（2003）などにも見られる通り、科学の公衆理解を上げようとする科学技術コミュニケーションからの脱却が多くの場合で図られている。すなわち、アウトリーチ活動のような専門家から非専門家への一方的なコミュニケーションでなく、双方向のコミュニケーションが今では重視されるようになっていったのである。

だが勿論、科学者から市民の一方向のコミュニケーションが悪いというものでもなく、無知でもいいので異なる立場の者同士で対話をいかに円滑に進めるかということを科学技術コミュニケーションが重視しているわけではない。日本周辺に生息するウナギの生息数、ブラジルにおける熱帯雨林の分布域の広さは年々減少している。また、日本国内における高齢者の数は年々増加している。統計処理を行えば、この三つの値は相関があると出るかもしれないが、それは基本的には出鱈目であると考えられる。これは偽相関とも呼ばれ、統計処理を行う前の数値の取捨選択で、有為差や相関があるといったことは操作できるのだ。このような統計による欺瞞に惑わされないためには、統計学の知識が必要である。『真夏の方程式』においても、海洋資源開発と環境保全の両立を理想とする成実は、湯川の言葉によって海洋資源開発によって破壊される環境の側面だけを考えるのでなく、科学技術によって得られる利益にもちゃんと向き合うようになった。我々は科学技術に関するありとあらゆるコミュニケーションに目を向けないといけないのである。

しかし、『サイコパス』の常守と霜月は、全く同じ知識を有している。シビュラの長所も短所も、二人は知っている。ただ、『真夏の方程式』の成実が科学技術の利益にも目を向けたように、霜月はシビュラの欠点に向き合っているのだろうか。知っていることと、それを考えたり分かったりということは違うことである。霜月は「免罪体質」者の脳を取り込むシビュラを素晴らしいものと述べているが、それは命の危険性のある場面でのことで、霜月の表情を見る限り普通の精神状態ではないように描かれている。シビュラは有機的に進歩するシステムであれ、人命に関わる大きな問題を抱えている。第二期で鹿矛囲がシビュラのシステム的な欠点を突いて様々な犯罪を犯し多くの人命を奪っており、霜月自身もこの件に関連して度々危機に瀕している。それでも霜月は二期一一話で、自身も常守と同じくシビュラの中枢に到達できるという状況で「私、ここから先へは進みません。秘密を守ります。いえ、全部忘れます。何も知りません。私、シビュラを信じます。私、この社会が大好きですから」と述べる。すなわち霜月は、シビュラの真実を知ってなお、そのリスクを見ないようにしたのである。

二〇一二年から二〇一三年にかけて「六本木ライブラリー　トランスサイエンスシリーズ」というイベントが、科学技術社会論学者の田中幹人を中心に複数回行われた。その中で二〇一三年七月二二日に行われた「トランスサイエンスとは何か~ポスト3・11の科学コミュニケーション」について、ホームページで概要が書かれており、その一部を抜粋する。

「例えば、従来の科学コミュニケーションでは、科学の楽しさや面白さを伝えることばかりが重視されていて、科学技術のリスクが扱われることがあまりなかったのが問題だとしばしば言われました。その反省に基づき主張されるのが、ポスト3・11の日本社会では、専門家と非専門家が双方向のコミュニケーションを行うことで、科学技術がどのようなリスクをもつのかを明らかにし、それ

を専門家と非専門家が共有していかなければならないということです」（二〇一六年九月一八日閲覧）

リスクコミュニケーションという分野もあるが、それは地震などの自然災害や食品の安全性を主に扱ってきた。また、3・11以前では原発のリスクをめぐる科学技術コミュニケーションが十分でなかったと先述したが、以降であっても科学技術のリスクをめぐるコミュニケーションはこれまであまりなされてこなかったと田中は述べている。そして田中は3・11以降、このリスクをめぐる科学技術コミュニケーションこそ必要だと主張している。さらに田中の主張に乗ると、リスクとはどういうものか評価し、コミュニケーションの場で共有しなければならないのだ。すなわちここから考えると、霜月がシビュラの欠点に対する態度を明らかにしない限り、常守はシビュラの問題点について霜月とコミュニケーションがとれない。常守はシビュラのリスク評価をしているが、霜月はこれを無視しているので、このままでは問題を共有できないのだ。

これで、霜月と常守がコミュニケーションするために必要な下地は分かった。以節では、こういったリスクの共有がなされた上で、科学技術についてどう対話可能か、考えていく。

8．科学技術コミュニケーションと個人の感情

『真夏の方程式』では、湯川が成実に向かって異なる態度を表明する者への理解が重要だと述べる。実際にこれまで見てきたように、現在の科学技術コミュニケーションでは専門家と非専門家の双方向

コミュニケーションが重要視されており、この背景には専門家の受け皿としての非専門家というような考え方が批判的に検討されてきたことが一つの要因として挙げられる。これは湯川の述べるように科学技術コミュニケーションにおいて、環境保護活動家と企業というような異なる立場の者を尊重しつつ対話しなければならないということである。

『真夏の方程式』においては、地域住民、科学者、企業と社会的立場は明確に分かれている。科学技術コミュニケーションにおいても、専門家と非専門家、市民などという言葉が使われるように、ある程度社会的立場が異なる者同士の対話が主に問題になってきた。ただ、社会的立場が異なる者同士の科学技術コミュニケーションだけではこぼれ落ちてしまうものがある。そう、『サイコパス』における常守と霜月はどちらも監視官という同じ社会的立場なのである。

『真夏の方程式』においても「サイコパス」のように、地域住民と社会的立場を一括りにできる人たちが、海洋資源開発に関連して、玻璃ヶ浦の観光産業の廃れ具合などをめぐって口論する場面がある。同じ社会的立場であっても、何かについての価値判断が一枚岩とは限らない。科学研究の営みを文化人類学的に研究する分野を科学人類学と呼び、科学技術社会論の重要な一角を占めている。しかし、科学者集団でなくても、科学技術に関わる単一の社会的立場の中での科学をめぐる価値観の差異などを考えることも重要なはずだ。

では、『サイコパス』における同じ監視官という立場の霜月と常守の関係をどのように考えれば良いのか。先に、科学技術コミュニケーションを考える際にリスクも考慮する必要性を述べた。このリスクについて、近年は個人化という問題がよく言われるようになった。リスクの個人化や社会との関係についてはベック『危険社会』をはじまりにしてこれまでに多くの議論があるが、特にこの個人化については社会学者の鈴木宗徳が『個人化するリスクと社会——ベック理論と現代日本』所収「はじめに」（二〇一五）で以下のように簡潔に述べている。

「すなわち、家族・階級・企業などさまざまな中間集団から個人が解き放たれることによる、個人による自己選択の余地が拡大するとともに、これらの集団によって標準化されていた個人の人生が多様化し、失業や離婚など人生上のさまざまなリスクを個人が処理することを余儀なくされるという、一連の現象を表すものである」（:ⅱ頁）

ただ、『個人化するリスクと社会』はこの個人化という概念から現代日本の社会問題を考えた論集である。リスクを科学技術コミュニケーションで考えるには、リスクの個人化から社会を見るのでなく、この一人一人に内包してしまっているリスクに立脚して、対話の方策を考えるのが重要であろう。すなわち、『サイコパス』において先述した常守と霜月によって個人化されてしまっているリスクを踏まえつつ、両者のコミュニケーションの可能性という点から考える必要があるだろう。

しかし、具体的に個人の何に着目して、リスクを個人で抱える者同士の科学技術コミュニケーションを考えれば良いのか。それは感情などの個人の性質や人間性ではなかろうか。科学哲学者で心理学者のサビーネ・ルーサーは'Nuclear Energy, Risk, and Emotions'(2011)という論文の中で、感情と認知は密接に関わっているという先行研究をふまえ、核エネルギーのリスクについて非専門家の感情を基にした判断の合理性を述べて、専門家と非専門家のコミュニケーションの際に感情と理性を切り離すことを批判した。

このルーサーの議論を受けて、科学技術社会論、科学哲学、科学史などの科学技術に関する幅広い人文学の研究を展開している塚原東吾は、「ポスト・ノーマル・サイエンスによる「科学者の社会的責任」」（二〇一一年）という論考の中で、フクシマを語る際の感情の有用性を説いている。塚原はリスクがこれまで心理学、哲学、社会科学などの多くの分野によって量的な概念以上のものであると報告されてきたことを紹介した上で、一見感情に寄った判断は大衆の支持に直結しそうなものの、ルーサーのポピュリズムにもテクノクラシー（専門家による管理）にも陥らないための「リスクについての感情を熟考するアプローチ」の提唱を評価している。その上で塚原は、フクシマを含む科学技術コミュニケーションの失敗にルーサーの議論は示唆に富むと述べ、欠如モデル批判などとも繋げて議論している。

以上から、科学技術コミュニケーションにおいてリスクを問題にする時には、個人に着目してその個人の感情や人間性にも目を向けねばならない、といえるだろう。『真夏の方程式』において成実が東京出身でありながら玻璃ヶ浦を大切にして海洋資源開発に反対するのは、ミステリーなのでオブラートに包んで述べると、自身の出生に関わる秘匿すべき大切な思いからであった。このように科学技術への態度の元となる感情や気持ちにも目を向けて、『サイコパス』における常守と霜月の関係について次節では議論を進める。

9．常守と霜月の対話のために

常守は「免罪体質」者でもないに関わらず、祖母を殺されようが友人を殺されようが、「色相」は濁らない。自身の「色相」を気にしたこともない。反面、霜月は常々自分の「色相」が濁ることを気にしている。それは、例えば二期八話で東金と常守について調査している際や、二期一一話で東金が非合法的な行為で常守の祖母を殺してそれに加担したが、東金を処分しようとした際などに見られるように、自身は「色相」がクリアでないといけないと言い聞かせるような強迫観念にも近い。このような霜月の考え方は、第一期で高校生の時に霜月が経験した殺人事件に関連していると思われる。

霜月は基本的に犯罪者や「潜在犯」だけでなく、執行官など「犯罪係数」が高い者を見下している。しかし、六合塚弥生だけは、弥生さんと下の名前で呼んだり、会話の際に頬を赤らめたりと、好意的に関わっている。これについて、ライターの玄Kuroが「【アニメキャラの魅力】シビュラ的「理想的市民」⁉新人監視官「霜月美佳」の魅力とは？『PSYCHO-PASS　サイコパス』」（二〇一五年）で以下のように述べている。

「霜月は本作1期で起こった女子校での「王陵璃華子」による猟奇殺人事件で初登場しました。当時は高校生で、幼なじみの「大久保葦歌」と「川原崎加賀美」を殺害されています。加賀美が殺されたのは、璃華子の危険性に気づいておきながら、加賀美が葦歌のことばかりを気にして自分の事を見てくれないことへの嫉妬から、璃華子を訪れることをすすめたためで、そのことに後悔の念を抱いた霜月は、事件の捜査に来ていた執行官の「六合塚弥生」に慰められ、その胸で泣いています」（二〇一六年九月五日閲覧）

霜月が六合塚弥生と好意的に接するのは高校時代のこの経験によるものだと考えられる。そればかりか、霜月が自身の「色相」を強く気にして「犯罪係数」が高い者を強く批判するのは、ここで述べられている「後悔の念」によるものとも考えられる。
そして霜月は、第二期六話で常守に対して「何勘違いしてんの。執行官を下がらせて前線に立つなんて。ちょっとサイコパスがクリアだからって調子に乗って」「(色相が) 濁っちゃえばいいのに」と独り言をつぶやいたり常守の更迭を求める報告書を作成したり、常守とそりが合わない。第二期一話で宜野座は、霜月に以下のようにも述べる。

「理解を超えたものから目を逸らして否定するだけじゃ、いつか後悔することになる。目の前の現象を事実として受け入れろ。それが大人になる近道だぞ。お嬢さん」

常守は犯罪係数が三〇〇になった犯罪者を救いたいと考えている。というのも、犯罪係数が三〇〇のままだとその犯罪者はドミネーターによって殺されてしまうが、二九九になれば殺傷能力の低い銃弾が射出され捕獲することが出来るからである。常守はそのための協力行動を宜野座に指示するが、霜月はそれに否定的態度をとる。この時、宜野座が霜月に述べたのが上の言葉である。これは極めて示唆的な言葉でもある。先述したようにシビュラの欠点に目を向けず肯定することで生きながらえた霜月。この生き方は、やがて科学信奉が一因として引き起こされた福島原発事故のように、大きな問題として自身にも降り掛かりかねない。
以上から、霜月は自身の経験から常守に嫉妬にも近い気持ちがあり、常守の行動だからという稚拙な理由で反発している節がある。一方で常守は、自身の「色相」が常にクリアなので霜月が嫉妬したり恐れたりすることを全く考えられていない。常守を個人的に嫌いな霜月とその理由を理解しようともしない常守。これが、自覚しているにせよしていないにせよ、シビュラをめぐって二人がディスコミュニケーションに陥っている要因ではなかろうか。

劇場版で霜月は常守がSEAUnに行ったことを馬鹿にするような場面がある。シビュラに任せておけば良い、と。しかし常守は、それに対して顔を怒り歪めるだけで、ほとんど言い返さなかった。また、霜月が犯罪者にメモリースクープという薬剤を投与して犯罪情報を聞き出すことについて、常守は怒る場面も劇場版にはある。常守は取調室で血を流す犯罪者を見てその取調べについて「酷い」と述べ、霜月はこの時、自身の行為はシビュラの指示によるものだと応答するが、二人の会話はこれで終わってしまう。その後、禾生局長に呼び出された常守は、「霜月監視官を使って何をやっているの」と、霜月でなく局長に怒りだす。

感情的な口喧嘩や、好き嫌いの個人的感情でマウントをとるような説得に近い対話は、さすがに良い科学技術コミュニケーションとはいえない。霜月は常守に極めて感情的であるが、常守も霜月の考え方にいらだつ部分もあった。ただ、様々な立場の者にシビュラのある世界の是非を問うことができる常守ならば、霜月としっかり対話をして自身のなにが霜月をいらだたせるのか聞き、自身が霜月の何がいけないと思っているかも伝えることができよう。そしてこの時、お互いシビュラの何が危険だと考えているのかを述べる。霜月にいたっては、シビュラのリスクを無視するのではなく、これを改めて考えなければならない。そうすることで二人は、人間対人間のシビュラの欠点をめぐる、科学技術のリスクをめぐるコミュニケーションが出来るのではなかろうか。常守が一人一人の価値観を大事にしてより良い世界を目指すならば、シビュラに問題がないと思っている霜月と、説得でなく気持ちとリスク評価について交えて双方向にコミュニケーションをするべきなのだ。

10．おわりに

先にも述べた通り、『サイコパス』はシビュラの是非を作中で問わず視聴者にそれを委ねた作品であるがゆえに、常守と霜月のディスコミュニケーションを描いたと考えられる。だからこそ『サイコパス』は、各々の登場人物によるシビュラの価値観の差異を考えさせる作品であったともいえよう。そして、どの登場人物の価値観が受け入れやすいかなどではなく、その違いがある者同士で如何にともに生きていくべきか、これに想いを馳せることで本稿では『サイコパス』の描いた問題が現実へ接続された。その結果、科学技術コミュニケーションについて、以下のようなことがいえた。

これまでの科学技術コミュニケーションでは、科学技術のリスク、同じ立場の者同士の対話、個人的な性質というのはあまり考えられてこなかった。特に3・11以前、それまで科学技術のリスクをめぐる対話はあまりなされたなかった。そのため福島原発事故を契機に、科学技術のリスクをめぐる科学技術コミュニケーションをしっかりやろうとする流れがある。科学技術コミュニケーションはこれまでの蓄積の中で、一方向から双方向のコミュニケーションを志向するなど、様々な視点を得てきた。しかし、その多くは社会的立場の異なる者同士の対話の仕方を問題とし、同じ社会的立場の者同士のコミュニケーションは科学者以外ではあまり注目されてこなかったと考えられる。また、社会的立場の異なる者同士というのを主眼においていることで、個人対個人、人間対人間という視点もこれまであまり考えられてこなかったのではなかろうか。科学技術の欠点を知っていることはリスクを考えることではない。リスクとは極めて個人的な価値観が入り込む。そのために、科学技術のリスクについてコミュニケーションをする場合は、それを考える個人の感情も考慮することが必要不可欠であろう。

このようなコミュニケーションを、霜月と常守はどのようにしたらできるのかも考えた。この時、やはりシビュラのリスクを見ようとせずシビュラに肯定的な霜月とともに対話するためには、常守が寄り添わなければならない。問題があると考えているのは常守なのだから。文芸評論家の上田繭子は「常守朱という色（カラー）」（二〇一五）という論考の中で常守について「第一期を経てさまざまな価値観を受け容れ、悩むことを引き受けてきた彼女ではあるが、まるでいろいろな色の光を混ぜれば混ぜるほど白に近づいていくように、その色相は決してクリアさを失わない。そんな彼女のなかにこの世が進むべき道を、未来への希望を見る者は多いだろう」と述べている。シビュラの問題点を登場人物とともに共有する視聴者は、それを問題としない霜月ではなくたしかに常守に希望を見いだしてしまうだろう。そして常守に見出だされるこの希望は、常守の思い通りの世界になってほしいというものでなく、様々な価値観を尊重して皆でよりよい社会を考えつくっていこう、というものだと考えられよう。

3・11以前に科学技術のリスクについて十分な対話がなされていても福島原発事故は起きていたかもしれない。そもそも、コミュニケーションをして何になるのか、という声もあるかもしれない。本稿での考察も、どのようにして常守と霜月がよい科学技術コミュニケーションができるかを論じたが、その結果何がなされるかまでは言及していない。ただそれは、常守に見出だされる希望のように、多様な価値観を持つ人がともに科学技術とよりよき関係を紡いでいくための方策を考え実践することが、科学技術コミュニケーションの一つの理想の形といえるからである。科学技術の社会への影響が、絶大な現代において、多様な価値観を考慮しないでその運用方法を決めることは、大きな問題を引き起こしかねないからだ。

例えば、ES細胞が胚を壊して造られることについての倫理的問題はこれまで多く議論なされてきた。胚が人間と同じ、あるいは近い道徳的な地位を有していると考えると、人間になったかもしれない存在を殺して、ほかの人間を助けるのは倫理的に正しいのか、といった問題である。しかし、iPS細胞が開発され、胚以外の皮膚などの体細胞組織からもほかの体組織をつくることが出来るようになったことで、この倫理的問題は解消された。ただ、手軽に様々な体組織を作成できるようになったということは、iPS細胞がES細胞よりも悪用しやすいということでもある。髪の毛一本から、自分のクローン人間が勝手に造られてしまう、ということも今後考えられよう。

現在、「科学の公衆関与」（PEST＝Public Engagement in Science and Technology）という非専門家の科学への関与が重視されている。iPS細胞の実用化とその規制は、手軽にクローン人間が造られるようになるかもしれない、などのリスクを考慮して決めねばなるまい。そしてこの時、可能な限り様々な人が、個人的な不安などを遠慮なく述べて、議論を進めるべきなのだ。

ここで、今一度常守の言葉を引こう。

「社会が必ず正しい訳じゃない。だからこそ私達は、正しく生きなければならない。間違いを正したいというあなたの心も、あなたの能力も、この社会には必要なものよ。社会は一人一人が集まって作られるもの。一人一人が正しくあることが、社会を正しくすることでもある。あなたの正義は尊いものだから」

『サイコパス』が教えてくれるように、社会と科学のよりよい関係を紡ぐという希望が社会を構成する一人一人の個人的性質を軽視するならば、それは非倫理的である。そういった希望に進む時、文学、特に震災後文学は3・11を経験した我々に重要な示唆を与えてくれることであろう。

参考文献

Bucchi, M., Neresini, F. (2002) 'Biotechnology remains unsolved by the more informed: The media may be providing the message-but is anyone heeeding the call?', *Nature*, 416: 261.

House of Lords (2000) *Third Report: Science and Society*, The Stationery Office.

Roser, S. (2011) 'Nuclear Energy, Risk, and Emotions', *Philosophy and Technology*, 24(2):197-201.

井上智徳『コッペリオン』講談社、一－二六巻、二〇〇八－二〇一六年。

上田繭子「常守朱という色（カラー）」『SFマガジン』早川書房、第五六巻第二号、六二－六七頁、二〇一五年。

冲方丁「10万年後のSF」『SFマガジン』早川書房、第五二巻第七号、三八－四一頁、二〇一一年。

円城塔「内在天文学」『シャッフル航法』河出書房新社、七－三四頁、二〇一五年。

玄Kuro「【アニメキャラの魅力】シビュラ的「理想的市民」!?新人監視官「霜月美佳」の魅力とは?『PSYCHO-PASS サイコパス』」excite ニュース、http://www.excite.co.jp/News/anime_hobby/20150531/Charapedia_20150531_0002.html?-p=3、二〇一五年。

鈴木宗徳「はじめに」『個人化するリスクと社会――ベック理論と現代日本』勁草書房、i－iv頁、二〇一五年。

塚原東吾「ポスト・ノーマル・サイエンスによる「科学者の社会的責任」」『現代思想』青土社、第三九巻第一八号、九八－一二〇頁、二〇一一年。

東野圭吾『真夏の方程式』（文春文庫版）文藝春秋、二〇一三年。

藤津亮太「〝外部〟に立つ強さ」『PSYCHO-PASS　サイコパス　OFFICIAL PROFILING』角川書店、六九頁、二〇一三年。

「シビュラの世界は、本当にディストピアなのか？」『アニメージュNEXT 2013 WINTER』徳間書店、八－一四頁、二〇一二年。

「ストーリー原案・第1期、劇場版脚本虚淵玄×第2期シリーズ構成冲方丁」『PSYCHO-PASS　サイコパス　OFFICIAL PROFILING 2』角川書店、一五〇－一五三頁、二〇一五年。

「トランスサイエンスとは何か～ポスト3・11の科学コミュニケーション」academyhills, http://www.academyhills.com/library/calendar/tqe2it00000k3agl.html

対震災実用文学論――東日本大震災において文学はどう使われたか

宮本道人

序節　「文学は何の役に立つのか」を問い直す

「文学は何の役に立つのか」

過去呆れるほど繰り返されてきたこの問いが、本論の主題である。個人における心理的側面から、社会における政治的側面まで、様々に検討されてきたこの問いは、しかし一方で非常に複雑で、全貌を把握することは不可能に近い。

本論ではこの問いの向く先を、東日本大震災という未曾有の災害に絞り、具体的に文学を「実用」した取り組みを例に挙げて議論する。そこで重要な補助線は、科学である。

震災という現実の現象を前にして、文学には何ができるのか。科学に比べて、文学は取るに足らない存在なのだろうか。

東日本大震災は、科学の枠組みに対する震災でもあった。震災に対応する前提の知識体系が、「想定外」の出来事に翻弄されて崩れた。科学には、未来に変わり得る科学自身の姿を見通すことができない。必要なのは、科学の範疇を超えた視点。本論ではそこに、文学の可能性を見出す。

「文学を読んで何かを感じ取った人が一人でもいれば、実用性があると言えるではないか。語られた言葉自体に価値があるとすれば、実用性のない文学など存在しないではないか」

不毛に見える議論にも、それなりの意味はある。「専門知」の集合体としての科学に対して、「現場知」に寄り添う文学。一人一人の主観に沿い、統計の受け皿から零れ落ちた言葉に、重要なビジョンは潜んでいる。

そういった礎石を意識する傍ら、文学の付加価値、副産物にも目を向けなくてはならない。逆にその余計こそが、文学を更新する契機にも成り得る。

以上を踏まえ、本論では、文学の実用性を五項目に分類して議論する。

一：自分を癒す、二：交流を生む、三：現場知を伝える、四：現実を動かす、五：次世代に残す。

分類はあくまで理解促進のための簡単化である。一つ一つの作品に無数の可能性が含まれ、要素同士が相互作用しているのは承知の上で、それぞれ第一節から第五節において、事例・特徴・課題をまとめてゆく。紹介する事例は、特に断りのない限り東日本大震災に関連するものであり、単に「震災」や「被災」と書かれている場合も、東日本大震災のそれを指していると解釈して頂きたい。

本論は、文学を何かの役に立てようとする取り組みの整理に主眼を置き、文学に新たな可能性を見出すための試論となることを目指した。そのため、事例に対して成功しているか否かの評価は行わず、作品の文学的価値や政治性の是非についても議論を避けている。

紹介する事例には、一般的な意味での「文学」から離れたものも多い。作品や研究だけでなく、言葉をめぐる能動的な試み一般を、ここでは重視する。狭義の文学から離れて定義を広く取ることで、様々な方法論が拾い出せる。存在の定義は曖昧な輪郭を探ることでしか示し得ないものであり、存在の価値は異領域からの評価によってしか感覚され得ないものである。

文学とは何か、文学の在り方とは如何様なものか。

揺れ動く震災後文学の外縁部、答えのない問いの果て、文学が文学としての枠を超えた先にこそ、想定外の可能性が見えてくる。

未来の災害に対峙する人々のために、本論は執筆されている。文学を生業にしない人々と、文学との交流が、次の災害に対しても新しい着眼点をもたらすと、本論は信じる。文学を「使う」人々が増えることで、災害の生む苦難が軽減されることを、切に願っている。

第一節　自分を癒す：コールドスポット性

なぜ人は語るのか。それは自分のためであり、他人のためでもあり、また同時に誰のためでもない衝動に依る。何のためと考えるのは野暮かもしれないが、しかし、「語りにくい」抵抗が前提にある場合、「語る」理由付けを思索して状況が変わることもあるだろう。「実用性」を考える場合、通常は「人々の役に立つ」可能性から探るのが当たり前であろうが、第一節ではあえて逆説的に、「自分の役に立つ」可能性から探ってみたい。

彼女の話を聞いたときに、その背後には声を上げられない人がたくさんいるんだ、ということが見えました。マスメディアも、ボランティアや研究者も、わかりやすい「物語」が描ける被災者や、避難所、仮設住宅にだけ光を当ててきました。震災から5年目の際にも主に東京から大挙して押し寄せ、「こういう被災者はいないか」という問い合わせが多数あり、あらかじめ被災者像が決められている。でも、そこから疎外され、孤立感を深めている人たちのことも考える必要があるのではないか。注目が集まる場所という意味でのホットスポットに対して、「コールドスポット」と呼べるものを見過ごしてはいけないと考えました。(1)

災害社会学者の金菱清は、ある被災者について、インタビューでこう話す。その人は、自分が被災者の範疇に入らないのではないかと悩み、孤立感から不眠に陥っていた。しかし、両親を失った被災体験をスピーチコンテストで人に話すことで、孤独でない実感が得られたという(2)。

金菱は、被災者の体験談を「記録筆記法」と名付けた方法で収集している(3)。記録筆記法のポイントは、研究者による聞き書きでなく、被災者自らが5W1Hに基づいて被災体験を書き綴るところにある。金菱は心理学の研究を参照しながら、被災体験の記述が心を癒す可能性に言及する(4)。たしかに、メンタルヘルスの問題への心理的援助には、筆記表現法や筆記療法と呼ばれる方法論が存在し、実際に健康への効果が確かめられている(5)。

自由に語れる環境からの阻害。社会が「人々の役に立つ」情報を追い求め、「みんなの共感を呼ぶお話」が跋扈する陰には、文学という枠組みにしか救えない領域があるのではないか。震災後、「地震ごっこ」や「津波ごっこ」をする子供たちが話題になったが、そのようなストレス解放の場を心の奥で欲している大人もいるのではないか。

別の例も紹介しよう。『16歳の語り部』は、高校生三人の被災体験語りが中心の本である。リーダー・雁部那由多は自分たちを「あの体験を自分の言葉で語れる最後の世代」と考え、メンバー二人とともに「語り部」としてたびたび講演を行っている。彼らの話には、どのような理由で活動を行うようになったか、メタ視点での記述が含まれている(6)。

雁部の場合、震災の話をしないようにと小学校の先生に言われ、一人で思いを抱え込んでしまっていた時期があった。そんな時、とあるシンポジウムで大人が震災の話を語っているのを見て、自分も普通に人前で語って良いのだと認識できたことが、語り部の活動に繋がった。

語りによる「コールドスポット」からの救済が、ここからも読み取れる。

金菱の例も雁部の例も、語りを発信できる環境の重要性を示している。一人が語りを積極的に行うと、他の人も語りやすくなる環境が生まれる(7)。

語りの発信という点で卓越した取り組みとして、ここで『つなみ　被災地のこども80人の作文集』

（1）かもめの本棚「被災地の幽霊が示す新たな死生観　第4回「共感」の嵐が被災者を孤立させる」（二〇一六年三月二十五日、http://www.tokaiedu.co.jp/kamome/contents_i329.html）。

（2）金菱清「共感の反作用　被災者の社会的孤立と平等の死」、金菱清（ゼミナール）編『呼び覚まされる霊性の震災学』（新曜社、二〇一六年）所収。

（3）金菱清編『3・11慟哭の記録　71人が体感した大津波・原発・巨大地震』（新曜社、二〇一二年）。

（4）金菱清『震災メメントモリ　第二の津波に抗して』（新曜社、二〇一四年）。

（5）J・W・ペネベーカー『オープニングアップ　秘密の告白と心身の健康』（余語真夫訳、北大路書房、二〇〇〇年）や、S・J・レポーレ、J・M・スミス『筆記療法　トラウマやストレスの筆記による心身健康の増進』（余語真夫、佐藤健二、河野和明、大平英樹、湯川進太郎訳、北大路書房、二〇〇四年）などが参考になる。

（6）雁部那由多、津田穂乃果、相澤朱音著、佐藤敏郎監修『16歳の語り部』（ポプラ社、二〇一六年）。

を紹介したい(8)。ジャーナリストの森健が被災地の避難所を巡り、子どもたちに書いてもらった作文をまとめた本書は、瞬く間にベストセラーになり、大宅壮一ノンフィクション賞を受賞した。収録作文の中には小中学校の教科書・副読本に採用されたものや、国内外のイベントでの利用依頼を受けたもの、さらにはイギリス自然史博物館常設展に展示されたものまである(9)。

この取り組みではまた、五年後に同じ子どもたちが作文を書いており、『つなみ　5年後の子どもたちの作文集』として出版されている(10)。ここからは、作文が多方面から評価されたことで気持ちが明るくなった様子や、話題になったことで様々な経験に繋がった経緯が見て取れる。伝えたい、忘れないで欲しい、という思いを書く子どもも多い。本になって発信されるのは、そのような願いを叶えるためにも重要である(11)。

以上、ここまで見てきたのは、文学を仕事としていない人々、それも被災者が体験を語るケースであった。しかし、作家か否か、被災者か否か、の線引きには意味がない。むしろ「コールドスポット」を生む原因にさえ成り得る。

被災者でないのに震災に便乗するのは不謹慎なのか。被災者を傷つけないのが作家の責任なのか。ウェブに落とされる様々な意見、そして同調圧力の前で、口をつぐむ選択をせざるを得なかった作家も多い。

いとうせいこう『想像ラジオ』では、被災者を「想像」することについて作中で議論を行い、それを肯定的に描いている。第一節は同書の解説、星野智幸の言葉を引いて、閉じようと思う。

いとうさんは私との対談の中で、いつか、震災を知らない世代が「私たちは無関係だから語る資格がないと思ってはならないため」に、第二章を書いた、と述べていました（「群像」二〇一四年一月号）。その章で議論されたように、第二次大戦中の大空襲や広島・長崎への原爆投下によって亡くなった死者たちのことを、あの時代には生まれていなかった私たちが記憶し、語ってもよいのです。むしろ、無念な喪失を体験したときこそ、無関係と思われた死者たちを思い、実感することができるのですから。(12)

(7) もちろん、語りには苦しい記憶が伴うことを忘れてはいけない。語り部メンバーの一人・津田穂乃果は、被災体験を語ることは辛く、誰かを傷つけることもあると指摘している。前出『オープニングアップ』では、ホロコースト生存者がトラウマを語ることで楽になるのに対し、そのビデオを見た学生が辛くなることを皮膚電気伝導水準で示した実験が紹介されている。また、震災の話を語りたい⊠聞きたくない、といった状態が時期によってどう変化するかの研究なども紹介されている。

(8) 文藝春秋八月臨時増刊号『つなみ　被災地のこども80人の作文集』（文藝春秋、二〇一一年）。本書は雑誌であったが、後に更に三十人の作文を加え、森健『つなみ　被災地の子どもたちの作文集　完全版』（文藝春秋、二〇一二年）として書籍版が刊行された。

(9) 文藝春秋四月臨時増刊号『つなみ　5年後の子どもたちの作文集』（文藝春秋、二〇一六年）。

(10) 同上。

(11) 作文を書いた子どもたちを取材した、森健『「つなみ」の子どもたち』（文藝春秋、二〇一一年）には、作文を通して、家族が子どもの考えを初めて知ったという事例も紹介されている。「伝える」作業は、家族レベルでも重要なことなのだ。

(12) 星野智幸「解説　樹木が小説となった世界」、いとうせいこう『想像ラジオ』（河出文庫、二〇一五年）所収、二一四頁。

第二節　交流を生む：自問他答性

「川柳を作って、苦境を笑い飛ばしてみてはどうか」

宮城県南三陸町旭ヶ丘地区では、区長の提案で、震災後すぐの四月から毎週、川柳大会が開催されていた。住民のほとんどにとって、川柳は初めての体験である。しかし、少ない紙を用いながら、大会は何度も開催された(13)。

「困ってます　救援物資で　嫁がほしい」と詠んだ避難所を訪れたボランティアに、「これだけは無理だと思う　支援用」と返句が付く。被災者とボランティアの交流ツールとしても、川柳は機能していた(14)。

その後、東北大学の研究室が現地を訪問。当時の状況の取材とともに、川柳を句集『震災川柳』にまとめている。そこで心理学者の松本宏明は、インタビューを通し、「震災川柳」の効果を以下の五つとして分析している。

①震災の出来事を、自然に感情にして出せたことが、現実を受け入れるきっかけになった
②発表の場面を想像しながら作ることで、頭が活性化された
③詠まれた時のことを後になって振り返り、気持ちを新たにできた
④アイデアを出し合うことで、家族のコミュニケーションが深まった
⑤自分自身は詠まなくても、発表される川柳を聞き、怒りや笑いを皆で共有できた(15)

①から③は第一節で触れた内容に近い。第二節では、この④から⑤のような効果を持つ文学事例を扱ってゆく。

言葉は文学に用いられる存在であるより先に、交流に用いられる存在であった。文学も基本的には、「読まれるために」書かれている。そこで以下では、文学という枠組みが交流を生む可能性、あるいは逆に交流が文学を生む可能性について、双方向的な交流を中心に考察する。

特に取り上げたいのは、詩や俳句・川柳といった短文である(16)。小説でも当然、交流は起こるのだが、執筆経験のない方にとって、長文は少々参加障壁が高い。

『3・11万葉集　復活の塔』では、その「無名の民衆」に着目し、興味深い取り組みを行っている。万葉集の約半数は作者未詳歌で、無名の民衆の歌が天皇や貴族の歌と同列に並んでいる。それを模して、本書は被災者の和歌を中心に構成し、天皇や歌人の歌も収録しているのである。また、本書は建築やアートと連携したプロジェクトでもあり、歌は異業種との交流の起点となっている(17)。

俳人の今瀬剛一は震災後の俳句の在るべき姿を、「自問他答」という言葉で表していた。俳句はもともと問い掛けの形であり、お見舞いや、勇気のきっかけを作ることに俳句は向いていると今瀬は言

(13)「涙涸れたその後に　震災川柳傑作選」、週刊ポスト二〇一一年六月三日号所収。
(14)同上。
(15)南三陸「震災川柳」を出版する会『震災川柳』(JDC出版、二〇一三年)、九三―九四頁。
(16)詩や俳句・川柳には大きな違いがあるが、ここでは「短い」という特徴のみに着目し、差異については議論しない。
(17)彦坂尚嘉、五十嵐太郎、芳賀沼整編著『3・11万葉集　復活の塔』(彩流社、二〇一二年)。

う(18)。

自問自答から自問他答へ。読者が様々な答えを出すのも含め、俳句は一つの作品なのである。五七五の形式は、参加障壁が低いにも関わらず、交流を通して深さを生み出せる点で、震災後の繊細な交流に優れた形式と言える。

「見上げれば　ガレキの上に　こいのぼり」

交流が深さを付帯した五七五の代表格は、この句である。これは、被災した女川第一中学校の授業から生まれたもの。震災後、国語の授業で生徒が五七五を紡ぎ、ここから様々なプロジェクトが派生した。生徒たちの五七五を受けて、日本大学文理学部の授業で小説が書かれたり、被災地以外の学校で七七をつける授業が行われたり（さらに女川第一中学校の生徒が五七五で返したり）、様々な人々が作品で応答している(19)。

特に「見上げれば　ガレキの上に　こいのぼり」に関しては、NHK国際放送局が全世界にラジオで流し、続く詩を世界から募集した。届いた沢山の外国語メッセージを、さらに七七に詠み直すことも行われた。

一連の経緯がまとめられた『女川一中生の句　あの日から』では、この句の作者・原泉美に関するエピソードが紹介されている。

第一句の作者、原さんが選んだのは、中国から届いた詩だ。

《涙をふいて笑ってください　美しい故郷をもう一度建て直しましょう　桜はまた咲くから》

原さんは自分の思いが通じたと感じた。こんな第二句に詠み直した。

涙の先に　新しいいのち(20)

このような、「自問他答」を促進するプロジェクトに必要な「場所」について、考えてみよう。ここまで紹介した事例は、旭ヶ丘地区や女川第一中学校といったローカルな場所が出発点であった。しかし、「場所」は、実在しなくても良い。例えば、新聞である。

宮城県中心の地元新聞「河北新報」の川柳コーナーには、震災後に県外からも川柳が届いたという。選者をしている雫石隆子は、自身も被災者であり、川柳を選びながら励まされている。

> 涙を流しながら選をしています。作品も胸を打つものが多く、どれも入選させてあげたいぐらい。よく川柳を『詠む』といいますが、私は『吐く』ものだと思っているんです。作品の添え書きに『川柳を作ることで一歩進めました』と書かれているなど、川柳を詠むことで被災者の方たちが癒されているということを感じますね。(21)

第一節で示した「自分を癒す」と、第二項での「交流を生む」が入り混じった形が見て取れる。読

(18) 今瀬剛一「俳壇時評　震災と自問他答の形式」、俳壇二〇一一年六月号所収。
(19) 山中勉編著『みあげればがれきの上にこいのぼり　地球人の交換日記〈1〉』(日本宇宙フォーラム、二〇一二年)。
(20) 小野智美編『女川一中生の句　あの日から』(羽鳥書店、二〇一二年)、一一〇—一一一頁。なお、これらの作品は、DVDで国際宇宙ステーション「きぼう」へ届けられることを目標としていた。指導した佐藤敏郎教諭は本書で「国語の課題ではない。提出先は宇宙なのだ」と語っているが、はじめから視野が宇宙規模だったからこそ、世界規模の交流が可能になったのだろう。

書によってトラウマ・ストレスの解消を図るビブリオセラピーのような、読書の心理学的効果の側面も窺える(22)。他人の川柳を見ながら自分の川柳を作る行為や、選をする行為は一種の能動的交流であり、文学コミュニケーションが紙面を共有する共同体全体にセラピー効果をもたらしているとも言えよう。

また、「場所」はウェブ上のプラットフォームでも良い(23)。なんと、2ちゃんねるにも、震災後の六月に「【震災】俳句・川柳【原発】」スレッドが立ち、二〇一七年一月現在も「【震災】川柳・狂歌・都々逸・詩歌【原発】8句目」と名前を変えながら続いている。

ウェブ上での文学は、書籍と違ってリアルタイムで閲覧・反応ができるため、コミュニケーションと多様な関係を築くことが可能である。

詩人の和合亮一は、震災後すぐにツイッターで詩を綴りはじめ、ウェブ上で話題になった。フォロワーの励ましへの感謝を時たま挟みながら綴られる詩は、文学コミュニケーションの新しい在り方を指し示している。和合はこの連詩を詩集『詩の礫』にまとめたが、本の形式もユニークで、詩一つ一つにツイートの時間が記されていた。言葉が放たれた時間も、作品の一部になっているのである(24)。

第二節の最後では、和合が連詩の合間に呟いた（あるいはこれも詩の一つであるのだが）、ツイートを引用しておこう。ここからは、文学とコミュニケーションの、「自問他答」的な形式への変革が感じられる。

後記2　今、あなたは何をしていますか？　と、問いかけた時に、お答えが直ぐに返ってきて、会話をしているようで驚きつつも励まされました。その都度その都度に、素晴らしい言葉をありが

とうございます。(25)

第三節　現場知を伝える：トランスサイエンス性

相場英雄『共震』は、被災地を舞台にしたミステリー。復興に尽力していた県職員が殺害され、東京から来た新聞記者が被災地を回りながら謎を探っていく、強烈なテーマ性を持った作品である(26)。相場はインタビューにこう語る。

　実際、僕が被災地で見聞きしてきた現実は過酷すぎて、小説家の想像が入り込む余地が、ほとんどありませんでした。作中での事件以外は、すべてノンフィクション。被災地での現実をエンタテインメントの枠を借りて、多くの人に読んでもらうのが、『共震』での僕の使命だったと思います。(27)

(21)前出「涙涸れたその後に　震災川柳傑作選」四八—四九頁。
(22)ビブリオセラピーについては、寺田真理子著、佐藤伝監修『うつの世界にさよならする１００冊の本　本を読んでココロをちょっとラクにしよう』（ソフトバンククリエイティブ、二〇〇七年）などが参考になる。
(23)『みあげればがれきの上にこいのぼり』のプロジェクトも、ウェブで公開されており、誰でも作品を投稿できた。
(24)和合亮一『詩の礫』（徳間書店、二〇一一年）。
(25)和合亮一（@wago2828）によるツイート（2011-03-20, 00:25:51）。
(26)相場英雄『共震』（小学館、二〇一三年）。

作者の相場はジャーナリストでもあり、もともと被災地のルポルタージュをウェブメディアで連載していた。しかしある時編集者に、震災ものではページビューが伸びないと言われてしまう。「出版市場ではノンフィクションの本はほとんど売れず、まして震災関連の企画は通る見込みがなかった」のだ。そこで相場はこれをフィクションに変えることを思いつき、『共震』が生まれた(28)。「本当に伝えたいのは『被災地の現在』であって、殺人事件の部分は完全に『付け足し』」と、相場は言い切る(29)。ここでフィクションは、現場の状況をより多く伝えるツールとして「利用」されている。

第三節では、このような「情報伝達ツール」文学の可能性を議論する。

現場の状況や専門的な知識は、外部の人間には伝わりにくい。震災後もやはり、多くの知識がフィクショナルな枠組みを導入したアプローチで人々に届けられた。

例えば、防災の方法を解説するマンガ(30)。視覚的に理解の助けになるだけでなく、キャラクターへの感情移入を通し、危険を自分のものとして認識しやすくなる。あるいは、エネルギーの知識を伝える試み。高速増殖炉をゆるキャラ化した「もんじゅ君」は、原発の危険をツイッターで語り、人気を博した。日本原子力開発機構の非公認であるというウリや、自らが廃炉になることを望んでいるなど、奇抜な設定ではあるが、研究者が監修についた書籍を三冊も出版している。他にも放射線関係では、元原発技術者が紙芝居を作り、その後に絵本化されたというユニークな取り組みも存在する(31)。

また、震災後はたくさんの作家が、科学書を参考文献に作品を書き、科学的な記述に関して研究者に助言を求めたことだろう(32)。そのような研究者の協力も、裏を返せば、研究者の側の「正しい知識を広めるのに文学を利用したい」という思いとのマッチングが成立したからこそ、行われている側面もあるはずだ。

個人だけでなく、国家レベルで協力が行われたケースもある。航空自衛隊の広報室を舞台とした小説、有川浩『空飛ぶ広報室』の執筆は、作者が当時の空幕広報室の室長から「航空自衛隊を舞台に小説を書きませんか」と持ちかけられたことに端を発する(33)。ＴＶドラマ版では、防衛省、航空自衛隊、防衛大学校まで撮影協力も行っている。

では、フィクションがノンフィクションより優れているのは、単に読者の理解を促進し、広められ

---

(27) Business Journal「エンタテインメント小説で東日本大震災を描く意味とは？　想像を超える過酷さと行政の限界」（二〇一三年八月一五日、http://biz-journal.jp/2013/08/post_2696.html）。

(28) 前出「エンタテインメント小説で東日本大震災を描く意味とは？　想像を超える過酷さと行政の限界」。

(29) Voice 編集部「この著者に会いたい　『共震』相場英雄さん」（二〇一三年一〇月一五日、http://shuchi.php.co.jp/article/1650）

(30) 例えば、永田宏和監修『クレヨンしんちゃんの防災コミック　地震だ！　その時オラがひとりだったら』（双葉社、二〇一六年）など。

(31) 小倉志郎『放射能ってなんだろう？　ちいさなせかいのおはなし』（彩流社、二〇一五年）。

(32) 例えば、川上弘美『神様２０１１』（講談社、二〇一一年）には、参考文献に科学書が挙がっており、放射線物質などの記述に関して助言した方々の名前が書いてある。

(33) 有川浩『空飛ぶ広報室』（幻冬舎、二〇一二年）「あとがき」。執筆開始は震災前だが、震災後、「松島基地の、そして空自広報の３・11に触れないまま本を出すことはできない」と考えた有川は、空自の震災対応エピソードを最終章に加え、二〇一二年に単行本を発売した。

やすい点だけなのだろうか。

若杉冽『原発ホワイトアウト』は、そこに新しい視点を与える好例だ(34)。本書は現役官僚が名前を伏せて書いたフィクションで、原発再稼働に関する政治の闇を事実に基づいて描き出し、大きな話題を呼んだ。若杉は、マスコミへのリークや雑誌・新聞への寄稿でなく、小説という媒体を選んだ理由を、こう話す。


えー、いろんな形で、その意思決定に直接、間接的に関わってきた訳ですが、どうしても政治家は評判、官僚は出世、業界はそれが会社の利益になるということでがんじがらめになってしまっていて、そういう中でこれを止められるのは国民の力しかないので、そういう政・官・財の現状をそのまま伝えるのは小説という形の方がいいのだろうと。直接見聞きした事だと、公務員の守秘義務に関わります。間接的に見聞きした事だと、報道機関は裏がとれないと流せない。でも、間接的に見聞きした事が、裏がないからといって真実ではないわけではなく、真実を伝えるためには小説をやむにやまれずというか、押さえられない気持ちで書いてしまいました。原発推進に向けて、悪巧みが進んでいるのを知りながら、それを国民に伝えないほうが怖いし、良くないと思いました。(35)


つまり若杉は、客観的な事実だけからではアプローチすることが厳しい現象を明らかにする手段として、小説を用いている。

科学技術社会論から得られる知見を、ここに応用してみよう。

核物理学者のワインバーグは「認識論的に言って事実に関する問いなので科学の言葉によって表現

されるとは言え、科学によって答えることはできないような問い」が属す領域を「トランスサイエンス」と名付けた(36)。震災後には特にトランスサイエンス的な問題が増加しており、解決には科学を超えた議論が必要とされる。

『原発ホワイトアウト』はこれに対し、「認識論的に言って事実に関する問いなのでノンフィクションの言葉によって表現されるとは言え、ノンフィクションによって答えることはできないような問い」に立ち向かっている「トランスサイエンス・フィクション」とでも言えるのではないだろうか(37)。多くの現場知はそのような問いの闇の中に沈み込んでおり、明るみに出すにはノンノィクションを超えたフィクションの方法論が必要となる。

このように考えると、ここまで「現場知を伝える」と冠して議論してきた文学の可能性にはどれも、トランスサイエンス・フィクシコンの側面があるように思えてくる。現場知は、現場では筋の通った意味ある情報でも、現場以外の場所から見ると、文脈を失って理解しにくいものとなる(38)。しかしフィクションを用いて、現場知をストーリーの文脈にあてはめることで、現場以外の人間が情報を自分のものとして飲み込めるようになるのだ。また逆に現場知自体も、外から言語化されることで、現

(34) 若杉冽『原発ホワイトアウト』(講談社、二〇一三年)。

(35) Yahoo!ニュース「現役官僚が原発利権を告発！小説「原発ホワイトアウト」著者、若杉冽氏が明かす〝モンスターシステム〟とは」(二〇一四年二月五日、http://bylines.news.yahoo.co.jp/horijun/20140205-00032349/)

(36) 平田光司「トランスサイエンスとしての先端巨大技術」、『科学の不安定性と東日本大震災　科学技術社会論研究　第11号』(玉川大学出版部、二〇一五年)所収。および A. M. Weinberg, Science and Trans Science, Minerva 10, 209-222 (1972)

(37) この議論では、「トランスサイエンス』という言葉を、あえて通常の用法と異なる意味で、拡張して用いている。

場では暗黙の了解となっていた欠点などを客観的に議論しやすくなるのである。

第三節の最後として、『いちえふ　福島第一原子力発電所労働記』を紹介したい。本書はここまで論じてきた「フィクション」ではないが、ルポという文学性・ストーリー性を持った作品である(39)。作者はこの形式を選んだ理由について、最初はフィクションを混ぜたものを考えていたが、「世間で報道されていることがあまりに現実と違うので、見たことをそのまま記録として残そうと思った」と語っている(40)。「『フクシマの真実』を暴く漫画ではない」というキャッチコピーについて尋ねられた際の作者の返答からは、「真実」と「見てきたこと」を区別する姿勢に、文学の現場知への向き合い方を考えさせられる。

震災以降にたくさん出てきた「真実」を暴く作品とは趣旨が違いますよ、ということです。私自身、そういった作品や報道にうんざりしていたこともあります。それに「真実」が何かなんて私にはわからないし、現場にぱっと行って「真実」を私が掴んでしまうなんてことはあり得ないと思います。繰り返しになりますが、この漫画においては「真実」を探ることよりも、私が見てきたことを描くことが重要だと思っています。(41)

第四節　現実を動かす：シミュラークル性

二〇一一年三月の東京電力福島第一原発事故の際、首都圏で大規模な避難が必要になる最悪のシナリオに備え、当時の菅直人・民主党政権下で首相談話の作成が極秘に行われていたことが分かっ

た。（中略）

草案を作成したのは、民主党政権で官邸の情報発信担当の内閣官房参与を務めていた劇作家の平田オリザ氏。当時、文部科学副大臣だった鈴木寛・元民主党参院議員が原発事故発生から一週間後の一一年三月十八日、作成を依頼し、平田氏は二日後の二十日に書き上げた。（中略）

平田氏はパソコンで草案を書き、鈴木氏に渡した。福島原発事故の放射能汚染が首都圏に及ぶ可能性が少なくなったことから、公表しなかった。（中略）

平田氏は「談話が必要になる可能性は極めて低いという前提で、シミュレーションとして作った。実際に発表する場合にはさらに専門家を加えた検討が必要だと思っていた」と話した。(42)

(38) 藤垣裕子『専門知と公共性　科学技術社会論の構築へ向けて』（東京大学出版会、二〇〇三年）では、「ローカルナレッジ」（現場知）を、「現場状況に『状況依存した』知識、現地で経験してきた実感と整合性をもって主張される現場の勘」と定義している（一二九頁）。

(39) 竜田一人『いちえふ　福島第一原子力発電所労働記』（講談社、二〇一四年）。福島第一原子力発電所の作業員が描いたルポ漫画。漫画というリアルタイムで進行できる媒体を選択しているため、描かれる過程やどう話題になっているかも描かれており、第二節で扱った交流的要素も見て取れる。

(40) 講談社コミックプラス「『いちえふ　福島第一原子力発電所労働記』第2巻発売記念竜田一人氏インタビュー」http://comic-sp.kodansha.co.jp/topics/1f/）。原文中「残そう思った」とあった箇所は脱字と考え「残そうと思った」に修正した。

(41) 毎日新聞「福島をどう描くか　第1回　漫画「いちえふ　福島第一原子力発電所労働記」　竜田一人さん」（二〇一四年五月二二日、http://mainichi.jp/articles/20140522/mog/00m/040/007000c）。

二〇一六年二月の新聞記事である。

最悪の「シナリオ」に備え「シミュレーション」として「劇作家」は「談話」を書いた。日本の首相という役回りの人間に書かれた、結局発せられることの無かった台詞。実用文と文学の狭間に置かれた、フィクショナルな草案。文学は政治の現場にも利用されており、むしろそれは同時に、文学が政治を利用する機会を手にしていることも意味する。

シナリオは、もとは演劇人や映画人が書くものであったわけだが、今や科学者や政府関係者の方が多く書いているのではないだろうか。

例えば、日本学術会議の分科会が提出した、「日本の未来のエネルギー政策の選択に向けて――電力供給源に係る6つのシナリオ」では、未来が以下の六つのパターンに分けて考えられている(43)。

①即時の原発停止、②5年程度で原発を停止、③20年程度で原発を停止、④30年の間に稼働の寿命のきた原発を順次停止、⑤原発は新設せず、既存施設の更新を継続、および⑥将来の中心的なエネルギー源としての原発の推進(44)

これを発展させた「エネルギー政策の選択肢に係る調査報告書」では「これらのうちどのシナリオを選択するかは国民の意思に基づく政策の判断であり、日本の学術を代表する公的機関である日本学術会議としては、現時点でその選択の方向を示そうとするものではない」としながらも、それぞれの未来を見通して評価し、実現可能性をシミュレートしている(45)。まるで現実が、選択肢の少ないゲームになったようだ。

シミュレーションは科学の範疇ではあるが、同時にあくまで一つの可能性でしかないと考えると、フィクションの範疇に含まれてもおかしくはない。科学者はSF作家のように未来を予測し、得られたシミュレーションから作られたシナリオが、現実を規定する。それは今回の震災後社会の一つの特徴であろう。防災研究者の牧紀男は「東日本大震災は日本で初めてシミュレーションにより災害後の土地利用を決める、ということがなされた災害」であると指摘している(46)。

第四節では、このようなフィクショナルな枠組みが、行動の指針を立てるのに役立ち、結果として現実を動かす可能性を考察する。

政治・科学がフィクション的なシミュレーション化を遂げるのと並行して、シミュレーション的なフィクション作品のレベルも上がってきている。

東日本大震災の発生から間もない2011年3月下旬、宮城県の避難所から金沢市のゲームクリエイター・九条一馬さん(45)の元に1通のメールが届いた。

コンピューターゲーム「絶体絶命都市」。地震や洪水に襲われた都市から脱出する設定で、リア

(42) 東京新聞「原発事故　政府の力では皆様を守り切れません　首都圏避難で首相談話草案」(二〇一六年一月二〇日、http://www.tokyo-np.co.jp/article/national/list/201602/CK2016022002000148.html)
(43) 二〇一一年六月二四日、日本学術会議、東日本大震災対策委員会、エネルギー政策の選択肢分科会。
(44) 広渡清吾『学者にできることは何か　日本学術会議のとりくみを通して』(岩波書店、二〇一二年)、一四七頁。
(45) 二〇一一年九月二二日、日本学術会議、東日本大震災対策委員会、エネルギー政策の選択肢分科会。
(46) 「地域再生の姿　震災から一年」、建築雑誌二〇一二年三月号所収、三三頁、ディスカッションにおける牧の発言より。

ルな描写に海外までファンが広がり、02年から3作で累計65万部を販売。昨春、4作目を発売する予定だった。

震災3日後、ゲーム会社は急きょ、開発打ち切りを発表した。被災者感情に配慮したという。メールはこう続く。〈過去のシリーズは防災に役立ちました。発売中止はやめてください〉。打ち切りの撤回を求めるメールはほかにも約500通に上った。

シリーズを手がけた九条さんは「このゲームは単なる娯楽ではない」と思った。(47)

震災のシミュレーションの体験が、現実の震災への対応に活かされる。フィクションの実用性の最たるものだ。特に主人公の行動を自由に操れるゲームでは、災害対応をパブロフの犬のように自らに刷り込むことも可能であろう。

防災研究者も、ゲームを用いた方法論に注目している。「クロスロード」は、防災研究者によって作られた、防災活動や災害対応に関して生じる意思決定を学ぶためのカードゲームである。このゲームのポイントは、阪神淡路大震災の対応を経験した職員の意思決定場面を元に作られているところにある(48)。

プレイヤーは自分が状況判断を迫られる場面にいると想定し、トレードオフ関係にある選択肢の中からYesかNoかカードを出し、自分だったらこうするという意見を話す。これによって、様々な立場での震災対応を想像することができる(49)。

政治の現場でフィクションが求められている例も挙げておく。庵野秀明監督『シン・ゴジラ』（二〇一六年）は省庁や自衛隊を含む様々な方面への取材をもとに、一種の災害シミュレーションを作り上げた作品であるが、政治家の石破茂はこれについて意見を訊かれたインタビューで、以下のように話している。

国家に危機が訪れたときにどうすべきか、それを思索する場になれば良いと思いますよ。だから、ゴジラを観て、みんなで考えようというシンポジウムとかあったら、実に面白い。（中略）私は自民党の中で安全保障調査会長を務めたし、国防部会の中に防衛基本政策検討小委員会を作って、長らく委員長もやってきました。その時に題材にしたのが、この種の小説です。中でも私が一番好きなのは「亡国のイージス」（講談社）。福井晴敏さんが書かれた作品で、実に精緻な小説です。映画化の際に、自衛隊は陸・海・空とも全面協力をさせていただいたんです。（中略）私はこの小説を3回も読んでいました。遠洋航海に出る幹部候補生たちに「この本を読んだらい い」と渡したこともありました。危機が起きた時に日本がこうなってしまうということが、実に精緻に書かれている。(50)

(47) 読売新聞「歴史軽視『地震学の敗北』」（二〇一二年一月二〇日）。
(48) 神戸市災害エスノグラフィー調査を元に作成されている。この調査については、林春男、田中聡、重川希志依、NHK「阪神・淡路大震災秘められた決断」制作班『防災の決め手「災害エスノグラフィー」阪神・淡路大震災秘められた証言』（NHK出版、二〇〇九年）参照。
(49) 矢守克也、吉川肇子、網代剛『防災ゲームで学ぶリスク・コミュニケーション　クロスロードへの招待』（ナカニシヤ出版、二〇〇五年）。

つまり国家レベルでも、文学は「実用」されているのである。

石破の言う「この種の小説」とは、軍事シミュレーション的な小説のことであろうが、震災前に書かれた震災シミュレーション小説には、実際に今回の震災と類似点があり、勉強になるものも多い[51]。

また逆に震災後には、フィクションの現実への影響は当然のものとして考えられ、その危険性が問われることも多くなった。

原子力のポジティブなイメージ作り、即ち安全「神話」形成へのフィクションや言葉の関与[52]。現実の福島とイメージの福島の差が損失を生む問題[53]。ツイッターで広がるデマが引き起こす救命の機会損失[54]。事実と異なる「フィクション」は確かに、危険でもある。偽の情報が一度出回ると、それこそが偽情報だと主張するやり取りが何度も行われ、現実が確度を取り戻すには時間が必要になる。

かつてボードリヤールは、現実を元に作られた虚像が、逆に元の現実のイメージを規定する状況に着目し、それらの虚像「シミュラークル」が現代の様々な場面に氾濫していると指摘した[55]。震災後、一瞬おきに様相を変える情報の中で作られたシミュレーションは、すべて自らがシミュラークルになる自覚を持たなくてはならない。

現実が物語を使い、物語が現実を使うスパイラルの先。だが逆にそこには、シミュラークルにしかできないこともあるだろう。第四節は、そんな方法論が実践されている『原発ホワイトアウト』の作者・若杉の言葉を引用して終わりたい。彼は執筆を急いだ理由について、次のように話していた。

僕が書きたかった動機の一つは、泉田知事があぶないということ。泉田知事を救うためには、泉田知事が国策捜査で逮捕されるというストーリーを逮捕されるまえに明らかにしておけば彼を守れると思ったからです。(56)

第五節　次世代に残す：震災前文学性

記録というのは後になってから需要が高まるものだ。

(50) 日経ビジネスONLINE「『シン・ゴジラ』、私はこう読む　石破氏：ゴジラを攻撃した戦車はどこから来たか　元防衛大臣が抱いた、自衛隊に防衛出動させた違和感（後編）」（二〇一六年九月七日、http://business.nikkeibp.co.jp/atcl/opinion/16/083000015/090600008/?P=3&mds）。原文中「渡したした」とあった箇所は誤字と考え「渡した」に修正した。

(51) 石黒耀『震災列島』（講談社、二〇〇四年）、柘植久慶『首都直下型地震　震度7』（PHP研究所、二〇〇六年）、福井晴敏『平成関東大震災　いつか来るとは知っていたが今日来るとは思わなかった』（講談社、二〇〇七年）、高島哲夫『TSUNAMI　津波』（集英社、二〇〇八年）など。

(52) 安冨歩『原発危機と「東大話法」　傍観者の論理・欺瞞の言語』（明石書店、二〇一二年）、吉見俊哉『夢の原子力　Atoms for Dream』（筑摩書房、二〇一二年）、山本昭宏『核と日本人　ヒロシマ・ゴジラ・フクシマ』（中央公論新社、二〇一五年）、本間龍『原発プロパガンダ』（岩波書店、二〇一六年）。

(53) 開沼博『はじめての福島学』（イースト・プレス、二〇一五年）。

(54) 荻上チキ『検証　東日本大震災の流言・デマ』（光文社、二〇一一年）。

(55) ジャン・ボードリヤール『シミュラークルとシミュレーション』（竹原あき子訳、法政大学出版局、一九八四年）。

(56) 前出「現役官僚が原発利権を告発！小説『原発ホワイトアウト』著者、若杉冽氏が明かす〝モンスターシステム〟とは」。

例えば三陸海岸の津波のルポルタージュ、吉村昭『三陸海岸大津波』(57)。初版の刊行が昭和四五年にも関わらず、東日本大震災後に売上げが一気に上がり、震災後二カ月で一五万部を増刷したという(58)。

震災後のあらゆる行動は、未来に「伝承」と化す可能性を秘めている。一つ一つの記録は、現在では一エピソードに過ぎなくとも、将来それら断片が集まり、現在と異なる視点で分析できるようになったとき、別の意味が見えてくる場合もある。特に現在では、無数の資料すべてを一人の人間が読むことは不可能であるが、今後ＡＩが発展したとき、過去の震災の全貌把握は当然のタスクになる。

そのため、アーカイビングは重要である。記録は残って当たり前と思われるかもしれないが、戦時中・戦後の震災には、出版用紙の不足や政治的問題で記録があまり残っていないものもある。特に昭和・東南海地震と三河地震は、報道管制で記録が少なく『幻の地震』と呼ばれたそうだ(59)。記録媒体の溢れた現代でも、この問題は縁遠いものではない。文章は誰かが書かないと残らないし、映像は誰かが撮らないと残らない。特に東日本大震災では映像媒体の活躍が目覚ましかったが、主観でしか分からないことについては、文字媒体は変わらず貴重な資料である。第五節では、そのような、文学が次の世代に情報を伝える可能性について考察する。

東日本大震災の記録を残すためのアーカイブには、様々なものが存在する(60)。第一節で論じた、被災体験を話せる環境作りも大事な要素である。中でも「東日本大震災風化防止　メモリースピーチプロジェクト」はユニークなスピーチコンテストで、YouTube に動画をＵＰしながら、宮城県・岩手県・福島県それぞれのチームが各県ごとに風化防止ポイントを競うなど、面白い趣向が凝らされている。また、東日本大震災限定ではないものとしては、過去の災害伝承がまとまっている「全国災害伝承情報」（総務省消防局のウェブサイト内）や、無料メールマガジン「週刊　防災格言」といった、文学的な方向性を持つサイトもある。

しかし、仮に情報がうまく伝承されたとしても、活用する方法を探らないと、宝の持ち腐れになってしまう。ここからは、少々逆説的ではあるが、東日本大震災「前」の文学がどのように震災に影響したか、あるいは影響できなかったかを、実例から見てみよう。

震災後に有名になった伝承に、岩手県・三陸海岸地域に伝わる「津波てんでんこ」がある。簡単に言えば、津波が来た場合、家族は互いを気にせずてんでばらばらに逃げろという教えである。山下文男『津波てんでんこ　近代日本の津波史』によると、この伝承は明治の三陸大津波を生き抜いた、山下の父親の行動に由来する(61)。山下が一九九〇年のシンポジウムで語った話が、防災研究者の目にとまり、釜石市の防災教育に取り入れられた。

（57）吉村昭『三陸海岸大津波』（文藝春秋、一九八四年）。
（58）朝日新聞デジタル「増刷続く吉村昭さん『三陸海岸大津波』　印税を被災地に」（二〇一一年五月九日、http://www.asahi.com/special/10005/SEB201105090003.html）
（59）深井純一「阿波漁村の津波防災の努力と体験記出版」、深井純一、岩崎信彦、田中泰雄、林勲男、村井雅清編『災害と共に生きる文化と教育：〈大震災〉からの伝言』（昭和堂、二〇〇八年）所収。
（60）ＮＨＫ「ＮＨＫ東日本大震災アーカイブス」、フジテレビ「3・11忘れない　ＦＮＮ東日本大震災アーカイブ」、独立行政法人防災科学技術研究所「３１１まるごとアーカイブス」、東北大学災害科学国際研究所「みちのく震録伝」、Google「未来のキオクプロジェクト」、国立国会図書館「東日本大震災アーカイブ（ひなぎく）」など。
（61）山下文男『津波てんでんこ　近代日本の津波史』（新日本社出版、二〇〇八年）。

そして、震災が来る。釜石市では、津波被害の大きさに反して市内の小中学生の生存率は九九・八％であった。防災教育が良かったからこその結果であるが、その発想元に伝承があったことは間違いない(62)。

この事実は、こぞってメディアに「釜石の奇跡」と呼ばれ、既に奇跡というストーリー性を付与されて扱われている。しかし釜石市の小学生はこれに対し、「奇跡じゃなくて実績」と指摘する(63)。実際この結果は偶然ではなく、先に述べたように防災教育の成果なのであるが、畢竟こうして実績は伝承になり、記録は風化されず教訓として語り継がれてゆくのだとも言える。

さて、ここからは逆に、震災に影響「できなかった」文学の話をしよう。

少々極論めいてはいるが、震災の被害拡大は、ある意味、歴史資料をないがしろにして現代科学ばかりに目を向けてきた姿勢が一因だった。

震災前の地震研究は、メカニズムを解明する「地震発生物理学」、コンピューターで揺れを予測する「強震動地震学」などが主流。それらに利用されるデータは、約百三十年前、日本の近代的な地震観測が始まった時からしか存在しない。これに対し歴史地震学は、古文書・石碑・伝承などから、それ以前に東日本大震災に匹敵する大津波が来ていたことを示していたのだが、二〇〇六年に国の中央防災会議が公表した想定では、「古文書だけではデータが不十分」として対象から外されてしまった。こうして、地震対策は失敗した(64)。

東京電力の津波への想定も同様だ。二〇〇九年の経済産業省の審議会で、やはり近代観測以前の地震の調査から、非常に大きい津波が来ることが指摘されていたが、東電は「十分な情報がない」と対策を先送りしていた(65)。

これらを、文学より科学を重視した結果というのは単純に過ぎるかもしれないが、文学的な枠組みが拾い上げる情報を過小評価してはいけないことが分かるだろう。

伝承は、被災者が一方的に語って完結するものではない。たとえ「これより下に家を建てるな」といった石碑があったとしても、震災の記憶が風化すれば、人々はそれを顧みることなく低地で生活を始める。渡された言葉をどう活かすか、非被災者が被災者とともに考え、語り継いでゆくことによってはじめて、伝承は常に伝承で在り続ける。「震災後文学」はすべて、「震災前文学」でもあるのだ。

では、国家レベルで伝承を後押しする動きには、どんなものがあるのか。

ここでは代表として、「稲むらの火」を紹介しておきたい。三陸地震の際、ある人物が機転を利かせて稲むらに火を放ち、大勢の人が消火のために高台に向かい、津波から助かったという話である(66)。

(62)この防災教育に関しては、片田敏孝『子どもたちに「生き抜く力」を　釜石の事例に学ぶ津波防災教育』(フレーベル館、二〇一二年)、片田敏孝『人が死なない防災』(集英社、二〇一二年)などに詳しい。

(63)NHKスペシャル取材班『釜石の奇跡　どんな防災教育が子どもの〝いのち〟を救えるのか?』(イースト・プレス、二〇一五年)。

(64)前出「歴史軽視『地震学の敗北』」。

(65)毎日新聞「福島第1原発:東電『貞観地震』の解析軽視」(二〇一一年三月二七日)。

(66)由来がなかなかに複雑で興味深い。実在の人物・濱口儀兵衛の史実に基づくものであり、話を伝え聞いたラフカディオ・ハーンが海外に英語で紹介し、さらに日本人によって子供向けに翻訳・再構成がなされたという。小山鉄郎『大変を生きる　日本の災害と文学』(作品社、二〇一五年)参照。

これは小学校の教科書に、一九三七年から十年間、防災を教える説話として載っていた短篇だが、東日本大震災を機に再評価が進み、二〇一一年度より再び、「梧陵の伝記」として教科書に掲載されている。さらに近年ではアジア八カ国の言葉に翻訳され、稲むらの火が実際に起こった日は、国連総会で「世界津波の日」と定められた。

今回の震災は、果たしてどのように次の世代に語り継がれるのだろうか。

風化に抵抗するためには、思想家の東浩紀が提唱する「福島第一原発観光地化計画」のような試みも有り得るだろう。間口を広くして議論を活発にし、『フクシマ』をまえにして黙り込まないこと」が、被災地の復興に繋がり、教訓を後世に伝える(67)。たしかに本論で扱った事例の多くも、現場知と文学の関わりから生まれている。

東は言う。

フクシマを見ることを、カッコいいことに変える。できるだけ多くの人々に、フクシマを「見たい」と思わせる。(68)

言葉は震災をどう「見せる」ことができるのか。文学に携わる者はこれから時間をかけて、探求してゆかねばなるまい。

最後に、第一節で紹介した『16歳の語り部』や、第二節で紹介した『みあげればがれきの上にこいのぼり　地球人の交換日記〈1〉』のプロジェクトを先導した佐藤敏郎の言葉を、ここに記しておきたい。

あの日を、ただのつらかった過去にしてはいけない。
あの日を語ることは、未来を語ることなのだ。(69)

終節　書かれたものはすべて詩

アウシュヴィッツ以後、詩を書くことは野蛮である。そしてそのことがまた、今日詩を書くことが不可能になった理由を語り出す認識を侵食する。(70)

かつてアドルノはこう書いた。ここで、「詩」は文化の代表である。

難解な言葉ではあるものの、藤野寛の解釈を読むと腑に落ちる部分が大きい。一部を引用すれば、「ナチズムは、アウシュヴィッツに象徴される『野蛮』のシステムにおいて大量虐殺を行ったわけだが、それは『文化』の営為として遂行されたのでなくして何であったろう。(中略)どれほど多くの文化(人)が人々の攻撃性・好戦性を煽り立てたことか。その虐殺行為を『人類の進歩』の大義名分

(67) 東浩紀「福島第一原発観光地化計画とは」、東浩紀編『福島第一原発観光地化計画　思想地図β　vol.4-2』(ゲンロン、二〇一三年)所収。
(68) 同上、一四頁。
(69) 前出『16歳の語り部』、二一四頁。
(70) テオドール・W・アドルノ『プリズメン　文化批判と社会』(渡辺祐邦、三原弟平訳、筑摩書房、一九九六年)、三六頁。

（『優生思想』！）のもとに正当化しようとした思想・言論を思い浮かべることは造作もないことだ」(71)。これを本論に寄せて考えると、文学の「実用」にはプロパガンダ的な恐さがある、という指摘に繋がるかもしれない。アドルノは、文化を流通する商品にしてしまう「文化産業」を、管理社会の一部分であると批判している(72)。文化が野蛮だという指摘そのものでさえ、自らが文化産業に取り込まれている自覚がない限り、物象化からは逃れられない(73)。

文学を「使う」方法を説いた本論は、その意味では非常に野蛮なものだ。この試みは震災の惨劇の意味の固定をもたらし、文学の使用法を価値に入れ込んで本質を貶める、負の存在であるとも言える。震災で苦しんだ記録を「使う」ことを推奨する本論は、野蛮、あるいは不謹慎だ。

だが、第五節で示したように、文学の「使い方」が知られていなかったからこそ、震災の被害は拡大したのではなかったか。

政治・科学がフィクション的なシミュレーションとなった今、もはやフィクションに関わらない生活は不可能で、僕たちの行動すべてが、将来文学と化す可能性を秘めている(74)。

だから逆に、僕はこう考える。

――東日本大震災以後、書かれたものはすべて詩である。そしてそのことがまた、今日詩以外を書くことが不可能になった理由を語り出す認識を侵食する。

文学は使うものであると考えた上で、逆に文学でないものにも文学性を見つけ出し、文学としての利用法を積極的に応用してゆくこと。現実を文学に還元することへの批判さえも、文学に取り込んでゆくこと。そこに、文学が現実を書き換える鍵が存在するのではないか。文学はもっと、能動的・流動的になっても良いのではないか。

本論では、震災に対する文学の実用性を、五つの特徴に分けて整理してきた。自分を癒す：コールドスポット性、交流を生む：自問他答性、現場知を伝える：トランスサイエンス性、現実を動かす：シミュラークル性、次世代に残す：震災前文学性。

これら文学の「使い方」は、あくまで僕が思いついた五項目に過ぎない。使い方は、他にも無数に存在するだろう。僕たちは使えるものを手当たり次第に使って、次の震災をどう乗り切るか、考えなくてはならない。

だから、もし「文学は何の役に立つのか」と友人に訊かれたら、答えは簡単だ。笑って一言、こう言えばいい。

「一緒に考えよう」

(71) 藤野寛『アウシュヴィッツ以後、詩を書くことだけが野蛮なのか　アドルノと〈文化と野蛮の弁証法〉』（平凡社、二〇〇三年）、八八頁。
(72) ホルクハイマー、アドルノ『啓蒙の弁証法　哲学的断想』（徳永恂訳、岩波文庫、二〇〇七年）。
(73) 細見和之『フランクフルト学派　ホルクハイマー、アドルノから21世紀の「批判理論」へ』（中公新書、二〇一四年）を参考にした。
(74) そういえば、チェルノブイリ博物館を手がけたデザイナーのアナトーリ・ハイダマカは、自身の展示手法について「いわば詩を書くように展示する」と語っていた。東浩紀編『チェルノブイリ・ダークツーリズム・ガイド　思想地図β　vol.4-1』（ゲンロン、二〇一三年）、四三頁。

謝辞

本論の執筆にあたっては、大阪大学の中村征樹先生、東北大学の西村亮祐氏、東京大学の木村匠氏、同じく東京大学の平本篤紀氏に貴重なご意見を頂いた。ここに深く感謝の意を表したい。

イメージの核分裂

島田荘司と社会派エンターテインメント

蔓葉信博

※　第三節において島田荘司『ゴーグル男の怪』の具体的な仕掛けについて言及しております。そのため、第三節を読み飛ばし、第四節へ進んでいただいても論旨は理解できるように書いておりますが、それでも事件の構図や結末の一部については言及せざるをえませんでした。重ねてご注意ください。

1．本格ミステリと社会派ミステリ

本論は島田荘司というミステリ作家が二〇一一年一〇月に発表した『ゴーグル男の怪』について、彼の過去の作品と比較しつつ論じるものである。

ただ、島田荘司と「社会派」というタイトルを見て、疑問に思われる方もいることだろう。島田荘司といえば一九八一年に刊行した『占星術殺人事件』を皮切りに現在まで傑作本格ミステリを世に投じ続け、また一九八七年からはじまった新本格ミステリムーヴメントを下支えした一番の助力者としても知られている。その後も、「21世紀本格」の提言、「ばらのまち福山ミステリー文学新人賞」の創設など、今も日本のミステリシーンを牽引するひとりだ。島田荘司といえば本格ミステリだと考えるのが自然なのだ。
その島田荘司が二〇一一年の東日本大震災と同じ年に日本の原発関連組織をテーマにした本格ミステリを書いたということはミステリ史にとってひとつの重要な出来事であったと考えている。東日本大震災後の当時、島田はツイッターにて東北自動車道の無料化や甲状腺がんの懸念など震災や福島第一原発事故への関心を発信していた(1)。そのアカウントで五月二十六日に、以下のようなツイートをしている。

NHK『探偵Xからの挑戦状』のスタッフに、渋谷の喫茶店で会った。ぼくの回、『ゴーグル男の怪』は、8月5日放映で決定。夜の10時から約2時間の枠だけれど、問題編と回答編の間にニュースが入るので、正味だいたい80分弱もらえるという話。NHKのスタッフは優秀。話しているのは楽しかった。

都市伝説ホラー異色作だけれど、骨格は犯人当てのゲーム型本格なので、細かなアイデアの提案は歓迎。脚本家含めて話し合い、たくさん持ってきてくれた。これならずいぶん面白くなりそう。原発事故が頭から離れないので、これも反映した話になりそう。長編化しておき、2月20日に新潮社から刊行予定。

「探偵Xからの挑戦状」は、NHK総合テレビで放送されている犯人当てドラマであり、公式サイトに登録することで番組側が配信する問題編の小説を読むことができる。ドラマはその解決編にあたる。

島田荘司が原作となるこのドラマも八月五日に放送され、好評を博した。

翌年二月と思われた長編は、その年の一〇月に同タイトルで刊行された。ミステリドラマでは、殺人事件が起こった町内をさまようゴーグル男の謎を解き明かすという内容であったが、長編はツイートで語られたように原発事故を反映する社会派的な側面を持つものとなった。

そもそも、ある程度島田荘司の作品を読んでいるのならば、少なくない社会派ミステリが存在し、また本格ミステリであってもそこに社会的なテーマが込められていることをご存知であろう。後節で詳述するが、消費税殺人の裏側に隠された日本社会の暗部を描く『奇想、天を動かす』を嚆点に、島田荘司の作品に社会派ミステリ的な側面を見出すことは難しくはない。彼の多くの作品には、独自の視線から描かれた社会的な問題が動機や事件の手がかりとして盛り込まれているのである。とはいえ、島田荘司を社会派ミステリの書き手として論じるためにはもう少し補助線が必要だろう。そこで島田荘司とその社会派ミステリとしての特性を論じるために、まずは社会派ミステリとはなんであるかを

（1）島田荘司は福島第一原発事故後の子供への甲状腺がんに対する政府の対応について二〇一一年のツイート以降もさまざまな媒体で批判的な見解を述べている。筆者はその見解とは異なる立場であり、たとえば二〇一六年一一月一六日付の「福島民友」に掲載された「がん発生率「原発事故の影響なし」　国連委、従来の見解を維持」という報道を支持するものである。しかしながら二〇一七年一月現在も、この議論は続いている。そのため、扇情的で乱暴な断定は別とするにしても、その科学的な見解に異論をとなえる市民の声、その心情をまったく無視にするわけにもいかないと考えている。科学的な見解自体は、生活実感のような心情云々で変わるものでもなく、もし変えるとするならば別の科学的な見解が必要だ。しかしながら、それは科学の専門家ではない一般の人々に可能なのであろうか。科学的な情報を一般の人々に伝えることの難しさをいかに乗り越えるか、科学とは別の領域にある人々の心のケアをいかにすべきかは、未だ目処すら見えない問題だと考えている。

説明しておきたい。

権田萬治・新保博久監修『日本ミステリー事典』（二〇〇〇）の「社会派」の項目には以下のように記されている。

社会派推理小説ともいわれ、社会性の強い題材を扱った推理小説のことをいう。松本清張の長編『点と線』『眼の壁』（ともに1958）が、戦前の日本の怪奇・幻想的な探偵小説には見られない汚職や手形犯罪、または右翼など社会性豊かな題材を取り上げたことから、この言葉が使われ始め、続いて『海の牙』（60）で企業による公害問題を扱った水上勉なども社会派の名前で呼ばれるようになった。清張の社会派推理小説は、動機の社会性、トリックの現実性を強調するとともに謎解きを重視していた。つまり、社会派と本格的な謎解きは本来決して矛盾しないのだが、その亜流は次第に事件の内幕を描くだけの底の浅い作品に堕していった。そういうなかで社会問題をシリアスな角度から見つめる作家も再び登場するようになった。関東大震災時の朝鮮人虐殺と現代の事件を交差させた小杉健治の『死者の威嚇』（86）や、アフリカの人種差別問題をえぐった帚木蓬生の『アフリカの蹄』（92）などはその恒例である。欧米のミステリーはもともと社会性のある題材を取り上げているので、社会派という特別な呼称はない。

短文ながら批評性に富んだ文章である。この指摘にもあるように、社会派ミステリは本格ミステリとの対比で語られることが少なくない。事実、清張自身も随筆『黒い手帖』（一九六一）に収録されたエッセイ「推理小説の読者」にて、同様の対比で論じるのであるが、それはよく読めば分かる通り、本格ミステリの屋台骨の一つというべきトリックそのものを否定しているわけではない。トリックの空疎さや、極端な不自然さを批判しているのだ。あくまでも一般読者に伝わる面白い推理小説としてのトリックに対する重要性は認めており、清張自身が優れたトリックメイカーであったことは知られた事実でもある。つまり対比であって、対立ではないのである。また比較のため、本格ミステリについても『日本ミステリー事典』から引用しておこう。項目としては「本格」とされ、以下のように記載されている。

英語の puzzuler、または puzzuler story に相当する。推理小説のうち、謎解き、トリック、頭脳派名探偵の活躍などを主眼とするもので、1841年、ポーの『モルグ街の殺人事件』によって原型が確立された。ドイル、チェスタトンらの短編時代を経て、1920年代、クリスティ、クイーン、カーらが長編本格の黄金時代を築くと、フェアプレイ、サプライズ・エンディングなどの付帯条件が整備された。

本格とは日本独自の表現で、変格探偵小説との弁別のため25年ごろ甲賀三郎によって命名されたらしいが、ミステリーの他のジャンルが成熟すると、本格以外を亜流視する差別表現であると一部から反発を買いながらも、呼称として定着した。創作では、江戸川乱歩の初期短編や大阪圭吉、長編では浜尾四郎、蒼井雄らによって試みられ、戦後になって横溝正史、高木彬光、鮎川哲也、土屋隆夫、仁木悦子らが活躍した。その後、リアリティに反するといった批判を受け、一時的に退潮を余儀なくされたが、80年代後半からは新本格派などの作家によって新たな活況を呈している。

ミステリに親しんだ読者も一部には、右記のような記載を「探偵小説を社会派ミステリが駆逐し、その後ふたたび新本格ミステリが社会派を葬り去った」といったような理解で受け止めている向きがあるかもしれない。しかし、これは歴史的過程に即しているとはいえない。日本のミステリ史として社会派が一大ブームを巻き起こしたのは一九六〇年前後の期間であり、その後も社会派ミステリは書き継がれていくが、ブームというほどの隆盛が続いたわけではないのである。またその時期にも一九五七年に新人賞として再スタートした江戸川乱歩賞第三回受賞作、仁木悦子『猫は知っていた』は優れた本格ミステリであったし、一九六二年には発表され話題となった結城昌治『ゴメスの名はゴメス』は優れたスパイもののミステリであったことなど、社会派ミステリとは一線を画する本格ミステリやサスペンス小説、ハードボイルドものも発表されていた。ただ、ミステリのジャンル外の読者にも伝わるような一大ムーヴメントとまではいかなかった。ミステリ系のブームとしては、一九七一年に横溝正史作品が漫画の人気にあやかった文庫化でブームを巻き起こし、一九七六年には映画化によってさらにそれは全国規模の大ブームとなったという経緯がある。とはいえ、そのなかでも書き継がれていたスパイアクションやハードボイルド作品の系譜が一九八〇年代の冒険小説ブームを呼び、また同時期に西村京太郎『寝台特急《ブルートレイン》殺人事件』（一九七八）を代表とするトラベルミステリもブームも巻き起こる。トリックミステリと社会派ミステリの融合と見るなら、トラベルミステリはある意味で横溝正史ブームと松本清張ブームの両方の血を継ぐ存在といえるかもしれない。しかし、謎解きを主眼とする本格ミステリからいえばそれらは新味性の乏しいものとも感じられたであろう。

このような歴史的隔たりがあるにもかかわらず、本格ミステリと社会派ミステリが対立的に語られがちなのは、本格ミステリと社会派ミステリは形式としては対立していないが、理念としては対立するからである。作例として優れた本格ミステリでかつ社会派ミステリというものは存在しうる。形式的にはそれが可能だ。だが、それは簡単に作品として結実させられるものではない。本格ミステリとは元来、読者を驚かせ、かつ納得させる必要がある。そのため、余人が思いつかぬトリックやプロットの発想が求められるジャンルである。つまり多くの読者を驚かせるという本格ミステリの目的のため、しばしば不自然なトリックが小説に盛り込むことを許しているのである。しかし、社会派ミステリが中心に据える現実の社会問題と、不自然なトリックは相反するものだ。不自然なトリックと同居しては現実の社会問題の深刻さは減じられてしまうことになる。つまり、社会派ミステリは理念として不自然なトリックが小説に盛り込まれることを許していないのである。かように、形式的には可能であっても理念としては相容れぬところがあるため、語り方によってそれは対立事項として論じられる所以である。

とはいえ、問題はその不自然さの度合だ。驚かせるためにはある程度の不自然さを厭わない。しかし、不自然すぎてはそもそも読者を納得させられない。この調整感覚は、ひとそれぞれの現実世界の受け止め方による。なにかしらの数値化によって明解な基準を定めることは難しい。ある程度のガイドラインを想定するぐらいであろう。そのガイドラインのひとつに、読者が不自然すぎて面白みを感じられないトリックを採用しないようにしようというものが清張のいうところだ。この難しいところは、基準が読者に委ねられているということだ。以前は、多くの読者がある不自然なトリックに違和感を覚えていたとしても、時代が変われば、そうした不自然なトリックのいくつかはトリックの面白みと比べてたいしたことがないという判断が降る場合がある。たとえば、かつてはファンタジー世界を舞台にした本格ミステリなどは、読者との推理パズルの競争のフェアを重んじるため、少ない作例しかなかったが、昨今は石を投げれば現実世界とはちょっと違った虚構世界のルールを用いた、一種のファンタジー世界を舞台とする本格ミステリが数多く存在する。代表的なものに、二〇一一年五月に刊行された城平京の『虚構推理』がある。現代社会に現れたアイドルの亡霊の謎を解き明かすミステリである。これも本格ミステリのガイドラインが変わった証左といえよう(2)。つまり、読者が想定する現実世界の似姿としての虚構世界で許される不可能めいたこと。それが本格ミステリの書き手の腕の見せ所なのである。

先ほどの『日本ミステリー事典』の解説にあった「社会問題をシリアスな角度から見つめる」ミステリ作品は、近年も介護問題に注目した葉真中顕『ロスト・ケア』(二〇一三)、カンボジアのストリート・チルドレンの現実を描く梓崎優『リバーサイド・チルドレン』(二〇一四)、中国残留孤児を扱った下村敦史『闇に香る嘘』(同年)など、連綿と続いている。そして、これらは優れた本格ミステリでもある。さらにいうならばミステリにかぎらず、エンターテインメント作品は何かしらのかたちでその時代の出来事を取り入れ、または距離を取るというかたちで時代と呼応している。社会問題を扱うノンフィクションよりは手に取りやすく、問題の背景をわかりやすく知るためのテクストとして社会問題をあつかうエンターテインメントは一定の需要があるのだ。

なかでも現代社会を舞台とすることの多いミステリであればこそ、他のジャンルより社会的な問題を陰に陽に取り入れている。そのジャンル的なくくりが社会派ミステリなのである。人々が感じるであろう社会的な問題をミステリという形式を借りながら世に訴えるものであった。それらはいわば松本清張の末裔であり、彼のいう不自然なトリックは排されている。それでは東日本大震災について、ミステリはどう向き合ったのか。

文芸誌「オール讀物」二〇一六年三月号では、書評家の大矢博子による「作家は震災とどう向き合ったのか――3・11を描いた小説」という小特集が組まれた。本評論集でも論じられている重松清『希望の地図』（二〇一二）や高橋源一郎『恋する原発』（二〇一一）など三〇冊の小説が紹介されている。そのなかの一項目に「ミステリー小説」の枠もあり、本格ミステリとして東日本大震災後のボランティアたちが遭遇した謎を描く友井羊『ボランティアバスで行こう！』（二〇一三）か、社会派ミステリとして被災地で起こった殺人事件の真相を追う相場英雄『共震』（二〇一三）などが挙げられていた。

友井羊『ボランティアバスで行こう！』は被災地へと向かったボランティアの老若男女を通じ、被災した人々の心情や非日常的ななかの日常など報道では伝えることの難しいさまざまなことが時には謎として、またはその手がかりとして、そして謎解きの答えとしても描かれる。赤の他人であった者同士が一緒にボランティア活動を行うことで、同じ被災地であってもそれぞれの視点による連作短編ミステリとなり、謎に奥行きが生まれることとなった。また被災地と安全な地域という違いが基本的に謎を生じさせるのであるが、実はそこに本格ミステリ的なひとひねりがある。その隠された構成の意図を考えることは、東日本大震災の出来事をいかに教訓とすべきかを考えることに通じるよう作られている。優れた本格ミステリでありながら、社会派の要素も読み取ることのできるミステリである。

相場英雄『共震』は東北の仮設住宅で起こった殺人事件を描くミステリ。殺された男性は復興関連

（2）本格ミステリのガイドラインについてのより詳しい言及については、限界研『21世紀探偵小説』（二〇一二）収録の拙論「新本格」ガイドライン、あるいは現代ミステリの方程式」を参照のこと。

部署の県庁職員で、被災した市民から敬愛される人物だった。しかし、彼は現場主義だったため、キャリア官僚との反りが悪く、その対立が殺人事件を招いたのではと疑われていた。震災前の東北で被害者を知っていた記者が事件の真相を追いかける過程で、今も続く被災地の実状が読者に伝わってくる。過去を知る人物が回想の東北と現実の東北を比較することでノンフィクションとは違い、登場人物の情感とともに読者は東北の事実を受け止めることができるのだ。そして社会派ミステリといわれる通り、被災地にまつわるある種の犯罪がその事件の裏側にあったことが判明する。犯罪自体はフィクションながら、同類の事件は実際報道されている。ただ、殺人事件ものちに明かされる真相も多くの読者には序盤で想像がつくように書かれており、ミステリとしては類型的なものだ。しかし、記者の調査によって徐々に県庁職員の熱意と彼が立ち向かってきた被災地の現実が具体的に伝わってくる。フィクションを通じて社会的な問題を提起する社会派ミステリとしては一級といえるだろう。

被災地の問題をテーマとするのではなく、原発施設の労働環境を問題視したミステリもある。東野圭吾の本格ミステリ『祈りの幕が下りる時』（二〇一三）は福島第一原発で働いていた労働者が事件の関係者として登場する。その労働環境のある杜撰な手続きが本格ミステリのトリックとして援用されており、事件の真相とともにその問題が露わとなる。しかし、事件の主軸となる現在の殺人事件とは直接的な関係にあるわけではない。家族をめぐる過去と現在の事件が複層化した本格ミステリであるがゆえに、その問題はあくまでも周縁的な問題でしかなく、また原発労働者に対しても類型的な見方と思え、作品の中心テーマとなる批判的視座がそこにあるとはいいがたい。事実大矢博子は本書を三〇冊の選には選んでいないのである。その大矢がミステリジャンル紹介の締めで選んだ中里七里『アポロンの哄笑』（二〇一四）のほうが福島第一原発事故の問題を描くミステリとしては印象的であった。

『アポロンの哄笑』は、福島第一原発事故の現場近くの民家で起こった殺人事件の犯人が警察に身柄を拘束されるところからはじまる。ところが、その犯人は警察の手を振り切り、なぜか福島第一原発へ向かうのだ。犯人当てや事件の動機を読者にも推理させるような本格ミステリとしての形式ではなく、登場人物たちが遭遇するさまざまな障害と活躍を描くサスペンスに該当する。そのため、読者に何かを悟らせないようトリッキーな描写をすることなく、小説の主題を躊躇なく描くことができる。訳あって福島原発で働くことになった家族と犯人の交流を通じてその環境の劣悪さと、福島第一原発事故に対する社会的な責任をタイムリミット・サスペンスというシリアスな状況に重ねて描かれた批判的意識に基づく作品であったことは間違いない。

『共震』は社会派ミステリ、『ボランティアバスで行こう！』と『祈りの幕が下りる時』は本格ミステリ、『アポロンの哄笑』は社会派サスペンスと一応は分類できるであろう。このなかで社会問題を扱う比重は社会派ミステリが一番高いものであったことはことさら強調するまでもない。それは構造上致し方ないところではある。

しかし、社会的問題と正面に向き合いながら本格ミステリの謎解きの魅力を失わせるどころか、さらに飛躍させようという野心的な試みを続けている稀有な書き手がいる。それが島田荘司なのだ。

2．島田荘司と社会派ミステリ

島田荘司の社会派ミステリ第一作目は、一九八三年に発表された『死者が飲む水』（ノベルスでは

『死体が飲んだ水』という題であったが、文庫化に伴い改題された『死者が飲む水』が正式なタイトルとされる）である。札幌の実業家の家に届いたトランクには、その実業家のバラバラ死体がつめ込まれていた。道外へ旅行の身であった彼を殺害しようにも関係者には皆アリバイがあり、その犯行は誰にも不可能に思われたのだ。しかし、探偵役となる牛込刑事の地道な捜査とひらめきにより、殺人事件の裏側にはとある事故とそれを隠蔽しようとする村社会の存在があり、その復讐のために行われた計画犯罪だったことが判明するというあらすじである。

『死者が飲む水』刊行後、当時のミステリシーンで主流であったトラベルミステリの書き手として執筆依頼があり、刑事・吉敷竹史シリーズを開始する。第一作『寝台特急「はやぶさ」1／60秒の壁』は十万部の数字を弾き出し(3)、その後も大小ちりばめたトリックを秘めつつも地道な捜査とアリバイトリックなどを中心にしたトラベルミステリや社会派風の作品を書き続ける。その展開で注目すべきなのは一九八九年に発表されたシリーズ十作目にあたる『奇想、天を動かす』だ。

舞台は平成元年の東京・浅草。乾物屋の婦人が十二円の消費税を払わぬ買い物客の老人を叱責したところ、その老人に刺殺されるという事件が発端である。刑事の吉敷竹史はひとり捜査をしていくうちに、過去、北海道で現実に目撃されたという列車で消えるピエロの死体、歩き出す轢断死体、列車を持ち上げる白い巨人など奇怪な証言に直面する。それでも捜査を続けた吉敷刑事は、戦前戦中にあった日本政府のある計画によって数奇な運命を辿った一人の男の人生を知ることになるのである。

この『死者が飲む水』と『奇想、天を動かす』には決定的な差異がある。前者で判明する社会的な問題は、地元の恥部を隠蔽しようとする日本的な村社会であり、それはミステリのプロットの一部である小さな歯車でしかない。それも直接的なモデルとなる事件はなく、あくまでも類似事件を参考にして創作されたものだ。しかし、後者は過去、日本政府が現実に行った重大な社会的問題が取り入れられている。つまり社会問題の比重が圧倒的に違い、後者のほうは現実に行われた社会問題を知るためのテクストとしても機能しているのだ。

にもかかわらず、本格ミステリとしての技巧、人工性の比重もまた『奇想、天を動かす』のほうに針が傾くのである。『死者が飲む水』の社会派ミステリとしての主眼は、超人的な名探偵が登場して事件を解決させるのではなく、地方刑事が足を使って地道に捜査することにある。それは一種のドキュメンタリーのようなところもあるだろう。そのため作品としては本格ミステリとしての奇想天外なトリックではなく、現実として一応は再現可能なトリックと、社会派ミステリでは定番ともいうべきアリバイ崩しを取り入れている。ただ、再現可能なトリックといっても、他の社会派と比べれば陰惨で技巧性の高い内容だったことは指摘しておきたい。

それと違い『奇想、天を動かす』は数々の社会派ミステリにさまざまなトリックを組み込ませてきた経験を活かし、そしてなによりも一九八七年よりはじまる新本格ミステリムーヴメントという追い風を受けて、斬新な方法を導入する。事件を捜査する過程で見出される新事実のいくつかは社会問題に焦点を当てるためのピースでありながら、トリックを解き明かすための手がかりでもあるのだ。そして、犯人が事件当夜に行ったことと批判されるべき社会問題とが重ね合わされるよう描かれているのである。事件の真相と社会問題の焦点化が同時に読者の眼前に現れるという超絶的な構成、それが本作を傑作足らしめている。実際、内外で「本格ミステリと社会派ミステリの見事な融合」と評され

（3）『島田荘司全集Ⅱ』（二〇〇八）収録月報参照。

ていたことを覚えている向きもあることだろう。

さらに本格ミステリといっても作品によって、さまざまな傾向がある。推理パズルの精緻さを磨くものから、その奇抜さを狙うもの、小説とパズルとの融和を目指すものなど、さまざまなのである。その意味でいうならば『奇想、天を動かす』をはじめ、島田荘司の作風は奇抜さとパズルの融合を目指す「奇想の本格」というものなのである。

その『奇想、天を動かす』がとば口となり、重量級の本格ミステリが名探偵・御手洗潔シリーズとして刊行されることになる。一九九〇年には『暗闇坂の人喰いの木』、一九九一年には『水晶のピラミッド』、一九九二年には『眩暈』、一九九三年には『アトポス』。これらの御手洗シリーズは、一読して本格ミステリとしての奇想ぶり、不可解さに圧倒されるばかりだが、落ち着いて作中で解き明かされる不自然な手がかりや動機、事件の背景をていねいに確認すれば、社会的な問題がさまざまに埋め込まれていることに気がつくだろう。特に『眩暈』や『アトポス』はそのミステリの構成と社会的問題は骨絡みになっている。とはいえ、これらを『奇想、天を動かす』という意味での社会派ミステリとはやはりいいがたい。あくまでもその比重は圧倒的に本格ミステリにあるからだ。

当時としては、御手洗ものだけでなく新本格ミステリムーヴメントの余波で鳴りを潜めてしまった社会派ミステリに光を当てたいということを考えていたようで、島田は鮎川哲也と共同で編んだ「ミステリーの愉しみ」叢書第四巻（一九九二）の巻末対談でその危惧を語っている(4)。その後、社会問題を論じる雑誌連載をまとめた写真エッセイ集『世紀末日本紀行』を一九九四年に刊行。また過去の犯罪事件を扱う独自のノンフィクション小説『秋好事件』（後に『秋好英明事件』と改題）を同年に、一九九七年には『三浦和義事件』を発表する。

フィクションの応答も再開する。一九九六年には津山三十人殺しをテーマに日本の村社会の暗部を穿つ本格ミステリ『龍臥亭事件』、そのテーマ的続編といえる『涙流れるままに』を一九九九年に発表。一九九〇年代後半は、社会派テーマをどのように世に投じるかを実践した期間だったといってもいいだろう。

だが二〇〇〇年代になって、そうした社会派テーマを前面には活動しなくなる。その理由を直接的に述べる座談、エッセイなどは見つけることはできなかったため、ここでは簡単な仮説をそれに代えたい。その理由はそもそもの本格ミステリとしての骨格をアップデートするためであったのではないか。『奇想、天を動かす』から『アトポス』まで、「前段での神秘的な謎の設定と、これを解体する際の高度な論理性」という本格ミステリの要素を実践した結果であり、そのなかでも理論的実践としてはもっとも適合していたはずの『眩暈』は、一九九二年作品を扱う「このミステリーがすごい！'93年版」で一五位という栄誉に浴するも、少なくない批判の声が上がった。それに対し社会派的なテーマと本格ミステリの融合というアプローチは上記のかたちで応答していたわけだが、本格ミステリそのものの理論的な再反論を考えるうちに、来る二一世紀という新時代へのミステリシーンへの提言を考え、実践する期間となったのではなかろうか。その結果が二〇〇二年の本格ミステリ『魔神の遊戯』であり、二〇〇三年の『ネジ式ザゼツキー』であった。特に『ネジ式ザゼツキー』は新世紀版『眩暈』といった内容であり、あらたな創作評論は『21世紀本格宣言』として同年に刊行された。しかしながら、『21世紀本格宣言』では本格ミステリの原則論、創作論は論じられるも、社会派ミステリと

（4）島田荘司『エデンの命題』文庫版（二〇〇八）の柄刀一「解説」も参照のこと。

しての側面は本格ミステリとの対比以外では言及されることはなかった。

それらに続いて、二〇〇七年『リベルタスの寓話』が刊行される。それは本格ミステリでありながら、国際的な問題を背景とした社会派ミステリともいえる内容でもあった。本作は「リベルタスの寓話」と「クロアチア人の手」というふたつの中編が収められているのだが、単行本の刊行時はその順序で収録されていたのに対し、二〇一〇年のノベルス化に際して、意図的に「リベルタスの寓話」は前編と後編に分けられ、間に「クロアチア人の手」が入れられるという特殊な改稿を加えられた作品である。その意図を考えて見るならば、「クロアチア人の手」は単独でも独立した作品でありながら、「リベルタスの寓話」の何かを補完するためのテクストとしても機能することを狙った再編成ということになろう。

「リベルタスの寓話」の前編は、ボスニア・ヘルツェゴヴィナのモスタルで起こった四人の男の惨殺事件から幕を開ける。そのなかのひとりは腹を割かれ、内臓を取り出した後に、雑貨や電機製品などをあたかも「内臓の見立て」のように入れ直されていたのだ。この奇怪な事件と、クロアチア共和国のもととなった都市に伝わる寓話が描かれる。続く「クロアチア人の手」は日本の俳句振興会から招かれたクロアチア人のひとりが密室で溺死し、もうひとりは車道に飛び出して車にはねられ、謎の爆死を遂げるという事件とその真相が描かれることになる。そして「リベルタスの寓話」の後編では、モスタルの惨殺事件の真相が御手洗潔の手によって明かされることになる。

本作の二一世紀本格としての核となるものは、後書きで島田が語るところによればオンライン・ゲームを通じた仮想通貨のリアル・マネー・トレードを経済犯罪に援用したことにあるという。本格ミステリとしての犯罪計画としてはそのとおりであろう。しかし、その一方で多くの読者が本書にこれまでと違った読後感を覚えたはずである。それは「リベルタスの寓話」と「クロアチア人の手」のいずれも事件の背景や動機にボスニア・ヘルツェゴヴィナ紛争の暗部が描かれているからだ。とくにあらためて前後編としたことで、『リベルタスの寓話』で描かれていた陰惨な事実の証言として「クロアチア人の手」が読み解けるような配置になっている。ボスニア・ヘルツェゴヴィナ紛争におけるあまりにも非人道的な事実、登場人物たちの感情の起伏を小説として読むことができる。フィクションとしての脚色はあるが、現実に起きたことなのだ。これは『共震』と同じようにフィクションのかたちを通じて読者にその陰惨さを実感してもらうためのものだったのである。印象的なのは、『共震』も『リベルタスの寓話』でも事件を調べることは当事者を傷つけることだという認識があることだ。それでも作品として描かねばならないというフィクションの義務を感じることができる。そうした決意からも本作が社会派ミステリとしてのそれと同様のものであることは疑いない。

さらにいうならば「社会派」という言葉でくくられる領域が「日本社会」から「世界」へと広がったと見ることもできよう。それは本作が笠井潔いうところの「世界内戦」におけるミステリの作例とみなしてよい(5)。二〇世紀後半から世界各地で頻発した民族紛争は冷戦時代の産物から、次世代型の戦争の苗床として変化していった。民族紛争は国家対国家という枠組みを無効化することとなり、市民と軍人とを区別もしない。局地的であったはずの紛争の境界があいまいとなって広がり、テロがいつどこでも起こりうることによる世界内戦と化すこととなった。この国際情勢を作品のなかに組み込もうという試みは二一世紀版『奇想、天を動かす』というべきものであった。本作について島田は

(5)　笠井潔『探偵小説は「セカイ」に遭遇した』(二〇〇八)、笠井潔『例外社会』(二〇〇九)参照のこと。

そうとは語っていないが、二一世紀の社会派ミステリとはこうした作品こそスタンダードになるべきではないかという提言とも受け取れるといえよう。

そして、二〇一一年一〇月に発表された『ゴーグル男の怪』はその提言をあらためて日本社会に当てはめた作品なのではないだろうか、という問いが本論の主眼である。

とある町の煙草屋の老女が殺害される事件で、現場から立ち去る謎の男の姿が目撃される。男は顔に四角いゴーグルをつけ、目は赤く、目の周りは血ただれているかのように見えたという証言が集まる。その事件の二カ月前、町近くにある核燃料施設で臨界事故が発生していた。そのゴーグル男と臨界事故に何か関連があるのか。捜査陣はゴーグル男と思われた容疑者を勾留するも、第二の殺人事件が発生する。またもやその現場でゴーグル男が目撃されるのであった。

作中で語られる核燃料施設での臨界事故は、作中の会社名や実際の臨界事故の描写から一九九九年九月に茨城県の東海村で起こった核燃料施設での臨界事故をモデルとしていることは明らかだ。本書は大別して、殺人事件を捜査する人々の視点からなる描写と、核燃料施設で働いている青年の描写とに分かれている。そして、この青年が臨界事故の現場にいた関係者なのである。

ミステリの企みとして、ゴーグル男という怪人物は臨界事故の被曝者のイメージと重ね合わされる。人を殺しながら霧の街に現れては消えるゴーグル男という妖しいイメージはとくに鮮烈だ。影山徹の手による表紙イラストのゴーグル男の、その赤く血走った目の印象もあって、この怪人の造形力はやはり数々の本格ミステリをものした著者の実力の表れといえよう。あえて誇張される被曝者の描写、放射能汚染による怪物の噂、核燃料施設のまわりに鬱蒼と茂る木々に現れる幽霊。これらは本格ミステリにおける怪奇的な謎の装飾として提示されている。その中心にいるのがゴーグル男だ。

次節では、このゴーグル男の本格ミステリにおける役割を、そのトリックを示しながら解説していく。その結論については第四節でも繰り返すので、三節を飛ばして読んでいただいても大筋としては問題がないことをお断りしておく。

3．ゴーグル男と推理パズル

ゴーグル男という存在が本格ミステリのプロットとして優れているのは「都市伝説」的な噂話として町中に広がっていく奇怪な男の話が、警察の調査によって複数の事象が偶然重なり合った誤認であることとわかり、それがきっかけとなって犯人が確定することにある。

もちろん本格ミステリである以上、ゴーグル男の正体は読者にも推理が可能なように書かれている。ゴーグル男の正体は関係者の女性につきまとうストーカーであった。赤い目や目元のただれはドアの新聞差入口を開けて部屋を覗こうとした時に、室内から赤い塗料スプレーをかけられていたためなのだ。スプレーで目に塗料を吹きかけられたストーカーは、塗料を落とそうとした結果、目のまわりの皮膚がただれてしまったのである。仕方なしにストーカーは、外出するときになると目元を隠すためゴーグルをかけていたのだ。ゴーグル男という怪人は、捜査で見つけたさまざまな手がかりを根拠とし、その根拠に基づく論理的な仮説によってただのストーカーとして再定義される。そして、ストーカーの指紋が老女殺害の置時計に残っていたことにより、このストーカーが犯人と目されていた。

ところが、ゴーグル男として捕まったストーカーが地元警察に勾留されているあいだに、第二の殺人が起こる。ゴーグル男は殺人犯ではなかった可能性が高い。やがて容疑者のなかからゴーグル男以外で、一連の犯行が可能なものがひとりに絞られる。それはストーカーの被害者である女性だった。一応「ゴーグル男」という男性のラベリングが真相をわかりにくくする要因のひとつとして機能していたことは指摘しておきたいが、これはミステリマニアからいわせれば、初歩的な誤認のテクニックであることも重ねて述べておきたい。本格ミステリとしては、ゴーグル男という存在がいかにして生まれたか、そしてそれをどのようにして捜査陣が発見するに至ったかというプロット上の創意工夫こそが評価されるべきであろう。性別誤認トリックはその補足として機能しているに過ぎない。

ストーカー被害を受けていた女性は、生活が苦しく詐欺行為を働いていたところ、煙草屋の老女は騙せなかった。そのため、彼女は殺人に走ったのだ。事件当日、殺人事件が起きた煙草屋だけでなく、他の煙草屋でも黄色いラインを引いた五千円札が発見されていた。その五千円札が詐欺に必要なものであり、またそれが後に推理のパーツとしても必要なものとなる。そして第二の殺人はゴーグル男のふりをして、彼女の殺人の動機を知る男性を亡きものしようとした結果だったのである。推理パズルとしてふたつの殺人事件を見ると、ゴーグル男の正体を突き止めることで、真犯人が限定できるように設計されていることがわかる。

本格ミステリの構成は、しばしば「謎と論理的解明」というかたちで説明されてきた。しかし、島田荘司が『本格ミステリー宣言』（一九八九）で提唱してきたその定義を援用するならば、それは「詩美的な謎と論理的解明」と書き換えられるべきであろう。そして「詩美的」とは「怪奇的」も含まれると考えていい。ただの「謎」ではない。ただの「パズル」ではない。美しい謎、散文にはない詩的な感動を与えてくれる謎。現実的世界の存在を忘れさせ、奇跡が顕現する世界を一瞬でも垣間見せてくれる謎といったものを指しているのではなかろうか。それはおそらく「奇想の本格」として島田が目指しているものだ。

占星術の法則によって生み出された完璧な肉体・アゾート、復讐のため吹雪の館を彷徨うゴーレム、列車のなかで消えるピエロ、横浜にある人喰いの木など、パズルの謎というにはあまりにもおどろおどろしく、蠱惑的な映像美を持つそれらが、論理的な過程で現実に解体されるということ。これらは形骸化した密室殺人とは質的に違いがあることに注意してほしい。本来は密室殺人も、不可能犯罪という物理的法則を無視した殺害方法のひとつとして考案された。エドガー・アラン・ポーの「モルグ街の殺人」（一八四一）はパリの闇を描くゴシック小説と思わせて、幻想を理知的に解き明かし現実の世界のものとする物語であった。幻想的な謎が現実的な解決へと至るというのはミステリジャンルの源泉にある。島田荘司のいう「詩美性のある謎」ということはそういうことなのだ。

この『ゴーグル男の怪』でいえば、その詩美性とはゴーグル男に宿っている。それを踏まえ言い換えるならば「怪奇的な謎と論理的な解明」なのである。不十分な目撃証言と噂話によって生まれたゴーグル男という怪異は、警察陣の捜査によってストーカー男として論理的に解明された。塗られたドアの色や赤くただれた範囲など読者にはそれが推理できるよう手がかりはちゃんと描写されていた。同じように、老女殺しの謎も手がかりに着目すれば論理的に解けるようになっている。謎か論理的な解明によって解消されることが本格ミステリとしての知的エンターテインメントたる所以なのである。

4．島田荘司と21世紀社会派ミステリ

ゴーグル男という存在は怪奇小説的な彩りを作品に付与しつつも、本格ミステリの謎解きパズルの

ピースとして必須のものであった。そしてゴーグル男という存在は、『ゴーグル男の怪』を社会派ミステリたらしめるかすがいの役目も果たしている。

『ゴーグル男の怪』は、福島第一原発を舞台にしているわけではない。しかし、JCOが引き起こした東海村の臨界事故の杜撰さは、福島第一原発事故の前哨戦のようなものだったはずだ(6)。臨界事故で被曝した死者は、ありえたかもしれない福島第一原発事故の最悪の事態と通底している。原子力をあつかうには優れた組織による正しい運営が必要だったことも同様であろう。福島第一原発事故後、少なくないデマが飛び交い、それらにもとづいてインターネットサイトや雑誌の記事になった。それらも検証を欠いた噂話を、「噂が囁かれている」という事実とそれに基づく臆断であったことは強く指摘するまでもない。荻上チキ『検証　東日本大震災の流言・デマ』（二〇一一）では、実際に起こった「流言・デマ」をリアルタイムに記録し、分析した結果が記されている。荻上の議論を援用するならば、本格ミステリにおける幻想的・怪奇的な装飾は、殺人事件という重大な事態に対する情報が足りないのに、曖昧で不確かな情報しかないゆえ、性急に結論を出そうとした結果と見ることができる。ゴーグル男も同様の式で導くことができるだろう。

ゴーグル男自体が存在したことは明らかな事実だが、彼の外見や行動パターン、動機などは不確かな情報によって勝手に付け加えられたものだ。しかし、ゴーグル男という「記号」に殺人犯や被曝によって生まれた残忍な怪物像を与えていたのはただの臆断でしかなかったことが最後に明らかとなる。

計画的な殺人事件なのに世俗的な犯罪の枠組みで捜査する警察組織を名探偵が批判するというエピソードは、本格ミステリではお決まりの場面だ。その本格ミステリ特有の場面が弛緩して臆断とならないよう、ジャンル的な批判意識が内在している。笠井潔『バイバイ、エンジェル』（一九七九）では、名探偵の思考もまた一種の臆断、ドグマとして批判の対象となる。名探偵役の矢吹駆は、名探偵の形骸化した方法ではなく現象学というメタ科学的な観点を持った思考法で殺人事件の真相を推理する。そうした名探偵批判という形式は『バイバイ、エンジェル』を代表に断続的にかかれており、本格ミステリは論理による知的ゲームに、そうした批判的意識が形式的に備わっているのだ。

『ゴーグル男の怪』では、人々の噂による臆断は事実を歪めるものとして提示されている。あくまでも検証され、場合によっては否定されるものとして提示されているのだ。それが意味深いのは、この作品が本来、犯人当てのテレビドラマとして企画されているということによる。番組の放送によれば三八六〇名の応募者のうち三〇名が犯人とその事件の真相をつかんだという。こうした仕掛けを内在させた『ゴーグル男の怪』から、震災後のデマを推理し、克服してほしい、もしくはそのデマの真偽を疑ってほしいという意思を読み取ることは難しくはない。正解者は約一パーセントだが、複雑な推理パズルだった以上わからないものを臆断で鵜呑みにせず、一歩引いて考えようとすることは危機的な状況ほど必要なことだろう。

しかし、こうしたデマへの批判的側面は一面的なものでしかない。『ゴーグル男の怪』には臨界事故のモチーフという改稿に加え、核燃料施設で働く青年の不可解な半生を挿入することで、あたかも幻想小説のように読み取ることができるからだ。

この青年は少年期にある男性から性的暴行を受けており、それ以来、精神的な不安定さを隠しながら生きてきたことが明らかになる。読者からすれば、この青年は本格ミステリでいうところの「信頼

（6）詳しくは村上達也・神保哲生『東海村・村長の「脱原発」論』（二〇一三）を参照のこと。

出来ない語り手」として機能する。彼が語ること、感じること、起こした行動のすべてに信頼がおけないのだ。ある日、彼はゴーグルを装着したまま自宅玄関でそのことに気がつく。しかし、その前に自分が何をしていたのか思い出すことができない。おさまらない動悸や体の汗、服装からどうやら町をさまよっていたようなのだが、その真偽も判別できないのである。そのことが語り手の描写として読者にあらかじめ提示されているため、読者は彼が体験する不可解な出来事がどのように殺人事件と関連を持つのかについて、関心を寄せながら読むこととなる。また本格ミステリとしては、彼の思考や言葉とは距離をおきながら、確実な証拠を見出して本格ミステリのパズルを当てなければならない。本書はそのような鵺的な小説なのである。

警察陣の捜査によって第一の殺人と第二の殺人に関わっていたゴーグル男の存在は明らかとなる。さらに捜査の過程で捕らえたゴーグル男のほかに、もうひとりのゴーグル男が存在していたことがわかる。それがこの青年である。ゴーグル男と同じような格好を偶然していたというのは、確率としては否定できないが、現実的には考えにくい状況である。もちろん、そのような偶然が現実ではまま起こることもある。しかし本格ミステリというゲーム空間において、そのような偶然が断りもなく物語に挟まれることは好ましいことではない。そのゲーム性と相反することになるからだ。ゲームを成立させるための背景としての物語に組み込まれるか、ゲームのためのパーツとして組み込まれなければならない。このどちらかに組み込まれなければ、優れた本格ミステリとはいいがたいのである。そして、ゲームのパーツとして組み込めない以上、背景としての物語に組み込まれなくてはならない。

ひとつの解釈として、核燃料施設のまわりの森に現れる噂される幽霊の存在がある。その霊的な存在のひとつとしてゴーグル男が出現したというものだ。実際、核燃料施設で働く青年の不安定な精神は、超常的な力に影響を受けているような描写も見られ、また青年自身もそれを示唆するような考えを頭によぎらせていた。終幕で、同様のことを事件の真相を追い続けていた刑事が感想として述べている。

本評論集でも言及されているように東日本大震災後、亡くなった死者たちの存在を虚構的によみがえらせ、被災地を舞台とする怪談が少なくないことも、幽霊という存在と被災地の関連は無視し難いところではある。『ゴーグル男の怪』もそうした死者の声を聞くための小説として読むこともできなくはない。

本格ミステリは、謎が合理的な解決へと至る知的カタルシスを楽しむものであるが、その結末もある種の定番となれば多くの読者には予測がつくようなり、思っていたようなカタルシスを与えることができない。そのため、しばしば合理的な解決とは別に超常的な解決を更に付け加える、もしくはその余地を残しながら物語を終えるというパターンも生まれている。具体的な作例は伏せるが、作中で解き明かされたはずの超常現象が実際は実在するものであり、探偵役の解決はただの机上の空論であったというどんでん返しの作品もある。また幽霊や神秘現象にもある種の法則性を見出し、その法則性の論理過程を一種のパズルに見立て、本格ミステリという形式に落とし込む場合もある。

いずれにしろ、そうした結末にするには読者を誘う手順が作中で必要になる。『ゴーグル男の怪』もまた幻想的な小説としての解釈の余地を残したまま終えることが目的だとするならば、読者をそのように導けているとは思えないのだ。この不自然さは、なかなか不可思議な読後感なのである。

『ゴーグル男の怪』ではないが、同じ島田荘司作品の「リベルタスの寓話」における不自然さについて興味深い指摘をしているのが横井司「島田荘司『リベルタスの寓話』考」(7)である。この論では

「リベルタスの寓話」で述べられた「内臓を模した部品を持つ人形という」寓話は、殺人事件の意匠としての見立てとして用意されているものの、事件を解き明かすための手がかりとしては機能していないことを示す。そして、それにもかかわらず小説内に占める分量が圧倒的に多いという不自然さを指摘し、横井はそこに別の見方を探る。「リベルタスの寓話」は、特権的な地位にいるものが平等に選ばれた指導者を押し退けようとして天罰がくだされる内容と要約し、名探偵が特定組織の代弁者となり、平等ではない条件下で特権的な判断をすることへの批判的なテクストとして寓話が差し入れられていると見るのだ。

リベルタスの寓話を全文引用することによって、テクストはそうした盲点を突く、本格ミステリへの批判的視点を有するテクストとなった。

横井自身は言及していないが、このテクスト上の工夫はしばしば本格ミステリ評論で言及される「後期クイーン的問題」への対応とも解釈することも可能なのではなかろうか。ミステリ内の謎解きに十全には対応できない名探偵の役目を補完するために、テクストがその役目を担っているというものだ。

また横井は寓話の補完説に続けて、中編「リベルタスの寓話」の「語り」の構成にも着目し、名探偵の推理と行動を描くだけでは把握しきれない現実を、犯人や第三者の語りの文章などによって補完しているという解釈も述べている。これも同様の解釈をすることが可能であろう。推理パズルとしてでは語り得ない物語的な余白を、小説として補完することで、推理パズル自体の瑕瑾を補うわけである。

これらの指摘は『ゴーグル男の怪』の不可解な構成にもいえることではなかろうか。実際、『ゴーグル男の怪』の推理パズルとしての仕組みは、ドラマ放送後に刊行された『探偵Xからの挑戦状！3』という文庫本のミステリドラマ用の短編小説でも十分であることが確認できる。福島第一原発事故にまつわる影響はそこにはない。そして長編の『ゴーグル男の怪』で、謎解きとしてそれが積極的に必要であるわけでもないことも確認できる。

しかし、推理パズルに必要な伏線と推理パズルは不要だが物語としては必要な描写を、読者は核燃料施設で働く青年のエピソードを通して知ることができる。青年の語り自体が、推理パズルとしては使わなくてよいと宣言しているようなものだからだ。もちろん謎掛け自体が終わるまで、それらは混在となっている。またも具体例は言及できないが、推理パズルに不要と思われていた箇所が、実際は推理パズルに必要だったり、読者を騙すための記述であったりということもままある。しかし、実際にわれわれが住む世界で起こる事件も、何処かに犯罪をゲームとして操る超常的な存在がいて、すべての事物を推理パズルに必要なピースとして配置しているわけではない。捜査で手に入れた物証や証言が手がかりになるかならないかの仕分けから捜査ははじまり、そして解決編がない以上、その手がかりが本当に事件解決に必要なものだったのかを、確実に認定してくれる存在もいない。

しばしば、現実の事物を後期クイーン的問題なものとして解釈しようという遊びがミステリファンのなかにあるが、現実は推理パズルではない以上、後期クイーン的問題は当てはまらない。後期クイ

（7）探偵小説研究会編「CRITICA 6号」（二〇一一）収録。

ーン的問題が問題としてなるのは、「解き明かすことができる推理パズルとして本格ミステリが完全に作られている」という前提があるからだ。パズルは、そのルールに従って組み立てることができる。ジグソーパズルに別解は基本的に存在しない。後期クイーン的問題でいわれる解釈の無限後退自体は、現実には普通に存在することであり、小森健太朗が『探偵小説の論理学』（二〇〇七）で指摘しているように「みなし断定」でそうしたことは処理されている。もちろん、ある種の法則体系の不備と「後期クイーン的問題」は近い関係にあると見ていいだろう(8)。

『ゴーグル男の怪』における核燃料施設の青年のエピソードは、警察陣には知られぬまま物語を終える。つまり、ゴーグル男の怪は彼らにとっては終わってはいないのである。これは現在のわれわれとある意味同じ立場にある。われわれも東日本大震災後の復興や福島第一原発事故の災害がすべて落着したわけではない。というより、かんたんに落着するようなものですらない。事実関係については東京電力福島原子力発電所事故調査委員会『国会事故調　報告書』（二〇一二）をはじめ各種機関のレポートは第三者にも確認できるかたちでまとめられた。遅々たる速度であるが目に見える復興事業は続いている。しかし、市民生活的な復興は道半ば、それどころか福島をはじめ低線量被曝への風評被害、心無い誹謗中傷も続いている。他にも多くの障害があることだろう。

事実を知るものと知らない者の差は歴然としてある。それは名探偵が登場して解決できるようなものではない。本格ミステリの推理パズルは全てを解決する万能な神の似姿ではない。本格ミステリの推理パズルは、パズルとしてあらかじめ設定されている謎掛けを解き明かすことでしか、自らを自らたらしめることができない。だから、物語全体として本格ミステリの完全性を目指すよりも、理不尽な暴力で不幸な人生を歩む人間がいたことを物語として同居させることを選んだのではなかろうか。

特に福島第一原発事故を意識した作品ならば、そのような選択をしてもよいのではと思えるのだ。『ゴーグル男の怪』の真犯人の告白において、犯人はひとりの青年の人生を救っていたことが明らかになる。真犯人が刺し殺したのは、青年をかつて性暴力で蹂躙した男だったからだ。真犯人がその男を殺さなければ、青年が彼を殺していたかもしれないのである。青年は犯人の行動によって殺人者とならずにすむことができた。青年自体は、その心理描写が正しいとするならば、もはや正常な判断が下せるような状態ではない。普通の利害関係ではなく、過去のトラウマに囚われ殺人を犯しうる状態であった。

真犯人がその男を刺し殺したこと自体は情状酌量の余地はない。しかしながら、真犯人が男を刺し殺した現場にたまたま遭遇した青年は、これは自分の分身が行った殺人だと解釈し、真犯人に感謝の言葉を残して去っていく。

取り調べを受ける真犯人は、そのことを刑事に話しながら涙をこぼす。そして、青年から感謝の言葉をもらい、はじめて人間らしい実感を得ることができたと述懐している。警察の捜査によって、真犯人の半生も理不尽なものであったことがわかる。かといって、真犯人の数々の行動が許されるわけではない。もちろん殺人もそうである。

一読して、この終幕のエピソードは、『ゴーグル男の怪』の推理パズルの展開とは違うものを感じる。殺人事件を捜査する話と、核燃料施設で働く青年の話がここでやっと重なり合うのだから、そのかすがいとして読者に説明が本来的には必要だと思える。にもかかわらず、この真犯人のエピソード

（8）限界研『21世紀探偵小説』収録の拙論「推理小説の形式化のふたつの道」を参照のこと。

はむしろ読者に一種のリドル・ストーリーとして提示されているかのようだ。

おそらく多くの読者は、この殺人は天の配剤であったかのように読み取れるだろう。本来、どんなに悪辣非道な人間であれ、無前提に罪の対価として命を奪うことは許されない。現在の犯罪学において、更生不可能な人間がいると必ず判断できるわけではない。日本の犯罪者更生の現実論としてそれは難しくとも、倫理的にはそのように信じたいという希望論は根強い。しかし、誰が考えても死が望ましい人物がいたとしたらどうであろうか。

ここにおいて、ゴーグル男は怪人から天罰の執行者へと変容する。少年を変態的な性欲に従い蹂躙した罪、そして核燃料施設へ土地を明け渡した金銭で放埓経営をし、またその金で女優志望の女性の人生を狂わせようとした罪で裁かれたのだ。もちろんそれは実際には違う。しかし、不合理に組み立てられた奇妙な符号が人を救うこともありうるのだということが描かれたのではあるまいか。

ゴーグル男の表現を比喩として単純化すれば、その存在は核燃料施設から生み出されたもの、たとえば漏れた放射性物質である。その存在は今の人類の技術では完全な管理下にはおけない核技術の恐怖を示唆するものだ。核の技術は人々に幸福だけを与えるのではない。場合によっては不幸をもたらす。しかし、その不幸が恩寵になることもある。核技術それ自体に善も悪もない。その複雑な、割り切れぬ存在としての有り様がゴーグル男として描かれたのではなかろうか。『リベルタスの寓話』の作中の「寓話」は、同じく作中の事件の構図を読み解くことで、小説の構成における意義を考えることができた。しかし、『ゴーグル男の怪』は違う。作中の寓話ともいうべき青年のエピソードは作中の事件の構図ではなく、現実の構図を読み解くことで、小説の構成における意義を考えることができるのではないだろうか。東日本大震災と福島第一原発事故という超巨大な複合災害において、わかりやすい結論ではなく、読者それぞれが事実を知り、考えるために意図して推理パズルのピースとして書き記さなかったのではないか。(9)

ゴーグル男の存在を考えることは、東海村ＪＣＯ臨界事故を考えることである。それは福島第一原発事故を考えることでもある。その構図の理解において、『リベルタスの寓話』と同じように『ゴーグル男の怪』も二一世紀社会派として提示されているのではないかと考えるのだ。『ゴーグル男の怪』が二一世紀の社会派ミステリにおける最善の解答だとは筆者も考えていない。むしろ、『ゴーグル男の怪』の一歩を認めつつ、別の視点が必要なのではないかと感じている。たとえば、それは戦後文学として日本の本格ミステリが隆盛したというような観点である。終戦時の混乱が本格形式と骨絡みになった横溝正史『獄門島』（一九四八）や、トリックが戦後意識の実体化した無頼派芸術家集団と重ね合わさる坂口安吾『不連続殺人事件』（一九四八）もある意味では、社会派ミステリといえよう。また、阪神淡路大震災の影響を受け執筆されたという清涼院流水『コズミック』（一九九六）や、トリックそのものに阪神淡路大震災を用いた for健二『未明の悪夢』（一九九七）もそうであろう(10)。それは、これまで論じてきた社会派ミステリの議論とそれらとは観点が違う。ここで視点を変えるということはたとえば「社会派ミステリ」という名称につけられた「社会」という形態そのものに疑いの目を向けるということである。それは本格ミステリ、いや探偵小説の時代精神を読み取るということだ(11)。

（9）島田荘司『星籠の海』（二〇一三）にも不可解な原発に関する挿話がある。これも同様なのではないか。
（10）語り部『幻影復興 メフィスト・リブート』（二〇一六）収録の清涼院流水インタビューを参照のこと。

類型的な作品と革新的な作品。エンターテインメントを二分するとこのいずれかに当てはまるだろう。ジャンル作品の九割は類型的な作品とならざるを得ない。なぜならジャンルの型に従ってそれらは創作されているからだ。いわゆる「社会派ミステリ」はほんの一部の例外を除いて、この類型的な作品に含まれる。ジャンル作品として問題を含む、または逸脱しているなかにこそ革新的な作品がある(12)。ジャンル内の批判意識を作品に反映させながらジャンル作品として定着させることは簡単なことではない。そのため、批判的意識と保守的な意識とが相反し、作品としての整合性が十全ではないままそれは発表されてしまう。そうした作品は多くの批判と非難を招く。こと本格ミステリというジャンルでは「誰も考えつかなかったトリック」というものが象徴的に求められる。具体的にはトリックでなくてもいい。プロットであろうと被害者であろうと動機であろうとかまわない。なぜなら、ジャンルの第一命題として「詩美的な謎と論理的解明」があるからだ。ジャンルとして類型的ではない革新性を目指すものなのである。誰もが蠱惑される謎を、論理で解明し誰にも納得させること。前例ある謎で誰もが蠱惑されるものであろうか。それは否である。それを否と言い切るところが、「奇想の本格」とされる作品の判別基準だと考えるのだ。その意味では「奇想の本格」以外は、類型的な本格ミステリだといっていい。

こうした観点から見直せば『ゴーグル男の怪』は、「奇想の本格」のひとつの型である二一世紀社会派ミステリの胎動として外すことのできない、これからも問われ続けるべき「問題作」だと考えるのである。

（11）主に笠井潔『探偵小説論Ⅰ』（一九九八）、『探偵小説論Ⅱ』（一九九八）を参照のこと。
（12）あらためて拙論「「新本格」ガイドライン、あるいは現代ミステリの方程式」を参照のこと。

映像メディアと「ポスト震災的」世界
――キャメラアイの「多視点的転回」を中心に

渡邉大輔

0

この小論では、「東日本大震災後文学論」というアンソロジーの趣旨に沿って、主に映画を中心に、「ポスト震災」の映像文化について筆者なりにその要点を、「キャメラアイの多視点性」に特化して簡単にまとめてみたい。ところで、今回のこの共同研究では、大略、「各執筆者なりの「震災後文学」の本質、評価、影響を示す」、「東日本大震災と二〇一〇年代文化との関連を示す」という狙いが共有されている。

それで行けば、結論からいえば、筆者が四年前に刊行した著作『イメージの進行形――ソーシャル時代の映画と映像文化』（人文書院）や、一昨年に責任編集を務めたこの限界研の論文集『ビジュアル・コミュニケーション――動画時代の文化批評』（南雲堂）などに結実した一連の映画批評や映像文化論の仕事は、ほぼすべてその問いへの回答となっているといってよい。この数年来、拙著を含めていたるところで繰り返しているように、筆者は二〇一一年三月一一日の東日本大震災と福島第一原発事故――「3・11」は、文学のみならず、映画・映像文化全般にも不可逆の甚大な影響をもたらしたと考えている。とはいえ、文学における影響関係が主に作家（小説家、詩人、批評家……）の思想や表象など、思想的・実存的な変化に関わるものだったのに比較し、筆者が専門とする映像の世界はむしろ、より技術的・制度的な側面に関係するものだったというべきだろう。

もちろん、「3・11」の後、狭い意味でこの度の震災をテーマとした「震災後映画」が、文学と同様、ドキュメンタリーを中心に無数に撮られたことも見逃されるべきではない。森達也監督『311』、船橋淳監督『フタバから遠く離れて』、松林要樹監督『相馬看花』、園子温監督『ヒミズ』『希望の国』、大林宣彦監督『この空の花――長岡花火物語』、岩井俊二監督『friends after 3.11』（以上、二〇一二年）、松林要樹監督『祭の馬』、酒井耕・濱口竜介共同監督「東北記録映画三部作」、篠崎誠監督『あれから since then』、塚原一成監督『ガレキとラジオ』（以上、一三年）、藤原敏史監督『無人地帯』（以上、一四年）、小森はるか監督『息の跡』、深田晃司監督『さようなら』、小熊英二監督『首相官邸の前で』（以上、一五年）、篠崎誠監督『SHARING』、そして一六年公開の邦画ツートップとなった庵野秀明総監督『シン・ゴジラ』と新海誠監督のアニメ映画『君の名は。』（以上、一六年）……。それら一連の「震災（後）映画」の中には映画作品としては重要なものもあれば、そうでないものもあるだろう（例えば、森や岩井、酒井・濱口、庵野などの作品についてはすでに論じたことがある）。ただ、筆者自身は、「3・11」と映画・映像という関係において、それらの作品の主題や表象と震災の影響関係を云々することに、ほとんど興味が持てない。映画や映像の場合、文学と違い、そうした個々の作品の影響関係を作家（や批評家）の「実存」の問題に還元して語ることは、むしろ事態の本質を考えることに何も抵触しないと思うからだ。むしろ、私たちは「ポスト震災」の映像文化についで考える場合、これらの個々のテクストを取り巻く、今日の映像をめぐる「公共性の構造転換」――その新しい「公共性」（の不可能性）のことを筆者はかつて「映像圏」と呼んだが、いまなら「ポストメディウム的状況」といわれるものだろう――にこそ注目するべきなのである。むろん、本論でも以下に個別の作家論（作品の主題・表象分析）を論じる予定だが、それは基本的に、ここで述べるようなメディア環境の変化という作家の創造性や主体性を支える外在的要因を経由してなされるものである。

例えば、「ポスト3・11」の二〇一〇年代の日本では、他国と同様、「フィルムからデジタルへ」という映像をめぐるメディウムの移行が本格的に進んだ。また、知られるように「3・11」はその数年前から日本社会に浸透しつつあった新たなコミュニケーションツール――YouTubeやニコニコ動画、ニコニコ生放送、Ustreamといった動画共有サイトや配信プラットフォーム、そしてTwitterやFacebook、LINEといったソーシャルメディアを一挙に普及させた(1)。むろん、こうしたツールは、デジタル化の動向とともに、震災後、その直接的な影響から派生してきたものではない。ただ、広く文化史的な流れとして見た場合、両者を関連させて捉えることは、後に見る関東大震災や阪神淡路大震災の時の状況と同様、有益ではあるだろう。そして、それらは二〇年代後半の現在、Instagram、Vine、Snapchatといった新たなSNSアプリに移行しながら、さらに加速している。

そうした「ポスト3・11」に本格化したいわゆる映像の「デジタル化／ネットワーク化」の趨勢

(1) 例えば、以下の文献を参照。コンピュータテクノロジー編集部編『IT時代の震災と核被害』インプレスジャパン、二〇一一年。

は、かつての「映画作品」の断片のような「動画」を社会のいたるところに遍在させる「イメージの例外状態」と呼べるような状況を生み出した。いってみれば、この新たな映像のメディア環境について考えることが、「震災後映画」についてラディカルに検討するということだろう。実際、そうした試みは、ディジタル人文学やポストメディウム論、メディア考古学などの形でアカデミズムの内外を問わず、ここ数年、急速に活発化しつつある。

さて、筆者の最近の考えでは、そうした「映像のディジタル化／ネットワーク化」――すなわち、「ポスト震災」の映像圏的環境が映画の表象にもたらした重要な要素として、仮にキャメラアイの「多視点性 pluriversality」とでも呼びうるものがあると考えている。そして、この要素は後述するように、おそらくは過去の日本映画史・映像文化史との比較においてもきわめて興味深い符合を形成するるだろう。どういうことだろうか。

1

この問題を検討するのに格好の「震災後映画」が、例えば鈴木卓爾監督のインディペンデント映画『ジョギング渡り鳥』（二〇一五年）である(2)。鈴木の二年ぶりの新作となった本作は、そもそも映画教育機関「映画美学校」のアクターズ・コース第一期高等科「ロケ合宿実践講座」作品として制作されたいわゆる「ワークショップ映画」の一編である。本作の舞台は、大きな川が流れる武蔵野の郊外、「入鳥野」（「にゅーとりの」と読む）という架空の町だ。映画は、毎朝、街中から川べりの土手の上までをジョギングする複数の若い男女の群像と、土手の一角に設けられた休憩ベンチからはじまる彼らの交流を、この作家ならではのシュールなおかしみを交えて描いている。

そして、『ジョギング渡り鳥』はさらにそこにもう一つの一風変わった設定を導入する。彼らの暮らす日常世界は、人間の他に、「モコモコ星人」（鳥人間）と呼ばれる宇宙から不時着したエイリアンの集団が混在して存在しており、しかも、冒頭に手書きのテロップで示される通り、未曾有の地震と津波に襲われた後、人間にはこのエイリアンたちの姿が見えなくなってしまっている。他方、頭まですっぽりと覆う着ぐるみのような服を着たエイリアンたちは、その手に映画製作で使うデイジタルキャメラや集音マイク、レフ版（によく似た道具）を持ち、判読不能の言葉を交わしながらいたるところで人間たちの言動をひそかに「撮影」しているのだ。つまり、後で詳しく述べるように、映画の参加者の多くがキャストとスタッフを同時に兼ね、もろもろの撮影録音機材が「劇中の小道具」としてそのまま用いられるという、目を引くユニークな演出も、まずは上記のようなインディペンデントの「ワークショップ映画」としての制作の経緯に由来するだろう。

いずれにせよ、この冒頭の設定だけでも、『ジョギング渡り鳥』が「ポスト3・11的状況」を巧みに表象する「震災後映画」として作られていることは明らかだろう。実際、本作の製作陣であるアクターズ・コース第一期は、東日本大震災の発生直後に開講した。すなわち、その講座は日本社会全体が文字通り「例外状態」と化した日々の中で進められたのであり、その影響は、物語の設定のみならず、たとえば「地絵流乃」（ちえるの）、「羽位菜」（うくらいな）、「擦毎」（すりまい）、「海部路戸」

（2）以下の論述は、既出の拙論を大幅に組み込んである。拙稿「キャメラアイの複数化――鈴木卓爾監督『ジョギング渡り鳥』」（「ポスト・シネマ・クリティーク」第四回）、『ゲンロンβ』第一号、ゲンロン、二〇一六年。

（しーべると）、「瀬士産」（せしうむ）、「部暮路」（べくれる）、などといった登場人物たちにつけられた名前からもはっきりと窺われる。また、とりもなおさず監督の鈴木自身、作り手として「ポスト3・11的状況」を強く意識していることは間違いない。例えば、仙台短篇映画祭の委嘱のオムニバス映画『311明日』の中の一編として作られた短編『駄洒落が目に沁みる』（一一年）では、大災害の後の架空の近未来世界を舞台に、「震災後」の日本社会の運命と「映画」（フィルム）そのものの運命とを重ね合わせるような試みをやっていた。

いずれにせよ、作中では、同じ一人の人物が、人間役の俳優とエイリアン役の俳優、さらに本作の現実の撮影スタッフ自体を何人も入れ替わりで担当し、しかも、かなり人生迷走気味の若者、瀬士産松太郎（柏原隆介）が土手の斜面で自主映画を撮影するエピソードまでが含まれているので、このSF仕立ての群像劇は、必然的に幾重にもメタ映画的な構成を帯びることになる。

ほかにも劇中、たがいの素性を知らぬまま出会い系サイトをかいして偶然対面してしまった、旧知のジョギング仲間の地絵流乃純子（中川ゆかり）と山田学（古屋利雄）が、居酒屋で気まずそうに向かいあうシークエンスの最初に、フレーム外から「ヨーイ、スタート」という声がかすかに聞こえる。その意味で、本作は「映画を撮ることをめぐる映画」でもあるのであり、この点は、フィクションとドキュメンタリーの関係を問い直すことを目指した、平野勝之や園子温らいわゆる「ポスト・ダイレクトシネマ派」と呼ばれた、八〇年代半ばの自主映画シーンを出自にもつ鈴木の作家的資質をよく反映しているといえる。

あるいはそれ以上に、こうした演出それ自体もまた、鈴木個人の映画史的出自の文脈を離れて、優れて「ポスト3・11的」な映画の状況——つまり、今日の映画／映像をめぐる文化的感性やメディア状況の「例外状態化」を如実に反映しているといえるだろう。とりわけ「3・11」以降、監視キャメラからスマホ撮影の動画まで、私たちの日常空間のあらゆる局面を、いたるところに遍在する「IoT」的な映像ツールや動画サイトがその縁も曖昧な「動画」として不断に記録し、現実をイメージに絶えず生成変化させてゆくような「現実と映像の液状化現象」があちこちで出来している。そうした映像のリアリティは、すでに二一世紀初頭の「9・11」の前後を起点に、世界的な「擬似ドキュメンタリー」の流行現象として文化的には始まっていたといえるが、日本では「3・11」がそれに拍車を掛けたともいえるだろう。例えば、園が震災直後の実際の被災地をロケ撮影した『ヒミズ』などはそうした手触りを濃密に宿している。

2

以上のように、『ジョギング渡り鳥』がさしあたり「震災後映画」の注目作と呼ぶに値するテクストであることは紛れもない。ところで、ここでさらに注目してみたいのは、おそらくはいま述べてきた今日の「映像の液状化・例外状態化」を象徴するような、本作が備えているキャメラワークの「多視点性 pluriversality」と呼べる趣向である。多視点性とはこの場合、いかにもディジタルイメージに典型的な、キャメラアイが量的あるいは質的に「複数化」し、あらゆる角度から縦横無尽に対象を捉えるというような演出を指す。これは海外の作品でここでの例としては適当ではないが、すでに別稿でも論じたように(3)、ウェアラブル超小型軽量キャメラ「GoPro」を複数台動員して撮影されたネイチャー・ドキュメンタリー『リヴァイアサン』Leviathan（ルーシァン・キャステーヌ＝テイラー＆ヴェレナ・パラヴェル、一二年）をはじめ、「イメージの例外状態」を象徴するかのような、同様のユビキタスなキャメラアイを駆使する映像作品自体、近年、いたるところで目につくようになっている。かつて世界最大の捕鯨の拠点として栄えた古い港町を描いた『リヴァイアサン』のGoProキャメラは冒頭、未明の寒々しい漁船の船内の様子を映しだすのだが、そのフレームは画面に水滴が飛び散るのもいとわず、波が荒れ狂う海面スレスレの船の外腹から冥い海中、太いチェーンや綱を操る屈強な漁師たちの、タトゥーが刻まれ膨れあがった腕の皮膚、そして、海から捕えられた魚やカニ、エイといった魚介類が目や口を剥いて飛び跳ねる甲板……といった空間のいたるところに、文字通りユビキタスかつダイナミックに配置されてゆく。いわば『リヴァイアサン』においてはかつての古典的映画――とりわけハワード・ホークスが確立させた人間の目の高さを基準とする安定的で客観的なキャメラワークは完全に吹き飛ばされている。そのかわりとして、世界のなかにうごめくあらゆる生物の「環世界 Umwelt」をキャメラアイによって多視点的 pluriversal に往還するユクスキュル的リアリティを獲得しているのだ。

また、この多視点性というキーワードを質的な側面において捉えるならば、こちらは優れた「震災後映画」の一つといってよい、酒井耕と濱口竜介の共同監督になる長編ドキュメンタリー連作「東北記録映画三部作」（一一〜一三年）の特異な映像表現が当て嵌まるだろう。この東北記録映画三部作は、『なみのおと』（一一年）、『なみのこえ　新地町』『なみのこえ　気仙沼』『うたうひと』（以上、一三年）の全四作からなるドキュメンタリーであり、いずれも東日本大震災後の三陸地方に暮らす多種多様な住民たちの語りを寡黙に取材し続けた作品である。作品はどれも、取材者である酒井や濱口が、被写体である住民たちに向けてキャメラを向け、彼らがお互いに正面から向かい合って対話する様子や、キャメラに対して正面から語りかける姿をフィクスの構図で撮影している。

ところで、このドキュメンタリー連作をはじめ、中編『不気味なものの肌に触れる』（一三年）や五時間に及ぶ長編『ハッピーアワー』（一五年）など、濱口の劇映画も含む近作には、しばしば指摘されるように、一見して奇妙なショット／切り返しショットが登場する。しばしば小津安二郎のような、と形容されるその映像は、キャメラの横で対話している二人の人物が、キャメラを正面から見据えるフィクスのバストショットに切り替わり、そのまま互いのショット／切り返しショットが延々展開されてゆく。このショットの連なりがとりわけ奇妙なのは、劇映画ではなく、ドキュメンタリー作品で用いられる時だ。いうまでもなく、眼の前の現実で起こっている出来事を記録していると考えた場合、この正面からのショット／切り返しショットで澱みなく対話を続ける対話者の姿は、いかにも不自然だからである。むろん、この奇妙なショットは実際には、監督自身の証言を含むいくつかの記述によって、対話の撮影の途中で、人物を斜向かいに配置しなおしてそれぞれの正面にキャメラを据え、双方とも対話者ではなくキャメラに向かって話してもらうことで可能になったことが明らかにされている。

このショット／切り返しショットがもたらす効果や意味については多様な解釈が可能だろう。筆者の見立てでは、このショット／切り返しショットからは、キャメラアイの質的な「複数性」――すなわち、キャメラアイが担う主体の多層性を観客に感じさせる効果がある。例えば、『うたうひと』に

（3）拙稿「「可塑性」が駆動するデジタル映像――「生命化」するビジュアルカルチャー」、限界研編『ビジュアル・コミュニケーション――動画時代の文化批評』南雲堂、二〇一五年、二五～四九頁。

登場する東北の民話伝承の語り部たちは、猿や河童、小豆研ぎなどの「ヒトでない」動物や怪異との交流を語るが、酒井・濱口のドキュメンタリーにおいて登場するショット／切り返しショットの眼差しは、いわば向き合って座って会話している人間のものであると同時に、その人間があたかもヒトならぬモノ＝キャメラに変貌してしまったかのような印象を与えるのだ。まさにキャメラアイ＝客体と人間＝主体が精妙に循環する、この「視線のハイブリディティ」もまた、従来のキャメラアイを流動化させ、拡散させるのに一役買っているといえる。

何にせよ、結論からいえば、この『ジョギング渡り鳥』のメタ映画的時空もまた、やはり同様の「多視点的 pluriversal」なセノグラフィを特徴として成立している。しかし本作では、じつはその構造はある意味で先ほどの『リヴァイアサン』よりもさらに複雑に造型されている。つまり、まず本作ではおもに二種類の性質をもったキャメラアイ＝視線が存在し、さらにそれらを支えるため、じつに多彩な機材が映像撮影に動員されている。そして、その使用機材の違いから、ときに連続するショットごとに画質があからさまに切り替わるために、一般的に一編の映画を輪郭づけている現実／虚構の安定的な区分を、不断に脱臼し続けるかのようなモザイク状の映像編集が凝らされているのだ。

たとえば、本作で観客に示される映像は、第一に、この映画を撮影するスタッフによる、いわば映画のもっとも外側に位置する「三人称＝客観＝映画外ショット」。そして第二には、さきにも触れた作中で人間たちを監視するエイリアンたちが携えているキャメラ機材、あるいは人間たちがときに手にするツールによって撮られた「一人称＝主観＝映画内ショット」のハイブリッドによって構成されている（本作の撮影監督を務めた中瀬慧は後者の映像撮影を「撮影芝居」と呼んでいる）。しかもそこで使用される機材は、一般的なディジタルキャメラのほか、大半がキャストたちの私物になるという、GoProや「iPhone4s」といった市販のモバイルデバイスである。

具体的に示そう。瀬士産が、監督する自主映画のヒロイン役として無理やり駆りだした瀬名山真美貴（古内啓子）と土手の斜面で撮影するシークエンス。彼ら二人の周囲には、レフ板や集音マイクを担いだ複数のスタッフが立っており、そのショットのキャメラは彼らよりやや斜面の下から俯瞰気味の固定ショットで、劇中のだれでもない、いわば三人称客観ショットとして一連の様子を捉えている。ところが、続けてそのショットからほぼ正確に対角線で切りかえす斜面上のアングルからのショット——先行するショットにはその場所にキャメラは見えない——が来るが、人物を挟んだその視界の向かい側にはなんと、さきほどのショットを撮影していただろう、三脚で据えられたキャメラが「被写体」として、あっけらかんと写りこんでしまっている。

あるいは、そのあとに続く小洒落た古本屋で、瀬士産と瀬名山、そして店を営む部暮路寿康（小田原直也）の三人が会話するシークエンス。かれらが座る机の周囲では、二人の男女のエイリアン（彼らもまた、人間役として別に出演している）が撮影しながら立ち聞きしている。そのシークエンスもまた、まずは全体の状況を作中のだれの視線でもない三人称客観ショットが写している。やがて男のエイリアンが座っている部暮路に近づき、かれの顔を覗きこむようにしてキャメラを向ける。すると、つぎのショットでは、まさにこのエイリアンが撮影している部暮路の顔のクローズアップショットが挿入されるのだ。

さらに、こうした多視点的で異化作用を伴う演出は、撮影機器の違いによっても変奏される。町外れの更地に建つ軍用施設のようなコンクリートの廃墟の二階に、いわくありげな男女、留山聳得斗（古川博巳）と地絵流乃純子が立つ。その留山の手にはiPhoneが握られ、赤いコートをまとった地絵流乃にレンズを向ける。すると、スクリーンには留山が撮影したiPhoneの作中一人称主観ショットの動画が映しだされるのだ。しかも、『ジョギング渡り鳥』には先述のように『リヴァイアサン』同様、GoProも複数のシークエンスで使われている。物語のクライマックスでは、ハリボテ風のＵＦＯの真下に地面の雑草が写りこむほどの超ローアングルで据えられたGoProがＵＦＯの離陸を超広角の映像で写す。ディジタルキャメラ、iPhone、そしてGoProと、複数の機材で撮られた映像が統一を欠いたまま融通無碍につながれてゆくこれらシークエンスは、当然ながら画質がクルクルと入れ替わり、観客は必然的にメディウムそれ自体の不透明性を強く意識させられることになる。

さて、以上のような『ジョギング渡り鳥』が前景化させている、キャメラアイの人称＝主客をプリズム的に拡散・循環させ、あるいは複数の機材＝画質をモジュール的に接続させることによる意味的かつ質的な多視点性には、「震災後映画」の観点からいかなる論点を読み取ることができるだろうか。ここでは詳細な議論を展開することはできないが、おそらくそのひとつとして、従来の映画をささえていた、いわば「表象」の問題系から昨今の映画が構造的に逸脱しつつある重要な局面を見ることができるように思われる。

もとより七〇年代以降の映画理論（装置論）がさかんに定式化してきたように(4)、表象メディア装置としての映画は、キャメラアイ＝視線をつうじて、眼の前のスクリーンに投影されるイメージの世界に観客を感情移入（想像的同一化）させることを促す。ただ同時に、そのイメージへの円滑な感情移入のプロセスは、他方でほかならぬ「キャメラ」の媒介、すなわち、イメージの外部を記号的に変換するメタレヴェルの眼差しへの観客主体の参入によってこそはじめて可能になるという反省的意識（象徴的同一化）をも絶えず呼び起こす。いわばこの、「見えるものと見えないもの」（メルロ＝ポンティ）の領域をはっきりわかつ二重の同一化を円滑に機能させるキャメラアイ＝映画的主体によって、現実から記号的に変換されたイメージの抱える齟齬や不透明性を、今日の文化批評ではさしあたり「表象」と呼んでいるわけだ。

当然のことながら、そこで映画のキャメラアイを担う主体は、一般的には映画のイメージに対する唯一の「不在の他者の眼差し」（欠如）という点で単一・同一だという信憑のもとに成立している。だからこそ基本的には、その映像も、画質がむやみに変化することは方法論としてありえない。このキャメラアイ＝視点の同一性・単一性——ジャン＝ピエール・ウダールが「縫合 la suture」と呼ぶもの——こそが、長らく映画における「表象」のメカニズムの自明性や安定性、全体性を保証してきたのだった。

以上の整理を踏まえたとき、さきに名前を挙げた「東北記録映画三部作」や『ジョギング渡り鳥』の遍在的で「多視点的」、あるいはハイブリッドなキャメラアイや演出が、こうした表象システムの「液状化・例外状態化」、つまりは機能不全とみなせることがおわかりになるだろう(5)。『ジョギング渡り鳥』では、本来は映画の象徴秩序をささえる「見えないもの」＝欠如の代理として機能するはずのキャメラアイが画面に登場する何人もの俳優たちによってまさに「見えるもの」へとフラットに差し戻される。まして映画のいたるところで俳優たちによって展開される「撮影芝居」のキャメラアイ

（4）代表的な文献としては、クリスチャン・メッツ『映画と精神分析——想像的シニフィアン』鹿島茂訳、白水社、一九八一年。
（5）こうした現代映画におけるキャメラアイやキャメラワークの多視点性の問題は、かつて東浩紀が提起した「過視性」や「スーパーフラット」の問題に直結している。

〈映像〉のモザイク状の交錯は、かつての映画の表象＝象徴秩序の安定した全体性の構造を絶えず潜在的に動揺させてしまうだろう。『うたうひと』のショット／切り返しショットのキャメラアイにしても、そこでは人間の眼差しを仮構していたキャメラアイが、まさにキャメラアイそれ自体に転換したかのような印象を与える表現によって、同様にキャメラアイの担うべき単一性や全体性を揺動させている。

ともあれ、ここで興味深いのは、筆者の考えでは、こうした「ポスト3・11」の現代映画の一部に見られる「多視点的」な趨勢は、独り映画ジャンル内部の問題ではないように思われることだ。おそらくそれは今日の文化状況全体の内実を反映したものである。たとえばここで参照に値するのが、近年の渡部直己が文芸批評の分野で提起している「移人称小説」と呼ぶ問題系である。渡部によれば、およそゼロ年代後半以降、小野正嗣、岡田利規、奥泉光、青木淳悟、柴崎友香、松田青子、藤野可織、保坂和志……など、若手を中心とする現代小説では「描写」の技術が総じて後退し、その欠如をまさに「人称」の操作（移人称）が埋めつつあるという。曰く、

さっそくだが、ここにひとつ、昨今の小説風土の一部にかかってなかなか興味深い、少なくとも『日本小説技術史』（二〇一二年）の著者としては見逃しがたい現象がある。
一種の「ブーム」のごとく、キャリアも実力も異にする現代作家たちによる作品の数々が、その中枢をひとしく特異な焦点移動に委ねるという事態がそれである。[…]
上記諸作にあって、一人称と三人称は、同一次元の作中人物としてかかわりあい、あるいは、同じ話者の資格で、語りを引き継ぎ譲り渡すといった関係におかれる。(6)

例えば、岡田利規の「わたしの場所の複数」では、妻の「わたし」（一人称）の叙述がいつの間にか、遠く離れた夫の様子を三人称で語り出し、「三月の5日間」では、六人の若者たちの喧騒を客観的に綴っていた叙述は、次第にその中の一人である「僕」（一人称）の「おととい」の出来事の独白へと変化する。こうした渡部が注目する今日の「移人称小説」の諸相は、明らかに非人称的な三人称客観ショットがいつの間にか作中の登場人物による主観ショットへと転換する、『ジョギング渡り鳥』の映像演出と形式において通底しているといえるだろう。

モノの確固とした手触りが衰退し、代わりにわたし／あなた／彼（女）の視点を伸縮自在かつ任意に往還する「移人称」の方法論は、ほぼそのまま『ジョギング渡り鳥』が試みた「撮影芝居」のそれに重なっている。そして、つけ加えておけば、小説における「描写」が優れて表象のメカニズムに相当するものだとすれば、それは翻って映画におけるキャメラアイの問題とも重なるものなのだ。それというのも、小説における「描写」も映画における「キャメラ」も、総じてテクストが示す想像的な意味＝実質を記号的に変換する媒体という点で、精神分析でいう「象徴秩序」に該当する位相だからだ。ようは「描写」と「キャメラアイの単一性・全体性」の失効とは、ポストモダン的な「象徴秩序の失効」を意味する事態なのである。その意味で、『ジョギング渡り鳥』もまた、流動化する映像文化がもたらす「ポスト震災的」な想像力のいまだ茫洋とした輪郭にたしかに肉薄しようとしているのである。現代の文化表現における「多視点性」の問題に着目するのは、それがこうした広範な領域の

（6）渡部直己「移人称小説論――今日の「純粋小説」について」、『小説技術論』河出書房新社、二〇一五年、一五～一六頁。

問題と直結しているからに他ならない。

3

ところで、以上に見てきた「震災後映画」における「多視点性」の問題系だが、これがさらにことのほか興味深く思われるのは、これが単に今日の「3・11」に固有の問題などではなく、同時にある種の歴史的な反復性をも抱えていることだ。最後に本論の問題意識を敷衍するものとして、この点について簡単に記しておこう。

例えば、事実、先の渡部は、今日の「移人称小説」を、いわゆる「新感覚派」の旗手と目された小説家・横光利一がかつて昭和初期に発表したポレミカルな文学論「純粋小説論」（一九三五年）の「第四人称」の主張と類比的に捉えている。さらに注目すべきは、渡部がその対比を一九二三年の関東大震災との関係において見ている点である。渡部は、いとうせいこうとの対談において以下のようにまとめている。

渡部　[…] 考えれば、震災があって、左翼的なものが壊滅した後の「文芸復興」のなかで、横光の四人称の問題は語られた。

いとう　同時期に、川端康成といった新感覚がドドッと出てくる。

渡部　それが一九二〇年代で、三〇年代に、太宰治や石川淳のメタフィクションの系列が興ります。『ドグラ・マグラ』も。二十一世紀もまたメタフィクションばやりの時代を経て、いま、人称いじりが流行する。この妙な活気のあいだに、地震と極端な右傾化でしょ。二度目の「悲劇」とまでは言いませんが、作家がふれている外気との関係性は、小説の形態の変化に表れるはずなので、批評家としてはやはり気に掛かる。(7)

明らかなように、ここで渡部は、映像の「多視点性」の問題系と通底する現代の「移人称小説」の問題、ひいては、横光の「第四人称」の議論を、ひとしなみに「ポスト震災」の問題系として見ているのだ。とはいえ、翻ってキャメラアイの多視点化の問題とも密接に関連する、映像文化においては「ポスト3・11的」な問題系を構成しているといえる今日のポストメディウム的状況が、形式的にそれと類比できる歴史的過去を持っているという事実については、筆者自身もかねてから着目してきた。例えば、かつて二〇一三年に行った佐々木俊尚との対談の中で、すでに筆者は以下のように述べていた。

「9・11」と「3・11」という歴史的なヴィジュアルイベントに挟まれた《ゼロ年代》とは、主に二つの文化現象が台頭してきた時代だったといえます。まず、監視社会化や総記録社会化の進展による、ある種の「ドキュメンタリー的なもの」の浸透。もう一つは、情報インフラの普及がもたらす、佐々木さんの言葉でいう「キュレーション的な感性」の氾濫ですね。この二つは相互に関連する動向です。

(7)　いとうせいこう・渡部直己「「聴き手」と「語り手」との共犯関係」、前掲『小説技術論』、二〇五〜二〇六頁。

これらは一方では、二一世紀の大きな社会的変化に基づいた新しい兆候だったと思います。ただ、それらの意味を正確に見定めるためには、他方で、過去の歴史から俯瞰的に相対化して考える視点も必要でしょう。例えば、このゼロ年代文化の二つの変化にはおそらくソーシャルメディアの登場が大きく関わっています。それは、一九九五年の阪神淡路大震災におけるインターネット、また、一九二三年の関東大震災における映画が担った文化的インパクトと類比的にみなせます。

日本においていわば「ドキュメンタリー的なもの」の更新は、奇しくも大災害とともにあったともいえますが、ゼロ年代の変化も、それらとの連続と切断の双方で考えられるべきでしょう。(8)

つまり、ある意味で、近代以降の日本における「大災害」とその「災後」の世界の文化表現の変容は、単に「3・11」に限らず、この国の文化状況――とりわけ映像(視覚)メディアの転換に幾度も本質的な契機をもたらしてきたといえる。ここで繰り返すまでもなく、まず二〇一一年の東日本大震災(3・11)では、周知のように、ゼロ年代末あたりから徐々に普及しつつあった動画共有サイトや動画配信サイト、また各種SNSが一挙に社会に拡大した。これらが筆者の検討するポストメディウム的状況=「映像圏」を本格的に浸透させたことも述べてきた通りである。

だが、これと同様のことは、一九九五年一月一七日に発生した阪神淡路大震災、そしてさらにそれ以前の一九二三年九月一日に起こった関東大震災にも共通していえるだろう。例えば、阪神大震災が起こった九五年は一般に「インターネット元年」といわれるように、ウェブを中心とした情報ネットワーク環境が浸透していったのが、「ポスト阪神大震災」の世界だ。この年の一〇月にマイクロソフトが「Windows95」を発売し、一気にワールド・ワイド・ウェブ接続が進んだのをはじめ、海外に目を転じれば、現在の情報ポータル（検索エンジン）とオンラインショップ（ロングテール現象）の嚆矢となった「Yahoo!」と「Amazon」が創業している。また、多くの論者が論じるように、阪神大震災が起こった九五年は、他方でオウム真理教事件が起こり、テレビアニメ『新世紀エヴァンゲリオン』（九五〜九六年）が放送されるなど、長引く平成不況と世紀末的な不安の中で時代精神が変わっていった年だった。事実、清涼院流水の一連の異形のミステリ小説などには「ポスト震災的」なリアリティや記憶が濃密に刻印されている。

さらにそれは、関東大震災のほうがよく知られているかもしれない。関東大震災による大正末期からの大規模な帝都復興は、いわゆる「昭和モダニズム」と呼ばれる未曾有の都市文化・消費文化を生み出した。メディア環境の具体的な変化についていえば、例えば、広告文化、ラジオ、グラフィック雑誌、文庫本（円本）……などの新たな文化が次々と花開いたのである。

中でも有名なのが、トーキーに移行した映画だろう。映画はもちろん、すでに一九世紀末に日本に渡来し、震災以前からも旧劇と新派劇を中心とするサイレント映画文化が盛り上がってはいた。とはいえ、日本映画史研究の基礎文献である田中純一郎『日本映画発達史』をはじめ多くの研究が指摘するように、震災後の都市復興に伴う映画館の急激な増加など、日本で映画文化が爆発的に拡大するのが、「ポスト関東大震災」の世界なのである。曰く、「大震災直後の東京市民は、［…］寄せ集めの古映画で小石川の伝通館という映画館が開業してみると、それは予想に反した大入り満員で、一〇月中の入場人員二万八千六百人、震災前の五倍という数字を見せた。［…］震災後は、一年間に一挙三一〇館

（8）佐々木俊尚・渡邉大輔「《ゼロ年代》とは何だったのか？」、『neoneo』第二号、二〇一三年、八頁。

の映画常設館が増加した」「震災後」(9)。

しかも、そうした「震災後」の文化的トラウマや映画という新しいメディア意識は、阪神大震災や3・11と同様、人々の文化的感性の大域的な変化をもたらした(10)。例えば、有名なのが、まさに文学における「新感覚派」の登場と、彼らとも密接な関係を持つ前衛映画の登場だろう。他ならぬ「純粋小説論」の横光や川端康成、中河与一、今東光といった新世代作家たちは、関東大震災後、モダニズム的感性を意識的に取り入れた斬新な小説を次々と発表した。横光の「純粋小説論」もまた、こうした新感覚派文学の理論的体系化の過程で書かれたものである。これらは、あるいは阪神大震災後(ポスト・エヴァ)における東浩紀の「ゲーム的リアリズム論」や笠井潔の「脱格系論」、また彼らが注目した「セカイ系」をめぐる議論にも比せられるかもしれない(事実、渡部は関東大震災後にメタフィクションの流行が見られたことを指摘していたが、東のゲーム的リアリズムや笠井の脱格系の議論がメタフィクションにも注目していたことも見逃せない)。そして、新感覚派の旗手・川端が脚本を手掛け、衣笠貞之助が監督した『狂った一頁』(二六年)などのモダンなアヴァンギャルド映画が作られたのもまた震災後のことだった。

また、私たちはここで、さらに時代を遡って、もう一つの事例を思い起こしておいてもよいかもしれない。それは、いまから一二〇年近く前に起こったいわば「もう一つのフクシマ」である。すなわち、一八八八(明治二一)年七月一五日に発生した、福島県の磐梯山噴火にまつわる災害だ。これは、明治維新、つまり近代日本成立以降に最初に起こった大規模自然災害であった。そして、この災害を契機として、災害関連の調査・研究、災害報道、被災地への義捐金募集活動など、日本の近代的な災害対策が始まりを告げたのである。そして、この磐梯山噴火は、やはり映像による報道メディアの変化を日本社会にもたらした。すなわち、それまでの日本社会における代表的な報道メディアは新聞、具体的にいえば、江戸時代の瓦版や新聞錦絵といった街中の伝聞に基づいて再構成された「口上」＝声の受容空間の中で物語的に伝播されていくメディアであった。そして、それはおおよそ西南戦争（一八七七年）の報道を転機として、『東京日日新聞』（現在の毎日新聞）の福地桜痴の実践に典型的に見られるように、「視覚に映ったものを忠実に、ニュートラルに記述していく」という客観的・中立的な視覚的報道へと移行していくのである。例えば、大久保遼は『映像のアルケオロジー』の中で以下のように要約している。

一八七〇年代には、巷間の噂や伝聞を誇張を交えて再構成した「錦絵」風の挿絵を売りにしていた絵入新聞が、自らその挿絵に「新聞の体面上不適当」との烙印を押すことになる。ここでは「写真版画」を導入することが、「欧州絵入新聞にも恥ぢざる」新聞となる指標とされているのである。［…］新聞と写真によってもたらされた「事実」への視線は、記事だけでなく挿絵という視覚的な要素にも浸透し、錦絵風の描線が紙面から排され、より精緻な描写を特徴とする写真版画が採用されるにいたったのである。磐梯山噴火の映像が流通した八八年もまた、こうした新聞における「事実」への視線／言説の広がりを背景とした、視覚文化に対する感受性の変容のただなかにあったと

（9）田中純一郎『日本映画発達史Ⅱ　無声からトーキーへ』中公文庫、一九七五年、一一～一二頁。
（10）関東大震災が近代日本の視覚文化史にもたらした影響に関しては、以下の文献を参照。ジェニファー・ワイゼンフェルド『関東大震災の想像力——災害と復興の視覚文化論』篠儀直子訳、青土社、二〇一四年。

見ることができる。[11]

つまり、関東大震災で映画、阪神大震災でインターネットが注目されていったように、この磐梯山噴火では写真というメディアが社会に浸透していくことになる。さらに映像文化史の観点から面白いのは、この磐梯山噴火の報道の際に、「写真」と「幻燈」（マジック・ランタン）というプロジェクション装置を用いた「写真幻燈会」（写真幻燈スライドの上映会）という教育的・報道的興行が普及していったことであろう。この写真幻燈会は、被災地の猪苗代湖や磐梯山の風景や被災者の状況を撮影した写真スライドを投影するものであり、大久保のいうように、「それは確かに磐梯山噴火の「実況報告」ではあるが、同時に被災の「弔い」であり、またその前後の旅程を含む「紀行」ととらえることもできる」[12]。

つまり、これは被災地の「鎮魂」と「観光」という意味で、いわば近代日本初の「ダーク・ツーリズム」（災害被災跡地、戦争跡地など人類の負の遺産を対象にした観光事業）に相当するといえるだろう。こうした震災ダーク・ツーリズムはジェニファー・ワイゼンフェルドが論じるように、関東大震災でもすでに広範に見られた（例えば、被災地の焼死体の写真の絵葉書など）。これらは、今日、作家・思想家の東浩紀が「３・11」の後に構想して賛否を含む大きな反響を呼んだダーク・ツーリズム事業計画「福島第一原発観光地化計画」の遠い起源だとみなせるはずだ。

あるいはさらに、こうした震災をめぐる映像メディアの浸透が一種の「娯楽」と結びついていったのも、非常に興味深い。当時、各地で評判を呼んでいた磐梯山写真幻燈会を鑑賞した観客の一人の中に、歌舞伎役者・五代目尾上菊五郎がいた。生来、新し物好きで「散切りもの」の開拓に精力的に関わっていた菊五郎は、河竹黙阿弥と組んで早速この幻燈と噴火の実況見分を元にした舞台制作を試みる。一七八三年の浅間山噴火に舞台を移し替えたその作品『音聞浅間幻燈画《おとにきくあさまのうつしえ》』は、噴火発生から早くも三カ月後の一八八八年一〇月から中村座で興行し、大入り満員になった。その際、第二幕の大仕掛け「信州浅間山噴火の場」では、浅間山噴火の光景を描いた幕が張られ、幕が切って落ちると、大きな浅間山噴火の幻燈スライドが映されるというスペクタクルが盛り込まれ、また、会場には磐梯山の溶岩石や火山弾を展示したという。この舞台で菊五郎が幻燈で試みた趣向は、震災後の日本で流行しているプロジェクション・マッピングや「2・5次元ミュージカル」など、舞台パフォーマンスと映像をハイブリッドに掛け合わせるコンテンツの先駆ともいえる。ちなみに、この一一年後、菊五郎は、現存する最古の日本映画、柴田常吉撮影の『紅葉狩』（一八八九年）に九代目市川團十郎と出演しているわけで、「災後」の想像力の起源は日本映画史そのものの起源とも直結していたといえるだろう。

　あるいは、災害の発生からわずか数カ月でそれを題材にしたエンターテイメント作品が製作され、反響を呼ぶというクリエイター側の瞬発力も、「3・11」でいえばそれこそ『ヒミズ』の園子温などに重ねられるといえるだろう。また同様に、この菊五郎の舞台のように震災を巧みに隠喩的にモティーフ化した傑作として、『ヒミズ』以上の大ヒットを記録したのが、他ならぬ庵野の『シン・ゴジラ』だった。いささか脇道に逸れるが、この作品についても短く述べたい。

　そもそも庵野が現在、手掛けているリブート連作「ヱヴァンゲリヲン新劇場版」（二〇〇七年～）

（11）大久保遼『映像のアルケオロジー——視覚理論・光学メディア・映像文化』青弓社、二〇一五年、一一八頁。

（12）同前、一二七頁。

の最新作『ヱヴァンゲリヲン新劇場版：Q』（二一二年）もまた、巨大な「災厄」（ニアサードインパクト）のあとの世界を描く点で、同様の「復興期の精神」を描く映画であった。ただ、『シン・ゴジラ』について考えるにあたって重要なのは、昭和の「ゴジラ」シリーズが体現してきた戦後日本の精神史的状況、とりわけ日米関係の表象とのかかわりではないか。知られるように、「昭和ゴジラ」はアメリカのビキニ環礁核実験が主要なモティーフとして取り入れられており、戦後の日米関係＝「アメリカの影」がつねにシリーズにつきまとっている。『シン・ゴジラ』ではゴジラ襲撃後、合衆国から来日した日系人の大統領特使パタースン（石原さとみ）が日本側の主人公、矢口蘭堂（長谷川博己）とつねに行動をともにするほか、国連多国籍軍の威を借りた合衆国が、ゴジラ処分のために東京で熱核兵器の使用を検討していることまでが明らかになる（このシーンでは原爆投下後の広島、長崎のスチール写真もインサートされる）。

以上のような『シン・ゴジラ』の大筋の展開は、いみじくも昭和ゴジラが暗に表象していたいわゆる戦後日本の「永続敗戦レジーム」（白井聡）を戦後から七〇年を経た現在も相変わらず反復しているように見えるだろう。事実、映画の終幕、血液凝固剤の投入によって結晶化したゴジラを眺めながら、「わたしが大統領のときにあなたが総理大臣、それが理想のヴィジョンよ」と語りかけるパタースンに対して、「理想のヴィジョンじゃなく、理想の傀儡だろう」とシニカルにかえす矢口の姿は、「戦後七〇年」にして「ポスト震災」の日本を生きる私たちの政治的な隘路がまざまざと描かれていた。『シン・ゴジラ』の「ポスト震災的」な世界もまた、依然としてなお（抑圧されてきた）「昭和ゴジラ」の呪縛に凍結されているように思う。まさに稼働を停止した原発のように、空に向かって冷たく固まったゴジラの巨大な尻尾が写されて映画は終わるのだ。

いずれにせよ、こうして見てくると、「多視点性」という切り口を出発点にして、「震災後映画」の帰趨について考えた時、近現代の日本においては、「3・11」に連なる文化的・社会的な地殻変動は、大規模災害の度に典型的には（映像）メディア環境の大域的変動として繰り返し起こってきたことが明らかとなる。この度の「3・11」は確かに私たちの文明に不可逆的で、シンギュラルな影響と変化をもたらした。ただ他方で、歴史を俯瞰した場合、それは決して空前絶後の出来事でもない。もとより、災害としての「3・11」そのものもまた、平安時代の「貞観地震」（八六九年）、「明治三陸地震」（一八九六年）、「昭和三陸地震」（一九三三年）などと反復的に語られた。「キャメラアイの多視点性」としてその一部が結実する、「ポスト震災」の文化表現の変容は、その二一世紀の日本社会にもたらした巨大な変化を充分に考慮に入れつつも、それが歴史上、何度も反復してもきたこと、その両義性を踏まえることが、少なくとも「震災後映画」の内実を思考することにおいてもきわめて重要になってくるのではないだろうか。

震災後を生きる君たちへ　more than human

〈生〉よりも悪い運命

藤田直哉

「人はなんのためにあるのか？」わたしの答は「メンテナンスのため」だった。（……）わたしは、だれもが建設をしたがるくせに、だれもがメンテナンスをいやがる、と認めた。人生とはそういうものだ。そのあいだは、真実と、いくつかのジョークと、そして音楽が、すくなくともいくらかの慰めになってくれる。

——カート・ヴォネガット『死よりも悪い運命』（三一九－三二〇頁）

肉体文学から生殖文学へ

丸山眞男は、一九四九年「展望」に発表した「肉体文学から肉体政治まで」で、敗戦直後の日本の文学状況についてこのように語った。

「僕も先日もある雑誌の小説特集を通読して驚いたことは、七篇か八篇の作品全部が全部に女と寝る場面が出て来るんだ。こうなると所謂肉体文学なんていうカテゴリーはいらなくなっちゃうね」

しかし、「国民が全体としてそんなに性的にだらしなくなっているとは到底考えられない。いわんや肉体文学と銘うたれているものに描かれているような野放図で無茶苦茶なふるまいが一体、国民の日常生活とどれだけのかかわりがあるんだろう。ところが後世の歴史家は或はこういう小説を見てそれを戦後日本のかなり一般的な現実と看做さないとも限らないじゃないか」と釘を刺すのも忘れない。

丸山がここで想定しているのは、前後の文脈から判断し、坂口安吾のことである。「戦争と一人の女」など、肉体や性を描いた作品が敗戦後に多く出てきたことは事実である。それは「肉体文学」と呼ばれていた。

戦前の文学作品、たとえば日本浪曼派の作品などはあまりに観念的で精神的なものばかりなので、それの反動で戦後にそのような作品が出てきたとか、GHQの方針であるとか、様々な要因が説明として持ち出されるが、ここではそれを特定することが目的ではない。第二次世界大戦のあとには「肉体文学」が出てきたが、では東日本大震災のあとにはどうなのか、と比較して考えを進めるために参照した。

結論から言えば、いわゆるエロスや官能のような意味での「肉体文学」の出現や、ポルノ雑誌の氾濫などの影響は、ほとんど観察できなかった（もっとも、ぼくはポルノの専門家ではないし網羅的に見ているわけではないのだが、ポルノの内容に東日本大震災の影響があったとは聞かない。むしろ、『エロマンガ・スタディーズ』を刊行した永山薫らのツイッターなどでの発言を観るに、「表現の自由」や「自主規制」のムードにより、ポルノが排除されるかもしれないという危惧の声が聞こえる）。

代わりに、東日本大震災後に起きた変化は何か。それは、〈性〉が、科学的な視点を経由した上で扱われるようになったことである。そんなにサンプル数は多くないが、震災後に、①科学的な視点を

導入し　②性行為やセックスなどではなく、「生殖」それ自体をテーマにし　③SF的な設定を用いる作家の出現が、ぼくには際立って兆候的な現象のように思われた。

さらに、これは、現代のジェンダー的な基準からすれば怒られる発言かもしれないが、これまで女性作家には、「子宮で書け」発言などの暴言が象徴するような、身体性や感性を経由した性を描くことが期待されてきた日本文学の歴史があると思う。それを期待する男性の読者や師、批評家たちの視線を内面化してそれらを「書かされてきた」という社会構築的な側面があるのか、本当に生物的にそのようなものを自発的に書く動機が生まれやすいのか、その区別はぼくには出来ないが、〈女性作家〉(1)に対するステレオタイプ的な期待として「感性」「身体性」「性」「非合理」「神秘」などを求める傾向が、文学史の中に存在しなかったとは言えない。

男／女の二分法で人間を理解するような粗雑な認識枠組など、本当はもはや役に立たないし、なくなったほうがいいのではないかと思われる。そのような前提の上で、ぼく自身の内なる偏見を反省しながらではあるが、純文学における女性作家たちが、「性」のテーマを「科学的」に扱い、そして作品全体が合理的にクリアに構成されている（少なくともそれを志向している）というのは、非常に清々しい驚きであったし、震災後の文学の変化の一つとして挙げてもよいのではないかと考えた。具体的には、窪美澄『アカガミ』、村田沙耶香『殺人出産』『消滅世界』『コンビニ人間』、自らの子を失った女性の人工授精技師を描く竹林美佳『地に満ちる』などが印象的な作品であった(2)。

(1)〈女性作家〉などという括りをしているのは、本当はそんな男性や女性で作家をくくるのはやめたほうがいいと思いつつ、「いわゆる」の意味で使っていることを示すためである。

これらの作品では、内奥的で私秘的なものであった〈性〉や〈生殖〉というが、科学的な知見を経由した視点が導入されてドライに描かれている。肉体文学でもなく、妊娠小説（斎藤美奈子）でもなく、生殖小説とでも言うべきであろうか。そしてそこには、性行為や出産という、実存的な〈私〉の問題と、科学的な認識の、齟齬と鬩ぎ合いの現場がある。そこに、原発事故後の、放射性物質を意識していかなくてはいけないという震災後の状況が絡み合う。

もちろん、震災と生殖の関係なら、かなり早い段階で川上未映子が「三月の毛糸」という作品で書いている。その描き方は、詩的なものだ。妊娠している女性は、夢の中で、世界が毛糸になっているのを見る。「子どもが生まれる夢だったの。毛糸で生まれてくるのよ」（『それでも三月は、また』九一頁）「その世界は、何もかもが毛糸でできているの。水も、人も、線路も、海も、何もかもが毛糸で、できあがっているのよ。地面も、コップも、お洋服も、手帳も、とてもやわらかくて丈夫な糸で編みあがっているの。毛糸でできあがっているの。何もかもが」（九一頁）「いやなことがあったり、危険なことが起きたら一瞬でほどけて、ただの毛糸になってその時間をやりすごすのよ」（九二頁）「その世界では、三月までもが毛糸でできあがっているのよ」（九三頁）。ここには詩的な表現がある。子供と自分が、毛糸という、丸くて柔らかくてふわふわしたものとして表現されていることが分かる。しかし、本論で中心的に論じる「子ども」は、このような詩的で柔らかいものとは描かれない。むしろ、科学の視点の方が強く導入されて理解されるものになっている。

「子ども」「生殖」の問題は、科学を通して認識しなければいけない「現実」そのものの、人間的に意味の次元における捕まえようのなさが焦点化しやすいポイントである。

ぼくたちは、ナマの〈現実〉を知ることはできない。地球が丸いことだって、本で読んだり図鑑で見たり映像で見て知っているだけである（自分の目で見た一部の宇宙飛行士は除くが）。「現実」を知るときに、途中の媒介がほとんどの場合に存在しているのだ。遺伝子や放射性物質のような、身体的な実感に頼れないものを理解する場合、必ず「科学的な言説」を経由しなければいけない。そして、それは、必ず、人間的意味の次元における理解と、齟齬をきたす。その齟齬に向き合うため、あるいはその齟齬を誤魔化す（馴染ませる）ため、時によってはある方向に思想を誘導するために、文学作品やフィクションは必要とされてきた。ナマの科学的知見を、人間の生の現場に導入するためには、それは必須のものであったとすら言ってもよいだろう。

今回扱う作品は、放射性物質や遺伝子などに関する科学的な知見が、〈性〉や〈生殖〉というものを通じてどう理解されるか、あるいは後者をどう変えるかについて、一人の人間としての作家が悪戦苦闘しながら提出してきたものである。そこに現れている世界像は、ぼくたちが、この「よくわからない」（あるいは決して腑に落ちてわかることなどありえない）世界をどう理解するのかの助けになってくれるだろう(3)。

（2）SF的な設定を導入して「性」を描いてきた女性作家である「純文学作家」である笙野頼子、松浦理英子らの牽いた道の上にこれらの作家がいると考えるのが妥当ではあるのだろうが、簡単に比較するならば、震災後の作家のほうが、よりドライな印象を受ける。ぼくはその「ドライ」さが、新しい特徴ではないかと思い、気にかかるので、本論で中心的に論じてみることにした。

原発事故と染色体異常の、関係／無関係

女性作家の〈性〉の描き方の変化が気になるとは言ったが、男性／女性で明確に分ける必要もないであろうし、東日本大震災後における「生殖」の問題を最も顕著に表している作品だと思われたので、先に松波太郎『LIFE』を紹介する。本作は芥川賞候補となり、野間文藝新人賞を受賞した。作者は一九八二年生まれで、筆者とほぼ同年代である。

『LIFE』は、フリーター的なだらだらした生活をしている夫婦がある日妊娠し、子供がダウン症であると判明する小説である。本作は、本人の言によると、実際に作者に起こったことをモデルにしている作品であるようだ。

医師から子供の検査結果を見せられ、染色体を見た主人公の猫木は、それを「ケータイの電波」「バリ3」と表現する。二十一番目トリソミー、通称「ダウン症候群」の染色体異常を示す図であり、自身の子がそのような遺伝子異常を持っているという極度に深刻な状況において、このようなユーモラスな表現を使ってしまうところには、理不尽そのものの状況に耐えるためのユーモア本来の機能がある。

夫婦は、当然、理由を問う。

理由は、遺伝ではないと、医師は言う。震災後文学として重要なのは、この部分である。

「遺伝以外とは？」

「わかっておりません」

「わかっていない?」

「はい」

(中略)

「高齢ですか?」

「……いえ」

「この前の震災は関係ないんですか?」

「……」

「妊婦やこどもは避難させるようにとか言ってましたけど」

「……」

(中略)

「……ええ、いや震災とは関係ないかと」(単行本版、一〇〇-一〇二頁 強調引用者)

「わからない」としか説明できない医者。原因に原発事故があるのではないかと不審に思う夫婦。

(3) 本書の中で複数の論者が言及しているが、神林長平の『ぼくらは都市を愛していた』では、言語と身体を結びつけるガジェットや、語彙が駆使されている。それは、ありのままの〈リアル〉に直接曝されることは原理的に不可能である人間が「言語」や情報機器などのテクノロジー(言語もテクノロジーだ)を経由し、世界を「腑に落ちる」=「人間的な意味の次元において理解できる」ものにするために「フィクション」が必要となるという、神林自身のフィクション観と作家として自身がフィクションを書く意義をどう考えているかについての、自己言及である。

震災後に、ぼくらが経験した、科学的な知見と、人間の生活実感の齟齬が明確に示されている。それを「科学コミュニケーション」と呼んでしまっては、あまりにドライだろう。実存的に深刻な、出産や死などの「この私」の問題と、科学的な知見と認識の齟齬がそこには確実にある。おそらく、それは、人類が相当な進歩を行わない限り、かなり長いこと抱えていくことになる摩擦であろうと思われる。何故「この私」がこの病気になり、「この苦しみ」があり、「この死」を死ななければならないのか？　その問いが回避できるようになるのは、まだまだ先のことだろう。

死に関しては、放射性物質が引き起こすかもしれない癌が、一つの不安の焦点となる。生に関しては、このような染色体異常が、一つの不安の焦点となる。どちらも共通しているのは、遺伝子に対する放射性物質の影響の問題であり、それがあまりにミクロなので「確率」の問題としてしか捉えられないという特徴がある。「原因」があまりにも無数にあるので、原発事故に由来する放射性物質が原因「かもしれない」し「そうでないかもしれない」、それを特定するのが、非常に困難な状況にあるのだ（だからと言って、困難さを理由に、ある被害の責任を逃れようとする者を、ぼくたちは許してはいけない。イギリスのセラフィールドで一九五七年に原子炉事故が起こり、白血病発生率が全国平均の三倍であったことをイギリス政府は三〇年も隠していた。その原因が「放射性物質」に由来するのかどうかは、未だに「議論がある」）。

遺伝子異常というのは、頻繁に起きるものである。普通に生活しているだけでも様々な理由で遺伝子は壊れて、自動的に修復されている。その遺伝子異常が原因となって、癌細胞になるが、癌細胞自体も通常の生活の中で、既に・常に大量に発生している。実際の病気としての「癌」に発展するのは、その中のごくごく稀なケースである。

現在、健康への被害が「よくわかっていない」のは、低線量の被曝の場合である。これがよくわからないのは、上述のような、原因と結果までの間に無数にあるファクターがあまりに多すぎるからであり、仮に被曝が原因であったとしても、「それだけ」が起こしたと証明するのが困難だからだ（科学的な手法の問題としての困難と、政治的な理由による困難が二重化して存在していると推測される）。

おそらく、たとえ低線量であったとしても、遺伝子に害を与えてはいるのだから、問題ではあると考えてよいと思うのだが、それが現実的にどの程度の害なのかが、よくわからない。科学的な言説を見るに、（個人的には）大して気にしなくてもよさそうな気がするが（実際に、東京に生活している生活者としての個人としては、ろくに気にしてはいない）、公表されている数値や被害の度合いについての言説が本当に正しいのか、過去の公害問題の経緯などを見ると不安になるのも確かである。気持ちが弱っているときに、身体の不調が起きたときや、周囲で癌を発症した人を見た時など、「ひょっとすると」と考えてしまったりすることがあるというのも、率直に告白する。

東京にいて、移住を考えもせず、食べ物などにも特に気を使っていないぼくでも、やはり、時折、不安や疑念が胸に湧くのは抑えきれないのだから（その疑念や不安による心身の健康被害の方が大きいのだろうとは思っていても）、妊娠している女性、子供のいる母親たちが、不安になったり大騒ぎしたことを、単に科学的な思考ができず、無知ゆえの「ヒステリー」だと啓蒙的に切り捨てる立場にも賛同できない。不安や疑念が、時々生じてしまう、時には理性を圧倒してしまうような状況こそが震災後であり、原発事故後の日本社会に生きるということであり、ぼくたちの受けた「被害」は、その「不安」と「疑念」が思わず浮かんでしまう環境を作られたことにある。

確率の世界

心理学の色々な実験を見てみると、人は確率というものを実感を持って認識・理解するのが苦手なようだ。「ギャンブラーの錯誤（誤謬）」に関する心理学の実験などを参照してもらえば、それは明白である。「確率」を代表とする、科学的な認識と、生きている個としての実感は、必然的に乖離してしまう(4)。『LIFE』は、文学作品として、その乖離に引き裂かれながら、人間としてそれをどう受け止めうるかを描いた作品だと言いうる。

確率は、自分に起きていないときには、数字であり、他人事である。楽観的な人と悲観的な人とでグラデーションはあるだろうが、基本的には自分ではないだろうと考えていることが多い（大概の人にとって、隕石が頭を直撃して死ぬかもしれないと毎日心配して生きてはいないだろう）。しかし、いざそれが身近なところで起こると、それは「絶対」になる。数値で示されていたものが、逃れられない人生の深刻なものと直結したときの、あまりにもなギャップ。先述の『LIFE』のシーンは、そのようなギャップが一挙に縮まった瞬間を描いているのだが、それでも淡々としてドライでユーモラスで、突き放しているかのような文体である。この文体こそが、震災後のこの状況に対する、彼なりの誠実な文学的な答えだ。

降りかかる、理不尽としか言いようがない不幸を描いてきた文学は、これまでにもたくさんある。キリスト教圏では「神よ何故」式の嘆きが出され、「神の試練」的な物語が説明で出されることが多い(5)。ギリシャでは、「宿命」のようなものが用意され、そのような不幸を悲劇として盛り上げる。

単に意味も理由もない破局的な出来事に、「物語」や「意味」がない状態が、おそらく人間には恐ろしいのだ。だから、このような物語が作られてきたのだ。多くの宗教が生まれたのも、似たような動機だと思っている。

『LIFE』は、近代以降の「神は死んだ」時代の日本を舞台に、現代人として、生の理不尽に意味づけする装置をほとんど採用しなかったことが重要なのだ。震災や津波を、「天罰」と言ってしまう石原慎太郎(6)のような「物語」件を禁欲し、「意味」も「理由」も「原因」も不明なものとして、非正規雇用で先の見えない見通しの中で、ダウン症を持って生まれた子供を引き受けることになるという「運命」を、「運命」という言葉の持っているドラマチックさもロマンチックさも削ぎ落とし、突き放したかのように描く。

その文体と描写によって描き出される世界像は、震災後の状況のようであるし、それに耐える一人の個の内面における、ユーモアの技法をよく表している。人生や生そのものをジョークのようなものと看做して耐えること——あるいは、そう思い込まないと耐えられないように追い詰められること。その循環が、この乖離的な文体からは、切々と感じられる。

（4）東浩紀が『思想地図β　震災以後』の巻頭言で「生き残ったひとは運が良く、死んだひとは運が悪い、それ以上にどう言いようもない現実がそこには転がっている。／震災でぼくたちはばらばらになってしまった。／それは、意味を失い、物語を失い、確率的な存在に変えられてしまったということだ」と述べていることも、この論の文脈において重要であろう。

（5）典型例は、ヨブ記である。

（6）石原慎太郎『新・堕落論』。坂口安吾は『堕落論』で、戦後の日本に対して、「生きよ堕ちよ」と言い、堕落を肯定し、それでも落ちきることはできないはずの人間の信頼と期待を語ったのであり、石原の文脈とは大きく異なっている。

科学的認識には、意味も物語もない。「確率」は、説明として、人間の心理を納得させるような物語ではない。「神の試練」やら「親の因果で」の方が、まだしっくり来る人も、現在でも多いのではないか。しかしそれでも、「物語」の誘惑を拝しつつ、「確率的」なものが、自分に降りかかってきた状況を受け止めるのが『LIFE』だ。

彼が自身の子供に障害がある可能性をバイト先の店長に告げた際の会話はこのような感じである。店長は、慰めて言う。


「……まぁあれだなあれ」

「はい？」

「心臓に穴があいてても、大丈夫だと思うぜ」

「そうすかね」

「キャプ翼のミスギ君も心臓病かかえながら試合出てたし」

「あぁ」

「なぁ」

「ええ」大丈夫だと思うと猫木も言った。「バリ3なんで」

「バリ3？」

「人の心の痛みがわかるやつになると思います」（一一六頁）

店長は、多分、悪意なく、慰めようとして言っているのである。しかし、無神経でもある。この直後に店長は休憩が長いと小言を言い、猫木は「スポンジとたわしを交互につかって食器をシンクの中で洗い、隣の食器乾燥機に入れる単純作業をくりかえしていると、キリンのように悪意のないあくびがときどきでる」（一一八頁）ようなバイトの作業に戻る。

救いも、決意も、成長も特にない。バイトを週3から週5に増やしてくれと言うのと、脳内に作り上げた妄想の王国の国王を、息子に譲るように妄想の内容が発展するだけである。

江藤淳が『成熟と喪失』で問題としてきた「成熟」や「父になる」ということの困難という主題といかに違うことか。大江健三郎が『個人的な体験』で描いた複雑かつ芳醇な内面といかに違うことか。そのような問題系に対する実存的な苦悩すら、もはや許されていないかのようである。

実際、『LIFE』には、この江藤と大江という同世代の二人が、思想的には対立――特に、アメリカの影響に対する評価、日本の純粋さを取り戻すべきかについて――していながらも、国家と自己を一体化させるような考え方を行っていたことへの、次世代からの応答とも読めるような箇所もある。

猫木は、単なるフリーターだが、脳内に王国を持っている。統治者気分なのである。別に統治者でもなかったのに、自身の問題と、国家の独立の問題を情緒的に重ねてしまった江藤淳の思考パターンへの皮肉のようではないか。

彼が、子供の障害が告知され、先述の要領を得ない医者との会話をしたのち、現実逃避し、空想の中にある国家で、人々に向かって演説をする場面は、そのことの意図が明瞭になる場面である。

「あなたがたは培ってきた高い見識をもとにもっと自由に行動し、もっと自由に発言すればいいのです。それが一番わたくしたちのためでもあるのです。あなたがたが遠慮する必要は一切なく、あなたがたを束縛するこの国の現在が一番問題なのです。だから僕はこの国がだめだと思うんだ。起きてしまったことはしょうがないことだし、そんなことどの国にだって起こりうる。自然災害なんてまさにそうだ。原発事故だってそうだ。原発をなくしてほしいとはわたくしも思っていますが、原発を手放すことなど無理だということは悔しいけれどもわかっているのです。原発は国民の生活のための電力以上に、核の面において大変有効です。この国は核保有は建前上していないことになっていますが、核をつくることのできる原発はもっている。この国は二十世紀中頃におきた大戦の敗北の責任をとり、戦争放棄を一方で謳いながら、いつだって核をつくることのできる原発をもつことで、露命をつないできたのです。(……)わたくし個人もこの国自身が束縛されている歴史をひきついで、隣国の中国、北朝鮮は嫌いだし、韓国やロシアもあまり好きではないように作られています。ここでもし原発を手放したら、この国は衰退します。国が奪われるかもしれません。原発はとっととなくしてほしいと思いつつ、原発がないとまずいことになる、この板挟みにある以上、わたくしはこの国で生きていくことに絶望感をおぼえて、自分が建設した国にこもっていたくなるのです」(一〇三―一〇四頁)

脳内国家に逃避するのは、現実の国家への絶望感ゆえである。しかし、脳内国家の為政者の立場に立って考えているうちに、現実の原発などの存在を国際政治的な観点から、まるで為政者が考えるように、容認してしまっている。国家公務員でも役人でもないのに国家と自己を同一視する人間が増えている現状へのキツイ皮肉のようである。しかし、彼は、この「立場」ゆえに、「仮に子供の障害の原因が原発事故のせいであっても、責めることができない」という筋を通すしかない。実際の国家を責めつつ、脳内国家の統治者の立場から、原発の国際政治上の戦略における存在意義を考えることで、自身の子供の障害を受け止めるという、捻じ曲がった構造になっている。このことにより、より救いがなくなっている。怒りをぶつける対象がなくなるのだから。

神を嘆かず、宿命や前世を呪わず、原因への怒りも持たない。起こった理不尽を、ちょっと間抜けなバイト生活の中で、なんとなく受け流してしまう。これは、「ユーモア」の持つ、非人間的な何かを人間的なものに変える作用が働いていると見るのか、重大な何かが起こっても大して変化しないしだらだらそのまま日常を続けてしまうぼくたちへの皮肉なのか、批評なのか、それともただのスケッチなのか。その多義性と屈折こそが、震災後文学として本作が抱え込んだものの射程を表している。

〈未生の生の擬人化〉というイデオロギー

震災後、未だに生まれていない子供たちに責任を持とうという言説が増えた。それらの議論は、かねてから論じられてきた「未来倫理」や「世代間倫理」と関係が深いものであるように思われる。原発のような廃炉に何十年もかかるもの、放射性物質という、消え去るのに数万年やら数億年やら、人間の寿命のスケールでは実感として想像することが困難な問題を引き起こしていることから生まれた発想だろう。未来の人間や、生まれてもいない子供たちに対しても責任を持とうというのは、一見、真っ当で、よいことを言っているように思われる。しかし、これは紛れもなくイデオロギーであることもまた、真実だ。

斎藤美奈子『妊娠小説』には、このような記述がある。「そして「女の権利」に抗するために、改訂派が開発したのが、「胎児にも人権がある」という強力なレトリックだった。六〇年優保で固まった「中絶＝殺人」の理屈がここで大きく飛躍した。胎児の擬人化、である」「それは真理である以上にイデオロギーというべきであり（妊娠イデオロギーと呼ぼう）、それで守られるのは、個人の尊厳ではなく、胎児の生命でもなく、前近代的な性の管理体制だけだったりすることも事実。政治的に利用されたときには、（引用者註、中絶をすると）「死ぬぞ」という「肉体脅しキャンペーン」にも勝る、「殺しだぞ」という「精神脅しキャンペーン」として機能することになる」（ちくま学芸文庫版、八四－八五頁）

斎藤の論に拠るならば、「胎児の擬人化」が起きる前には、胎児というのは、なにやらもはやした肉の塊のようなものでしかなかった（そのような差を、吉行淳之介『闇の中の祝祭』と三田誠広『赤ん坊の生まれない日』の比較によって斎藤は論じる。詳細は実際の著作をあたってほしい）。胎児を擬人化し、あたかも意志や言葉を持った存在のように考える「イデオロギー」は、生政治に思いっきり利用されるものなのである。

現在は、受精卵が成長した肉の塊である胎児の擬人化の段階を飛び越えて、肉の塊にもなっていない、物質的に存在を始めてもいない存在まで擬人化――それを「未生の生の擬人化」と呼ぶ――し、それへの「責任」を問うという「精神脅しキャンペーン」が始まっている。

もちろん、それが必要になる理由はよくわかる。原発を作り、放射性物質を撒き散らし、その利益の受益者となり、コスト負担は死んだ後の世代に丸投げするような功利主義的な主体ではなく、未来への責任を持った主体が政策などに関わっていて欲しいという気持ちはよく分かる。しかし逆に言えば、その「イデオロギー」や「責任」や「未生の生の擬人化」は、原発、核兵器、放射性物質などの存在から逆算して生み出されたものだとも言える。皮肉なことではあるが、原子力が、未来倫理や世代間倫理を促進させたのだ。

このような未来への責任という文脈で頻繁に引用されるジャン＝ピエール・デュピュイも、『聖なるものの刻印』の中で、核兵器などのテクノロジーによって破局を迎えるという可能性こそが新たな倫理を発生させる（させなければならない）契機になっていることを明確に主張している。「人類の歴史をざっと見渡してみたときにくっきりと浮かびあがるひとつの真理があるとすれば、それはまちがいなくこのこと、人間の集合体とは神々を造りだすマシンだということだ」（五頁）。「神々」とは、本質的に無根拠であるしかない価値判断の際に判断の根拠になるもののことを指す。

科学技術の後追いで倫理が生まれている、あるいは、科学技術が倫理の変容を求めるという状況が、起こっていることである。問題は、基本的には無神論者であろう近代以降の主体にとって、未来の、生まれていない子どもの苦しみに訴えかける論理が、どの程度有効なのかということである。デュピュイは書いている。「わたしは自分の子供たちや、まだ生まれていないそのまた子供たちのことを考えると胸が締めつけられる思いがする」（三五頁）と。しかし、これには容易に反論が可能だ。子供を生まず一生を終える覚悟を決めた人間、あるいは、事情により生めなかった人間には、そのような「思い」を抱く必然性はないのかもしれない。実際に血の繋がっていない人たちまで、自身の子のように共感するというのは、当然ありえる。だが、現にスマトラ島の津波や四川の地震やアフリカの内戦で死んでいっている人々への共感が、日本で起きた震災での死者に対するよりも少ないところを見ると、そのような共感はある狭い範囲で限定されたところにしか届かないものであることは明らかだ。子供一般、未来の子孫一般に対する共感をベースにした責任を、現にこの世界に生きていて死んでいく子供たちにすらろくに共感していないぼくらが持つのは、なんだか倒錯していることのように思う。

論理的には、そんな脆い共感では歯が立たない究極のポイントがあることも無視できない。結局のところ、ぼくたちは、死ぬと同時に、実質的に世界の全てを失う。自分が死んだ後の世界や未来など、ないので、どうでもいいといえばどうでもいいのだ。この身も蓋もない極論は、極論ではあるが、いざ自分が死に直面した場合を想定すると、理解できる心情である。

自身の生命を長らえさせるために、他人の生命を犠牲にする必要があったら、そうするか？　どうしても生きたい理由があり、死に至る苦痛から逃れたいときに、悪魔がこのような契約を持ち出してきたらどうか？　人類の半分を犠牲にすれば、死から逃れられる。あるいは、一万人なら？　一〇〇人なら？　五人なら？　多くの人間は、自分はそのようにして他人を犠牲にしてまで生きようと思わないと言うだろうが、先進国の延命治療に掛かる費用があれば最貧国の子どもたちの生命を数多く救えるのだから、構造的には既にそのようにして他者を犠牲にして生命を得ているに等しい。

あるいは、自身の死ではなくても、身近な死であればどうだろう。自分の愛する子どもと、見たことも聞いたこともない場所で死んでいく子どもとが、心理的に等価であるという人間は少ないだろう。自分の子どものためなら、他者の犠牲は止むを得ないと思う人間も多いのではないだろうか。

おそらく、この個体としての止むを得ない局面から思考を展開していかなければならないのだろう。自分が死んだ後の世界は実在しておらず、想像の中にしか存在していない。未来の子供というのも、架空の存在である。

そのような、自分自身の死の「あと」について、個体に責任の感覚を発生させる技法を、既に人類はいくつも手にしている。

まずは、自身と遺伝子的に繋がっていたり、親密な存在が生き残るので、その親密さの感情を利用する方式である。自分が死んだあとの世界に責任を持たせるには、遺伝子の命令に書き込まれたこの感情を利用するのが最も手っ取り早い。「家」なり「血」なり、時間を超えて流れるものに価値があるというイデオロギーを付け加えると、なお有効だろう。同じ国の「同朋」の死は重く感じ、違う国の人間の死は軽く感じる以上、このような親密さを感じさせる範囲はある程度操作できるものと推測される。

他に、生物的にではなく、文化的な継承の方向で、未来との連続性を錯覚させるテクニックがある。古典の文学作品をいまなおぼくらが読んだり、歴史上の人物の名前を読んだり、誰なのかよく知らない人の銅像を見たり、誰なのか良く知らない人の名前を冠された建物や賞を見かけるのは、このような「名前や考えたこと」が、この世界に物質的に刻み込まれて後々にまで影響を与えることで、自身の一部が死後も「生きて」「継承される」という慰めを錯覚させるテクニックである。実際は、死んだ後に名前が残ってようと銅像があろうと、死んでいるのだからどうでもよさそうなものであろうが（それを知覚も認識もできないので）、将来の世代が記憶し、賞賛し、敬意を払ってくれるかもしれないという「妄想」は、生きている間の慰めとして機能するだろう。

このような様々なテクニックを駆使して、人類は、「自分が死んだら世界のことも未来のこともどうでもいいや」という個体の究極の本音から自身を防衛し、種として継続してきたのである。「未生の生の擬人化」や「未来の子供たちへの責任」というイデオロギーは、種が継続を図るために作り出してきた、新種の観念であろう。

そもそもが、胎児すら言語を喋ることがないのに、未だに受精もしていないような未来の子供が何か喋るのか。喋るとしたら、それは脳内妄想の中で勝手に言っているだけである。脳内嫁、脳内彼氏と似たような、脳内子供に責められるという、マゾプレイである。

そんなものに対して倫理を持つというのは、宗教や伝統などの装置を使わない限り――万世一系の天皇を崇拝の対象にしたり、自民党の憲法改正の草案にあるような伝統に訴えかける家族主義はそのような装置だろ思われるが——価値観の基礎付けを神に頼るわけにもいかない、近代以降の人間にはキツいことである。脳内子孫を想像し、それに対して責任感や倫理観を持つというのは、実はオタクたちが、実在しないキャラクターに、実在する人間以上に共感したり責任感を感じる有様とよく似ているが、むしろオタクたちのそのような生き方は、生物学的に遺伝子が人間であるような子供たちを生むことには向いていない。むしろ逆行させるだろう。

〈未生の生〉という〈虚構内存在〉に倫理を持つための手がかりを現代日本に求めるならば、その辺ぐらいにしかどうもなさそうだというジレンマがここにはある。〈未生の生〉を擬人化して責任を感じてしまうような主体は、キャラクターや脳内嫁なども親密になってしまい、生物的な子孫を残すことに興味を持たなくなる可能性があるのだ。

このジレンマを突破するのは、「子供は生むものと決まっている」方式の、宗教・伝統・常識を利用した、無根拠を承知でゴリ押しする方針か、「未生の生の擬人化」による、「子供を生まないことは、生まれなかった子供たちを殺しているということですよ」という倫理的な脅しの方針になるというのは、ある程度必然性があることだろうと思われる。

しかし、前者の無根拠さと押し付けがましさを許せず、後者の「脅し」に腹を立ててしまうようなぼくには、あまり効き目がない。子供を生まないだけで、潜在的な大量殺人鬼みたいな扱いをされるような脅しが、気分が良いわけがないし、そんな脅しで子供を作ろうなどというポジティヴな気分になりそうもない。

むしろ、ぼくの脳内では、生まれるかもしれない未来の子供たちは、こんな風に言っている。

「お父さん、なんでこんな世界にぼくを生んだのですか。原発の廃炉、介護労働、少子高齢化、結局前の世代の尻拭いばかりやらされて、そのためにぼくたちは生まされたようではありませんか。あなたが生むという暴力を行使したばかりに、ぼくは遺伝子の命令によって生存を継続しなければいけないという苦痛を甘受しなくてはいけなくなってしまっています。何故こんな世界に生んだのですか」(7)

そんな批難ばかりをしてくるので、胸がつまる(8)。

非正規雇用の安い賃金で必死に働いて、育てて、最初こそ情熱は燃え上がるがそのうちに苦痛を忍耐する勝負になる結婚生活を耐え抜き、思春期になった娘からは「パパと一緒の洗濯機は使いたくない」などと菌扱いをされ、息子は父の抑圧と戦い自我を確立すべく、一四歳ごろから家の中で金属バットを振り回し、「父殺し」を敢行すべく寝込みを襲おうと毎日考え（象徴的な殺しと、物理的な殺しの区別がちゃんとついてくれますように！）、こちらはおちおち安眠もできず、趣味の時間も奪わ

（7）これは突飛な妄想ではなく、現実にありうる話である。二〇〇〇年、フランスの破毀院で、障害者の「生まれない権利」を認めてしまっていると解釈しうる判決があった。中絶をしていれば障害を負わなかったのに、誤診ゆえに出産してしまったことについて、子供が病院に対して損害賠償請求をし、認められたのだ。（ペリュシュ判決）

（8）大江健三郎の『晩年様式集』は、そのような「生むことの暴力」を織り込んでいることが、やはり評価に値する。引用する。「生まれてくること自体の暴力を／乗り超えた、小さなものは／まだ見えない目を　固くつむっている。（……）この子の生きてゆく　歳月は、／その過酷さにおいて／私の七十年を越えるだろう。（……）否定性の確立とは、／なまなかの希望に対してはもとより、／いかなる絶望にも／同調せぬことだ……／ここにいる一歳の　無垢なるものは、／すべてにおいて　新しく、／盛んに／手探りしている（……）私は生き直すことができない。しかし／私らは生き直すことができる」（三二五－三三一頁）

れ……その挙句、彼らにそんなことを言われて責められる。そういう想像しかできない（結婚して子供が生まれた途端、幸せホルモンの分泌に脳は騙されて、この真実を忘れさせるだろう！）。

子供を作るなどというのは、原発を建てるのと似たようなものだ。一時的な欲に負けて作ってしまうと、作ったあとのメンテナンスが大変で、大量のお金が必要になり、問題が起きても簡単に捨てるわけにはいかない（早くに生まれた原発は年老いて、既に介護が必要な状態になってしまっているようである）(9)。

話を文学に戻すと、そのような「未生の生の擬人化」や「未来の子供たちへの責任」というイデオロギーと、それが持っているかもしれない生権力の思惑に敏感に反応した作品が見受けられる。これらも明らかに震災後文学の特徴であると言うことができる。ここで取り合げるのは、窪美澄の『アカガミ』と、村田沙耶香の『消滅世界』である。両作とも「未生の生の擬人化」を日本で行えば、オタク・カルチャーと融合してしまうので、単純なその日本での応用は困難である、という問題意識の上で、思考実験を展開しているようである。

SFにおける「生殖」テーマの展開

SF作家・ライトノベル作家である桜坂洋が、東日本大震災後に日本のオタク・カルチャーを分析した、「フロム・ゼロ・トゥ・201X」（『3・11の未来　日本・SF・創造力』所収）は何度でも読み返される価値がある。

「3・11以降、巨大地震で家全体が揺れているにもかかわらず「FPSがやめられないんだけど！」

と叫びながらゲームをつづける若者の動画がネットにアップされ、話題となった。津波の接近について綴った2ちゃんねるの書き込みを最後に消息が知れなくなった2ちゃねらーがいた。／もしかすると、彼らは、抱き枕とともに朽ちて死んでいくことをすでに受け入れた人種なのかもしれない。震災でやっと右往左往しはじめた人間よりもずっと早く覚悟完了していたのかもしれない」（二〇九－三一〇頁）

このような、オタク・カルチャーへの耽溺が人類の衰退や絶滅に繋がる可能性は、オタク・カルチャーの中でも主題として描かれてきた。SF作家、ライトノベル作家である篠真千歳『スワロウテイル人工少女販売処』をその顕著な例に挙げる。男女が分断され、自身の幻想を受け入れてくれるアンドロイドのようなものと共存する社会になったこの世界は、そのアンドロイド、すなわち性処理を行ってくれる「萌えキャラクター」が人類を滅ぼすために送り込まれた存在であるという結末において、批評性を効かせている。

この文脈において参照すべきなのは、SF作家の新井素子だろう。新井は、大塚英志によって、ライトノベルの起源となる作家の一人として考えられている作家であり、フェミニズム、SF、キャラクターなどのテーマを深く追求してきた作家であった。その彼女が、震災前後に、生殖や死をテーマにした作品を複数発表しているのは、注目に値する。そこにあるのは、「単なる消滅」ではなく、「生殖」でもなく、人類ではない存在が「子」として継承していく可能性を示唆する思想である。

（9）もし人類が、遺伝子的に繋がりがない、人工物すら「子ども」として認識できるようになるとしたら、原発を子供と思うことは充分に可能だとしても、原子力事故と放射性物質による汚染までもを子どもとして愛することは可能なのだろうか？

彼女は東日本大震災の直前に、人類の衰退と生殖をテーマにした短編「イン・ザ・ヘブン」「つつがなきよう」を発表している。「イン・ザ・ヘブン」では「二十二世紀の半ば頃、人口曲線は、それまでになかったカーブを描くようになってしまった。右肩さがり……というか、減って、減って、減り続け、ついにはゼロに至る曲線。統計学的に言えば、人類の滅亡が見えてきてしまった」時代に、人工生命体が人類を看取る物語である。「二十一世紀後半から、人間の社会は、停滞しており、この状態には、不思議なほど抵抗がなかった」(文庫版、四〇頁)。「人工」の存在が人類を継承するというビジョン、停滞や絶滅に対する「抵抗」のなさは、新井が震災前から感じ取っている同時代性の空気とも言うべきものだろう。

「つつがなきよう」は、子供が生まれなくなってしまい、子供を授かるためには一人を殺害しなければいけない世界を舞台にしている。「例えば、日本。ここでは、二十一世紀どころか、二十世紀の終り頃から、これが大問題になっていて、今考えると非常に莫迦げたことに、人々の意識の問題だの、経済事情だの、女性が社会進出を果たしたせいではないかだの、環境ホルモンの問題だの、ストレスの問題だの、男性の精子の減少化の問題だの、さまざまなことをあげつらって、それに対する対策委員会を設置してきた」(五一‐五二頁)

新井の両作は震災前の作品である。だが、現在の「生殖文学」のテーマと重なるある手触りを持っていることは否めない。吸っている空気は同じだが、吐き方が違うというべきか。新井の場合、作中での論理的に検討される選択肢の多さが魅力の一つになっている点でも、純文学の作家と似ている部分もある。

そんな新井は震災後も一貫して、種の問題、子供の問題、死の問題を描き続ける。たとえば「絵里」がそうである。『イン・ザ・ヘブン』のあとがきには「東日本大震災」に遭遇した作家の生々しい声も存在しており、この作品が震災と関連付けられて語られていることから、震災後文学のひとつであると考えていいだろう。

シミュレーションの中で、胎児の「絵里」の未来を複数パターンテストし、堕胎を選ぶ母親が主人公である。その作品世界では、生んだ子供を自分では育てられないという設定になっている。ここには、「遺伝子」と「確率」の主題が登場しており、その上、堕胎に際して、このような判断を行う主人公の内面が描かれる。「遺伝子が繋がっている子供を、わざわざ、産む、その意味は、何なんだろう」（二二〇頁）「自分で妊娠して、自分で出産して、自分で子育てをするだなんていう、もの凄くコストがかかって、大変で、苦労が多いことを、何故、人は、しなければいけないのだ？」（二二一頁）「子供として養育することを考えると……それによる出費、労働時間の減少、実行不可能になるプロジェクトは膨大な量にのぼり、経済損失は考えたくないものになり……それが、この後、十六年以上、続くのだ」（二二三頁）

堕胎の薬を呑むとき、主人公はこのように述べる。

「絵里／薬を呑んだら、その瞬間、いなくなってしまう私の子供。／シミュレーションの上ではいたんだけれど、実際には、まだ、いない、私の子供。／女の子だって判っていた子供。／暫定的とはいえ〝絵里〟という名前をつけた、私の子供。／私は思う。／ごめんね。／そして。／さようなら。」（二二三頁）

この短編は、新井が、二〇一二年から二〇一四年にかけて連載した長編『未来へ……』との関係で読まれるべきだろう。

実際には遺伝子的に繋がった娘を持たない新井が作中に「娘」を登場させ、死んでしまったもう一人の「娘」を夢の中で救おうとする作品である。二〇一二年を舞台に、過去に起きた事故で死んだ娘を救うこの物語は、潜在的に、東日本大震災の死者に対してどう向き合うかという喪の物語でもある。

結論から言うと、過去に影響を及ぼし、歴史を変えて救うことに成功しても、並行世界になってしまうので、実際にその子が自分のところに生きている現実が訪れるわけではない。しかし、主人公はこのような結論にたどり着き、一つの救済を得る。

「今までのは全部私の幻想。（……）香苗に生きていて欲しかったって心から願った私が、香苗が生きている世界を夢見みて、それで現れてしまった幻想」（単行本版、五五四頁）「もし、死後の世界があるのなら、かなちゃんは、そこで、きっと元気に死んでいる」（五五六頁）。実に不思議な言葉である「フィクション」の中の「夢」で、キャラクターとしての「娘」の「死」を救う。二重化したフィクションの中で、虚構の存在が、娘と死者、未来と過去として現れている。そしてそのことが、「元気に死んでいる」というある種の救済に繋がる。ここには、「未生の生」に対する感覚の、現代日本における、デュピュイとは全く異なる形での、一人の作家が生涯を通じて探究し続けてきた「答え」のようなものがあるように思われる。それは、一つの「思想」と呼ばれても良いものである。

おそらく、この「思想」を基盤とし、存在しないものへの「愛」をベースにした、価値観の体系を作ることができるし、ぼくたちはしなくてはならない。「神」を失い、信頼できる何の足場もなくなってしまったぼくたちが、「神」なき戦後日本に耐えようとする挑戦であった戦後日本文学、および、サブカルチャーを受け継ぎつつ、新しい未来を切り拓く可能性の基盤となりうる一つの信頼できる「基礎」が、ここに示されていると思う。そのことについては、本論の結末部でもう一度立ち戻るし、今後にぼくが書くものでその「先」を描くことになるだろう。

　桜坂の発言に戻る。オタク・カルチャーに耽溺し、虚構の存在である抱き枕や、虚構の戦争であるFPSなどのゲームに殉じる生のスタイルを、消滅を志向する一つの生き方であると解釈する言説があった。三島由紀夫が殉じたのは日本の伝統であったのと比べるとカッコ悪いような気もしないでもないが、このように日本のサブカルチャーに殉じて子孫を残さない生き方があってよいのかもしれない。多分、それは既に、現実に存在してしまっている。籐真が描いているのは、キャラクター萌えによって人類が消滅する可能性である。新井は、消滅を視野に入れながら、人工知能や虚構の存在を「子供」として、人類の継承者にしてしまう可能性を検討する。

　これを「消滅主義」と呼び、一つの思想であると考えてみたい。主義といえるほどの積極性がなかったり、無意識的な思想であることに違和感があるのだったら、「消滅趣味」と言い換えても構わない。子孫は残さず、自分の代で途絶えること、滅びることを、望んでなのか、オタク・カルチャーの謀略によってか、あるいは現実でうまく行かないせいなのかはわからないが、選ぶ（あるいは、選ばざるを得ない）人々が出てきてしまっている。

　そして、継承者として「遺伝子」の繋がっていない存在でも構わないのではないかという発想も出てきている（これは、多くのSF作品でも描かれていることである）。このSF的な空想のようなものが、どうも、現実に生きている人間にすら感覚的に共有されているのではないかという実感を、ぼくは抱いてしまう。

　SFよりは比較的「現実」への紐付けの度合いが強いタイプの純文学作品に描かれている内容から、その「感覚」に接近してみよう。

子どもは国のために使われる(かもしれない)——窪美澄『アカガミ』

「性だけではなく、若者たちは生そのものから遠ざかろうとしている」(七頁)。そう語り手の一人が断じる近未来の日本が、『文藝』二〇一五年冬号に発表された『アカガミ』の舞台である。若者たちはセックスを全くと言っていいほどしなくなり、自殺率が急上昇している世界。

「自殺は、二〇一五年頃より低年齢層を中心にゆっくりと増加した。とりわけ東京オリンピックが開催された二〇二〇年の年末を境に、急上昇を見せ始めている。前年までの十~二十代の自殺者数が年間六千人前後だったのに対して、翌二〇二一年の春には早くもその数字が更新された」(単行本版、七頁)。東日本大震災から地続きの未来において、東京オリンピックの熱狂でなんとか支えられた生への意思が、その後に急速に失われ、自殺者の増大となって現れる未来が想定されている。

「連日連夜、テレビや新聞はこぞって自殺のニュースを報道し(……)そこではさまざまなものが槍玉に挙げられた。ネット、ゲーム、二次元にそして三次元にあふれる性の情報、気候の変化、原発事故によって空気中に放出された放射性物質……」(八頁)

そんな世界では、性はこんなような状態だ。ある種の性風俗的な産業のようなものに従事する人間の発言である。「たまに来ても、私のなかで放出するやつなんてほとんどいない。ママにおむつを替えられるのを待っているベビーちゃんみたいに私の手が素早く動くのを待っているだけ。彼らの目はモバイルフォンの、AV動画かエロアニメしか見ていない。目の前の女で抜くのすら面倒なんだね」(p23)「加速度をつけて廃れていく」(二三頁)

このような中で、国が打ち出したプログラムが「アカガミ」である。「志願」した者は、恋愛の仕方を過去のドラマや映画などで学び、相手をあてがわれて、共同生活をし、徐々に「まぐわい」をするようになり、妊娠・出産する。「アカガミ」に志願していると、格段に社会における待遇がよくなる。介護労働の日々を送り、自殺未遂をしていた主人公が、少しずつ「恋愛」というものを学び、「まぐわい」をしていくようになる様は、初々しく、いじましいが、そこは特に特筆するべき点ではない。むしろ、現在の「恋愛」「異性愛」「まぐわい」などの良さに彼らが目覚めていくという、極めて保守的かつお節介な側面すら感じるし、初々しいカップルの恋愛から性行為をまでを描く嬉し恥ずかしの少女漫画風味の快楽（青春の再体験）すらあるかもしれない。なので、そこは、本論が注目すべきところではない。

この世界も、真偽が不透明になっており、科学的言説と、ネットにある言説のどちらが本当なのか曖昧になっている。さらに、実際は気づいていないだけで、既に戦争が起こっているかもしれないという世界観になっている。「同時代としての震災後」で論じたような、二重化した世界（戦争しているのかもしれない、していないかもしれない）の不穏さに満ちているという点で、本作は紛れもなく震災後の時代を呼吸している。

科学的な言説については、このように現れる。「二〇二〇年に生物学者Wがある論文を発表した。そこでは二〇〇〇年以降に生まれた若者の寿命は四〇歳までもたないかもしれないと論じられている。その真偽は一年も経たずに学会で反駁されることになるのだが、にもかかわらず若年層には大きな衝撃を与えたようだ。その説を耳にして以来、精神面に支障をきたした若者は少なくない。ネット上では生物学者Wについての書き込みはいまだに認められ、長くは生きられないと思い込み、自殺をくり返す若者は私が出会ったサンプルの中にも一定数いる。この学説の何かが若年層を刺激していることは確かだが、明らかな根拠のないこの説を、彼らはなぜ信じようとするのか……。」(九頁)

「生物学」の「論文」として発表され、「学会」で「反駁」されたにも関わらず、ネットで出回り、その不安などで精神に影響を与えるという点では、放射性物質のリスクの問題とアナロジカルであろう。ネットにおいて、人は論理ではなく、信じたいものを信じるようになるという現象が頻繁に起きることも事実である。そのような現実の状況をモデルにしていると思しいが、この場合、語り手の女性もまた科学者に近い立場にいることも見逃してはいけない。冒頭における語り手である彼女もまた、若者を「サンプル」として扱い、原因究明を行おうとする「国家公務員」であるという構造になっている(途中から「アカガミ」に志願したミツキの一人称による一連の記述に変わる)。

戦争についても、真偽が不明な情報の断片として受け取る。夫が、ビラを拾うのだ。そこにはこう書かれている。

「アカガミで生まれた子どもは国のものになる。

アカガミの子どもは国のために使われる」

黙殺される社会運動のように、彼らの訴えにほとんど耳を傾ける人はいない。しかし彼は自分で気になって、インターネットで調べる。答えそのものは見つからない。国の推進ページと、賛成派の意見ばかりが見つかり、逆に不安になる。「赤紙」が「軍の召集令状の俗称」を意味することも、そのときの検索で初めて知る。

「軍の?　軍とは?　(……)アカガミが始まったのは二〇二〇年、東京オリンピックの年だ。それからさらに十年以上が経っている。今、自分とミツキのいる施設には乳幼児しかいない。アカガミが始

まった年に生まれた子どもたちは、もう十歳近くになっているはずだ。その子どもたちはいったいどこにいるのか」（一三七頁）

結論から先に言えば、彼らが何故自殺するのか、恋愛や性行為にも興味を持たなくなっているのか、果たして戦争が起きているのか、子供たちがどうなっているのかは、わからない。わからない、という状況の中で、何かを決断したり、あるいは思い込んで失敗したり成功したりしなければならないぼくらの生の有様のようだ。

特異なのは、恋愛と出産に、国家の権力が露骨に介入していることである。それは、戦争を予感させる「アカガミ」というプログラム名から、（作品外では）ポジティヴなものとしては示されていないことは明らかである。震災後の状況において、「生ませる権力」が作動し、その「生ませる権力」によって生まれる子どもは、国家の「戦争」に喩えられる何かに奉仕させられるのではないか。「年々納税者の平均年齢は上がり続け、また彼らの面倒を看る人間が今以上に必要とされる。そして若年者は介護職に就いていれば、食いっぱぐれることはないと考える」（九頁）。

何が本当かわからず、国による情報統制などが行われているかもしれない世界において、どうやら国家を維持するために「生ませる権力」が作動しているようだ。一方、若者たちは、震災後の状況で、理由は分からないが、生きる気力も性の衝動も失い、自殺していくようだ。「消滅主義」と「国家による生権力」の戦いの物語、のようにも読めるが、ほんの少しだけ救いがあるのかもしれない結末は、これらの主題系に決着をつけたとは言いがたい。彼らを「サンプル」として科学的に扱う語り手そのものの有様にも落とし前が付けられたとも言いがたいという欠陥については、個人的には完成度を損ねてしまっていて、非常に残念である。だが、震災後の国家と空気、そしてその中で「生む」ということの問題系を非常にダイレクトに抉り出した点において、震災後の文学を「代表」する作品の一つではあるだろう。

清潔でクリアで明るい、消滅の肯定――『コンビニ人間』『消滅世界』

村田沙耶香は、二〇一六年現在、ぼくが個人的に最も注目している女性作家である。二〇一六年に彼女は『コンビニ人間』で芥川賞を受賞しているが、その作品で表される感覚が、生々しさや身体性――ジュリア・クリステヴァなら「アブジェクション」の対象と呼んだ、生理の血液や胎児などの、どろどろした「おぞましいもの」――の存在感がないのだ。『アカガミ』には、まだ性欲や「まぐわい」、そして出産という契機があった。しかし『コンビニ人間』にはそれもない。確実に「生殖」をテーマにしていながら、この身体感覚はどういうことか。異常である、というのは簡単である、が、ぼくは、「ついに書いてくれた」「人間が進化した」という悦びの方が大きい。

主人公は、喧嘩している男子を「止める」ときに、止めるためにはスコップで殴るのが合理的だろうと判断し躊躇いもなく実行し、何故それが問題なのかわからない人間である。いわゆる「空気が読めない」、アスペルガー症候群に近いタイプの人物造型がされている。文字通り、かつ、合理的に行動してしまっては周囲がざわめき、それを理解できない主人公の様子には、何度も声を出して笑ってしまった。だが彼女は、世間から排除されないように、妹のアドバイスなどに従って「擬態」してなんとか生きている。

そんな彼女は、性行為をしていなく、正社員でもなく、結婚もしていない三〇代の女子は世間からは「異物」扱いされるので、「擬態」をスムーズにするために、ホームレス寸前のダメ男を飼い始める。実際に風呂場に住まわせて、洗面器に「餌」を入れて渡すのだ。「男と暮らしている」と言うと、周囲が喜んでくれるらしいということから彼女は学習し、この行為を行うようになった。多くの人間がこの設定で想像するであろう、性愛への発展も一切ないし、心の交流もほとんどない。この男も本当にダメな人間である。

「バイトのまま、ババアになってもう嫁の貰い手もないでしょう。あんたみたいなの、処女でも中古ですよ。薄汚い。縄文時代だったら、子供も産めない年増の女が、結婚もせずムラをうろうろしてるようなものですよ。ムラのお荷物でしかない。僕は男だからまだ盛り返せるけれど、古倉さんはもうどうしようもないじゃないですか」（『文學界』二〇一六年六月号、一三四頁）「あんたなんて、はっきりいって底辺中の底辺で、もう子宮だって老化しているだろうし、性欲処理に使えるような風貌でもなく、かといって男並みに稼いでいるわけでもなく、それどころか社員でもない、アルバイト。はっきりいって、ムラからしたらお荷物でしかない、人間の屑ですよ」（一四〇頁）などと、自分も弁えず、憎たらしいことを言う。

このダメ人間は、世間＝ムラの論理に従って生きることを息苦しく思っている。『アカガミ』による、性の管理に近いものが行われているという認識を彼は示す。

「外に出たら、僕の人生はまた強姦される（引用者註、「強姦」は比喩）。男なら働け、結婚しろ、結婚をしたならもっと稼げ、子供を作れ。ムラの奴隷だ。一生働くように世界から命令されている。僕の精巣すら、ムラのものなんだ。セックスの経験がないだけで、精子の無駄遣いをしているように扱われる」「あんたの子宮だってね、ムラのものなんですよ。使い物にならないから見向きもされない

だけだ」（一四一頁）
　ダメ男は、世間の基準を苦しく思いながら、それを強く内面化してしまっている。だから、彼は、世間と戦うと同時に自己の中に葛藤を抱えている。世間に対する憎悪と敵対意識と自己嫌悪がある。それに対し、女性主人公には、そんなルサンチマンはない。彼女は、コンビニというシステムの中で居心地よく過ごせればそれでいいのだ。世間のルールに「抗う」気はない。恋愛、結婚、出産というムラ＝世間のルールに抗うのではなく、単に「コンビニ」というクリーンで清潔で明るいシステマティックな空間の一部になることを望むのである。コンビニという基準さえあればいいのである。
　彼女が子供を作ろうと考えるのも、「コンビニ」という基準を喪失してしまったときに、このような論理に基づいてである。「私はふと、コンビニという基準を失った今、動物としての合理性を基準に判断するのが正しいのではないか、と思いついた。私も人間という動物なのだから、可能なら子供を産んで種族繁栄させることが、私の正しい道なのかもしれない」（一五八頁）
　そこでこのように訊く。
「あの、ちょっと聞いてみたいんですけど、子供って、作ったほうが人類のためですか？」（一五八頁）
　それに対して、電話の相手（ダメ男の義妹）はこのように答える。
『勘弁してくださいよ……。バイトと無職で、子供作ってどうするんですか。ほんとにやめてください。あんたらみたいな遺伝子残さないでください、それが一番人類のためですんで』『その腐った遺伝子、寿命まで一人で抱えて、死ぬとき天国に持って行って、この世界には一欠けらも残さないでください、ほんとに』（一五九頁）

これに対する主人公の反応が素晴らしい。「この義妹はなかなか合理的な物の考え方ができる人だ、と感心して頷いた」（一五九頁）。そう説得され、納得し、子孫は残さないことに決める。問題は、人生が終わるまでをどうやって過ごすかである。

彼女が、コンビニという清潔で明るくシステマティックで合理的な世界の一部としての自分を発見するシーンは、神々しくもある。

「私はふと、さっき出てきたコンビニの窓ガラスに映る自分の姿を眺めた。この手も足も、コンビニのために存在していると思うと、ガラスの中の自分が、初めて、意味のある生き物に思えた」「私は生まれたばかりの甥っ子と出会った病院のガラスを思い出していた。ガラスの向こうから、私とよく似た明るい声が響くのが聞こえる。私の細胞全てが、ガラスの向こうで響く音楽に呼応して、皮膚の中で蠢いているのをはっきりと感じていた」（一六三頁）

使われない子宮、生まれない子ども。これらのテーマを描いた最後に、甥が生まれたシーンが差し込まれるのは偶然ではない。「コンビニ人間」として「生まれた」という記述があるように、彼女は新しい人間、新しい人類として生まれなおしたのだ。明るいガラスと蛍光灯とマニュアル的な応答に満ちた世界にいることを「意味のある生き物」と感じる、コンビニ人間に。

このシーンは、消滅、絶滅を内在している。ここにある消滅主義は、清潔でクリアで明るく、ロジカルで、かつ、歓びに満ちたものである。コンビニの蛍光灯が、神々しさすら纏っているようにぼくには像が浮かぶ。ポストヒューマンの誕生の場面とすら、言ってもいいのかもしれない。

もちろん、批判はいくらでもできる。経営者側に都合がいいのではないか、労働による人間の疎外だ、このような生き方が肯定されれば世の中はどうなる……。しかし、そんなことを「知ったことか」とでも言うかのような、清々しい「消滅」の肯定がここにある。これはおそらく、アイロニーではないのだ。だからこそ、より深刻なのだ。

これを、『文藝』二〇一五年秋号に掲載された前作『消滅世界』と比較すれば、この作品のこの瞬間の肯定感の意義がより際立つ。

『消滅世界』は、セックスという行為が消えかけている近未来の日本における、実験都市の千葉が舞台だ。そこは何がしかの戦争のあとの時代のようである。子孫は人工授精で作る。夫婦は、それぞれ別に「恋人」を作る。性欲は駅前などに設置された、トイレのような「クリーンルーム」で処理するようになる。それが「正しい」ように社会構造や規範が変化した世界を描いている。

「ヒトは科学的な交尾によって繁殖する唯一の動物である。／戦時中、男性が戦地に赴き、子供が極端に減った危機的状況に陥ったのをきっかけに、人工授精の研究が飛躍的に進化した。（……）繁殖に交尾はまったく必要なくなったが、今でも人間は年頃になると、昔の交尾の名残で恋愛状態になる。**アニメーションや漫画、本の中のキャラクターに対して恋愛状態になる場合もあれば、ヒトに対して恋愛状態になる場合もあるが、根本的には同じである**」（一〇頁　強調、引用者）

脳が恋愛の感情を抱くなら、相手は虚構の存在であっても、生身のヒトであっても、どっちでも構わない。生殖は、人工授精や人工子宮などによって可能であるのだから。アニメ、マンガなどの虚構内存在に存在感や親密感を抱く人々が増え、それでも人類が種を継続するとしたら、（技術的に可能だとしたら）合理的に想定される世界だろう。

この作品の世界の中では、実際の「交尾」によって生まれるという数少ない人間の一人である女性主人公は、母からの影響か、身体を用いたセックスに対するこだわりを持っている。子宮の疼きを感じることもあれば、「精液が食べたい」という願望を、相手の男が嫌がっているにもかかわらず口にして、実行してしまう。

『消滅世界』には、まだ身体の生々しさや、性の欲望が存在していた。そして、葛藤も存在していた。交尾をするのが当たり前だと思っている母親への、主人公の嘆きである。

「お母さん、私、怖いの。どこまでも〝正常〟が追いかけてくるの。ちゃんと異常でいたいのに。どこまでも追って来て、私はどの世界でも正常な私になってしまうの」「ねえ、お母さん。お母さんが私をこんなに〝正常〟な人間にしてしまったんじゃない。そのせいで、私はこんな形をした『ヒト』になってしまった。今度はお母さんが、私のために正常になって。この世界で、一緒に、正しく、発狂して」（一〇八頁）

この主人公は、新しく出来たクリーンな「システム」に馴染んでしまうことに葛藤を覚えている。母親のような、身体的な性行為を行うべきだという規範にも縛られている。

しかし、『コンビニ人間』の前述のシーンは、そんな葛藤など、振り切ってしまっている。ムラの代わりにできた、コンビニという新しいシステムと一体化して馴染んでしまってもいいし、子供を作るという規範もいらないし、身体を伴った性行動も生殖も子宮のうずきすらもない。

このような、ピカピカした、ロジカルな手触りにより、（自己の遺伝子の）絶滅が肯定される。「生殖」に関して村田沙耶香が描いたこのビジョンは、一つの究極である。それは救いがない、と同時に、救いがある。その救いは、自由の感覚と関係している。生殖を強制し、責任を押し付けてくるような外部の圧に対して、高らかに屹立する「個」がそこに存在するということの清々しさが、本作のもたらす「解放感」の根拠であろう。

思想や倫理には、どこか暗黙に人類そのものの継続を善としている部分がある。それに対し、文学独自の特徴があるとすれば、そのような前提を持たないということにあるのかもしれない。人間存在の根源にある、無責任や、邪悪さのレベルにまで降りていくことができるのが、文学の魅力である。「消滅主義」など、流行したら、確かに社会や国家の立場からすると、たまったものではない。しかし、消滅に魅力を感じること、生まないことを肯定的に感じること、それを表現すること、それに共感することは、止めることができない。

文学は、そのようなものを表出してしまう。人間の存在の根源にある、何のためでもない地点にまで遡り、結果として、倫理や制度や法それ自体の基盤的部分を問い直させる。文学は、それ自体が積極的に世の役には立たないが、そもそも存在自体が役に立つために生まれてきたわけではないぼくたちの自由や無責任、そして死んだ後のことはどうでもよいという地点にまで連れ戻す。

文学の持つ、直接は「何かのため」ではない存在の有様そのものが、この世に存在意義を持つという不可思議の根拠は、おそらくはこの辺りにある。

震災後文学における「生殖」

この論は、震災後の文学に起きた「変化」を追跡して記述することが目的であった。あわよくば、それが何がしかの現実の日本の状況への「応答」であったり、それを読むことが、ぼくたちが生きている世界や自分自身を理解する助けになるという示唆を得られれば儲け物である。とはいえ、一方で忘れてはいけないのは、単なる反映ではなく、むしろ孤立した特異な部分こそ重要なものであることも確かだ。

その上で、本論の結論をまとめるなら、震災後に広がったのは「生殖文学」である。第二次世界大戦後に「肉体文学」が広がったのと対比されるべきこの「生殖文学」の特徴は、科学的な視線を経由していることと、ドライさが文体や構成のレベルにまで反映されていることである。そのような生殖への態度が変化する理由の一つに、放射性物質とその遺伝子への影響を「意識しなくてはいけなくなった」という状況の存在が推測される(10)。

少子高齢化、原発事故、非正規雇用、戦争の予感、サブカルチャーの発展などの様々な理由により、生殖への欲求が減っていることも描かれていた。総じて、未来に希望がない、子供は生んでも何かに利用されるのではないかという感覚が描かれていた。この感覚自体は、ＳＦなどによって、震災前から描かれていた感覚の延長であることも確認された。

思想や倫理の方面で〈未生の生〉への責任〉が提唱されるのと対立するかのように、「消滅」を選択する傾向が震災後文学で顕著になってきた。『コンビニ人間』は、消滅主義ともいうべきその思想のひとつの典型例を示していた。奇妙なことにそれは、桜坂洋が示した、オタクの覚悟とも似ている。日本において〈未生の生〉という、観念的にしか存在していない存在の「権利」を考えたり、それに対する責任を考えると、自然と、キャラクターなどの虚構の存在の「権利」や「責任」も増大するという文化的環境のジレンマも描かれてきた。〈未生の生〉の実在感を高めるようなイデオロギーは、

(10) 繰り返しになるが、出生前診断、不妊治療の一般化、ｉＰＳ細胞やゲノムデザインなどのバイオテクノロジーの発展などが生活に根ざすリアリティを持ってきたなどの複数の理由も同時に想定されなくてはならない。

同時に、仮想の存在の実在感をも高め、その結果、結婚や出生はしなくてもよいという感性が広がり、実際の人間は生まれなくなっていくかもしれない。その問題への解決が、これらの作品の中で描かれたとは言いがたいが、そこにある潜在的な感情的・論理的・連想的つながりは、作中で確実に捉えられている。しかし、その描き方は、ジレンマの段階に留まっている。

〈虚構内存在〉に対する感性は震災以前からもちろんあった。私見によれば、震災後のキャラクター文化における大きな変化は、キャラクターと「死者」と〈未生の生〉などが、感性・認識の内部において接近していったことにある(11)。そのような状況に対応する倫理や思想を構築する作業はおそらく行われなければならないと感じるのだ。しかし、「倫理」も「思想」も先に述べたとおり、根拠や基礎がない。

デュピュイが『聖なるものの刻印』の結論部分で、突然ヒッチコックの映画『めまい』を語り、フィクションの中の人物について語りだすのも、この無根拠、無基礎の世界においてどのように人類を「カタストロフ」から救う思想や倫理を構築できるのかという問題意識からである。

『めまい』の原案は、ボワロー＝ナルスジャックの小説『死者の間から』である。『めまい』は、ある男が愛したマデリンという女性を転落死で失ったと思い込むが、それは、ある策略でマデリンを演じているジュディだった。その後、ジュディと出会った男は、マデリンの面影を見出し、彼女によってマデリンを再現しようとする。しかし、「マデリン」とは、最初から彼を騙すためにジュディが演じていた人格に過ぎない。主人公が愛した「マデリン」は存在しない人物であり、そもそも死んでも生きてもいない。そのような映画の中の　二重にフィクショナルな存在への「愛」を、デュピュイは唐突に語る。「われわれ、つまり読者や観客であるわれわれがフィクショナルな人物でもありうる」

（三〇五頁）「『死はあらゆる生を運命に変える』という。なるほど一般にはそうかもしれない。けれどもマデリンの場合、死は、過去（そして過ぎ去った愛）を《かつて生じながらもはやなくなってしまったもの》ではなく、《けっして生じなかったことになるもの》にしている」（二〇九頁）「だが、彼女が存在した時間というのはたしかにあるのだ。（……）この奇跡を成し遂げたのは、ムコティの愛である。フィクショナルな人物を愛し、愛することによってその人物に存在を与えることができるのだろうか。フィクションの内部においてそうすることはできる。現実の人生においてそうすることができるのだから」（三一九頁）「十七歳だったわたしはマデリンを狂おしいほどに愛した。それはまさに一目惚れだった」（三一九頁）

デュピュイは、未来に起きる「破局」という「フィクション」を語ることで、実際の破局を防ごうとしている。神（超越、価値の根源）すら人間の集団が自動的に作り出すフィクショナルな存在であり、倫理や思想には根拠がないことも認識している。それでも、人類の破局を防ごうとして彼がロジックを構築するのは、何らかの『価値判断』が彼にはあるということである。実際、彼はこんなことを書いている。「われわれは何としてでも生き延びたいというわけではなく、とくに道徳的自立性のような根本的価値を諦めるという代価を払ってまで生き延びたいわけではないということだ」「かりに人類がその魂を失ってしまうとしたら、救われるということが人類にとって何の役に立つのだろう」（四五頁）。

これを聞いて、「道徳的自立性」や「魂」にそれほどの「根本的価値」を感じる読者はどのぐらい

(11) 伊藤計劃×円城塔『屍者の帝国』、大森望責任編集『NOVA10』などを、ぼくはそのような観点で理解している。

いるだろうか。少なくともぼくにはそれほど説得的ではない。ここには、無根拠であるにも関わらず宗教的な思考（キリスト教）に頼るという、デュピュイ自身が自覚し明示している自己言及的な構造がある。無根拠で無意味だからこそ、人は、その空無に対したときの「眩暈」に恐怖を覚え、不安になり、そして「フィクション＝神、超越」を作り出してしまう。だからこそ、「フィクション」への愛を新たな根拠とすれば、この世界の倫理や道徳を作り変えることができるかもしれないというのが、この唐突とも言える『めまい』ついて語る彼の言わんとしていることではないだろうか。ぼくは、そのように受け取ってみることにしたい。

生命にとって、あるいは、人間の実存にとって重要な、性、性行為、生殖という「根源的」なものが、こんなペラペラで、ツルツルした、意味や物語性のないものとして捉えられてしまっており、操作可能な時代には、生命や身体、自然や遺伝子の自明性に頼るわけにもいかなくなる。「人間」を保証していた神や理性に頼るわけにもいかない。そうすると、必然的に、無底性に向き合った上で、新しい世界観＝「フィクション」を生み出さなければいけない状況に追い詰められているのだ。

それは危機だ。しかし、新しい世界に飛ぶチャンスでもある。

本論で論じてきた作品は、その新しい現実に適応するための感性・認識・概念の更新をしようとする努力の結晶である。

科学は、後戻りが効かない。科学は、環境を変える。放射性物質による汚染のことだけを言っているのではない。インターネットや携帯電話、スマートフォンの普及の前後で何が変わったか。火を手にし、蒸気機関や電力を手にし、文字を手にし、書物を手にし、次々とその環境に応じて、可塑的な脳を持つ人間は変化し、変化に応じて異なる概念や世界認識を生み出した。地球はもはや平らではない。月にウサギは住んでいない。生殖ももはや神秘的なものではない。生殖はリスクである。子供を持つことは幸福度を下げるという研究結果が出る。

結婚すれば幸福であるとか、子供を持てば幸福になるというのは、「神話」であると分かってしまう時代（むしろ、現実的にそれが真ではないからこそ、人類は種を存続させるために、それを美化して流布するフィクションをこれだけ大量に作り流布させ続けてきたのだろう）。その時代に、種が継続すべき根拠は、何か。

生殖や出産は確率を計算した上での意識的な選択の問題となり、その選択をするべき根拠は**何ひとつない**。何ひとつないという空無の眩暈を慰めるために、多くの人は「概念の麻薬」を使う。曰く「使命」であるとか、「責任」であるとか。本来的に意味がない自身の生に意味や意義があるかのような錯覚に酔う。酔わなければやっていけない。理性的に自身の幸福を考えれば、子供を持たない選択が合理的になる。だとすれば、酔い、バカにならなければ、誰もそれをしないではないか。

繰り返すが、人類という種が存続すべき合理的な根拠はない。それは合理性の問題ではないのだ。もはや、人類が世界や宇宙に対してなんらかの使命や意義を神などから与えられているという妄想も持つことができない。悲劇性も運命性も物語性も剝奪され、「理不尽」や「不条理」のような形而上的な重みもない、剝きだしの無意味と無根拠のただなかに投げ出されている。

意味や根拠は「作る」ことができるし、「感じる」ことを誘導もできるようになるだろう。ホルモンや脳内物質を調整したり、脳に直接介入することが出来る技術も発展してきている。自由意志が存在しないのではないかという説が脳科学者・デイヴィッド・イーグルマンなどにより提示されている。ここでぼくたちはある可能性を思いつく。人為的に脳を操作することにより「自由意志」を発生させることもできるようになるのかもしれない。しかし、しないこともできる。どちらを選ぶにしても、それは何を根拠にして決断するのか。

科学的な事実としては、人類は、何のための存在でもない。家族のためでも、国家のためでも、人類のためでも、神のための存在でもない。それはその個人が勝手に思い込んでいるだけで、科学的な事実ではない。自身の無意味から逃れるための、概念上の麻薬を脳内で分泌させる必然性から生まれた思い込みに過ぎない。そんなことはわかっちゃいるけど、やめられない。ぼくらは、主観的な生の意味と、客観的な無意味とに引き裂かれながら震え続けざるをえない。その震えこそが、これらの作品なのだ。

しかし、何のためでもない存在であるという、自身の支えのなさは、同時に解放であるとも言える。種の再生産の義務、遺伝子の命令からも自由になることは、人類の自由の増大であり、解放であると解釈することはできるのかもしれない。なぜぼくたちは遺伝子の命令にただ従わなければいけないのか。そんな必要などなければ、拒否できるようになることが、ぼくたちの「自由」ではないのか。科学は、明らかにぼくらの自由の領域を増やしてきた。遺伝子を操作して、デザイナーズベイビーを理想通りに作れるなら、なんと便利なことだろうか！（バイオテクノロジーの暴走による大事故も起こるだろうが）。

神などのくびきから解放され、近代的な個人が誕生したことをさらに延長し、より「解放」され「自由」になるのが人類の進歩であるとするならば（そしてそれを善と考える立場に立つならば）、ぼくらは脳や遺伝子の束縛から「解放」され、新しい人間となっていくべきであるのかもしれない（しかし、「解放」を善とする考え方もまた、イデオロギーであり、フィクションの一つに過ぎないのかもしれない)。

科学は物質的には自由を増大させる一方で、科学的世界観が支配的になるにしたがって、生の意味のレベルにおいては不自由も増える。自身の生の意味や意義や価値を、自由に創造し、思い込むことが困難になっていく。科学的な認識が生み出す世界像のニヒリスティックな有様と、個人が生きる生の現場があまりにもかけはなれて分裂してしまうのだ。その「分裂」の中で表現が生まれるし、おそらく「妄想」も生まれる。

そのような分裂と格闘した例で言えば、ピカソの絵と相対性理論の関係、量子力学とグレッグ・イーガンや東浩紀の小説の関係、脳科学と伊藤計劃や中村文則の作品の関係(12)などがそうである。本論は特に、「生殖」に関連する認識を中心的に扱ったが、大局的に見れば、科学による生命観・人間観の変化の中にそれはある。「生殖」の現場は、その問題が結晶化しやすいポイントなのだ。

この二つの世界像の分裂は、あらゆる試みにも関わらず、決して調停も調和もされないだろう。それでも、その分裂によってこそ、新しい表現、新しい生や現実の理解の方法が生まれていく。生まれていかざるをえない。

この分裂した世界の中では、冷めながら、同時に、酔うという二重化の生が迫られる(13)。かたや虚無、かたや狂信。科学的な世界像は、あまりに酷薄で、〈リアル〉に接近しているため、直視することはほぼ不可能に近い。特に、生活の現場、生の極限的な現場では、そうである。だから酔う必要

(12)『すばる』二〇一五年八月号に掲載された拙稿「ニューロ・フィクション」論では、脳科学が文学作品に与えた影響を論じているので、参照してほしい。

があるが、酔いすぎた結果起こった歴史的な惨劇をぼくたちはあまりに知りすぎている。倫理的であろうとするならば、酔いながら冷めていなければいけないという、困難な生をなんとかして生きる必要が出てくる（「倫理的」であらねばならない根拠などないのにも関わらず、倫理的であるべきだとぼくは主張しているという循環と、無根拠の深淵の裂け目が、ここにもまた生じている。どのようにして、これを飛び越えているのだろう！）。

この、引き裂かれ、決して調和することはできない世界像との格闘が、現代文学の、おそらくは重要な賭けになる。その不調和の中からこそ、叫びとしての新しい表現が、生み出されてくるだろう。そして、表現は、感性・認識を変えることを通じて、やがて世界や〈生〉そのものを変える。

そうじゃないかもしれない。本当は無力なのかもしれない。しかし、その微かな表現が、世界全体を変える革命になるかもしれないと、信じることが重要なのだ。フランス革命の前に、人権や、平等は夢物語だったが、今では当たり前になったではないか。信あればこそ、現在では荒唐無稽な虚構に見えることが、真になる可能性があるのではないか。

というか、するんだよ。

(13) 近代文学の起源を『ドン・キホーテ』に置くとすると、近代化され、「騎士道物語」的な濃厚な意味や使命に満ちた世界像がなくなってしまった時代において、風車を巨人に見間違えるなどの「妄想」によって生き生きとした生を生きたドン・キホーテの滑稽と悲哀に、寄り添いながら突き放すという両ベクトルが存在していたという契機は見逃すべきではない。慰撫的、願望充足的な物語を必要とする人々に対する批評でありメタフィクションであり、嘲笑うと同時に共感している。その意味では、ぼくたちは未だに「近代文学」の始祖の態度が有効な範囲に生きている近代人でしかないのかもしれない。ドン・キホーテを現代日本にアップデートしようとした樺山三英『ドン・キホーテの消息』は、そのような文脈で読まれるべきであろう。

高橋源一郎論――銀河系文学の彼方に

杉田俊介

チホン「この書きものに、多少の訂正を加えるわけにはいきませんか？」（ドストエフスキー「スタヴローギンの告白」『悪霊』）

0　震災後文学とポストモダン

かつての第二次世界大戦の敗戦が後に「戦後文学」を生んだように、二〇一一年三月一一日の東日本大震災は、新次元の「震災後文学」を生み出すはずだ、そしてそれは従来の日本文学の域を越え、国境を越えて、やがて世界文学になるだろう、世界の人々がそれを待っている――と、木村朗子は震災から二年八カ月が過ぎた頃に刊行された『震災後文学論』（二〇一三年一一月）の中でやや熱っぽく語っている。

しかし、どうだろう。すでに数多くの震災後文学が書かれてきたにもかかわらず、今のところ、それらの作品の中から、決定的な名作や世界文学が誕生する、という気配はないのではないか。残念ながら。多くの読者は、実際に書かれた震災文学たちを手にとって読んでみれば、そのような失意や物足りなさを感じるはずだ。正直にいえば、僕もまた、最初のうちは、そう感じていた。

しかし、震災後文学を手当たり次第に読み進むに連れて、だんだんと、最初の頃とは異なる手応えを感じるようになった。じつは、重要な震災後文学たちはある。確かにそれらは、わかりやすく見えやすい形で震災や原発の問題を扱っているとは必ずしも限らない。ただしそれらは、明らかな形、露骨な形では、決してそれを語るまいとしている。そうではなく、文体の微妙な変化や言い淀み、失語、或いは作風の質的な更新の中に、震災の影響が見えにくい形で刻まれている。それらの微細な、それゆえに決定的な変化にこそ、震災後文学の決定打がある。そう思った。だから、見えにくいそれらの微細な変化の相にこそ、目を凝らし、食らいついていかねばならない。

思えばそもそも、「震災後文学」と言うが、東日本大震災の「後」の時間とは、そのまま同時に、来るべき危機や戦争の「前」(戦前)の時間帯なのではないだろうか。僕らが今生きている流動的な「現在」とは、複数的な震災や災厄たちが絡み合い、縺れ合い、いくつもの「後」と「前」が重層的に入り乱れていく、混乱した時空のことなのではないか。

実際に、多くの文学者たちは、震災体験をSF的なディストピア文学のイメージ(田中慎弥『宰相A』、島田雅彦『虚人の星』、吉村萬壱『ボラード病』、星野智幸『呪文』、池澤夏樹『双頭の船』等)や、第二次世界大戦の戦後文学的なイメージ(辺見庸『青い花』、高橋弘希『指の骨』、塚本晋也の映画『野火』等)に重ね合わせている。それはまるで、すでに手元にある「戦後」の文学的なデータベースを引っ張り出して、緩衝材にしなければ、震災後の現実の過酷さに向き合えない、とでもいうかのようだった。しかし、来るべき「戦争」がどんな形をしているのかは、もちろん、はっきりとはわからない。複数的な災厄や戦争、「前」と「後」が折り重なっていく先に訪れる世界とは、どんなものなのか。それを見つめるためには、日々、想像力を研ぎ澄まさねばならない。

すると、そうした混沌とした状況に向き合って、対峙するための文学の言葉とは何か。震災後と戦争前の新しい文学とは――。

精神科医の斎藤環は、一九九五年の阪神淡路大震災の後の「震災後文学」を、「空間の混乱+PTSD」モデルで分析したことがある（『文学の断層――セカイ・震災・キャラクター』二〇〇八年）。

これに対し、斎藤は、二〇一一年の東日本大震災については、九五年のそれと対比するかのように、「時間の混乱+複数的病理」のモデルによる分析を試みている。次のように。「とりわけ決定的に変わったのは「時間の意識」だ。（略）そう、いまやこの列島は、複数の自制へと引き裂かれてしまったのだ。（略）錯綜する情報や半減期というフレームの中で宙吊りにされた「原発」の時間、避難所の時間、無人化した村の時間、液状化の時間……」（『原発依存の精神構造――日本人はなぜ原子力が「好き」なのか』二〇一二年）。そして震災後の人々の時間感覚（時制）は、メランコリー（全ては終ってしまった、という悔恨の時間）、てんかん（「今ここ」を全面的に生きる祝祭的な時間）、分裂病（いずれ来る破局を不安と戦慄のうちに先取りする時間）などが重なり合っていく、複数的な病理の時間となる、と。

実際に、文学やサブカルチャーにおいて、一九九五年の阪神淡路大震災のあとにPTSD=多重人格のメタファーが増加したとすれば、二〇一一年の東日本大震災のあとには、記憶混濁や認知症的なメタファーが増えているように思える（古川日出男『馬たちよ、それでも光は無垢で』、いとうせいこう『想像ラジオ』、多和田葉子『献灯使』、滝口悠生『ジミ・ヘンドリクス・エクスペリエンス』『死んでいない者』、中村文則『私の消滅』等）。のみならず、震災後の小説作品においては、一人称の「私」と三人称の「私たち」の間に、不思議な行き来や混同がしばしば見られた。それは震災の前から指摘されていた「移人称小説」（渡部直己『小説技術論』）という形式――一人称と三人称が物語の中で不意に、偶然的にスイッチするような一連の小説たちのこと――の中に、震災の衝撃を通して、新しい思想的な意味（動機）が盛り込まれた、ということを意味するのかもしれない。後述するように、それは、ちっぽけで卑小な「私」と太陽系や銀河系レベルの「私たち」を同時に生きるような、非人間的な眼差しを生み出していくのだ。

しかし、さらに重要なのは、それらの明晰や分析や論理なんてものは、あっさりと明日には通じなくなり、無意味になっていくのかもしれない、という感覚が蔓延し、どこか殺伐とした空気を醸成してきたことではないか。

日本人の伝統的な想像力においては、天災／人災／戦争の間にはっきりとした線を引くことができない、と言われる。何もかもが人知を超えた自然災害として受け止められてしまうからだ。現実的に、震災後の僕らの社会では、原発公害事故や復興政策の失敗も、あるいはショック・ドクトリン（災害や危機からの復興を名目として、さらなる権力拡大や利益追求を目指すこと）的な対応すらも――それらはいずれ日本国憲法の「緊急事態条項」へと帰結していくだろうと予想される――、地震や津波、火山などとシームレスなものとして体感されてきたのではなかったか。無力な庶民たちは、様々な苦難に黙って耐えて、淡々と働き、暮らすしかない、と。そうした無力感&権威主義&ニヒリズムの坩堝に全てが溶けあい、なし崩しにされてきた。

それだけではなかった。

震災後のこの国に露出したのは、おそらく、上記のような「日本的自然」には包摂しえない、ある種の不気味でノンヒューマンな〈自然〉の姿ではなかったか。

吉川浩満『理不尽な進化　遺伝子と運のあいだ』、カンタン・メイヤスー『有限性の後で』、加藤典洋『人類が永遠に続くのではないとしたら』などの本が、震災後の日本で売れたり、話題になったりしたことは、少し分かる気がする。たとえば吉川は書く。「この〔理不尽な絶滅という〕シナリオを理解する際のポイントは三つある。ひとつめは、生存のためのルールが変更されてしまうこと。（略）二つめは、そのようにしてもたらされた新しいルールの内容は、それまで効力をもってきたルールと関係がないということ。（略）そして最後に、そのようにして設定された新しいルールは、それでもルールとして厳格に運用されるということ」。メイヤスーは書く。「いかなるものであれ、しかじかに存在し、しかじかに存在し続け、別様にならない理由はない。世界の事物についても、世界の諸法則についてもそうである。まったく実在的に、すべては崩壊しうる。木々も星々も、星々も諸法則も、自然法則も論理法則も、である」。

この世界のベーシックな前提やルールすら、無意味に偶然的に、昨日までとは別様に書き変わるかもしれない。「この現実」はたまたま存在しているが、もしかしたら人類は存在しなかったかもしれないし、明日突然全てが消滅するかもしれない。しかもそれは、神の必然的な意志のためではない。あるいは、純粋なアクシデントや自然災害のためでもない。天災や人災や政治や資本の流れがごちゃごちゃに雑ざり合って、パッチワーク化し、何が何だかわけがわからない。全ては偶然の結果だ、仕方ない、と諦められたら、どんなに楽だろうか。あるいは、どこかにはっきりとした「悪」や「敵」がいてくれたら（陰謀論への期待）。

3・11後の日々とは、そんな独特な混乱と無力さをじわじわと味わわされる日々だった。少なくとも、僕にとってはそうだった。地震・津波の根源的偶然性／原発事故（今回はたまたまあの程度で済んだが、国土が滅びていたかもしれない）／現代的な全体主義や独裁の問題（民主主義・立憲主義・手続き的正義の崩壊）／グローバルな自由市場経済の底抜け感（国際的な階級社会の進行、金融工学の非人間性や「金融メルトダウン」など）……等々が混在し、どれがそもそも根源にあるのか、よくわからなかった。

そんな中で、3・11は、この国の言葉のあり方を変えた。言葉の価値がこれほど軽くなり、無意味になったことがあったろうか。嘘に次ぐ嘘。歴史修正に次ぐ歴史修正。その常態化。これは価値判断やイデオロギーの対立という次元の話ではない。価値判断の前提となるファクトそのものがまだら模様になった。科学的なデータやエビデンスも「客観的」「中立的」ではありえない。そのことが露骨なまでに明らかになってしまった（山田昭宏『核と日本人』、本間龍『原発プロパガンダ』等）。

震災後の殺伐とした空気の中では、真実も虚偽も、保守も革新も、民主主義もファシズムも、ヘイトもカウンターも、科学も擬似科学も、全てがパッチワークになり、まだら模様になっている。そこでは、どんな立場の人間の言葉たちも、虚言癖と記憶障害と歴史修正の産物に思えてしまう。ありえないことが当たり前になり、非日常が常態化している。

こうした震災後の世界のことを、ここでは、「徹底化されたポストモダン」と呼び、「ノンヒューマンな世界」と呼んでおく。

震災後のリアリティと言うと、僕はフランク・ダラボン監督の映画『ミスト』のことを――これは震災前の作品であるにもかかわらず――思いだす。

何か致命的な出来事が起った。わけもわからず、右往左往し、情報収集し、政府も科学も信じられず、仲間同士でいがみ合ったり、オカルトが流行ったりした。その上で、自分なりに力を尽くし、最後のぎりぎりの決断を下した。ところが――その決断の直後に、「実は大したことなかったんですよ」と告げられる。しかし、現実は元通りになったと言われても、大切な物たちは無意味に失われ、後戻りできず、根源的な価値観や信念が内部崩落してしまった。どこか、昨日まではあった足元の「底」がごっそりと抜け落ちたような感じ。世界は無意味に偶然に変わるかもしれなかったのだが、今回は偶々、無意味に偶然に、致命的な形では変わらなかった。それだけのことだ。しかし、明日はどうなるんだろう。

個人的な記憶をいえば、震災後の僕は、ひたすら疲れていた。障害者ヘルパーと物書きの仕事をしながら、幼い子どもを育てていた。ばら撒かれた放射性物質のリスクはどれくらいなのか。どうすれば子どもをリスクから守れるのか。そもそも、何から守ればいいのか。色々調べたが、よくわからなかった。食器を洗う水は。洗濯機や風呂の水は。洗濯物をベランダで日干しにしていいのか。保育園のご飯や牛乳は安全か。豆乳を持たせるべきなのか。アパートの前の畑から吹き付ける砂埃は大丈夫か。近くにあるゴミ焼却施設の煙は。近所の銭湯で燃やす木材は。無数の情報の洪水によって、溺れかけていた。ふだんの暮らしの疲れを、何倍にも濃縮したような疲れ。あの時の「決断したいが、何がファクトなのかわからない。底が抜けてしまった」という怖さは、震災から五年が過ぎても、トラウマのようになって今も身体の芯で燻り続けている。世界とは、元々、こういうものではないのか、と。

そうしたノンヒューマン＝ポストモダンな環境のもとで、言葉の自由について考えるということ。言葉があまりにも無意味に無意義に感じられる中で、リハビリし、失語から回復し、流動していく現実の状況に向き合うための言葉を探し求めるということ……。すでに僕らは、たぶんファクト自体が、文学と政治と科学と空想がシームレスになって混ざりあっていくような場所から、何かを書くしかない。

そんな状況の中でなお、文学や小説の言葉に、固有の価値がありうるのだろうか。自分の内的な問題（失語）に向き合うことが、現実や社会に対してより強く深く向き合うことになっていく、そんな純文学の言葉とは何か。

そうした文学としての純粋な言葉がほしかった。震災後の現実状況について考えながら（流動し続ける泥沼のような現実に翻弄され、何かを考えさせられながら）、この国の震災後文学を色々と読んだ。出来る限り読んでみた。確かにそれは、瓦礫の上に瓦礫を、石ころの上に砂粒をひたすら積み上げるような作業だった。僕自身の言葉もぐずぐずに壊れ、断片化し、瓦礫になっていくかのようだった。しかし、それらの瓦礫の堆積の奥にも、幾つかの星のような小さな輝きが見出された。それらは確かにあった。のみならずそれらがひそやかに共振して、この地上に新しい星座を描き出しているかに思えた（最後に述べるが、上田岳弘『太陽・惑星』、多和田葉子『献灯使』、星野智幸『夜は終わらない』、中村文則『教団X』、滝口悠生『死んでいない者』、大澤信亮『新世紀神曲』、高橋源一郎『銀河鉄道の彼方に』等が織りなしていく未知の星座を、僕は震災後文学としての「銀河系文学」と名づけることにしたい）。

その中でも、僕自身の生と不思議に重なっていくかに思えたのは、高橋源一郎の言葉だった。だから僕は、彼について書く。もはや、状況を俯瞰して何かを冷静に書く余裕はない。一人の小説家の生と言葉の臨界領域に、どこまでも食い下がっていくほかなかった。たまたま僕は、高橋という人を選んだ。他の人には、他の最重要の作家がいて、他の必然的な書き方があるだろう。ただ、一つだけ言えるのは、対象の臨界点に肉迫することで、自らの精神や言葉に何事かの質的な変化が生じないのであれば、それは震災後批評の名には値しない、ということだけだ。

高橋源一郎にとって、震災後文学とは何であるか／何でないか／何であってはならなかったか。そのことをぎりぎりまで批評することで、この国の震災後文学が持ちえた炬火のような可能性（の一つ）を、かすかに燃えあがらせてみることにしよう。

1　震災後の高橋源一郎は、なぜ洪水のように言葉を書きまくったのか

高橋源一郎は震災後に書いた。「壊滅した町並みだけではなく、人びとを繋ぐ「ことば」もまた復興されなければならないのである」（「朝日新聞」二〇一一年四月二八日）。「そして、二〇一一年三月十一日がやって来た。ぼくの内側でも外側でも「ことば」や「文章」の様相が変わったように思えた」「「ことばを失う」のは、あることにぴったりすることばがわからなくなる、ということだ。なにかをしゃべろうと思う。あるいは、なにかについて書こうと思う。でも、うまく、しゃべれない。うまく、書けない」（『非常時のことば　震災のあとで』）。「最近、ぼくはおかしい。まあ、以前から、おかしかったのかもしれないけれど。なにをどう読んでいいのか、まるでわからない」（『あの戦争』から「この戦争」へ——ニッポンの小説3』）。

こうした失語の痛みが、高橋の震災後の発言の出発点にはあった。しかし高橋は、他方で、震災後に膨大な文章を書きまくっている。素朴に考えれば、これは矛盾に思える。「うまく、しゃべれない」はずなのに、なぜそんなに人量に書いているのか。連載途中の小説や未単行本化のままだった小

説たちも、次々と本になった（『恋する原発』『さよならクリストファー・ロビン』『銀河鉄道の彼方へ』『動物記』）。新聞での時評や、Twitterでのリアルタイムの発言も本にした。人生初となるルポルタージュも書いた。出来栄えはかなり玉石混淆だが、とにかく、書きに書きまくったのだ。

最初、僕はそれらに違和感があった。そもそも高橋は、デビュー当時からずっと、「失語→リハビリ」というパターンを繰り返してきたからだ。連合赤軍事件、湾岸戦争、阪神淡路大震災、東日本大震災……。高橋は、新しい社会的な現実を前にすると、すぐに言葉を失ってしまう。そしてすぐにリハビリし、新しいネタにしてしまう。それは真に新しい何事かをこの世界に産み出すという、文学的な創造行為なのか。そうではなく、病の症候としての反復強迫に過ぎないのではないか。そう思った。それこそが、最悪の形での文学趣味（目ざとく社会や政治の問題を論じつつ、それらをナイーヴな自意識の問題へと回収すること）ではないか、と。

しかしその後、苦痛と退屈を感じながらも、彼の言葉をしつこく読んでいくうちに、僕の中の感じ方が少しずつ変わってきた。僕はこの人を全然分かっていなかったのかもしれない。そんな不気味さを感じるようになった。そして自分を恥ずかしく感じた。

これはきっと、ただの「芸風」としての「失語→リハビリ」とは何かが違うのだ。たんなる無節操な饒舌や、粗製乱造でもない。小説家としての高橋源一郎の内部には、今もまだ、生々しく血が滴る決定的な〈失語〉があるのだ、と感じた。決して忘却を許されず、無視もできないような〈失語〉があるのだと。そして震災（と、我が子を襲った突然の病）という外なる力に促されて、高橋は原点としての〈失語〉へと再び向き合って、必死にもがき、言葉の格闘を続けてきたのではないか。

そんなふうに思えるようになった。

＊

『恋する原発』（「群像」二〇一一年一一月号掲載、単行本二〇一一年一一月）は、高橋が震災後に書いたものの中では、いちばん話題になったものだろう。この国の東日本大震災後文学の代表作として——川上弘美『神様2011』、いとうせいこう『想像ラジオ』等とともに——しばしば名前があがる小説作品でもある。

高橋はかつて、二〇〇一年九月一一日のニューヨーク同時多発テロについての小説を書いていたのだが、それは未完成のままになり、放置されていた。それが東日本大震災に背中を押されるようにして、もとの原稿を書き換えて、『恋する原発』という作品として結実することになった。『恋する原発』は、本来であれば二〇一一年九月発売の「群像」一〇月号に掲載されるはずだった。その予定で作業を進め、編集部にゲラも戻していた。ところがその時点で、講談社の「上」の判断でいったん掲載が見合わされた。その後、高橋と講談社側、「群像」編集部との間で協議があり、ひと月遅れで、一一月発売の「群像」二〇一一年一一月号に全文掲載された。その後も、早稲田大学で予定されていた講演会の「『恋する原発』を書き終えて　3・11以後の言葉」というタイトルがNGになるなど、スキャンダラスな話題が付きまとってもきた。

その理由は、作品を読めばわかる。『恋する原発』は、簡単に言えば、震災のチャリティAVを作るという物語である。高橋はもともと、アダルトビデオに芸術表現の奇形的な前衛を見出し、そこに日本という国のある種の象徴がある、と考えていた。全国から大勢の人間が集まって、事故後の福島第一原発の前で「ウィー・アー・ザ・ワールド」を合唱しながら、震災のチャリティAVの撮影をする、ということ。確かにそれは、あまりにも馬鹿馬鹿しい光景であり、グロテスクであり、ひどすぎるように思える。

少し引用してみよう。

《インタビューなんかしている場合ではない。続々と詰めかける、「フクシマ第一原発前集団セックス」参加者によって、広場は徐々に埋め尽くされてゆく。

エダノ官房長官がいる……。ホソノ原発担当大臣がいる……。ヤマモトモナはいないけど……。オザワイチロウがいてハトヤマユキオがいてマエハラセイジがいる。もちろんタニガキサダカズがいてイシハラノブテルがいてコウノタロウがいる。エリザベス女王がいてアサハラショウコウがいてホーキング博士がいる。クロサワアキラとディズニーとパゾリーニが抱擁している。フセイン大統領とブッシュ元大統領（父と息子）が抱擁している……。だんだん書くのが面倒くさくなってきた。あなたが知っている有名人はみんないるはずだ。だって有名人を1万組・2万人集めてくれって、ジョージに頼んだから……。》

高橋の『恋する原発』は、確かに、自粛ムードや原発に対する言論規制が静かに蔓延する中で、堅苦しくこわばった空気を吹き飛ばし、それを笑い飛ばすことによって、人間の「言葉」の朗らかな自由をあらためて読者に示すものだった。つまりそれは、この国の震災後の硬直した現実を批判し、挑発し、笑いのめすものだった。

実際に高橋は、一貫して、堅苦しい真面目さ（正義）を嫌ってきた。生真面目な強張りをほぐし、柔らかく緩めてくれる「チャーミング」を好んできた。彼の言葉を読んでいると、この僕は人生の中で、一度でも、彼のように言葉の自由さを信じたことがあるだろうか、切実かつチャーミングに言葉を使ってみたことがあったろうか、そんなことを時々思わずにはいられない（こういう言い方自体が、生真面目で優等生的すぎるのかもしれないけれど）。

しかし他方で、『恋する原発』が切りひらいた笑いの次元は、高橋自身が書くように、自分たちの現実の惨めさをシニカルに慰撫するための笑いにすぎず、「負け戦」としての苦笑いに過ぎなかった。そのことも明らかだった。じじつ『恋する原発』は、ほとんど、次のひと言を現実へと叩きつけるために書かれたように思える。「どんなに馬鹿馬鹿しい作品を作っても現実の馬鹿馬鹿しさには到底かなわない。こういうの負け戦っていうんじゃないか？」。

『恋する原発』は、あるいは「日本のカンディード」と呼ぶべき作品なのかもしれない。ヴォルテールの『カンディード』は、リスボンの大地震に対する震災後文学の一つだったからだ。

小説『カンディード』の世界においては、人類の無意味な虐殺や災害や愚行の嵐がひたすら打ち続いていく。そうした愚劣な現実に対し、カンディードたちは、別に愛してもいない妻や友人たちと無意味な哲学的お喋りに興じたり、現実を忘れるために畑仕事に打ち込んだりして、ひたすら無力さに耐えるばかりである。「理屈抜きで働きましょう」「人生を耐えうるものにする道はこれしかありません」「何はともあれ畑を耕しましょう」。震災後に『カンディード』を読み返してみれば、何かぞっとするものがそこにはないだろうか。もしかしたら、人類は理性や科学をどんなに積み上げても『カンディード』の時点から一歩も変わっていないのであり、この国の震災後文学たちもまた、カンディード的なおしゃべりにすぎないのかもしれない……。

どうなのだろうか。

ところで、先ほども述べたように、震災後の高橋は、様々なタイプのテクストをあたかも洪水のように書きまくってきたのだった。『恋する原発』ただ一冊のみで、震災後の高橋の言葉の水位をおしはかったり、測定したりすることはできない。

僕の考えでは、震災後小説としては『さよならクリストファー・ロビン』もまた、『恋する原発』と同じくらいに重要なものだ。というか、これら二つの作品はおそらく、生き別れた双子のきょうだいのような小説作品なのである。

読んでみよう。

『さよならクリストファー・ロビン』は、震災前の「新潮」二〇一〇年一月号から連載がはじまっている。「さよならクリストファー・ロビン」「峠の我が家」「星降る夜に」の三つの短篇が掲載された後に、あの地震と原発公害事故が起こった。しかしその後も連載は途絶したり中断されたりすることはなく、同誌の二〇一一年六月号に「お伽草紙」が、八月号に「アトム」が書き継がれ、一二月号に最後の短篇「ダウンタウンへ繰り出そう」が載る。そして二〇一二年四月に単行本として刊行された。掲載の時期と内容から考えて、おそらく、「お伽草紙」以降の短篇は、三月一一日以降に書かれたものだろう。

ひとまず重要なのは、震災直後に発表された「お伽草紙」「アトム」という二つの短編は、高橋の商業上のデビュー作『さようなら、ギャングたち』（一九八二年）と、その二九年後に『さようなら、ギャングたち』の「続編」として書かれた『「悪」と戦う』（二〇一〇年）というシリーズの、さらに延長上にある作品である、ということだ。タイトルからしても『さよならクリストファー・ロビン』は『さようなら、ギャングたち』の三〇年後の変奏であるのは明らかだ。

では、それらのシリーズにおいて、高橋は何を執拗に反復し、変奏し続けてきたのか。遡ってみよう。

＊

商業的なデビュー作としての『さようなら、ギャングたち』で描かれていたのは、人生の何重ものどん詰まりの光景だった。人生を賭した学生運動の終焉。恋人や子どもや猫との別れ。決死の自殺という行動すら、消費社会の中ではネタになってしまう、という悲哀。言葉のリハビリとは、そうした全く笑えない深刻で悲惨な状況を、「文学」の力によって、無理矢理にでも笑うことだった。そこに、「文学」の根源的な「自由」があった。

『さようなら、ギャングたち』は三部構成の小説である。その中でもいちばん胸が詰まるのは、第一部の、まだ幼い娘（キャラウェイ／『緑の小指』ちゃん）が唐突に死んでしまうシーンだろう。

高橋はデビューのずっとあと、二〇一〇年に『「悪」と戦う』を刊行した時、単行本の帯に「29年前、デビュー作『さようなら、ギャングたち』でやり残していたことが一つだけありました。ラストは、もっと別の形のものになるはずでした。でも、その頃のぼくには書けませんでした」と書いていた。だがその「やり残していたこと」が何なのか、高橋は具体的には語っていない。時間が足りず、第三部が満足のいくものにならなかったとしても、それをどのように書き直すつもりだったのか。わからない。しかし、これら二つの作品を貫くのは、愛する子どもの死と復活というモチーフである。おそらく高橋はデビュー作ではそのあるべき「別の形」を直接には書けず、「やり残していた」。

キャラウェイという幼い娘の唐突な死が、ほんとうの我が子の死産や死別を意味するのか、それともパートナーとの離婚による娘との別れをメタフォリカルに示すものなのか、その辺りの伝記的な事実は、僕にはよく分からない。ただ、〈死〉に匹敵するような痛切な別れがそこにはあった。それは確かなことに思える。

そこには彼が沈黙しきることも、回復しきることもできなかった傷口があった。確かに高橋は、あっさりと社会的な事件や出来事に失語したかと思えば、すぐにリハビリし、再びあっさりと回復してしまう。普通に考えれば、それは無節操に思える。しかし、よくよく耳をすますならば、そこにはおそらく、二種類の失語があったのではないか。たとえ高橋自身がそれら二つをはっきりと区別も識別もできていないとしても。

『さようなら、ギャングたち』のキャラウェイの死は、小説内でどのように描かれていたか。

詩人の「わたし」とパートナーの「女」の間に、一人の女の子が産まれる。「わたし」はその子に「キャラウェイ」と名づけ、「女」はその子を「緑の小指」ちゃんと呼ぶ。「わたし」はキャラウェイと楽しく幸福な日々を過ごすが、ある日、役所から、黒い枠で囲まれた一枚のハガキが届く。「謹んで御令嬢の逝去をお悔み申し上げます」。役所は市民が死ぬ日を正確に知っていて、その期日をハガキで通知してくるのだ。二〇歳未満の者の場合、その保護者にハガキが送られる。役所のハガキは朝に送られてきて、キャラウェイはその夜、死ぬことになっていた。「女」はショックの余り、「わたしに『緑の小指』ちゃんを見せないで」と言って、部屋に閉じこもってしまう。

以下、キャラウェイが死にゆく過程を引用する。

《その夜、キャラウェイは静かに死んでいった。

キャラウェイはわたしの腕を枕にして、すぐにすやすやとねむりはじめ、少しずつ、少しずつ呼吸が弱くなっていった。

そして呼吸が止んだ。

いつキャラウェイが死んだのか、一緒にねているわたしにもよくわからなかった。

わたしはそのままじっとしていた。

「キャラウェイ、おいたなんかしない」

不意にキャラウェイが言った。

わたしはじっとしていた。

キャラウェイは朝までもう何も言わなかった。》

《「ダディ」とキャラウェイが背中で言った。

「何？　キャラウェイ。のどがかわいたの？」

「ううん、ちがうのダディ。キャラウェイ、じぶんであるいてく」

「いいから、ダディはキャラウェイをおんぶしていきたいんだ」

子供の死躰があまり重いので、途中で、歩かせる親もいるのだ。

それぐらいなら、何故最初から「ワゴン」に頼まないのかわたしにはわからない。》

《わたしはキャラウェイの入った棚の前にじっと立っていた。

立っていた。

「ダディ？　そこにいるの？」

棚の中からキャラウェイが言った。

「いるよ、キャラウェイ」

「帰ってもいいよ、ダディ」

わたしは立っていた。》

《ずっと時間がたって、閉館を知らせる鐘の音が、鳴りひびいた。

「ダディ」

その声はキャラウェイの声には似ていなかった。おばあさんみたいな声で。

わたしにではなく、ひとりごとを言っているように。

「わたしのこゆび、みどりいろになっちゃった」》

その後、「女」は精神を乱し、「わたし」が体に触れるのを嫌がるようになる。そして毎晩、夜明けまで、部屋の隅々を『緑の小指』ちゃんを探して徘徊する。そしてある日の夜明け前、娘を探して部屋の外へ出て、「女」はそのまま二度と帰ってこない。

どうだろう。

こうして引用して書き写すのもつらいような——一行ごとに、あるいは一行と一行の間にかすかに感じられる空白や躊躇い、息遣いに、書き写しながら何度も胸が詰まって、絶句してしまうようなシーンである、と僕は思う。

しかし、他者が人生の全てを込めて書いた小説を読み、それをあえて批評するとは、そうした感動のさ中に、むしろ深く強く感動してしまうからこそ、それを残酷に突き放す勇気のことではないか。深い共感と冷静な無感動、その乱高下のありかたに批評が刻まれうる。ならば僕らが見つめねばならないのは、『さようなら、ギャングたち』を書いた当時の高橋が、まだ幼い娘の喪失を決してありのままには受け止められなかったこと、それを何度も死んで甦るゾンビとしてしか（つまり、滑稽さによって悲哀を間接的に表現するという形でしか）描けなかったこと、その問題にもう一度『「悪」と戦う』において正面から向き直すためには、数十年にも及ぶ精神修行と言葉の研磨の日々が必要であり、いや、未だにそれはじつは不可能な試みであり続けている、という事実ではないだろうか。

あるレクチャーの中で、高橋はこう述べた。「わたしの理解する範囲では、DNAからRNAへの複製は最初の一回だけで、あとは、RNAからRNAへの、つまりコピーからコピーへの複製が続くのです。／しかし、RNAの複製は無限に続くわけではありません。コピー・エラーが次々に発生し、やがて、複製不能な時期が来ます。それが、生物学的な死の意味です」（『ニッポンの小説――百年の孤独』）。

これは明治時代、外国語としてのロシア語＝DNAを翻訳し複製して新たに「日本語」を作り出した二葉亭四迷について言われたところである。しかしそれはあたかも、高橋自身の言葉の性質を、そのゾンビ的な「コピー・エラー」のありようを、残酷に自己批評するものであるようにも読める。「DNAからRNAへの複製は最初の一回だけで、あとは、RNAからRNAへの、つまりコピーからコピーへの複製が続くのです」。高橋は『さようなら、ギャングたち』で、もしかしたら、「最初の一回」のリハビリを間違ってしまったのかもしれない、間違って快活に回復してしまった、本当の〈さようなら〉を言葉に出来なかった（それゆえに本来の三章を書ききれなかった）、だから、その後の数十年の間にも「失語→リハビリ」というパターンを、コピーのコピーとして強迫反復してしまったのではないか、と。

もちろん、これはあまりにも単純化した言い方でしかない。

では、ポストモダン作家としての高橋の人生とは、どんなものだったか。彼の小説家としての出発点には、何があったのか。

遡行して、たどり直してみよう。

2　高橋源一郎の原点へ遡行する——AとB

一九八〇年代に登場した日本のポストモダン文学（ポップ文学）の作家たち（村上龍、村上春樹、糸井重里、高橋源一郎、島田雅彦など）の特徴は、ユニークな言葉の使い方にあった。彼らは、深刻で重たいはずの内容（恋人の死や、学生運動の失敗）を、軽みのある文体で語った。そのようにして、文学史的にも新しい言葉の地平を切り開いてきた。

高橋は、文学の言葉のタイプを「軽軽」「重重」「重軽」「軽重」の四つに分けている（「カルヴィーノの遺言」『文学がこんなにわかっていいかしら』）。それで言えば、高橋自身の文学は「軽重」であり、あえて軽い文体を用いることによって、重い現実や重たいテーマ（しかも軽い文体によってしか描けないような）を描くというものだろう。それは好きに選びうるジャンルや対象ではない。高橋が宿命的に強いられた人生そのものだった。「何故なら、「ポスト・モダン」現象は、対岸の火事のように、あるいはプレパラートの上の細菌のように、遠くから観察されるべきものではなく、それを論じるものに、論じ方の変更を要求するからだ」（傍点原文、「ポスト・モダンの傾向と対策」『ジェイムス・ジョイスを読んだ猫』）

それでは、高橋をポストモダン文学という書き方＝生き方へと駆り立てたものは、何だったのか。

＊

ポストモダン作家としての高橋の出発点には、そもそも、「言葉を語る自分」への深い疑惑があった。さらに、資本主義的な消費社会の中で、記号的な生に生きねばならないことの、言葉にしがたい哀しみもあった。しかし、ここで重要なのは、それらの言葉と消費をめぐる疑いが、そのまま同時に、「男としての自分」（性愛、生殖）への過剰な嫌悪＝ミサンドリーとも深く絡みあっていたということだ。

どういうことか。

考えてみれば、高橋には一貫して性的な過剰さがあり、どこか、「男」や「父親」として根本的にぶっ壊れている、という感じがする。アダルトビデオへの過剰な没入。競馬というギャンブルへののめり込み方。繰り返される不倫。四度の離婚。五度の結婚。子どもは四人いる。にもかかわらず、子育てに関しては奇妙に「よきパパ」を演じ続けてきたこと……。はっきりいえば、この人はダメ男のあらゆる条件を満たしている、と言ってもいい。

高橋源一郎は一九五一年の元旦、広島県尾道市の母の実家で生まれた。祖父は鉄工所を経営し、父は祖父の鉄工所の工場長だった。

その祖父は、高橋が二歳になる前に死んだ。大家族の上に、祖母が家長として君臨した。祖母が高橋の直接的な教育者になった。父親には体に障害があったため、高橋は父の代りに、いつか家督を継ぐ者として教育されたという。母の存在も遠かった。母は父親と共に傾いた工場の立て直しに奔走していた。嫁いだ次の日に離縁されて家に戻ってきた叔母が、母の代りに高橋を可愛がってくれた。そのようにして、いつも祖母や大伯母や伯母や従姉妹や女中たちに囲まれて成長した。「父親の実家にはいつもたくさんの女たちがいた。男たちもいたはずなのだがその記憶はほとんどない」「屋敷の空間をあまねく埋めつくす女たちに囲まれてわたしは育った。なにかを強制されたおぼえはない。わたしは甘ったるい褒め声にかしずかれて少年時代を過ごした」(「消え去った女たち」『平凡王』)。従姉妹たちとママゴトや着せ替えごっこで遊び、少女マンガを読んだ。

やがてそんな女たちの存在そのものが疎ましく感じられるようになった。八歳の時に鉄工所が潰れ、両親と共に夜逃げ同然で逃げ出し、東京へ移った。その後も引っ越しや転校が多かった。一八歳の時、親元からも離れ、一人で家を出た。その頃には、母の存在すらも疎ましく感じられたという。二〇歳の時には、早くも結婚を経験している。さらに二一歳の時には離婚と再婚をしている。

そこに、二つの事情が重なった。

一つは、学生時代からの過激派的な政治活動であり、その挫折である。一六歳の時に、無党派の組織を作って、しばしばデモに参加した。横浜国大に入学してからは、ストライキ中のキャンパスに寝泊まりするような生活が続いた。ラディカルな活動家になって、逮捕拘留を繰り返した。一九六九年、一八歳の年に逮捕され、翌七〇年の初めまで留置所と東京少年鑑別所の間を往復し、家庭裁判所送りになった。二月に起訴され、八月まで東京拘置所に拘置された。高橋の中には政治的な暴力に対する（加害と被害が入り混じるような）トラウマがあり、それは小説の中では無数の死体のイメージとして何度となくフラッシュバックする。同年、祖母と伯母が相次いで亡くなった。祖母の葬儀では病気の父に代わって喪主を務めた。

もう一つは、先ほどから述べてきたように、愛する娘の（象徴的な）死であり、このモチーフもまた商業上の処女作『さようなら、ギャングたち』だけではなく、様々な作品の中で螺旋状に反復され、展開されていく。

性と政治と死――それらがわかちがたく絡み合って、高橋源一郎という小説家の実存を形成してきた。いかにも全共闘世代の男性にふさわしいとも言える。

有名な話だが、二〇代の間、高橋は失語症にかかり、ひたすら肉体労働をする日々を送ったという。一九七二年の夏に土木作業員のアルバイトをはじめ、自動車工場、鉄工所、化学工場、土建会社などを転々とした。親や友人の前から約一〇年、姿を消した。二〇代の彼は失踪者も同然だった。高橋にとって、小説家という職業を生きることは、青春期の深い失語症から回復し、生きた自分の言葉を取り返すことだった（「失語症患者のリハビリテーション　ぼくの個人的な「一九六〇年代」」『ぼくがしまうま語をしゃべった頃』）。彼が肉体労働を辞めて専業作家になったのは、一九八二年、ようやく、三一歳になってからのことである。

高橋のポストモダン的な文学意識は、こうした時代状況と個人的な生活史を背負っていたとひとまずは言える。

*

ところで、高橋の小説家としての商業的なデビュー作は『さようなら、ギャングたち』であるが、実質的な処女作は『ジョン・レノン対火星人』の方だった。

経緯を少し確認する。一九八〇年に『すばらしい日本の戦争』を群像新人文学賞に応募。これは第二四回群像新人文学賞の最終候補に残ったものの、受賞には至らなかった。落選後、担当編集者から、別の作品を群像新人長編小説賞へ応募してみないか、と勧められた。その間、わずか二カ月で『さようなら、ギャングたち』を書き上げた（ただし第三部は、本当は第一部と第二部の合計よりももっと長くなる予定だったが、〆切に間に合わず、現在の形になった）。これが当選し、「群像」一九八一年一二月号に掲載されて、高橋のデビュー作となった。そして落選した『すばらしい日本の戦争』に、ほんの少し加筆したものが『ジョン・レノン対火星人』という別のタイトルで「野生時代」一九八三年一〇月号に掲載された。

これらの『さようなら、ギャングたち』と『ジョン・レノン対火星人』という二つの長編作品は「まったくタイプの違う作品」である、と高橋は自注している（講談社文芸文庫版『ジョン・レノン対火星人』の「著者から読者へ」）。『さようなら、ギャングたち』が「優しく、単純で、詩の一杯詰まった」作品であるとすれば、『ジョン・レノン対火星人』は「考えうる限りバカバカしいもの」「最低のもの、唾棄されるようなもの、いい加減なもの」「この世の人すべてから、顰蹙をかうような作品」である。前者は純粋な「文学」

だが、後者は「文学などひとかけらもない作品」である。前者が痛みと沈黙と詩による小説なら、後者は享楽と退屈と饒舌による小説である。

本稿で僕は『さようなら、ギャングたち』にはじまる一連の「優しく、単純で、詩の一杯詰まった」「文学」たちのことをAシリーズと呼び、『ジョン・レノン対火星人』にはじまる「この世の人すべてから、顰蹙をかうような作品」「文学などひとかけらもない作品」たち（非文学的小説たち）のことをBシリーズと呼びたい。

Aシリーズ……文学。詩。痛み。沈黙。優しさ。

Bシリーズ……非文学。饒舌。ポルノ。馬鹿馬鹿しく最低のもの。

両者はいわば双子的なきょうだいのようなものであり、それらが生き別れ、別々の道へとそれぞれに進んだものである、と考えられる。

『さようなら、ギャングたち』『ジョン・レノン対火星人』という二つの処女作の中で、高橋は、自らの人生の秘密を、ほとんど私小説のように明け透けに、剝き出しに語っている。もちろん高橋は、ポストモダンな「軽重」の作家であり、その作品はパロディや言葉遊びや現代詩的な実験に充ち溢れている。高橋の言葉のモードは、たとえば村上春樹のような、フィクションの入れ子構造の中に柔らかい自我をそっと隠すようなやり方とも異なるし、あるいは島田雅彦のような、完全な模造人間へと自らをつくりかえる手法ともやはり異なる。

文芸文庫版『さようなら、ギャングたち』や『ジョン・レノン対火星人』には、栗坪良樹が若杉美智子の協力を得て作成した「年譜」が付されている。読者は、小説の中身と年譜を照らし合わせて、高橋の実人生を自由に想像してみることができる。もちろん、そこに厳密な真実があるかどうかは、よくわからない。しかし、パロディや自己滑稽化によって何かを隠せば隠すほど、かえって、いじましく悲しいほどに内的な真実が剝き出しになってしまう。高橋は、そんなタイプの作家である。これらの年譜もまた、いわばポルノグラフィとしての自己告白なのだろう。というよりも、高橋は、どんなにパロディや現代詩的な文体やフィクションを駆使しても、「自分」を隠すことが全く出来ない人なのだ。その意味では、高橋は、同時代の村上春樹や島田雅彦よりも、はるかに、かつての太宰治のような作家に似ている。

＊

『ジョン・レノン対火星人』の「わたし」は、ポルノ作家である。ポルノグラフィ＋現代詩によって新しい時代の純文学を切り開くこと。それが「わたし」の目的である。その来るべき小説は「偉大なポルノグラフィー」と呼ばれる。「わたし」が今書いているポルノ小説たちは、まだ「偉大なポルノグラフィ」とは呼べないが、いつかそれを書かねばならない。「ポルノグラフィーしか書けないからって泣くんじゃない。『偉大なポルノグラフィー』を書けばいいのさ」。

ある時、「わたし」の元に、ハガキが送られてくるようになる。ハガキには死躰ばかりが出てくる小説のようなものが書かれている。「わたし」はその「美しく、むだのない、きびきびした文章《センテンス》」で書かれた「チャーミングな死躰たち」に深く魅了されていく。自分の書く小説にはない魅力がこのハガキの上に書かれた小説にはある、と。ハガキの宛名は「すばらしい日本の戦争」という人物。東京拘置所の中で知り合った男だ。

「すばらしい日本の戦争」は、元々は過激派的な革命運動のリーダーであり、ある政治的な殺人事件（連合赤軍事件のメタファー）に加担していた。その後、頭がおかしくなり、死体の観念によって頭の中を埋め尽くされてしまった。「わたし」がポルノばかりを書き続ける作家であるのに対し、「美しい日本の戦争」は死体ばかりの政治的な小説を書き続ける。彼ら二人のポルノ的な言葉／政治的な言葉は、明らかに、対比的な関係に置かれている。

「すばらしい日本の戦争」は、ずっと苦しみ続けている。死体のことしか考えられないのは、つらい。本当につらい。どうか、三〇分でいいから、死体以外のことを考えたい。そう願っている。「わたし」は「すばらしい日本の戦争」の身柄を引き取り、無数の死体のイメージに憑りつかれた彼を治療して、その苦痛から解放することを試みる。しかしそれに失敗し、結局「すばらしい日本の戦争」は再び失踪し、まもなく死体となって発見される（高橋は、ある大学の先輩が連合赤軍事件に加担し、それをテレビで見てショックを受けたことを証言している）。

そして彼の死後、「わたし」の眼に映る世界もまた、死体の群ればかりとなり、何もかもがゾンビになっていく。「（中略）早く死にやがれ死ぬっておもしろいねこも人間も死んじまうたのしいなじつはおれも死んでたりして生きてるまねだったりしてまじめにやってるふりだったりしてみんなそうだったりしてだからどうだっていうわけでもないなにごともなく万事快調」。

「わたし」が夢想する「偉大なポルノグラフィー」とは、「十九世紀市民小説」とは全く異なるスタイルで書かれねばならない小説だった。それは「最初の二十世紀小説」にならねばならない。それはいわば、死体やゾンビたちが出演するポルノグラフィであり、生々しくリアルで文学的な言葉ではなく、残骸になり死んだ言葉によって、真実の愛や死を取り返すような文学にならねばならないだろう。

「わたし」はもう、これまでのような凡庸なポルノ作家ではいられない。では、何を書くべきなのか。政治としてのポルノ小説を書かねばならない。すると、ポストモダンな世界の中で、ポルノと政治をクロスさせながら、〈ほんとうに偉大な政治的ポルノ文学〉を書くとは、どういうことか。おそらくそれは、もはや作中人物の「わたし」ではなく、作者である高橋源一郎が処女作の中でつかんだミッションであり、彼にとっての真実のポストモダン文学のはじまりとなるべき場所だった。

＊

自分の命よりも大切なその子を、愛する他者を死なせてしまった。若い情熱と命を賭した政治運動の季節は過ぎ去って、仲間たちのある者は死体になり、ある者は狂い、ある者は消えた。そしてみんな忘れられた。時代と歴史から置き去りにされた。一〇年の肉体労働の中で、彼自身もみんな忘れていった。忘れねば、生きられなかった。そして命がけで愛したものを忘れたという恥ずかしさすら、もはや忘れかけている。そして自分の手元には、壊れきった欲望と、壊れきった言葉だけが残った。何を読んでも、何を書いても、ほどほどに楽しく、ほどほどに虚しい。そんな生き方を変えられない。これは地獄なのか、天国なのか。そんな場所から、この自分には、どんな「文学」が書けるのか。むしろ、そんな場所からのみ書き得る「文学」があらねばならないのではないか。

それが高橋源一郎という小説家の出発点だった。あのA／Bが絡み合いつつも枝分かれしていく分岐点となった。

ここからは、Aシリーズのその後の行方をみてみよう。

高橋は一九八四年に、三作目となる小説『虹の彼方に』を発表した。大づかみでいえば、これは、失われることなく今一〇歳に成長した娘のキャラウェイについての小説であり、そのキャラウェイのためにベッドの中で仲睦まじく、荒唐無稽でノンセンスな物語を語ってあげる、という体裁になっている。喪われたキャラウェイと出会い直す、そのために書かれた作品と言える。はっきり言えば、『虹の彼方に』は、言葉遊びに淫し過ぎていて、上滑りの失敗作である。ただ、やりたかったことの動機は分かる気がする。もしも、娘が今、自分の隣りにいたら。いてくれたら。こんなことを語ってあげるのに。最後の、父娘の微笑ましい会話――「おやすみ」「ほんとにおやすみ」「ほんとのほんとにおやすみ」「ほんとのほんとのほんとにおやすみ」「おはよう！おはよう！」。

しかし、父親から娘に向けて何かを語る、というスタイルは、早くも『虹の彼方に』によって一度打ち止めになる。キャラウェイはすでにゾンビになって、人間の言葉を失ってしまったのだから。

これに対し、娘ではなく、息子（たち）こそが、小説家としてのパパが文学や物語を読み聞かせ、継承させるべき相手になっていく。

娘から息子へ。ここには何かがある。重要なのは、そこから本格的に（Aシリーズの延長として）ポストモダンな「冒険小説」のシリーズがはじまっていくことだ。事実、高橋的な「冒険小説」は、これ以降、しばしば、小説家のパパがまだ幼い息子へとベッドで語る夢物語の形を取り、ベッドサイドストーリーになっていく。

Aシリーズの系譜は次のようになる：（『さようなら、ギャングたち』）→『ペンギン村に陽は落ちて』→『ゴーストバスターズ』→『「悪」と戦う』→『さよならクリストファー・ロビン』→単行本『銀河鉄道の彼方に』

『ペンギン村に陽は落ちて』（一九八九年）では、高橋的なポストモダン型の冒険小説の起源（origin）が語られる。現実と夢と小説とマンガの区別がなくなり、入り乱れ、決定不能になった世界。ポストモダンな歴史の果てのような場所。そこでは、世界の全体が、そこはかとない喪失感と悲しみと滑稽に染められている。

たとえば村上春樹にとっては、ポストモダンとは、高度資本主義のなかで、実存的な言葉が広告や売文の言葉と等価になってしまう、というような側面が強かった。これに対し、高橋源一郎にとっては、ポストモダンとは、歴史的な言葉の堆積と飽和の問題であり、そこでは、どんな実存的に切実な言葉も、歴史的な過去の誰かの言葉の模倣、引用、反復になってしまう。そこに生きることの悲哀があり、また滑稽がある。

ペンギン村の住人たちは、皆、「夢」を見るようになる。村人たちは「夢」の中のペンギン村では別の生活をしていて、次第に現実のペンギン村と夢の中のペンギン村の区別がつかなくなっていく。物語の冒頭、ペンギン村の片隅に、一台の宇宙船が不時着する。中から出てきたニコチャン大王は、ペンギン村の「外」の世界のシンボルとなる。はるばあさんは「これでペンギン村もあの忌まわしい夢から覚め昔のような賑やかさを取り戻すにちがいない」と予感する。しかしニコチャン大王は、沼のほとりで釣りをしながら、宇宙からのお迎えをひたすら待ち続けるだけだ。村には何も起こらない。そんな中で、則巻千兵衛博士は、ニコチャン大王に自分も連れていってほしい、と懇願する。

そして博士は、物語の最後に、「外」から宇宙船がやって来ると、自分の手で作ったロボットのアトムやアラレをペンギン村に残して、永遠に消える。ペンギン村に遺された人々は、誰も彼もが、現実と夢と虚構の境目を見失って、やがて虚無としての「物忘れの穴」へと呑みこまれていく。

『ペンギン村に陽は落ちて』は、「サザエさん」「ガラスの仮面」「キン肉マン」「北斗の拳」「ドラえもん」等の日本の有名なマンガやアニメ作品のパロディであり、それらの二次元の世界を自在に横断するメタフィクションでもあり、これがその後の高橋的な「冒険小説」のフォーマットになっていく。現実も夢も虚構もマンガもパラレルワールドもみな等価である。誰もが忘却の穴に落ち、陽は落ちていく。正しいことを教えてくれる「父」は、もうどこにもいない。だからこそ、千兵衛博士という「父」は、象徴的な自殺（外なる世界への逃避）を試みなければならなかったのだった。

千兵衛博士は、原作マンガのアラレちゃんではなく、『鉄腕アトム』のアトムを最初に作っている。これはポイントかもしれない。手塚治虫原作のアトムは、しばしば高橋の小説に登場するキャラクターである。アトムは、天才科学者の天馬博士が死んだ我が子（トビオ）の身代わりとして作ったロボットであり、いわばゾンビ的な子どもである。我が子のアトム化＝ゾンビ化が確定したあとの時空。それがポストモダン的な歴史になり、ペンギン村になったのだ。それは千兵衛博士（そして作者の高橋）が自分で自分を夢（内部）の世界の中に閉じ込めたようなものだから、そこには外部はありえない。死んだ子どもの存在を忘れ、忘れたことをも忘れたとき、ゾンビやロボットや偽物の子どもたちが永遠に遊び戯れるポストモダンな「冒険」がはじまる。繰り返すが、それが高橋的な冒険小説の起源（origin）でもあった。

だが、それだけではない。ポストモダンのループが完全にその円環を閉じるのは、小説家としての「パパ」が、自らの物語や小説を愛する「息子たち」へと語り聞かせ、子どもたちを自分の言葉＝人生の忠実な継承者へと仕立て上げる瞬間なのだ。実際に『ペンギン村に陽は落ちて』には「序文」が付いている。そこでは、「ペンギン村に陽は落ちて」という物語自体が、小学校の宿題で「しょうせ

る。アニメを見ながらゴーストライター的に書いてあげた「しょうせつ」である、という設定になってい
つ」を書いてくるように言われた息子の代りに、「しょうせつか」である父親が息子と一緒にテレビ

そしてこれ以降、『ペンギン村に陽は落ちて』が作り出した世界観が、高橋の長編小説の基本的なフォーマットになっていく。

高橋が八年がかりで書き上げた『ゴーストバスターズ』（一九九七年）は、完全に『ペンギン村に陽は落ちて』の焼き直しであり、反復であり、変奏である。そこでは、謎の「ゴースト」の正体を探し求めてアメリカを横断するブッチ・キャシディ&サンダンス・キッド、俳句を詠みながら流浪し「俳句鉄道888」に乗り込む俳人のBA-SHO & SO-RA、『ドン・キホーテ』の物語の「後」の世界を生きるドン・キホーテの姪&サンチョ・パンサ、作者自身の分身と言える「正義の味方タカハシさん」、かつての自作『ペンギン村に陽は落ちて』の作中人物たち……等などの物語が複雑に絡みあいながら、小説／詩／俳句／マンガ／アニメ等のジャンル上の区別を超えたポストモダンな「冒険小説」が展開されていく。

しかし『ゴーストバスターズ』と『ペンギン村に陽は落ちて』には、物語の最後に微妙なズレがある。『ゴーストバスターズ』の物語においてもまた、人々はポストモダンの悪夢から逃れることができない。永遠に空虚で楽しい「冒険」を続けるしかない。しかし、未来を生きる子どもたちの欲望には、無限の希望がある、とされる。いや、子どもにとっては、もはや、希望しかないのだ、と。「血とガンと追っかけっこは止めにしよう。少年はそう思った。ぼくには向いてない。では、いったいなにをすればいいのか。もちろん、少年にはまだわからなかった。そのことで悩むことはなかった。少

年の前にはいくらでも可能性が、希望があった。いや、まだ希望しかなかったのである」。

この世界の希望は、希望なき者たちのために与えられている、しかしそれは、私たちのためではない。もう、どこか外の世界から、宇宙人が助けに来てくれることはないだろう。けれども、ポストモダンな歴史の内側にも、希望としての子どもたちの存在が無限に新しく生まれ、産み落とされているではないか。『ペンギン村』では、アトムやアラレちゃんは父から置き去りにされてしまっていた。しかし八年後の『ゴーストバスターズ』では、子どもたちの存在にこそ、未来の美しい希望が託される。この根本的な「態度変更」こそが、高橋にとっては重要なものだった。

しかし——この結論も、どうなのだろう。

これもまた、別の形での未来世代の子どもたちへの責任転嫁であり、子どもたちの「支配」にすぎないのではないか。そんなふうに思える。何より、高橋自身が『ゴーストバスターズ』の結論には満足していなかったように思えるのだ。なぜなら、子どもたちに未来の希望を託すことは、子どもの存在をダシにして、自分たちの罪悪感や暴力を都合よく浄化し、責任を回避することでしかないからだ。（事実『ゴーストバスターズ』の結論は、冒険の果てのぎりぎりの新しい希望であると同時に、『さようなら、ギャングたち』の、自殺した主人公の腐った遺体を置き去りにし、「少年たちはもっとナイスなもののある方へのろのろと歩きはじめた」というラストシーンへの退行に過ぎない、とも言える）。

ならば、僕らはさらにその先を見つめねばならない。

ところで、もう一方の『ジョン・レノン対火星人』からはじまるBシリーズの行方は、どうなったのだろうか。

デビュー後の高橋の小説作品は、『さようなら、ギャングたち』→『ペンギン村に陽は落ちて』以降のAシリーズの路線が主流になり、Bシリーズの「この世の人すべてから、顰蹙をかうような作品」「文学などひとかけらもない作品」たちは鳴りを潜めていた。しかし一九九九年～二〇〇五年頃になって、我慢していた何かが弾けたかのように、Bシリーズの小説たちが一斉放出されていく。『あ・だ・る・と』『官能小説家』『日本文学盛衰史』『君が代は千代に八千代に』『性交と恋愛にまつわるいくつかの物語』などであり、これはさらに東日本大震災の後になると『恋する原発』へと結実していく。

＊

基本線になるのは、『あ・だ・る・と』（一九九九年）の以下のようなパターンだ。アダルトビデオの監督たちは、人妻のポルノ、七三歳のばあさんのポルノ、インドの畸形たちによる「ソドムの同窓会」など、ありとあらゆる過激でグロテスクなAV作品を撮り続けている。高橋は、じつはAVの中にこそ日本的芸術の前衛がある、と言い張ってきた。そこに本当の愛や充実した快楽があるからではない。セックスは基本的に虚しくつまらないものであり、退屈な営みである。ポルノがインフレ的に過剰になればなるほど、どんどんアディクション的にくだらなくなっていく。AVはそうした人間の性愛の本質を加速させる。しかし、そんな悪意のように退屈で依存症的でくだらないAVこそが、芸術の最先端にある。そして無限の退屈さの果てに、いつの日か、あの、本当に偉大な政治的ポルノ文学が生まれてくるのかもしれない……。

一般に傑作と名高い『日本文学盛衰史』（二〇〇一年）や『官能小説家』（二〇〇二年）では、明治時代の文豪たちの文学や恋愛が、僕らが生きる現代の性風俗へとメタフィクショナルに重ねられていくが、それら二つの長編の合間に、鬼子として書かれた短編集『君が代は千代に八千代に』（二〇〇二年）の方が、この時期の高橋のBシリーズの臨界点であり、最高傑作かもしれない（高橋自身が文庫版に付された「この小説の作られ方」でそう言っている）。シリーズの中でもいちばんぶっ壊れており、すでにAV監督や文豪を偽装する余裕すら、すでにそこにはないからだ。

それ自体がAV的な疲弊と殺伐とアディクションに満ち渡ったこれらの小説を、心底うんざりしながら、なおもしつこく読み続けていくと、高橋という人の中には、やはり、幼女に対する性暴力や近親相姦に対して何かがある、という気がしてくる。「男は微笑んだ。なるほど。／だから、男は、他のことを考えるようにしたのだった。他の、口に出すことも、また書くのもはばかられるようなことを。そうすれば、近親相姦という言葉が頭に浮かぶ心配はなかった」（「Papa I love you」）。『性交と恋愛にまつわるいくつかの物語』（二〇〇五年）の中でも、平凡な家庭を愛しながら、外国で幼い少女を性的に破壊するペドフィリア男性の話が陰惨に描かれる（「唯物論者の恋」）。「どの父親も娘と性交したがるの？」「なんだって？」「papaはそうよ」（「宿題」）。

ここでも、あの「キャラウェイ的な女の子」のゆくえが気になる。

どこか、キャラウェイ的な幼女が出てくると、高橋の文学は不穏な気配を帯びていく。言葉にならない喪失の痛みと、近親相姦の甘美と、自己破壊的な罪悪感が不思議と混じりあっていくのだ。

Bシリーズの出発点となった『ジョン・レノン対火星人』においても、「わたし」が幼い頃に両親の夜のセックスを覗き見して「生涯最初の挫折」を経験するシーンが描かれ、さらにそれ以上の「生涯第二の挫折」として、「一切年下の妹」との近親相姦が描かれていた（3章）。それが事実だった、と言いたいのではない（少なくとも年譜上は、高橋に妹は存在しない）。フィクションの奥底に真実の心的外傷がある、と仄めかしたいのでもない。ただ、死んだ娘の問題を抑圧すればするほど、男性としての高橋のセクシュアリティは過剰に壊れてゆき、ポストモダンな冒険小説の空虚さへと閉じ込められていくかに見える。その悪循環の行方が気になるのである。

そんな秘密の子殺しの欲望（性暴力的な享楽）を見つめていく先で、高橋があの「キャラウェイ的な女の子」にもう一度出会い直すとは、何を意味するのか。そこに非「文学」的で小説的な言葉たちの、過剰な自由が解き放たれていくなら――。

3　震災後文学としての『銀河鉄道の彼方へ』

ここからもう一度、二〇一一年の震災後の現実へ戻ってみよう。

高橋源一郎の文学は、その後、どうなったのか?

高橋は震災後、人生初となるルポルタージュを刊行している（『一〇一一年目の孤独――希望の場所を求めて』）。

ダウン症の子どものための絵画教室「エレマン・プレザン」、身体障害者たちの劇団「態変」、クラスも試験も存在しないという「南アルプス子どもの村学校」、子どもたちのためのイギリスのホスピス「マーチン・ハウス」などを取材した。この本でいちばん最後に高橋が訪問するのは、死にゆく子どもたちのホスピスである。高橋の関心の切実さからしても、本の構成からしても、この一冊のルポルタージュはホスピスへと足を踏み入れ、子どもたちの理不尽な死に向き合うために書かれたのであり、その他の取材は準備期間というか、助走のような感じがする。

さらにそこには、切迫した身近な理由もあった。高橋の五番目の妻の次男は、二歳の終わり頃の二〇〇九年の正月、急性の小脳炎によって国立成育医療センターに運ばれ、危篤状態に陥った。亡くなる可能性が三分の一、助かっても重度の障害が残る可能性が三分の一と考えて下さい。医師からはそう説明された。高橋は、我が子を突然見舞った現実を理解できず、パニックになる。それまで、我が子には「ふつうの」教育が与えられ、「ふつうの」人生を送っていく、というイメージしかなかった。しかし突然、「ふつう」ではない可能性がまさしく地震や津波のように我が子を襲ったのである。

その後次男は、幸いにも、医師も驚くほど急激に回復した。それは奇跡だったという。小脳炎による後遺症は残ったが、日常生活に支障を来すほどではなかった。将来への様々な心配は杞憂に終わった。けれどもそれらの出来事は「わたしを変えたように思う」。さらに高橋は、我が子の二カ月の入院期間の中で、難病の子どもたちや、死んでいく子どもたちを何人も目にした。そしてそれらの二〇〇九年の経験の上に、二〇一一年の震災という現実が折り重なって、震災後の『一〇一一年日の孤独』というルポルタージュは書かれたのである。

もともと、高橋の小説家としての出発点には（象徴的なもしくは現実的な）娘の死＝別離があったことを見てきた。とすれば、僕らが見つめるべきなのは、二〇一〇年前後の高橋が、我が子の突然の危篤状態に直面し、さらに東日本大震災という外部的な力に促されながら、「キャラウィイ的なもの」の生々しい傷痕に再び正面から向き合おうとしたということ、そのことの意味なのではないか。

＊

高橋が震災後に書きまくった膨大な言葉の堆積を読んでいくと、震災後の彼を捉えたのはやはり死者の問題であり、この世の生者と死者はいかに共生しうるか／しえないのか、という問いであることがわかる。

《「あの日」から、多くの文章が読めないものになったのは、ぼくたちが、「死者」を見たからだ。いや、この目では見なかったかもしれないが、「死者」たちの存在を知ったからだ。ぼくたちが生きている世界は、ぼくたち生きている者たちだけの世界ではなく、そこに、「死者」たちもいることを、思いだしたからだ。

「上」を向く文章は、そのことを忘れさせる。「下」に、「大地」に、「根」のある方に向かう文章だけが、「死者」を、もっと正確にいうなら、「死者」に象徴されるものを思い出させてくれるのである。》（『非常時のことば　震災の後で』）

生者と死者の共生。協同。それはさらに、原発事故の影響によってじわじわと殺されていく未来の子どもたち、未来の他者に対する加害責任として先鋭化されていく。たとえば高橋は、そこから、川上弘美の震災後小説『神様（２０１１）』を次のように読み解く。

《わたしは、防護服の男たちの背後で、亡霊のように語りかけてくる、その「子供」たちを、「未来の死者」として読んだ。それは、「あの日」がもたらすものが、それから遥か先に、殺してしまう「子供」たち、あるいは、生まれることができない「子供」たちであるように、わたしには思えた。（略）
この小説では、まだ生まれていない子供たちが「追悼」されている。まだ生まれていない子供たちも、わたしたちの共同体の重要な成員なのだ。そして、この小説は、まだ存在しない者たちの「喪」に服することによって、この（わたしやあなたをも所属している）共同体の未来に関わることを宣告している。》（「震災文学論」『恋する原発』）

この辺りの言い回しはじつに高橋らしい。感傷と罪悪感と詩情が入り混じって、ウェットな美学を醸し出していく。ある種の人々が激しく毛嫌いし、ある種の人々が染み入るような感銘を受けるのは、高橋の文体のこうしたウェットで美学的なところだろう。

しかし他方で、気になるのは、高橋が同時に、次のように死者たちの存在を厳しく突き放してもいることだ。そこには不吉な何かがある。すなわち高橋は、宮崎駿の映画『風立ちぬ』について論じたエッセイで、堀辰雄の小説『風立ちぬ』へと遡行し、そこに引用されたリルケの詩「レクイエム」を引いている。そして小説『風立ちぬ』の主人公の「私」（とリルケ）に憑依するようにして、次のように書く（「『風立ちぬ』を読む」『「あの戦争」から「この戦争」へ』）。

《「私」は、「死者」たちが、この国のために死んでゆくことなど信じない。「死者」たちはただ死ぬだけだ。そして、「私」は（リルケと共に）、「死者」たちに、「帰つていらつしやるな」というのである。

もし帰ってきたとすれば、それは「間違つてゐる」のだ。「死者」は、決して帰ってきてはならないのである。

なぜなら、「死者」には、「死者」の「仕事」があるのだ。それはただ一つだけで、「私」を助けることだ。つまり、生きている者たちを助けることだ。

（略）「死者」のするべき「仕事」、それは「生きろ」と命ずること、そのことによって、「死者」を（自分を）忘れるよう懇願することではないだろうか。》

どうだろう。高橋はこの場合も、宮崎／堀／リルケ的な「死者」という言葉に、不意の病魔で亡くなっていたかもしれない自分の子どもの姿を重ね、かつて喪失した幼い娘（ゾンビ）の姿をも重層的に重ねていたはずである。そこには、ウェットな詩情を急速乾燥させていくドライさがある。ここで高橋は、死者たちを残酷に突き放すばかりか、躊躇なく、死者に対し上から目線で命じるからだ。死者は二度とこちらに帰ってくるな。いや、お前たちは、生きている我々人間を助けろ。我々を励ませ。それがお前たちの仕事だ、と。

死者／子どもたちに対する態度の、この不思議な捻転は何だろう。こうした奇妙な逆転現象は、じつは、初期から一貫して高橋の中にあった傾向なのかもしれない。こうした不透明な、ざらりとした嫌な舌触りを残すパッセージにこそ、高橋源一郎という人間のクリティカルターンが見え隠れしている、とも言える。なぜなら僕らは、すでに、高橋の言葉を、子煩悩な良きパパやイクメンとして、あるいはたんなる優しさ／感傷／リベラルなどの側面からだけでは、受け取れなくなっているからだ。やはり簡単には呑みこみ難い不気味なもの、男や父親として壊れきった不吉なものがあるのだ。

＊

そんなざらりとした嫌な舌触りを忘れずに、彼が震災後に刊行した小説たちの言葉を、もう一度、慎重に咀嚼して、味わってみたい。

短編集『さよならクリストファー・ロビン』において大事なことは、高橋がはっきりと、実在する人間の子どもたちの死と、物語や小説内のキャラクターたちの消滅を、等価なものとして捉えはじめていることだと思う。死んだ子どもたちの魂は何処へ行くのか、という問いは、読者から忘れ去られたキャラクターたちは一体何処へ行くのか、という問いと重なってくる。奇妙なことに、高橋は、そのことに本気で苦しんでいるかに見える。

実在の人間も虚構内の住人たちも、等しくじわじわと「虚無」へと呑みこまれつつある。その現象は「あれ」や「カタストロフ」と呼ばれる（それをもたらしたのは「トビオ」の悪意に使嗾された天馬博士が発明した兵器だという）。全てを忘却と消滅に呑みこんでいく虚無とは、おそらく、あの、ノンヒューマンな〈自然〉とも繋がりあっている。

一話目の「さよならクリストファー・ロビン」は、浦島太郎や赤ずきんちゃんやくまのプーさんなどの、昔話や物語の中のキャラクターが出てくる世界であり、彼らの存在もまた虚無に侵食されていく。二話目の「峠の我が家」では、子どもたちが幼い頃に妄想の中で出会うお友達（イマジナリー・フレンド）たちは、その子にとって用済みになり、完全に忘れられると、「ハウス」という場所へと赴くことになる。しかしその「ハウス」すらも、今や次第に消えつつある。高橋はそのことに本当に痛みを覚える。我が子たちがぼろぼろと死んでいくかのような痛みを覚えるのだ。（ここで「第何話」とは、単行本版に掲載した順を指す。雑誌掲載時と単行本収録時では順序に入れ替えがある）。

では、そんな虚無としてのノンヒューマンな自然を前にして、僕らは何を語り、何を為すことができるのか。

高橋のベーシックな感覚は、次のようなものだ。みんな消えていく。等しく。無意味に。そして歴史や時代から完全に忘れられていく。それでもまだ、自分にはやるべき「仕事」が残っている。ではそんな「仕事」とは何か。虚無を前にして、どんなに無意味に無意義にしか思えなくても、言葉を紡ぎ続けること。死んで消えてゆく「その子」に向けて言葉を語り続けること。それが小説家の「仕事」である。

事実、小説家の「わたし」は、末期の小児ガンやシャム双生児の子どもたちのそばで、お話を読み聞かせ続ける。「とにかく、とわたしは思った。前へ進むことだ。「前へ」だ。わたしがやりたかったのは、「これ」だったのではないか、とわたしは思った。これ？　これっ、て何だ？　わたしは頭を振った。「仕事」をしろよ、「仕事」を。わたしは読みはじめた」（「星降る夜に」）。くまのプーは、すっかり老いさらばえ、体中の毛も抜け、手も足も腰もぼろぼろになりながらも、親友のクリストファー・ロビンのために物語を書き続ける。「ねえ、クリストファー・ロビン、もういってもいいよね、「疲れた」って。ぼく、ほんとうに疲れたんだ」「でも、ぼくは、できるだけやってみるよ」（「さよならクリストファー・ロビン」)。ソォスター夫人(『鏡の国のアリス』の「赤の女王」のモデルと言われている女性)も次のように言う。「大切なもの、偉大なもの、愛しいものは、みんな消えてしまった。壊れやすいものも、小さなものも、みんな。けれど、わたしには、まだ、するべきことが残っているわ」「さあ、わたしの仕事をしよう。何が起ころうと、いままでもそうして来たように」(「峠の我が家」)。

どんなに衰弱し、疲れ果て、つまらないワンパターンの物語しか書く力が残されていないとしても、それでも小説を書くという仕事を続けねばならない。眠りに就こうとする子どもたち、死んでいく病気の子どもたちの隣りでお話を読み聞かせるように。そんな〈小説〉という〈仕事〉——。

四話目の「お伽草紙」では、「ぼく」のママと弟のキイちゃんはすでに「せんそう」によって死んでしまった。ママと弟を失った「ぼく」に、パパは、人間の死を次のように教える。

《「パパも死ぬの?」

「ああ、死ぬね」

「ふーん。死んだら、どうなるの?」

「死んだら、たましいになるよ」

「それから?」

「たましいになって、空にのぼって、それからしばらく待って、また、地面におりて、赤ちゃんのからだにはいる」(略)

「じゃあ、ママとキイちゃんも、もう赤ちゃんになってるかなあ」

「ママはまだかもしれない。ママは、たくさんおしごとしたから、まだ休んでいるかもしれない。でも、キイちゃんなら、もうどこかで赤ちゃんになっているかも」（略）

「ぼくも死ぬの？」

「ああ、そうだ」

「死んで、たましいになって、空にのぼって、しばらく待つの？」

「ああ」

「そのあいだ、なにをしていればいいのかな」》

ある日パパは、ランちゃんにベッドの中でお話をする。それはこんな物語だ。

天馬博士は捨て子で、養護施設で育った。彼は天才であり、あらゆる学問を究めたが、愛を知らなかった。天馬博士は人工的に愛をも作り出すことを試みた。天馬博士は貧しい地区の養護施設から、いかにも不幸そうな女性を選び、権力を使って、彼女の卵子を採取し、自分の精子でそれを受精卵にし、人工子宮を用いて赤ん坊を生み出した。トビオと名づけた。一人でトビオを育てながら、博士は次第に、その子に深い愛情を抱くようになった。世界の全てが愛に満ち溢れている、そう感じることができた。そんな感情はこれまで知らなかった。これが愛なのか。

しかし突然、トビオは死んだ。博士は胸が張り裂ける悲しみを味わう。悲しみに耐えきれず、博士は死んだトビオの脳から記憶を取りだし、それをロボットに移植した。ロボットは「アトム」と名づけられた。アトムは外見も死んだトビオにそっくりだった。

しかし博士は、死児の身代わりとしてのこのアトムを目にすると、喜びよりもはるかに苦痛と悲しみを覚える。再び悲しみに耐えきれず、博士は、さらにもう一人の子どもを作り出すことにした。今度はロボットではなく、死んだトビオの細胞から培養したクローン人間として。博士はこのクローンに「トビオ」という死児と同じ名前を与えた。天馬博士はクローンの「トビオ」を愛し、ロボットのアトムを毛嫌いするようになった。間もなくアトムは捨てられ、お茶の水博士の元へ預けられた。クローンの「トビオ」は邪悪な子どもだった。天馬博士の愛情を独占し、アトムを徹底的に虐めたり、貶めたりした。天馬博士は「トビオ」によって静かに洗脳されていった。のみならず、「トビオ」は、天馬博士の耳元で次のように囁き続けた。人類は生きるに値しない存在だよ。パパの力でバカどもに思い知らせてやろう、と。

六話目「アトム」は、四話目「お伽草紙」の続きとなる作品である。アトムがふと夢から目覚めると、銀河鉄道に乗って、どこかへ向かっているところだ。「気がついてみると、さっきから、ごとごとごとごと、ぼくの乗っている小さな列車が走りつづけているのでした」。そして夢と現実と生と死の境目で、何度も何度も似たようなパターンの旅が繰り返されていく。この設定はかつての『ゴーストバスターズ』で用いられたものであり、さらにこの後『銀河鉄道の彼方に』でも踏襲されていくだろう。

それにしても、物語内の彼らは、何のために、虚しさを噛み殺して「仕事」を続けるのか。それは死んだ我が子やキャラクターたらと「再び会う」ためだ。くまのプーは言う。「さよならクリストファー・ロビン。でも、ぼくは、もう一度、きみと会いたいな。あの木の下で」。ランちゃんは「パパ」に尋ねる。「へんなこといっていい？」「いいよ」「なんか、ママやキイちゃんとまた会えるような気がするんだけど」「会えるよ」。

しかし、どうやって。

そして実在する人間の子どもたちの死と、物語や小説の中に出てくるキャラクターたちの消滅を、等価なものとして捉えていくという小説家の仕事は、高橋の言葉をどこまで連れていくのか。どこまで自由にしてくれるのか。

ここまで見てきた『さよならクリストファー・ロビン』の中では、それに対する十分な答えはまだ得られなかった。ゆえに、さらに続きが書かれねばならなかった。

長編小説『銀河鉄道の彼方に』は、もともとは、「すばる」の二〇〇五年三月号から二〇一一年二月号にわたって、六年近くも長期連載されていた作品である。連載終了は偶然にも東日本大震災の直前だった。しかし、これが単行本として完成したのは、連載終了から二年以上が経過した二〇一三年六月のことである。単行本化に際しては、全面的な加筆・修正が行なわれた。五五〇頁を超える大著であり、高橋のこれまでの長編の中でもいちばん長いものだ。単行本にするためにそれだけの時間がかかったのは、もちろん様々な要因があったろうが、やはり、震災の衝撃を抜きにしては語れないだろう。その間には『恋する原発』と『さよならクリストファーロビン』の刊行もあった。高橋はさらにそれらの二つの小説の先で、震災の衝撃へとほんとうに向き合うような作品へと『銀河鉄道の彼方に』を鍛え上げ、アップデートする必要を感じていたはずである（ただし、雑誌掲載は『銀河鉄道の彼方に』の方が「先」であり、「お伽草紙」「アトム」はその「後」に書かれたものである。しかし、加筆修正した単行本の刊行は『銀河鉄道の彼方に』の方が「後」になる。この辺りは、作品のモチーフそのままに、小説の書かれ方も複雑に時系列が入り乱れている）。

では、あの虚無的でノンヒューマンな〈自然〉へといかに向き合っていくか。『銀河鉄道の彼方に』においても、それが重大なテーマとなる。

『銀河鉄道の彼方に』は、そのタイトル通り、宮澤賢治『銀河鉄道の夜』の物語がベースになっている。ジョバンニ（ぼく）のお父さんは、宇宙飛行士である。「銀河鉄道」に乗り込んで「宇宙の果て」を目指していたが、ある時突然、父は失踪してしまう。

ジョバンニは、カムパネルラのお父さん（博士）から、父の失踪前後の話を聞く。博士はかつて、ジョバンニの父から、宇宙飛行士たちの間で伝説として語り継がれる「宇宙でいちばん孤独な男の話」を聞いたことがあった。その孤独な「男」もまた、宇宙の果てを目指して、宇宙旅行へと出発した。それは謎めいた組織の巨大なプロジェクトの一環であり、全く無意味で徒労にしか思えない宇宙旅行だった。

孤独な旅の中で「男」は次第に精神を乱し、狂っていくが、最後に「あまのがわのまっくろなあな」という謎の言葉を残していた。ジョバンニの父は、「男」が宇宙船の中で書き残したその「手記」を偶然、入手したのだという。電子情報がどこかから漏れてきた。しかし、その「手記」の存在について博士に伝えた直後、ジョバンニの父もまた、突然に失踪したのである。「宇宙でいちばん孤独な男」と同じく「あまのがわのまっくろなあな」というメモを残して。「男」の命運をそのまま反復するかのように。これが『銀河鉄道の彼方に』の二章までの物語である。

しかし『銀河鉄道の彼方に』の三章からは、『ゴーストバスターズ』以来の、いつものような高橋的な「冒険小説」のパターンがはじまる。気づくと、「ぼく」は、銀河鉄道の中に乗り込んでいる。ここでも、やはりいつものように、記憶喪失と無限反復と平行世界の物語が展開される。語り手の人格が次々と入れ替わりながら、どこかに実在するかもしれない「ほんとうのこと」を探し求める、という奇想天外な旅である。
　この世界は「大流動」と呼ばれる状態にある。人々の記憶や存在がじわじわと失われ、消滅しつつある。全ては流動化し、確率的な揺らぎの中にあり、固定しうるものは一つもない。「世界は、ついに、真の『流動性』の時代に到達したのだ。我々は、喜ばねばならない。世界を雁字搦めに縛っていた目に見えぬ『たが』がはずれてしまった。あらゆる壁が壊れてしまったのだ。我々はすさまじい『中身』の奔流に怯えている。怯える必要はない。我々は解き放たれたのである」。
　ここでも実在の人間と小説上のキャラクターが入り乱れ、作者＝高橋さんは繰り返し、次の疑問に悩まされる。「わたしは、そうやって、ずっとずっと、紙の上に、いろんなことを書いてきた。いろんな人たちのことを書いてきた。／そして、時々、こう思うのだ。／みんな、どこに行ってしまったのだろう。／いまごろ、みんな、どこで何をしているのだろう」「ああ、じれったい。／わたしのいいたいことが、わかってもらえるだろうか。／いや、実際、わたしは、わたしが何をいいたいのか、ほんとうにわかっているのだろうか……。／わたしがいいたいのは、とても「ビミョー」なことだ。／紙の上に見えるのが、文字であることぐらい、わたしにもわかっている。だが、問題は、そこにはないのでは、あるまいか」「ジョバンニもランちゃんも、わたしがつくりだした架空の存在であり、彼らは、ほんとうは、感情も記憶も持ってはいない、というのは、ほんとうなのだろうか。そこには、なにかひどく大切なものが欠けているような気がするのだ」。
　これはポストモダン作家の臨界点を生きる高橋らしいノンヒューマンな疑いである。作者の高橋が彼らを紙の上に書い
ている
のではない。彼らによって逆に書か
されてしまっている
のだ。「わたしは、時々、わたしが書いているのではなく、わたしは、書かされているだけではないか、と思うことがあ

る。（略）それを創り出したのは、ほんとうにわたしなのだろうか。その、「お話」も、そこにいる「人びと」も、わたしが創り出したのではなく、もともと存在していて、それとは気づかずに、わたしは、その輪郭をただなぞっているだけではないか」。

とすると、そもそも、命とは何か。実在の人間と架空のキャラクターを平等に流れていく命の形質があるのか。それは「ビミョー」な懐疑である。だが最終的に、高橋のそうした疑問をすら呑みつくして、実在の人間も紙の上の存在たちも、全てが渦の中心へと引き込まれ、巻き込まれていく。世界は燃え尽き、紙も燃え尽きていく。全てが終わり、全てはもとに戻る。高橋にとって、小説家だけに為しうる仕事とは、このような非人間的な虚無を「ありのままに」写生することであり、虚無的な言葉によって現実としての虚無を正確に書き写すことだった。

《これはずっと前に書いたのだ　それから　どこかへ行ってしまった　わたしが書いたものの多くがそうであるように　書くたびに消えてしまうのでわたしは繰り返し書いたこともある　何度もひたすら　その度に少しずつ中身は違っているようだった　ああそうだ　書いたのではない　わたしは　隙間を通って　向こう側へ行き　そこで起こったことを書き残しておこうとした　何万回何億回消え去ろうとも　それがわたしの責務であるような気がしたのだ》

ならば、銀河鉄道の無限反復的な旅の「彼方」で高橋がつかんだ「ほんとうのこと」とは、結局のところ、何だったのか。

『銀河鉄道の彼方に』の最終局面で、高橋は、ついに、自らの小説家としての覚悟をはっきりと告白している――《みんな「ある」のだ　それが何であろうと　そのことをそれら自身は知らないとしても》。

この短い言葉が、長い長い小説家としての旅路の果てに、「何万回　何億回消え去ろうとも」、虚しく徒労じみた仕事を続けてきたその果てに、高橋がつかみ直した小説家としての信念であると言える（『銀河鉄道の彼方に』というタイトルが、かつての初期三部作の『虹の彼方に』の反復＝変奏であり、さらにその『虹の彼方に』という小説が「娘のキャラウェイと出会い直すための物語」であったとするならば、高橋にとっての「彼方に」という臨界的な言葉の重要度も分かる気がする）。

『銀河鉄道の彼方に』のラストには、銀河鉄道がついに目的地へと辿り着き、二人の子ども（ランちゃんとキイちゃん？　ジョバンニとカムパネルラ？）が鉄道の外に出る、という光景がある。これはまたもや、いつものパターンではある。旅の果てにいずことも知れない荒野を、子どもたちが歩いていく。大人たちの姿は消えて、そんな子どもたちの背中に、最後の希望が託されていく――『さようなら、ギャングたち』でも、『ゴーストバスターズ』でも、『「悪」と戦う』でも、これは散々繰返されてきた。またもや同じ終わり方なのか。一体、何度同じことを繰り返せば気がすむんだこの人は。

しかし、『銀河鉄道の彼方に』には、これまでとは重要な微差がある。それは子どもたちがたんに実在の人間とは限らないこと、子どもたちはキャラクターや虚構内人物たちと等価なものとされていることだ。「少年は気づいた。少年期にいる人間だけが持つ特別な叡智によって。ぼくたちは「いる」のだ。世界は「ある」のだ。それ以上のなにを望めばいいのか。少年の中には怒りに似た感情が渦まいていた」。

人間の言葉の「彼方」にあるこの「いる」や「ある」の非人間的な手触りを、僕らはどこまで自らの生の側に折り返せるのか。この「いる」や「ある」の場所から、高橋源一郎のポストモダンな小説を読む、いや、他者の言葉を読むとは、一体、どういうことでありうるのか。

＊

『銀河鉄道の彼方に』の「彼方」でつかんだもの――おそらくそれは、過剰に壊れた男性性、失語としての詩、「キャラウェイ」的な娘の喪失、我が子の突然の「死と再生」、そして東日本大震災という衝撃、それらが何十年もかけて地道に無数に積み重なった果てに、高橋が信じ直すことのできたぎりぎりの価値観だったはずだ。高橋の人生の「冒険」をここまでたどってきて、その重みを想像して、僕は、やはり、静かな感銘と讃嘆をいだく。この人は、散々「高橋源一郎は処女作が最高傑作。それ以降は劣化の一途」「誰も読んでいない」と揶揄され、憫笑されて、それでもなお、文学者としての使命を放棄せずに、諦めずに、索漠とした無限ループの果てに、やっと、ここまで来たのだ。ついに果てまで、彼方まで来たのだ。

しかし――。

『銀河鉄道の彼方に』において、結局のところ、あのBシリーズの性愛と欲望の問題はどうなったのだろうか?

ここでも相変わらず、あのAとBが出会い損ねてはいないか。

そんな疑いがなお残される。

それはAシリーズの小説がつねに「パパとぼく」の親密な父子関係に閉ざされた物語――あたかも「妻」も「母」も「女」もいず、シングルファーザーであるかに感じられる――に帰着してきたことからも言える。「ねえ、パパ」「なんだい?」「ぼくたちって、ほんとに、いる、のかな」「いるよ」「なんで?」「そうだったらいいな、ってパパが思ってるから」(「アトム」)。

端的に、次のようなことを思う。

「詩」として始まり、その後には「冒険小説」というパターンをたどったAシリーズへの拘りと無限反復の中で徐々に見失われてきたのもの、それは、大人たちの中にも愛する子どもを凌辱し虐殺したがる欲望があるのであり、いや、ばかりか、もしかしたら、子どもこそがこの世の悪であり、彼らの中にもまた邪悪な欲望や暴力性があるのかもしれない、という怖れと戦きではなかったか。

それはどういうことか。

ここはおそらく、高橋文学のもっとも謎めいた、危ういゾーンだ。

慎重に探ってみよう。

たとえば短編集『さよならクリストファー・ロビン』の中でも震災直後に書かれた「お伽草紙」「アトム」において露呈していたのは、無垢な被害者としてのアトムと、生まれながらに壊れた邪悪な加害者としての「トビオ」が、高橋にとっては、本当は表裏一体の存在だった、という端的な事実である。「ぼくがいちばんやりたいことは、きみを滅ぼすことさ。他には、なにもないんだ」。子どもが子どもを殺す。そこに天真爛漫な悪のグロテスクさがある。とすれば、子どもたちの背中にイノセントな希望(夢)を見出すのは、大人の側の勝手な期待や幻想に過ぎないはずだ。

そのことを考えるためには、『銀河鉄道の彼方に』の結論からいったん離れて、震災の約一年ほど前に単行本として刊行された『「悪」と戦う』(連載二〇〇七年~二〇〇九年、単行本は大幅加筆されて二〇一〇年五月に刊行)の物語へと、立ち戻ってみる必要がある。

というのは、『「悪」と戦う』のモチーフは、『さようなら、ギャングたち』で置き去りにされた「子どもの死と復活」というモチーフを二九年ぶりにやり直すことであると同時に、「子どもの悪」という奇妙な謎に再び向き合うことだったからだ。

ひょっとしたら、ここには、AとBが異種交配するきっかけがあったのではないか。

『「悪」と戦う』は、こんな小説だ。

小説家の「わたし」には、ランちゃん（三歳）とキイちゃん（一歳半）という二人の子どもがいる。ランちゃんとキイちゃんは、公園で「ミアちゃん」という女の子と友達になる。ミアちゃんには、顔に特異な畸形がある。お母さんは娘のミアちゃんを深く愛しながら、その愛ゆえに、世間の偏見や軋轢に対する日々の戦いでぼろぼろになり、疲れて果てていた。

三章で、ランちゃんは突然、「マホちゃん」という少し年上のお姉さんに導かれて、この世の「悪」と「戦う」ための旅に出ることになる。「悪」とは何者か。マホちゃんによれば、この世の「悪」とは、この世界全体を虚無へと導き、崩壊させようとしている存在だという。ランちゃんは、なぜか、「悪」に立ち向かわねばならないことになるのだ。

ランちゃんの旅は、この世界が強いる奇妙で過剰な暴力の謎の前に、何度も何度も躓く。幾つものパラレルワールドでは、顔に畸形のあるあの「ミアちゃん」が様々な形で虐められたり、自殺したり、殺されたりしていく。しかもランちゃんは、ミアちゃんを助けられないばかりか、間接的な形で彼女の自殺に加担したり、時には「殺し屋」としてミアちゃんを殺さねばならなくなる。しかし、ランちゃんの旅の目的は、「悪」と戦って世界を救うことではなかったのか。なぜ顔の畸形と障害を負って元々苦しんでいるミアちゃんが、何度も何度も、この世の理不尽な暴力と痛みにさらされねばならないのか。わからない。ランちゃんは一体、何と戦っているのか。戦うべき「悪」とは何なのか。

やがてその正体が明らかになる。「悪」とは、むしろこの世の理不尽な暴力を強いられた子どもたちであり、たとえば親の虐待によって抵抗も反撃も出来ず殺された子どもたちや、中絶によって最初から生まれることすらできなかった子どもたちのことである、と言うのだ――「ぼくたちは、きみたちの『世界』をもらうよ。ぼくたちには、『世界』がなかったから。『世界』は、いつも、きみたちのものだった。ぼくたちは、ずっと暗くて寒いところで、泣いているばかりだった。ぼくたちには、『世界』をもらう権利がある。そうは、思わないかい？」。

この不思議な逆転は何だろう。この世でいちばん弱い者こそが悪であり、世界全体に対する究極の加害者である、とは。『「悪」と戦う』は、高橋が八年がかりで書いた『ゴーストバスターズ』の変奏でもあり、「悪」とは「ゴースト」つまり「水子」のことでもあるのだ。

ランちゃんは、圧倒的な疑惑の渦中にある。


《ねえ、もしかしたら、「悪」の方が正しいんじゃないかって、ちょっとだけ、ぼくには思えたよ、マホさん。だったら、ぼくは、正しい「悪」をやっつけちゃったのかもしれない。じゃあ、ぼくの方が、ほんものの「悪」じゃん！　違うのかなあ、マホさん。》

これは不思議な小説であり、何度読んでも、不吉なわかりにくさがある。ただ、ここでもまた、高橋の中では加害と被害、能動と受動の捻転が生じている。あたかも、子どもたちをネグレクトし、子どもたちの首を絞めるこの私こそが可哀想な犠牲者であり、被害者なのだ、とでも言うかのように。

そして「悪」との「戦い」の導き手となるマホちゃんとは、この世に生まれられずに死んでしまったランちゃんたちのお姉さんであり、とするならば、あの『さようなら、ギャングたち』で死んでしまった「キャラウェイ」的な女の子の輪廻転生でもあるかのようなのだ。

これは非常に危険な、欲望と暴力が縺れ合うゾーンに足を踏み入れることだった。その危険な賭けなしには、AとBが交差することもありえなかった。ただし、震災の直前に書かれた『「悪」と戦う』には、いまだに高橋自身の問いが熟し切っていないところ、作品としての幾つかの未成熟があるようにも思える。以下の点がそうだ——本来は父親としての高橋自身が「悪」と戦うべきであるのに、子どもであるランちゃんに戦いを代理させてしまっていること（1）。死んでいく子どもたちを「君たち」と二人称で呼びながら、子どもたちの存在を一人称（ぼく）として表象し、憑依してしまい、他者性を抹消してしまっていること（2）。そして結局、小説のラストは、大人のまなざしによって子供たちを愛情深く見つめる、というナイーヴで感傷的な路線に回収されてしまっていること（3）、の三点である。

要するに、全体として読めば、これもまた、Aシリーズの「詩」にとどまってはいなかったか。本当は、身代わりとしての子どもたちの戦いとは全く別の次元で、大人の男性としての高橋自身に固有の「悪」との「戦い」があったはずであり、暴力と享楽と遊びと自由が乱れ合ういちばん危ういゾーンにおける「戦い」の光景が描かれねばならなかったのだ。

愛を感じられない、と高橋は繰り返し語ってきた。たとえばこんな風に。「わたしには、なにかを愛することができるということがほんとうにはよくわからないのです。そして、これから、いつかわたしがなにかを愛することができるようになるのかどうかもわかりません。「愛さなければ、通過せよ」ということばをもし肯定するなら、わたしは永久に通りすぎるばかりの人間になる可能性が高いのです……」（「「正義」について」『文学じゃないかもしれない症候群』）。

『さよならクリストファー・ロビン』の天馬博士もまた、膨大な知識や情報を持ちながらも「愛」を知らず、それゆえに、自らの愛を実験するために子どもを欲したのだった。その結果、彼は世界中の何物をも愛しえず、何より自分自身を愛せなかったが、なぜか、子どもの存在だけは深く真っ直ぐに愛することができた。しかしその時にすら、天馬博士は、子どもの存在を深く没入的に愛しながらも、同時に、自らの愛を疑わざるをえなかった。そこに高橋の根深い病があり、ポストモダンな実存の切実さがあり、また誠実さもある。「わたしには、これがほんとうとしか思えない。けれども、同時に、それを疑っている自分もいるのだ」。

重要なのは、高橋が「愛」と同時に、自分の中の本当の「悪」を感じることができなかったことにある。この世界のありとあらゆるものを楽しみ、享楽しながら、なおどうにもできない無痛とアパシーが存在し続けた。しかも「愛」と「悪」とは、高橋にとっては、あたかも言葉と沈黙のように、あるいはAとBのように、表裏一体のはずのものだった。すると「悪」と戦うとは、じつは「愛」の可能性と戦うことであり、その戦いの彼方で内なる「悪」の生々しさを水子を甦らすようにしてこの世に産み直すことでもあったはずだ。そんな気がする。

必要なのは、「愛」と「悪」がわかちがたく絡み合うようなゾーンから、秘密の欲望を開き直すことであり、自らの言葉をさらなる自由の「彼方」へと押し開くことだったのである。

4 銀河系文学とは何か

震災前後の高橋が小説でやったことは、ぎりぎりの戦いだった。僕はそう思う。じつに果敢に戦った。膨大な言葉の水量を、震災後の現実に対してぶつけていった。小説も、エッセイも、ツイッターも、対談も、ルポも、使えるものは何でも使った。やれることはとにかくやった。そう見える。それはおそらく、3・11という現実が露呈させてしまったポストヒューマンな現実が、高橋が何十年も向き合い続けてきた「ポスト・モダン」そのものであり、虚無やゴーストたちとの戦いの本陣に切り込むようにして、高橋は3・11以降の現実に対して立ち向かわねばならなかったからだ。様々なタイプの言葉の使い方の中でも、高橋の最大の武器は、もちろん、小説の言葉だった。

しかし、結局、小説としては、ダメだった。うまくいかなかった。

率直な思いをいえば、そうなる。

他人事のように「ダメだった」と確認することは、もちろん、批評の仕事ではない。必要なのは、なぜ不十分でありダメだったのか、そのことを作家の内在的な論理の必然に従って示すことであり、そしてその限界をさらに超えて新次元へと臨界突破する可能性を——たとえそれが批評家の身勝手な期待に過ぎなくても——明示することだろう。震災後の小説はこれだ、これが文学だ、と堂々と開陳してみせることだろう。そのつもりで、ここまで長々と批評を書いてきた。だから、高橋の人生を初期からたどりなおしてきた。僕にはそれくらいのことしかできなかった。

はっきり言えば、高橋の文学は、子どものことばかりを純粋に物語ろうとすると、いつも、童話的な小粒さに閉じていく。そんな無念さがある。それはおそらく、息子に寄り添おうとするあまり、高橋自身の内なる男性的な性愛の問題（性的な過剰さ、ポルノ的なペラペラさ、男性・父親としての壊れ方、それゆえのユーモア）がスルーされ、パッシングされてしまうからだ。かえって、性愛の暴力から眼を逸らすために、良きパパを欺瞞的に自演しているのではないか。素朴にそう見えてしまう。人の子であり、子の父である我が身を思って、やはり、それはゾッとする。

何度でも繰り返すが、やはり必要だったのは、AシリーズとBシリーズ、つまり『さよならクリストファー・ロビン』（死者や子どもたちへの愛について）と『恋する原発』（性的に過剰な暴力について）とが力強く交差するようなゾーンから――幼い頃に生き別れた双子のきょうだいがついに奇蹟的に出会い直すようにして――、高橋に固有のポストモダンで非人間的な小説の言葉を練り上げていくことだったはずだ。そんな小説を最後まで書き抜くことだったはずだ。これが手前勝手な憶測だとは思わない。実際に、高橋の震災後の言葉には、「何かが交差しかけている」という気配だけは、何度も感じられるのだ（『一〇一年目の孤独』では、ホスピスや学校の取材の間になぜか、ラブドールで有名なオリエント工業の取材が差し挟まれるし、Bシリーズの『恋する原発』の終盤にも唐突にAシリーズとしての「震災文学論」という評論パートが異物的に置かれる、等）。

たとえば震災のあと、ある種のオカルトと近似するような「死者実在論」が目立つようになった。死者たちは、この世界から消えていなくなるのではなく、生者とは別の形で存在し続けるのだ、と（若松英輔、いとうせいこう、中島岳志など）。特に評論家の若松英輔の『魂にふれる』が言論界に与えた影響は大きかったように思える（話題になった金菱清『呼び覚まされる霊性の震災学』にも、はっきりと若松の影響がある）。若松の死者論の背景には、ガンで十年の闘病の後に二〇一〇年に亡くなった妻に対するケアの経験があった。「死者は、悲しむ生者に寄り添っている。死者はいつも私たちの魂を見ている。私たちがそれを見失うときも、死者たちは、魂にまなざしを注ぎつづける。ときに死者は、私たち自身よりも私たちに近い」（『魂にふれる』）。

高橋源一郎もまた、必然として、死者の領域へと踏み込んだ。しかし高橋の言葉は、若松のような信仰者や宗教者の言葉ではなく、文学者の言葉であらねばならなかった。文学者は、心から何かを信じたいと祈るその時にこそ、その信念の対象をすら過酷に疑い続けねばならない。言葉が砕けて、瓦礫となり、沈黙の彼方へと飛散していく、そんなぎりぎりの場所から「書きはじめる」のである。それは虚無に供物を捧げるためではない。たんに真っ直ぐに世界を信じるよりも、いっそう深く広く強く、この世界を「小説的」に信じ直すためだ。

だから、文学の言葉によって死者に向き合うとは、信と不信、文学と科学、偶然と必然、虚実皮膜の間を危うく縫うようにして、手持ちの道具を使いきって、愛する他者の死という痛みに向き合い続ける、死者を生々しく甦らす、そんな実験を意味するしかなかった。それはもはや死者実在論ではない。死者復活論である。

高橋にとって、政治運動の仲間たちの死、子どもたちの死は、どうにもならない痛みであり続けてきた。ポストモダンな感覚からいえば、現実は全てが記号であり、フィクションにすぎないはずだ。それなのに、なぜ、愛する者の喪失の痛みだけはこの人生から消えないのか。消えてくれないのか。その見えない出血を決して誤魔化さないこと。他者に対しても、何より自分に対しても。どんなに時代が変わって、人々の心が容易く移ろっても、その痛みの中にとどまり続けること。血を流し続けること。それでいながら、消費社会や日々の泡沫的な娯楽たちを心から慈しみ、人生を喜びで満ち渡らそうとすること。そんなふうに自由に生きられないものか。言葉の力によって。言葉のみを武器にして。そこに高橋の誠実さがあり、小説家としての勇気があった。

つまり、最愛の恋人や仲間の死を本当の意味で超えていくには、たんなる忘却や抑圧ではなく、あるいは他者をゾンビとして滑稽に表象するのでもなく、自らの言葉のポテンシャルを信じ直して、それを新次元へと押し開くほかになかった。言葉を開き直すことが必要だった。3・11以降の非人間的な現実を超えていくために。それが小説家の仕事であり、政治やボランティアによってではなく、文学の力によって震災後の現実に向き合うこと、小説家としての使命を貫くことだった。

震災の経験は、人々の中に様々な時間感覚の捩れをもたらした。斎藤環は「いまやこの列島は、複数の時制へと引き裂かれてしまったのだ」と言った。地震や津波は、一〇〇年単位、一〇〇〇年単位の時間を想ってみることを人々に促した。さらに放射性物質の半減期の問題は、数万年単位、数十万年単位の時間感覚を想像してみることを僕らに強いたのだった。たとえば、人間が現在の生活や文明を維持するために、一〇万年後の生命体や地球に対して——地球上にはすでに人類が存在しない可能性も高いけれども——過度な負担を押し付けることは許されるのか、未来の生態系に対する責任とは何か、云々と。半径数メートルの日常と一〇万年後の未来とが重合し、縺れ合い、入り乱れるような、ノンヒューマンな時間感覚が僕らの足元に虚ろな口を開いたとも言える。

そもそも、ロマン派以降の近代的な文学は、普遍的なもの（宗教や国家や科学）と私的なもの（感情や倫理）の間の、落差や分裂について考え続けてきた。しかし、震災後の現実は、人間的な反省（自意識）の仕方では手に負えないほどに、巨大なスケールの分裂をもたらしたのである。

こう考えてみる。

ヒューマンな眼差しから見つめれば悲惨で理不尽な出来事も、宇宙的なノンヒューマンな眼差しからみつめれば、よくあること、ありふれたこと、詰まらないことにすぎないはずだ。にもかかわらず、僕らは、なぜか、恋人や我が子、最愛の誰かが亡くなれば、その悲しみには耐えられない。どうか、かろうじて愛しうる人の顔を思い浮かべながら、考えてみてほしい。だからこそ、震災後には、ある種の超越的な（神仏やオカルトの）価値観が必要になったのだった。三歳で死ぬことも、一〇〇歳で死ぬことも、大して変わりがなく、平等に価値も意味もない――しかし、逆にいえば、そんな現実の先には、我が子が死ぬ時も、赤の他人が死ぬ時も、等しく悲しみ、慈しむような、そうした無慈悲で無情な、非人間的な倫理が覚醒しうるのだろうか。小石（人間）と惑星（非人間）を同時に見つめていくような言葉がありうるのだろうか。

思想家の中沢新一は、震災のすぐ後に、地球中心的な認識から、太陽系的な認識への根本的な転回を考えるべきだ、と主張した（『日本の大転換』）。

いわゆる生態系やエコロジーという概念すら、地球内部の話にすぎなかった。しかし、そもそも原子力とは、本来は地球の外部にあるはずの太陽のエネルギーを、地球の生態系の内部にあえて取り込もうとする、そのような技術なのである。しかも太陽のエネルギーを考えることは、科学／自然という二分法を脱構築してしまう。実際に、一七億年前には地球上に天然の原子炉が存在したのだった。すなわち、地球外的な眼差しからみれば、「原子力すらも自然」と言えるのである。原子力について考えていくことは、本当は、こうした非人間的な転回を我々の思考に否応なく強いるはずだ。

中沢は、基本的に、それらの問いを社会運動やイデオロギー、あるいは原子力を超える技術論の問題として考えようとした。

しかし、震災後の文学者たちはそれを、「言葉」（そしてそれを語る「私＝自我」）の革命的な変容の可能性として考え直そうとしたのだった。たとえば上田岳弘『太陽・惑星』、多和田葉子『献灯使』、星野智幸『夜は終わらない』、中村文則『教団X』、滝口悠生『死んでいない者』、大澤信亮『新世紀神曲』、そして高橋源一郎『銀河鉄道の彼方に』等である。

いくつか見てみよう。

上田岳弘「太陽」（初出「新潮」二〇一三年一一月号）によれば、人類の第一形態は個人道徳やエゴイズムの時代であり、ゆえに格差や暴力が再生産されていく。人類の第二形態は、非人間的な功利主義の時代であり、個人の属性や生れの違いは数量的に均され、功利計算によって、完全に平等な社会が実現される。それは人類を個々人の差異ではなく、集合的存在として捉えなおすことを意味する（たとえば健康な人間を一人殺して臓器を取り出したり、眼球を取り出して、臓器移植によって二人以上の人間の幸福度を上げることは、最大多数の最大幸福に適うことであり、功利主義的には「正しい」こととして正当化されるかもしれない）。しかしさらにその先に、第三形態がある。『太陽』はそれを功利主義＋「偶然性の復権」と定式化される。「無意義な環境に置かれ、無慈悲に消え去っていった者たちの価値を、その頃の人々は正しく理解することだろう」。

すなわち、第一形態において忌避された偶然性、有限性、不公平、恣意、その他あらゆる偏りは、第二形態において完全に排除されるだろうが、第三形態においてようやく本来の意味を取り戻すはずだ、と。それが個人主義的道徳を超える功利主義的平等の限界をもさらに超えていく、来るべき超人類のための超倫理であり、しかも、それを、たんに他人事として物語るのではなく、言葉の力によって本当の本気で生きねばならない。それればかりか、読者の生（言葉と自我）をも具体的に変えるのでなければならない。上田の小説には、そんな気概が漲っている。

重要なのは、上田の作品が、小説の文体の力、言葉の力だけを用いて、読者へそんなノンヒューマンな自我への覚醒を促していることだ。

そんなことは不可能に思えるだろうか。だが、それこそが、文学の人類史的な意味なのだ。言葉は言葉に過ぎず、現実的には完全に無力であるが、その無力さゆえに人類史を更新させてきた、文学の「力」なのだ。

人類は「人間を超えるものにならねば」（『ジョジョの奇妙な冒険』のディオの言葉）ならない。そんなおかしな男の夢が、人類を捉え続けてきた。今後も捉え続けるだろう。殺戮と不平等に満ち溢れた歴史が打ち続いていく限りは。『太陽』の冒頭では、太陽そのものの内面に潜り込むかのような、太陽系的なスケールの思考が展開されていく。だが、そんな超感覚の持ち主が、足元のちっぽけな小石に躓き、思考を寸断され、こけつまろびつ、その滑稽な姿を周囲の人々に笑われるとすれば。しかもその小石が「何」であるかは、本人にさえ知覚も予測もできないならば――。

そんな惑星／小石の間の、無様で惨めでユーモラスな振幅こそが、人間が人間である限り逃れられない生の条件そのものであり、足元の小石の姿がはっきりすればするほど、天空に燃える惑星の姿もよりはっきりしていく。卑小さと崇高さ。痛みと祈り。それらを矛盾したまま同時に書き尽くしていく言葉、それを人類はおそらく〈文学〉と呼んできたのだ。そこには純文学／エンターテインメント、リアリズム／SF等の区別はもとより成り立たない（ドストエフスキー／ヴォネガット／村上春樹らの文学がそうであるように）。

そのような動機や思考をひそかに分かち合っているがゆえに、上記のような震災後文学たちにおいては、太陽系や銀河系などのメタファーが頻出するのかもしれない。あたかも彼らが構想しているものは、たんなる日本文学ではなく、あるいは世界文学ですらなく、銀河系文学である、とでもいうかのように。

必要なのは、言葉と自我の太陽圏的な転回（回心）であり、「銀河系の彼方」へと突き抜けていく精神であり、言葉なのだ。

銀河系文学としての震災後文学。

上田岳弘の作品にかぎらない。

星野智幸の新境地としての長編小説『夜は終わらない』（雑誌連載「群像」二〇一一年九月号〜二〇一三年一〇月号、単行本化にあたり大幅に加筆修正）。

震災から半年後に連載開始された『夜は終わらない』は、災害や原発事故のことを正面から描いているわけではない（核融合の実験を行うSF的な地下施設が出てきたりはするけれども）。しかし、現実と虚構、政治と文化がまだら模様になり、パッチワーク化し、現実を支える最低限の論理（底）がメルトスルーしてしまった世界の中で、そもそも「私」の変貌はどこまで進むのか。どんなポストヒューマンな言葉を語り得るのか。そして非人間的な世界における非人間的な倫理とは。星野の作品は、そうしたことを執拗に模索していく。その意味でやはり優れた震災後小説の一つであると思える。そしてここでも銀河系というメタファーが重要な意味を帯びる。

『夜は終わらない』の「語り手」玲緒奈は、男たちを騙して金を毟り取っている。そして用済みになった男たちを殺害し、始末する。その際、彼女は男たちを殺す直前に、手足を縛って、次のように言う。「私が夢中になれるようなお話をしてよ」。なぜか。「私の物語を語ることのできる人間を探すため」であり、「私を私の人生の主人公にしてくれる」唯一無二の物語と出会いたい、と欲望しているからだ。玲緒奈はすでに何人もの男を殺し、或いは自殺に追い込んできたが、同棲相手の久音（くおん）が語った一つの物語（実はそれは、実在の玲緒奈とペットのフェレットの関係をたくみに織り込んだ、虚実皮膜の寓話だった）になぜか感情を揺さぶられ、動揺し、彼を殺せなくなってしまう。さらに別の話を要求する玲緒奈に対し、久音は、次の話を聞けば、君は「もう昼の住人には戻れないだろう、と予告する。

聞いたら二度と戻れない物語――そこでは、物語の中の人物がさらに別の物語を語りはじめ、登場人物は次々と他の人間と役割・記憶・人格が入れ替わり、物語の中の物語の中の物語の中の物語の……が無限に増殖していく。読者はめくるめく眩暈の中で、ひたすら、虚構の奥へ奥へと引きずりこまれていく。

そんな物語中物語中物語中物語……の一つ「フュージョン」の語り手であるウキオは、地上に「星」を創って核融合のエネルギーを売るための、ある秘密組織の作業員になる。しかしその星工場が、まもなく反核原理主義団体に襲撃され、ウキオは逆スパイの訓練を受けることになる。スパイとは、どんな存在か。スパイは〈本物以上に本物らしく〉を信条としている。スパイは何にでも染まり、何にでも成り代わるが、決して「本物」にはなれず、永遠に欠如感に苦しみ続ける。そうした存在である。そのような苦しみ方はまさに玲緒奈の、いや、作者である星野智幸の、たぐいまれな資質（才能）でもあるように思える。この長大な作品において、星野は小説家として研きあげた技術と想像力の全てを、惜しみなく、〈私〉と言う空虚な劇場へと叩きこんだのだ。

考えてみれば、玲緒奈や久音ばかりか、玲緒奈に無意味に惨殺された男たちの中にも、存在を丸ごと消されていく架空のキャラクターたちの中にも、等しく「星」はあり、「物語」はあっただろう。ある人間がどんなに自分の生を空虚に感じても、その人の命がすでに生きてしまっている豊かさを、本人にすら消し去ることはできない。かつてガリレオは言った。コペルニクスによる宇宙像の革命を理解できる人々も、地球と月が太陽の周囲を一年で回転しつつ、月は地球の周りを回転し続ける、という回転の複数性を受け入れられなかった、と。傲慢な自己本位（天動説）でも、自らの空虚さに居直る他者本位（地動説）でもない。真偽や善悪、美醜、本物と偽物の違いをすら等価なものとして巻き込みながら、複数的に回転し続けていく物語の銀河が我々の周りにあるとすれば――。

　人々を生かしたり殺したりしながら渦巻き続ける（たとえば聖書やアラビアンナイトやトリスタン物語のような）物語の銀河。『夜は終わらない』が開こうとするのは、そのような言葉の水準なのだ。そこには、読者である僕ら自身が〈物語によって喰われる〉という怖さすらある。たとえばパウロは、「イエスは死んで三日後に甦った」という物語に喰われることで、回心し、自らの存在が空虚で空っぽである事実に覚醒したからこそ、イエスの奇蹟を他者たちに向けて無限に物語り続けることができた。しかも、人々が各自に必要な物語を自らの中から産み直すための物語を。「〈復活〉は純粋な出来事であり、或る一つの時代の開けであって、（中略）であればこそ、復活をわれわれの復活に絶えることなく結びつけ、特異性から普遍性へ、またその逆へと、進んで往かねばならないのだ」（バディウ『聖パウロ』）。

　きっと夜は終わらないだろう。空虚な生の悲しみも消えないだろう。しかしその夜の闇を照らす星座を、銀河を、この地上にいつの日かもたらさねばならない。空虚で空っぽな「私」たちを、その空虚さの最暗黒において、真に復活させるための物語の核融合として――星野の震災後小説としての

『夜は終わらない』は、そんなことを僕らに考えさせずにはいない。

あるいは、中村文則の長編小説『教団X』（連載「すばる」二〇一二年五月号〜二〇一四年九月号、加筆の上単行本化二〇一四年一二月）。中村自身によればこれもまた震災小説ではないのだが（『太陽』や『夜は終わらない』もそうだった）、やはり優れた震災後小説として読むことができるし、読むべきだと思う。

初期の中村は、一貫して、子どもたちが強いられる悲惨で理不尽な暴力（児童虐待など）を、いわばヨブ記的な神学的苦痛と結びつけて描いてきた（『銃』『土の中の子供』等）。しかし日本人である自分たちには、そもそも、ドストエフスキーやゲーテのように神の存在を信じることはできない。いわば、この国では神は不在なのだが、あたかも神的な悪意だけが残って、天から地上にたえまなく降り注いでいる。そんな不気味な状況と言えばいいか。では、そうした「悪場所」としての日本的な状況の中を、子どもの頃に理不尽な傷を負ってしまった人々は、どうやって生きればいいのだろう。そのようなねじれた問いを、中村は初期から抱え込んできた。

『銃』の後記を読むと、この人は、本当に、小説を書くことによって殺人や自殺を逃れてきたのであり、誰も殺さず、自殺もしないために小説を書き続けてきた人なのだ、と思う。ある青年の手元には、たまたま銃が与えられ、ある青年の手元には、たまたま小説が与えられた。両者は紙一重であり、ただの偶然であり、どちらでもよかった。生の根源にあるそんな偶然性の感覚。確率的な分岐点。そしてそれでも人生がなお、崩壊せずに続いてしまうことの不思議さ。そんな言葉にならない違和感を、小説家としての人生を選んだ中村自身もまた感じ続けてきたのではなかったか。

『教団X』は、そんな中村文則の文学的な集大成であり、これまでで最大の分量となる小説であり

（これも高橋の『銀河鉄道の彼方に』や星野の『夜は終わらない』と同じように）、新境地であると言える。

初期の村上春樹は、大江健三郎や中上健次のような豊富な物語の宝庫としての「根拠地」が自分（たち）にはすでにない、という事実を痛切に受け止めた上で、郊外の抽象的な都市の中で新しい「物語」を再起動しようとした。さらに一九九五年のオウム真理教による地下鉄サリン事件の衝撃を受けて、村上は、自分は麻原彰晃という物語作家に小説家として負けたのだ、という決定的な敗北感を覚える。村上の小説と麻原の物語は想像力の質がよく似ている（『ねじまき鳥クロニクル』はサリン事件の前に刊行された）。ならば、オウムのジャンクな物語を超えるような、浄化的な物語を創るとは、どういうことか。オウムを超えるには、たんにオウムの暴力や矛盾を批判してもダメだろう。物語商品としての小説（言葉）をオウム以上の力によって流通させるしかないと、と。そうした物語論がポイントであり、オウム真理教のジャンクな物語に対して、日常的な庶民の物語の厚みを対置しようとした。

『教団X』は、こうした村上春樹的な試みを、震災後のリアリティの中で反復＝変奏しようとしたものにもみえる。実際に中村文則は、仏教・キリスト教・天皇制・民間信仰などを宗教混合させたメタ的な宗教的なものの上に、さらに量子論や素粒子論、宇宙物理学などの現代的な科学理論を接続することによって、ポストヒューマンな時代の新たな〈物語論〉を語りはじめようとしている（シンクレティズム的な世界宗教＋現代科学→銀河系的な新しい物語へ）。それは依然としてオカルトや疑似科学と見紛うような危うい道ではある。しかし、そんな危うく微妙な道を避けずに、文学＝言葉の力を信じようとし、あらゆる無意味な生を平等に肯定し、生かし直すような、ポストヒューマンな倫理の可能性を探し求めたのだった。

中村にとって、それは震災という理不尽な出来事に向き合いながら、虐待が象徴するような理不尽な人生の謎に再び向き直すことでもあり、読者がその先を生き延びうるようなメタ物語＝世界文学として、自らの小説を鍛え直すことを意味した。

さらに大澤信亮の震災後批評「出日本記」（「群像」二〇一二年五月号）。大澤もまた、旧約聖書の「脱出」という行為の意味を、空間的な脱出（エクソダス）を超えて、「自我」からの脱出（悟り）へと練り上げようとしている。

問いがこう設定される。二〇一一年三月二四日、福島の農家の男性（六四歳）が自殺した。三〇年以上も有機農業を続けてきた人だった。そんな人がもう生きることは出来ない、と命を絶った。「ここが出発点だと思った」「そこに届く言葉が自分に言えるのか」。この問いの前に、大澤は、九カ月間の「失語」を経験する。大澤が熟慮の上に示す答えは、こうだ。最も大切な何かを放棄しながら、共に生きること。「本当に大切なものを自分も捨てる。そのために人生のすべてを賭けてきたものを私も捨てる。だから一緒に生き直そう。今ここで農家の方と同じ問いを抱えている人たちにそう伝えたかった」。

しかし、棄てるべきものとは何か。金や土地か。違う。才能か。違う。棄てるべきは「我」である。大澤はそう言う。

では「我」とは何か。それは、どんなに自発的に捨てようとしても、どうしても捨てられないもののことだ。たとえば大澤にとっての逃れ難い「我」とは、以下の「宿命的かつ生理的な」生存パターン（強迫反復）そのものを意味するという。「ある真剣な人間が対象に対峙する。彼は対象に向き合うために、今までの自分を捨てて行く。その過程で協力者が現れる。しかし、最終的に対峙するのはやはり、自分である。その過程で高められて行った緊張が何らかのブレイクスルーを起こす」。

大澤はこうした「我」からの脱出に、たとえば仏教の開祖である釈尊の「解脱」を重ね、あるいは、精神分析の創始者であるフロイトの「ユーモア」を重ねていく。「日本を脱出する前に、自我から脱出する。解脱という精神状態を得ていれば、何物にもこだわることなく、人は何度でも復活できるのかもしれない」「どんなに大人ぶろうが、人は人生の急所において無力な子供に成り下がる他なく、その剝き出しの自己を批評すること以外に、真実など在りはしないのだから」。

この場合、重要なのは、そもそも、「私」が悟るとは、「誰かと共に悟る」「悟らせ合う」ことであり、それが釈尊の基本認識だった、ということではないか。たとえば思想家の中山元は、釈尊がベナレスではじめて行った説法（転法輪）について、次のように書く。《ゴータマがウルヴェーラーにあって悟り開いた境地と、五人の比丘がここに到達した境地とは同じ文句で説かれている。ゴータマを含めて六人とも安らぎ（ニルヴァーナ）に到達したとされている。そこにはいかなる区別もない。釈尊は極度に偉大な超人的な存在であり、仏弟子はとうていそこに到達しえないと説くのは、後代の人々の空想や神学者のもったいぶった思弁にもとづくものである。それは歴史的真実をゆがめている》（『釈尊の生涯』、一九六三年、傍点原文）。

その時「精神が回転する」と大澤は言った。しかし、その回転は、まさに銀河系的な回転であり、複数的な引力と斥力の中で自我を回転させ続けることだったのだ。すなわち大澤は、聖人や超人のような超感覚へと自らを超出させつつ（脱出する）、無名の無明性の中へと我執を無限に解体していく（共に生きる）のである。

そもそも釈尊にとって、悟りとは、ただ一回悟ることではなかった。ありふれた日常の中で永遠に悟り続けること——逆に言えば、死ぬまで、永遠に悟りきれないことを深く覚悟すること——だった。《だからブッダたることとは、誘惑を斥けるという行為それ自体のうちに求められねばならぬ。不断の精進がそのまま仏行なのである。悟りを開いて「仏」という別のものになるのではない》(『釈尊の生涯』)。しかも、悟ろうとしても悟れない他者、自らの無能に苦しみ続ける他者、よりよく生きようとしてかえって現実の卑小な欲望に躓き続けてしまうそんな他者たち「と共に」、彼らの複数の重力圏に重層的に引き摺られつつ、悟ろうとすることなのだった。

僕らはここでも、震災後のノンヒューマンな現実によって、言葉と自我を問われてしまっているのである。

＊

ここまで、いくつかの（震災後文学としての）銀河系文学について述べてきた。

この宇宙では、地球中心主義を相対化する太陽系すらも、もちろん、中心ではありえない。惑星が一〇〇〇億個以上集まって、銀河という大集団を作り、さらにその銀河が一〇〇個以上集まって、銀河団という超巨大な集団を形作っている。近年の宇宙膨張の速度の変化・ずれの観察から判明しているのは、こうした巨大な銀河や銀河団同士も、お互いの重力の影響を複雑な形で受けあっている、ということだという。

上記のような震災後的＝銀河系的な小説たちは、現実と虚構がまだら模様になり、偶然と必然がパッチワーク化して、雑じり合っていく中で、ただ、言葉（文学）の力のみによって、「私」のあり方を更新し、非人間的な方向へと変貌＝革命しようとしていた。その時に、個々の小説家たちの宿命的な問いがたまたま共鳴し、この地球上に一度も出現したことのない偶然の音楽を奏でるようにして、彼らの作品や物語の中には、太陽系や銀河系というメタファーが――それ自体が新しい星座のように――浮かび上がってきたのだった。人間中心的な価値観や時間感覚を相対化してしまう自然災害や原子力的なものに対峙しうるような文学とは何か、言葉とは何か、という問いによって促されながら。

文学者たちにとって、それは言葉のあり方を更新し、ポストヒューマンな「私」を解き放つことだった。そしてそれは「この現実はただの無意味な偶然によって別の現実や法則へと切り替わるかもしれない」「現在が何の後で、何の前なのか、災害／人災／戦争の境目がどこにあるのか、そもそもそれを決定できない」という3・11以降のポストモダン＝ノンヒューマンな自然の中で、喜びと自由とともに生きのびていくための、物語の銀河系を編み直すことだった（ちなみに僕の震災後批評としての『宮崎駿論――神々と子どもたちの物語』もまた、それらの試みに共鳴して偶然の音楽を奏でるものであったことも、我田引水ながら、言い添えておく）。

そこにあるのは、自分たちこそがこの宇宙の中心だ、という傲慢さ（天動説）ではない。しかし逆に、自分なんて無に等しいちっぽけな存在だ（地動説）、というシニカルな自己卑下の感覚でもない。この世界や宇宙の巨大さによって自らを無限に相対化されながらも、なお、すぐ隣りにいる他者（君）たちの中に、惑星や太陽に等しい絶対的な何か（＝個体性）を発見していく、ということ。

銀河系的なスケールからみれば、巨大な太陽ですら、たった一つの星にすぎない。すると、必要なのは、この自分という「一人」の中に、惑星的なものの輝きを――そしてそれらの星々が織り成す星座的な協働を――発見していくことだろう。この自分のちっぽけな命すら、すでに、他の誰かに何かを与え、誰かに何かを贈与してしまっているのかもしれない。自分でも知らない何かを。自分でも知らない形で。遠く離れた惑星と惑星が、互いの重力によって複雑な影響（回転）を与え合っていくように。

僕らの誰もが等しく複数的で重層的な回転の諸力の中にある、ということ。それはありふれた恩寵であり、僕らは、そうした恩寵に対する日常的な敬虔さをもう一度必要としているのかもしれない。

5　天真爛漫なエゴイズムの方へ――宮澤賢治と高橋源一郎

高橋源一郎の震災後文学の決定打は『銀河鉄道の彼方に』だった。元にあるのはもちろん宮澤賢治の「銀河鉄道の夜」である。高橋の『銀河鉄道の彼方に』はそのパステーシュであり、二次創作的な意味を持つ。

震災後に限らない。高橋にとって、宮澤賢治は特別な意味を持つ詩人であり作家だった。高橋は『日本文学盛衰史』『官能小説家』等では明治以降の文豪たちの群像をメタフィクショナルに描いたが、宮澤賢治に関しては『ミヤザワケンジ・グレーテストヒッツ』という一冊の本を捧げている。そもそも『ゴーストバスターズ』以降の「冒険小説」たちは〈銀河鉄道に子どもたちが乗り込んで様々な平行世界を旅する〉というフォーマットの則ったものだった（同書には「俳句鉄道の夜」の章がある）。また震災後刊行の『動物記』では、人間と動物と植物と微生物をスペクトラムとして見つめる賢治的な眼差しを、言葉遊びのレベルで実験的に試みている。

震災後、宮澤賢治は最も頻繁に参照された文学者だった。それはたんに東北地方を代表する存在だったから、だけではない。明らかに、千年単位の天災と数万年単位の原子力的なものに対抗するための鍵を、賢治の言葉と思想の中に探し求めようとしたのだ。「今回の地震は千年に一度の大地震だった。そういう出来事に対して普通の感覚だけで考えてはいけないと思った。千年に一度の出来事には、千年を超える思想だ」（大澤信亮「出日本記」）。多くの人が言うように、宮澤賢治の思想には独特の過剰さや非人間性があり、僕らが普通にイメージするようなエコロジーや自然との共生や調和等によって彼の言動を捉えることはできない。

たとえば原子力工学者の小出裕章による反原発の思想の起点にも、明確に、宮澤賢治的な問いがあった。小出は一九九二年に刊行された『放射能汚染の現実を超えて』という本を、震災直後の二〇一一年五月に緊急的に復刊している。その本の冒頭で、小出は、東日本大震災の二五年前、一九八六年のチェルノブイリ事故のあと、当時の大衆的な反核運動にコミットしながらも、「チェルノブイリの汚染された食べ物を日本に輸入するな」という一国主義（自分たち日本人だけよければいい）の空気を厳しく批判している。

そしてこう言った。《私自身はこの日本という国に生きる大人として、それなりの汚染を受ける責任があると思っている。（略）そうすることで、現実の汚染が消えるわけではないし、世界の差別全体が解消されるわけでもない。当然、私の苦悩が消えるわけでもない。世界に苦悩がある限り、個人の苦悩が消えることなどありえない。世界がかかえる問題に向き合って、いわれのない犠牲を押しつけずにすむような社会を作り出すためにこそ、私の生命は使いたい。そして、そのような社会を作り出せたその時に、原子力は必然的に廃絶されるのである》。

原子力の所有を廃棄すればただちに「世界の差別全体が解消」される、というのではない。逆だというのだ。「世界の差別全体が解消」された時、その時にのみ、「原子力は必然的に廃絶される」。小出はあたかも賢治の「世界がぜんたい幸福にならないうちは個人の幸福はあり得ない」(「農民芸術概論綱要」)という問いに我が身を重ねるようにして、そう言っている。どうだろう。人間にはそんなことが本当にできるのか。というより、小出という人は、本気で、世界の差別全体が解消され、人々が原子力を欲望しなくなる日がこの惑星の上に訪れる、心の底からそう信じているのか。わからない。わからないけれども、それが、この国の原子力に関わる矛盾を長年見つめてきた原子力工学者の絶対的な結論であり、すべてのはじまりとなる問いなのである。

正直にいえば、科学全般について素人である僕ですら、事故後の小出の発言について、時折、首を傾げざるをえないところがある。しかし、肝腎だと思うのは、小出の原子力批判の言葉が、弱い者がより弱い者を叩く(そしてその暴力を都合よく忘却する)という構造的な「差別」の心臓部にまっすぐ向けられていることだ。「原子力とは徹底的に他者の搾取と抑圧の上になりたつものである」(同書)。原子力というエネルギーは、国家資本主義的な暴力が重層的に絡みついたエネルギーである。それはこの国のマジョリティである「日本国民」たちが、少数の「誰か」に危険や死や不安を押し付けて、ほどほどの幸福を享受し続けるためのエネルギーだからだ。

人々が放射性物質を強く怖れるのは、何も、科学的・統計的なデータの信用度の話だけではない。たとえば事故後に、政府は、緊急時迅速放射能影響予測ネットワークシステム(ＳＰＥＥＤＩ)の拡散予測データを国民に公表しなかった。周辺住民の避難をないがしろにした。それなのに、外務省を通じて、アメリカ軍に対しては直ちにデータを提供していた。非常事態においてすら、住民の安全・

生命をあっさりと軽視し、踏みにじる。その後もひたすら責任をなし崩しにするばかりか、電力会社や関連企業の利益を優先しようとする。そんな国家資本主義的なものへの不信と怖れが、人々の放射性物質への怖れの中には入り雑じっていた。それは重層的な恐怖だった。そのことの意味を無視したり、軽く見積もって、科学的データだけを取り出して「正しく怖れろ」と人々を啓蒙するのは、やはり、ひどく傲慢なのである。

とはいえ、小出が言うような自己放棄的な倫理は、どこか、自己破壊衝動と見分けがたいものに見える。「しょせん人類などは宇宙や地球の大きさや広さからすれば、まったくとるに足らないものでしかない」「人類という生物種がいなくなった地球は、生き残った、あるいは新たに生まれた生きものたちにとって、今日よりももっともっと住みやすいに違いない」「まことに自業自得というべきであるし、人類は恐竜以上に愚かな生物種であった」。

何だろうこれは。自分達を何十回も絶滅させられる大量の核兵器を所有する人類への、絶望。怨み。反原発の訴えを長い間無視されてきた人の、深い疲れ。人間嫌い。もちろん、小出のそうした嫌悪の根にあるものを、簡単にわかったつもりにもなるべきではない。僕もまた長年、原子力に対する無関心と無視の中にあった側の人間だから。僕が「疲れた」と口にする時、誰かを疲れさせているだけかもしれない。しかし決して他人事でもなかった。僕の中にも根深く疲弊と人間嫌悪があり、自己破壊的な欲望があったから。

小出的な欲望を問い直すようにして、自らの欲望のあり方をも問い直してみたかった。この深い深い生活の疲れに心を折られることなく、泥沼の渦中で泥沼を浄化するようにして、僕らの内なる暴力性——多数派の「私たち」「日本国民」「首都圏民」のほどほどの幸福を維持・拡大するために、原子力国家＝資本主義のあり方に根深く依存してしまう、というメンタリティ——を問い直してみたいと思った。

＊

「東北学」を主導し、震災後は政府の復興構想会議委員なども務めた民俗学者の赤坂憲雄は、宮澤賢治の「グスコーブドリの伝記」（一九三二年）と特撮映画『ゴジラ』（一九五四年）とアニメ映画『風の谷のナウシカ』（一九八四年）を一挙に串刺しにするような想像力のあり方を提示している（『ゴジラとナウシカ——海の彼方より訪れしものたち』二〇一四年）。それらの物語の中核には、科学的進歩の自己矛盾が物語の動力になり、共同体や国家を守るために個人が我が身を犠牲・捧げ物にする、というモチーフが埋め込まれてきたからだ。そこには原子力を動力とし、人間とロボットの間で矛盾に苦しみながら、最後は人類を守るために我が身を捧げる鉄腕アトムの存在を付け加えるべきかもしれない。

映画『ゴジラ』の中に出現したこのゴジラという存在は、敗戦後から復興を遂げて経済成長へと向かっていく戦後日本の矛盾そのものを重層的に凝縮した存在だった。ゴジラは、ポリティカルにもフィクショナルにも、奇跡的に誕生しえた唯一無二の存在だった。

たとえばゴジラは、津波や台風などの自然災害そのものが具現化したような存在に思える（大戸島の島民たちにとってそれは自然の驚異の神格化であり、古来から生贄や神楽などの祀りの対象になってきた）。他方でゴジラは、第二次世界大戦で死んだ兵士たちの亡霊であるようにも見える。あるいは、第五福竜丸の事件に象徴されるような、水爆実験の犠牲となった被曝者たちの恨みを抱えた怪物にも見える。つまり原子力という科学技術を玩ぶ人類への復讐を求めているかのように。さらにその一方でゴジラは、海の彼方＝「外」から襲ってくる外来的な他者であり、被災者たちの眼差しにとっては、あたかも東京を空襲するアメリカの軍隊の再来であり、第二次大戦の時はかろうじて回避された本土決戦がついに実行に移されたもののようにも見えただろう。とするならば、ゴジラに対峙する時、日本人である僕らは被害者なのか、加害者なのか、容易には決定できない。

つまり、被害と加害、快楽と恐怖、自然と人為、科学と原始、記憶と忘却、繁栄と戦死者、日本と米国、何もかもが捩れて、縺れ合い、入り乱れていく。それらの複合的な矛盾の塊りとして、ゴジラは東京を襲い、自然災害と戦争の暴力を反復し、「たまたま回避されたが、ありえていたのかもしれない本土決戦」をフィクションとして実現してみせたのだった。それは「日本人にとって都合のいい歴史を夢見ること」としての歴史修正主義的な娯楽映画とは全く異なる。戦後の歴史的な矛盾を、高次元のエンターテイメントによって、大衆の欲望を満たしながらもラディカルに問い直した。『ゴジラ』は歴史の忘却や修正ではなく、歴史への覚醒を観客たちに促す。だから逆に『ゴジラ』をイデオロギー的な「反戦映画」「反核映画」と見なすことも矮小化でしかない。

人類を幸福にすると同時に不幸にし、啓蒙を目指せば目指すほど野蛮になっていく、という科学技術の矛盾。『ゴジラ』はその矛盾を深く思考する。では人類は何によってその矛盾を乗り越えられるのか。個体としての人間の自己犠牲によって。すなわち、芹沢博士の自己犠牲的な特攻によって、日本人はようやく科学技術のパラドックスを乗り越えて、ゴジラをこの世から抹消する。しかし、それは何を意味するのか。

赤坂によれば、『ゴジラ』の芹沢博士に対応する人物が、『ゴジラ』の三〇年後に公開された宮崎駿の映画版『風の谷のナウシカ』においては、政治的なリアリストとしてのクシャナ殿下である。クシャナは、古代兵器としての巨神兵の力を使って、「自然」の代理人としての王蟲（海からやってくる非人間的な生命体としてのゴジラに似ている）の群れを焼き払おうとする。つまり、巨神兵とは、オキシジェンデストロイヤーのような存在であり、原子力をも超える次世代の科学技術の象徴なのである。しかし、アニメ版『ナウシカ』においては、巨神兵の復活は十分ではなく、体が腐ってしまい、王蟲の撃退は失敗に終わる（オキシジェンデストロイヤー的な近代科学によっては王蟲＝ゴジラを打ち倒すことができない）。『ゴジラ』の時代と比べて、『ナウシカ』では科学技術に対する楽天的な信念が解体されている。『ナウシカ』においては、テクノロジーではなく、ナウシカという一人の少女による宗教的な自己犠牲によって、人間と王蟲との間にテレパシー的なシンクロが生じて、奇跡的に風の谷の人々は救われるからだ。

赤坂が言うように、『ゴジラ』も『ナウシカ』も、フェーズのずれがあるものの、宮澤賢治的な主題を反復し、継承している。有名になり過ぎたうらみもある「ほんとうにみんなの幸のためならば僕のからだなんか百ぺん灼いてもかまわない」（「銀河鉄道の夜」）や「世界がぜんたい幸福にならないうちは個人の幸福はあり得ない」（「農民芸術概論綱要」）等の言葉、或いは「よだかの星」のような小説作品に代表されるように、自己犠牲の主題は賢治の生涯を貫くモチーフであり、その中でも一つの臨界点を示すのが、自伝的要素のある「グスコーブドリの伝記」である。

冷害や飢饉に度々襲われる世界の中で、両親から見捨てられ、妹も誘拐されて天涯孤独のブドリは、イーハトーブ火山局に勤め、科学者のクーボー博士のもと、近代科学を懸命に学んだ。そしてブドリが二七歳の夏、大きな冷害が地球上を襲うことが予想され、人々を自然災害から救うために、ブドリは自らの命を犠牲にして、人工的にカルボナード火山を爆発させ、噴き出した炭酸ガスによって地球全体を温暖化させる。

確認しよう。

自然災害に対し、人類の科学の叡智によって立ち向かうということ。ただし、人類は、科学技術の進歩によって幸福と同時に不幸をも強いられる、という啓蒙主義的なパラドックスに躓かざるをえない。戦後日本においてそれを極限的に象徴するのが、まさに核兵器であり、原子力だった。「原子力の平和利用」という言葉に込められた、被害と加害の捻転と、深すぎる自己欺瞞と、絶対平和へのぎりぎりの祈り。ならば、戦後日本人は、そうした科学技術の捩れをいかに捩じ切れるのか。

上記のポリティカルフィクションにおいては、それはかろうじて、自己犠牲という倫理的な行為によって、自らの命を人類（共同体）を救うための供物（サクリファイス）として捧げることによって、実現された。そこには近代以前からの神話的・物語的な構造が流れ込んでもいるが、それだけではない。繰り返すが、戦後日本が置かれた政治的な特殊性が絡みついている。たとえば『ゴジラ』の芹沢博士の「自己犠牲による日本人の救済」は、「南洋の戦死者たち」や「特攻隊の若者たち」の死とも重なり合っていくのであり、戦後的な繁栄と平和を生きる日本人たちに対する屈折した「呪い」としても機能していく。

芹沢博士の科学者としての無私的な自己犠牲も、ナウシカの宗教的で神話的な自己犠牲も、確かに、戦後的な忘却と欺瞞の構造に対するぎりぎりの問い直しを意味するものだったが、やはり、方法的な限界があった。呪いとしての自己犠牲の倫理それ自体が、戦後の矛盾的な構造の中に絡め取られ、むしろそれを維持強化してきたからだ。

ならば、啓蒙主義＋科学主義＋進歩史観の限界のみならず、倫理的な無私と自己犠牲という限界をも乗り越えていくには、どうすればいいのか。戦後日本の捩れに内在しつつ、それをねじ切るような成熟とは何か。

＊

高橋源一郎もまた、賢治・ゴジラ・アトム・ナウシカたちが背負ってきた「呪い」を消費社会とポストモダンな状況において背負い続けてきた人であり、実際にゴジラについて何度も言及してきた。『ゴーストバスターズ』中には「タカハシさんは小説家としてデビューして以来、えんえんとそのゴジラ小説を書いているのに、なかなか完成しない」（「Ⅵ　わたしの愛したゴジラ」）とある。また『ゴヂラ』という小説を書いたり、『恋する原発』では『ナウシカ』に触れたりしている。

では、小説家の高橋にとって、近代的かつ戦後的な捩れをねじ切るような自己犠牲とは何を意味したのか。

それは父親としての子どもたちに対する自己犠牲だったのだろうか——実際に、これまで論じてきたように、父親である自らの存在を限りなく空無＝ゼロへと解体し、未来へ向かう子どもたちの背中に無限的な希望をみる、というヴィジョンが高橋作品では繰り返し描かれてきた。そこでは高橋という「作者」が消える、ひそかに犠牲になっているのである。

しかしそれは、希望を一方的に託された子どもたちに父親たちの代理戦争を戦わせること、戦後的な悪循環（成熟不能であるがゆえに最後には自己犠牲的な決断主義へと走ること）を反復させてしまうことではないか。自己犠牲的な無私の倫理は、呪いのような罪悪感を子世代へと贈与し、継承させていく。この世界に存在すること、誰かと愛し合って子を産み育てることは悪ではないのか（そもそも生まれないほうがよかった）、という自己破壊を強いてしまう。

『ゴジラ』の芹沢博士にも、愛をめぐる葛藤があった。芹沢は科学技術そのものの矛盾を背負っていた。科学を愛し、科学者としての仕事に一生を捧げると同時に、それが人類にもたらす政治的な帰結に怖れ戦いてもいた。ゴジラの破壊と暴虐を目にして、芹沢博士は苦悩し、葛藤するが、最後には、自らの手で作り出した子どものようなオキシジェンデストロイヤーという新技術――芹沢にとってのアトムやウランであり、愛する恵美子との間に「産まれていたかもしれない子ども」の代理なのかもしれない――を使用することを決断する。重要なのは、それが同時に、愛する女性（自分を棄てて別の男のところへ走った女）を救うことであり、さらにいえば愛する女を奪った男（宿敵）の未来の幸福をも祈ることだったことだ。

芹沢には科学の自己矛盾と恋愛の三角関係という二重の捩れがあったのであり、それらを同時に捩じ切るために、自己犠牲的な行為を決断する。それは英雄的な自己放棄に酔うことでは全くなく、文字通り、自分が愛した全てのもの（科学と女性）を棄て去ることであり、救国の英雄ではなく忘却されていく惨めな負け犬としての自己犠牲だった。

翻って、高橋にとってはどうか。芹沢博士にとって科学に値するものが、高橋にとっては文学であり、言葉だった。言葉を発明したがゆえに、人類は現実／観念を同時に生きるという二重の存在になり、無限的な自由の領域へと自らを解き放った。しかし同時に、それゆえに、他者に対する無限の暴力をも拡大していった（人類は実在しない神や資本や幻想のために、他者を無限に殺戮しうる生き物である）。言葉のそうした動的な矛盾は、高橋に何度も失語を強いた。自分は暴力と戦っているのか、或いは暴力を否定するからこそ高次の暴力に加担しているのか、と。高橋がいう政治的なポルノ文学とは、言葉の根源的な暴力性――この世で最も愛する者からこそ、絶対的に何かを奪わざるをえないという破壊的な暴力性――の臨界点において、内なる欲望を押し開いて、言葉の非暴力的な喜びを解き放つものだったはずだ。

しかしそれは、自らの肉を削り取るように言葉の暴力性を削り取っていくことだから、自分の言葉を段々と沈黙へと近づけて、他者たちに捧げる「詩」として用いるという、滅私的な言葉の使用法になっていった（Aシリーズ）。この世で最も言葉を奪われた存在たち（水子たち）へと読み聞かせるための言葉……。それは緩やかな自己消去の道を高橋へと強いた。男性としての肉体も壊れていった。そこでは致命的な何かが見えなくなっていた。

では、自己消去ではない道で、言葉を産み育てるものとしての自らの肉体を真っ直ぐに愛するとは、根本的に不可能なことなのか。そのためには、おそらく、次の痛みを通過しなければならなかった――子どもたちの存在によって絶対的に無慈悲に突き放されること、いわば、父と子が互いの関係から解き放たれることが。

おそらくそうした父子分離の痛みによって、ようやく、戦後的な呪いを背負った父親たちは、少しはまともに成熟を果たして、ただの一人の親としての責任を果たし、他者や子どもたちとの関係をいわば社会契約的に結び直すことができるはずだった。つまり、親も子も対等な人間として、各々の役割と責任を果たし、血縁家族の呪縛からいったん逃れて、必要があれば協働関係を結び直していく、ということ。戦後的な家父長制の罠——父なるものの成熟不能と無能さによってかえって子たちを呪縛してしくこと——を乗り越えていくには、子どもたちから無慈悲にノンセンスに突き放される、という痛みが必須だったのではないか。

そしてそこから、おそらく、真に自由な「小説」の言葉がはじまる。

*

宮澤賢治の作品では、現実が強いる様々な矛盾に耐えられず、他者を生かし、敵をすら生かすために、倫理的な自己犠牲によって我が身を焼き尽くしていく、というモチーフが繰り返し描かれた。その極点として「銀河鉄道の夜」があった。

よく知られていることだが、天沢退二郎と入沢康夫の調査によれば、「銀河鉄道の夜」の構成と改稿には非常に複雑なものがあり、大幅な手入れが行なわれた第一次稿〜第四次稿という四つの異本があるのみならず、実に一〇年近くの間、幾度も部分的に紙が差し替えられたり、破棄されたり、新稿紙が加えられたりしてきたという。しかも、没した一九三三年の病床の中でもまだ、賢治は様々な走り書きを書き加えていたのである。

四つの異本を並べて読み比べてみると、興味深いのは、倫理的な主人公が当初のジョバンニからカムパネルラへと反転していくことだ。

特に第一稿と第二稿の段階では、「銀河鉄道の夜」の主人公は明らかにジョバンニであり、ジョバンニこそが全ての人の「ほんとうの幸福」を探し求めている。しかし、親友のカムパネルラは、そんな彼の思いに対し「ほんたうに強い気持」から賛同してくれているようにみえない。すぐ隣りにいる唯一の親友にすら理解してもらえず、ジョバンニは「何とも云へずさびし」くなる。そしてカムパネルラが鉄道内から不意に姿を消すと、「さあ、やっぱり僕はたったひとりだ。きっともう行くぞ」と、孤独な修羅としての覚悟を勇ましく確認し、また作者の眼差しもジョバンニの覚悟を祝福しているようにみえる。

ところが第三次稿になると、カンパネルラがジョバンニに心からは賛同してくれない、という文面が消えて、一人取り残されたジョバンニは「咽喉いっぱいに泣きだ」す。ここには能動と受動の反転が生じかけている。しかし、消えたカンパネルラの代りに、「やさしいセロのような声」で語りかけてくる「黒い大きな帽子をかぶった」男が不意に現れて、物語の主人公としてのジョバンニがこれから一人で行く道を励ます。そしてここでもジョバンニは第二稿までと同質の勇ましさで「僕きっとまっすぐに進みます」と「力強く」宣言し、孤独な英雄として「何とも云へずかなしいやうな新らしいやうな気」になるのである。

しかしこれがさらに「銀河鉄道の夜」の第四次稿になると、「セロのような声」も消え、帽子の男の姿も消え、むしろ物語の主人公はカンパネルラの側になり、ジョバンニは物語の中心から取り残された淋しい脇役のポジションへとズレていく。

しかもジョバンニは、すぐ隣りの親友に「また僕たちふたりきりになったねえ、どこまでもどこまでも一緒に行かう」「けれどもほんたうのさいはひは一体何だらう」「僕たちしっかりやらうねえ」と問いかけるにも関わらず、どこか、ザネリを助けて水死したカンパネルラの自己犠牲的な倫理に対して、冷淡でそっけない感じがする。事実、ジョバンニは「もういろいろなことに胸がいっぱいになってなんにも云えずに」、水に溺れた親友のカンパネルラを探すでもなく、そこにとどまって涙を流すのでもなく、ひとりで自由に街の方へと駆けていくのである。

素朴に、不思議な気持ちがする。どうしてだろう。第四次稿では、自己犠牲的なカンパネルラが不徹底なジョバンニを突き放すのではない。むしろ、曖昧で不徹底な失語の中にあるジョバンニこそが、自己犠牲的で英雄的なカンパネルラに対して、どうにもならないちぐはぐな違和感を覚えていくのだ。そこには、一〇年にも及ぶ執拗な改稿を通した奇妙な逆転（回転）がある。「銀河鉄道の夜」の第四次稿では、ジョバンニがもはや物語の主人公ではなくなったからこそ、命を懸けた倫理的な自己犠牲そのものへの冷淡な無関心が兆しているかにみえる。

この、ジョバンニのいわば「脇役」としてのエゴイズムが大切なのではないか。だがジョバンニのエゴの中核に萌したこの「もういろいろなことに胸がいっぱいになってなんにも云えずに」という失語は、何なのか。

僕はジョバンニの奇妙なエゴイズムの中に、「セロ弾きのゴーシュ」（書き出されたのはもっと以前に遡るが、発表されたのは賢治の死後の一九三四年であり、最晩年の童話的作品にあたる）のゴーシュと共通する何かを感ずる。これは僕の勝手な想像や妄想にすぎないが、ゴーシュは、ジョバンニが青年へと成長したその後の姿であるかのようだ、と（「銀河鉄道の夜」の「セロのような声」が第四次稿ではついに姿を消すことは、「セロ弾きのゴーシュ」と何か関係するのか）。

ゴーシュは、金星音楽団の中でも一番へたくそで、爪弾きにされ、虐められていた。ゴーシュは毎晩自宅で猛練習をし、三毛猫、くゎくこう、狸の子、野ねずみ等の床下や近隣の小動物たちのひそかな助力もあって（ゴーシュのセロには、本人が意図したわけではないが、あんまのように動物たちの病や怪我を癒す力があるのだった）、腕をあげて、楽団の演奏本番では奇跡的に大成功をおさめて、周りの楽団員や団長からも認められる。そんな物語である。

ゴーシュは、決して倫理や自己犠牲の人ではない。彼を駆り立てるのは、むしろ我武者羅なエゴだ。彼は自宅に次々と訪れる小動物たちを、別に愛したり歓迎したりしてはいない。というか苛立って、邪険に扱おうとする。しかし結果的に、そのエゴイズムによって、彼は動物たちの病気や怪我を癒すのだし、最後には他の人間たち（観客）ばかりか、自分を爪弾きにし、いじめてきた敵（団長や他の楽団員たち）をも生かしていく。

重要なのは、彼が別に近隣の小動物たちのことを好きでも何でもなく、邪険にして冷淡であり続けてきたことだ。しかしゴーシュは、演奏の本番が終ったあとに、自分こそが床下の名も知れぬ小動物たち（卑小で、弱く、ちっぽけな無名の生たち）に生かされてしまっていたんだ、と気付くのである。「その晩遅くゴーシュは自分のうちへ帰って来ました。／そしてまた水をがぶがぶ呑みました。それから窓をあけていつかくゎくこうの飛んで行ったと思った遠くのそらをながめながら、／「あゝ、くゎくこう。あのときはすまなかったなあ。おれは怒ったんぢゃなかったんだ。」と云ひました」。ゴーシュが我武者羅に、無意識のうちに発揮してしまっていたのは、いわば、非倫理的で非人間的な「生」（命、ゾーエー）の天真爛漫なポテンシャルだったのかもしれない。

他の団員から虐められ、自分のセロの腕の未熟さ、無能力に悩み続けるゴーシュもまた、他の賢治的な主人公たちと同じく、本音では、自分以外の他の誰か（弱い者）をこれ以上犠牲にしたくはなかっただろう。こんな弱い自分が虐められ、親しげに近寄ってくる小動物たちを無性に疎ましく感じ、ぞんざいに扱ってしまう。そんな厄介な暴力の輪廻転生に対する失語や苛立ちを感じていただろう。

けれども、そんな状況を乗り越えるために、果敢に自らを犠牲にできるほど、立派な人間でも強い人間でもない。もちろん、このままでいいとも思わない。では、そんなちっぽけでエゴイスティックなこの自分が世界の理不尽な暴力と対峙するとは、どういうことか。「修羅」ではない。床下の無名的な「小動物」たちの蠢きのような「うすら濁つた」戦いのやり方がおそらくゴーシュにはある。というか、それを我武者羅に生きてしまっていた。

ちなみに高橋源一郎は、「セロ弾きのゴーシュ」を次のような短編作品へと書き換えている。代々木公園に住むホームレスたちの集団の中に、ゆうに九〇歳を越え、一〇〇歳にも一一〇歳にもみえる「ゴーシュ」という小汚く、ひどい悪臭を放つ老人がいる。ゴーシュは滅多に喋らず、周りの人々も彼がどんな人間か、何を考えているのか、よくわからない。ただ、ゴーシュは時折、セロを弾いてくれる。その不思議なセロの音色は、ポストモダン社会の虚無の権化のような語り手の「胸」を叩く。「なにかがある！それがなになのかはわからないが……」（『ミヤザワケンジ・グレーテストヒッツ』所収）。

宮澤賢治が最晩年に書いたゴーシュがその後もセロを弾き続け、ぼろぼろに汚れて老いさらばえても、なおかすかに周囲のホームレスや若者たちの「胸」を叩き続けている、というヴィジョンは、高橋らしい宮澤文学の翻案であり、高橋自身の人生の痛みが苦々しく重ねられているかにみえる。

宮澤賢治の中にあったそうした分裂的な二重性の行方が、今の僕には気にかかる。

多忙な仕事の合間をぬって五年の歳月をかけて『セロ弾きのゴーシュ』（一九八二年）を長編アニメとして自主制作した高畑勲は、賢治の中のそんな二重性を、どこまでも見つめようとしていた。高畑は宮崎駿以上に賢治文学から強く影響を受けている。八歳か九歳の頃、母親が買ってくれた本を読んで、決定的な影響を受けたという。それ以来、高畑にとって賢治の童話は「まるで究極のアニメーション映画、けっして映像化することのできない、心のなかにしか写しだせないアニメーション映画のように迫ってきたのでした」(「いつか映像化したい賢治」)。

ただし高畑は、賢治の代名詞のように語られる「よだかの星」「銀河鉄道の夜」「雨ニモマケズ」等に対しては、複雑な違和感を述べている。それらの過度に倫理的な作品たちは好きになれない、と。とくに「よだかの星」は何度読んでも好きになれない、これを教科書に載せるのはやめてほしい、とも。よだかの「ものすごくヒロイックで恰好イイ」姿には共感はできない。「銀河鉄道の夜」すらまだ「よだかの星」の尾をひきずっている。賢治はむしろ、童話的な小品の方がすばらしい、童話群の魅惑に身をまかせたい。そう言うのである。

高畑は、賢治が友人の保坂嘉内と決別し、その数年後に送った手紙の中の言葉に、賢治の「原点」を読み取っている。それは、「うすら濁つた」中に、しかし楽しく、「たくさんの微生物」が流れている、というようなヴィジョンである。

《なんと言ったらいいのか、とにかく宮沢賢治の作品の豊富さがここに出ているんです。水晶のように冷たく透きとおった水だけでなく、「うすら濁つた」水のなかに微生物が「たのしく」流れる、その姿。誰も微生物の姿を思い浮かべることもしないだろうときに、いのちの豊かさの根源を見ている。小さいようで万物ですからね。／これが原点というか、宮沢賢治の最良の立場がそこにあるんだなという気がします》(「自然との深い交感を賢治に見た」)。

高畑は、何度も、宮澤賢治の世界を映像化するためのプランを立てては、それは不可能だ、そんなことはできない、と思い知って、失敗や挫折を繰り返してきた。子どもの頃の初心としては、「貝の火」をアニメ化したかった。のちに、四七歳の時に自主制作した『セロ弾きのゴーシュ』は、賢治作品の中でも「扱いやすい作品」に過ぎず、あくまでも「とっかかり」にすぎなかった。では、賢治的な世界をほんとうに描き切る、表現し尽くす、とはどういうことなのだろう。

高畑は執拗に賢治のヒロイックな倫理を批判しているが（それはあたかも『よだかの星』や『銀河鉄道の夜』の内容に、朋友であり兄弟分でありライバルでもある宮崎駿の姿を重ねているかのようでもある）、この世の倫理の実在そのものを丸ごと全否定しているとは思えない。それは違う。ある種の天真爛漫の先に「ほんたう」の倫理がある。おそらく彼は、そう言いたかった。

たとえば高畑は、実現しなかったプランの一つとして、『平家物語』の合戦ものを、『鳥獣人物戯画絵巻』の絵柄によってアニメーションとして描く、というプランをあげている（「『鳥獣平家』断巻遊びをせんとや　企画案」）。『平家物語』の合戦譚は、ほとんどすべて、悲惨であり、無残としか言いようがない。しかし、それらの合戦譚の読後感は、不思議に爽やかだ。なぜか。それは、合戦の物語の中に出てくる人々が、天真爛漫な「遊ぶ子ども」だからだ。彼らは、自分の意志で、いわば命をかけて、遊びきる。そして、運命が尽きれば、じつにあっけなく死んでいく。だから、彼らの死は、子どもたちの死のように、ひとしお哀れが深く、切ない。

《『平家物語』の合戦のエピソードを『鳥獣戯画』でやったらどうか、という発想はここから生まれる。遊ぶために生まれてきた子どもが、その子どもの〈天真爛漫〉の心のままに全力を尽くして闘い抜き、突然、死がかれらを打ち倒す。遊ぶために生まれてきたのに。遊びをせんとや……遊びをせんとや……。》

ほんとうの倫理とは、ヒロイックでも堅苦しくもなく、天真爛漫で猥雑な喜びに満ちているのかもしれない。むしろ猥雑に濁ったにぎわいの無限の流転こそが喜びであり、命そのものとしての超倫理なのではないか。そんな倫理的な世界は、この自然の中のどこにでもあるが、どこにもないような場所であるだろう。「半径3M以内に、大切なものはぜんぶある」のだ。

A：自己犠牲的な倫理……人間主義の臨界点

B：天真爛漫のエゴイズム（超倫理）……非人間主義的な自然の眼差し

こうした賢治的な二重性を、高橋源一郎もまた、AとBの分裂として反復＝変奏し続けてきたのである。

＊

問いをもう一度、二〇一一年の東日本大震災の「震災後」の状況へと折り返してみよう。

小出裕章は、次のようなエピソードを知って「ぞっとするほどの怖ろしさ」を感じたと述べている。一九七九年のアメリカ・スリーマイル島の事故の調査過程で、驚くべき事実が明らかになる。作業員たちの手で、原子炉の圧力容器の蓋が開かれ、破壊された燃料の取り出し作業が行われた時のこと。作業員たちは、そこで、あるものを目にする。なんと、それは、生きものだった。人間であれば一分以内に死んでしまう強力な放射線が飛び交う中、単細胞の微生物、バクテリア、菌類、藻類などが、炉心の中に増殖し、繁茂していたのだ。しかも、作業員たちが何度駆除しても、それらは、驚異的な生命力で再三再四復活し、何カ月もの間、作業の妨害を続けたという。

小出は、おそれおののいている。人間の理性によっては測ることのできない自然の生命力に。放射線をもねじ伏せていくその繁殖力、増殖力に。確かにそれは、ぞっとするような、グロテスクで恐ろしい光景に思える。しかし同時に、この不気味で奇妙な光景の中には、震災後の私たちを、深いところからほっとさせてくれるような、不思議な安心もまた、孕まれてはいないか。

「どうせ人類が絶滅したって、また新しい生命が進化していくだけさ」と皮肉っぽく言いたいのではない。このような自然の不気味な生命力や繁殖力、その「驚きと、戦慄」を、私たち人間の肉体や生活の側へと、折り返すとは、どういうことだろうか。なぜなら、僕ら人間の肉体と知性もまた、自然の一部であるはずだから。

出来損ないのSF小説のような、馬鹿馬鹿しいことを言っているだけかもしれない。しかし、僕らを取り巻く現実自体がすでにフィクション以上にSF的で荒唐無稽なものになってしまっている以上、やはり、そういうぎりぎりの臨界点を想像してみなければならない、と思える。

僕ら人類もまた、無数の震災後を生きのびていく。肉体と生命をメタモルフォーゼさせながら、生きのびていく。たとえすみずみまで原子力的なもの――資本・国家・宗教をふくむ意味での――に依存しているとしても。

では、小出が陥ったあの無限の疲れと絶滅衝動を、別の未知なる自然観へと回転させていくには、何が必要なのだろう。日々の労働と暮らしに染み込んだ疲れや破滅衝動に流されながら、そこから何かを考え直してみたかった。

原子力資料情報調査室の元代表であり、この国の反原発運動の理論的指導者だった高木仁三郎のエコロジー論もまた、宮澤賢治を参照しながら、日本的自然を超えるノンヒューマンな〈自然〉のグロテスクさを見つめようとしていた（震災後の二〇一一年一〇月に、高木の『宮澤賢治をめぐる冒険』

新装版が刊行されている）。

　高木は、一九八六年四月二六日のチェルノブイリ事故のまさに直前、一九八五年一一月に出版された著作で、自然に対する人間の態度変更を訴えていた（『いま自然をどうみるか』原著一九八五年、増補新版一九九八年、新装版二〇一一年）。一九八〇年代の後半には、エコ運動や環境破壊問題が先進国各地で大流行したが、高木がエコロジーについて考えていたのは、その前夜のことだった。高木はむしろ、ファッションやお洒落な商品として流行ったエコロジーを、するどく批判していた。

　高木が言うのは「人間と他の自然とを対置させたうえでその調和や共存を説く」という意味でのエコロジーではなかった。自然と共に生きること、「共生」とはむしろ、〈人間の自然界における位置の徹底的な相対化〉を意味するのではないか、と高木は考えていた。「自然をどうみるか、それは結局みられるべき自然の側の問題ではなく、私たちの側の問題である」。高木は、そもそも「地球環境問題」という問いの立て方にすら、根本的な違和感があるという。なぜなら「環境」という言葉は、すでに、人間中心的だからだ。それはむしろ「地球人間問題」でしかないのである。

　これは、人間を中心に物事を考えるのをやめて、自然を中心に物を考えるようになれ、ということではない。僕ら人間は、何をどう考えても、どうあがいても、不可避に人間中心主義に陥っていく。しかし、人間中心の物の考え方を回転させていく時、いわば人間／非人間のはざま（ずれ、ギャップ）において、人間と自然がスペクトラムとして連続的になっていくような自然観が切り開かれていく。それが「人間の自然界における位置を徹底的に相対化」するという意味である。

　科学の現場で悩み苦しんでいる時に賢治の「われわれはどんな方法でわれわれに必要な科学を／われわれのものにできるか」という言葉に衝撃を受けたという高木は、たとえば、賢治の文学世界において「水」というエレメントは特別な意味を持つのではないか、と言っている。しかも「水」には、ある種の「不純さ」と「清らかさ」が矛盾しないような不思議な性質があり、水質汚染や酸性雨などのイメージでは捉えきれない「科学者にとっても」「不思議な魅力」がある、と。

《（略）「純粋な水」というものを得ることはほとんど不可能だからです。どんな手段で水を作ったり精製したりしても、器に容れる段階で必ず器の素材物質の一部を溶かしこんでしまって、一定の不純物が入り、それによって一定の性質をもってしまう。つまり、一〇〇通りの水があれば、一〇〇通りの性質をもつといって過言ではない。それはあたかも、一〇〇人の人間がいれば一〇〇通りの個性があるようなもので、私が「生きた水」という表現をよく使うのはそのためです。》（『宮澤賢治をめぐる冒険』）

高木が言う意味での人間と自然との共生（エコロジー）には、どこか、グロテスクなものが孕まれている。たとえば高木は、プルトニウムや放射性廃棄物ですら、人間の「第二の自然」である、と言っている。「プルトニウムといい放射性物質といい、いずれも人間がその原理を自然から抽出した結果として生み出された「第二の自然」である」（『いま自然をどうみるか』）。これはどこかグロテスクで、不気味な考え方ではないか。「原子力は技術的に人類の手に余るものだから、うかつに手を出すべきではない」というような保守主義的な物の考え方すら、そこでは、成り立たなくなってしまうからだ。

原子力という自然を抱え込んだ存在としての、我々人間。

こうした自然認識のあり方は、僕らの日常的な生の感覚にも根本的な回転を促していく。

たとえば、現在のグローバルな資本主義や情報技術的な環境もまた（それを受け入れるのであれ批判するのであれ）人類がこれまでに積み重ねてきた文明や生物進化の暫定的な極点にあるものであり、それもまた一つの生態系であり、一つの自然である。そう考えてみたら、どうか。そもそもそこには、エコロジー（自然を生きる）と呼びうるものが、まだ、ありうるのだろうか。

〈人間もまた自然である〉あるいは〈放射性物質による汚染や公害もまた自然である〉という認識を血肉化し、それを「自然に」生きていくとは、どういうことか。そうした自然とは、エコロジー的な自然や地球中心的な自然ではなく、太陽や地球の存在をも内包するような銀河系的な自然であり、そのままノンヒューマンな自然でもあるのかもしれない。

そこでは、僕（父）も女（妻や母）も子どもたちも、放射性物質すらも、等しく「自然の子」であり、「風の子」（『風の谷のナウシカ』）である。人間も動物もゴジラもアトムも巨神兵も平等に「自然の子」である。

この世界に産まれてくるものたちの命の価値を線引きすることはできない。新しい生命、新しい子どもが産まれてくるということは、功利計算を超えるもの、既存の善悪や美醜や真偽や聖俗などの基準を超えていく。

僕らはこの単純素朴な真理に、耐えられるだろうか。

そもそも自然的な生に対して線引き不可能であるとすれば、ほんとうは、自分の子どもと他人の子どもの間に線を引くこともできないのかもしれない、実子と養子と貰い子の区別もできないのかもしれない、いや、生まれた子どもと死んでしまった子ども（幽霊）と生まれることのできなかった子ども（水子）たちの区別も本当はできないのかもしれない。そんな真理を体に叩き込まれ、受胎した人間は、どんな生きものに生まれ変わり、変態していくのか。

漫画版の『風の谷のナウシカ』のナウシカは最後に「生きねば」と言った。たんに生きのびることがよい、生きていればいいことがある、ということではない。苦しみから逃げずに生きよう、私たちは本当はもっと苦しんでいいはずだ、と言っている。なぜなら、苦しみ続けることができることが、生き続けることの尊厳のあかしなのだから。《たとえどんなきっかけで生まれようとも生命（いのち）は同じです／おそらくヒドラでさえ……／精神の偉大さは苦悩の深さによって決まるんです／粘菌の変異体にすら心があります／生命はどんなに小さくとも外なる宇宙を内なる宇宙に持つのです》（七巻、一三三頁）

苦しみ続けることができるという「尊厳」において、人間も蟲も自然も疑似生命も、万物のすべてが平等である。重要なのは、ここでは、「苦しみ」のあり方自体が高次元化（非人間化）していることだ。

たとえば功利主義者たち（快楽を増やし苦痛を減らすことを目指す）もまた、大切なのは「苦痛を感じる能力」である、と考える。苦痛を感じる能力のある存在は、それだけで平等である。「社会の中の最大多数の存在が最大幸福になること」を目指すためには、幸福・苦痛を数値的に計量すべきだ。人間の幸福のために他の動物を犠牲にする、という選択は、倫理的に無条件に正しいとはいえない。しかしこれは、逆にいえば、苦痛を感じえない生命体（脳死者や胎児など）は、そもそも、存在（人格）を丸ごと否定されかねないということであり、あるいは、ひたすら苦しみ続ける者たち（不治の病に苦しむ者や重度の障害児など）の生は不幸以外ではなく、ゆえに、なるべく苦痛を与えず安楽に殺してあげるのは善いことだ、ということになる。人間的な善意や愛によって安楽死や虐殺が倫理的に肯定されていくのだ。

しかし、どうだろう。たとえば植物状態の人や脳死の人や胎児たちにも、固有の苦しみや喜びがあるとすれば。今の私たちの五感の側に、それをうまく感受するだけの十分な高感度のセンサーが備わっていない、というだけで。「私達はなんて沢山の事を学ばなければならないのだろう」（七巻、一六八頁）。

というか、苦しみもまた、未知のものとしてこの世界に絶対的に新しく「産まれてくる」のではないか。未来の子どもたちのように「生まれいずる悩み」（有島武郎）があるのではないか。それをたとえば「私たちが平等に扱うべき他者の範囲は、どこまでなのか」（女性は？外国人は？障害者は？胎児は？動物は？）というリベラルな線引き問題のアングルによって、理解することはできない。苦しみもまた、誰かのとなりで、産み合うものなのだから。

そして、絶対的に新しい苦しみを理解するためには、それにふさわしい新しい言葉が必要なのだろう。なかったことにされている痛みや存在を、この地上に「在らしめる」ための言葉。それは効率的な伝達のための言葉や、商品として売るための言葉とは自ずと異なるものだろう。言葉を道具として便利に使うのではない。おそらく、言葉をコミュニケーションのために用いるのですらない。文字どおり、言葉を産むこと。新しい言葉を我が身に孕んで、出産し、「それ」をそこに在らしめること。

正体不明の苦しみや失語を、そのまま、無限の喜びや感謝として産み直していくような言葉のあり方——僕らは、いや、この僕は、日常的な言葉をそうした次元で捉え直せるだろうか。既成の言葉では悲しみや苦しみを表現できず、存在すら許されない、そんな声なき声たちに貫かれながら、我が子を産み落とすようにして、新たな言葉をこの惑星上に産み落とすことができるだろうか。

人間は時として、自分の欲望やエゴの過剰さに耐えられずに、自我を押し殺して、一足飛びに、超越的なもの（神的なもの）の領域に一体化しようとしてしまう。そうした傾向は人間にとって不可避的なものである。

ただし、より重要なのは、超越的なものへの跳躍の中でこそ、個体的なエゴの次元へと還ろうとする、そうした傾向もまた人間の中にはある、ということではないか。Ａの人間的な倫理を徹底しようとすれば、Ｂの非人間的な天真爛漫へとズレていかざるをえず、超越的なＢの世界へと飛び込んで完全に没入しようとすれば、いやおうなく、Ａのエゴイスティックな人間性が出てこざるをえない。人間が人間である限り、そのいずれにも安住は出来ないのであり、ちぐはぐなギャップ（ずれ）を孕んだ往還を続けるしかない。

けれども、あるいは、そうしたちぐはぐな往復運動によって、かろうじて、僕らの言葉は他者へ向けて（言葉を内面化するのでも安易に普遍化したがるのでもなく）社会化していくことができるのではないか。そして重要なのは、そんな往還（ずれ、ギャップ）を強いるものが、ゴーシュにとっては三毛猫、くゎくこう、狸の子、野ねずみ等の取るに足らない無名の小動物たちだったことであり、高橋にとっては、時代や歴史の中で声も無く忘却されていく弱き者たち（子どもや死者）、メタファーとしての水子たち――「ゴースト」や「ゴジラ」や「ゾンビ」――だったことかもしれない。

＊

大切なのは、そうした迷走や暗中模索のようなたえまない往還（ずれ、バグ）においてこそ、自分の個体的な身体と言葉を愛し続けることであり、つまりエゴイズム（孤独）を取り戻すこと、過酷な「ひとり」の意味に気付き直すことである。

高橋にとっては、それはあくまでも文学を「書くこと」において具体的に試みられねばならないことだった。なぜなら、彼の職業は小説家なのだから。それはどうとでもとれるような一般論ではなかった。自分の肉体と言葉によって、現実的な「仕事」によって、読者や子どもたちに向けて、そのようなぎりぎりの往復運動を実現し続けてみせなければならなかったのだ。

6　終わりに

高橋源一郎にとって、銀河系文学とは何だったのか。「彼方」の言葉とは、どんなものだったのか。もしもあの詩的な文学の言葉（A）と政治的なポルノの言葉（B）が——子どもの命の危機や震災というクリティカルターン（批評的＝臨界的な転回）に促されて——重なって、異種交配していったならば、その彼方にどんな小説的な〈自由〉が産まれいずるはずだったのか。

最後にもう一度、そのことを考えてみたい。

小説家としての出発点において、高橋は、自分の命より大切な他者の死を、何度も甦るゾンビのようにしか描きえなかった。そのことが、結果として、彼自身の人生をゾンビ化してきた。アダルトビデオへの過剰な没入、競馬というギャンブルへの入れ込みかた、繰り返される不倫、四度の離婚と五度の結婚、子どもたちへの過剰な没入などを思えば、高橋はどこか、男性や父親として根本的に壊れている。そう言わざるをえない。しかしそのことが、十分に問われていなかった。十分に問い直されていないから、新しい破局的な現実を前にすると「失語↓リハビリ」のパターンを記憶混濁したゾンビのように繰り返してしまった。

そうしたゾンビ的な悪循環を超えるキーポイントになりえたのは、あの、Bシリーズの極点としてのペドフィリー的な欲望だったように僕には思えた。なぜならその欲望は、高橋がBシリーズにおいて何度も暗示しながら、ついに迫りきれなかった臨界領域の欲望であり、それがそのまま、高橋の内なる邪悪な攻撃性と罪悪感と倫理の、混沌としたメルティングポットになっていたからだ。

非人間的な自然に根差すものとしての、高橋に固有の欲望の形。ペドフィリー一般が邪悪なものだ、と言いたいのではない。それはただ、高橋個人にとって、この世の根源悪を示す何事かだったのだ。

逆にいえば、子どもたちの死を前にした良心的な罪悪感や誠実な失語ですら、高橋自身がいちばん見たくない「悪＝自由」から眼を逸らすことだったのかもしれない。

そうではなく、むしろ、他人や世界を愛せないばかりか、どうしても自分のことを愛せない男が唯一やっと愛せたアトムの子どもたち、そんな最愛の子どもたちを無意味に蹂躙し、虐殺し、殺しまくることの中に、非人間的な自由があり、享楽があった。地球内の人類の価値尺度を超絶した非人間的な自然＝お天道様から見つめられるならば、それもまた、天真爛漫な自由の一つだった。そうした危険な自由をも肯定し尽くせる言葉、それが高橋にとっての〈小説〉の言葉だった。詩的な文学の言葉と政治的なポルノの言葉が二つに分割される「手前」の、真に〈小説〉的な自由のあり方だった。

そんなことを僕は今、想おうとしてみて、ぞっとする。

暴力や邪悪をも兼ね備えた君のその生（命）を、存分に、天衣無縫に楽しめ。そうしたエゴイズムとは、優等生的で人間主義的な個人ではなく、ノンヒューマンで自然的な自己（エゴ）へと覚醒することを意味する。エゴとは純粋な孤独のことであり、それがそのまま、充実した喜びを全身に満ち渡らせることである。

それはある。誰にもそんな孤独がある。たとえば「よだかの星」のよだかは、強い者に虐められる自分すらがもっと弱い羽虫らを食べざるをえない、という暴力に苦しむが、その苦しみ方自体がどこか擬人化されており、人間主義的なモラルに過ぎないとも思えた。じじつ肉食や雑食の動物たちは、他の生命を喰っている。ではなぜ人間だけがそれに大げさに躓くのか。他の生を殺しても構わない、無痛のまま食べてもいい、というのではない。

むしろ必要なのは、人間的な道徳の先を開くアモラルで天真爛漫な超倫理であり、それは人間以外の生き物とも分かち合い得るものではないのか。

そうだ。我が娘（キャラウェイ）をかつて凌辱し殺したのは、この自分だったのかもしれない。しかも心から望んでそれをやったのかもしれない。そんなエゴイズム的な欲望の行く先を、小説的な言葉によって、十全に描き尽くしたかった。その先に、小説の究極の自由があるのではなかったか。そんな非人間的な喜びすらも、小説の言葉には、許されているのだから――。

そればかりか、現実と虚構の境界線を突き崩していく「小説」においては、死んだキャラウェイと、もう一度、出会い直し、愛し合えるのかもしれない。何度でも性交し、恋愛し、殺し合うことだって、許されているのかもしれない。それが非人間的なポストモダンの真骨頂かもしれない。それにくらべたら、ＡＶのインフレを極めることも、原発の前でチャリティＡＶを撮ることも、べつに大したことではなかった。本当の痛みも、本当の享楽もそこにはなかったから。

繰り返すが、万人にとってそうだ、と言うのではない。ただ、高橋にとっては、そういうことだったのだ。究極の悪としての欲望を、言葉として解き放つこと。そこには世間の「正しさ」とは異なる、天然の自由としての超倫理があった。高橋は、ポルノ小説の彼方にこそほんとうの政治的な倫理がある、当初からそう考えていたのだ。真の政治的なポルノ文学こそが、新時代の世界文学となりうる、いや、世界をすら突き抜けて銀河的な何ものかへと届く文学に――。

もちろん、失われてしまった子どもたちも、過激派時代の仲間たちも、二度とよみがえってはこない。どんなに時代がポストモダン化しても、その痛みと悲しみだけはどうにもならなかった。人間には永遠に汲み尽くせない痛みと悲しみがあった。だから、高橋にとって、ポストモダンの使命に殉じるとは、次のような意味だった。

生者と死者とキャラクターが等しくなるような、書くこととセックスすることと殺すことが等しくなるような、そんな小説を書き続けるということ。この地球上の、この人類の歴史の中では、誰もが等しく、無意味に殺したり殺されたりしながら、やがては消えていく。そこに言葉にならない痛みがあり、悲哀と滑稽が切り分けられない歴史の非情さがあった。無慈悲な自然の運行があった。そうした虚無的な世界の残酷さに向き合うためには、すでに言葉と沈黙とが、饒舌と詩とが切り分けられないポストモダンの言葉によって、「自由」を探し求めるしかない。高橋は長い長い作家人生を経て、震災後の揺れ動く現実の中で、改めて、「小説を書く」という過剰な自由の可能性に向き合った。向き合おうとした。

Bシリーズの高橋は「考えうる限りバカバカしいもの」「最低のもの、唾棄されるようなもの、いい加減なもの」「この世の人すべてから、顰蹙をかうような」ものたちを愛そうとしてきた。素晴らしいもの、美しいもの、世の役に立つものたちと全く等価に、平等に、嫌味な皮肉や欺瞞なしに、それらをまっすぐに愛したかった。実際に高橋は、ポストモダンな冒険小説を書き続けながら、実在の人間と虚構のキャラクターと死者や幽霊が等価になっていくような眼差しを受肉し、獲得しつつあった。

それがAシリーズの最初の問いへと切り返されていく。あの、死者（キャラウェイ）を出会い直し、再び愛し合うための言葉を取り返すということ——高橋にとってはそれがポストモダン文学の更新であり、そのまま壊れた男性性を見つめ直し、自然的な自由の方へと解き放つことでもあった。あらゆる壊れたポルノ的な性（ペドフィリーも）を肯定することが、同時に、あらゆる子どもたち（もちろん病児も障害児も、あるいは水子やゴーストすらも等しく）の誕生を祝福することになっていく——奇妙なことだが、そんな臨界的な言葉があり、小説の自由があるはずなのだった。

僕たちはそんなノンヒューマンな自由を、本当に我が身のこととして想像することができるのだろうか。自分の最愛の恋人や子どもと、見知らぬ子どもたち、あるいはゴーストやキャラクターたちを等価に見つめるような、非人情で非人間的な眼差しを我が身で生きぬくことができるのか。わからない。わからないが、しかし——。

「小説的」な言葉とは、各人の中の欲望（エゴイズム）に根差すような言葉なのだった。人間に限らない。人間／動物／植物／鉱物／霊体の境界線をも突き崩していくような言葉のゾーンがあるはずだ。それらの境界線上で、命（生命）のあり方を変化させ続けていく言葉。他者と雑ざり合いながら、様々なアレルギーを起こしながら、自らの生を変態させ続けていく言葉。ならば、言葉というこの不思議なものは、僕ら人類をどのような生き物へと変えていくのか。

そうした「小説的」な言葉によってのみ切り拓きうる自由のゾーンがある。失語にとどまるのではない。倫理的な自己犠牲に逃げるのでもない。失語と倫理を抱えながら、さらなる自由へ向けて、エゴをむき出しにし、誤謬も模倣も反復も呑みつくしながら、我武者羅に書きまくること。

そしてそれは、この世界の全部を楽しみ、肯定しようとする高橋が、唯一、どうしても肯定できなかったもの、つまり、この世で最も愛する誰かを壊してしまったがゆえに壊れてしまった「高橋源一郎」の中にある邪悪で天真爛漫な欲望をも、未知の愛と未曾有の喜びの中で、肯定し尽くしてみせることだった。

高橋にとって、小説的な自由とは、きっと、そのようなものだったた。

震災後作品出版・公開年度一覧

2011年に単行本化されているものは初出月掲載。映画は公開年。

【2011年4月】

2日　[詩集]長谷川櫂『震災歌集』(中央公論新社)発売

【2011年5月】

1日　[小説]重松清『獅子王』「毎日新聞」日曜刷りにて連載

・「戸塚ヨットスクール」を思わせる「千尋塾」が、3・11の被災地支援や特養老人ホームで活動し、かつてそこに在籍していた主人公は戸惑う。おそらくもっとも早くスタートした震災後文学の長篇連載小説（2012年7月29日号まで連載）ながら、2017年現在、未単行本化。（飯田）

3日　[美術]せんだいメディアテーク『3がつ11にちをわすれないためにセンター』開催

7日　[美術]三瀬夏之介『東北画は可能か？－方舟計画－』開催(～2011年5月21日)

・「東北」という単位で括るのは不可能だと分かりつつも、津波や原発事故など、東日本大震災の被災地であることを受け止め、そこから発信する覚悟を決めた美術プロジェクト。東北の文化発信の相対的な弱さという過酷な現実との真摯な戦いである。（藤田）

17日　[評論]荻上チキ『検証　東日本大震災の流言・デマ』(光文社)発売

・リアルタイムで「流言・デマ」という「情報震災」をレポし、わかりやすくまとめた良書。具体的な記述は次に起こりうるかもしれない災害時の「リクナン」として機能するだろう。（蔓葉）

7日　[小説]川上弘美『神様2011』(「群像」2011年6月号)掲載

・震災後の現実と物語の重ね描き。今からみれば風評被害に加担

する作品に思えるが、この時点で早くも「それでもわたしたちはそれぞれの日常を、たんたんと生きてゆく」と読者に示したことは無意味でも無力でもなかった。我々は今もまだ現実と虚構の奇妙なモザイクを生きているのだから。（杉田）

・作者の初期の短編「神様」をベースに震災が起きてしまった世界を描いていた本作は、二作を読み比べてみると、震災後の日常変化の問題意識が実感される。作家として東日本大震災に向かおうとした重要な震災後文学である。本作は高等学校の現代文の教科書に採択もされた（「現代文Ｂ」教育出版2016年現在）。（藤井）

【2011年6月】

10日　［ＮＦ］保坂隆編『災害ストレス――直接被災と報道被害』（角川書店）発売

・被災者はもちろん、被災地の人間以外も報道などによって無力さを感じたりすることで精神的なダメージを負うことは、このＳＮＳ全盛時代にもっと意識されてよい。（飯田）

16日　［詩集］和合亮一『詩の礫』（徳間書店）発売

・和合は震災直後の深い深い失語の中でも、般若心経やツイッターという形式でなら、言葉を発することができたという。しかし和合はそれでも、お経や俳句や和歌ではなく、詩にこだわった。やむにやまれぬ衝動。（杉田）

16日　［詩集］和合亮一『詩ノ黙礼』（新潮社）発売

・「津波が来たんだ。とてつもなく恐ろしい交響曲が、私に響いてきた」「人類は　時に　人類が　朝の空にウインクする　権利を奪う」「黙って叫ぶがいい！！！！！！！！！！！！！！！！！！！！！！！！！！！！！！！！！」厳しい。（飯田）

・現代詩的な難解さという最大の武器を手放した。瓦礫的に砕け散った言葉のみを用いて、瓦礫化し汚染されてしまった現実に対応する新しい詩を生み直すこと。「フクシマ」というレッテルやイメー

ジの貧困化に抗し続けること。それが詩による復興であり、「修羅」としての戦いだった。（杉田）

16日　［評論］開沼博『「フクシマ」論　原子力ムラはなぜ生まれたか』（青土社）発売

・たとえ開沼の出身地がいわき市だとしても、彼自身は一体「どこ」にいるのか。それが全く問われない。左翼や首都圏の人々を性急に批判したいがために、「じゃあおめえ住んでみろ」と当事者を代弁してしまうヒステリー。これ自体が専門家による「フクシマ」の表象＝支配を目論見るねじれた権力の書。（杉田）

21日　［評論］河出書房新社編『思想としての3・11』（河出書房新社）発売

23日　［評論］佐藤栄佐久『福島原発の真実（平凡社新書）』（平凡社）発売

25日　［評論］堀江貴文『0311再稼働　君たちに東日本大震災後の世界を託す』（徳間書店）発売

・2011年3月11日、北海道にいた堀江は、被災地以外の人間が3・11後に暗くなっているのが理解できなかったが、同年4月25日に自分が収監されることが決まって以降、やっとその気持ちがわかった、という。共感や想像力を引きおこすトリガー、それらの力の及ぶ範囲は人それぞれである。（飯田）

7日　［小説］古川日出男『馬たちよ、それでも光は無垢で』（「新潮」2011年7月号）掲載

・手持ちの最高の武器としてのメガノベルではもはや足りない、という切迫感。現実が酷すぎて「書けない」がそれでも書け、「徹底的に推敲しろ」という胆力。「その地に立たなければならない」という倫理。傑作。だが古川のその後の小説は、本作が裂開させた言葉の強度を維持しえたか。（杉田）

・現実の悲惨を見た時に、それを覆い隠すように自作のフィクションが上書きしてしまうという、現実／幻想の移行を描いたルポと

して興味深いが、この「逃走」に留まることはおそらく正しい道ではない。（藤田）

【2011年7月】

1日　［評論］志村有弘編『大震災の記録と文学』（勉誠出版）発売

6日　［ＮＦ］須藤彰『自衛隊救援活動日誌　東北地方太平洋地震の現場から』（扶桑社）発売

・防衛省のキャリア組であり震災後に災統合任務部隊の幹部として現場に入った著者が、陸上自衛隊の活動について2011年３月16日から４月24日まで、日誌に基づき明かした貴重な記録。（飯田）

7日　［小説］古井由吉『子供の行方』（「群像」2011年8月号）掲載（『蜩の声』所収）

・古井的な日常はつねに無数の災厄や戦争の重層的な反復の中にあり、危機／無事、予兆／記憶、永遠／現在が入り乱れていくが、７歳の空襲の記憶だけが特権的な外傷としてあった。しかし311の経験は「不発弾」という新しい特権的暗喩を生み出し、それは天へ昇る子供達の泣き声へと響きあっていく。（杉田）

8日　［小説］瀬名秀明『希望』（早川書房）発売

8日　［評論］伊藤滋、奥野正寛、大西隆、花崎正晴編『東日本大震災　復興への提言　持続可能な経済社会の構築』（東京大学出版会）発売

9日　［ＮＦ］林京子『被爆を生きて――作品と生涯を語る』（岩波書店）発売

12日　［雑誌］『Feel Love Vol.13 (2011 Summer)　――Love Story Magazine』（祥伝社）発売

・女性作家を中心に多数の書き手に震災について依頼したエッセイや対談を収録。震災から２カ月半のタイミングでオファーを受けた、声には無力感の吐露と同時に、「ひとときでも忘れさせたい」というエンタメ作家らしい言葉も。（飯田）

15日　[評論]石原慎太郎『新・堕落論　我欲と天罰』(新潮社)発売

16日　[評論]小出裕章『原発はいらない(幻冬舎ルネッサンス新書)』(幻冬舎)発売

25日　[漫画]しりあがり寿『あの日からのマンガ』(エンターブレイン)発売

・放射性物質すらアニミズム的なキャラクターとして表象する。「詩人」のみにゆるされた奇跡的な仕事に思える。(杉田)

・誰もが言葉を失っていた震災翌日から、常に逡巡し、さまざまな情報の洪水にさらされ戸惑いながらも、決して休むことなく書き継がれた、「あの日」からの日々の記録。常に根底に流れる著書のユーモア精神が胸を打つ。(冨塚)

26日　[評論]飯田哲也、佐藤栄佐久、河野太郎『「原子力ムラ」を超えて――ポスト福島のエネルギー政策(NHKブックス No. 1181)』(NHK出版)発売

30日　[小説]真山仁『コラプティオ』(文藝春秋)発売

【2011年8月】

2日　[評論]川村湊『原発と原爆――「核」の戦後精神史』(河出書房新社)発売

10日　[NF]麻生幾『前へ!　東日本大震災と戦った無名戦士たちの記録』(新潮社)発売

・冒険小説家でもある著者が、救助活動や、混乱とメルトダウンの恐怖のなか、原発事故の収拾(冷却作業)にあたった決死の行動をはじめ、震災後の自衛隊や警察(機動隊)の動きを現場寄りに追った、きわめて重要なルポルタージュ。(飯田)

10日　[PJ]三浦哲哉『Image.Fukushima(イメージ福島)』発足

・あまりにも多すぎる映像のアーカイブを誰がどのようにして見るのか、使うのかという問題が生じているらしいのが、現代の映像環境の中における災害の新しさか。(藤田)

15日　[ＰＪ]『プロジェクトFUKUSHIMA!』発足

17日　[評論]中沢新一『日本の大転換』(集英社)発売

・原子力発電から太陽エネルギーへ、を思想的に壮大に語る。震災後に「次は太陽光だ、再生エネルギーだ」とぶちあげていた孫正義がメガソーラーからPepperにあっさり切り替えた歴史を知った上で読むと味わい深い。（飯田）

・原子力とは地球内部の生態圏ではなく、非人間的な太陽圏に属するエネルギーであり、それを技術的に超えるには、人間と太陽の関係自体を見直すしかない。太陽の贈与性（無差別な平等）をいかに全面化するか。単なる脱原発論でも技術論でもなく、人間観の根本的な転回を促す。思想の凄みを感じた。（杉田）

20日　[ＮＦ]宇川直宏『@DOMMUNE――FINAL MEDIAが伝授するライブストリーミングの超魔術!!!!!!!!』(河出書房新社)発売

・3・11直後からDOMMUNEが実施した音楽配信と義援金寄付システムを結び付けた緊急プログラムを3月22日に振り返った企画を収録。（飯田）

24日　[雑誌]斎藤環編『現代思想２０１１年９月臨時増刊号　総特集＝緊急復刊imago東日本大震災と〈こころ〉のゆくえ』(青土社)発売

26日　[評論]海老原豊・藤田直哉編集『３・11の未来　日本・ＳＦ・創造力』(作品社)発売

・ＳＦ作家・評論家26人が震災直後の思いを記した。ＳＦに携わるものたちが、科学と小説、科学と社会との関係を真剣に語る。ＳＦは科学の未来も悪夢も描いてきた。私たちの目の前に広がる光景は、ＳＦ的想像力の射程に収まるものなのか。（海老原）

28日　[美術]竹内公太『指差し作業員』公開

・福島第一原発のライブカメラを作業員が指差して話題になり、後に美術作家が行ったと判明した。現代美術が震災に対し、ダイレ

クトな応答をした／できたことに、個人的には衝撃を受けた。（藤田）

【2011年9月】

1日　［雑誌］東浩紀編『思想地図β vol.2 震災以後』（合同会社コンテクチュアズ）発売

8日　［雑誌］『ストーリーパワー（Story Power）2011年10月号』（新潮社）発売

・阪神大震災および東日本大震災を経験した筒井康隆、高橋克彦、有川浩、近藤史恵、玄侑宗久、瀬名秀明、真山仁による書き下ろしアンソロジー。（飯田）

9日　［漫画］みすこそ『いつか、菜の花畑で ～東日本大震災をわすれない～』（扶桑社）発売

16日　［雑誌］『早稲田文学 4号』（早稲田文学会）発売

17日　［漫画］宮下裕樹『正義警官モンジュ』12巻（小学館）発売

・原子力で動くロボット警官もんじゅが、周囲の人たちとの交流で成長していく物語。3・11以前から以降まで連載されていた。もんじゅの発展系のロボットが東京で放射能汚染を起こすという描写もあり、12巻の帯には「ロボ警官の動力源が問題となって映像化が見送られた名作」と書かれている。（西貝）

【2011年10月】

7日　［小説］高橋源一郎『恋する原発』（「群像」2011年11月号）掲載

・エンターテインメントが問題に向き合う不真面目さが読者のなかで真面目なものに変容し、それが一種の「癒やし」となることを示している。（蔓葉）

・主人公は、宇宙人ジョージの「なんでもできる」超能力（これは「想像力」の比喩だろう）をもってしても、震災をなかったことにするのは「問違ってる」からしないことを選ぶ。この節度は新海誠『君の名は。』と対照的である。（飯田）

・自粛ムードや原発に対する言論規制が静かに蔓延する中で、堅

苦しくこわばった空気を吹き飛ばし、それを笑い飛ばす。人間の「言葉」の根源的な自由とユーモアをあらためて読者に示した。日本の『カンディード』。震災後文学の傑作。（杉田）

8日　[評論]五十嵐太郎『現代日本建築家列伝――社会といかに関わってきたか』（河出書房新社）発売

・ゼネコンや土木系のコンサルは災害の現場にのりこむ組織力をもつが、アトリエ系の建築家、個人事務所ではスピードがかなわない。世界的に活躍する日本人建築家がいるのに自治体から復興計画が依頼される事例がほぼない、という指摘は重要。（飯田）

18日　[詩集]角川春樹『白い戦場――震災句集』（文學の森）発売

27日　[ＮＦ]河北新報社編『河北新報のいちばん長い日　震災下の地元紙』（文藝春秋）発売

28日　[小説]綿矢りさ『かわいそうだね？』（文藝春秋）発売

31日　[小説]島田荘司『ゴーグル男の怪』（新潮社）発売

31日　[小説]福井晴敏『震災後』（小学館）発売

【2011年11月】

17日　[評論]『脱原発「異論」』（作品社）発売

18日　[評論]加藤典洋『３．11――死に神に突き飛ばされる』（岩波書店）発売

・核燃料サイクル政策が技術抑止論（日本は核兵器を保持はしていないが、いざとなったらプルトニウムをいつでも核兵器に転用可能だ、という形での抑止力）に基づくことを冷静に批評する。（杉田）

26日　[ＮＦ]磯部涼『プロジェクトFUKUSHIMA! 2011/3.11-8.15いま文化に何ができるか』（Ｋ＆Ｂパブリッシャーズ）発売

・大友良英が立ち上げたプロジェクトFUKUSHIMAのドキュメント。表現者として無力さを感じながらも、直接ライブで音を奏で歌うことのできるミュージシャンたちの表情やマインドは、基本的に文字で伝える文学者たちとは違うことがよくわかる。（飯田）

27日　[ルポ]石井光太『遺体――震災、津波の果てに』（新潮社）発売

・これをルポルタージュと呼べるのか。最低のタイプのメロドラマの台本を読まされているようだった。（杉田）

【2011年12月】

1日　[詩集]辺見庸『眼の海』（毎日新聞社）発売

8日　[ＮＦ]コンピューターテクノロジー編集部編『ＩＴ時代の震災と核被害』（インプレスジャパン）発売

・Google、Twitter、Yahoo!、Amazon などの3・11への危機対応がまとめられている。これほどＩＣＴがインフラと化した状態での大災害であったこと、情報技術は被災時に毒にも薬にもなることを改めて確認させる。（飯田）

10日　[評論]陣野俊史『世界史の中のフクシマ――ナガサキから世界へ』（河出書房新社）発売

・震災後ラップについて論じ、福島在住のラッパー狐火にインタビューしている第三章がおもしろい。（飯田）

12日　[小説]伊集院静『星月夜』（文藝春秋）発売

19日　[漫画]荒木飛呂彦『ジョジョリオン』（集英社）発売

・震災後の東北の杜王町が舞台。全てが混濁しまだら模様になり、自分の記憶と他者の記憶が境目なく雑じりあっていく。主人公はこれまでのシリーズで最も寄る辺なく、ジョジョの根拠（血統や歴史）を根こそぎにされたかのよう。物語の進み方も読者を置き去りにする異様なぐだぐださ。どうなるんだろう。（杉田）

【2012年1月】

1日　[評論]東浩紀編『震災から語る――別冊思想地図β　ニコ生対談本シリーズ1』（コンテクチュアズ）発売

6日　[評論]辺見庸『瓦礫の中から言葉を――わたしの〈死者〉へ』（ＮＨＫ出版）発売

・廃墟の中で焼死体や赤ん坊の死体を見て、「ああ愉快」、さっぱ

り朗らかだ、と爽快に言い切ること。文学にはそんな怖さがある。ならば自分はそんな文学の言葉を信じられるのか。詩論であるのがポイント。(杉田)

14日 [映画]園子温監督『ヒミズ』公開

・冒頭の10分で限界でした。あまりにもひどいと思いました。(杉田)

・古谷実原作のマンガの映画化。現代日本映画の鬼才・園子温が震災直後の被災地でロケをした映像が使われていることで、公開当時、さまざまな話題になった。(渡邉)

16日 [小説]白石一文『幻影の星』(文藝春秋)発売

25日 [詩集]長谷川櫂『震災句集』(中央公論新社)発売

27日 [映画]髙橋栄樹監督『DOCUMENTARY of AKB48 Show must go on 少女たちは傷つきながら、夢を見る』公開

28日 [NF]大鹿靖明『メルトダウン ドキュメント福島第一原発事故』(講談社)発売

・東電本店最高峰はなぜ、いかにしてああなってしまったのかを人物にフォーカスして紐解くくだりは、凡百の震災後小説に登場する悪役、黒幕、政治家の書き割りぶりとは一線を画す。(飯田)

【2012年2月】

2日 [小説]アンソロジー『それでも三月は、また』(講談社)発売

・小説家、詩人による3・11に関するアンソロジー。読んでみると、その後に出てくる各著者の震災後文学の萌芽が本書に散りばめられていたことに気づかされる。(藤井)

2日 [評論]養老孟司、隈研吾『日本人はどう住まうべきか?』(日経BP社)発売

3日 [NF]吉田典史『震災死 生き証人たちの真実の告白』(ダイヤモンド社)発売

・多数の取材や調査資料から「三陸の人は津波のことをよくわか

っていなかった」「東北人の避難意識は高くない」「釜石では消防団員253人が犠牲に」「遺体の洗浄にあたった自衛隊員はＰＴＳＤに」「利害関係が複雑なところで多数の死者が出ている」等々、3・11が〝物語化〟される時には抜け落ちがちな事実を明らかにする。（飯田）

10日　[評論]鷲田清一『語りきれないこと　危機と傷みの哲学』（角川学芸出版）発売

10日　[評論]外岡秀俊『震災と原発　国家の過ち　文学で読み解く「3・11」』（朝日新聞出版）発売

・「はじめに」で「文学の世界と被災地を往還しながら」「文学が被災者に希望を与えるのではなく、被災者が希望であることを教えるのが文学であることを知った」などと書かれている。カミュや井伏鱒二、宮沢賢治など多様な作家の作品に触れつつ、「震災と原発」問題への国家の対応が問われている。（西貝）

15日　[ＮＦ] 作なりゆきわかこ、原案ドックウッド／東海林綾『ロックとマック　東日本大震災で迷子になった犬』（角川書店）発売

・震災実話をもとにした犬や猫と飼い主たちの話だが動物が擬人化されていてしゃべる。死者に語らせるのと同様の手法である。（飯田）

17日　[ＮＦ]西條剛央『人を助けるすんごい仕組み――ボランティア経験のない僕が、日本最大級の支援組織をどうつくったのか』（ダイヤモンド

18日　[小説]伊坂幸太郎『仙台ぐらし』（荒蝦夷）発売

20日　[演劇]柴幸男演出『テトラポット』初演

・あの時間、あの災害、あの出来事の前後の物語。打ち捨てられた教室と海の底が重ねあわされた舞台。時計は2時46分を指したまま。何が、いつ、どこで起こったのかは一切、捨象されている。リピート的演出を得意とする柴には珍しく止まった時間をどう進めるかを考えている。象徴的な震災後作品。（海老原）

21日　[ＮＦ]石井正『東日本大震災 石巻災害医療の全記録――「最大被災地」を医療崩壊から救った医師の７カ月』(講談社)発売

・非常時にいかに複数の団体でチーム（ライン）を作って割り振りし、士気高く緊急で救護活動を行うか。トイレや仮眠場所の確保、放射線量に対する内部の議論に至るまでがリアリティをもって記述されている。本書は記録だが、震災ものフィクションを書くならこのレベルのディテールは必須。(飯田)

23日　[小説]いとうせいこう、佐々木中『BACK2BACK』(河出書房新社)

・佐々木中からの呼びかけで実現したチャリティ小説。いとうが作家として復帰するきっかけとなり、『想像ラジオ』につながった。(飯田)

25日　[小説]高橋源一郎『「あの日」からぼくが考えている「正しさ」について』(河出書房新社)発売

25日　[漫画]いましろたかし『原発幻魔大戦』(エンターブレイン)発売

・典型的な放射脳エッセイ漫画。ロスチャイルドがどうのという陰謀論まで飛び出す。テンプレすぎてわざと悪意を持って描いているようにも見えるが本気なので頭が痛い。(飯田)

・あまりの無防備さゆえに、「放射脳」の貴重なサンプル。(杉田)

・震災前後に「恐怖」「不安」「怒り」に取り付かれ、「政治化」してしまった人を描く「日常系」と考えればよいのかも。やたらネットを見ている。(藤田)

【2012年3月】

1日　[雑誌]『ストーリーパワー（Story Power）２０１２年04月号』(新潮社)発売

・前年の『Story Power』は「小説新潮」別冊、こちらは「新潮」別冊で作家もいしいしんじなど純文学系が中心に。あとがきで「新潮」編集部と「小説新潮」編集部で寄稿された小説をめぐって深い

対話があったことが記されている。震災がなければ起こらなかった、のだ。（飯田）

1日　[雑誌]『文藝春秋増刊　3．11から一年　100人の作家の言葉　2012年03月号』（文藝春秋）発売

2日　[エッセイ]日本ペンクラブ編『いまこそ私は原発に反対します。』（平凡社）発売

3日　[映画]森達也、綿井健陽、松林要樹、安岡卓治監督『311』公開

・被災地や被災者の現実というよりも、取材する映画人たちの戸惑いや後ろめたさを映す、一種のセルフドキュメンタリー。そのことがたまたま、映画というメディアの暴力と享楽の危ういゾーンを最も無様かつ鮮やかに示してしまった。「なぜこの子を撮るか？」（土本典昭「水俣の子は生きている」）の偶然的反復。（杉田）

・4人の映画作家が震災直後の被災地に入り、当時の生々しい状況を記録したドキュメンタリー。終盤では彼らが一瞬撮影した被災者の（もちろん、覆い隠された）遺体の映像が物議を醸し、震災ドキュメンタリーの表現や公共性についてさまざまな議論を呼んだ「問題作」。（渡邉）

6日　[写真集]「3・11以前」写真集プロジェクト事務局『3・11以前美しい東北を永遠に残そう』（小学館）発売

6日　[評論]若松英輔『魂にふれる――大震災と、生きている死者』（トランスビュー）発売

・震災後の柄谷行人も「死者／死後の世界はある。見えないからといって、ないわけではない。カントもそう言ってた」とか若松と似たことを言う。3・11によって95年は忘却された。オウム事件があり、オカルトや宗教的なことを言ったらボコボコに叩かれた時代よ遠くなりにけり。（飯田）

・経営・経済系の自己啓発にノレない読者たちが、人文系の自己啓発本を欲し、若松氏が震災後にそれに応えてきたのだろう。（杉田）

7日　[漫画]萩尾望都『なのはな』(小学館)発売

・放射性物質を擬人化し、感情移入可能な対象として描いていることは、なかなかユニーク。『鉄腕アトム』の「ウランちゃん」などへの応答なのかもしれない。(藤田)

7日　[評論]大澤真幸『夢よりも深い覚醒へ——3・11の哲学』(岩波新書)発売

・震災＋宗教＋資本主義を同時に分析しつつ、未来の「プロレタリアート」のありうべき可能性を預言的に示そうとする、奇妙な本。(杉田)

8日　[詩集]和合亮一『私とあなたここに生まれて』(明石書店)発売

9日　[小説]神林長平『いま集合的無意識を、』(早川書房)発売

・「震災後」と「伊藤計劃以後」に応答した（ことさらに応答しない、という考えをまとめた）結果、いつもの神林長平に着地する。だからこそひとつの視点として信頼できる、とも言えるのだが。(飯田)

9日　[小説]重松清『希望の地図』(幻冬舎)発売

・3・11から半年後、フリーライター田村章（重松の別名義）が不登校の少年をボランティアに誘う。被災地ドキュメント・ノベル。(飯田)

9日　[評論]矢部史郎『3・12の思想』(以文社)発売

9日　[漫画]吉本浩二『さんてつ:日本鉄道旅行地図帳　三陸鉄道　大震災の記録』(新潮社)発売

・割と早い段階のルポルタージュ。ヘタウマの絵柄が案外マッチ。感傷的になり過ぎず。でもちょっと「プロジェクトX」っぽい。震災の苦難の中でも、市民のために滅私的に仕事に尽くした男たちの群像劇。(杉田)

9日　[評論]小出裕章『図解　原発のウソ』(扶桑社)発売

9日　[評論]瀬戸内寂聴、ドナルド・キーン『日本を、信じる』(中央公論

新社）発売

・自責や他責、日本社会を批判する言葉が飛び交った震災後において、日本の良さ、日本人のいいところを声高になることなく二人の老知識人が語った、意外と珍しい一冊。（飯田）

10日　［映画］岩井俊二監督『friends after 311』公開

・岩井俊二が、「311」のあとに友達になった人たちに話を聞きに行く。原発のこと、政治のことなどに踏み込んだドキュメンタリー作品。『花とアリス殺人事件』や『リップヴァンウィンクルの花嫁』を観るときに、本作の主題が潜在的にあると意識するとより深みが増す。（藤田）

・岩井俊二による震災ドキュメンタリー。小出裕章から山本太郎まで、震災後に岩井が知り合ったさまざまな「友人」たちに女優・松田美由紀とともに話を聞きに行く。「原発神話」に通じる「嘘」というテーマは、岩井作品のモティーフにも共通する。（渡邉）

11日　［音楽］RADWIMPS『白日』発売

13日　［小説］白岩玄『愛について』（河出書房新社）発売

・ぼんやりした人が震災をぼんやり経験する。（飯田）

14日　［漫画］ひが栞『生き残ってました。～主婦まんが家のオタオタ震災体験記』（祥伝社）発売

14日　［評論］開沼博、佐藤栄佐久『地方の論理　フクシマから考える日本の未来』（青土社）発売

16日　［ＮＦ］片田敏孝『人が死なない防災』（集英社）発売

・「想定外」という言い方は思考停止で責任の隠蔽だとする柳田邦男的立場とは異なり、「想定を上げる」ことは本質でなく、巨大防波堤などの存在により「想定にとらわれすぎた」がゆえに逃げなかった住民たちの「自分の命は自分で守る」という主体性の欠如を問題にする。（飯田）

30日　［評論］隈研吾『対談集　つなぐ建築』（岩波書店）発売

・伊東豊雄による「震災のとき土木関係のひとは国とのつながりが深いしヒエラルキーも明確でネットワークとしてすぐ動き出せる。建築家はひとりで動いていることがほとんどなので組織から声がかからない」という指摘は日本の建築文化的に重要だろう。(飯田)

【2012年4月】

7日　[映画]塚本晋也監督『KOTOKO』公開

・育児ノイローゼから現実と虚構の境目を無くしていくCoccoの過剰な愛を通して、間接的に震災後の状況を鷲掴みにする。最後の演出は非常にウェルメイドな「映画的」なものだが、作品全体の意味がそこから反転するような重要なもの。(杉田)

・子育てしながらチャーハンを作るという日常の行為が、こんなに恐ろしく描かれるとは。震災直後の不安感がフィルムと演技に乗り移った傑作。(藤田)

9日　[写真集]初沢亜利『True Feelings――爪痕の真情。2011.3.12～2012.3.11』(三栄書房)発売

・震災をめぐる映像・写真のほとんどが、災害の悲惨さを示す痛々しいものであったタイミングで、いち早く「復興」のイメージを中心に持ってくることで、類書とは全く異なる切り口を示した写真集。震災から年月が経つほどに、読み返される価値を増す一冊だろう。(冨塚)

16日　[小説]アンソロジー『早稲田文学 記録増刊 震災とフィクションの〝距離〟』(早稲田文学会)発売

17日　[NF]立花貴『心が喜ぶ働き方を見つけよう』(大和書房)発売

・社会人として20年働いているあいだ、本当は何がしたいのかわからなかった仙台出身の著者が、震災を機に漁師になり生きがいを見つける。震災で希望を見つける人間もいる、というケーススタディとして。(飯田)

20日　[NF]森絵都『おいで、一緒に行こう――福島原発20キロ圏内

のペットレスキュー』(文藝春秋)発売

・女性ボランティアが福島原発20キロ圏内のペットレスキューに向かう様子を取材したノンフィクション。2011年4月をすぎても残ったボランティアは40代女性ばかり、といった記述が目を引く。3年後の現状が語られる文庫版を。(飯田)

20日　[NF]永幡嘉之『巨大津波は生態系をどう変えたか――生きものたちの東日本大震災』(講談社)発売

・震災の影響で昆虫をはじめとする生物、あるいは植物が生きる環境が激変したかを記す。そのディテールに満ちた意外な模様は、一部の小説家の放射脳的想像力による生物変容描写の陳腐さを浮き彫りにする。(飯田)

20日　[演劇]岡田利規演出『現在地』初演

・寓話。村を舞台に「あの日」「雨」「噂」が女たちから語られる。ひたすらに眠い芝居。こんな芝居なら作らなければ良かったのに。評価は二分。物理的被害ではなくＳＮＳ的な情報災害を震災の本質と捉えたからだろうか？　それにしても他にやりようはあったはず。(海老原)

・みもふたもない〈政治的〉な描き方によって、反復され続ける「現在」をたちきって、確固たる〈現在地〉を刻んでみせた。(杉田)

20日　[ＮＦ] 西岡研介、松本創『ふたつの震災　[1・17]の神戸から[3・11]の東北へ』(講談社)発売

・阪神大震災を被災したノンフィクションライターが東北を巡る。東京中心に報じるメディアの偏向に怒る仙台在住の作家・熊谷達也の言葉を見よ。(飯田)

26日　[小説]高橋源一郎『さよならクリストファー・ロビン』(新潮社)発売

・高橋源一郎といえば『恋する原発』ばかりが話題になったが、こちらの方がむしろ重要な仕事だったかもしれない。(杉田)

27日　[小説]古川日出男『ドッグマザー』(新潮社)発売

【2012年5月】

12日　[映画]大林宣彦監督『この空の花――長岡花火物語』公開

18日　[評論]坂口恭平『独立国家のつくりかた』(講談社)発売

22日　[評論] 赤坂憲雄、小熊英二編『「辺境」からはじまる――東京／東北論――』(明石書店)発売

・東京を中心とするメディア、あるいは都市部の住民と東北の人間の、知識や被害の度合いによる意識の違いを浮き彫りにし、そうなってしまった構造的な要因を、時代を紐解きながら考察していく。不必要に攻撃的なこともなく、バランスの取れた論文集。（飯田）

26日　[映画]松林要樹監督『相馬看花　第一部 奪われた土地の記憶』公開

・遠縁の親戚のような。人間と共に暮らす犬猫のような。そんなほどよい親密さ。南相馬の人々をたんなる「被災者」や「避難民」ではなく、ありふれた等身大の人間として撮っていく。その先で被災地の人々の顔に、名前のない、唯一無二の「花」を看ていく。（杉田）

31日　[小説]黒川創『いつか、この世界で起こっていたこと』(新潮社)発売

・原発が近くにある町は世界中どこでもデニーズとマクドナルドとケンタッキーとセブンイレブンしかない。歴史を映すようなものが何もない。それが核文化（ニュークリア・カルチャー）だ、と言うが、どう考えても関係がない。それなら郊外や田舎にはみんな原発があることになる。（飯田）

【2012年6月】

25日　[雑誌]『俳句界　２０１２年7月号』(文學の森)発売

29日　[小説]柴崎友香『わたしがいなかった街で』(新潮社)発売

・本作に書かれた過去に対するどうしようもない隔たりは、戦争

体験はもちろんだが、3・11にも共通していることではないだろうか。（藤井）

【2012年7月】

2日　[詩集]谷川健一編『東日本大震災詩歌集　悲しみの海』(冨山房インターナショナル)発売

6日　[小説]神林長平『ぼくらは都市を愛していた』(朝日新聞出版)発売

・秋葉原を中心に「ＪＫなんちゃら」が流行っているが本作で用いられる用語は「援助交際」といかにも90年代的（業者が絡むのが今、絡まないのが90年代）。そこに震災後のTwitterのイメージが流入する「情報震」なる設定が絡む、時代設定が謎。（飯田）

7日　[映画]杉井ギサブロー監督『グスコーブドリの伝記』公開

7日、8日　[音楽]『NO NUKES2012』開催

・クラフトワークが出演し、「Radioactivity」の歌詞に「ＦＵＫＵＳＨＩＭＡ」を入れ、日本語で歌った。旭日旗と放射性物質を重ねたデザインの映像の演出も洒落が効いていた。電気を使っているせいか、テクノの人たちは反応が早い。（藤田）

11日　[評論]松岡正剛『千夜千冊番外編3・11を読む』(平凡社)発表

12日　[時評]坪内祐三、福田和也『不謹慎 酒気帯び時評50選』(扶桑社)発売

・震災翌日に敢行した公開対談などを収録。（飯田）

13日　[小説]佐藤友哉『星の海にむけての夜想曲』(星海社)発売

・震災後に「輝く星空を取り戻すために、核で地球をでこぼこにし、放射性物質でいっぱいにする必要がある」とリリカルな雰囲気で書けてしまうのが佐藤友哉である。（飯田）

15日　[小説] 村田喜代子『光線』(文藝春秋)発売

・乳ガン治療に使った放射線は原発で使われているものと同じなのかと本気で医者に迫る（自身を蝕むガンと原発事故の不安を重ね

合わせる）「原子海岸」などを収録した短編集。本人にとっては深刻な問いらしいことに頭を抱える。（飯田）

17日　［小説］三浦明博『五郎丸の生涯』（講談社）発売

20日　［詩集］佐藤紫華子『原発難民の詩』（朝日新聞出版）発売

20日　［小説］アンソロジー『THE FUTURE IS JAPANESE』（早川書房）発売

27日　［小説］有川浩『空飛ぶ広報室』（幻冬舎）発売

【2012年8月】

6日　［ＮＦ］稲泉連『復興の書店』（小学館）発売

6日　［評論］吉見俊哉『夢の原子力――Atoms for Dream』（筑摩書房）発売

・名著。シャープな分析でありながら、原子力をめぐる文化的な享楽と論理の危ういゾーンをも見つめている。（杉田）

7日　［評論］高橋源一郎『非常時のことば　震災の後で』（朝日新聞出版）発売

・震災後の失語、混乱状況の中で、過去に書かれた非常時のことばを参照していく……のだが、レバノンでのパレスチナ人虐殺を記したジュネ「シャティーラの４時間」をはじめ、引用の題材がいちいち適切すぎ、筆の運びもわりに安定していて、この作家は失語も混乱もしていないのではないかと思わされる。（飯田）

8日　［ＮＦ］福山哲郎『原発危機 官邸からの証言』（筑摩書房）発売

・映画『太陽の蓋』ではほとんど主役であり、『シン・ゴジラ』主人公・矢口と同じ内閣官房副長官であった著者の回顧録。首相補佐官であった寺田学が自身のブログに掲載した当時のメモと合わせて必読。（飯田）

22日　［漫画］小林よしのり『ゴーマニズム宣言 SPECIAL 脱原発論』（小学館）発売

24日　［小説］伊藤計劃×円城塔『屍者の帝国』（河出書房新社）発売

30日　[評論]斎藤環『原発依存の精神構造　日本人はなぜ原発が好きなのか』(新潮社)発売

・原発は不可能ゆえに我信ず的なファルス（享楽の対象）であるという精神分析テンプレはどうでもよい。時間感覚の混乱についての論考「被災した時間」は震災後文学を語る上において重要な参照項。(飯田)

・震災後の時制の混乱についての分析には、さすが、とうなった。阪神淡路大震災後の文学を論じた『文学の断層』(2008年）との差異に注目すると、さらに興味深い。(杉田)

【2012年9月】

1日　[写真集]畠山直哉『気仙川』(河出書房新社)発売

1日　[小説]熊谷達也『光降る丘』(角川書店)発売

6日　[評論]佐伯一麦『震災と言葉』(岩波書店)発売

・「新潮」に『還れぬ家』連載中に被災した著者が当時を振り返った講演を収録。小説の言葉は時間の推移が信じられるくらいの日常性がなければ出てこない、3・11直後には感情も時間感覚も喪失していた、という言葉が重い。(飯田)

7日　[評論]笠井潔『8・15と3・11――戦後史の死角』(NHK出版)発売

・渾身の評論『例外社会』のコンパクト版でありながら、日本社会への辛辣な分析はより深い。批評に不慣れな読者にも問題の構図が理解しやすく、震災批評の入口としても勧めたい一冊。(蔓葉)

21日　[エッセイ] 佐伯一麦『旅随筆集　麦の冒険』(荒蝦夷)発売

21日　[評論]松本三和夫『構造災――科学技術社会に潜む危機（岩波新書)』(岩波書店)発売

【2012年10月】

3日　[NF]園子温『非道に生きる』(朝日出版社)発売

・震災後映画として賛否を巻き起こした『ヒミズ』『希望の国』に

至った背景が語られる。普段は「希望なんてクソくらえ」と思っていた園が「落ちるところまで落ちたときに、「仕方がないんだ、希望がほしくなっちゃったんだよ」」と漏らす。(飯田)

13日　[美術]水戸芸術館『3・11とアーティスト：進行形の記録』開催(～2012年12月9日)

13日　[映画]舩橋淳監督『フタバから遠く離れて』公開

・散文的な疲れの中で努力し続けるというモチーフが、映像の選択と編集によって形式的に表現されている。小綺麗だがどこか凡庸で慎ましいショットの連鎖と持続(これしかない慎ましさ)。それ自体が舩橋監督の、永続する戦いへの静かな覚悟を語っているように思える。(杉田)

・避難生活をしている双葉町の人々を追いかけたドキュメンタリー。事故を起こした原発のある自治体の長の表情が痛ましい。(藤田)

17日　[評論]伊東豊雄『あの日からの建築』(集英社)発売

20日　[映画]園子温監督『希望の国』公開

【2012年11月】

2日　[NF]針谷勉『原発一揆～警戒区域で闘い続ける〝ベコ屋〟の記録』(サイゾー)発売

・福島の農家・吉沢正巳が《希望の牧場》入り口でバッテリーがあがってしまった古いタイヤショベルに「決死救命、団結！」と書き置きし、東電本店へ向かう。木村友祐の震災後作品と合わせて読まれたし。(飯田)

9日　[評論]佐々木幹郎『瓦礫の下から唄が聴こえる』(みすず書房)発売

9日　[評論]ジャン＝リュック・ナンシー『フクシマの後で：破局・技術・民主主義』(以文社)発売

13日　[小説]相場英雄『鋼の綻び』(徳間書店)発売

17日　[映画]庵野秀明監督『ヱヴァンゲリヲン新劇場版：Q』公開

・シリーズの本来の主人公はどう見てもゲンドウであり、あの世界では大人たちが責任を取って戦っておらず、子どもたちに無茶な代理戦争を戦わせているだけで、ゆえに物語の終りが来ない。『シン』では大人たちの物語を描いてほしい。(杉田)

・世界を良くしようと思ったらより悪くなっちゃいました、という絶望感の描き方。あるいは、「これまでとは全く変わってしまった世界」に突然移行したという点において、新劇場版の中で最も優れた作品だと思う。(藤田)

17日　[音楽]宇多田ヒカル『桜流し』

・ひたすらおそろしい。天才の凄み。母を自殺で喪った後の「花束を君に」や「真夏の通り雨」を自己預言してしまってもいる。「Everybody finds love　In the end 」。本当だろうか。宇多田氏は本当にそう信じているのだろうか。だとすれば……。(杉田)

20日　[小説] 江上剛『帝都を復興せよ』(光文社)発売

・3・11以後の政界の体たらく、復興の鈍さと政治家のビジョンのなさに業を煮やした経済小説家による、関東大震災後の後藤新平を主人公にした復興小説。(飯田)

21日　[漫画]西島大介『すべてがちょっとずつ優しい世界』(講談社)発売

・「広島⇔福島　過去⇔未来　僕たちの選択」と帯に書かれている。貧しい「くらやみ村」に、街の人間の提案により「ひかりの木」が植えられる。しかし、これに起因して環境破壊が起こる。その一方で、観光客の誘致など村に利益もある。そういった中での登場人物ごとの態度の違いが見どころだ。(西貝)

24日　[ＮＦ]門田隆将『死の淵を見た男 吉田昌郎と福島第一原発の５００日』

・福山哲郎と並んで『シン・ゴジラ』矢口のモデルでもあろう、「常に最悪を想定する」「誰に対しても歯に衣着せぬ物言いをし、や

りぬく」福一・吉田所長から見た原発事故後の対応を描く。(飯田)

【2012年12月】

14日　[小説]リシャール・コラス『波 蒼佑、17歳のあの日からの物語』(集英社)発売

24日　[評論]寺沢京子『大切なものって何だろう――核・震災・そして文学』(竹林館)発売

【2013年1月】

21日　[評論]中村征樹編『ポスト3・11の科学と政治』(ナカニシヤ出版)発売

22日　[評論]佐藤友哉『1000年後に生き残るための青春小説講座』(講談社)発売

・3・11以後に「1000年後にも生き残る青春小説を！」と言っておいて実作で出てきたのは伊藤計劃『虐殺器官』のパクリのようなものだった。目標と実際の落差の大きさもまた震災後的か。(飯田)

・中二病的な自意識&小説家としての特権意識のこじらせ具合がほんとうにひどいんだけど、この人は本当に「無名の誰でもないネットユーザー」としての小説家なのかもしれないな。(杉田)

25日　[NF]石井光太『津波の墓標』(徳間書店)発売

27日　[NF]船橋洋一『カウントダウン・メルトダウン』(文藝春秋)発売

・福島原発事故独立検証委員会をプロデュースし、事故調査・検証報告書を刊行したジャーナリストによる、原発事故後の官邸、東電、自治体、消防、警察、自衛隊の動きを追ったノンフィクション。まがうことなき震災後文学の傑作であり『シン・ゴジラ』の副読本。(飯田)

31日　[小説] 乃南アサ『いちばん長い夜に』(新潮社)発売

【2013年2月】

1日　[小説]池澤夏樹『双頭の船』(新潮社)発売

12日　[漫画]山本おさむ『今日もいい天気　原発事故編』(双葉社)発売

20日　[小説]馳星周『美ら海、血の海』(集英社)発売

・被災地に入った老人に戦時下、沖縄戦の記憶がフラッシュバック。頭とお尻にしかない震災の風景は必要だったのか。マクラのように3・11を使う手つきは疑問である。(飯田)

22日　[漫画]石塚夢見『3．11　あの日を忘れない』(秋田書店)発売

28日　[小説]佐伯一麦『還れぬ家』(新潮社)発売

28日　[絵本]北門笙『松の子　ピノ　～音になった命～』(小学館)発売

・7万本の松原からたった一本、津波に耐えて残った陸前高田の「奇跡の一本松」を題材にしたファンタジー絵本。(飯田)

【2013年3月】

2日　[小説]いとうせいこう『想像ラジオ』(河出書房新社)発売

・ラジオは文字ではなく音であり、姿が見えない。適度に生々しく、放送されれば消えゆく。「想像」を喚起する。だから選ばれた。現実には津波で流された身体はぐしゃぐしゃになり水を吸ってぶくぶくになり土砂まみれになっていただろう。目に見えない死者であるがゆえに、そのことは捨象される。(飯田)

・信念と不信、文学と科学、虚実皮膜の間を危うく縫って、しかも手持ちの全ての道具を使いきって、この人は10数年ぶりに小説を書いた。本当に「死者との協同」によって何かを書かされてしまったのかもしれない。信仰告白ではなく文学者の仕事。(杉田)

6日　[漫画]ニコ・ニコルソン『ナガサレール イエタテール』(太田出版)発売

・宮城県山元町で被災した老いた母を川崎の家で引き取るも元気がなく、譫妄の症状を時々出し、いくら理屈で説得しようとしても帰りたがるために家の建て直しを決意するエッセイ漫画。極力明るく軽く笑えるように描こうとすることが逆に重さを際だたせる。(飯田)

6日　[評論]クリストフ・フィアット『フクシマ・ゴジラ・ヒロシマ』(明

石書店）発売

・平田オリザの招きで初来日し、ゴジラを題材に演劇を作ろうとするフランス人の著者が、いわきや広島で様々な取材を続け、東京に滞在するうち、ゴジラの幻聴、軍人、三島由紀夫の霊と出会う紀行文風小説。この幻視と連想を描かせたものは何か？（藤田）

8日　［評論］白井聡『永続敗戦論――戦後日本の核心』（太田出版）発売

9日　［詩集］和合亮一『詩の礫　起承転結』（徳間書店）発売

・和合は震災後に失語し、お経やツイッターの言葉しか書けなかった。しかしやはり詩という形式に拘った。瓦礫化し寸断した言葉によって、瓦礫化し汚染された現実に対峙する詩を作り出すこと。それが詩人としての復興あり、「修羅」としての戦いだった。（杉田）

9日　［小説］重松清『また次の春へ』（扶桑社）発売

・被災地をめぐる短編集。かつて一年だけ暮らした海辺の町が被災したことから約40年ぶりにその地を訪れるが旧友たちには会えず、あとで電話をもらうがそれが誰なのかも思い出せない「おまじない」が白眉。（飯田）

9日　［映画］篠崎誠監督『あれから since then』公開

9日　［映画］寺本幸代監督『ドラえもんとのび太の秘密道具博物館』公開

・明らかに震災後アニメ。おっちょこちょいの偶然のミスで科学技術や人類の叡智全てが消し飛びうる世界の中で、「友情」のはじまりだけは忘れない。勉強も運動も全部だめだけど、君は「いいやつ」だと。明日たとえ秘密道具がぜんぶ消滅するとしても、それでも人類の達成を善用し、友達でい続けよう、と。（杉田）

11日　［評論］川村湊『震災・原発文学論』（インパクト出版会）発売

・論よりもブックガイドの比重が多く、肩透かしを食らうが、論は『原発と原爆』に纏まっているので合わせて読みたい。過去の様々な書籍紹介部分については、読書ガイドとして有難い。（藤田）

11日　[漫画]『ストーリー３１１』(講談社)発売

11日　[漫画]井上きみどり『ふくしまノート(１〜２巻)』(竹書房)発売

・福島で被災した子持ちの一家（複数）に震災直後の生活について取材して描いたオムニバス。事故が起こる前は原発のことはほとんど意識していなかった、安全だと思い込んでいて気にしていなかった、子供は東電に入れたいと思っていた、と語るのが印象的。（飯田）

11日　[音楽] RADWIMPS『ブリキ』発売

13日　[漫画]ももち麗子『デイジー　３．１１女子高生たちの選択』(講談社)発売

・福島で被災し上京した女子高生が「福島の女性とは付き合えない」と言われ自殺未遂を起こし、風評被害で旅館が潰れかけて両親が離婚の危機になり、あるいはやはり風評被害で苦しむ米農家の父を支えるために継ごうと考えたりするドストレートな内容を扱った少女漫画。（飯田）

13日　[評論]寒川旭『歴史から探る21世紀の巨大地震 揺さぶられる日本列島』(朝日新聞出版)発売

・地震考古学者が歴史を遡って日本の巨大地震を辿る。これらとその同時代の文化を照応させる批評的な作業が必要だろう。（飯田）

20日　[評論] 堀内正規編『震災後に読む文学（早稲田大学ブックレット――「震災後」に考える)』(早稲田大学出版部)発売

・東日本大震災以降の作品を対象とするのではなく、メルヴィルからシェイクスピア、ヴォルテール、安部公房にまで至る、「災厄への応答としての文学作品」である古今東西の古典を「震災後」の視点から読み直す試み。（冨塚）

22日　[小説] 窪美澄『アニバーサリー』(新潮社)発売

28日　[写真集]志賀理江子『螺旋海岸 album』(赤々舎)発売

28日　[評論]トム・ギル、ブリギッテ・シーガ、デビット・スレイター編

『東日本大震災の人類学　津波、原発事故と被災者たちの「その後」』(人文書院)発売

【2013年4月】

1日　[ドラマ]『あまちゃん』(～2013年9月28日／NHK)放映

10日　[小説] 友井羊『ボランティアバスで行こう！』(宝島社)発売

12日　[小説]村上春樹『色彩を持たない多崎つくると、彼の巡礼の年』(文藝春秋)発売

・ひそかな震災後小説。震災の衝撃を(大文字の政治や歴史ではなく)私的な日常性において——しかもある種の物語的なメタファーを通して——受け止めようとした。しかしむしろ、春樹はなぜ1995年のように傷つきえなかったのか、が重要なのかもしれない。(杉田)

13日　[映画]梅村太郎＋塚原一成監督『ガレキとラジオ』公開

26日　[小説]玄侑宗久『光の山』(新潮社)発売

・放射性物質の半減期が数万年とかいう話を相対化できるのは、弥勒の下生が56億7000万年後と言っている仏教のスケール感だと思っていたが、僧侶が書いたにしては意外と近視眼的な話である。(飯田)

・巧み。感動消費に流れるぎりぎりのところで、余韻を残して、短く終わっていく。ちっぽけな虫たちの存在になぜか生かされてしまう、という不思議さ。異色の表題作には、放射性物質もまた聖地巡礼の対象になり、八百万の神々になりうるのか、という不穏な問いがある。(杉田)

・仙台の文化批評誌『S-meme』7号において、震災後文学賞を与えられた作品。また、第64回芸術選奨文部科学大臣賞も受賞している。内容は確かに震災の現地の実情に寄り添ったものであり、素直な筋立てで話が構成されている良くも悪くも「教科書的」な震災後文学。(藤井)

26日　[小説]絲山秋子『忘れられたワルツ』(新潮社)発売

30日　[漫画]『ヒーローズ・カムバック　3・11を忘れないために』(小学館)発売

・人気マンガ家が3・11に紐付けて往年の代表作のスピンオフを描き下ろし。震災漫画の大半はどうしても暗く、重いものになりがちだが、このアンソロジーは明るさや希望の持てるまっすぐさ（「サンデー」「スピリッツ」的！）に満ちている。(飯田)

【2013年5月】

22日　[演劇]岡田利規演出『地面と床』初演

23日　[小説] 田口ランディ『ゾーンにて』(文藝春秋)発売

24日　[評論]丹羽美之・藤田真文編『メディアが震えた　テレビ・ラジオと東日本大震災』(東京大学出版会)発売

24日　[小説]津島佑子『ヤマネコ・ドーム』(講談社)発売

・「東京の植物はおかしくなっている、放射能のせいだとしか思えない」などという、使い古された20世紀のＳＦや特撮から借りてきた想像力のチープさを自覚しないまま深刻ぶって記憶や意識の混乱をした状態を描いていくので白ける。(飯田)

31日　[評論]大澤信亮『新世紀神曲』(新潮社)発売

31日　[小説]筒井康隆『聖痕』(新潮社)発売

・被災地に、主人公達の集団がボランティアに行くシーンがあるが、いくら筒井康隆といえども、東日本大震災をブラックユーモアで笑い飛ばすことはできなかったのだろうか。(藤田)

【2013年6月】

1日　[小説]辺見庸『青い花』(角川書店)発売

・詩集『眼の海』、小説『青い花』、評論『瓦礫の中から言葉を』は、震災に直面した辺見の表現が、それぞれ連関しながらも違う手法により変奏されているようであり、その書き方の手探り感こそが、胸を打つ。(藤田)

1日　[美術]田中功起『抽象的に話すこと－不確かなものの共有とコレ

クティブ・アクト』開催(～2013年11月24日)

1日　[評論]日本科学者会議編『私たちは原発と共存できない』(合同出版)発売

5日　[小説]高橋源一郎『銀河鉄道の彼方に』(集英社)発売

・高橋のこれまでの最大の作品であり、震災後文学としても最大の作品だが、銀河鉄道の旅にふりおとされずに「彼方」まで一緒に行くことは、決して容易ではない。必死になって読んでみて下さい。(杉田)

14日　[評論]総合人間学会編『3・11を総合人間学から考える(総合人間学 7)』(学文社)発売

27日　[TVアニメ]草川啓造監督『幻影ヲ駆ケル太陽』(～2013年9月28日)放映

【2013年7月】

4日　[雑誌]東浩紀編『チェルノブイリ・ダークツーリズム・ガイド　思想地図β vol.4-1』(ゲンロン)発売

5日　[詩集]長田弘『奇跡――ミラクル――』(みすず書房)発売

・「得たものではなく、／失ったものの総量が、／人の人生とよばれるものの／たぶん全部なのではないだろうか。／それがこの世の掟だと、／時を共にした人を喪って知った」(「空色の街を歩く」)と3・11以後に書く凄み。(飯田)

5日　[小説]大森望編『NOVA 10――書き下ろし日本SFコレクション』(河出書房新社)発売

・ゾンビを扱った作品が異様に多いのは、『屍者の帝国』の影響もあるだろうけど、純文学において「死者」を扱う作品が増えたのと共通の心情的な基盤を共有しながら、SFとして応答しようとした証なのではないか。(藤田)

16日　[音楽]PETSHOPBOYS『ELECTRIC』発売

・「グローバルシチュエーション」を題材に、ポップさとアイロニ

ーとユーモアを交えたテクノユニットが、直球ストレートに見える変化球を投げてきた。「AXIS」ＰＶの、電力会社のプロパガンダを模した洗脳ソング・映像の皮肉と両義性は絶品。（藤田）

19日　[評論]安全なエネルギー供給に関する倫理委員会『ドイツ脱原発倫理委員会報告：社会共同によるエネルギーシフトの道すじ』(大月書店)発売

・脱原発についてドイツで安全なエネルギー供給に関する倫理委員会がまとめた報告書「ドイツのエネルギー大転換――未来のための共同事業」の邦訳。福島第一原子力発電所事故に冒頭で触れており、以降に日本における原子力受容の問題も問われている。（西貝）

20日　[映画]宮崎駿監督『風立ちぬ』公開

・美しい戦闘機作りに一生を捧げた男と、アニメ作りに一生を捧げた宮崎監督の人生が重なっていく。そしてそれは戦後社会の繁栄と幸福のために人生を捧げ、その臨界点としての原発事故を目撃した無数の庶民たちの失語状態にも重なるだろう。震災後６年の文化状況をみればこの失語がいかに誠実だったか。（杉田）

・東日本大震災後に公開された本作には、零戦の戦いや空襲よりも、関東大震災の描写に力を入れるという歪みがある。震災から戦争へ向かう時代の悲惨さと、無常観が色濃い。（藤田）

23日　[小説]相場英雄『共震』(小学館)発売

23日　[漫画]端野洋子『はじまりのはる』(講談社)発売

23日　[小説]重松清『ファミレス』(日本経済新聞出版社)発売

・人生の折り返し地点を迎えた50歳オヤジ三人組の夫婦、親子、友人問題を扱う作品だが、後半、被災地の仮設住宅を訪れる。構成がいびつ、唐突に見えるが、書かざるをえなかった作家の内的必然は伝わる。（飯田）

26日　[句集]照井翠『句集 龍宮』(角川学芸出版)発売

・釜石在住の俳人による句集。（飯田）

31日　[小説]綿矢りさ『大地のゲーム』(新潮社)発売

・3・11の衝撃もSEALDsはじめ国会前デモの盛り上がりも、京都在住の俊英にはこの程度の軽さでしか受け止められていなかったのかという驚きがある。(飯田)

31日　[評論]石井正己『文豪たちの関東大震災体験記』(小学館)発売

・芥川龍之介、室生犀星をはじめ多数の文人たちの関東大震災体験記を紹介したもの。大正の作家たちは「自分の体験を書いても、震災論へ早上がりするような展開を見せなかった」。これは3・11との大きな違いである。(飯田)

【2013年8月】

9日　[映画]ギレルモ・デル・トロ監督『パシフィック・リム』公開

・海の底から襲ってくる敵に対して、環太平洋の連合のロボットで戦う。日米が協力したロボットが活躍する。原子炉で動いている「チェルノ」などというロボットがあるのが、色々ヤバい。(藤田)

20日　[漫画]石井光太＋村岡ユウ『葬送――2011.3.11母校が遺体安置所になった日』(秋田書店)発売

23日　[評論]坂口恭平『モバイルハウス　三万円で家をつくる』(集英社)発売

・震災を経験した人々に対する、坂口の「生きる＝住む」ことへの問い直しは、荒川修作＝マドリン・ギンズによる「建築する身体」の議論と接続して考えられるべきだろう。(飯田)

・『方丈記』を読み直していたら、鴨長明が作っていたのも、蝶番のようなもので折り畳んで一人で組み立てられる「モバイルハウス」のようなもんなんだな、って思った。巨大な災害に遭ったあとには、そういう住まいが欲しくなるものなのかもしれない。(藤田)

30日　[漫画]いがらしみきお『I【アイ】第3集』(小学館)発売

30日　[漫画]雁屋哲＋花咲アキラ『美味しんぼ　110巻』(小学館)発売

30日　[小説]橋本治『初夏の色』(新潮社)発売

・東京民が3・11後に感じた無力さ、現地入りしてもさほどのことができないもどかしさ、津波に抉られ押し流された土地を見てショックで慟哭するほかなかった自らの空虚さを見事にすくいとっている佳作。（飯田）

30日　［小説］藤崎慎吾『深海大戦　Abyssal Wars』（角川書店）発売

【2013年9月】

13日　［小説］東野圭吾『祈りの幕が下りる時』（講談社）発売

【2013年10月】

22日　［評論］福嶋亮大『復興文化論』（青土社）発売

・日本浪曼派の文章を読んだ当時の読者の驚きは、こういうものだったのか。圧倒的な知識と教養。古代人と生々しく触れ合う感受性。繊細に積み重なる歴史意識。震災を通してこの人はロマン主義的な批評家としての覚悟を決めたんだと思った。今後の道は亀井勝一郎的な凡常か、保田與重郎的な不吉な詩の燃焼か。（杉田）

24日　［小説］大江健三郎『晩年様式集　イン・レイト・スタイル』（講談社）発売

・「3・11後」という言葉が繰り返される中で過去の自作を検証していく凄まじい作品。だが3・11が大江に影響を与えたというより、元々こういう作家がたまたま時事風俗として3・11を通過しただけに見える。震災がなくても大江はこのレベルの作品を書いたと思う。（飯田）

・政治的な話は控えめ。主人公の高齢作家は、自閉症者の息子の内省の力によって、父親／息子、知識人／障害者、介護者／被介護者という関係を超えて、人生ではじめて、ついに、息子に真に対等な人間として向き合っていく。震災の力が屈光して、そこには不思議な恩寵の光が差し込んでいる。（杉田）

29日　［小説］瀬名秀明『月と太陽』（講談社）発売

・作品の背景には震災がある。あくまで背景であるのだが、作品

のテーマには影響している。震災後にメディアに街に溢れた言葉の一つである絆を、作品「絆」は大胆に読み替え、「瞬きよりも速く」は情報化を完遂することで災害に強い都市を目指す。分かりにくい小説を書くようになった作家も登場。（海老原）

30日　［小説］新井素子『イン・ザ・ヘブン』（新潮社）発売

【2013年11月】

9日　［映画］酒井耕、濱口竜介監督『東北記録映画三部作（『なみのおと』『なみのこえ』『うたうひと』）』公開

・震災後の東北に赴き、住民たちの「語り」を独特の演出方法で記録した連作ドキュメンタリーの傑作。向き合った人物の正面ショットの切り返しショットという演出は、フィクションとドキュメンタリーが複雑に混淆した震災後のリアリティを巧みに写し取っている。（渡邉）

10日　［評論］石塚正英編『近代の超克Ⅱ――フクシマ以後――』（理想社）発売

・大きく三部構成の論集である。「第Ⅱ部　〈核の近代〉と学問・芸術」では、篠原敏昭による岡本太郎の絵画への言及を通じてフクシマ以後にふれた論考や、黒木朋興によって松本清張の小説で描かれる絵画の考察からフクシマ以後の我々と科学とのあるべき関係が問われた論考が所収されている。（西貝）

15日　［雑誌］東浩紀『福島第一原発観光地化計画』（ゲンロン）発売

18日　［小説］佐々木中『らんる曳く』（河出書房新社）発売

22日　［評論］木村朗子『震災後文学論　――あたらしい日本文学のために』（青土社）発売

・「90年代以降のポストモダン的な気分が共有し思い描いてきたサイバー空間やバーチャルリアリティなどの未来イメージは、２０１１年３月11日の東日本大震災で、電力という駆動力を失った瞬間にあっさりとたち消えになった」と木村が書いたあとあっさりと人工

知能とＶＲがブームになったことから、時代の連続性は、3・11は捉えられなければならない。（飯田）

26日　[エッセイ]津村節子『三陸の海』（講談社）発売

・夫である故・吉村昭との思い出を綴っている……のだが、著者は実は吉村の著作を『三陸海岸大津波』を含めほとんど読んでおらず、震災後に取材で津波について尋ねられてもわからなかったという。身近な人間に知らせる手段としての書物の有効性を考えさせられる。（飯田）

26日　[小説]いとうせいこう『存在しない小説』（講談社）発売

28日　[小説]重松清『赤ヘル１９７５』（講談社）発売

・「小説現代」11年8月号より連載。3・11についてはひと言も触れられていないが、明らかに、震災の何十年後かを考えるために、原爆投下から30年後の広島を舞台にした小説。（飯田）

【2013年12月】

5日　[漫画]小林エリカ『光の子ども』（リトル・モア）発売

9日　[小説]長嶋有『問いのない答え』（文藝春秋）発売

・ＳＮＳでやりとり続けている日常を描いている。話者の転換が唐突に起こることも注目か。問題提起ばかりする政治的なＳＮＳの現実と比較した場合、答えのない問いではなく、問いのない答えを発する遊びの示唆するところは深い。（藤田）

12日　[評論]佐々木敦『シチュエーションズ　「以後」をめぐって』（文藝春秋）発売

・氏の批評的才能は歴史の整理や原理論よりも、「時評」にあるのかもしれない。震災後批評の傑作。正しいか間違いか、無力かどうか、変化したのかどうか。何も分からないが、別にしなくてもいいのにせずにいられないこと。佐々木はその試行錯誤としての「芸術」にひたすら寄りそう。それのみを留保なく信じる。（杉田）

13日　[小説] 熊谷達也『リアスの子』（光文社）発売

14日　[映画]松林要樹監督『祭の馬』公開

19日　[小説]上田早夕里『深紅の碑文』(早川書房)発売

19日　[小説]佐藤友哉『ベッドサイド・マーダーケース』(新潮社)発売

・放射性物質の半減期が数万年、政治的な言葉が飛ぶ世間と文壇を横目に、戦後文学をダシに千年後も残る青春小説を考える。「3・11と戦争を結び付ける発言は恥ずかしい」と言う佐藤の軽薄さと挑発の空転ぶりもまた恥ずかしい。(飯田)

19日　[評論]加藤哲郎『日本の社会主義――原爆反対・原発推進の論理(岩波現代全書)』(岩波書店)発売

26日　[小説]高橋源一郎『101年目の孤独――希望の場所を求めて』(岩波書店)発売

27日　[評論]奥村大介「ささめく物質――物活論について」(「現代思想」2014年1月号)掲載

・3・11における物質と人の関わり方への疑問から出発し、唯物論からヘッケルの物活論まで、物質の生命性についての思想を概観する。その上で、無生物と対話をするような物活論的な態度をとり、3・11以降にこそ詩を作ること、すなわち現代においてこそ詩学が重要だと主張している。(西貝)

【2014年1月】

10日　[TVアニメ]山本寛監督『Wake Up,Girls!』(～2014年3月28日)放映

21日　[評論]高倉浩樹、滝澤克彦編『無形民俗文化財が被災するということ――東日本大震災と宮城県沿岸部地域社会の民俗誌』(新泉社)発売

29日　[小説]松波太郎『LIFE』(講談社)発売

【2014年2月】

1日　[映画]藤原敏史監督『無人地帯』公開

3日　[小説]池澤夏樹『アトミック・ボックス』(毎日新聞社)発売

5日　[小説]瀬名秀明『新生』(河出書房新社)発売

・小松左京の『虚無回廊』を意欲的に継承する短編が収録。震災後の日本で、瀬名がもっとも大事な作家だと思ったのが小松左京なのだろう。(海老原)

13日　[ＮＦ]武藤真祐『在宅医療から石巻の復興に挑んだ７３１日間』(日経ＢＰ社)発売

14日　[評論]小出裕章『１００年後の人々へ(集英社新書)』(集英社)発売

15日　[小説]アンソロジー『あの日起きたこと　東日本大震災　ストーリー３１１』(角川書店)発売

21日　[ＮＦ] 酒井順子『地震と独身』(新潮社)発売

・被災した独身者に取材して「独身者は○○した」とまとめていくのだが、被災者であれば多かれ少なかれ感じたり体験したことばかりが出てきて「独身」という切り口で被災体験を語ることの難しさがむしろ浮き彫りになっている。(飯田)

21日　[小説]長谷敏司『My Humanity』(早川書房)発売

27日　[小説] 三田完『俳魁(はいかい)』(角川書店)発売

28日　[小説]古井由吉『鐘の渡り』(新潮社)発売

・3・11が本所深川大空襲の3・10の翌日ということからふたつを重ね合わせる「八つ山」にあらわれている、「平時」は「有事」の狭間にひとときあるものにすぎない、という感覚の、意外なまでの現代性。(飯田)

・「不発弾」という新しい暗喩が古井の「内なる不発弾」となり、古井の言語に更に不穏な危うさを孕ませる。全てが反復であり、震災すら既視の日常にすぎないが、新たな暗喩の発見＝出産によって、古井の生や言葉もまた、絶対的に更新されていく。こんな震災文学の形もあるのか。(杉田)

28日　[評論]小森陽一『死者の声、生者の言葉』(新日本出版社)発売

28日　[ＮＦ]冨手淳『線路はつながった　三陸鉄道　復興の始発駅』(新潮社)発売

【2014年3月】

4日　[小説]濱野京子『石を抱くエイリアン』(偕成社)発売

7日　[漫画]のぶみ、森川ジョージ『会いにいくよ』(講談社)発売

7日　[ＮＦ]門田隆将『記者たちは海に向かった　津波と放射能と福島民友新聞』(角川書店)発売

7日　[小説]矢部嵩『〔少女庭国〕』(早川書房)発売

・個人的に今もっとも新作が楽しみな作家である矢部が、ＳＦというジャンルに初挑戦した超問題作。密室に閉じ込められた女子中学生が脱出を図るという設定は、「進撃の巨人」や「ウェイワード・パインズ」との同時代性を感じさせるもの。スクラップ＆ビルドのテーマは震災⇄復興のループにも通じるか。(冨塚)

7日　[小説] 熊谷達也『微睡みの海』(角川書店)発売

11日　[音楽] RADWIMPS『カイコ』発売

11日　[漫画]『ストーリー３１１　あれから３年』(角川書店)発売

・漫画家が被災者に取材して描いた体験記のアンソロジー。(飯田)

11日　[小説]真山仁『そして、星の輝く夜がくる』(講談社)発売

11日　[小説]講談社文芸文庫編著『福島の文学　11人の作家』(講談社)発売

14日　[評論]中西準子『原発事故と放射線のリスク学』(日本評論社)発売

15日　[評論]菊池誠、小峰公子『いちから聞きたい放射線のほんとう　いま知っておきたい22の話』(筑摩書房)発売

19日　[小説] 柳美里『ＪＲ上野駅公園口』(河出書房新社)発売

20日　[ゲーム]小島秀夫『メタルギアソリッドV　グラウンド・ゼロズ』(コナミデジタルエンタテインメント)発売

【2014年4月】

19日 [演劇]山本卓卓演出『うまれてないからまだしねない』初演

22日 [評論]本田宏、堀江孝司編著『脱原発の比較政治学』(法政大学出版局)発売

23日 [漫画]竜田一人『いちえふ――福島第一原子力発電所労働記』(講談社)発売

・マンガ誌「モーニング」掲載当初は衝撃を与えたが、時間を経て読むと物見遊山的なルポに見えてしまう。「末端」作業員から見える世界は貴重だが、狭い。(飯田)

・不明瞭な自論ばかりを展開する言説を見ることが少なくなかっただけに、わかりやすいという意味でもっとも重要な震災後テクストと思える。(蔓葉)

25日 [評論] 室井光広『柳田国男の話』(東海教育研究所)発売

・芥川賞を受賞したものの、次第に文壇や大学から距離を取り、震災を機に教授職も辞し、職業作家も廃業しながら、東北文学の先に世界文学を見つめようとする破天荒な試み。本書もエッセイとも評論とも小説ともつかないそれ自体がオドラデク的なテクスト。(杉田)

【2014年5月】

2日 [小説]奥泉光『東京自叙伝』(集英社)発売

・複数の人物や猫などに取り憑くものの視点から、安政の大地震、関東大震災、東京大空襲や長崎での被曝、原子力事業の勃興、そして東日本大震災までを語る。これが「東京」の自叙伝として書かれ、3・11が無数の時事風俗と並列にされる是非は問いたい。(飯田)

19日 [小説] 坂東眞砂子『眠る魚』(集英社)発売

23日 [小説]星野智幸『夜は終わらない』(講談社)発売

・現実を支える最低限の論理(底)がメルトスルーしてしまった世界の中で、人はいまだどんな物語を語り得るのか。非人間的な世界における非人間的な倫理とは。星野の最大の作品としての本作は、

それを執拗に模索し、銀河系的な豊饒な物語を産み出した。その意味で、震災後文学の大傑作。(杉田)

【2014年6月】

10日　[小説]吉村萬壱『ボラード病』(文藝春秋)発売

・この作品のように地震でも津波でも原発／放射能でもなく、情報統制と同調圧力こそがディストピアを生んでいる、という構造を「311の問題」として集約するのはおかしい。べつに震災でなくても起こっている、よくあることだからだ。(飯田)

・『宰相A』と同じく歴史改変ＳＦとして読める。ラヴクラフト的な不気味さがあり、〈震災復興後の地方共同体にこそ草の根ファシズムを見出だす〉という危険なアイロニーの毒がある。しかし語り手の女性の中に、社会全体を批判できる無垢なポジションを残してしまったので、読者は安心できてしまう。(杉田)

11日　[評論] 総合人間学会編『人間関係の新しい紡ぎ方　3・11を受けとめて (総合人間学 8)』(学文社)発売

27日　[評論]加藤典洋『人類が永遠に続くのではないとしたら』(新潮社)発売

・3・11、そして息子の突然の事故死を受けた文芸評論家が人類も地球も有限であることを考えるために原発事故とは、確率とは、と思索し、最後は「贈与」に理路を見出す。そのありがちな結論よりも震災後の混乱そのものである、迷走し続ける筆致に価値がある。(飯田)

【2014年7月】

14日　[小説]小林エリカ『マダム・キュリーと朝食を』(集英社)発売

・放射性物質をテーマにするときに、マダム・キュリーにスポットを当てるのはいい着想。時空を超えたり猫が出てくる「ファンタジー」的な手つきでこの主題を扱うことの必然性と是非は、よくよく考える必要がある。(藤田)

14日　[ルポ]芦原伸『被災鉄道 復興への道』(講談社)発売

22日　[評論]中嶋久人『戦後史のなかの福島原発 開発政策と地域社会』(大月書店)発売

25日　[映画]ギャレス・エドワーズ監督『GODZILLA ゴジラ』公開

・youtube等の津波や原発映像のリアリティを完全にゴジラ映画の中に取り込んだ。震災のスペクタル消費か、震災と映画の弁証法的な統合と言うべきか。最後にゴジラがアメリカ人を救ったヒーローとして野球場のスクリーンに映し出される、というシーンは、虚実や日米の関係が何重にも捩れるような衝撃。(杉田)

【2014年8月】

9日　[評論]赤坂憲雄『ゴジラとナウシカ　海の彼方より訪れしものたち』(イースト・プレス)発売

・戦後日本人の病とは、誰かの自己犠牲を(キリスト教的な罪悪感を覚えることすらなく)享楽し、娯楽的に消費し続けることにあるのではないか、と思われてくる。震災後にその「犠牲の構造」(高橋哲哉)はさらにむき出しになった。天皇からアイドルからブラック企業まで。ならば戦後を超えるとは。(杉田)

・作者が、震災直後に『ゴジラ』と『ナウシカ』を見続け、そして本書の半分近くを書き下ろした。もはや、『ゴジラ』と『ナウシカ』は単なるサブカルチャーではなく、宗教的救済の代替物なのかもしれない。(藤田)

29日　[小説]木村友祐『聖地Ｃｓ』(新潮社)発売

・木村氏は、震災後の現実の混沌に寄りそいながら、混沌の深みから小説の力によって幻想的なヴィジョン――現実に対する対抗的・批判的なヴィジョン――を作り出そうとしている。いつの日か、東北というトポスに根差した新時代の大いなる神話が産まれるのかもしれない。(杉田)

【2014年9月】

5日　[小説]中山七里『アポロンの嘲笑』(集英社)発売

5日　[小説]森岡浩之『突変』(徳間書店)発売

25日　[評論]八本正幸『ゴジラの時代』(青弓社)発売

・作者が楽しみながら書いているのがよく分かる。一作目はよく評論の対象にされてきたが、本書は一作目以外の、無視されがちな様々なゴジラ作品を「愛しながら」書いているのが伝わってくる。(藤田)

30日　[漫画]浅野いにお『デッドデッドデーモンズデデデデデストラクション』(小学館)発売

・宇宙人がやってきて世界が滅亡する！……かと思いきや、少女たちの日常はいつも通り回り続け、学校にも行くし、恋もするし、受験も変わらずある。ただ、ちょっとずつ世界も彼女たちの周りも変わり始める。3・11後はこの程度の変化だったのではないだろうか。(藤井)

【2014年10月】

15日　[小説]重松清『峠うどん物語』(講談社)

・空襲から復興後に大水害に襲われた土地で食した「希望の味」のうどんを食べた女性の霊が現代に現れる。震災直後に書かれたエピソードとして読まれるべき一節がある。(飯田)

31日　[小説]多和田葉子『献灯使』(講談社)発売

・多和田葉子は放射能のせいで老人が死ねなくなる世界を描き、筒井康隆は女しか生まれてこない世界を描いた。「震災後文学」の20世紀ＳＦ的古くささよ。それなら初期Ｊ・Ｇ・バラードや『渚にて』『ソイレント・グリーン』『１９８４』でも見ればよい。平時にはエンタメに見られるテンプレや類型批判をする純文学が非常時の後には類型に堕す。(飯田)

・ＳＦよりもソフトなディストピアを描く。歴史的に積みかさねられてきた既存のロジックが通用しなくなる様子（大銀行が次々と

倒産し、不動産も信用の出来る資産でなくなり、国民の休日も国民投票で決まり、「迷惑」という言葉は死語になっているなど）は現在の社会における様々な自明性の喪失につながる描写であろう。（藤井）

【2014年11月】

1日　［美術］金沢21世紀美術館『3・11以後の建築』開催（～二〇一五年五月十日）

・被災地での試みも含めた、「コミュニケーション」や「コミュニティ」のデザインにまで踏み込んだ新しい建築の潮流を紹介。キュレーターの一人の五十嵐太郎は、この潮流を「リレーショナル・アーキテクチャー」と名づけている。（藤田）

13日　［小説］新井素子『未来へ・・・・・』（角川春樹事務所）発売

15日　［映画］藤井光監督『ＡＳＡＨＩＺＡ　人間は、どこへ行く』公開

・PROJECT FUKUSHIMA! はじめ、震災後の日本の美術や状況をカメラを通して見詰め、分析してきた美術作家・藤井光が、福島第一原発から30キロ圏内にある劇場「朝日座」について語る人々の声を集めて、織物のように何かを浮かび上がらせようとする。（藤田）

22日　［ＮＦ］重松清『この人たちについての14万字ちょっと』（扶桑社）発売

・「エンタクシー」掲載のインタビュー連載をまとめたもの。伊集院静、池澤夏樹、いとうせいこうらに震災経験および震災後の小説の書き方について鋭く切り込む。（飯田）

27日　［小説］上田岳弘『太陽・惑星』（新潮社）発売

・震災を直接的には描いていないが、震災後の非人間的な現実を生き延びるためのポストヒューマン小説。作者と読者を人間以上の新次元の存在＝〈彼ら〉へと変革することを本気で欲望する。人類は「人間を超えるものにならねば」（『ジョジョの奇妙な冒険』）ならない。（杉田）

【2014年12月】

10日　［漫画］雁屋哲＋花咲アキラ『美味しんぼ　１１１巻』（小学館）発売

15日　［小説］中村文則『教団Ｘ』（集英社）発売

・様々な宗教理論の混成の上に、現代科学の理論を接続することで、ポストヒューマンの時代に新たな〈物語〉（銀河系としての物語群）を語りはじめること。そのような形で震災後の現実に対峙すること。小説家のみがなしうる偉業。（杉田）

18日　［評論］金森修『新装版　サイエンス・ウォーズ』（東京大学出版会）発売

・2000年6月に発売された『サイエンス・ウォーズ』の新装版であり、これと大きく異なるのは「〈ポスト3・11ワールド〉のためのあとがき」が追加されたことであろう。（西貝）

22日　［小説］垣谷美雨『避難所』（新潮社）発売

25日　［小説］桑原水菜『遺跡発掘師は笑わない　ほうらいの海翡翠』（角川書店）発売

・陸前高田を舞台に古代史をネタにしたミステリー。こういうものも書かれるようになった、という点で興味深い。（飯田）

【2015年1月】

5日　［小説］馳星周『雪炎』（集英社）発売

23日　［評論］山本昭宏『核と日本人　ヒロシマ・ゴジラ・フクシマ』（中央公論新社）発売

26日　［ＮＦ］猪瀬直樹『救出――３・１１気仙沼　公民館に取り残された４４６人』（河出書房新社）発売

29日　［評論］山脇直司編『科学・技術と社会倫理　その統合的思考を探る』（東京大学出版会）発売

30日　［小説］真山仁『雨に泣いてる』（幻冬舎）発売

30日　［小説］高橋弘希『指の骨』（新潮社）発売

・誰もがじわじわと為す術なく亡びていく。死が殺到する前から

みんなすでに死んで、生と死のはざまの曖昧な時の澱みを、静かに味わっている。戦地の最前線を描きつつ、現代的な風俗小説のリアリティがある。それは同時に、震災後の呆然と、来るべき戦争の時の予兆となる。（杉田）

【2015年2月】

18日　［小説］相場英雄『リバース』（双葉社）発売

21日　［ＮＦ］岡田広行『被災弱者』（岩波書店）発売

27日　［小説］田中慎弥『宰相Ａ』（新潮社）発売

・歴史改変ＳＦによって、現実の日本（対米従属ファシズム軍国主義）をアイロニカルに描く。しかし、主人公のダメな小説家こそが実は裏返しの（英雄やキリストのような）救い主である、というよくある芸術至上主義にはついていけない。三島由紀夫のような絶望も逆説も足りない。（杉田）

【2015年3月】

1日　［評論］開沼博『はじめての福島学』（イースト・プレス）発売

・「福島」という単位を使うからこそ風評被害が起きるが、「福島」という単位においてパトリオティズムを引き受ける躊躇いのなさに、不安を覚える。「福島」の問題は「日本」のほかの地域の問題と同じというのも、論理として破綻していないか。だとしたら、「福島」を学ばなければいけない理由がなくなる。（藤田）

・「エビデンス主義＋権威主義＋ルサンチマン」タイプの学者の典型。むしろ「敵」を嬉しげに罵倒する開沼氏の自意識が「センセーショナル」に見える。（杉田）

12日　［小説］彩瀬まる『桜の下で待っている』（実業之日本社）発売

5日　［ＮＦ］眞並恭介『牛と土　福島、３．１１その後。』（集英社）発売

・原発20キロ圏内の警戒区域に残された約3500頭の牛に下った安楽死＝殺処分。牛と牛飼いのその後を追う。（飯田）

6日　［小説］恩田陸『EPITAPH東京』（朝日新聞出版）発売

11日　［音楽］RADWIMPS「あいとわ」発売

11日　［漫画］しりあがり寿『あの日からの憂鬱』（KADOKAWA／エンターブレイン）発売

【2015年4月】

9日　［小説］高橋源一郎『動物記』（河出書房新社）発売

17日　［評論］金森修『科学の危機』（集英社）発売

・これまでの科学批判について思想史的な整理をした上で、科学への文化的批判というのを提言している。科学の文化的批判とは、金森修が〈ポスト3・11ワールド〉と呼ぶ世界に生きる我々にとって、科学も文化として捉えて科学と他の文化的事象との関係を問い、その中で感覚を重視した科学批判を行うことである。（西貝）

20日　［評論］笠井潔×藤田直哉『文化亡国論』（響文社）発売

・震災後のデモなどが起きるようになったという時代の精神についての分析をベースに「文化現象」との関係を語る対談。震災後の「デモ」「政治」を主題的に扱う論考があまりなかった点に不足を覚える方はこちらもお読みいただけたら。（藤田）

24日　［小説］金原ひとみ『持たざる者』（集英社）発売

・30代の男女4人がお互い理解不能と思ながらも絡む話だが、震災と妊娠と子どもの死で世界が変わってしまい「キノコはセシウム吸収しやすいから気を付けろ」とか言う女が目立つ。（飯田）

25日　［美術］小森はるか＋瀬尾夏美『波のした、土のうえ』開催

28日　［小説］筒井康隆『世界はゴ冗談』（新潮社）発売

・震災の衝撃もあってか「夢」を使って地震や原発事故をめぐった不可思議な話を集めた短編集。「小説家になろう」の転生ものすれすれの想像力である。（飯田）

・震災後の筒井康隆が「ブラックユーモア」のあり方について真剣に取り組んだ一冊。震災後の筒井作品の中ではこれが一番良いと思う。（藤田）

【2015年5月】

13日　[時評]高橋源一郎『ぼくらの民主主義なんだぜ』(朝日新聞出版)発売

・「朝日新聞」に震災後に書いた論壇時評をまとめたもの。高橋らしくわかりやすく、目立つ題材をとりあげながら、ときどき気の利いたことを言っていく。やはり彼には3・11による失語も混乱もなかったのではないかと思わされる。(飯田)

【2015年6月】

2日　[NF]ボブ・スティルガー『未来が見えなくなったとき、僕たちは何を語ればいいのだろう――震災後日本の「コミュニティ再生」への挑戦』(英治出版)発売

4日　[小説]熊谷達也『ティーンズ・エッジ・ロックンロール』(実業之日本社)発売

11日　[小説]古井由吉『雨の裾』(講談社)発売

・震災後に節電になった東京の暗さのほうが落ち着く、夜の寝つきもいい、と語る人間たちを余裕があると見るか、素直なだけと見るか。あまりの古井らしさに、「震災後文学」というフィルターで読むことを拒絶されている気がする。(飯田)

23日　[評論]渡部直己『小説技術論』(河出書房新社)発売

25日　[評論]四方田犬彦『テロルと映画　スペクタクルとしての暴力』(中央公論新社)発売

・3月11日の夜、押し寄せる津波と「壊滅」した地域の燃え盛る火炎がTVなどで中継されていたときに、ツイッターに、その光景を美的に快楽として消費する声がたくさんあったことは、忘れるべきではない。(藤田)

26日　[小説]村上龍『オールド・テロリスト』(文藝春秋)発売

30日　[小説]上田岳弘『私の恋人』(新潮社)発売

・惑星と小石。卑小さと崇高さ。それらを矛盾したまま同時に書

き尽くす言葉を人類はおそらく〈文学〉と呼んできた。では、上田氏にとっての卑小でちっぽけな躓きの小石とは何か。(杉田)

【2015年7月】

17日　[漫画]小林よしのり『卑怯者の島　戦後70年特別企画』(小学館)発売

17日　[評論]村瀬学『宮崎駿再考　『未来少年コナン』から『風立ちぬ』へ』(平凡社)発売

24日　[小説]熊谷達也『潮の音、空の青、海の詩』(NHK出版)発売

25日　[映画]押井守監督『東京無国籍少女』公開

・「俺にとってこの世界はもう全部どうでもいい、あの戦争という真実に戻りたい！」という「嘘」を狂信することに決めた。地震と戦争の亀裂から垣間見えるのは、もう、あのアイロニカルなテロでもゲーム的戦争でもない。戦争疎外からのロマン的な脱出。(杉田)

25日　[映画]塚本晋也監督『野火』公開

・超クローズと手ぶれカメラ（大地そのものがぐらぐら揺れて、まるでＤＩＹ的な『ゼロ・グラビティ』さながらに、カメラが上下左右へと乱高下しまくる）による凄惨な死者累々の映像がひたすら続く。それがそのまま、塚本流の極上のエンターテイメントでもあり、映画館の中で何度か笑ってしまった。(杉田)

・大岡昇平の原作を、念願の映画化。塚本本人は戦争の悲惨さを伝える反戦映画であると言っているが、全編にわたって夥しい数の生々しい死体を「映像化」するという行為自体が、東日本大震災への応答であるように思われる（塚本は現地を見ている）。(藤田)

27日　[小説]久美沙織「長靴をはいた犬」(ダ・ヴィンチニュース)掲載

30日　[評論]中尾麻伊香『核の誘惑――戦前日本の科学文化と「原子力ユートピア」の出現』(勁草書房)発売

・第Ｉ部は原子力ユートピアの前史的位置づけを論じ、これを受けて第Ⅱ部では戦時期に原子力ユートピアが出現していく過程を明

らかにしていく。雑誌や文学などの様々な媒体での原子爆弾は勿論、ラジウム温泉などの多様なジャンルの核表象を扱っている。以上を経て、3・11についても言及している。（西貝）

31日　［小説］高橋弘希『朝顔の日』（新潮社）発売

・戦場でも、戦中の病院でも、現代の平凡な家庭でも、この人の作品では、ぽろりぽろりと人々が死んでいく。一夏が寿命の虫けらみたいに。不思議と、「第三の新人」的なテイストがある。（杉田）

【2015年8月】

5日　［小説］赤川次郎『東京零年』（集英社）発売

7日　［小説］藤谷治『あの日、マーラーが』（朝日新聞出版）発売

7日　［美術］Chim↑Pom『耐え難きを耐え↑忍び難きを忍ぶ 展』開催（～2015年8月15日）

・渋谷にある岡本太郎「明日への神話」に、爆発している原発の絵をくっつけたり、被災地や原発に直接介入する果敢なアーティストの個展。言論統制が主題。（藤田）

18日　［評論］柳瀬公『リスク社会のフレーム分析　福島第一原発事故後の「新しいリスク」を事例とした実証的研究』（学文社）発売

20日　［評論］村上勝三、東洋大学国際哲学研究センター編『ポストフクシマの哲学　原発のない世界のために』（明石書店）発売

・主に哲学的立場から様々な視点で「ポストフクシマ」を考えた論集である。その中で加藤和哉「第4章　ぼくら、アトムの子どもたち 1962～1992～2011」では、タイトルからも窺い知れる通り、『鉄腕アトム』における原子力の描かれ方に触れつつ「別の生き方」なるものを模索している（西貝）

27日　［小説］伊藤たかみ『あなたの空洞』（文藝春秋）発売

31日　［小説］滝口悠生『ジミ・ヘンドリクス・エクスペリエンス』（新潮社）発売

・茫洋とした記憶の遠景に東北への旅と東日本大震災がある。こ

れも「被災した時間」（斎藤環）だろう。（飯田）

・あくまで個人的な体験や記憶の中にとどまり、ノンシャランでとぼけた味わいだけど、深く強く、小説家だけになしうる語りの豊かさと濃やかさによって、震災以降の現実に向きあおうとする作品。素晴らしい。（杉田）

・過去と現在の記憶が入り混じり、震災の記憶もその中の一つに取り込まれてしまう。しかし、これこそ震災後を描いていると言える。（藤井）

【2015年9月】

2日　[映画]小熊英二監督『首相官邸の前で』公開

2日　[ゲーム]小島秀夫『メタルギアソリッドV　ファントム・ペイン』（コナミデジタルエンタテインメント）発売

10日　[評論]金森修『知識の政治学　〈真理の生産〉はいかにして行われるのか』（せりか書房）発売

・「第三部　知識と政治」の中に「第一四章　〈放射能国家〉の生政治」という論考が収められている。福島第一原子力発電所事故への国家の対応を詳細に辿り、様々な視点から論じている。（西貝）

11日　[小説]星野智幸『呪文』（河出書房新社）発売

・震災後の左派系の運動に対する皮肉。寂れた商店街を再生させるための善意の行動が、結果的に、草の根のファシズムへと帰結していく。想像以上に三島由紀夫的なニヒリズムの作家なのだ、とぞっとした。氏の無意識はリベラルなんて少しも信じていない。（杉田）

・商店街を活性化させようと創生しようとする努力が、カルト的なファシズムのようなものを生み出してしまうという、皮肉な状況を描いた作品。救いがない、が、救いのなさの享楽というものも実はある気も。（藤田）

18日　[評論]高橋源一郎、SEALDs『民主主義ってなんだ？』（河出書房新社）発売

・学生団体ＳＥＡＬＤｓの代表メンバーと高橋源一郎が、民主主義について語り合う。学生は自らの経験から語り、高橋は古代ギリシャの思想を持ち出す。新左翼ではなく古代ギリシャの思想を参照しているのがポイント。（海老原）

19日　[美術] ＤＦＷ実行委員会／ワタリウム美術館『東京電力福島第一原子力発電所事故による帰還困難区域内 Don't Follow the wind』開催（～2015年11月3日）

・サテライト展示や書籍版があったとはいえ、基本的にはなかなか観ることのできない場所で展示をやるという、現代美術の領域で実現したこのあまりにもな「ダイレクトさ」には衝撃を受け、他のメディアではどうするべきなのか本気で考え込んでしまった。（藤田）

23日　[小説] 坂口恭平『家族の哲学』（毎日新聞出版）発売

24日　[小説] 佐伯一麦『空にみずうみ』（中央公論新社）発売

25日　[小説] 島田雅彦『虚人の星』（講談社）発売

【2015年10月】

1日　[映画] 黒沢清監督『岸辺の旅』公開

・ずっとこういうことをやりたかったのではないか。集大成であり、新境地だと思った。生者と死者、現実と記憶、見えるものと見えないもの……他者の眼差しばかりか、自分でも最早それを決定できない世界の中で、死者に最後まで寄り添うということ。（杉田）

3日　[小説]『書き下ろし日本ＳＦコレクション　ＮＯＶＡ＋　屍者たちの帝国』（河出書房新社）発売

8日　[映画] 小森はるか監督『息の跡』公開

・佐藤真の魂がこんな形で訥々と反復されるとは。震災を大文字の悲劇としてではなく、現地の一人の生活者に寄り添って、その人の狂気にも似たユニークな語りのみにただ耳をすませることで映像化した。（杉田）

・暴力的に対象を「暴く」のではなくて、寄り添うことで見えてくるものを描く。そのタッチのうまさ。「寄り添う」とは、優しい善意で綺麗事を描くという意味ではない。（藤田）

10日　［句集］井口時男『天來の獨樂　井口時男句集』（深夜叢書社）発売

・震災後、「方丈」に篭もることを選択した文芸評論家は、世界と対峙する方法として俳句を選択し、「新人」としてデビューした。「肉を炙れ原発も売れ躑躅炎ゆ」。飯館村での句「セシウムをめくれば闇の逆紅葉」。言葉による情景の一閃、その勝負。（藤田）

11日　［小説］道又力編『あの日から　東日本大震災鎮魂岩手県出身作家短編集』（岩手日報社）発売

21日　［評論］SEALDs『SEALDs 民主主義ってこれだ！』（大月書店）発売

31日　［美術］村上隆『村上隆の五百羅漢図展』開催（～2016年3月6日）

【2015年11月】

11日　［小説］篠田節子『冬の光』（文藝春秋）発売

11日　［小説］三輪太郎『憂国者たち』（講談社）発売

・三島由紀夫を研究する二人の男女（と教師）が主人公。ネット右翼や、排外主義のデモが出てきたり、何故か伊藤計劃も出てくる。この時期に三島が参照される作品が増えてきたのは、「政治と文学」が接近してきている状況ゆえか。（藤田）

13日　［評論］内田隆三編『現代社会と人間への問い　いかにして現在を流動化するのか？』（せりか書房）発売

・タイトルに関する多様な論考が所収された論集。金森修「限界体験の傷口――〈原爆文学〉と原発事故」は太田洋子の作品を中心に原爆文学があまり受け入れられてこなかったことに触れ、これと同じ構造を3・11にも見ている。『昭和後期の科学思想史』所収金森論文の姉妹編ともいえる。（西貝）

21日　[映画]深田晃司監督『さようなら』公開

・作中で難民認定されたターニャはある意味で排斥された人物。対してジェミノイドＦは人の姿形はしているけど、人の枠組みからは離れている。このような対比、また永遠を生きるアンドロイドと死を免れない人間というようにコントラストがはっきりとした作品。（藤井）

・平田オリザのロボット演劇の戯曲を映画化。人々が死滅した後の世界で、死に行く人間とアンドロイドとの交感を描く。「ポスト人類」＝「ポスト震災」以降の世界観を描いた異色作。（渡邉）

27日　[小説]池澤夏樹『砂浜に坐り込んだ船』（新潮社）発売

28日　[評論]小山哲郎『大変を生きる――日本の災害と文学』（作品社）発売

【2015年12月】

3日　[小説]筒井康隆『モナドの領域』（新潮社）発売

・神学や哲学や論理学がどうとか、メタ（パラ）がどうとかいうよりも、今までに書いた小説内のすべてのキャラクターたちに宛てた、極私的な感謝状であり、遺言書であり、ラブレター。筒井氏は、神のように正しい宇宙の真理よりも、無意味だが無差別な愛を選んだ。震災後にこれが書かれたのは感動的。（杉田）

4日　[演劇]範宙遊泳『われらの血がしょうたい-Colours of Our Blood-』初演

・演劇・動画・絵文字・人工知能・・・まさに劇団名そのものの、諸メディウムの範疇（宙）の間を軽やかに泳ぎ渡り、境界を攪乱する試みが、デジタルな意匠の数々を取り入れつつも、最終的にはライブパフォーマンスとしての「生々しさ」に収斂していく野心作。（冨塚）

18日　[漫画]白川雷電『黒鉄の太陽　1』（集英社）発売

・全二巻。二巻は2016年１月19日に発売された。膨大なエネルギ

ーを持つという太陽機関という装置が描かれており、3・11を意識して作られた作品だと考えられる。(西貝)

25日　[評論]河津聖恵『パルレシア――震災以後、詩とは何か』(思潮社)発売

【2016年1月】

8日　[映画]新房昭之監督『傷物語Ⅰ　鉄血篇』公開

22日　[小説]石原慎太郎『天才』(幻冬舎)発売

・慎太郎の（陰謀）史観では「角栄は石油資源依存と米国の核の傘から脱却して原発に力を入れようとしたためハメられた」政治家だから、この角栄の霊言は、今後も日本は原発を推進し、その先にあるプルトニウム活用による核兵器配備を！　と間接的に訴える「震災後文学」なのである。(飯田)

23日　[評論]アドリアナ・ペトリーナ『曝された生』(人文書院)発売

23日　[小説]天童荒太『ムーンナイト・ダイバー』(文藝春秋)発売

23日　[映画]井上剛監督『LIVE!LOVE!SONG! 生きて愛して歌うこと 劇場版』公開

28日　[小説]滝口悠生『死んでいない者』(文藝春秋)発売

・本当に素晴らしい震災後文学で、誰かが聞いたことと聞かなかったこと、記憶していることと忘れてしまったこと、死んでいないことと生きていないことが入り乱れて、この地上に奇跡的な、未曾有の音楽を慎ましく奏でる。大江健三郎や古井由吉に匹敵する、本物の小説だと思う。(杉田)

・何より登場人物の多さに驚かされる。ただ、このような多様な人物の視点からある出来事が語られるのは震災以降の文学に特徴的なものだ。(藤井)

29日　[小説]上田岳弘『異郷の友人』(新潮社)発売

・一作目から3・11のことが書き込まれてきたが、本作は直接津波が到来するところを描く。と同時に、超能力カルトみたいなもの

が出てくる。作品の強度としては、初期の二作よりも緊密さが失せて、投げっぱなしになっているのが気になる。（藤田）

31日　金菱清ゼミナール『呼び覚まされる霊性の震災学　3．11生と死のはざまで』（新曜社）発売

・震災遺構に対する人々の態度が時間経過によって変化、反転する（「思い出したくないから壊してほしい」から「原爆ドームのように残そう」へ、など）、という指摘が重要。いくつかの震災後文学には時間経過による価値観の反転、心情の変化がなく、たんに状況が悪化していくだけの、一本調子なものが目立っていた。（飯田）

【2016年2月】

3日　[小説]彩瀬まる『やがて海へと届く』（講談社）発売

5日　[小説]荻世いをら「私のような軀」（「すばる」2016年3月号）掲載

8日　[小説]柳広司『象は忘れない』（文藝春秋）発売

13日　[美術]目黒区、公益財団法人目黒区芸術文化振興財団 目黒区美術館『気仙沼と、東日本大震災の記憶　リアス・アーク美術館　東日本大震災の記録と津波の災害史』開催（～2016年3月21日）

・気仙沼市のリアス・アーク美術館で2013年4月、震災の2年後に行われた展示を再現、再構成したもの。津波の遺留品に聞き取り調査に基づく虚構のキャプションを付したブースは、小森はるか+瀬尾夏美の手法と、過去の津波と東日本大震災の比較ブースは酒井耕・濱口竜介のそれとそれぞれ共振。（冨塚）

16日　[評論]畠山直哉、大竹昭子『出来事と写真』（赤々舎）発売

17日　[漫画]しまたけひと『みちのくに　みちつくる』（双葉社）発売

20日　[映画]井上淳一監督『大地を受け継ぐ』公開

20日　[美術]田中功起『共にいることの可能性、その試み』開催（～2016年5月15日）

・共同性、共同体、つながり、協働、それらを一度抽象化し、芸術の形を経由してこの現実の世界に投げ返す、知的な展示。3・11 以降の関係性の再編成に介入しようとしている作品に見える。(藤田)

23日　[評論]土方正志『震災編集者　東北の小さな出版社・荒蝦夷の5年間』(河出書房新社)発売

24日　[小説]穂高明『青と白と』(中央公論新社)発売

25日　[小説]真山仁『海は見えるか』(幻冬舎)発売

25日　[評論]佐藤嘉幸、田口卓臣『脱原発の哲学』(人文書院)発売

26日　[小説]桐野夏生『バラカ』(集英社)発売

・大震災で福島原発が核爆発を起こした。震災後の希望と言われる一人の少女・バラカの運命が語られる。ストーリーやキャラクターを作る筆者の力量は確かなものだが、肝心の部分が安っぽい陰謀論(めいたもの)になっていて、どうにも乗れない。(海老原)

28日　[映画]キム・ギドク監督『ＳＴＯＰ』公開

・韓国の監督が福島の原発事故を題材にした映画作品。日本での配給で困難を抱えているようだ。良いも悪いも、公開してくれないと、中身の議論が出来ないではないか。(藤田)

【2016年3月】

2日　[評論]荻上チキ『災害支援手帖』(木楽舎)発売

4日　[小説]古川日出男『あるいは修羅の十億年』(集英社)発売

・物語不在の近未来の東京に、歴史修正や捏造とぎりぎりの場所で、あたらしい物語＝言葉を創世させること。震災以降の現実に拮抗する植物的(菌類的)な言葉とは何か(しかも東北的な言葉＝物語とは)。そうした目論見があったはずだが、『聖家族』以前のメガノベルに戻っていて残念。(杉田)

4日　[小説]熊谷達也『希望の海』(集英社)発売

5日　[美術]公益財団法人東京都歴史文化財団 東京都現代美術館『MOTアニュアル２０１６　キセイノセイキ』開催(～ 2016年5

月29日）

・規制や統制をテーマにした展覧会が、実際に規制され、作品が展示できなくされているプロセスも曝け出して見せ付けるというすごい展示。（藤田）

7日　［評論］木村朗子「五年後の震災文学論」（「新潮」2016年4月号）掲載

7日　［評論］奥野修司「死者と生きる——被災地の霊体験」（「新潮」2016年4月号）掲載

7日　［小説］木村友祐『イサの氾濫』（未来社）発売

・震災後の人間の「怒り」を取り返した。初期の中上健次や永山則夫を彷彿とさせる怨念と怒りと、文学に固有の「力」に漲っている。単行本併録の「埋み火」も尋常ではない迫力で読者をねじ伏せる。全盛期のプロレタリア文学が震災後の日本に突然甦ったかのよう。（杉田）

7日　［雑誌］『文學界』2016年4月号（文藝春秋）発売

・「特集 東日本大震災から5年 東北から文学を考える」には様々な論考が収められている。（西貝）

9日　［評論］金森絵里『原子力発電と会計制度』（中央経済社）発売

・会計学の観点から福島第一原子力発電所事故を考えたものである。Amazonのレビューでも書かれていることだが、廃炉会計制度の分析により、電気事業の会計全体に歪みが生じていることを指摘した点は、本書の大きな成果であろう。（西貝）

10日　［評論］藤田直哉編『地域アート　美学／制度／日本』（堀之内出版）発売

11日　［音楽］RADWIMPS『春灯』発売

12日　［評論］小林孝吉『原発と原爆の文学——ポスト・フクシマの希望』（菁柿堂）

17日　［演劇］岡田利規演出『部屋に流れる時間の旅』初演

19日　[映画]鈴木卓爾監督『ジョギング渡り鳥』公開

・大きな災厄の後の世界で人類と宇宙人が奇妙に共生する世界を描いたＳＦ映画。カメラを持ったスタッフも、役者として出演しており、メタ構造を持った実験性が震災後の空気を反映している。（渡邉）

26日　[映画]岩井俊二監督『リップヴァンウィンクルの花嫁』公開

・虚構の中の虚構の中の虚構の箱庭では、幸せを演出しようが、刹那の愛を誓おうが、死のうが、裸になろうが、何もかもが嘘で偽で虚構に過ぎないのだけれど、それがそのままどうしてこんなに美しく優しいのか。なぜこんな作品が奇跡的に撮れてしまったのか。（杉田）

・2016年は、震災の経験が劇映画として昇華され傑作を生み出した年として記憶されるだろうが、その三つ（本作、『シン・ゴジラ』、『君の名は。』）に岩井俊二が関わっていることは注意が払われてしかるべきか。（監督作、庵野監督はかつて『式日』で岩井監督を主演に映画を撮っている、新海監督が岩井監督を レスペクトしておりspecial thanks に名前がある）（藤田）

【2016年4月】

8日　[雑誌]『月刊　民主文学』2016年４月号（日本民主主義文学会）発売

・「特集　震災から五年を迎えたいま」の中には、対談記事や震災後文学についての論考が収められている。（西貝）

19日　[評論]鈴木斌『文学に描かれた大震災――鎮魂と希求（社会文学叢書）』（菁柿堂）発売

21日　[評論]本間龍『原発プロパガンダ』（岩波書店）発売

23日　[映画]篠崎誠監督『SHARING』公開

23日　[映画]佐藤信介監督『アイアムアヒーロー』公開

・法外な例外状況の中で男たちはあっさりホモソーシャルな全能

感に陥るが、英雄は驚くほどフツーのまま。男として気弱で優柔不断であることが、ルサンチマンやミソジニーにのみこまれないなら、実は美点やユーモアになり、他人に安心や笑顔を与えられる。それは結構すごいことじゃないかな。(杉田)

【2016年5月】

20日　[映画]押井守監督『ガルム・ウォーズ』公開

・人間的な葛藤や道徳心を振りきった。「人間（私たち）と人工知能との戦いでは、人工知能を支援せよ」。しかもそれを人類への憎悪や絶望ではなく、人工生命への愛として描いた。実写とアニメの境界を歪つにメルトスルーさせた映像の水準においても。2016年は『ガルム』の年だった……と言いたい自分がいる。(杉田)

20日　[評論] 島薗進、後藤弘子、杉田敦編『科学不信の時代を問う　福島原発災害後の科学と社会』(合同出版)発売

26日　[小説]樺山三英『ドン・キホーテの消息』(幻戯書房)発売

【2016年6月】

4日　[映画]森達也監督『ＦＡＫＥ』公開

・「真偽の決定不能を無根拠な愛や狂信によって消し去った」のではなく「真偽や嘘本当がまだら模様＝決定不能になったリアルの中を、それでも他人を信頼し、愛し合いながら生きられること」を示した映画。我々はファクトのまだら模様に耐える勇気をいかに持つか。3・11以降の新たな倫理を開く映画。(杉田)

7日　[評論] 科学技術社会論学会編『福島原発事故に対する省察（科学技術社会論研究 第12号)』(玉川大学出版部)発売

17日　[評論] SEALDs『民主主義は止まらない』(河出書房新社)発売

18日　[小説]中村文則『私の消滅』(文藝春秋)発売

・現実と虚構、記憶と妄想、真実と捏造、自我と他我がパッチワークとなった（「震災後的」かつ「認知症的」な）現実を生きるとは どういうことか。僕は『教団X』を決定的に重要な作品だと考える

が、これは中村氏が「次の巨大な作品」を今後産むための過酷な試行錯誤に思えた。(杉田)

22日　[小説]蓮實重彦『伯爵夫人』(新潮社)発売

24日　[美術]カルロス・アイエスタ＋ギョーム・ブレッション『Retrace our Steps －ある日人々が消えた街』開催(～2016年7月24日)

・銀座のシャネルで展示されていた、人のいなくなった帰宅困難区域を撮影した写真展。人のいなくなった建物の中に人に戻ってきてもらって撮影するなどの、「作為」によって、単なる記録の写真とは異なる表現が達成されている。(藤田)

30日　[評論]金森修『昭和後期の科学思想史』(勁草書房)発売

・タイトルの通り、基本的には3・11には関連しない、昭和時代の科学思想を考えた論集である。ただ、金森修の論考「核文明と文学」では原爆文学だけでなく、文学における広い原子力表象に触れつつ、3・11以降の核と我々の関わりの中で、想像力の果たす役割の重要性を説いている。(西貝)

【2016年7月】

7日　[小説]木村友祐『野良ビトたちの燃え上がる肖像』(「新潮」2016年8月号)掲載

・夜中、寝る前に読みはじめ、眠れなくなり、夢の中でも読み続けていた。群衆と炎のイメージが、焦げ臭さと腐臭が、夢の中にまで押し寄せてきた。震災後と戦争前のこの時代の文学は、これだ。(杉田)

15日　[評論]笠井潔、野間易通『3．11後の叛乱 反原連・しばき隊・SEALDs』(集英社)発売

・3・11以降に急速に大衆的に盛り上がった日本における社会運動を、当事者の野間と、それを時間・空間的パースペクティヴの中で思索する笠井の交錯により浮かび上がらせようとする共著。震災とその後の政治的な動きのつながりを考えるヒントになる（藤田）

16日　[映画]佐藤太監督『太陽の蓋』公開

20日　[評論]小口日出彦『情報参謀』(講談社)発売

・自民党が2009年に下野し2012年末に政権奪取するまで、いかにして対ＴＶ、対ネット戦術を鍛えたかを参謀自身が明かす。その方法論はシンプルであるがゆえに強く、震災後の「混乱やブレる政治家はたくさんだ」という世の期待に応え、民主党政権を終わらせられたのだということがわかる。(飯田)

29日　[映画]庵野秀明総監督、樋口真嗣監督『シン・ゴジラ』公開

・今、一番作っちゃいけない作品だったのでは。ニュータイプの国策映画時代のはじまりを告げる記念碑的な作品。もし若くて優秀なリーダーさえいれば、優秀な人材の宝庫日本は本来の実力に覚醒して原発も冷温停止できる、という「ありえたかもしれない震災後の日本人」を描いた。残念。(杉田)

・ゴジラ映画最新作。戦後日本の「核の想像力」を最も象徴してきたゴジラに、「3・11」の記憶を重ね合わせて大ヒットした。(渡邉)

【2016年8月】

26日　[映画]新海誠監督『君の名は。』公開

・震災後の歴史修正を夢見るフィクション。災害からみんなを救えていたかもしれない美しい世界。『シン・ゴジラ』がシャカイ系＝決断主義的な歴史修正だったとすれば、『君の名は。』はセカイ系的な歴史修正と言える。改変されなかった元の世界の「君」(死者)たちは何処へ？ (杉田)

・2010年代を代表する超大ヒットとなったアニメ。彗星落下という主題は、明らかに震災以降の世界観を描いている。(渡邉)

【2016年9月】

7日　[映画]ドリス・デリエ監督『フクシマ・モナムール』公開

・第66回ベルリン国際映画祭で「ハイナー・カーロウ賞」を受賞しているんだから、もう少し国内でもちゃんと配給されないものか。

タイトルは言うまでもなく、アラン・レネ監督『ヒロシマ・モナムール』のもじり。(藤田)

10日　[美術]福島県立美術館『被災地からの発信　ふくしま3．11以降を描く』開催(～2016年10月10日)

17日　[映画]マイケル・デュドク・ドゥ・ビット監督『レッドタートル　ある島の物語』公開

・ジブリ初の海外との共同製作。津波や空中浮遊の描写は宮崎駿を感じさせるが、世界観はむしろ高畑勲のそれに似ている。兄妹の幸福な心中物としての『火垂るの墓』を思い出した。オタクの夢見る理想的な人生の寓話。そのバンドデシネやアート風味。(杉田)

・自然の優しさだけではなく、その真の残酷さをも含む両義性に、アニメーションとして正面から、ジブリが対峙した素晴らしい一作。音響、画面のテクスチャの細部により、孤独なようで賑やかな世界像が、救済のようにざわめく。(藤田)

【2016年10月】

6日　[評論] 室井光広『わらしべ集　乾の巻』(深夜叢書社)発売

・福島県南会津市生まれの芥川賞作家である室井は、震災後、隠遁し、方人雑誌「てんでんこ」を創刊。言語の根源から私達を震わせ、哄笑の救いに連れて行く、地響き的な力を持った、圧倒的な言葉が、ここにある。(藤田)

28日　[映画]片渕須直監督『この世界の片隅に』公開

・2016年にこの映画があってよかった。救われたと思った。かつて同時上映された『火垂るの墓』の悲劇と美しさと、『となりのトトロ』の日常の不思議さと喜びが、奇跡的に合流している。のみならずそれが震災のぎりぎりの哀悼になり、来るべき時局へ向き合う勇気までをも描いてしまっている。(杉田)

震災後作品出版・公開年度一覧

著者略歴

飯田一史—いいだ・いちし

一九八二年生まれ。ライター。グロービス経営大学院経営研究科経営専攻修了（経営学修士／ＭＢＡ）。著書に『ウェブ小説の衝撃』（筑摩書房）、石黒浩との共作小説『人はアンドロイドになるために』（近刊）など。主な寄稿媒体に「新文化」「ユリイカ」「QuickJapan」「Febri」「エキサイトレビュー」などがある。Yahoo! ニュース個人オーサー。

杉田俊介—すぎや・しゅんすけ

一九七五年生まれ。批評家。著書に『フリーターにとって「自由」とは何か』（人文書院）、『無能力批評』（大月書店）、『宮崎駿論』（ＮＨＫブックス）、『長渕剛論』（毎日新聞出版）、『非モテの品格　男にとって「弱さ」とは何か』（集英社新書）、『宇多田ヒカル論』（毎日新聞出版）など。

藤井義允—ふじい・よしのぶ

一九九一年東京生まれ。限界研編『ポストヒューマニティーズ』にて「肉体と機械の言葉——円城塔と石原慎太郎、二人の文学の交点」、『ビジュアル・コミュニケーション』では「拡張するアニメ——３ＤＣＧアニメ論」を寄稿。限界研編『21世紀探偵小説』作品ガイド、「ジャーロ」（光文社）、「ユリイカ」（青土社）、「本格ミステリー・ワールド」（南雲堂）などにも文章を寄稿している。

藤田直哉—ふじた・なおや

一九八三年札幌生まれ。評論家。二松学舎大学、和光大学非常勤講師。東京工業大学大学院社会理工学研究科修了。博士（学術）。単著に『虚構内存在　筒井康隆と〈新しい《生》の次元〉』（作品社）、『シン・ゴジラ論』（作品社）。笠井潔との対談『文化亡国論』（響文社）。編著『地域アート　美学／制度／日本』（堀之内出版）など。

海老原豊—えびはら・ゆたか

一九八二年、東京生まれ。第二回日本ＳＦ評論賞優秀賞を「グレッグ・イーガンとスパイラルダンスを」で受賞（同論考は「Ｓ-Ｆマガジン」二〇〇七年六月号に掲載）。「週刊読書人」「Ｓ-Ｆマガジン」に書評、「ユリイカ」に評論、「本格ミステリー・ワールド」「荒巻義雄メタSF全集」にはエッセイの翻訳を寄稿。SFを切り口に現代文化（小説、映画、漫画、アニメ、ゲーム）等を論じている。

蔓葉信博—つるば・のぶひろ
一九七五年生まれ。二〇〇三年から評論活動を開始。「本格ミステリー・ワールド」「本格ミステリ・ベスト10」「ユリイカ」「ジャーロ」などに寄稿。年刊ベストアンソロジー『ベスト本格ミステリ2016』（本格ミステリ作家クラブ編・選）に「江戸川乱歩と新たな猟奇的エンターテインメント」が選ばれた。

冨塚亮平—とみづか・りょうへい
一九八五年東京生まれ。アメリカ文学／文化。慶義塾大学大学院文学研究科後期博士課程在学中。論考に「世界は情報ではない　濱口竜介試論」限界研編『ビジュアルコミュニケーション　動画時代の文化批評』（南雲堂、二〇一五年）など。専門はラルフ・ウォルド・エマソンなど一九世紀アメリカ文学。主な関心領域は一九世紀以降のアメリカ文学、批評理論、映画。図書新聞、ジャーロなどに書評、映画評を寄稿。

西貝怜—にしがい・さとし
一九八四年東京生まれ。白百合女子大学大学院文学研究科言語・文学専攻博士課程在籍。アルテス・リベレス開発研究所研究員。専門は科学文化論、近現代日本文学、行動生態学。論文に「虚像の「御主人」と幸福の論理——芥川龍之介「白」論」『国文白百合』（印刷中）、「現代日本における科学文化論の展望——科学思想史から鎌池和馬『とある魔術の禁書目録』の作品論へ」『世界史研究論叢』第6号（二〇一六年）など。

宮本道人—みやもと・どうじん
一九八九年東京生まれ。東京大学大学院理学系研究科博士課程在籍。物理学専攻で神経生理学を研究しながら、批評を軸に執筆活動を行う。共著に『ビジュアル・コミュニケーション』（南雲堂）、『フィールド写真術』（古今書院）。「ユリイカ」などに寄稿。「新しい科学文化を作る」をテーマとして、オープンサイエンス、映像表現、SFを中心に論じている。

渡邉大輔—わたなべ・だいすけ
一九八二年生まれ。映画史研究者・批評家。専攻は日本映画史・映像文化論・メディア論。現在、跡見学園女子大学文学部助教、日本大学芸術学部非常勤講師。著作に『イメージの進行形』（人文書院）、共著に『見えない殺人カード』（講談社文庫）『ゼロ年代＋の映画』（河出書房新社）『アジア映画で〈世界〉を見る』（作品社）『日本映画の海外進出』（森話社）『アピチャッポン・ウィーラセタクン』（フィルムアート社）など多数。

東日本大震災後文学論

二〇一七年三月十一日 第一刷発行

［編 者］限界研
［発行者］南雲一範
［装 丁］奥定泰之
［DTP］株式会社言語社
［ロゴデザイン］西島大介
［発行所］株式会社南雲堂
東京都新宿区山吹町三六一
郵便番号一六二―〇八〇一
電話番号 （〇三）三二六八―二三八四
ファクシミリ （〇三）三二六〇―五四二五
URL http://www.nanun-do.co.jp
E-Mail nanundo@post.email.ne.jp

［印刷所］図書印刷株式会社
［製本所］図書印刷株式会社

ISBN 978-4-523-26553-5 C0095
カバー写真提供：www.shutterstock.com

評　論　書

ビジュアル・コミュニケーション

動画時代の文化批評

飯田一史　海老原豊　佐々木友輔　蔓葉信博　竹本竜都
冨塚亮平　藤井義允　藤田直哉　宮本道人　渡邉大輔

本体 **2,300** 円 + 税

「ポスト iPad」や「ポスト YouTube」の視覚的イメージの文化事象が、ジャンル定義、ビジネスモデル、創造性……などなど、あらゆる局面においてそれまでとは違う、大きな変化にさらされている。より柔軟で多様な視点から、今日の視覚文化の見せるさまざまな動きを俯瞰的にすくいとる視覚文化批評。

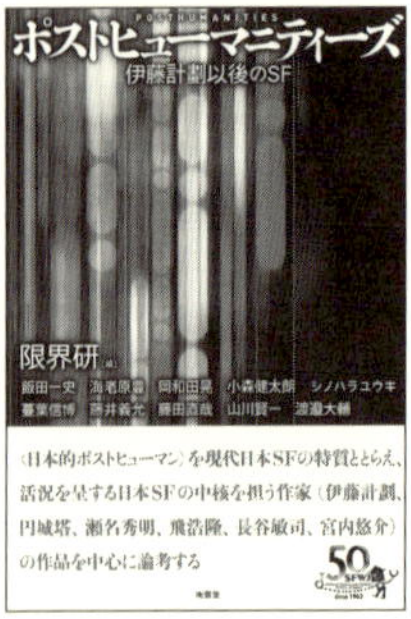

ポストヒューマニティーズ

伊藤計劃以後の SF

飯田一史　海老原豊　岡和田晃　小森健太朗　シノハラユウキ
蔓葉信博　藤井義允　藤田直哉　山川賢一　渡邉大輔

本体 **2,500** 円 + 税

〈日本的ポストヒューマン〉を現代日本 SF の特質ととらえ、活況を呈する日本 SF の中核を担う作家の作品を中心に論考する。現代 SF を理解することは、「われわれ」が何であり、何になろうとしているのか、その手探りの最先端を知ることになるだろう。

21世紀探偵小説

ポスト新本格と論理の崩壊

飯田一史　海老原豊　岡和田晃　笠井潔　小森健太朗
蔓葉信博　藤田直哉　渡邉大輔

本体 **2,500** 円 + 税

ポスト新本格への道筋を示すミステリ評論 !!
新本格ミステリ勃興から 25 年。今では退潮傾向にあるといわれる本格ミステリの歴史をひもとき、現在の本格ミステリの置かれている状況を分析。

限　界　研　の

サブカルチャー戦争

「セカイ系」から「世界内戦」へ

笠井潔　小森健太朗　飯田一史　海老原豊　岡和田晃
白井聡　蔓葉信博　藤田直哉　渡邉大輔

本体 **2,500** 円 + 税

なぜハリウッド映画には手ブレカメラの作品が増えたのか?
9・11 以降、アニメや映画などに描かれる「戦争」はどう変わったのか?混迷する 2010 年代を撃ち抜く評論書

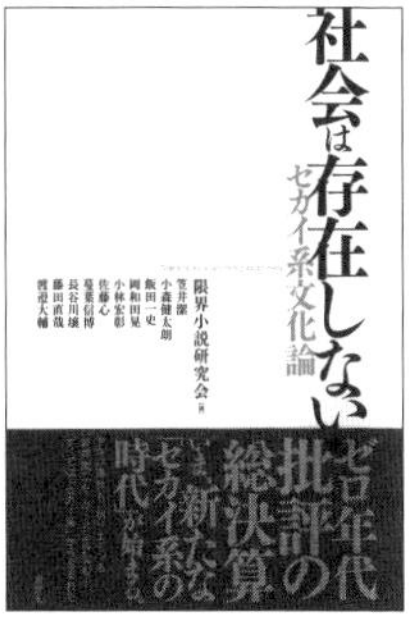

社会は存在しない

セカイ系文化論

笠井潔　小森健太朗　飯田一史　岡和田晃　小林宏彰
佐藤心　蔓葉信博　長谷川壌　藤田直哉　渡邉大輔

本体 **2,500** 円 + 税

ゼロ年代批評の総決算／いま、新たな「セカイ系の時代」が始まる。

また、セカイ系的な「リアル」を最も身近に体感してきた若手論者たちを中心した初めての本格的なセカイ系評論集。

探偵小説の クリティカル・ターン

笠井潔　小森健太朗　飯田一史　蔓葉信博
福嶋亮大　前島賢　渡邉大輔

本体 **2,500** 円 + 税

時代をリードする若手作家にスポットをあてた作家論、ジャンルから探偵小説を読み解くテーマ論の二つの論点から二十一世紀の探偵小説を精緻に辿り、探偵小説の転換点を論考する!!